Das Vermächtnis des Adlers

Federica de Cesco

Das Vermächtnis des Adlers

Roman

Marion von Schröder Verlag

Der Marion von Schröder Verlag ist ein Verlag der
Ullstein Heyne List GmbH & Co. KG, München
Satz: Franzis print & media GmbH, München
Druck und Bindung: Bercker, Kevelaer

Printed in Germany

ISBN 3-547-71032-4

Für Tamás und Henrietta Vászáry, Budapest.
Für Naomi.
Und wie immer für Kazuyuki.

Entscheidungen treffen wir nicht nur für uns und unsere eigene Generation, sondern für die folgenden sieben Generationen.

HAUDENOSAUNEE (IROKESEN)

PROLOG

Es schneite an jenem Novemberabend. An den Straßenkreuzungen fegte eisiger Wind und über New Yorks Lichtermeer hing heller Nebel. Der Schnee wirbelte in leisen, feuchten Flocken, noch hinterließ er keine Spuren auf dem Pflaster. Der hoch gewachsene Mann, der in der Bäckerei ein Brot gekauft und es unter den Arm geklemmt hatte, trug keinen Mantel und schien die Kälte nicht zu spüren. Jacke, Hose und Schuhe waren schwarz. Der Mann hinterließ keinen ärmlichen Eindruck; seine Kleidung war von guter Qualität und – zumindest im New York der frühen Dreißigerjahre – von etwas exzentrischem Schnitt. Das Jackett war bis zum Hals fest geschlossen, das war nicht weiter ungewöhnlich. Doch wer genau hinsah, bemerkte, dass er kein Hemd darunter trug. Sein Gesicht im Schatten des breitkrempigen Hutes war kaum zu erkennen, nur die Augen schimmerten wie Tropfen klaren Wassers. Der Mann ging zur Haltestelle und wartete auf den Bus. Während er im rieselnden Schnee stand, brach er sich ein Stück Brot ab. Er kaute gleichgültig, als sein Blick auf ein großes, hell erleuchtetes Plakat fiel, das ein Konzert für den Abend ankündigte. In der Carnegie-Hall spielte das New York Philharmonic Orchestra unter der Leitung des Gastdirigenten Anton Horváth. Auf dem Programm standen Tschaikowskys *Nussknacker-Suite,* die *Nachtigall* von Strawinsky und Dvoráks *Neue Welt.*

Der Mann schluckte den letzten Bissen hinunter, wischte sich mit dem Handrücken über den Mund. Er stand jetzt so reglos, als sei er gar nicht anwesend. Der Lärm der Menschen und der Motoren um ihn herum ging weiter, aber er achtete nicht darauf. Er horchte nicht auf den Verkehr, sondern auf etwas in ihm selbst.

Der Bus kam. Die Menschen stiegen ein, stießen und drängten sich. Der Bus fuhr ab, doch der Mann mit dem Brot unter dem Arm stand immer noch da. Nach einer Weile setzte er sich langsam in Bewegung. Er ging über den Platz, mit leichten, weit ausholenden Schritten. Seine breiten Schultern waren ein wenig nach vorn geneigt. Auf seiner Hutkrempe glitzerten Schneeflocken.

Vor der Kasse standen die Leute Schlange; er stellte sich ans Ende. Es dauerte lange, bis der Mann an die Reihe kam. Er kaufte eine billige Eintrittskarte – die teuren Plätze waren ohnehin nicht mehr zu haben. Bis zum Konzert blieben dem Mann beinahe zwei Stunden. Er sah ein, dass er auf den Kauf eines Hemdes nicht verzichten konnte, und machte sich auf die Suche nach einem Geschäft.

Rechtzeitig vor Beginn der Aufführung nahm der Mann seinen Platz ein. Die eleganten Frauen, die Männer im Smoking nahmen keine Notiz von ihm; er besaß eine merkwürdige Fähigkeit zur Unauffälligkeit. Ohne den Hut, der sein Haar herunterdrückte, sah man ihn deutlicher. Das Haar war kurz und vollkommen glatt, das Schwarz von grauen Strähnen durchzogen. Das gebräunte Gesicht hatte klare, klassische Züge, die Haut um seine Augen war dunkel und gespannt, der leicht zusammengepresste Mund gut gezeichnet. Es war nahezu unmöglich, ihm eine Herkunft, eine soziale Stellung, einen Beruf zuzuordnen. Sah man ihn zusammen mit Musikern, konnte er als Musiker gelten, auf einem Atelierfest als Maler, in einer Buchhandlung als Buchhändler. Einige Indizien mochten darauf hindeuten, dass er ein Intellektueller war; wer ihn aber genauer beobachtete, merkte bald, dass dies nicht zutraf. Und so blieb er in seiner Erscheinung vieldeutig und unerkennbar.

Inzwischen setzten sich die Philharmoniker auf das Podium, stimmten ihre Instrumente. Im Saal wurde es dunkler, das Raunen des Publikums verstummte. Anton Horváth, der junge Stardirigent aus Budapest, trat ans Pult. Applaus empfing ihn. Der Mann in Schwarz bemerkte, dass der Ungar ohne Taktstock dirigieren würde. Er lehnte sich leicht zurück. Sein Gesicht erstarrte zur unbeweglichen Maske.

Nach dem Ende des Konzerts, während das Publikum ins Foyer und zur Garderobe strömte, blieb der Mann lange Zeit auf seinem Platz sitzen. Schließlich erhob er sich; statt der Menge zu folgen, die sich zum Ausgang schob, suchte er den Weg in die Kulissen. Die erschöpften Musiker schenkten ihm ebenso wenig Beachtung wie die Techniker oder die Kontrolleure. Etwas haftete an ihm, das seine Anwesenheit auf nahezu magische Weise unauffällig machte. Niemand richtete das Wort an ihn, niemand stellte sich ihm in den Weg. Er schien die gleiche Eigenschaft zu besitzen wie die Engel, von denen man sagt, dass sie sich unter die Menschen mischen und ungesehen kommen und gehen. Als der junge Maestro aus seiner Garderobe trat, stand ihm plötzlich der Mann in Schwarz gegenüber. Anton Horváth geriet deswegen nicht in Verwirrung, sondern begrüßte ihn freundlich, bat ihn einzutreten und rückte einen Stuhl vor den Tisch. Wie sich später herausstellen sollte, war er mit dem Herausgeber einer Musikzeitschrift verabredet und sah in dem Fremden lediglich den erwarteten Besucher. Unvermittelt jedoch, und bevor er seinen Namen nannte, fragte der Mann: »Gefällt es Ihnen hier?«

Seine Stimme war tief und ruhig wie das Grollen einer Wildkatze – und ebenso fesselnd. Beim Klang dieser Stimme beugte sich Anton Horváth leicht vor; er war noch jung und vieles am Menschen konnte ihn täuschen, niemals aber die Stimme, dazu war sein Gehör zu geschult. Auch die Frage war nicht so alltäglich, wie es den Anschein hatte. Doch die Antwort des Dirigenten war möglicherweise noch weniger alltäglich.

»Die Leute glauben, dass es mir hier gefällt.«

»Sind Sie zum ersten Mal in Amerika?«

»Zum ersten Mal, ja.«

Antons Englisch war korrekt, vielleicht ein wenig zu kontrolliert, mit einem rauen Akzent. Die kehlige amerikanische Aussprache war ihm noch nicht zur Gewohnheit geworden. Der Mann in Schwarz fuhr fort, ihn ruhig und sehr aufmerksam zu betrachten.

»Werden Sie lange hier bleiben?«

Anton Horváth kniff leicht die Augen zusammen. Ein anderer an seiner Stelle hätte jetzt Befremden oder zumindest Verwunderung gezeigt und sich nach Sinn und Zweck der Fragerei erkundigt – falls er dem Eindringling nicht unverzüglich die Tür gewiesen hätte. Doch etwas an dem Benehmen und der sanften Sprechweise des Unbekannten veranlasste ihn zu Antworten, die nicht nur höflich und geduldig, sondern offen und nahezu intim waren.

»Ich reise. Boston. Philadelphia. Los Angeles. Die Ensembles sind Prestigeobjekte, die Solisten brillant. Das großartigste Stimmmaterial gibt es hierzulande. Die Städte? Man sieht viel und nichts. Die Menschen wirken ungeheuer ehrgeizig. Ungeduld ist ihr gespenstischer Zustand, gepaart mit einer höchst raffinierten Schläue. Bauen, verwirklichen, planen, durchsetzen, darin liegt ihre Stärke. Jene, die es zu etwas gebracht haben, leben mit dem Gefühl, dass man ihre Einmaligkeit nicht ausreichend würdigt. Sie fürchten sehr, von der Gesellschaft übersehen zu werden. Und freuen sich hin und wieder richtig, ein Konzert zu besuchen.«

Der Mann in Schwarz gab einen Laut von sich, der gleichermaßen wie eine Zustimmung und ein ersticktes Kichern klang.

»Ach, haben Sie den Eindruck?«

»Einige sind gute Musikkenner, das muss man ihnen lassen. Aus Snobismus, zumeist. Aber nicht immer.« Der Dirigent lächelte vor sich hin, bevor er einen leichten Seufzer ausstieß. »Vielleicht sollte ich sie beneiden. Ich gehöre einer komplizierteren Gattung an. Bei mir steht an erster Stelle nicht das Nehmen, sondern das Gebenwollen. Ich habe von irgendwoher ein Geschenk erhalten, damit ich den Menschen eine Freude machen kann. Aber es ist eine harte Aufgabe – wie hineingemeißelt in den Körper.«

Der Fremde neigte den Kopf. Stille Zustimmung.

»Sie müssen müde sein.«

Der Dirigent lächelte, aber nur mit den Augen, die grau waren, mit einem vergoldeten Schimmer.

»Nein, es geht mir eigentlich gut.«

»Sie rufen die Musik mit den Händen herbei.«

Der Dirigent stutzte ein wenig. Einen Augenblick lang sah er nicht mehr wie ein Erwachsener aus, gewohnt, sich sein Urteil selber zu bilden, sondern wie ein Junge, der von seinem Vater gelobt wird. Scheu nunmehr, mit einem Lächeln, sagte er: »Ich weiß nicht, woher es kommt. Den Taktstock habe ich nie gemocht. Ich gebe mein Bestes und brauche den ganzen nächsten Tag, um mich davon zu erholen. Aber nach jedem Konzert frage ich mich: Was ist real?«

Die dunklen Lippen des Unbekannten zuckten.

»Die Musik vielleicht?«

»Ja, die Musik. Und deswegen …«

Jemand klopfte an die Tür. Irgendein Gesicht schob sich durch den Spalt. Anton Horváth bewegte verneinend die Hand. Das Gesicht verschwand. Der Maestro wandte sich an den Mann in Schwarz. Sein Ausdruck war sehr herzlich.

»Ich habe Rotwein aus Ungarn.«

Er holte eine Flasche und zwei Gläser. Der Fremde beobachtete ihn. Anton Horváth war sehr groß, sehr langbeinig. Mit seinen kräftigen Knochen bewegte er sich leicht und geschmeidig. Sein dunkles Haar hing an den Schläfen herab und machte seine Wangen schmal. Das Gesicht, jung und versonnen, war gleichsam von tiefem Leben erfüllt. Der Schmerz hatte in diesem Gesicht noch keine Spuren hinterlassen. Lächelnd reichte Anton Horváth dem Unbekannten ein Glas. Der Mann ließ es behutsam kreisen, näherte es seiner Nase. Er atmete den Duft ein und nickte.

»Ein voller, herber Wein. Amerika kann mit den Weinen aus Europa nicht mithalten.«

»Auf Ihr Wohl!«, sagte Anton Horváth.

Sie tranken ohne Hast. Die Aufführung war spät zu Ende gegangen, aber keiner von beiden hatte es eilig. Es war eine Zeit lang ganz still. Endlich brach der Jüngere das Schweigen.

»Es mag ja sein, dass ich nichts begriffen habe. Aber dieser Moment, in dem ich sagen kann, was ich denke, tut mir gut. Sehen Sie, mein Unbehagen ist keineswegs politischer Natur, es hat tiefere Ursachen, es gründet in dem, was wir irrational nennen. Manchmal – Sie werden lachen – stelle ich mir vor, dass ich mich am Himmel bewege wie ein Vogel. Meine Seele umkreist ganze Berghänge, ich besuche eine Landschaft, so großartig und vollkommen, wie man sie nur in der Fantasie erlebt. Bei ihrem Anblick erwachen die Träume. Das Unsichtbare wird sichtbar, wie eine Erinnerung im Blut. Ach, was habe ich denn von Amerika gesehen? Das ist es ja gerade: Ich bin ein unrealistischer Mensch. Ich habe eine Landschaft im Kopf, die es nicht gibt.«

Der Mann in Schwarz trank jetzt schnell.

»Die Landschaft gibt es. Aber sie ist ein Ort der Schatten. Die Geister ziehen ihre Wege zwischen den Wendekreisen. Aber die Menschen sind tot.«

Die Augen des Dirigenten, der Gegenwart entrückt, sahen den Mann nicht wirklich, sondern starrten an ihm vorbei.

»Tot? Das scheint nur so. Sie kommen wieder.«

»Ach, halten Sie das für möglich?«

Der Dirigent überhörte den Sarkasmus, schüttelte lebhaft den Kopf.

»Alles ist möglich. Hören Sie, da ist etwas, das viele nicht wissen. Antonin Dvorák lebte von 1892 bis 1895 in New York und lehrte an der Musikhochschule. Hier schrieb er seine neunte Symphonie, *Aus der Neuen Welt*. Er komponierte die Tondichtung im Kaleidoskop seiner Visionen, die im Ursprung slawisch waren. Aber das Largo machte er den amerikanischen Ureinwohnern zum Geschenk.«

Der Fremde trank sein Glas aus.

»Es ist ein Sterbegesang.«

Seine Stimme klang völlig neutral. Auf seinem Gesicht war keine Gefühlsregung zu erkennen. Der Dirigent hob die Flasche, füllte erneut sein Glas.

»Nein. Es ist ein Gebet, ein Jubel. Ein Versprechen der Auferstehung.«

Ihre Blicke begegneten sich, hielten einander fest. Der Mann in Schwarz keuchte leicht. Er spürte eine Wärme in seiner Brust, und Glückseligkeit und Schmerz.

»Mein Name ist Simon Walking Eagle«, sagte er. »Ich gehöre zum Volk der Sioux.«

Anton Horváth nickte langsam. Sein Ausdruck war geistesabwesend.

»Ein Zufall ist es nicht, dass Sie hier sind. Sie wussten es.«

Simon Walking Eagle lächelte jetzt; er tat es wie ein Mann, der ganz unvermittelt einen alten, vertrauten Freund wieder findet.

»Als Sie das Largo dirigierten, kamen die Geister. Sie waren da. Das Blut wurde zu Licht. Ich, Simon Walking Eagle, habe das heute gesehen.«

Ein unsichtbarer Flügel streifte die Schläfe des Dirigenten. Seine Hand, die das Glas hielt, zitterte unmerklich.

»Sie sind kein Musiker«, sagte er.

Simon lehnte sich mit dem Oberkörper in den Stuhl zurück.

»Ich bin Geigenbauer.«

»Wo haben Sie Ihr Handwerk gelernt?«

»In Cremona«, antwortete Simon Walking Eagle.

»Wir wollen noch ein wenig Wein trinken«, sagte Anton Horváth sanft.

1. BUCH

1. Kapitel

Mein Name ist Floria, weil mein Vater in die Tosca verliebt war. Und als ich, als Zwanzigjährige, diese Rolle zum ersten Mal sang, gab es ein seltsames Durcheinander in meinem Kopf, etwas Dunkles, Geheimnisvolles, als ob mein Leben und die Musik ineinander verschmelzen würden. Floria, die Ästhetin, die Liebende, die Kriegerin – in einer kurzen, reflexartigen Aufwallung wurde mir bewusst, dass ich sie kannte, so unglaublich leuchtend, als sei sie ein Stück von mir. Es handelte sich nicht um Überlegung, es handelte sich nicht um Vermutung und ebenso wenig um Wissen. Ich hatte ein Wesen erschaffen. Ich war eine Gottmacherin. Von diesem Tag an war ich wahrhaftig meiner Kraft würdig, meiner Träume, meines Lebens und Sterbens, auch wenn ich nur ein Schatten war, so wie alles auf der Bühne da ist und plötzlich nicht mehr. Ein roter Schatten, der mit dem Kerzenschein erlischt …

Ich wurde in Venedig geboren. Mein Vater, Umberto Di Savegna, war Intendant des Theaters La Fenice. Anna, meine Mutter, war einst eine gefeierte Opernsängerin. Ihr kräftiger Mezzosopran wurde mit glutrotem Wein verglichen. Ihre Ausdruckskraft war gewaltig, ihre vokalen Schattierungen waren voller heftiger Gefühle. Sie probte die Amneris in Verdis *Aida,* als ein Teil der Bühnenausstattung über ihr zusammenbrach. Eine schwere Rückenverletzung hielt sie für Jahre von der Bühne fern, sie erlangte auch nie wieder ihre volle Bewegungsfreiheit. Auch ihre Stimme nahm Schaden. Später trat sie in Nebenrollen auf, die ihre Stimme mäßig strapazierten und bei denen ihre Behinderung wenig auffiel. Sie wurde ihren Frust los, indem sie mir Gesangsunterricht erteilte und mich dabei brutal in die Zange nahm. Mir wurde erst später klar, dass ihre Rücksichtslosigkeit eine Form der Selbstbehauptung war. Eine Zeit lang wusste ich sehr wohl, was es heißt, täglich auf ihr Versagen zu hoffen; die Vorstellung, dass ihre Kräfte endlich nachlassen würden, war, als ich vierzehn war, mein innigster Wunsch. Und doch konnte ich dem eigentümlichen Rausch, in den mich die Stimmübungen versetzten, nicht widerstehen. In den Hundstagen, wenn es nach Kloake stank und die Krebse an den Ufersteinen klebten, sagte sie: »Du musst üben, bis du die Hitze vergisst. Sieh mich doch an: Die Hitze, die spüre ich nicht.«

Ich entdeckte, dass sie nicht die Wahrheit sagte, dass sie die Hitze unmöglich vergessen konnte, das dies lediglich ihre Art war, mich zu beherrschen. Ich entdeckte auch, dass wir uns ähnlicher waren, als ich dachte. So habe ich es überstanden. Meine Mutter erschütterte mich. Sie war nicht nur der Grund meiner Rebellion, sondern gleichsam ein Ideal, das ich zu erreichen, ja zu übertreffen versuchte. Und wenn sie in geringschätzigem Ton zu mir sagte: »Es mag sein, dass du begabt bist«, war ich von der Schwindel erregenden Bedeutung dieser Worte wie verzaubert. Und später entdeckte ich auch, dass sie für andere niemals diese Hartnäckigkeit aufgebracht hatte, ausgenommen für sich selbst.

Mein Vater war mittelgroß, blond und eher schmächtig. Er hatte ein schönes Gesicht, mit blauen, femininen Augen, die etwas verschwommen blickten. Er hatte etwas Unbeholfenes an sich, sodass er mitunter den Eindruck machte, als würde er über der Erde schweben. »Umberto sieht aus, als ginge er stets einige Schritte neben sich her«, bemerkte dazu meine Mutter mit müdem Sarkasmus. Gelegentlich bezeichnete sie ihn auch als Zivilisationssnob. Sporadisch auftretende Asthmaanfälle hatten ihn während der Kriegsjahre vor der Front bewahrt. »Man hat mich nicht haben wollen«, pflegte er zu sagen und dabei unmerklich zu lächeln. Seine politischen Anschauungen behielt er für sich. Und als der Duce Venedig besuchte, lag er mit Atemnot im Bett. »Pech gehabt«, murmelte er gleichmütig. »Der Schirokko, leider …«

Vater liebte La Fenice, wie er eine schöne junge Frau lieben würde, sodass es fast schien, als hätte er kein Privatleben. Konflikte verstand er mit Feingefühl und trockener Heiterkeit zu lösen. Wären da nicht seine düstere Grundstimmung, sein Hang zur Weltabgewandtheit gewesen, hätte er auf dem diplomatischen Parkett eine gute Figur abgeben können.

Nach den Proben, wenn Sänger und Statisten gegangen waren, holte ich meinen Vater manchmal vom Theater ab. Ich fand ihn meistens im Hinterbühnenraum, der groß und düster wirkte und nur spärlich beleuchtet war. Vater war immer beschäftigt, aber er freute sich, wenn ich kam: »Bin gleich da, *piccina!*«

Mit leicht klopfendem Herzen betrat ich die Kulissen, achtete auf jeden Schritt. Aus dem leeren Saal stieg warme, schillernde Dunkelheit. In der Fenice war die Akustik perfekt; ich konnte mich atmen hören. Die sechs Reihen Logen in Blau und Elfenbein, die vergoldeten Stuckaturen kamen mir ungeheuer fern vor. Oft war mir, als fühlte sich mein Vater in seinem Theater wohler als bei uns zu Hause. Er kannte jeden Gang, jeden Raum, jeden Winkel. Er zeigte mir, an der Brüstung des ersten Ranges, die Medaillons der Größen des Musiktheaters: Rossini, Donizetti, Bellini, Verdi, Puccini.

»Sie alle«, sagte er mit seiner wohlklingenden Stimme, »haben hier die Uraufführung ihrer Werke erlebt. Sie wurden gefeiert oder auch abgeschossen wie Verdi, der bei der Uraufführung seiner *Traviata* erleben musste, dass die Zuhörer sich krumm lachten. Die Sängerin, die auf der Bühne an Schwindsucht zu sterben hatte, war nämlich eine dicke Dame. Das sah einfach zu blöd aus.«

Mein Vater besaß einen schier unerschöpflichen Schatz amüsanter, nicht immer stubenreiner Geschichten aus der Welt der Oper und der Musik. Von cholerischen Primadonnen und beschwipsten Dirigenten war die Rede, von Tenören, die beim Schmettern ihrer Arie die Lockenperücke verloren. Ich liebte es, wenn er mir diese Geschichten erzählte, und konnte nie genug davon hören.

An der Hand meines Vaters wanderte ich durch Säle und Gänge, von Schatten begleitet. Einmal, ich war neun Jahre alt, spürte ich ein Auge, das sich in meinen Rücken bohrte. Ich drehte mich um und wollte seinem Blick begegnen. Das Auge war irgendwo, schaute mich an, unsichtbar und ruhig. Ich fröstelte leicht.

»Wer ist da?«, fragte ich.

Vater sah sich verwundert um.

»Niemand, *piccina*. Du brauchst keine Angst zu haben.«

Das war nicht die Antwort, die ich hören wollte. Ich schüttelte den Kopf.

»Da sind viele Leute.«

»Oh, gewiss«, erwiderte er. »Hier haben tausend Zuhörer Platz.«

Ich schüttelte den Kopf.

»Ich meine die anderen.«

Vater blickte mich an. Er zeigte kein Erstaunen, und so schien mir die Sache nicht ganz unmöglich.

»Ja«, sagte er nach einer Weile. »Man spürt sie manchmal.«

»Wer sind sie?«, fragte ich.

Er schien über die Frage nachzudenken. Wir standen im Zuschauersaal, zwischen der siebten und der achten Reihe;

der Theaterboden fiel ab, wie es sich gehört. Die beleuchtete Bühne, ganz in Blau getaucht, schwebte vor meinen Augen wie eine Riesenqualle in Meerestiefen. Mein Leben lang hat mich der Anblick einer Bühne sprachlos gemacht. Weil sie eine Welt ist, die immer wieder neu entsteht. Jeden Abend wird der Akt der Schöpfung neu erlebt; man kann sogar mitmachen. Dieser Gedanke beflügelte mich. Ja, ich kann sagen, dass ich von der Leidenschaft, mitzumachen, immer besessen war.

Mein Vater starrte abwesend vor sich hin.

»Wer sind sie?«, wiederholte ich.

Er schwieg noch immer. Ich wurde ungeduldig.

»Papa, Papa!«

Nach Kinderart schüttelte ich seine Hand. Das brachte ihn in die Wirklichkeit zurück. Er straffte sich ein wenig und seufzte.

»Sie kamen, als das Theater gebaut wurde, und blieben. Es kamen immer mehr. Und plötzlich können wir sie entdecken. Im Grunde sind sie überall.«

»Wer, Papa?«

»Die Toten«, sagte er.

Als Kind ging ich gern zum Friedhof. Die Verstorbenen lagen unter Marmorkreuzen und in Steingrüften; manche Gräber waren mit alten Fotos unter Glas geschmückt. Einmal war ich lange vor dem Grab eines Mädchens stehen geblieben. Sie hieß Adriana und war nur sieben Jahre alt geworden. Sie war vor sechzig Jahren gestorben. Wo war sie jetzt? Auch hier?

»Aber die Toten liegen auf dem Friedhof«, sagte ich.

»Nur ihre Knochen oder ihre Asche«, sagte mein Vater. »Aber ich nenne sie nicht gerne die Toten, das ist ein wenig deprimierend. Ich nenne sie lieber die Geister.«

»Sind sie böse?«

»Nein, niemals.«

Irgendwie war da ein Widerspruch. Ich überlegte.

»Aber es gibt doch böse Menschen. Wenn sie sterben, sind sie es dann nicht mehr?«

Er schüttelte sanft den Kopf.

»Nein, sie sind bloß traurig.«

Ich fand das schwer zu verstehen. Er drückte meine Hand.

»Mal sehen, ob ich es dir erklären kann.«

Ich blickte ihn erwartungsvoll an. Ich war ein neugieriges Kind.

»Komm!«, sagte Vater.

Wir gingen durch eine Nebentür, dann eine dunkle Treppe hinauf, in die Kulissen. Vater zeigte warnend auf Kabel, verwickelt wie ein Schlangenknäuel; ich stieg vorsichtig darüber hinweg und trat mit ihm auf die offene Bühne. Hoch über dem Zuschauerraum, in der Beleuchtungskabine, bewegten sich zwei undeutliche Gestalten; ich kannte die Techniker, Enzo und Germano, die das Licht nach Vorgaben des Regisseurs mischten. Die Scheinwerfer blendeten mich, und ich blinzelte.

»Sie machen Überstunden«, sagte Vater. »Morgen wird *Othello* aufgeführt. Du kennst ja die Geschichte.«

Ich nickte, und er sprach weiter: »Reden wir von Jago. Auf der Bühne ist er ein heimtückischer Bösewicht, der Othello dazu bringt, seine Frau Desdemona zu ermorden. Nun, in der nächsten Aufführung singt er meinetwegen den Figaro. Er wechselt sein Kostüm, versetzt sich in eine andere Gestalt. Und im Privatleben ist er glücklich verheiratet, hat drei Kinder und mag Risotto mit Tintenfisch.«

Ich kicherte nach Kinderart, lauschte gespannt seinen Worten.

Mein Vater fuhr fort: »So sind wir Menschen. Wir stecken in einem Kostüm aus Fleisch und Blut. Was überlebt, wenn wir sterben, ist unser eigentliches Ich, das mit den ersten Sternen geboren wurde und in immer größere Höhen getragen wird.«

»Wohin?«, fragte ich. »Ins Paradies?«

Ein Lächeln stieg in seine Augen.

»Du kannst es so nennen. Wir schlüpfen von Leben zu Leben in ein neues, schöneres Kostüm. Und manche sehen erst nach ihrem Tod ein, wie schlecht sie ihr irdisches Kostüm getragen haben. Sie waren lausige Darsteller, würde ich sagen. Und sie nehmen sich vor, es in ihrem nächsten Leben besser zu machen.«

Mein Vater lächelte, ich sah seine hübschen Zähne im Halbdunkel blitzen.

»Natürlich würde ein Priester das anders erklären. Er würde dir sagen, dass das Gottesbild in der Seele immer leuchtender erstrahlt, sodass letztlich Gott im Menschen Gestalt annimmt. Er würde viel Spucke dabei vergeuden und dir dann ein Heiligenbild in die Hand drücken, obwohl du viel lieber ein *gelato* essen möchtest. Komm, *piccina,* du hast gut zugehört. Was möchtest du, Erdbeer- oder Vanilleeis?«

»Schokoladeneis«, rief ich begeistert. »Mit Sahne!«

Wir wohnten im Sestiere Castello, weit im Osten, unweit der Kirche San Umberto. Unser Haus stand in eine Nebenstraße der Fondamenta San Biagio mit ihren gotischen Häusern. Unser Haus aus dem späten 18. Jahrhundert besaß noch den vorspringenden *barbacane* – das auf hölzernen Sockeln vorragende Obergeschoss –, das die Straße zu unseren Füßen noch düsterer machte. Ebenso hatten wir noch die *altana,* eine Dachterrasse aus Holz, auf der tagsüber Giovanna, unser Hausmädchen, die Wäsche aufhängte. An manchen Sommerabenden, wenn der Schirokko, der heiße Wind aus Afrika, die Luft stickig werden ließ, deckte Giovanna hier oben den Tisch. Von der Terrasse aus überblickten wir Venedig: ein Wald von Kuppeln, Arkaden und Schornsteinen, dicke und dünne, runde und vierkantige, mit Aufsätzen wie umgestülpte Glocken. Unsere Katze Bella saß gerne hier, in vertrauter Nachbarschaft mit den Wellensittichen Chiara und Erpolina, den Lieblingen meiner Mutter, die sofort nach Sonnenuntergang den Kopf unter die Flügel steckten.

Wer uns besuchen wollte, verirrte sich nicht selten in den Gassen, wo Handwerker wohnten, Spitzenklöpplerinnen, Perlensticker, Werkarbeiter und Glasbläser. Wir Kinder tranken bedenkenlos aus dem öffentlichen Brunnen, auf dem die arglose Männlichkeit eines nackten Bronzejünglings die Schulmädchen verwirrte. Die großen Dampfer legten am Ufer des Markusbeckens an, von goldenem Schimmer überweht. Dahinter ragten die ersten Hochhäuser, die im städteplanerischen Übereifer zu wuchern begannen. Das nahe Meer roch nach Dieselöl, nach faulen Früchten und irgendwie schon nach Afrika.

Unser Haus zeigte Spuren von Bau und Umbau, Ausbesserung und Erneuerung, die über eine unklare Zeitspanne hinweg ausgeführt worden waren – aber das war in Venedig nichts Ungewöhnliches. Die Treppen hatten hohe Steinstufen, ein abgeschabter Läufer sorgte dafür, dass die Damen mit ihren Absätzen nicht ausglitten. Im Erdgeschoss roch es nach verstopften Abflussrohren. Die Wände waren hoch, mit alten Stuckaturen. Die Holztäfelung zeigte längst verblasste Rokokomuster: Putten, Blumengirlanden und Füllhörner von dahinschwindender Farbe. Das Glasgehänge des Kronleuchters schimmerte wie Wassertropfen und klingelte leise im Durchzug. Treppen und Böden waren aus weißem Marmor. Alle Möbel waren riesig und dunkel, die Tische zumeist zerkratzt, die Sofas aus grünem marokkanischem Leder verschossen, die Lampenschirme verbeult. Die Wandspiegel, von jener Sorte, die man um die Jahrhundertwende *trumeaux* nannte, zeigten einen blinden Schimmer. Alles war alt, nahezu verkommen. Im Musikzimmer stand einer der ersten Flügel, die Schulze Pollman 1928 in Turin gebaut hatte. Jeder Fingerabdruck auf dem glänzend polierten Instrument entlockte meiner Mutter ein finsteres Stirnrunzeln.

Klavierstunden hatte ich täglich. Ich musste lernen, mich selber zu begleiten. Aber viel lieber hatte ich es, wenn meine Mutter spielte. Ihre Musik klang anders als meine. Ihre Finger, so schien es, holten sie von weit her, aus der Tiefe der Zeiten, ihre Stimme trug sie voran. Die Klänge warfen ihre Glimmerplättchen in die Luft, gestern, heute, in alle Ewigkeit, während die große Standuhr die Stunden schlug und die Stimme meiner Mutter mit dem Sommerwind nach draußen wehte. Dann standen manchmal Menschen vor dem Fenster und lauschten. Ich hörte, wie sie den Namen meiner Mutter ehrfürchtig murmelten, bevor sie mich erblickten und befangen grüßten. Ich war *la piccola Signorina*, das kleine Fräulein, manchmal auch *la figlia*, die Tochter. Ich mochte das nicht, schien ich doch nur wegen meiner berühmten Mutter beachtet zu werden.

Sie unterrichtete nur ausgesuchte Schüler; sie ließ ausschließlich die höchste Leistung gelten. Meine Kindheit war durchwoben von den jugendlichen Stimmen, die ihr Bestes gaben und immer wieder mit wütenden Akkorden zurechtgewiesen wurden. Viele gaben auf. Einige sind noch heute auf internationalen Opernbühnen zu hören.

Eine Künstlerin erreicht ihr Selbstverständnis durch das Echo, das die Welt ihr entgegenbringt. Meine Mutter hatte ihre Karriere hinter sich; was blieb, war der Ruhm, der nie verblassen würde, und vielleicht auch die Hoffnung. *La piccola Signorina?* Ja, wer weiß …

Ihr Gesicht war markant wie das einer Zigeunerin, mit hohen Wangenknochen, schmaler Nase, kräftigem Kiefer und vorstehendem Kinn. Der Gesichtsausdruck wirkte freundlich, aber undurchdringlich. Die Augen waren stets zusammengekniffen. Nie setzte sie einen Schritt vor die Haustür, ohne perfekt zurechtgemacht und geschminkt zu sein.

Damals, wenn Anna als Azucena auftrat, auf der Bühne vor dem Feuer kauerte und *Stride la vampa* – Lodern die Flammen – sang, jagte es den Zuhörern eine Gänsehaut über den Rücken. So jedenfalls erzählte man sich. Sie war Azucena, die Geisterbeschwörerin, gefangen in ihrem Wahn, mit dem Blut ihres Kindes besudelt. Sie war es mit Haut und Haaren, und ich würde es nie sein …

»Du kannst die Azucena nicht singen«, sagte meine Mutter zu mir. »Deine Stimme ist nicht dafür gemacht.«

Das war ernüchternd, nahezu brutal und leider wahr. Ich konnte die Mimi singen, die mir zu sanftmütig war, oder die Butterfly, deren verhaltene Wut sich nach innen richtet. Violetta, voller Großmut und Zorn, beugt sich dem würdevollen Flehen Germonts. Es gibt kein Entrinnen. Sie fühlt, sie ist in ihrer Epoche gefangen. In der Oper sterben die Frauen, weil das Publikum mit ihnen leiden und seufzen will. Ich verkörperte auf der Bühne Frauen, die zornerfüllt das Schicksal bekämpften. Die Zuhörer sollten mit ihnen hoffen und fiebern, obwohl sie das Libretto ja kannten. Und von einem Wunder träumen, das nie in Erfüllung gehen würde.

Aber das war später. Viele Sänger müssen sich ihren Namen zuerst erkämpfen. Besteht das Publikum aus Kennern, wird jeder Auftritt aufs strengste bewertet. Ich aber hatte es schwerer: Ich trug, wie eine Aura, den Namen meiner Mutter. Sie war das Maß, mit dem ich gemessen wurde. Ich musste den Kreis durchbrechen, dem Publikum den Gedanken vermitteln: Da bin ich, und ich bin anders. Falls ich das nicht schaffte, würde ich *la figlia* sein – nicht mehr, nicht weniger. Eine wahrhaft entsetzliche Vorstellung!

Inzwischen besuchte ich die höhere Schule der Suore del Sacro Cuore. Sie wurde von Benediktinerinnen geleitet, aufgeklärten Frauen, die nie versuchten, mich Sanftmut oder Unterwerfung zu lehren. Dafür brachten sie mir anderes bei: rasche Anpassungsfähigkeit, einen weltgewandten

Scharfblick, die amüsante Kunst der feinen Nuancen. Die Tradition des fröhlichen Wissens verwarf passive Tugenden, forderte Selbstbewusstsein und Harmonie. Nicht alle Mädchen eigneten sich dazu; manchen fehlte das innere Feuer, andere waren vermögend, was die Willenskraft lähmt, oder lediglich reich an Intellekt. Doch für uns alle war dies ein Gewinn. Die Nonnen schenkten uns Mut für die Jahre unseres Lebens. Wir merkten es damals nicht, aber wir wurden dazu erzogen, ehrenvoll zu leben. Es fehlte den Nonnen nicht an Widerstand gegen die Prahlerei, die Heimtücke, die Saumseligkeit. Wir lernten Stolz und Gerechtigkeitssinn, nicht zu klagen und mit dem Schicksal zu hadern. Ein eleganter Geist war für Frauen ebenso unentbehrlich wie für Männer; mehr vielleicht noch, galt es ja später, Kinder in diesem Sinn zu erziehen.

Es waren schöne Jahre; die Heiterkeit der Nonnen und der Freigeist meines Vaters ergänzten einander. Der Brückenschlag war eindeutig, und machte frühzeitig einen mündigen Menschen aus mir.

2. Kapitel

Als ich zwölf Jahre alt war, geschah etwas, was mein Leben auf besondere Weise prägte. Mein Zimmer lag im oberen Stockwerk. Es war nicht ausgeschlossen, dass ein Teil der Außenwand aus mittelalterlichen Fenstern bestand, die man irgendwann mit Backsteinen zugemauert hatte. Deswegen war es in meinem Zimmer auch so kalt. Ich trug schon im Spätherbst eine dicke Strickjacke und mit Kaninchenfell gefütterte Pantoffeln. Und jeden Abend schob mir Giovanna eine Wärmflasche ins Bett. Tatsächlich gab es im ganzen Haus keinen Mauerteil und keinen Balken, der nicht Risse oder Kerben oder zugestopfte Löcher zeigte. Wie alle anderen Räume war mein Zimmer mit Möbeln voll gestopft: ein Bett mit einer Steppdecke, ein Nachttisch mit einer Lampe, die eine Tänzerin darstellte, eine Waschkommode mit rosa gesprenkelter Marmorplatte, ein verkratzter Jugendstilschrank, ein ausrangierter Schreibtisch meines Vaters. An den Wänden hingen Bilder in Messingrahmen, die spielende Mädchen im Garten zeigten, und ein *sacrecuore*, ein Herz Jesu aus altem Porzellan, mit einem Olivenzweig. Bei Wind oder Hitze sprach das Zimmer; die Möbel seufzten, knarrten, stöhnten, stießen in der Nacht knallende Laute aus. Ihre Sprache war mir vertraut: Ich empfand keine Furcht und schlief ruhig im Geruch des Meeres, der von der Lagune kam.

Es war August und sehr heiß, als ich begann, ein Unbehagen zu spüren. Keine eigentliche Angst, nein, sondern das unbestimmte Gefühl, dass ich in meinem Zimmer nicht alleine war. Auch im Sommer schien die Sonne nicht in mein Zimmer. Der feuchte Gips an der Decke hatte sonderbare Formen angenommen, ungewöhnlich düstere Tönungen. Mir fiel plötzlich eine Art Muster auf, der Netzhaut eines Auges ähnlich. Ich konnte mich nicht erinnern, es zuvor wahrgenommen zu haben.

»Giovanna, was siehst du da oben?«, fragte ich eines Morgens und deutete mit dem Finger auf das Muster.

Giovanna kam aus San Martino, einem Dorf, das damals noch im Grün seiner Maulbeerhaine schlummerte. Giovanna war drall und freundlich, ihr Lachen ungeniert. Im Sommer trug sie ärmellose Hauskittel. Ihre hellen Schultern fielen ab zu den kräftigen kurzen Armen. Ihr kleiner Kopf zeigte Eigensinn, ihren flinken Augen entging nichts. Als Mädchen war sie eine Schönheit gewesen; man hatte es sie wissen lassen. Die Folge war Enzo, ein Junge, den ihre Mutter auf dem Land erzog; beide, die alte Frau und das Kind, lebten von Giovannas Arbeit. Für gewöhnlich traf sie sich sonntags mit einem Verlobten, der, wie ich bald herausfand, oft den Namen wechselte.

»Ich sehe nichts«, beantwortete Giovanna leicht verwirrt meine Frage. Im Morgenlicht schimmerte die Zimmerdecke kühl und weiß, mit einigen völlig normalen Flecken. Doch in einer Ecke entdeckte ich etwas anderes: ein leichtes Flimmern, wie der Abdruck eines flüchtig aufscheinenden Lichts bei geschlossenen Augen. Es konnte auch Einbildung sein.

»Giovanna, hörst du nichts?«, fragte ich sie am Abend desselben Tages.

Giovanna lauschte, das Gesicht zur Decke erhoben. Ihre Haut schimmerte fettig. Aber sie roch niemals, höchstens nach Mehl.

»Die Tauben, *piccina,* was sonst? Es ist die Zeit, wo die Tauben sich verlieben.«

Sie gebrauchte einen anderen, ordinären Ausdruck. Ich kicherte. Die Tauben waren überall; ihre Ausscheidungen verdreckten Fensterbögen, Terrassen und Straßen. Aber sie gehörten zu Venedig, und die Touristen liebten sie. Taubenfutter war an jeder Straßenecke zu haben.

»Komm ins Bett, *piccina*«, sagte Giovanna. »Morgen hast du Schule.«

Sie löste meine Zöpfe und kämmte mein Haar: hundert Bürstenstriche jeden Abend, damit es glänzend und kräftig würde. Danach deckte sie mich zu, wünschte mir gute Nacht. Sie küsste mich nicht. Obwohl sie meine Unterwäsche mit der Hand wusch, küsste sie mich nie: Die Geste wäre zu vertraut gewesen.

Sie löschte das Licht. Der Vollmond schien grell und wild durch die Ritzen der Fensterläden. Ich lag im Halbdunkel mit dem Ding, das einfach da war, das gewiss schon lange da gewesen war. Seit wann? Diese Frage ließ mir keine Ruhe. Seitdem das Haus erbaut worden war? Oder noch länger? Ich erinnerte mich an das Auge, das ich im Theater in meinem Rücken gespürt hatte. Mein Vater hatte mir damals erklärt, was es war. Es waren Jahre vergangen, doch ich erinnerte mich gut. War es möglich, dass ein Geist auch in diesem Zimmer gefangen war? Böse war er nicht, so viel war mir klar. Bisher hatte ich friedlich in seiner Obhut geschlafen. Warum störte er mich plötzlich? Ich konnte fühlen, wie das Ding an der Wand klebte, mich beobachtete. Hielt ich eine Weile den Atem an, glaubte ich ein Geräusch zu hören, wie ein fernes Schleifen. Das Ding rieb oder kratzte an der Decke. Ich öffnete ein paar Mal rasch die Augen und sah jedes Mal flimmernde Linien, getrennte Fragmente, die irgendwo zu einem Punkt zusammenliefen. Allmählich packte mich Erregung. Ausgeschlossen, dass ich mir etwas einbildete! Da oben war wirklich etwas:

Ich spürte Leben. Und ich dachte, wenn ich nichts unternehme, wird mir dieses Unbekannte keine Ruhe lassen. Aber irgendwie wollte ich begreifen, warum, und glaubte die Antwort plötzlich zu ahnen. Im vergangenen Jahr hatte ich die heilige Kommunion empfangen; ich wusste, dass ich mich bald verändern würde. Meine Mutter war ihrer prüden Zeit voraus. Sie hatte mich »aufgeklärt«, wie man heute sagt, mir genau erklärt, was sich jeden Monat in meinem Körper abspielen würde. Ich war dieser Zeit jetzt nahe: Mein Körper veränderte sich, meine Brüste wurden empfindlich an den Spitzen. An meinem Unterleib und in den Achselhöhlen hatte sich ein dünner Flaum gebildet. Nachts, im Bett, war mir abwechselnd heiß und kalt. An diesem Abend kam mir mein Bauch ganz besonders angeschwollen vor und tat weh. Doch stets kehrten meine Gedanken und Gefühle zu dem Ding an der Decke zurück. Ich wusste genau, dass es nicht eine Eigenschaft des Steins oder des Mörtels war, sondern eine Beschaffenheit, die auf ihre besondere Art lebte und atmete. Das Gefühl, dass die Zeit drängte, ließ mich nicht los. Mir war, als ob sich das fließende Netzwerk unentwegt verdichtete, zum einzig sichtbaren Ding im dunklen Zimmer. Auf einmal hatte ich das dringende Bedürfnis, ihm etwas zu geben, etwas, was ihm Freude machte. Aber was? Mir fiel ein, dass Musik wilde Tiere und umherirrende Geister verzaubert. Ja, vielleicht wäre es eine gute Idee, wenn ich sang? Ich warf meine Decke zurück, setzte meine Füße auf den kalten Marmor und tastete nach meinen Pantoffeln. Ich wollte kein Licht machen. In unserem Haus voller Winkel und Ecken konnte Giovanna von ihrem Schlafzimmer aus mein Fenster sehen. Aber weil oft der Strom ausfiel, besaß ich einen kleinen Kerzenvorrat. Ich ging zur Kommode, zog leise eine Schublade auf, entnahm ihr eine Kerze und Streichhölzer. Ich steckte die Kerze fest in den Messingständer und zündete ein Streichholz an. Ein feiner Schwefelgeruch stieg mir in die Nase. Die still glühende Kerze füllte das Zimmer mit sanftgoldenem Licht. Es war, als ob sich die Blumenranken auf der verblichenen Tapete bewegten. Ich blickte hinauf. Das Ding starrte zurück. Mein Leben lang hatte ich es nicht beachtet, jetzt nahm ich es wahr, als könnte ich nichts anderes sehen, hören oder fühlen. Meine Kopfhaut schwitzte, ich kratzte mich an den Haarwurzeln, überlegte, wie ich weiter vorgehen sollte. Schließlich setzte ich mich auf den Stuhl vor dem Schreibtisch. Auf diese Weise überblickte ich den Raum, sah die geheimnisvolle Stelle da oben, ohne mir den Hals zu verrenken. Ich wusste, ich würde meine ganze Kraft brauchen. Ich stellte mein Glas Wasser in Reichweite, machte es mir bequem und begann zu singen. Leise, damit ich niemanden weckte. Damals war meine Stimme noch kindlich; aber sagt man nicht, der Gesang der Kinder käme dem der Engel am nächsten? Und so sang ich alle möglichen Arien und Balladen, die meine Mutter mir beigebracht hatte, auch Kirchenlieder, webte mit meiner Stimme ein grenzenloses Tongebilde. Jede Note wurde eine Masche, die ich an die nächste knüpfte. Manchmal, wenn mir nichts mehr einfiel, summte ich einfach eine Melodie, die ich erfand. Stunden vergingen. In einem Bogen, der sich mehr und mehr ausdehnte, breitete das Klangnetz sich aus, griff tastend nach dem Geschöpf zwischen Decke und Wand. Dem Ton meiner Stimme nach zu urteilen, würde ich bald heiser sein, aber ich gab nicht nach. Hartnäckigkeit war eine Eigenschaft, die meine Mutter mir beigebracht hatte. Nichts war wichtig, außer der zwingenden Notwendigkeit, das Ding da oben zu packen, zu umkreisen. Das Netz wuchs, als ich mehr und mehr Kraft abgab. Das leuchtende Gebilde begann sich zu trüben. Da war ein kaum merkliches Zucken, ein Vibrieren, ein Schwanken, und schließlich ein leichtes Hinundherschaukeln, als ob sich das Ding vom Gips lösen wollte. Das Wesen zu beobachten nahm meine ganze Aufmerksamkeit in Anspruch, sodass ich kaum wusste, wie viel Zeit verging. Ich merkte lediglich, wie sich die Lichtstreifen am Fenster stufenweise veränderten. Der Vollmond war hinter die Schornsteine getaucht, die schmelzende Kerze flackerte leicht im Luftzug. Ich hörte die Brandung in der Lagune rauschen. Meine Kehle war rau. Ich war müde, so entsetzlich müde. Meine Füße fühlten sich eiskalt an; ich wickelte mein Nachthemd enger um die Beine und beobachtete, wie das Ding immer weniger Widerstand bot, sich lockerte und ausdehnte. Das unsichtbare Netz zog es mit zäher Kraft von der Decke weg, nach unten. Nach und nach bemerkte ich ein Glitzern, ein Flimmern und Drehen wie den Tanz von Staub im Kerzenschein, und die winzigen Körnchen waren von blendender Buntheit. Ein undeutliches Klopfen wurde laut, fast so laut wie die Schläge meines Herzens. Die Lichtfünkchen schwärmten und wirbelten vor meinen müden Augen zu einem eigenartigen Reigen, der sich allmählich zu einer Gestalt verdichtete. Ich tat so, als hätte ich nichts gesehen. Vielleicht klappte es gar nicht, vielleicht machte ich mir die ganze Mühe umsonst. Die Augen fielen mir immer wieder zu, ich blinzelte schläfrig, sang weiter, bis Müdigkeit mich lähmte und meine Stimme brach. Ein großer Schmerz überfiel mich in Magenhöhe. Der Schmerz wuchs, eine Art Feuer in der Brust und im Bauch. Und plötzlich hatte ich die gleiche Empfindung, als ob ich eine Wurzel aus der Erde reißen würde. Ich fühlte ein scharfes Stechen im Unterleib und schrie leicht auf. Im selben Augenblick bewegte ein merkwürdiger Luftzug die Schatten. Die Luft wurde schwer. Etwas, was nach Moder und Gips roch, strich unsichtbar um mich herum. Ich kauerte wie erstarrt, mit angezogenen Beinen. Ich fühlte mich gestützt, gestreichelt. Die eine Hälfte meines Körpers fror, die andere Hälfte war warm. Die Umarmung mochte aus mir selbst wachsen, aus meinen auf der Brust verschränkten Armen. War sie Traum oder spürbare Wirklichkeit? Ich wusste es nicht. Sie trug mich weiter und höher in jene wunderbaren Gefilde, wo Dunkel in Licht umschlägt und Schmerz in Seligkeit. Ich war von dieser Liebe erfüllt, ich gab mich ihr ganz hin. Gedankensplitter wanderten durch meinen Kopf, wurden zunehmend konfuser. Ich spürte, wie sich die Umarmung zögernd lockerte, wie das liebkosende Phantom mich verließ, an mir vorüberzog. Da war ein Luftzug neben meinem linken Arm. Eine Haarsträhne hob sich auf meiner Stirn, bevor sie wieder über die Augen fiel. Und mit einem Mal war es vorbei: Was immer es auch sein mochte, es hatte Abschied genommen. Das Zimmer war leer! Mit dem Flattern und Gurren der Tauben drang Tageslicht durch die Ritzen der Fensterläden. Mühsam bewegte ich die trockenen Lippen.

»Es ist weg …«

Meine Stimme war nur ein raues Flüstern. In meinem Kopf war es, als ob das Gehirn sich bewegte, ganz unmerklich, von einer Seite zur anderen. Als ob es sein Gewicht sachte verlagerte. So ist es, wenn man in Ohnmacht fällt, hatte Giovanna gesagt. Meine Kehle wurde eng, ich spürte Tränen hochsteigen. Wie ein Traum war meine Kindheit zerronnen; sie hatte mich verlassen, mit dieser Umarmung, mit diesem Schatten. Zu meinem Herzen sagte ich: Warum habe ich mich so angestrengt? Konnte ich diese Sache da nicht lassen, wo sie war?

Nein. Unmöglich! Das … das Geschöpf hatte da oben keinen Platz mehr. Jetzt war es erlöst, lief, wohin es wollte, durch Wände und Fenster und Zeiten hindurch. Ich wusste, dass es überall sein konnte und dass es mich – wenn es das war, was ich dachte – von jetzt an begleiten und beschützen würde. Dieser Gedanke entschädigte mich für alle Erschöpfung. Ich fuhr mit der Hand über mein schwitzendes Gesicht; ich richtete mich auf, taumelte ein wenig. Als ich einige schwerfällige Schritte machte, um die Kerze zu löschen, spürte ich etwas Feuchtes am Saum meines Nachthemdes. Ich blickte nach unten, zog ein paar zerknitterte Falten auf die Seite. Und da sah ich es: zwei rote Flecken, eigenartig geformt, wie die Flügel eines Falters. Ich blutete.

3. Kapitel

Meine Mutter schob mir ein Stück Zucker mit ein paar Tropfen Pfefferminzlikör zwischen die Lippen. Der Zucker brannte angenehm kühl auf der Zunge, ich fühlte mich besser. Nanna brachte meinen Milchkaffee, sie nickte mir bedeutungsvoll zu.

»*Ma, no sei piu una bambina* – du bist kein Kind mehr.« Ich sah auf ihrem Gesicht einen doppeldeutigen Ausdruck von Güte und belustigter Verschwörung. »Wir sind jetzt einander gleich«, sagte ihr verschmitztes, etwas unverschämtes Lächeln. Es sagte, auf unwiderlegbare Weise, dass ich jetzt eine Frau war, dass ich gewissen Gesetzmäßigkeiten unterlag und mich fügen musste. Ich warf ihr einen wütenden Blick zu. Am liebsten wäre ich weinend aus dem Zimmer gerannt, aber mein Stolz ließ es nicht zu. »Geh weg!«, zischte ich.

Nach dem Milchkaffee war ich etwas gestärkt, fühlte mich aber immer noch verstört und gereizt. Meine Mutter forderte mich freundlich auf, wieder ins Bett zu gehen:

»Komm, leg dich hin! Du siehst blass aus. Ich werde in der Schule anrufen und der Mutter Oberin sagen, dass du heute nicht zum Unterricht kommen kannst.«

Ich war nicht unglücklich über den Vorschlag. Wir hatten heute eine mündliche Prüfung, auf die ich gerne verzichtete. Meine Mutter begleitete mich nach oben. Giovanna hatte das Bett schon gemacht, das Zimmer gelüftet. Unwillkürlich suchten meine Augen eine bestimmte Stelle, zwischen Decke und Wand. Doch ich sah und spürte nichts, keine Spur mehr von dem, was vorher da gewesen war. Statt Erleichterung zu verspüren, wurde ich traurig und wandte verstört das Gesicht ab. Meine Mutter sollte nicht sehen, in welchem Zustand ich war. Sie indessen gab mir halblaut einige Ratschläge und ließ mich allein. Ich legte mich zu Bett, aber ich brauchte lange, bis ich Ruhe fand. Der Schirokko pfiff und heulte. Venedig war voller Sonnenschein, Leben und Lärm, und die ungewohnte Binde zwischen meinen Beinen juckte. Doch am Ende fielen mir die Augen zu. Ich schlief ein und träumte von einem jungen Mann. Wie alle Mädchen meines Alters interessierte ich mich für Jungen. Die Fotoromane in den *fanzetti*, den billigen Zeitschriften, die wir heimlich tauschten, erweckten früh die Sehnsucht nach dem ersten Kuss. Ganz abgesehen von Herkunft oder guter Erziehung waren wir ausgelassen und eitel – selbst jene, die als unscheinbar galten. Und es kam nicht selten vor, dass sich hässliche Entchen in strahlend schöne Schwäne verwandelten. Die Liebe, oder vielmehr das, was wir dafür hielten, sprach schon früh eine überzeugende Sprache.

In meinem Traum stand der junge Mann im Gegenlicht, was bewirkte, dass seine Erscheinung ans Fantastische grenzte. Bei jedem seiner Atemzüge entblößte das Licht einen Arm, eine Hand, eine Schulter, unbedeckte Hautstellen, hellgolden im Sonnenlicht. Von ihm ging ein Leuchten aus, daran war kein Zweifel, als ob er ein Feuer nach außen würfe, während es in ihm schwelte. Ich konnte nicht sagen, ob er nun wirklich hell war oder ob die Helligkeit, die er ausstrahlte, von der Sonne herrührte. Wahrscheinlich traf beides zu. An eines jedoch erinnere ich mich: Er trug schwarze Kniehosen und ein dünnes, spitzenbesetztes Batisthemd. Darunter war der Oberkörper nackt; die Schultern schimmerten durch den Stoff, und ich glaubte ihre Wärme zu spüren. Nach einer Weile drehte er den Kopf, zeigte mir ein schönes, etwas stumpfnasiges Gesicht mit niedriger Stirn und sinnlichen Lippen. Die Brauen, die stärker und dunkler waren als sein Haar, lagen dicht wie zwei Wolken über den hochmütigen Augen. Alles an ihm, der Körper, das Gesicht, die Augen, war selbst in meiner unbedarften, kindlichen Vorstellungskraft begehrenswert. Und ich sehnte mich nach seiner Berührung, nach einer Umarmung; ich sehnte mich nach seinem Geruch, seinem Atem, seinem Schweiß. Doch er stand einfach da und sah mich an; sein Blick war leer.

»Wer bist du?«, rief ich ihm im Traum zu und lauschte versunken seinem Schweigen nach. Ich wiederholte die Frage mit einiger Ungeduld, weil ich doch meinte, ihn zu kennen. Er gab endlich Antwort; nun verstand ich, was er sagte, aber die Wörter standen in keinem Zusammenhang zu meinen Fragen und ergaben nicht den geringsten Sinn: »Auf ewig …«, sagte er. »Bald!«

Seine Lippen sprachen die Worte nicht, sie schienen sich lediglich von ihnen zu lösen. Oder bildete ich mir das nur ein? Diese nicht gesprochenen, nur empfundenen Worte waren von einer Klugheit, die mein Verstand nicht erreichte, sie wurden zur Qual, mein Gehirn schmerzte im hilflosen Versuch des Verstehenwollens. Doch vergeblich. Ich hörte mein tiefes, erschauerndes Atmen, gab irgendwelche Laute von mir und erwachte, als eine Hand an meiner Schulter rüttelte. Es war Giovanna, die an meinem Bett stand, eine Schale mit Suppe in der Hand. »Die *Signora* sagt, du musst jetzt etwas essen.«

Ich richtete mich auf, bemerkte verwundert, dass meine Kopfschmerzen verflogen waren. Ich streckte mich, spürte mit Ärger die reibende Berührung der Binde. Die Sonne leuchtete schräg durch das Fenster; der Traum war zerronnen, der Zauber dem Alltag gewichen. Giovanna schüttelte mein Kissen auf. Die Reissuppe mit Zuckererbsen duftete verlockend. Giovanna hatte sie für mich zubereitet. Ich schlürfte die Suppe mit Appetit, danach fühlte ich mich besser, kaum anders als sonst. Ich stand auf, zog mich an und ging zu meiner Mutter nach unten. Sie war schon zum Ausgehen gekleidet, trug ihren Schmuck aus dem Nachlass der Großmutter, eine schöne Goldkette und zwei schwere Smaragdringe, die sie zum Klavierspielen abnahm. Sie wusste mit Lippenstift und Wimperntusche umzugehen. Und Giovanna war begabt, ihr welliges Haar zu einem schönen, schweren Knoten zu drehen.

»Kommst du mit?«, fragte sie. »Orlando hat angerufen: Ich kann meine Schuhe abholen. Und dann gehen wir einen Cappuccino trinken, ja?«

Ich ging gerne mit ihr. Die Einkaufsbummel lohnten sich: Sie kaufte mir stets eine kleine Sache, die mir Freude machte. Der Mangel an körperlicher Bewegung hatte sie füllig werden lassen. In der heißen Jahreszeit ließen ihre geblümten Kleider das Dekolletee frei, das sie ausgiebig puderte. Modellkleider konnte sie sich nicht leisten, aber sie hatte eine Schneiderin, die sorgfältig arbeitete. Sie zog das linke Bein nach, und ihr Fuß hatte sich im Laufe der Jahre verkrümmt, sodass sie ihre Schuhe stets nach Maß anfertigen ließ. Es nützte nur wenig: Der Widerhall des ungleichen Taktes ihrer Schritte auf Marmor- oder Parkettboden trieb sie nach wie vor zu Tränen der Verzweiflung.

Die neuen, dunkelblauen Pumps saßen perfekt. Aber Mama kritisierte Form und Farbe, klagte in hysterischem Tonfall, dass die Schuhe drückten. Orlando ging auf ihr Spiel ein, widersprach, argumentierte, seufzte, bevor er ihr den üblichen Rabatt gewährte. Anna Di Savegna war überheblich und durchtrieben, jedoch eine Kundin, die ihm Ansehen brachte.

Danach gingen wir am Rialto in der gelblichen Abendsonne spazieren. Die vielen Spuren des Krieges waren noch da, aber es gab einen blühenden Schwarzmarkt, sodass man kaufen konnte, was man wollte – man musste es nur bezahlen können. Die Touristen kamen wieder, die Straßen waren voller braun gebrannter Jungen und Mädchen in bunten Kleidern. Eine neue Lebenslust erwachte.

Wir gingen langsam, festgehalten im Gewimmel der Passanten, und meine Mutter kaufte mir eine schöne, mit Strass geschmückte Haarspange. Später saßen wir am Markusplatz an einem Marmortisch unter den Arkaden; es duftete nach Zimt und Vanille, nach gerösteten Mandeln, nach frisch gemahlenem Kaffee. Meine Mutter wurde begrüßt, hielt Hof wie eine Fürstin. Mir war das ein wenig peinlich. Ich spielte mit meinem Haar, warf es in den Nacken, steckte es mit der Spange fest. Dann zog ich sie wieder heraus, schüttelte mein Haar nach vorn, und meine Gedanken gingen eigene Wege.

»Mama, ist unser Haus sehr alt?«

Sie trank behutsam ihren Grappa. Von nahem glichen ihre rot geschminkten Lippen zerknittertem Seidenpapier. Sie trug le Rouge Baiser, eine französische Marke, die perfekt haftete, aber die Lippen austrocknete.

»Das habe ich dir doch oft erzählt.«

»Ja, aber ich erinnere mich nicht mehr.«

»Wo hast du nur deinen Kopf?«, seufzte meine Mutter, erzählte jedoch bereitwillig. Sie sprach gut, mit vorgetäuschter Lässigkeit.

»Ob das Haus alt ist? Das kann man wohl sagen. Ursprünglich gehörte es zum Palazzo Savegna, der im Material unbescheiden, in der Dekoration emphatisch und in den Proportionen hässlich gewesen sein soll. Unser Haus auf der anderen Seite des Kanals war der Gästeflügel. Eine überdachte Holzbrücke verband beide Gebäude. Wie du weißt, ist noch ein Bruchstück der Schnitzerei im Museo del Settecento zu sehen. Anfang des 19. Jahrhunderts stieg das Wasser mehrere Meter über Normalhöhe. Das ablaufende

Grundwasser hinterließ Hohlräume, der Palazzo sackte in sich zusammen. Der Innenhof sah plötzlich wie ein Trichter aus: Die Marmorfliesen standen schräg, die Säulen brachen. Das Gebäude musste abgerissen werden.«

»Wird unser Haus auch mal einstürzen?«

»Vielleicht«, sagte sie, um mir Angst einzuflößen.

»Wann?«, rief ich erschrocken.

»Gott allein weiß es. Das Kellergewölbe senkt sich. Eine Instandsetzung? Ja, aber wo nehmen wir das Geld her? Sag, woher? Dein Vater begnügt sich mit Almosen und ich bin ein Krüppel. Wir dürfen unser Brot und unseren Käse essen, aber wir leben ohne Glanz und das Haus vermodert.«

»Waren wir früher reich?«

Sie nippte an ihrem Grappa.

»Eine Zeit lang, gewiss. Die Familie handelte mit afrikanischen Edelhölzern, was ihr sehr viel Geld einbrachte. Außerdem besaß sie Güter bei Udine, die sie später verkaufen musste.«

Die Nachkommenschaft der Di Savegna war klein. Mein Vater hatte einen Bruder, der in Australien lebte, und eine verheiratete Schwester in Rom. Außer mir waren nur zwei Mädchen geboren worden, der Zweig würde bald aussterben.

»Zu unseren Vorfahren gehörten einige bedeutende Köpfe.« Für einen Augenblick zeigte Mamas Gesicht einen Ausdruck, der sich schlecht mit unserem derzeitigen Leben vertrug: einen völlig sinnlosen Standesdünkel. Offenbarte sich darin eine tiefere Regung ihres Wesens? Oder war es nur Selbstschutz, wie die nachgeschneiderten Kleider aus billigem Stoff? »Ein Di Savegna war Botschafter in Berlin«, fuhr sie fort, »ein anderer Sekretär des Regierungspräsidenten. Ein Verwandter, Gaetano Di Savegna, zeichnete sich in den Bourbonen-Kriegen aus und wurde vom König mit einem Grafentitel belohnt. Und da war auch noch Leonora Di Savegna, die sich mit zwanzig ins Kloster Santa Felice bei

Triest zurückzog und Äbtissin wurde. Sie war eine bedeutende Psalmensängerin, mit einer ganz ungewöhnlichen Stimme. Dazu kam, dass sie in heilige Verzückung fiel – so wurde das damals genannt – und Visionen hatte.«

Ich fuhr leicht zusammen.

»Visionen?«

Mit einem Spitzentuch tupfte sie behutsam den Schweiß von der Oberlippe.

»Visionen, ja. Sie bildete sich Dinge ein. Und sie machte den Fehler, es anderen Leuten zu erzählen. Du kannst dir ja denken, wie es damals war: Die Kirche beschuldigte sie der Hexerei. Die Psychologie gab es noch nicht. Aber als gute Theologin konnte Leonora beweisen, dass sie ihre Visionen von Gott bezog. Irgendetwas war trotzdem faul an der Sache, denn sie wurde nicht heiliggesprochen.«

Meine Wangen wurden heiß. Ich klemmte die Spange zwischen meine Zähne, raffte mein Haar zu einem Pferdeschwanz zusammen.

»Das mit den Visionen, das finde ich nicht seltsam«, sagte ich, als ich wieder sprechen konnte.

Sie zuckte mit den Schultern. Ihre Goldkette blitzte auf der samtbraunen Haut. »Ich auch nicht. Das kam, weil sie nächtelang betete und tagsüber fastete. Sehr ungesund! Wenn heute jemand zum Arzt sagt, er hätte Visionen, legt der Doktor sofort ein Karteikärtchen an. Der Patient ist verrückt, kann aber zur Theoriebildung beitragen. Diese Dinge sind ja zumeist pathologisch.«

Was bedeutete pathologisch? Dass ich verrückt war? Ich hatte plötzlich eine höllische Angst. Was hatte ich in dieser Nacht erlebt? Was war geschehen? Ich konnte absolut nicht glauben, dass es Wahnsinn oder sonst was war. Und sicher war es keine Einbildung. Aber erzählte ich das meiner Mutter, schickte sie mich womöglich zum Arzt. Die Last meines Geheimnisses fiel auf mich wie ein Stein.

Inzwischen holte meine Mutter, die nicht ahnen konnte,

was in mir vorging, ihre vergoldete Puderdose aus der Tasche, warf ein Blick in den Spiegel und befeuchtete den Rouge Baiser mit der Zungenspitze. Ich bezwang meine Panik, bemühte mich um einen normalen Tonfall.

»Gibt es noch mehr Geschichten?«

Sie klappte das Döschen wieder zu, lachte und winkte mit eleganter Geste den Kellner herbei. »Wenn dich das interessiert, lies doch mal unsere Familienchronik statt deiner ewigen *fanzetti*. Und trink deinen Cappuccino aus – wir gehen.«

Das Arbeitszimmer meines Vaters war ein düsterer Raum, voll gestopft mit einer Vielzahl von Möbeln, die er immer hinauszuwerfen versprach. Das Versprechen setzte er jedoch nie in die Tat um. Er kritzelte Einfälle und Gedanken auf alle möglichen Hefte und Papiere. Akten häuften sich auf, unter und neben dem Schreibschrank mit den vielen Schubladen. Bewunderungswürdig war, wie mein Vater jede Notiz bei Bedarf mit schlafwandlerischer Sicherheit aus den Papierbergen fischte. Dass Giovanna hier Ordnung schaffen würde, war sein Albtraum. Die alles überziehende Staubschicht bezeugte, dass sie vorsorglich davon Abstand nahm.

Auf den Regalen der Bücherwand stapelten sich Sachbücher, Bildbände alter und zeitgenössischer Künstler, dazu eine Flut von Zeitschriften, gefährlich windschief aufgetürmt. Eine Anzahl alter Bücher mit Ledereinband und Goldschnitt standen hinter verschlossenen Glastüren. Ich erwischte den richtigen Schlüssel, stellte mich auf Zehenspitzen und fand endlich, was ich suchte. Vorsichtig nahm ich das Buch heraus. Der dicke Ledereinband war abgegriffen, die Seiten vergilbt. Ich setzte mich in Vaters Plüschsessel, nahe beim Fenster, und verlor nicht viel Zeit damit, jede Seite umzublättern, denn vieles wusste ich schon. Zusätzlich erfuhr ich, dass die Familie aus der Gegend von

Triest stammte. Der Stammbaum ließ sich bis ins 14. Jahrhundert zurückverfolgen. Das ursprüngliche Rittergeschlecht hatte eine Anzahl Feldherren hervorgebracht, *deren Heldenmut bis zur Besessenheit* darauf schließen ließ, dass sie Bösewichte waren. Von Leonora Di Savegna war ein höchst konventioneller Kupferstich abgebildet. Ihr Mädchenname Almos war türkischer Abstammung und erklärte vielleicht die Zurückhaltung der Kirche in Bezug auf ihre Heiligsprechung. Immerhin führte sie einen Briefwechsel mit Bischöfen und Gelehrten und war darüber hinaus für ihre Barmherzigkeit bekannt. Sie war fromm und ekstatisch. Ich las, dass sie oft in Ohnmacht fiel und ihre Glieder steif wurden, sodass man um ihr Leben bangte. In diesem Zustand erzählte sie Dinge, die seltsam anmuteten. Es zeigte sich dabei, dass sie unbewusst von bevorstehenden Ereignissen sprach, was großes Erstaunen hervorrief. Mir schwindelte ein wenig, als ich folgende Sätze von ihr entdeckte: *Wenn es Gott gefällt, steigt meine Seele empor in die Höhe und in wechselnde Luftzonen. Dabei überfliege ich verschiedene Orte und verschiedene Völker, seien sie auch weit fort in unbekannten Gegenden. Ich schaue sie mit meiner Seele an und erblicke sie nach Art des Wechsels der Wolken. Ich sehe diese Dinge aber nicht mit äußeren Augen, höre sie nicht mit den äußeren Ohren, vernehme sie auch nicht mit den Empfindungen des Herzens, sondern durch das Zusammenwirken aller fünf Sinne.*

Das war für mich eine so gewaltige Neuigkeit, dass die Buchstaben vor meinen Augen verschwammen. Im wirren Gewebe der Zeit hatte ich eine Lücke entdeckt und schlüpfte hindurch. Leonora war nicht verrückt gewesen. Und ich war es auch nicht, das jedenfalls war klar. Ich war – wie jeder Mensch – das Produkt meiner Ahnenreihe, einer ungeheuren Kette, von der ich wenig wusste, außer dass sie existierte und in mir weiterlebte. Hastig blätterte ich im Buch herum, wobei ich – fern von den tadelnden Blicken meines

Vaters – den Finger mit Spucke befeuchtete und auf einen Namen stieß, den ich noch nicht kannte:

Tiberio di Savegna, (23.3.1780-1808, Venedig) Sohn des Vittorio Di Savegna und der Catarina Adelaide, geb. Bruni. Venezianischer Astronom. Erwarb sich Berühmtheit durch die Entdeckung eines Asteroiden, der, seinen Berechnungen gemäß, in den Urwäldern Nordostbrasiliens, sechshundert Kilometer von Belém, in der Sierra Pelada einschlug und dort einen umfangreichen Krater hinterließ. Seine wissenschaftliche Exaktheit brachte ihm große Anerkennung ein. Darüber hinaus war er als Dichter und Musiker bekannt. Sein Leben war turbulent. Man sagte von ihm, dass er ›das Angesicht eines Engels und den Geist eines Dämons‹ hatte. Sein liederlicher Lebenswandel brachte ihm viele Feinde ein. Ein erster Mordanschlag konnte durch seine Geliebte, Maria Graziella, Herzogin von Bologna, vereitelt werden. Im Alter von siebzehn Jahren warf sich die junge Frau vor das Messer des Mörders und verlor dabei ihr Leben. Aber bereits zwei Jahre später fiel Tiberio Di Savegna einer erneuten Verschwörung zum Opfer.

Ich blätterte die nächste Seite um, und mein Atem stockte: Da war er abgebildet! Meine Kopfhaut prickelte, als ob kleine Bläschen an den Haarwurzeln platzten. Davon abgesehen, dass er, im Gegensatz zu meiner Traumfigur, eine dunkle Hofuniform mit hohem Kragen trug, gab es zwischen den beiden keinen Unterschied. Es war dasselbe berückend schöne Gesicht, die Augen mit dem unverkennbar anmaßenden Blick. Im Gegensatz zur Mode seiner Zeit war sein üppiges blondes Haar nicht gepudert. Schlank und selbstbewusst saß er da, in lockerer Haltung, und hielt eine Schriftrolle in der Hand; neben ihm waren ein Astrolabium und das Zeichen der Freimaurer abgebildet. Die Legende war kurz:

Tiberio Di Savegna, im Alter von achtundzwanzig Jahren auf dem Campo San Polo ermordet.

Das Bild fiel auf mich herab wie von einem anderen Planeten, flimmerte vor meinen Augen, verschmolz mit dem anderen Gesicht. Das Zimmer um mich herum begann zu schaukeln, und ein leichter Brechreiz stieg in mir auf. Dann schnellte die Welt zurück an ihren Platz. Ich spürte wieder das Buch in meiner Hand, und unter meinen Füßen den Marmorboden. Ich saß wie erstarrt; die Sonne wanderte am Fenster vorbei, im Zimmer wurde es dunkler, aber ich vermochte keine Hand zu rühren, um die Stehlampe anzuknipsen. Ich bewegte meinen Kopf nach allen Seiten, um mich selbst zu verstehen. Ich durchschaute nicht wirklich, um was es sich handelte. Es schien auf irgendeine Art Gemeinsamkeit anzukommen. Wer war ich? War ich überhaupt? Und wer war ich vorher? Lauter Fragen, die mich verwirrten. Ich hatte mein eigenes Gedächtnis gefunden, das Gedächtnis vieler Jahrhunderte. Vor diesem Erlebnis hatte mich nie interessiert, wer ich war und was ich war. Nun verstand ich plötzlich, dass ich lange, starke Wurzeln hatte, die durch den Boden drangen wie das Wurzelwerk eines Baumes. Da verbarg sich etwas vor mir, im Schlaf und im Wachen. Es gab ein Geheimnis, und wüsste ich, wo es lag, könnte ich es auspressen wie eine Frucht. Und während ich das Buch zuklappte und sorgfältig wieder an seinen Platz stellte, wurde ich von Unruhe erfasst, von einer naiven, überschwänglichen Unruhe, denn ich war kein Kind mehr und würde mich auf die Suche nach dem Geheimnis machen.

4. Kapitel

Natürlich wusste ich damals nicht, dass die Jahre zählen würden. Wir zählen ja auch nicht die Schritte, die wir zurücklegen, wenn wir zu irgendeinem beliebigen Rendezvous eilen. Doch in Wirklichkeit ist alles anders. Jahre sind Schritte, die das Schicksal mit einer Eile misst, die nur junge Menschen nicht spüren. Ich wuchs heran, wurde fünfzehn, dann sechzehn. Wie alle Jugendlichen glaubte ich, dass die einzige Wirklichkeit diejenige sei, an der alle Gleichaltrigen teilhatten. Die Nonnen hatten mir eine gute Rhetorik beigebracht. Ich dachte schnell, mein Gehirn war zu raffinierten Kombinationen fähig, ohne dass ein Lächeln, das meine Mutter als »unverschämt« bezeichnete, mein Gesicht verließ. Wenn mir die täglichen Gesangsstunden Zeit ließen, las ich viel. Wir hatten viele Bücher daheim, aber ich brachte ständig neue aus der Bibliothek mit. Ich las Henri Bosco und Rosamund Lehmann. Ich las Dante, Shakespeare und Homer, die Bibel und den Talmud. Ich las Stendhal, Flaubert, d'Annunzio, Tasso und Paul Bourget, und die alten Ausgaben von Chateaubriand. Victor Hugos *Der Glöckner von Notre Dame* wühlte mich auf. Ich las Fourniers *Grand Meaulnes* mit einem Taschentuch in der Hand, und Montherlants elegante Perversitäten mit ebenso viel Unwissenheit wie Neugierde. Das hieß aber nicht, dass ich Stubenhockerin war. Meine Mutter klagte, dass ich nur

Augen für Jungen hätte und die Gesangsstunden vernachlässigen würde. Ich rebellierte mit wütender Energie, wollte meinen Anteil an der Beute des Lebens, wollte hinaus in die Welt. Ich sagte: »Ich will Stewardess werden.« Für uns Mädchen war Stewardess der neue, elegante Traumberuf. Wir erlagen ganz mechanisch diesem Zauber. Die *fanzetti* zeigten uns Plätze voller Abenteuer und Romantik und hinreißend attraktive und heldenmütige Flugkapitäne. Der Krieg war vorbei. Befreit von den Schwärzen der Existenz, waren wir nur Gefühl und Schwärmerei. Ach, was waren wir doch für eine unschuldige Generation, wie unkritisch, naiv und manipulierbar! Aber wenn alle Mädchen Hirngespinste hatten, warum nicht ich? Meine Mutter verlor keinen Zoll Überheblichkeit und schlug mit den Krallen zu, wie unsere Hauskatze.

»Eine Di Savegna ist keine Dienerin. Auch nicht auf dem Flug über den Äquator! Eine Di Savegna hat Diener.«

Ich brach in Tränen aus, packte einen Stuhl und schrie: »Ich will dich nicht mehr sehen!«

Sie starrte mich an.

»Sag das noch einmal!«

Ich sagte es kein zweites Mal, sondern warf den Stuhl krachend durch den Raum. Worauf sie das Zimmer verließ und die Tür so hart zuschlug, dass sie beinahe aus den Angeln fiel. Mein Vater hatte Mitleid mit mir, gab mir sein Taschentuch und setzte unserer Komödie mit beschwichtigenden Worten ein Ende: »Schon gut, Floria. Da, putz dir die Nase! Einer jungen Dame steht kein verheultes Gesicht. Und was das andere betrifft – du hast noch zwei Jahre Schule. Und danach sehen wir weiter.«

Das Ergebnis war, dass ich mich von meiner schlechtesten Seite zeigte. Alles geriet durcheinander, in meinem Kopf waren Tausende von Wünschen. Sie flogen auf wie Vögel, ich antwortete allen gleichzeitig. Ich riss die Welt gut befestigter Grundsätze in Stücke, zertrat die Trümmer voller

Schadenfreude. Gegen mein neu erwachtes weibliches Bewusstsein kamen die Kindheitsträume nicht an. Doch meine Vorstellungskraft war intakt. Und es kam vor, dass ich plötzlich im Dämmerlicht einer Treppe oder in einem Zimmer voller Gerümpel eine Gestalt zu sehen glaubte. Irgendwo war ein Umriss, der dunkler war; ich drehte ein wenig die Augen zur Seite, brachte die beiden Sichtlinien zusammen, sodass der Körper eines Menschen entstand, sichtbar als Form. Ich erblickte eine Art Gesicht, einen Augenbogen, und dort, wo sich Nase und Mund befanden, einen verschwommenen Schatten. Ein Name kam mir in den Sinn, ich sprach ihn leise aus. Aber die Form blieb völlig stumm, wobei sie sich ganz leicht vorwärts, dann rückwärts, der Bewegung meines Körpers anpasste. Es kam auch vor, dass sie den Kopf senkte und eine Weile still, vorgeneigt, im Schatten verweilte. Dann und wann glaubte ich, dass sie etwas sagen würde, aber vergeblich. Die Erscheinung war stumm in dieser Welt, vielleicht, weil ich ihre Sprache nicht mehr verstand. Einmal glaubte ich, die Gestalt würde wieder entstehen. Die Luft vor dem Mund trübte sich etwas; mir war, als ob sich die Lippen bewegten, aber das, was zu ich hören versuchte, vibrierte und verschwand, bevor es mein Bewusstsein erreichte. Wenn man mit so etwas in Berührung kommt, muss man sich Zeit nehmen, das Leben und die Dinge ringsum still beobachten. Ich war viel zu sehr damit beschäftigt, mit mir selbst Bekanntschaft zu schließen. Jeder Tag brachte mir Eindrücke, denen die Wiederholung nichts von ihrer Ursprünglichkeit nehmen konnte, aber auch, und das war seltsam, den Eindruck von schon Erlebtem vermittelten. Darüber nachzudenken ergab damals für mich keinen Sinn.

Mein Zimmer hatte einen Balkon, von dem ich den Hof überblickte, ein trübes Gewirr von sich kreuzenden Wäscheleinen, Teppichstangen und Mülleimern. Der Hof war nicht restlos abgeschlossen, aber nie lichterfüllt, und die kümmerlichen Pflanzen in ihren zersprungenen Blumentöpfen vertrockneten. Geräusche drangen durch die Fenster, Gesprächsfetzen, Gelächter, Kindergeschrei, Radiomusik. Eines Morgens im März, als die frühe Dämmerung wie eine Silberschale über den Dächern lag, sah ich die Gestalt auf dem Balkon stehen. Ich war dabei, meinen Büstenhalter festzuhaken – die Schublade stand noch offen –, und wandte den Kopf, gerade rechtzeitig, um die Umrisse eines weißen Hemdes zu sehen, durch das die Brustwarzen und die Achselhöhlen dunkel schimmerten. Ich blieb mit angehaltenem Atem stehen, die Arme unwillkürlich gegen die Brust gepresst, während die Umrisse sich füllten, eine Art leuchtende Körperlichkeit annahmen. Das blonde Haar, schwer geworden, fiel auf eine Schulter und das Gesicht wurde sichtbar. Es nahm sogar menschliche Züge an, es lag etwas Altes in diesem Gesicht, das früher einfach nur schön gewesen war. Die Augen beobachteten mich aus dem Schatten des Knochenbogens heraus; unter der fast geraden Linie der Nase öffneten sich die Lippen zu einem Lächeln. Ich sah das flüchtige Aufblitzen weißer Zähne und lächelte unbehaglich zurück.

»Weißt du, Tiberio, du bist ganz schön dreist«, hörte ich mich sagen. Unwillkürlich redete ich mit ihm, wie ich mit einem Gleichaltrigen geredet hätte. Und da – wie zur Bestätigung – hob er die Hand. Die Finger waren locker gekrümmt, das schmale Gelenk beweglich, die Haut hell unter dem durchscheinenden Stoff. All das sah ich deutlich im Gegenlicht, bevor er lautlos von einer Seite des Balkons zur anderen ging und verschwand. Verstört zog ich meinen Pullover über den Kopf. Ich spürte meine klamme Haut und sagte zu mir selbst: »Floria, du spinnst!« Aber ich war ganz sicher, dass er da gewesen war, denn für den Bruchteil einer Sekunde hatte ich genau gesehen, wie die Scheiben des offenen Fensters, in Spiegel verwandelt, sein Gesicht von der anderen Seite verdoppelt hatten. In der Nacht lag ich lange wach. Kurz vor Morgengrauen weckten mich verschwommene Geräusche, unbestimmte Bewegungen hinter der Balkontür, wie von einem schemenhaften Wesen, das ruhelos auf dem Balkon umherstreifte.

5. Kapitel

Meine Mutter hatte die Zügel ein wenig gelockert. Ich fühlte zum ersten Mal, dass ich stark sein konnte. Das musste ausprobiert werden. Ich durfte abends ausgehen – allerdings nur bis elf. Dann fing es zwar erst an, richtig lustig zu werden, aber ich griff gierig nach jedem Stückchen Freiheit. Der erste Nightclub, der erste Whisky, die erste Zigarette. Der erste Kuss, die erste Umarmung. Gigino. Seine lebhaften Augen, seine frischen Lippen, der Salzgeschmack auf unserer Haut. Wir tanzten zusammen, ich fühlte seinen warmen Körper, er legte mir die Hand auf den Rücken, unter dem Kleid. In einem Bootshaus am Lido kam es dann zu mehr. Zuerst war ich sehr befangen, als er mir seine Zunge in den Mund schob. Ich fand es ein wenig ekelhaft. Dann vergaß ich alles. Gigino streichelte meinen Hals, meine Brüste unter dem Büstenhalter. Er öffnete den Reißverschluss meines ärmellosen blauen Kleides, oben zwischen den Schulterblättern, hakte den Büstenhalter auf. Er half mir, das Kleid bis zur Taille abzustreifen, legte eine Hand auf mein Knie, ließ sie über die Schenkel gleiten. Dann fuhr er mit der Hand weiter hinauf, unter den Schlüpfer, streichelte mich, bis der Stoff feucht wurde. Er berührte meinen Schoß mit den Händen, teilte die Spalte mit forschenden Fingern. Wir keuchten und zitterten, unsere Herzen schlugen laut und schnell. Es war dunkel, der Himmel klar, mit vielen Sternen. Alles vermischte sich, die Umarmungen und die Küsse, die Gerüche der Liebe, die Erregung, dass wir etwas Verbotenes taten, die Furcht, entdeckt zu werden. Das Glitzern des Wassers, das lautlose Einlaufen eines Dampfers, ein düsteres Gespenst mit Lichtern in den Masten und einem matten Schimmer weiter unten, in den Wellen – ich sehe es noch immer.

Gigino ging nach Mailand, studierte Rechtswissenschaften. Wir tauschten Briefe, sahen uns gelegentlich am Wochenende, trafen uns mit Freunden und tanzten Bebop. Noch bestanden, für eine Weile, unsere magische, schuldhafte Verbundenheit, die Neckereien und Gespräche, die Spaziergänge durch die Straßen. Wir gingen auch zusammen ins Bett: Ein Freund überließ uns für einige Stunden sein Zimmer. Wir gebrauchten das Wort »Liebe« und versuchten uns einzureden, wir seien noch ganz dieselben, aber irgendwann kam ich besser mit ihm aus, wenn er nicht da war. Ich vergaß die Pläne, die wir geschmiedet hatten, saß auch nicht mehr verkrampft neben dem Telefon und wartete auf einen Anruf. Am Ende hatten wir einander nichts mehr zu sagen, doch das gestanden wir uns nicht ein. Und bald erlebten wir unsere Geschichte wie etwas Fernes, Undeutliches, denn im Grunde wusste jeder von uns, dass nie etwas daraus werden sollte.

Silvana war meine beste Freundin. Wir hatten am selben Tag Geburtstag. Wir tauschten untereinander die Kleider, verglichen mit dem Zentimetermaß Busen- und Taillenumfang, zogen abwechselnd an derselben Zigarette. Im Sommer kauften wir den gleichen Badeanzug, weiß, mit roten Tupfen. Wir fotografierten uns gegenseitig, klebten die Bilder in mein Album, in abscheuliches Leinen gebunden, ein Geschenk für fehlerfreie Aufsätze aus den Händen der Nonnen. Im Herbst erkrankte Silvana an Kinderlähmung, gegen die es noch keinen Impfstoff gab. Sie lag wochenlang im Krankenhaus, in der so genannten eisernen Lunge. Am

Anfang ging ich täglich zu ihr. War ich im Kino gewesen, erzählte ich ihr den Film, beschrieb genau jede Liebesszene; sie war ganz versessen darauf. Eines Tages nahm ich das Fotoalbum mit. Wir blätterten lange darin herum, besahen uns kichernd die Fotos, die belanglos waren – für uns jedoch wurden sie nun, ohne dass wir uns dessen bewusst waren, zur einmaligen und kostbaren Erinnerung. Und als ich mich verabschiedete, wollte Silvana nicht, dass ich das Album wieder mitnahm. Sie bekam Pickel, wurde immer dünner, immer blasser. Ihr Haar fiel aus. Einmal, als ich gerade bei ihr war, blieb ihr plötzlich die Luft weg, sie röchelte und schrie ganz entsetzlich und ich machte meine Ohren zu und starrte auf den blitzblanken Boden. Ich war so entsetzt, dass ich mich nicht rühren konnte, bis eine Schwester kam und mich aus dem Zimmer führte. Danach durfte ich nicht mehr zu ihr. Silvana starb in der Weihnachtsnacht. Weil gerade Ferien waren, kamen nur wenige Mitschüler zur Beerdigung. Das Fotoalbum gab ich Silvanas Mutter, bat sie lediglich um ein Foto: Silvana, wie sie im Sonnenschein am Strand lag, die Hand mir entgegengestreckt, perspektivisch verkürzt. Dazu ihr schönes Lachen, ihr wehendes Haar. Und so hatte ich sie stets lebendig vor Augen.

Der Winter ging vorbei, es wurde Frühling. Der Badeanzug mit roten Tupfen kam aus der Mode, am Lido sah man die ersten Bikinis. Elvis Presley sang *Love me tender*: die Melodie der Jugend, die nur einmal im Leben erklingt.

Ich weiß beim besten Willen nicht mehr, warum, aber ungefähr in dieser Zeit begannen die Musikstunden mich wieder zu interessieren. Ich hatte einst geglaubt, ich sänge, um meiner Mutter gefällig zu sein – nun plötzlich merkte ich, dass ich sang, weil es meinem Wesen entsprach. Gewiss bediente sich meine Mutter oft fragwürdiger Methoden. Zum Beispiel musste ich immer dieselbe Note wiederholen, einen Zahnstocher zwischen die oberen und unteren Vorderzähne geklemmt. Sie erklärte mir, dass durch diesen

Trick der Kehlkopf gesenkt wurde – was eine Öffnung der Kehle bewirkte. Jede Note verlangte eine andere Stellung der Halsmuskeln, die ich mir merken musste. Auch ließ sie mich mit Autosuggestion arbeiten: Tagsüber, auch wenn ich mich prächtig fühlte, sollte ich immer wieder »Wie müde ich bin, ach, ich bin ja so schrecklich müde« vor mich hin murmeln. Das hatte zur Folge, dass ich gähnen musste. Und je mehr ich gähnte, desto besser war es für die Öffnung meiner Kehle. Zunächst fand ich das witzig, machte es sogar meinen Mitschülerinnen vor, aber nach und nach verlor ich die Geduld.

»Hör auf, Mama, das ist ja lächerlich!«

Sie schob das spitze Kinn vor, sodass ihre Sehnen am Hals unschön hervortraten.

»Lächerlich? Eine Methode aus dem 17. Jahrhundert? Wie kannst du so dreist sein, dies beurteilen zu wollen? Stell dir vor, sie wurde für Kastraten entwickelt. Die Ärzte gingen – wie du weißt – recht brutal mit ihnen um. Keiner verlangt von dir, dass du deinen abgeschnittenen Stolz beweinst, ja? Los jetzt, mach weiter!«

Meine Mutter sagte nie: »Du bist gut, das hast du hervorragend gemacht.« Sie sagte auch nicht: »Auf dieser Basis können wir weitermachen.« Sie sagte lediglich: »Du hast nicht auf dieses, nicht auf jenes geachtet. Warum vertrödele ich eigentlich meine Zeit mit dir?« Sie kritisierte mich tagein, tagaus. Es war schrecklich. Es gab Augenblicke, in denen ich sie einfach nur hasste. Doch sie gab nicht auf; und ich fügte mich, weil ich im Grunde meines Herzens ja akzeptierte, dass es keine bessere Lehrerin gab. Stewardess werden? Es kam vor, dass mein Vater mich deswegen neckte, mit gespieltem Bedauern die smarten Flugkapitäne erwähnte, die vergeblich auf mich warteten. Ich schämte mich ein wenig. Stewardess wollte ich nur werden, erwiderte ich, weil ich dann Gelegenheit gehabt hätte, zu reisen. Einmal setzte ich, halb im Spaß, hinzu: »Das kann ich auch, wenn ich eine Diva bin«, worauf meine Mutter mit herablassender Sicherheit kurz auflachte. »Ja, aber du wirst nie eine sein, wie ich es war, wenn du dir keine Disziplin auferlegst.«

Dieses »wie ich es war« spornte mich an und trug dazu bei, mir die Welt der Möglichkeiten noch bewusster zu machen, Chancen, die nur vom eigenen Können abhingen. Nun, dachte ich, wir werden ja sehen!

Im Theater, wo ich jede Probe besuchte, lernte ich vieles. Nur schön singen genügte nicht. Eine Arie ohne Leidenschaft vorzutragen war verlorene Zeit. In der Fenice erlebte ich viele Sänger und Sängerinnen, viele Inszenierungen. Ich erlebte auch die Auseinandersetzungen mit dem Orchester, die Anweisungen der Regie, die Wiederholungen, die Nervenkrisen. Von Romantik keine Spur. Aber bei der Aufführung erstrahlte die Bühne, gleich einer verwunschenen Welt, die sich öffnete, sich darbot, realer wurde als das reale Leben. Das Repertoire klang jedes Mal neu, so wie ein Märchen, von der Großmutter hundertmal erzählt, das Kind immer wieder zu begeistern vermag. Vertraute, unvergessliche Momente, stets verwandelt, stets im neuen Gewand. Bei jeder Aufführung fieberte ich den Höhepunkten entgegen: dem Triumphmarsch des Radames, im zweiten Akt von *Aida*, Mefistofeles' höhnischer Herausforderung »Sieh hier die Welt«, Carmens verführerischem Seguidilla-Tanzlied, der Arie der Königin der Nacht, einer Halluzination fliegender Lichtbänder.

Meine Mutter nahm nur noch wenige Schüler auf und konzentrierte sich völlig auf mich. Sie ließ nie locker, forderte ungeduldig, streng, unnachgiebig, dass ich mein Bestes gab. Der Unterricht ging beinahe über ihre Kräfte. Ihr Mund war verkniffen, ihr früher kerzengerader Rücken wölbte sich allmählich in einer unschönen Linie. Ihre Finger schlugen auf die Tasten, ihrer ganzen Haltung war anzumerken, dass sie mit aller Kraft spielte, um mich herüberzuholen.

Man bat sie, eine Meisterklasse zu leiten; sie weigerte sich. Nein, sie sei zu alt. Ihre verbleibenden Energien galten mir. Sie führte mich zu den Arien, die für meine Stimme geschaffen waren. Sie hatte längst gemerkt, dass ich ein dramatischer Sopran war, dass meine Stimme Melancholie in sich trug, einen schillernden, zerbrechlichen Schmerz, der sich auswerten ließ.

Meine Schulzeit war zu Ende. Es stellte sich die Frage, ob ich Musikwissenschaften studieren oder aber Sängerin werden sollte. Ich wollte nichts anderes als das. Es war mein Wille, ich bestimmte meine Zukunft. »Da hast du noch viel vor dir«, sagte meine Mutter sarkastisch. »Du bist nicht gut, glaube das ja nicht. Noch lange nicht.« Immer dieser Dünkel, die Geringschätzung, die vielleicht nur vorgetäuscht war, aber ich sah da nicht klar. Diese Methode war für mich schmerzhaft, aber auf diese Weise gelang es ihr, das Letzte aus mir herauszuholen. Es kam vor, dass sie mich tagtäglich, immer wieder, eine einzige Note üben ließ, eine Aufgabe, die mir verhasst war. Ich schimpfte und heulte und warf Notenhefte durch das Zimmer; es war ein Kampf zwischen uns, ein Kampf, in dem ich stets unterlag. Mein Vater sah es mit Sorge.

»Du imitierst Anna, auch im Ausdruck«, sagte er eines Tages zu mir. »Das ist schlecht. Jede Stimme hat ihre Individualität, ihre Farbe. Du musst deine eigene Stimme finden, die nicht die Stimme deiner Mutter ist.«

Es war ein besonders schlimmer Tag gewesen. Ich war müde, reizbar, den Tränen nahe.

»Was soll ich denn machen?«

Mama war so verbohrt, dass nur ihr Ehrgeiz und Anspruch zählte. Unsere Machtkämpfe kosteten mich so viel Kraft, dass ich mich überhaupt nicht mehr aufs Singen konzentrieren konnte. Ich war verzweifelt.

»Du musst weg«, sagte er entschlossen. »Ich frage Peter, ob er dich unterrichten will.«

»Peter?«, murmelte ich verwirrt.

»Peter Károly. Erinnerst du dich nicht?«

Damals gab es weder CDs noch Videokassetten. Damals gab es nur Platten. Wir hatten sämtliche Platten von dem ungarischen Bariton Peter Károly. Was ich nicht wusste, oder zumindest vergessen hatte, war, dass Károly seine Stimme erst später entwickelt hatte. Ursprünglich war er Pianist gewesen, einer der besten unseres Jahrhunderts, sagte mein Vater. Er galt als musikalisches Wunderkind und gab als Zwölfjähriger seine ersten Konzerte. Das Ergebnis war, dass er frühzeitig an Arthrose erkrankte, einem Leiden, das er mit Leistungssportlern und Tänzern teilte. Seine Finger verloren ihre Geschmeidigkeit. Nicht ganz, nicht plötzlich. Er hätte noch jahrelang spielen können. Aber er wollte, wie auch immer, sein Bestes geben. Und so tat er das in seiner Situation einzig Vernünftige: Er zog sich als Konzertpianist zurück und wandte sich seiner zweiten Begabung, dem Singen, zu. Er entfaltete sein Talent, dehnte das Repertoire seines Stimmfaches aus und brachte es zur Vollendung. Über zwanzig Jahre lang war er ein gefeierter Opernstar. Obwohl es mit seiner Gesundheit bergab ging, trat er noch heute gelegentlich auf.

»*Hoffmanns Erzählungen*«, murmelte ich. »Da war er großartig.«

Mein Vater nickte.

»Ja, und nach zwei Schlaganfällen. Unfassbar!«

Ich hatte ihn bestaunt wie ein Wunder. Damals, längst über fünfzig, hatte er die drei Schlüsselrollen gesungen: Coppelius, Dr. Mirakel, Dapertutto. In meiner Erinnerung sah ich einen Mann, kurzbeinig und eher gedrungen. Und doch erschien er groß, fast riesenhaft, mit breitem Brustkorb und langen Armen. Über seinem mächtigen Kopf sträubte sich weißes Haar, wie eine Mähne. Und diese Stimme! Mein Gott, wie Holz auf Bronze.

Später war er bei uns zu Gast gewesen. Ich hatte überrascht festgestellt, dass das struppige Vlies, das seinem Antlitz dieses löwenhafte Aussehen verlieh, keine Perücke war, sondern sein eigenes Haar. Die wirren Strähnen kränzten die hohe Stirn, die vollen Wangen; was mich wohlwollend angesehen hatte, war weit mehr noch als ein Gesicht, eine fast animalische Maske gewesen. Mit seiner Festigkeit, seinem ungewöhnlichen Ausdruck übte es Macht und einen fremdartigen Reiz aus. Meine damalige Verwirrung habe ich bis heute nicht vergessen.

»Peter hat es geahnt«, sagte mein Vater.

»Was hat er geahnt?«

»Die Sache zwischen Anna und dir.«

Im Grunde erinnerte ich mich ungern an seinen Besuch. Ich war dreizehn gewesen, meine Mutter hatte gewollt, dass ich ihm Schuberts Wiegenlied vorsang.

»Er ist dabei eingeschlafen«, sagte ich, immer noch beleidigt.

Mein Vater schmunzelte.

»Er schlief nicht, er hörte zu. Und anschließend, als ich ihn zurück ins Hotel begleitete, sagte er zu mir: ›Umberto, ich will ehrlich zu dir sein. Floria kann eines Tages eine große Stimme haben. Unter der Voraussetzung, dass sie sich rechtzeitig Annas Einfluss entzieht.‹ Ich wollte wissen, warum er deiner Mutter nicht zutraute, dass sie dich unterrichten konnte. ›Weil sie eine zweite Anna Di Savegna aus ihr machen will‹, sagte Peter. ›Und sie gleichzeitig dafür hassen wird.‹«

Ich war betroffen. Diese einfache Feststellung erklärte so vieles.

»Davon hast du mir nie etwas erzählt.«

»Nein, natürlich nicht. Wozu auch? Es hätte dich nur beunruhigt.«

Mit klopfendem Herzen fragte ich: »Glaubst du, dass Peter Károly mich unterrichten würde?«

»Ich könnte das in die Wege leiten. Auf alle Fälle muss etwas geschehen, *piccina*. So geht es nicht weiter.«

Er nannte mich *piccina* – wie damals, als ich noch ein Kind war. Es lag viel Zärtlichkeit in seiner Stimme.

»Wo lebt er?«, wollte ich wissen. »In Ungarn?«

»Nein, schon seit dreißig Jahren nicht mehr. Er hatte eine Wohnung in Paris, und später zog er nach Barcelona. Er war mit einer Französin verheiratet, einer bildschönen Frau, mit der er nicht auskam. Nach der Scheidung ging sie mit ihrer Tochter nach Paris zurück. Das Mädchen wurde auf dem Schulweg überfahren und starb. Peter lebt immer noch in Spanien, in Alicante, nicht zuletzt seiner Gesundheit wegen. Das heiße, trockene Klima bekommt ihm am besten. Wärst du damit einverstanden, eine Zeit lang zu ihm zu gehen?«

Da war es wieder, das merkwürdige Prickeln auf der Kopfhaut, als würde mein Haar auf die falsche Seite gekämmt. Ich sagte, fast schüchtern: »Und Mama?«

Er verzog leicht die Lippen, aber es war kein Lächeln in seinem Gesicht …

»Anna wird dich gehen lassen«, erwiderte er mit sanfter Stimme. »Sie weiß, dass es an der Zeit ist.«

Was konnte sie tun, um mich zurückzuhalten, jetzt, wo ich die Arme ausbreitete, wie Flügel? Ihr ganzes Leben war sie eine Meisterin der Selbstdisziplin, doch in letzter Zeit schien ihre Autorität gebrochen. Ich wusste nicht, woran es eigentlich lag. Sie gab mir stets neue Rätsel auf. Heute weiß ich, dass ihre Energie sie verließ, im selben Maße, da sie mich erfüllte. Als ob ich ihr den Lebenswillen entzöge. Sie erkannte und verstand es zunehmend und gab den Kampf auf. Und aus dem Akt des Erkennens und Verstehens erwuchs ihr eine große Müdigkeit. Ihr Geist schien plötzlich unzugänglich und fern. Mir kam es vor, als wäre ein Schatten auf sie gefallen. Als ob ich eine Lampe in ein anderes Zimmer tragen würde, sie allein im Dunkeln zurückließe. Ich fühlte, wie hilflos sie plötzlich war. Das bedrückte mich sehr, denn ich wollte ihr nicht wehtun. Es war die Ruhe nach dem Kampf. Ich hatte gesiegt, weil ich die Jüngere war und mehr Lebenskraft hatte, nur deswegen.

Mein Vater schrieb also nach Spanien. Zwei oder drei Wochen später kam die Antwort. Ja, Peter willigte ein, mich im Oktober zu unterrichten. Wo ich wohnen sollte? Bei ihm in der Nähe gab es eine kleine Pension, die einer Bekannten gehörte. Amalia Torres vermietete Zimmer an Touristen. Peter hatte schon für mich reserviert.

Es war also so weit. Ich meinte, ich könnte meine Kindheit genauso gut vergessen, wie man eine Seite im Roman oder eine Lektion vergisst. Aber neben vielem anderen hatten meine Eltern mir beigebracht, dass zur Liebe auch die Wahrhaftigkeit gehört. Ausflüchte hatte ich immer verabscheut.

Und so sagte ich eines Abends, kurz vor meiner Abreise: »Mama, es tut mir Leid.«

Wir saßen nach dem Abendessen auf der *altana*. Mein Vater hatte noch im Theater zu tun. Der Vogelkäfig schaukelte unmerklich im kühlen Wind. Unsere Katze, die alt und träge geworden war, betrachtete teilnahmslos die tanzenden Mücken. Noch herrschte ein Rest von Tageslicht, der Himmel stand durchsichtig und weit über grünen Kuppeln und schmutzigen Ziegeldächern. Ich sah fünf oder sechs aufgerichtete Kräne, genau in einer Reihe; unter ihnen lag ein großes weißes Schiff mit gelben Schornsteinen. Ab und zu leuchteten, wie vertraute Signale, die Hafenlichter.

»Warum sollte es dir Leid tun?«

Sie sprach mit matter Stimme. Ihr Ausdruck war merkwürdig sanft. »Umberto hat schon Recht, du musst weg.«

»Aber nach Spanien!«

»Es wühlt mich zutiefst auf«, gab sie zu. »Aber ich habe dich nicht umsonst unterrichtet.«

Ich sagte nichts; ich fühlte, dass ihre Aufrichtigkeit etwas war, was sie sich trotz aller Schicksalsschläge bewahrt hatte. Ihre Ehrlichkeit war ein Prinzip, nach dem sie handeln musste, auch wenn es fast über ihre Kräfte ging. Ja, das Wissen um ihre Aufrichtigkeit war es, das mir stets geholfen hatte, sie zu ertragen.

»Du hast mir eine gute Grundlage gegeben«, sagte ich.

Ihre Augenlider flatterten, sie wandte den Blick ab; es war, als ob das Sprechen sie erschöpfte.

»Die braucht jede Sängerin.«

»Ach«, murmelte ich, »glaubst du wirklich, dass ich einmal eine Sängerin werde?«

»Wenn dir das Singen keinen Spaß macht«, sagte sie kalt, »kannst du es aufgeben, wann du willst. Und Stewardess werden.«

Das war einer ihrer üblichen Seitenhiebe. Ich antwortete leichthin: »Ich werde mich schon umstellen können. Und im Grunde hast du bloß Angst, dass ich nicht so gut werde wie du.«

»Was soll ich dir darauf antworten?«

»Hilf mir bitte, Mama. Ich habe immerhin eine Chance, ja?«

Sie ließ ein paar Sekunden verstreichen.

»Vielleicht«, sagte sie dann.

Ein Zugeständnis, immerhin. Mein Herz klopfte. Meine Mutter und ein Zugeständnis! Ich schluckte schwer.

»Mama, hör zu. Ich meine, es klingt dumm. Aber … ich habe dich immer bewundert.«

»Unsinn!«

Sie blickte mich an, mit den Augen einer Lehrerin, voller Autorität und distanziert. Aber ihre Maske war durchsichtig.

»Du machst dir Sorgen, Mama. Warum?«

Ihre rot angemalten Lippen zitterten leicht. Sie bückte sich schwerfällig und kraulte die Katze, die zu ihren Füßen lag.

»Weil es im Oktober noch heiß ist in Spanien, vor allem darum.«

Am letzten Morgen, kurz vor der Abfahrt, ging ich in meinem Zimmer umher, legte noch einige Sachen in den Koffer. Hatte ich nichts vergessen? Das eine oder andere bestimmt, dachte ich ärgerlich, so zerstreut, wie ich bin. Na gut, im Augenblick fiel mir nichts ein. Ich setzte ein Knie auf den Koffer, drückte den Deckel mit Mühe zu. Als ich den Koffer hob und auf den Boden stellte, wanderte mein Blick ein letztes Mal durch das Zimmer. Das ungemachte Bett, die offene Schranktür, die schmutzige Wäsche. Es roch nach schlechter Luft. Ich zog die Vorhänge auf, öffnete die Fenster. Die Sonne funkelte in den Scheiben gegenüber, doch schon bald würden Schatten die Hauswände überziehen. Ich blinzelte im grellen Licht. Ein leichter Schwindel überfiel mich; in meiner Erinnerung waren Stellen, die sich vor meinen Augen öffneten und schlossen, gleich dem Auslösen eines Fotoapparates, klick, klack. Wen oder was hatte ich damals gesehen? Kinder leben in einer Windstille der Seele. In ihrem Geist gehen sonderbare Dinge vor. Pubertäre Schwärmereien, Fantasien, Luftbilder entzünden sich aneinander – wie Kerzen die Flamme voneinander übernehmen. Und in dieser Zeit voller Symbole kommen manchmal Geister, die sie an der Hand führen, denn im Grunde ist ihr Glauben vollkommen. Da stand ich nun, mein Koffer war gepackt, und ich reiste allein in die Ferne. Es gab nichts, absolut nichts, was mich mit dieser Zeit noch verband. Während ich so dachte, trat ich hinaus auf den Balkon, und mein Blick richtete sich auf den roten Staub aus Afrika, vom Schirokko über das Mittelmeer geweht, der locker wie eine Puderschicht die Fliesen bedeckte. Und da sah ich sie, die Abdrücke zweier bloßer Füße, die den Balkon von einer Seite zur anderen durchmaßen. Ein Frösteln überlief mich. Einen Augenblick lang betrachtete ich stirnrunzelnd den Boden, bevor ich zögernd meine Sandalen in die Abdrücke setzte, die Größe meiner Füße mit den Spuren verglich, die eindeutig breiter und länger waren. War ein Einbrecher da gewesen? Ein spielendes Kind vielleicht? Ein Kind mit den Fußabdrücken eines Erwachsenen? Und wie sollte es hier heraufgekommen sein, das Kind? Kein Mauervorsprung, kein Rohr hätte ihm Halt bieten können. Plötzlich verblasste jeder Zweifel. Ich starrte auf diese Spuren, wie auf die einzigen festen Dinge in meinem Leben. Und dann hörte ich meine eigene Stimme, klanglos und zitternd, sonderbare Worte aussprechen: »Ich weiß, du bist hier.«

Stille, keine Antwort. Ich hatte auch keine erwartet. Er hatte ja nie mit mir gesprochen, nie natürlich, außer dem einen Mal, ganz am Anfang, als ich von ihm geträumt hatte. Was er gesagt hatte, war mir entfallen, ich glaubte auch nicht, dass es etwas von Bedeutung gewesen war. Ich wischte mir den Schweiß von der Stirn und trat zurück. Die Luft war heiß und stickig, eine Fliege schwirrte wütend gegen Möbel und Wände. Ich nahm den Koffer, der ziemlich schwer war, warf meine Tasche über die Schulter und schleppte mein Gepäck aus dem Zimmer. Draußen, auf der Schwelle, wandte ich mich ein letztes Mal um und sagte leise: »Warte auf mich.« Und dann schloss ich behutsam die Tür.

6. *Kapitel*

Ich verließ Mailand, wo ich die Nacht bei einer Freundin meiner Mutter verbracht hatte, an jenem Oktobermorgen um acht Uhr. Es gab schon Kastanien; sie wurden an allen Straßenecken aus kleinen Röstöfen verkauft. Ihr süßer Duft mischte sich mit dem Geruch des Flughafens. Damals waren Flugreisen noch ein aufregendes Abenteuer; staunend beobachtete ich die großen Maschinen, die auf das Flugfeld rollten. Ich flog mit einer Air Italia, die in der Luft wie betrunken schaukelte, um zwei Stunden später in Madrid zu landen. Ich erinnere mich an die feuchten Hände, an die Wasserfälle in den Ohren. Bleierne, blitzartige Halluzinationen verschmolzen mit dem Lärm der Maschine; die Erde, die feste, bekannte Erde, lief unter den Tragflächen, bevor sie plötzlich aufhörte, sich zu bewegen. Bilder und Geräusche wichen einer lähmenden Stille. Ich ließ meinen Kopf mit den geschlossenen Augen hinabsinken. Ich wusste nicht mehr, wer ich war, woher ich kam und wohin ich gehen würde. Dann weckte mich die nette Stewardess mit kaltem Orangensaft, und mir wurde bewusst, dass es nicht der richtige Beruf für mich gewesen wäre. Benommen wie ich war, hätte ich alles fallen lassen. Und lächeln wie sie? Unmöglich, mir war schlecht!

Von Madrid aus fuhr ich mit der Bahn in den Süden. Die Reise dauerte zehn Stunden; zehn Stunden heftiger Stöße und Gluthitze. Auf den Überlandstraßen holperten stinkende, voll besetzte Busse an Eselskarren vorbei. Die Landschaft mit Olivenbäumen, Korkeichen und gelbem Zittergras war trocken und fremdartig. Die Dürre wölbte sich von einem Höhenrücken zum anderen. Dann und wann erschienen neben dem Asphaltband weiße Dörfer mit dunkel gekleideten Menschen. Manchmal setzten sich große Schafherden beim Vorüberfahren des Zuges in Bewegung; wenn sie über die Hänge stürmten, war es, als ob sich die Landschaft wie ein unruhiger Traum bewegte.

Alicante hingegen erkannte ich auf den ersten Blick als vertraute Meeresstadt wieder. Die Strandpromenade unter staubigen Palmen war mit weißen, roten und schwarzen Kacheln ausgelegt, die ein Wellenmuster bildeten. Nelken blühten und ein Duft wohlriechender warmer Kräuter hing, mit dem Geruch des Wassers vermischt, in der warmen Luft. Ein rosafarbener Mond stieg über dem Meer empor, als mich ein Taxi zur Playa San Juan brachte. Die Straße hob und senkte sich zwischen Hügeln, die ersten Lichter funkelten, und Himmel und Meer zerflossen in orangefarbenem Leuchten.

Die Pension Villa Roja war ein flaches Haus, rot gestrichen, mit einem Ziegeldach, das mich an einen Schildkrötenpanzer erinnerte. Gleich daneben befand sich ein Campingplatz. Sonst nichts. Der Fahrer hielt vor einer Anzahl Stufen; in der Dämmerung klaubte ich mühsam die erforderlichen Scheine aus dem Geldbeutel. Während der Wagen auf dem Sandweg davonholperte, stieg ich die Steintreppe hinauf. Alles war still, kein Licht brannte. Müde, wie ich war, stieß ich mit den nackten Zehen an eine Stufe, setzte mit einem kleinen Schmerzenslaut den Koffer ab, wobei mir die Tasche von der Schulter rutschte.

»Porco cane!«, schimpfte ich laut, als ich eine weibliche Stimme hörte, die auf Englisch sagte: »Sind Sie die Italienerin?«

Ich zuckte zusammen. Zunächst sah ich die Frau gar nicht, und als ich sie endlich entdeckte, ärgerte es mich, dass sie mich bei einem ordinären Schimpfwort ertappt hatte. Sie saß seitlich in einer Hängematte, unter dem Vordach, und ließ ihre Füße baumeln. Ich antwortete verlegen: »Guten Abend. Es tut mir Leid, ich habe mich gestoßen!«

Die Nonnen hatten mir ein Englisch beigebracht, das in der Schreibung zwar peinlich korrekt, in der Aussprache jedoch seltsam war. Die Frau streckte die Hand aus und betätigte einen Schalter; eine große Lampe an der Decke warf gelbliches Licht.

»Um diese Jahreszeit wird es schnell dunkel.«

Sie glitt aus der Hängematte. Jetzt sah ich sie genauer. Sie war groß und dünn, schmal in Schultern und Hüften. Sie trug eine ärmellose Bluse, Reithosen und Wollstrümpfe. In einer Hand hielt sie eine Zigarette, in der anderen eine Fliegenklatsche.

»Ich heiße Amalia Torres. Sagen Sie Malli zu mir.«

Ich nannte meinen Namen und setzte hinzu: »Nennen Sie mich ruhig Floria, ich bin erst siebzehn.«

»Der alte Peter hat für Sie ein Zimmer reserviert. Er wohnt ganz in der Nähe. Wird er Sie unterrichten?«

Ich lachte ein wenig.

»Ich soll zuerst vorsingen. Vielleicht muss ich gleich wieder gehen.«

»Schade um die Miete«, gab sie spröde zu Antwort. »Ich lebe ja schließlich davon.«

Gleichmütig stand sie da, rauchte und sah zu, wie ich mich mit meinem Gepäck abquälte. Sie war ungefähr fünfzig, eine apfelgesichtige Frau, braun gebrannt, mit blauen Augen und einem kleinen Mund, miteinander durch Fältchen verbunden, wie bei einer Stoffpuppe. Sie betrachtete mich zwar interessiert und abschätzend, gleichzeitig aber auch ganz neutral.

»Kommen Sie.«

Sie schlüpfte in Sandalen und ging voraus, immer noch rauchend. Ich schleppte meinen Koffer durch ein großes Wohnzimmer, eingerichtet mit Korbmöbeln und einfachen Baumwollteppichen. Überall standen Pflanzen in Terrakottagefäßen. Wir kamen durch einen Gang, mit Fliesen ausgelegt, an einer Anzahl Türen vorbei. Stimmen unterhielten sich in einer Sprache, die Schwedisch sein mochte. Malli öffnete eine Tür.

»Hier!«

Sie machte Licht. Das kleine Zimmer war dürftig eingerichtet: ein Bett mit bunt gestreifter Decke, ein billiger Schrank, ein kleiner Tisch und zwei Korbstühle. Daneben befand sich das winzige Badezimmer.

In der Kochnische sah ich einen kleinen Eisschrank und eine elektrische Kochplatte. Töpfe und Geschirr stapelten sich auf zwei weiß gestrichenen Regalen.

»Sie müssen sich selbst verpflegen, aber das Leben hier ist billig.«

Malli öffnete einen kleinen Wandschrank.

»Zwieback und Pulverkaffee, vom letzten Gast. Marmelade ist auch noch da. Im Eisschrank. Wenn Sie heute Abend noch etwas essen wollen – das Restaurant vom Campingplatz ist bis Mitternacht geöffnet. Gerade nebenan, nur ein paar Schritte durch den Garten. Die Tintenfische sind nicht übel.«

Malli deutete auf eine Tür.

»Sie können auf der Terrasse frühstücken. Mit Blick auf das Meer. Wenn Sie fortgehen, kann die Tür offen bleiben. Einbrecher gibt es nicht.«

Sie zog an einer Schnur, ein Rollladen flog hinauf. Sie reichte mir den Schlüssel, indem sie ihn am Finger baumeln ließ.

»Hier wohnen manchmal Schüler von Peter«, setzte sie hinzu. »Machen eigentlich nie Probleme.«

»Kennen Sie ihn gut?«, fragte ich.

»Ziemlich«, antwortete sie gleichgültig.

Sie wünschte mir Guten Abend und ging. Die Schweden im Nebenzimmer sprachen ziemlich laut, irgendwo lief ein Radio. Fremde Geräusche störten mich nicht. Ich streifte meine Sandalen von den Füßen und ließ mich aufs Bett fallen. Ich war todmüde, viel zu müde, um meinen Koffer auszupacken. Hunger verspürte ich eigentlich nicht, aber ich hatte großen Durst. Seufzend stand ich auf, ließ kaltes Wasser über Gesicht und Arme laufen und fühlte mich besser. Ich ging an die Terrassentür; ein Schaumstreifen leuchtete im Mondschein. Durch das Fensterchen über der Kochnische fiel Licht vom Campingplatz in mein Zimmer. Ich schloss den Koffer auf, wechselte die Bluse und kämmte mich vor dem Spiegel. An der trüben Neonröhre klebten tote Mücken. Ich dachte, ich muss schrecklich aussehen, aber es ist ja dunkel.

Eine Schranke aus Schilf zäunte den Campingplatz ein. Da und dort waren Zelte erleuchtet. Die Leute saßen vor Spirituskochern, ließen etwas brutzeln und schwatzten fröhlich. An den Leinen hing Wäsche. Auch das Restaurant hatte ein Dach aus Schilf, an dem einige Lampions befestigt waren. Die Gäste saßen an der Bar oder an kleinen Tischen. Es roch gut nach gegrilltem Fisch. Auf einmal bekam ich Hunger. An der Bar waren noch einige Hocker frei. Ich setzte mich, bestellte gegrillte Sardinen, ein Glas Wein und Mineralwasser. Ich musste lange auf das Essen warten, der Kellner schien mich vergessen zu haben. Inzwischen trank ich den Wein, schlug dann und wann eine Mücke tot. Das Essen kam endlich, gegrillte Sardinen mit Tomatenscheiben und Fenchel. Ich hatte einen Schwips, aber ich aß mit Appetit, und danach fühlte ich mich besser. Nicht weit von mir saß ein junger Mann und trank Bier. Er fiel mir auf, weil er einen unüblichen Schlapphut trug, unter dem kinnlange Haare hervorschauten. Sein etwas stumpfnasiges Profil, sein kantiges Gesicht weckten in mir eine unbestimmte, vertraute Erinnerung. Kannte ich ihn? Sicher nicht. Oder doch? Nachdenklich trank ich einen Espresso, der nicht gut war. Während ich versuchte, mich zu erinnern, woher ich ihn kennen mochte, muss ich ihn wohl angestarrt haben, denn jetzt wandte er mir das Gesicht zu. Unter der Hutkrempe sah ich seine Augen wie zwei helle Funken. Er erwiderte meinen Blick, schlug dann höflich die Augen nieder, bevor er sich erhob, an die Bar ging und auf das Telefon deutete. Der Kellner reichte ihm den Hörer. Der junge Mann wählte eine Nummer. Nach einer Weile begann er zu sprechen, wobei er mir dann und wann einen Blick zuwarf. Er telefonierte ziemlich lange, in einer Sprache, die mir unbekannt war. Ich fuhr fort, ihn zu betrachten. Seine Kleider waren aus schlechtem Stoff, aber die Eleganz seines schlaksigen Körpers machte den billigen Eindruck wett. Eine Lederjacke, die er, wie ein Italiener, mit einer Hand festhielt, hing über seiner Schulter. Sein Hemd war zerknittert. Man hätte fast sagen können, dass seine unmoderne Art auf provozierende Weise aktuell wirkte. Und plötzlich wurde mir ganz intensiv das Geräusch meines Atems bewusst; ich empfand ein körperliches Gefühl unfassbarer Erinnerung, wie ein inneres Flackern. Es war, als ob sich etwas in mir bewegte, und ich stellte die Tasse, die ich in der Hand hielt, mit leisem Klirren auf die Untertasse zurück. Der junge Mann hatte sein Gespräch beendet, klaubte einige Münzen aus der Tasche. Auf einmal schämte ich mich, dass ich ihn so aufdringlich beobachtet hatte, rief den Kellner und zahlte. Der Fremde ging an seinen Tisch zurück, sah mich an, gab mir aber mit keiner Geste zu verstehen, dass er an mir interessiert sein könnte.

Es war eine stupide Zeit, eine Zeit der Heuchelei und der Konventionen, man hatte uns eine besondere Art von Benehmen eingepaukt. Da war ein Mensch, mit dem ich reden wollte, ihm ging es womöglich genauso, aber Wohlerzogenheit hielt uns davon ab. So war das eben. Also lief ich davon, und er trank sein Bier und versuchte nicht, mich zurückzuhalten.

Die Villa Roja lag im Dunklen. Ich ging an dem Schilf vorbei, und dann in mein Zimmer durch die Terrassentür. Im Raum war es stickig heiß. Das Radio nebenan lief noch immer. Ich zog mich aus und legte mich hin, ohne den Mut aufzubringen, mich zu duschen, und schlief sofort ein.

7. Kapitel

Ich erwachte früh; ein Blick auf meine Armbanduhr zeigte, dass es halb sieben war. Irgendwo krähten Hähne, und das Meer rauschte friedlich. Durch die Ritzen der Rollläden drangen Lichtstrahlen, in denen Staubkörnchen tanzten.

Ich nahm eine ausgiebige Dusche unter einem nur lauwarmen Wasserstrahl und wusch mein Haar, das sich klebrig anfühlte. Danach stellte ich die Kochplatte an, machte Wasser heiß, goss mir einen Pulverkaffee auf. Ich aß dazu Zwieback mit Aprikosenmarmelade. Dann packte ich meinen Koffer aus, hängte die Kleidungsstücke über die vorhandenen Drahtbügel. Als ich etwas später mein Zimmer verließ, kniete eine dicke Frau im Gang und schrubbte den Boden, der aus roten und grauen Steinquadraten bestand. Ihr Lächeln entblößte starke, gesunde Zähne. »*Buenos dias, Señorita!*«

»*Buenos dias*«, erwiderte ich befangen. Ich hatte mir einige Brocken Spanisch beigebracht, aber sie zu benutzen fiel mir schwer. Eine schöne, dramatische Sprache, dachte ich. Eine Sprache für Sänger.

Malli Torres fand ich in ihrem Wohnzimmer, wo sie ihren Morgentee trank und die Zeitung las. Auf der vielfach geflickten Tischdecke standen Teekanne, Wasserkessel und Töpfe aus Altsilber sowie ein Royal-Worcester-Geschirr. Einige feuchte Toastscheiben lagen auf dem Teller, und daneben ein Stück grauweißer Butter.

»Gut geschlafen?«, fragte sie mich.

»Danke, ja.«

Sie raschelte mit der Zeitung.

»Sie sind noch ausgegangen«, stellte sie fest.

Ich starrte sie verwundert an. Woher wusste sie das? Ich war leicht verärgert und versuchte, es mir nicht anmerken zu lassen. Ich wollte es nicht von Anfang an mit ihr verderben.

»Ich habe Ihren Rat befolgt und war im Restaurant.«

»Haben Sie die Tintenfische probiert?«

»Nein, nur Sardinen.«

»Die machen sie nicht gut«, sagte sie in einem Ton, der keinen Widerspruch duldete. »Wann müssen Sie bei Peter sein?«, setzte sie hinzu.

Ich antwortete, dass ich um neun erwartet würde. Sie faltete die Zeitung zusammen.

»Ich zeige Ihnen den Weg.«

Wir gingen strandabwärts über einen Pfad, zwischen Ginster und Agaven. Das Morgenlicht war schillernd und kühl wie eine Seifenblase.

»Der Sand ist tief«, bemerkte ich.

Sie stieß mit dem Fuß ein Stück Treibholz auf die Seite.

»Hier wird alles Mögliche angeschwemmt.«

Sie ging mit großen Schritten und drückte die Knie stark durch, wobei ihre Hacken kaum in den Sand einsanken. Wir kamen an einem Haufen Seetang vorbei, der in der Sonne trocknete und stank. Muscheln lagen da und einige vertrocknete Seeigel. Ein schmaler Weg führte in Kurven durch ein Geröllfeld, das zu einer Ansammlung von Kalksteinfelsen gehörte. Ich stapfte hinter ihr her, versuchte mit ihr Schritt zu halten. Verdammter Sand, dachte ich, wie macht sie das bloß?

»Wo ist denn das Haus?«

Ohne anzuhalten, streckte sie den Arm aus.

»Da steht es ja schon!«

Die Felsen bildeten eine Art Hügel, auf dem Pinien und Lorbeerbäume wuchsen. Dahinter war stellenweise ein graues Steindach sichtbar.

»Wie kommt man da hinauf?«, fragte ich atemlos. »Nur zu Fuß?«

»Auf der anderen Seite ist der Weg befahrbar. Man sieht ihn nicht, weil die Küste einen Bogen macht.«

»Ich möchte nicht so einsam wohnen«, sagte ich.

Sie warf mir einen Blick über die Schulter zu.

»Es macht wohl keinen großen Unterschied, wo man ist.«

Dann entfernte sie sich.

»Wollen Sie nicht mitkommen?«, rief ich ihr nach.

Sie drehte sich kurz um.

»Wozu? Ich hab Ihnen ja gezeigt, wo es ist.«

»Na, vielen Dank«, sagte ich, »vielen Dank jedenfalls.«

»Keine Ursache«, erwiderte sie gleichgültig. »Sie werden schon noch eine Weile bleiben. Und den Weg bald auswendig kennen.«

Ich sah ihr nach, bis ich wieder Luft bekam und den Aufstieg begann. Unter den Klippen hatte das Meer kleine Buchten geschaffen. Uferschwalben schossen dicht an den Felsen vorbei. Neben der fernen Straße nach Benidorm schien der Strand grenzenlos. Draußen gischtete die Brandung an einem Riff empor, am Horizont schimmerte das Blau des offenen Meeres. Alles schien einsam und weit weg. Ich legte schützend die Hand über die Augen. Wie weit noch? Endlich erblickte ich ein niedriges Steingebäude mit einem Türmchen an jeder Seite. Die Fenster waren hoch und schmal, wie Schießscharten; und doch hatte das Haus nichts Unwirtliches an sich. Es wurde von Pinien beschattet und die klar gegliederte Fassade strahlte eine vornehme Ruhe aus. Über dem Atem des Salzwassers lag der Duft der Minze in der Luft. In großen Terrakottatöpfen rochen Nelkenbüschel nach Pfeffer und nassgesprengter Erde. Auf einem gekiesten Vorplatz stand ein Wagen, riesig, glänzend und hochmodern. Am Fuß einer Treppe, die zum Haus führte, befand sich ein kleines Brunnenbecken, in das ein dünner Wasserfaden lief. Darüber erhob sich eine Skulptur, die Büste einer Frau. Ein haubenartiger Kopfschmuck, über den Ohren schneckenförmig gewunden, umrahmte das schmale Steingesicht.

»Man nennt sie die *Dame von Elche*«, sagte eine Stimme in italienischer Sprache. »Eine Nachbildung, natürlich. Ich ließ sie für meinen Brunnen anfertigen.« Ich hob den Kopf. Der Mann stand oben auf der Treppe; die Sonne beleuchtete ihn, und ich erkannte ihn sofort: das breite Gesicht, das löwenhafte weiße Haar. Bartlos, aber mit starkem Flaum auf beiden Wangen, wies sein einfaches, bäuerliches Gesicht den Ausdruck eines Patriziers auf, streng, empfindsam und rätselhaft. Langsam kam er die Stufen herab, mir entgegen.

»Sie wird auch die Windgöttin genannt.« Peter Károly berührte die Skulptur mit liebevoller Geste. »Sie wurde in den Ruinen eines Tempels gefunden. Iberische Kunst aus dem 3. Jahrhundert vor Christus, eindeutig griechisch beeinflusst, und nahezu unversehrt. Das Original, im Museum von Madrid, trägt Spuren von Bemalung. Ich bin verliebt in diese Frau. Aber den Besuch einer jungen Dame wird sie verzeihen und mir die Freude gönnen, Sie zu empfangen.«

Er neigte den Kopf und nahm meine Hand, wobei er sie kurz zu seinem Mund führte, aber ohne sie mit den Lippen zu berühren.

»Meine liebe Floria, ich bin verwirrt. Ich erinnere mich an ein Kind. Nun steht eine schöne junge Frau vor mir. Geben Sie mir etwas Zeit, um beide Bilder in Einklang zu bringen.«

Dabei hielt er meine Hand mit sanftem Griff, und ich kam mir reizend und unwiderstehlich vor. Ich lachte etwas verlegen, sagte, was sich gehört, und überbrachte ihm Grüße von meinen Eltern. Morgenlicht stand ihm gut, stellte ich fest. Es brachte einen besonderen Glanz in seine Augen, von denen ich nicht wusste, ob sie schwarz oder blau waren. Er wollte wissen, ob ich eine gute Reise hatte und mit der Unterkunft zufrieden war. Wir stiegen die Stufen empor.

»Ich wohne gerne hier«, erklärte Peter Károly. »Das Meer ist nah, aber der trockene Wind lässt keine Feuchtigkeit aufkommen. Und wenn ich mitten in der Nacht Klavier spiele, beschwert sich niemand.«

Eine rundliche kleine Frau mit tiefschwarzem Haarknoten trat aus einer Tür, grüßte freundlich und unbefangen.

»Das ist Maria, die für mein Wohlergehen sorgt und meine Launen erträgt«, sagte Peter. »Ihr Mann Luis kümmert sich um den Garten und dient mir als Chauffeur, seitdem der Arzt mir das Autofahren verboten hat.« Er seufzte. »Nun ja, das Altern wäre nicht unangenehm, würden wir es nicht mit dem Verlust an Lebenskraft büßen. Und ich fahre nur ungern mit dem Zug.«

Das Haus hatte ich mir dunkel vorgestellt; es war heiter und hell. Blaues Licht leuchtete durch die Fenster. Das Meer schien so nah, dass ich das Gefühl hatte, mir ein Aquarium anzusehen.

»Das Haus ist ein vollkommenes Trompe-l'Œil«, sagte Peter, »deswegen liebe ich es so. Es wirkt düster, aber es ist hell. Es scheint groß, aber es ist klein, bloß drei Zimmer, in einem Türmchen leben Maria und Luis, im anderen steht Gerümpel.«

Ich sah mich neugierig um. Die Möbel waren ziemlich zusammengesucht, die türkischen Wandteppiche alt. Es war keine arrogante Einrichtung, nicht von der Art, mit der die Inneneinrichter prahlen: Einige der marokkanischen Tischchen waren zerkratzt, die Lederhocker abgeschabt. Die Gemälde zeigten eine merkwürdige Mischung: Dali, Miró, eine Kohlezeichnung von Egon Schiele – ein jugendliches Selbstporträt. In der Bibliothek schimmerten die Vergoldungen alter Bucheinbände, die Sonne brachte den grauen

Marmorboden zum Glänzen. Und auf dem Lack des Seiler-Flügels lag nicht ein Körnchen Staub. Auf dem schönen Instrument stand ein Bild, in Silber gerahmt. Es zeigte ein Mädchen von etwa acht Jahren, mit einem herzförmigen Gesichtchen und Schleifen in den Haaren. Ich dachte an Silvana, deren Foto ich in meinem Portemonnaie trug, und wandte die Augen ab.

»Es ist schön hier«, sagte ich.

Er nickte.

»Ich gebe mir Mühe, nicht schwermütig zu werden. Meine Seele ist durchlässig, ich schaffe es schon.«

Er bot mir in einem Sessel Platz an.

»Nehmen Sie Limonade? Ich selbst werde einen Sherry trinken. Die Gewohnheit habe ich aus London mitgebracht, wo ich gerade war.«

»Was haben Sie dort gemacht?«, fragte ich.

»Hochinteressantes: Ich habe Privatsammlungen nach den Partituren von Werken Purcells durchforscht. Mit dem Aufspüren alter Partituren könnte ich mein Leben verbringen.«

Er trat auf ein kleines Barschränkchen zu, ließ die Karaffe mit der Limonade leicht kreisen und goss die Getränke ein.

»Schade, aber ich konnte nicht bleiben. Der Smog war Gift für meine Stimme. Ich liebe die Oper und möchte noch ein paar Jahre singen. Viel Zeit bleibt mir ja nicht mehr.«

Er reichte mir das Glas, setzte sich mir gegenüber.

»Sie sind also hier, damit ich Ihnen Stunden gebe. Und ich habe zugesagt. Puristen würden sich die Haare raufen. Ein Bariton, der eine Sopranistin unterrichtet! Ich sage: Es ist notwendig, und nicht bloß zu meinem eigenen Vergnügen. Sie haben bei Anna die grundlegenden Dinge gelernt. Wahrscheinlich ist Ihre Stimme schon fertig. Aber Mann und Frau sind verschiedene Geschöpfe. Die Wahrnehmung zwischen Lehrer und Schülerin entspricht jener Wahrnehmung zwischen den Geschlechtern, die auf der Bühne das Publikum fesselt. Sicher, Sie werden Konzerte geben, aber auf der Bühne soll Ihre Stimme mit der Stimme Ihres Partners in Verzückung verschmelzen, wie beim Liebesakt. Eine Sängerin auf der Bühne ist eine verliebte Frau. Verliebt in einen Traum, meinetwegen. Aber die Zuhörer müssen spüren, wie es knistert.«

Er trank den Sherry aus einem winzigen Glas, wobei er mir viel sagend zublinzelte. Ich errötete und er lachte leise.

»*Cara mia*, ich werde Sie nicht mit unsittlichen Anträgen verfolgen, das ist nichts mehr für meine alten Knochen. Und Sie brauchen sich nicht einmal einzubilden, dass Ihnen ein hübscher junger Mann gegenübersteht. Es wird einer hier sein.«

»Wer wird hier sein?«

Ich muss ihn fassungslos angestarrt haben, denn er grinste wie ein Schelm.

»Mein Neffe Tibor. Er ist jung und sieht gut aus. Leider wird er nicht Ihr Partner sein: Das Vergnügen behalte ich mir vor. Er ist nämlich Pianist, müssen Sie wissen. Er kommt aus Budapest. Eine Sondererlaubnis. Ich habe das organisiert. Der Zufall will, dass ich ihn gleichzeitig mit Ihnen unterrichte. Das wird eine hübsche Abwechslung sein. Das Regime lässt es bisweilen zu, dass Künstler ins Ausland reisen. Zur Glorie des Kommunismus, versteht sich. Tibor hat vor zwei Jahren in München und Zürich gespielt und Beachtung gefunden. Die Sache ging ziemlich glatt über die Bühne: Er war erst sechzehn, zu jung, um eine Meinung zu haben. Jetzt hat man ihn schärfer im Visier, und ich meine es wörtlich«, setzte Peter hinzu, ohne dass ich daraus klug wurde. »Für die nächste Saison ist er schon für drei Konzerte im Erkel-Theater verpflichtet. Als Köder, damit er zurückkommt, bevor er den Verlockungen der kapitalistischen Welt erliegt.«

Peter erhob sein Glas, doch schien er jetzt weit weg von mir zu sein. Sein amüsierter Ausdruck kam mir gekünstelt vor, seine Heiterkeit gespielt. Er schien keine Antwort zu erwarten und ich gab ihm auch keine.

»Nun, er wird zurückkehren, und recht gute Konzerte geben.« Peter trank sein Glas in einem Zug aus. »Er hat sich eine harte Schale zugelegt. Aber keine unangenehme. Sie werden sehen.«

Ich wurde allmählich neugierig.

»Wo ist er jetzt?«

»Er hat angerufen, aber nicht gesagt, wo er steckt. Möglicherweise hat er eine Dummheit gemacht. Anton hätte ihn besser erziehen sollen. Aber der Junge will nicht bevormundet werden. Weder vom Staat noch von mir. Ich verstehe das. Künstler brauchen Freiräume, damit sich ihre Kräfte entfalten. Wer automatisch seine Show abzieht, täuscht die Zuhörer nicht. Applaus kann beleidigend sein, haben Sie das gewusst? Was wir brauchen, ist vollkommene Hingabe, vollkommene Ehrlichkeit. Das Grundlegende ist weder sagbar, noch kann es in musikalischen Begriffen zum Ausdruck gebracht werden. Es ist unser tiefster Kern – das innere Medium, wie ich es nenne. Noch Limonade?«

»Danke, gerne«, sagte ich. »Sie ist wirklich gut.«

»Marias Spezialmischung. Mit Kardamom und Ingwer.«

Er nahm Eis aus dem Behälter, füllte erneut mein Glas.

»Wo bleibt der Junge bloß?«, murmelte er, den unwilligen Blick auf die Uhr an der Wand mit ihrem leise tickenden Pendel gerichtet. »Er sollte vernünftig sein, das habe ich ihm mehrmals gesagt. Aber heutzutage ist Budapest eine triste Stadt. Kein Wunder, dass er aufmuckt. Er wird wohl jeden Augenblick kommen.«

Der Augenblick dauerte zwanzig Minuten, dann öffnete sich die Tür und Maria führte einen jungen Mann herein. Mir stockte der Atem: Ich spürte geradezu, wie sich der Flaum auf meinen Armen aufrichtete. Von diesem Anblick war ich wie gelähmt, denn ich sah vor mir den jungen Mann, der mir gestern Abend im Restaurant begegnet war. Den Schlapphut hielt er jetzt in der Hand, und sein kastanienbraunes Haar leuchtete in der Sonne. Er ging an mir vorüber und beugte sich über die Hand des Onkels. Sein Rücken deutete eine Verbeugung an, und diese für mich ungewohnte Form der Begrüßung verlieh ihm zu dem Zauber besonderer Eigenwilligkeit noch den fremder Sitte. Aus Rücksicht auf mich sprach er Englisch, und er sprach es gut.

»Es tut mir Leid, Onkel Peter. Ich war am Strand und habe die Zeit vergessen«, sagte er mit betroffenem Lächeln, bevor er sich mir zuwandte.

»Mein Neffe, Tibor Horváth«, stellte Peter vor. »Und das ist Floria Di Savegna. Ihr Vater Umberto ist ein guter Freund. Er hat mich gebeten, sie zu unterrichten.«

Ich blickte ihn an, während er auf mich zukam, er ging schnell und nachlässig, und ich hielt ihm die Hand hin, die er an seine Lippen führte. Ich starrte in sein Gesicht und wusste, dass ich es niemals vergessen würde. Es war etwas kantig, aber klar und einfach in seinen Umrissen. Nase und Kinn waren fest und gerade gemeißelt. Die Haut war gebräunt, der Bartwuchs eher spärlich. Ich dachte: Was für grüne Augen er hat, und wie klar! Sein Gesicht hatte einen merkwürdigen Ausdruck, traurig und fröhlich, beides von großer Intensität – etwas, was nicht zusammenpasste. Es war ein verträumtes Gesicht, gleichsam wild und von großer Güte. Seine Haare fielen wie schwere Seide, noch nass und verklebt vom Salzwasser. Er starrte mich an und ich ihn; wer weiß, was er dachte: Vielleicht sah er auf meinem Gesicht den Widerschein seiner Träume. Vielleicht war es dasselbe Gefühl der Verwirrung, das mein Anblick in ihm hervorrief. Doch es dauerte nur einen Atemzug lang, dann kehrte die Wirklichkeit zurück. Ich saß brav da und lächelte und Tibor setzte sich in den Sessel an meiner Seite.

»Das Wasser war ruhig, ich bin weit hinausgeschwommen. Und jetzt habe ich meinen Onkel verärgert. Gleich am ersten Tag – das fängt nicht gut an. Haben Sie schon im Meer gebadet?«

»Nein«, sagte ich, »ich bin erst gestern Abend angekommen.«

Er ließ mich nicht aus den Augen.

»Ich habe Sie auf dem Campingplatz gesehen.«

Ich fühlte einen Kloß im Hals.

»Ich Sie auch.«

»Ich wohne dort«, sagte er.

»Sind Sie mit einem Zelt unterwegs?«

»Nein, aber ich konnte eins mieten. Der Forint – unsere Währung – ist niedrig und ein Zelt ist billiger als ein Hotelzimmer. Abgesehen von den Mücken, kann man dort herrlich schlafen.«

»Ich würde gerne mal in einem Zelt übernachten«, sagte ich. »Aber meine Mutter wollte nie. Sie glaubt nicht, dass man in einem Zelt gut schläft.«

Er nickte.

»Das ist immer so. Man will es nicht glauben.«

»Das habe ich ihr oft gesagt.«

»Und nie den Mut gefunden, es zu tun?«

Ich verneinte, etwas beschämt.

»Bisher bin ich immer mit meinen Eltern in die Ferien gefahren. Nach Portofino oder nach Sizilien. Ich bin zum ersten Mal alleine im Ausland.«

»Dann sollten Sie es unbedingt probieren.«

»Vielleicht werde ich es tun«, sagte ich beherzt. Er lachte und zeigte seine Zähne, die weiß waren wie die eines jungen Wolfes, wobei mir schlagartig klar wurde, dass ich mich mit diesem Fremden auf gefährliche Wortspiele einließ. Aber ich fühlte mich in einem ganz neuen, unerklärlichen Zustand, wie berauscht. Und gleichzeitig schien alles irgendwie natürlich. Die Dinge waren von selbst geschehen, ohne dass ich etwas anderes getan hatte, als sie geschehen zu lassen.

»Floria hatte schon früher eine interessante Stimme«, hörte ich Peter sagen. »Das tiefe Register kam mühelos, der Vollton der Mittellage hörte sich warm an. Ich weiß von Umberto, dass ihre Mutter, die sie wie ein Kleinod bewacht, von ihr gelegentlich einen Aufstieg bis zum hohen C verlangt. Nur wenige Sängerinnen sind dazu fähig.«

Ich lachte etwas verlegen. Tibor saß da und ich sah ihn nicht an, aber ich spürte ständig seine Gegenwart.

»Mama sagt, dass ich erst in zehn Jahren so weit bin.«

Peter ging an die Bar, warf Eis in ein Glas, goss Limonade hinzu und brachte es Tibor.

»Das ist typisch für Anna. Wahrscheinlich ist sie eifersüchtig.«

Ich schnitt eine Grimasse.

»Ich weiß, das sagen viele.«

Tibor blickte mich an, während er mit kleinen Schlucken die Limonade trank, und ich dachte: Wie seltsam, dieser Junge lacht mit den Augen.

»Und was meinen Sie dazu?«

Ich fühlte, wie ich rot wurde.

»Ich? Ach, ich weiß nicht. Aber ich denke, das hat weniger mit Eifersucht als mit ihrem Sinn für Perfektion zu tun. Sie will, dass ich vollkommen bin. Sie wäre es auch gewesen.«

»Anna Di Savegna war ein Weltereignis. Sehen wir mal, ob ihr Unterricht was taugt.«

»Lassen Sie sich von ihm nicht einschüchtern«, sagte Tibor zu mir. »Onkel Peter spielt sich gern als Tyrann auf.«

»Das mag schon sein.« Der alte Mann nickte mir zu, und die Falten unter dem weißen Gestrüpp seiner Haare vertieften sich. »Wenn es um Musik geht, bin ich nicht imstande, normal zu reagieren. Man weiß von Toscanini, dass er einem Musiker mit dem Taktstock ein Auge ausgestochen hat. Etwas übertrieben, zugegeben. Aber ich kann das verstehen.«

»*Signorina*, gehen Sie beim Singen nicht zu nah an Onkel Peter heran«, sagte Tibor. »Tun Sie mir den Gefallen.«

Wir wechselten einen Blick. Wir verstanden uns bereits ohne Worte. Und als Peter Károly mich nun bat, vorzusingen, war ich unglaublich gelöst. Ich konnte vieles verlieren, aber auch alles gewinnen. Irgendwie war ich auch selbstsicher und überzeugt, dass ich gut war. Tibor setzte sich an den Flügel und begleitete mich. Ich entschied mich, Puccini zu singen, für dessen Tonlagen meine Stimme am besten geeignet war. Ich wählte *Väterchen, teures, höre*, eine kurze, sehr beliebte Arie aus *Gianni Schicchi*. Es geht um eine Tochter, die ihren schlauen Vater bittet, ihr zu der Erbschaft eines ungeliebten Onkels zu verhelfen. Nichts Romantisches im Grunde, keine Liebeserklärung oder Ähnliches, und doch war dieses Lied für mich weit mehr als eine kleine Lustspiel-Kavatine, es war ein Gedicht zwischen Leben und Tod. Tibor begleitete mich verhalten, ungewöhnlich einfühlsam, doch während er die Tasten mit der ganzen Zartheit seiner Fingerkuppen berührte, spürte ich seine Kraft, und dass er sie zurückhielt. In seiner Seele waren, neben Sanftheit, auch andere Dinge, die ich nicht ergründen konnte. Inzwischen saß Peter Károly in seinem pflaumenfarbenen Ledersessel und hielt die Augen geschlossen, genau wie damals, als ich mir eingebildet hatte, dass er schlafen würde. Es war, wie ich bald feststellte, seine Art, das Wesen eines Sängers – er selbst sagte das »Leuchten« – zu erfassen.

Und so sang ich denn, ohne besondere innere Vorbereitung; und wie immer, wenn ich mich in der Musik verlor, geschah Unerklärliches. Als ob sich mein Geist aus dem Körper löste und etwas in mir eine Sprache sprach, die nur von den Wolken oder den Sonnenwinden verstanden werden konnte. Und doch war es gleichsam eine Demonstration dessen, was ich erlernt und mir erarbeitet hatte, eine klare innere Linie.

Erst als die letzte Note verklang, fiel mir auf, dass ich meine schwitzenden Handflächen ballte, was zur Folge hatte, dass sich meine Finger schmerzhaft verkrampften. Der Sessel quietschte, als Peter mit Mühe seinen schweren Körper hochzog. Sein Urteil war ernüchternd.

»*Cara mia*, wenn Sie singen, dürfen Sie die Hände nicht ballen; sonst glauben die Zuhörer am Ende, Sie wollten einen Boxkampf austragen.«

Ich musste ein betroffenes Gesicht gemacht haben, denn er lächelte.

»Davon abgesehen – auf dieser Basis können wir weitermachen.«

Und so zerpflückte er die Arie, Note um Note, hob meine Fehler hervor, lobte aber auch die Stellen, die ich gut moduliert hatte. Danach sang ich zwei Liebeslieder aus dem 18. Jahrhundert und dann »Grausames Schicksal« aus Rossinis *Italienerin in Algier*. Zum Schluss bestand Peter noch darauf, ein Duett zwischen Figaro und Rosina mit mir zu singen. So fing er gleich am ersten Tag an, mit mir zu arbeiten; nicht so despotisch wie meine Mutter, nein, er ließ mich erst mal von mir aus etwas anbieten, und das verfeinerte er. Ich spürte, dass Peter das Gute in mir erkannt hatte, mich weiterbringen würde. Zum Schluss fühlte ich mich total ausgepumpt, aber glücklich wie noch nie.

»Leute, die mit mir arbeiten, brauchen Geduld.« Peter hatte eine weise, beschützende Geste, die mich rührte. »Immerhin haben Sie Vertrauen zu mir, das ist schon was. Erfüllt Ihr Gesang nicht Ihre Vorstellungen, sind Sie die Erste, die einen anderen Weg sucht.«

Tibor stand vom Klavierhocker auf, verbeugte sich spaßhaft vor mir.

»Aus Onkel Peters Mund ist das ein großes Lob. Gratuliere.«

Ich lachte, trank gierig einen Schluck Wasser.

»Eigentlich weiß ich nicht, womit ich es verdient habe.«

Der alte Mann wandte sich ihm zu, und ich sah in seinen eingesunkenen Augen den Schimmer einer warmen, schmerzlichen Zuneigung.

»Signorina Di Savegna ist kein Dickschädel wie du, der sich nichts beibringen lässt. Sie ist wie das Wachs, aus dem man die Madonnen formt.«

Na schön, wenn er so wollte. Mir gelang es gerade rechtzeitig, ein Lächeln zu unterdrücken.

Inzwischen war es zwei Uhr geworden, Essenszeit. Ein kleiner Tisch war mit Kristall und schönem Silber gedeckt. Ich hatte großen Hunger und aß mit Appetit. Zu den spanischen Gerichten, die schmackhaft zubereitet, aber reichlich ölig waren, hatte Peter einen dunkelroten, fast violetten Wein gewählt, der trotz seiner verwegenen Farbe leicht war. Das Ergebnis war, dass ich ziemlich viel davon trank und einen Schwips hatte. Unterdessen sprachen Peter und sein Neffe Ungarisch. Der Sinn der Unterhaltung entging mir völlig, zumal ich mich mit dem Fisch auf meinem Teller beschäftigte, die Gräten sorgfältig auf den Rand legte und mir auch nicht die Mühe machte, dem Gespräch zu folgen. Ich bemerkte jedoch, dass sie mit leiser Stimme sprachen, als ob das, was sie sich erzählten, vertraulich war. Neugierig warf ich ab und zu einen Blick auf Tibors finsteres Profil. In seinen Worten lag ein bitterer Ton. Es war, als ob sich die Worte die ganze Zeit in ihm gestaut und auf den Augenblick gewartet hätten, dass er sie entladen konnte. Und plötzlich war ich erschüttert über den Ausdruck des Zweifels und der Trauer in seinem Gesicht. Dann und wann legte Peter Károly die Hand auf seinen Arm, machte gelegentlich eine kleine, unfreiwillige Geste, als ob er Tibor zum Schweigen bringen wollte. Erst als Maria die Teller wechselte, brach das Gespräch ab und Tibor wandte sich mir zu. Er lächelte jetzt wieder, wenn auch nur gezwungen.

»Es tut mir Leid. Onkel Peter und ich finden es manchmal leichter, uns auf Ungarisch zu unterhalten.«

»Das macht nichts.«

»Wir haben über die Familie gesprochen«, setzte er hinzu.

Meine Hände waren bleischwer. Ich durfte nicht so viel Wein trinken. Ich versuchte, meine Gedanken zu ordnen und fragte: »Sind Ihre Eltern auch Musiker?«

»Meine Mutter lebt nicht mehr. Mein Vater ist Dirigent. Er ist, wie man sagt, ein großes Tier in der Musikwelt, was Vorteile hat. Praktische Vorteile, meine ich. Zum Beispiel, dass ich ausreisen konnte. Aber die Partei hat überall ihre Finger drin. Mein Vater musste sich für mich verbürgen. Erliege ich den so genannten ›Lockungen des kapitalistischen Westens‹, wird er dafür bestraft. So ist das bei uns.«

Angesichts meines Zustandes hörte ich mich etwas sehr Einfältiges sagen: »Dann sind Sie also nicht frei?«

Kaum hatte ich das gesagt, erschrak ich; hin und wieder entschlüpften mir solche Albernheiten und ich dachte, jetzt lacht er mich aus.

Doch er antwortete sehr ernsthaft. »Ich habe die Illusion, dass ich frei bin.«

»Die Illusion kannst du dir leisten.« Peter sah Tibor zärtlich ins Gesicht. »Es ist ihnen noch nicht gelungen, dich umzuerziehen.«

Tibor lächelte flüchtig, bevor er einen schweren Seufzer tat.

»Noch nicht, Onkel Peter, noch nicht.«

»Weil du Glück hattest, nur deswegen.«

»Das glaube ich auch.« Sein Lächeln verschwand. Seine Stimme wurde plötzlich rau, fast tonlos. »Aber wer sagt dir, dass ich nicht eines Tages dafür büßen muss?«

Unsere Augen trafen sich bei diesen Worten, als leite sie ein Instinkt. Die seinen hatten einen silbernen und leuchtenden Glanz angenommen. Er legte seine Hand gegen die meine auf den Tisch. Damals schon war zwischen uns Begehren im Spiel, und dieses gemeinsame Wissen machte, dass wir uns, ohne es zu wollen, einander zuneigten. Sein Gesicht kam meinem ziemlich nahe. Ich sah aus den Augenwinkeln, wie Peter Károly sein Glas kraftvoll auf den Tisch stellte und es wieder füllte. Er starrte blind vor sich hin. Ob ihm etwas aufgefallen war, konnte ich nicht sagen. Er schien ein großes Verlangen nach Alkohol zu haben. Mein Herz schlug so laut, dass ich es hörte. »Ich wäre traurig«, sagte ich leise, »wenn es so weit käme.«

8. Kapitel

Tibors Klavierspiel werde ich nie vergessen. An jenem Oktobertag, in Peters Károlys Haus über dem Meer, erlebte ich es zum ersten Mal. Er spielte eine Etüde von Chopin. Er hatte die Noten aufgeschlagen, beachtete sie aber kaum. Ich lauschte seinem Spiel; die Klänge erreichten mich von irgendwoher, doch was ich beobachtete, waren seine Hände. Sie waren gelenkig und leicht und trotzdem voller Kraft, und ich stellte mir vor, wie es sein würde, wenn diese Hände meinen Körper liebkosten. Mir war unerklärlich, woraus meine fieberhaften Fantasien entstanden. Was Tibor mit dem Spiel seiner Hände erzeugte, war verrückt, wie ich selber es sein musste, aber es war wie ein Traum, weil jedes Gefühl, das er entstehen ließ, wie ein Spiegel war, in dem ich mich selbst erkannte. Das alles ergab keinen Sinn, aber wenn ich seine Hände anblickte, sein geistesabwesendes Gesicht, das vor Licht und Leben erstrahlte, spürte ich diese Gefühle in mir, als wärmte mich ein inneres Feuer. Doch er sah mich dabei nie an, seine Augen starrten verträumt ins Leere. Wenn seine eine Hand sich nicht auf die Tastatur legte, hob er sie, an Stellen mit hohem Tempo, mit nach oben gedrehter Handfläche, als hebe er eine Opfergabe; oder sie sank locker hinab, wie um ein leises Pianissimo noch deutlicher zu betonen. Es war eine verhaltene und doch intensive und ausdrucksstarke Gestik; die

Melodie, die er auf seinen Tasten entwickelte, sprach etwas in ihm an, was aus allerfrühester Kindheit zu stammen schien, ein seelisches Urbild. Und gleichzeitig war da eine Frische, eine Unmittelbarkeit, die von großer Bescheidenheit sprach. In der Musik gibt es vieles, was einen intelligenten Menschen zittern lässt. Nur ein wirklicher Künstler weiß das; wie fantastisch auch immer er spielen mag, die Musik ist größer.

Während Tibor spielte, hörte Peter Károly mit geschlossenen Augen zu; er murmelte manchmal vor sich hin, und dann und wann entschlüpfte ihm eine Bewegung, als wären es seine eigenen Finger, die sich auf der Tastatur bewegten. Einige Tage darauf, als dieser Anblick mir vertraut war und ich Peter besser kannte, war ich so mutig, ihn zu fragen, warum er beim Musikhören die Augen schloss, und erhielt eine seiner üblichen sarkastischen Antworten: »Weil ich meine Abwehrkräfte aktiviere. Musik will gehört werden. Das menschliche Mienenspiel hat … nun ja, zu viel Realitätsgehalt!«

Im Unterricht jedoch leitete er jede Geste, jeden Ausdruck, ließ sie genau zur Geltung kommen. Er forderte von uns eine ungeheure Konzentration aller physischen und geistigen Kräfte. Er formte uns wie ein Bildhauer seine Kreaturen, führte uns zu akustischen Halluzinationen, die wie Blitze aufleuchteten und verloschen, die aber das Schönste und Wahrste waren, das Menschen von sich aus geben konnten. Aber das war keine Musik mehr, die aus Noten entstand, sondern eine latente Hysterie. Ein extremer Formwille war nötig, um diese Mächte zu beherrschen. Ihr vollendeter Ausdruck war lichtes Feuer und Entzücken, ein Mysterium, das die Seele heranzog, mit einem goldenen Band.

Der Tag neigte sich dem Ende zu; der Himmel wurde klar, grünlich; die Uferschwalben glitten an den Klippen vorbei, als ob sie aus dem Meer sprudelten. Peter hatte uns all seine Aufmerksamkeit geschenkt; jetzt, mit der Entspannung, wurde er müde. Ich spürte, wie die Quelle seiner inneren Kräfte versiegte und sein wahres Alter zum Vorschein kam. Er sah zerstreut und niedergeschlagen aus. Seine Wangen kamen mir merkwürdig ausgezehrt vor, und unter den Augen lagen Tränensacke. Seine Hände suchten das Weinglas an seiner Seite, das auf dem geschnitzten Zedernholz des Tischchens einen roten Halbmond gebildet hatte.

»Kinder, ich bin glücklich, dass ihr gekommen seid. Es macht mich wieder jung. Gönnt mir jetzt ein wenig Ruhe. Wir sehen uns ja morgen, und glaubt bloß nicht, dass ihr ungeschoren davonkommt! Übrigens: In Alicante findet heute Abend ein Fest statt. Warum seht ihr euch nicht das Feuerwerk an?«

Das Fest fand in den holprigen Gassen des alten Stadtviertels von Alicante, dem Barrio de Santa Cruz, statt. Von einem Fenster zum anderen waren Papiergirlanden mit bunten Laternen gespannt. Die Straßen waren voller Menschen. Auf einer laubgeschmückten Estrade spielte ein kleines Orchester Tangos und Slows und aus jedem der kleinen Cafés dröhnte Schlagermusik aus Musikboxen durch die Perlenvorhänge. Mitten im Gedränge tanzten da und dort verliebte Paare. Kinder liefen glücklich umher, warfen mit Konfetti um sich. Tibor beobachtete sie entzückt.

»Wie schön, hier ein Kind zu sein! Ist Ihnen aufgefallen, dass die Spanier ihre Kinder immer bei sich haben? Sie sind noch um Mitternacht draußen und spielen. Sie mischen sich unbefangen in die Gespräche der Großen, und alle behandeln sie mit Freundlichkeit und Nachsicht.«

»In Italien auch«, sagte ich. »Venedig war ein einziger großer Spielplatz für mich. Ich erinnere mich nicht, dass man mir verboten hätte, herumzulaufen, wo ich wollte. Außer bei Fliegeralarm. Es war ja Krieg. Und …« Ich sah ihn an und platzte plötzlich heraus: »… und übrigens, italienische Gleichaltrige nennen sich beim Vornamen.«

Er lachte, doch seine Wangen im Schatten des Hutes waren um eine Spur dunkler geworden, und ich dachte: Aber er ist ja schüchtern!

»Ich hoffe, Sie nehmen es mir nicht übel«, sagte er. »Ich habe es einfach nicht geschafft, Sie darum zu bitten.«

»Ich heiße Floria.«

»Wenn ich dich so nenne, hältst du mich dann für unverschämt?«

»Unverschämt? Das bin ich. Ich sage Tibor zu dir, und basta!«

Wir sahen uns an und fingen an zu lachen.

»Ich habe nicht gedacht«, gestand er, »dass es so einfach sein würde.«

»Nein?«

»Nein. Wir Ungarn brauchen mehr Zeit. Daran ist die Familie schuld, die uns mit Grundsätzen überhäuft. Von einem gewissen Alter an wehren wir uns natürlich, indem wir sehr hartnäckig lügen.«

Ich lachte noch mehr.

»Bei uns wird auch geflunkert, und dazu noch geschrien. Es kann sogar vorkommen, dass der Familienvater bei Tisch eine Gabel rund biegt. Trotzdem fällt es uns nicht schwer, das zu tun, was wir wollen.«

»Ich glaube ...« Er suchte nach Worten. »Ich glaube ... ich könnte die Italiener lieben.«

»Ich kenne noch keine Ungarn«, versetzte ich. »Du bist der erste Ungar in meinem Leben.«

»Du vergisst Onkel Peter.«

»Aber der ist alt!«

Jetzt lachten wir beide. In der lauen Nachtluft schwebte der Duft von Jasmin und Geißblatt, von billigen Parfüms, von Holzkohle und gegrilltem Fisch.

»Hast du Hunger?«, fragte Tibor, als er wieder zu Atem kam.

Ich seufzte.

»Es braucht schon einiges dazu, um eine Italienerin vom Essen abzuhalten. Und der kleinste Bissen setzt bei uns an. Mit dreißig sind wir dicke Damen.«

Dabei strich ich mir das Kleid über den Hüften glatt, kniff mir in die Taille und bereute sofort die etwas anzügliche Geste. Doch er blinzelte nur verschmitzt.

»Da kannst du aber noch einiges vertragen.«

Wir fanden ein kleines Restaurant mit Wandmalereien, die einen Stierkampf darstellten. Leute saßen an einem langen Tisch, lachten und machten viel Lärm. Wir fanden einen leeren Tisch in einer Ecke. Der Besitzer, der einen üppigen Bauch vor sich herschob, zündete eine Kerze für uns an. Tibor nahm den Hut ab, fuhr mit der Hand durch sein dichtes Haar. Die Speisekarte war mit Kreide auf eine schwarze Tafel geschrieben. Als wir nicht schlau daraus wurden, erklärte uns der Wirt in holprigem Englisch, dass seine Paella mit Geflügel, die »Spezialität des Hauses«, die beste Alicantes sei.

»Klingt verlockend«, meinte ich.

Tibor nahm die Weinkarte.

»Was möchtest du trinken?«

Ich legte schnell die Hand auf mein Glas.

»Keinen Wein mehr, Tibor.«

»Ein Bier?«

»Nein, nur Wasser! Sonst habe ich morgen einen schweren Kopf.«

»Ich glaube, ich werde einen Cognac trinken«, sagte er. »Ich brauche das jetzt.«

Ich lächelte ihm verhalten zu. Die Fenster waren offen. Der Mond stand hoch über der Stadt und der Wind kam nun kühler vom Meer. Das Schwatzen und Gelächter der Gäste wehte nach draußen. Tibor sah mich an, ließ mich nicht aus den Augen.

Leise fragte er: »Ist dir nicht komisch zumute?«

Eine seltsame Leichtigkeit war in meinem Kopf, und alles

widerhallte darin, wie in einer hohlen Muschel. Ich rieb mir die Stirn.

»Komisch? Das kannst du wohl sagen!«

»Darauf war ich nicht vorbereitet.«

»Ich auch nicht.«

»Aber es macht nichts.«

Die Art, wie er das sagte, war sehr zärtlich. Ich drückte die Wange an mein Glas.

»Es macht nichts?«

Ich sah sein Lächeln, das unter dem strähnigen Haar leuchtete.

»Du bist mir gleich aufgefallen, gestern Abend, in dieser Bar. Weil du ein hübsches Mädchen bist.«

Ich blinzelte ihn an.

»Ach, nur deswegen?«

Seine Augen hatten sich plötzlich verschleiert; mir war, als ob sich dunkle Schatten um seine Nasenflügel bildeten.

»Nicht allein deswegen. Ich hatte ein merkwürdiges Gefühl. Als ob wir uns schon kennen würden.«

Meine Hände wurden plötzlich kalt, und mein Rückgrat kribbelte. Schemenhafte Bilder zogen durch meinen Kopf. Traumbilder aus einem anderen Leben, denen ich nicht folgen konnte, weil sie wanderten wie Wolken. Ich trank einen großen Schluck Wasser. Die Bilder verschwanden.

»Den Eindruck hatte ich auch. Deswegen habe ich dich so angestarrt.«

»Ja, das hast du.«

»Ich wollte herauskriegen, warum.«

»Ach, das weiß niemand«, sagte er dumpf.

Ich schüttelte den Kopf, aber nur ganz leicht.

»Ich wollte versuchen, zu verstehen.«

Die Paella kam, noch brutzelnd, in einer großen Pfanne auf den Tisch. Tibor füllte meinen Teller, sah mit leichtem Stirnrunzeln zu, wie ich kostete. Der goldgelbe Reis, nach

Safran und heißem Olivenöl duftend, lag schwer und scharf gewürzt auf der Zunge.

»Magst du das?«, fragte er zweifelnd.

Ich zerteilte behutsam das weiche Hühnerfleisch.

»Doch, aber ich habe mir die Zunge verbrannt!«

Er nahm seine Gabel, aß aber kaum.

»Es macht Freude, dich essen zu sehen«, sagte er.

»Du hast keinen Hunger«, sagte ich, etwas vorwurfsvoll.

»Um die Wahrheit zu sagen, nein, ich habe keinen großen Hunger.«

»Die Reise? Die Hitze?«

»Ich habe keine Ahnung. Es ist sehr merkwürdig.« Er legte seine Gabel wieder hin. »Gestern Abend – erinnerst du dich?«

Ich wartete mit gesenktem Blick.

»Ja?«

»Ich rief Onkel Peter an. Wir hatten zehn Uhr ausgemacht. Er wartete auf den Anruf, verstehst du? Die ganze Zeit hatte ich überlegt, was ich dir sagen könnte.«

»Ist dir nichts eingefallen?«

»Kein einziges Wort.«

»Du hättest irgendetwas sagen können.«

»Ein Mädchen anzusprechen ist nicht so einfach, das kannst du mir glauben. Und das Schlimmste war: Während ich telefonierte, bist du gegangen.«

»Du hast ja nicht versucht, mich daran zu hindern«, erwiderte ich leise.

»Ich kam mir wie ein Trottel vor. Sag, was hast du über mich gedacht?«

»Dass ich dich nicht interessiere.«

»Das habe ich dir angesehen.«

»Warst du enttäuscht?«

»Nein, verzweifelt und hilflos. Ich habe gedacht, jetzt geht sie und ich werde sie nie wieder sehen.«

»Und dann?«

»Ich habe schlecht geschlafen. Und am Morgen fühlte ich mich scheußlich. Ich bin schwimmen gegangen, das hat mich etwas beruhigt. Ich war unpünktlich – Onkel Peter kann das nicht ausstehen. Aber er hatte gesagt, dass eine Sängerin aus Italien zu ihm kommt. Ich dachte, was soll's, auf ein paar Minuten kommt es jetzt auch nicht an. Ich konnte ja nicht wissen, dass …«

»Nein, das konntest du nicht!«

»Du musst verstehen, die Chance, dich wiederzusehen, stand eins zu tausend. Und als ich dich leibhaftig vor mir sah …«

»Was hast du da gedacht?«

»Nichts«, sagte er. »Ich konnte nicht mehr denken. Ich hatte Angst.«

»Ich auch.«

Wir starrten einander an, versuchten zu verstehen, was wir da miteinander redeten. Aber länger, als ein paar Atemzüge dauern, konnte ich ihm nicht in die Augen sehen.

»Nun iss endlich«, sagte ich sanft, »du musst was im Magen haben!«

Er versuchte zu essen. Er hatte seinen Cognac ausgetrunken und bestellte einen zweiten. Der Alkohol zeigte keine Wirkung bei ihm.

»Warum wohnst du auf dem Campingplatz?«, fragte ich.

Er zögerte; für Sekunden verließ mich sein Blick, schweifte umher, sachlich, düster und wachsam. Dann schüttelte er den Kopf, wie um einen schweren Gedanken loszuwerden. Seine Stimme klang traurig, ein wenig gebrochen.

»In einem Hotel, da fühlte ich mich beobachtet …«

»Beobachtet? Von wem?«

Er seufzte.

»Na ja, es ist ein wenig so, als wenn man sich fürchten würde, dass jemand einen Gegenstand aus dem Fenster wirft, während wir vorbeigehen. Es schränkt unsere Wahrnehmung auf ein begrenztes Gebiet ein. Wir erleiden eine

Begriffsverwirrung, haben Schuldgefühle, als hätten wir etwas Böses getan, ohne uns zu erinnern, worin unser Vergehen besteht. Wir wagen nicht einmal, von uns selber zu reden. Nicht in einem Hotelzimmer zumindest. Wir könnten überwacht werden.«

»Von Spionen?«

»Ach, sie nennen sich nicht so. Sie sagen von sich, dass sie Beamte sind. Spezialisten in Nachforschungen und gründlichen Ermittlungen. Stalinisten, die ihr Handwerk beherrschen.«

»Auch im Ausland?«

»Ganz besonders im Ausland.«

Er sprach von Staatsmacht und Terror. Es gab eine kommunistische Taktik der Einschüchterung: »Wer anders denkt, muss liquidiert werden, aus dem einfachen Grund, dass er anders denkt.«

Er erzählte von Imre Nagys fehlgeschlagenem Versuch, in Ungarn Reformen durchzusetzen, von der Entstehung der Rákosi-Partei. Ich konnte ihm nicht folgen. Zum ersten Mal in meinem Leben musste ich mir eingestehen, dass ich Dinge nicht verstand, die ich eigentlich hätte verstehen müssen. Stalin war letztes Jahr gestorben. Sein Sterbebild war in allen Zeitungen erschienen. Stalins Gesicht hatte mich stets an das eines Katers erinnert. Es gab sogar eine Katze, die auf der Straße manchmal um meine Beine strich, die ich, da ich ihren richtigen Namen nicht wusste, »Stalin« genannt hatte.

Ich war siebzehn und mir waren alle politischen Zusammenhänge unklar. Politik widersprach der Atmosphäre, die bei uns zu Hause herrschte. Meine Mutter sprach selten über Politik – es sei denn, um über die Unfähigkeit der Behörden zu schimpfen –, mein weltfremder Vater überhaupt nie. Beide waren durchaus nicht konservativ, ihre Welt war nicht in Gut und Böse eingeteilt, dazu waren sie zu gebildet. Aber die Kriegsjahre hatten Spuren hinterlassen. Mussolini hatte den meisten Italienern jede politische Stellungnahme gründlich abgewöhnt. In meinem Freundeskreis verhielt es sich nicht anders: Wir sagten nichts und taten nichts, vertraten keine politische Meinung und verbrachten unsere Zeit damit, fröhlich und witzig zu sein und nach Vergnügungen zu grapschen wie ein Kind nach Schokolade. Wir, die Jugend der so genannten »freien Welt«, lebten scheinbar unberührt vom Zeitgeschehen. Politik? »*No mi frego*« – Geht mich nichts an. Die Erschütterung würde später kommen.

»Die Rákosi-Partei? Was sind das für Leute?«

Er verzog bitter die Lippen.

»Sie verbreiten ›neue Gedanken‹, Terror und Fanatismus also, aber keiner rührt sich, keiner wagt, die Stimme zu erheben. Die Angst vergiftet uns. Die Beeinflussung des menschlichen Geistes ist so stark, die Persönlichkeit so formbar, dass jeder zwangsläufig zum Helfershelfer wird.«

Tibor hatte schon als Kind gelernt, sich neben den verknöcherten Zwängen des täglichen Lebens ein anderes Leben in Fantasie und Musik zu erschaffen. Das half nicht immer: Er hatte furchtbare Dinge erlebt, Dinge, die er nur vage andeuten konnte. Ich war nicht im Geringsten darauf vorbereitet. Mir war, als hörte ich etwas sehr Fremdartiges und Bedrückendes; und gleichzeitig empfand ich das starke Bedürfnis, ihn zu beschützen. Ich fühlte mich für ihn verantwortlich, hatte Angst um ihn. Ich wollte den Arm um ihn legen, damit er nicht verletzt wurde. Ich wollte ihn trösten, ihm Mut zusprechen, und fand die Worte dafür nicht. Gab es überhaupt Worte für Empfindungen dieser Art?

»Und auf dem Campingplatz?«, fragte ich. »Fühlst du dich da sicher?«

Er antwortete sachlich, beide Hände im Nacken verschränkt. Auf dem Campingplatz, da fühlte er sich sicherer als im Hotel. Viel unabhängiger auf jeden Fall. Die Kontrollen wurden mehr zum Schein ausgeübt. Jedenfalls war ihm aufgefallen, dass man sich hierzulande weniger pflichtbewusst zeigte.

»Vielleicht, weil die Sonne scheint? Bei uns fällt zu viel Schnee.« Er sagte es ganz ernsthaft.

Ich fing an zu lachen. »Das mag schon sein.«

Er lachte auch, aber weniger als ich.

»Ich habe eben Glück gehabt.«

Darin, dass Kommunisten und Faschisten den gleichen Hass mit der gleichen Systematik schürten, sah er keinen Widerspruch. Was war das scheinbar Entgegengesetzte, wenn nicht ein Aspekt derselben Sache, die Kehrseite einer Münze? Auf den spanischen Polizeirevieren wurde verhört und gefoltert wie in Ungarn. Mit dem Unterschied, dass Franco seine Gefängnisse in Orangenplantagen versteckte, er wollte ja die Touristen nicht verschrecken.

Die Leute auf dem Campingplatz wussten nichts von Tibor, wussten weder, warum er da war, noch wie lange er bleiben würde, noch was er mit seiner Zeit anfing.

»Ich darf Ungarn für zwei Wochen fern bleiben. Eine Studienreise. Man setzte mich in ein Flugzeug, mit den üblichen Wünschen für guten Erfolg und der Aufforderung, die Zeit optimal zu nutzen. Sie haben mir sogar Taschengeld gegeben. Warum manche bei uns bevorzugt werden und andere nicht, ist ein undurchschaubarer Vorgang. Die Stellung meines Vaters spielt natürlich eine Rolle. Anton Horváth ist in unserer Musikwelt eine Art Monument, musst du wissen.«

Trotzdem war er überzeugt, dass Probleme auftauchen würden; da er aber nicht ahnte, welche Formen sie annehmen würden, genoss er seine Freiheit wie ein Verdurstender das kühle, Leben spendende Wasser.

»Dein Onkel ist auch nicht glücklich«, sagte ich unbestimmt.

»Nein. Den Tod seiner Tochter hat er nie verkraftet. Er erfindet alle möglichen Aufgaben, mit denen er sich zu trösten versucht. Nur die Musik bedeutet ihm noch etwas. Alles Schmerzliche empfindet er übertrieben schmerzlich. In diesen Dingen ist er wie mein Vater, obschon beide nicht blutsverwandt sind. Seine jüngere Schwester, Agnes, hatte einen Horváth geheiratet, der im Krieg an Tuberkulose starb. Anton ist der Cousin ihres verstorbenen Mannes. Agnes ist eine besondere Frau, die alles gut und richtig macht. Eine kultivierte Frau mit Geschmack. Eine mutige, eine beherzte Frau. O ja, ihr verdanke ich mein Leben. Wenn sie nicht zufällig, gerade im richtigen Augenblick, aus dem Fenster geschaut hätte ...«

Er trank einen Schluck Cognac, wischte sich mit dem Handrücken über die Lippen. Ich starrte ihn an.

»Wie meinst du das? Ich kann dir nicht folgen.«

Er holte gepresst Atem.

»Meine Mutter und Agnes mussten in einem Lebensmittelladen anstehen. Sie ließen mich draußen im Kinderwagen stehen, aus Angst vor Typhus. Viele Leute waren krank, und im Laden war schlechte Luft. Man sollte meinen ... ja, man sollte doch meinen, dass man ein kleines Kind im Kinderwagen vor einem Laden stehen lassen könnte. Aber du kannst nicht wissen, wie viel Elend damals schon herrschte. Es gab so viele Arbeitslose. Und stell dir vor, ein armer Teufel hatte es auf diesen Kinderwagen abgesehen und offenbar nicht bemerkt, dass ein Baby darin schlief. Agnes war schneller als meine Mutter und konnte rennen wie ein Junge. In seiner Panik drehte der Dieb den Kinderwagen einfach um und ich fiel auf die Straße, gerade als ein Auto kam. Agnes warf sich vor die Kühlerhaube. Sie wurde auf die Straße geschleudert und brach sich das Schlüsselbein. Der Wagen kam eine Handbreit von meinem Kopf zum Stehen. Agnes hat mir oft erzählt, dass ich ganz friedlich auf dem Asphalt lag und den Himmel betrachtete. Ich war ein Baby voller Vertrauen. Und ich hatte einen Schutzengel.«

»Du hast ihn noch immer«, sagte ich leise.

»Ach, mein Schutzengel ist heute die Musik.«

Ich lächelte, wollte etwas sagen, doch er kam mir zuvor.

»Nein, du musst nicht glauben, dass ich blind bin. Dass ich nicht weiß, wie der Staat die Musik als Kollektiverlebnis für die so genannten Massen missbraucht. Aber irgendwann funktioniert das nicht mehr. Der Musik wachsen Flügel. Im KZ hat man Musikern die Hände zertrümmert. Die Kapos mussten um jeden Preis verhindern, dass die Musik oder die Rede von Musik oder der Gedanke an Musik überhaupt aufkam. Die Musik verkörperte alles, was sie nicht zulassen durften, was sie zu vermeiden trachteten, was sie aus ihrer Todeswelt verdrängten. Sie – die Kapos – hätten vor den Musikern mit nackter Seele gestanden. Musik ist das heilige Gefäß, in dem der Mensch seine Tränen ausschüttet. Der härteste und brutalste Mörder erbebt beim Klang eines vertrauten Wiegenliedes. Musik ist die Wahrheit, und im Angesicht der Wahrheit gerät die Welt aus den Fugen. Es gibt einen Glauben, der dabei wächst: Selbst wenn sich das Böse bisweilen der Musik bedient, wird am Ende das absolut Gute siegen. Und erst an dem Tag, an dem auch meine Hände zertrümmert werden, kann ich wissen, dass ich ein brauchbarer Diener der Musik gewesen bin.«

Ich blickte auf seine Hände, die leicht zitterten. Es waren schöne, ungewöhnlich lange Hände, wie die der Statuen in Kirchen und Museen: die Hände der Heiligen eben. Er hielt inne, starrte mich verwundert an.

»Warum weinst du?«

Ich legte rasch die Finger auf die nassen Augen.

»Das kann so kommen, wegen nichts …«

»Es tut mir Leid«, sagte er.

Ich trank einen Schluck, versuchte zu lächeln.

»Schon vorbei.«

Wir schwiegen beide, während der Wirt die Teller abtrug, und auf einmal hatte ich ein seltsames Gefühl: als ob sich in mir eine neue, ganz andere Welt auftat. Es war Tibors Welt, und – auf unbegreifliche Weise – auch meine Welt. Wie es dazu kam, wusste ich nicht. Es war eine Art Erinnerung, unendlich fern wie die Sterne, und gleichzeitig mit meinem Blut versiegelt.

Der Wirt kam mit dem Kaffee. Er war viel zu bitter, aber wir tranken ihn, so heiß wie er war. Der Wirt stand neben dem Tisch, wollte wissen, ob uns der Kaffee schmeckte. Er schien zu wissen, dass sein Kaffee nicht gut war. Doch, sagten wir zu ihm, der Kaffee ist wirklich ausgezeichnet. Da ging er endlich. Tibor hielt den Blick auf mich gerichtet. Die Meeresluft aus dem offenen Fenster hatte meine Arme mit einem leichten Feuchtigkeitsfilm überzogen. Ich fröstelte plötzlich.

»Woran denkst du?«, fragte ich leise.

»Daran, dass wir uns vielleicht nie wiedersehen werden.«

»Ach«, rief ich lebhaft und schüttelte den Kopf, »dieser Gedanke ist mir nicht gekommen!«

9. *Kapitel*

Erzähl mir von deinen Eltern«, bat ich.

Mitternacht war vorüber, das Meer kräuselte sich unter dem Mond in dicken, goldenen Schuppen; wir waren die Promenade entlang zum Hafen geschlendert und saßen auf den Stufen, die in das dunkle Becken führten. Auf der Mole, über die von weit her die Schornsteine und Aufbauten großer Dampfer hinwegragten, wanderten die Bewohner Alicantes wie bewegliche Scherenschnitte hin und her. Vereinzelte Knallfrösche krachten, inmitten von Gelächter und Kindergeschrei. Tibor schwieg eine Weile. Sein Gesicht war in der Dunkelheit unbeweglich. Dann begann er leise zu sprechen.

»Rachel, meine Mutter, war Jüdin. Sie wurde 1944 verhaftet und nach Auschwitz deportiert.«

»Und was war mit dir?«

»Ich war bei Agnes, als sie meine Mutter holten. Agnes hatte mir zum Geburtstag einen Pullover gestrickt. Sie wollte, dass ich ihn anprobierte.«

Ich schluckte.

»Dann hat sie dir, ein zweites Mal, das Leben gerettet.«

»Man kann es so sagen. Als ich nach Hause kam, stand die Tür weit offen, die Wohnung war verwüstet und meine Mutter verschwunden.«

»Weiter«, flüsterte ich.

»Mein Vater hat alles versucht, um sie zu retten. Mit Bestechungsgeld, mit gefälschten Unterschriften und Passierscheinen. Er war Offizier und hatte Beziehungen zu den SS-Schergen. Er hatte Gastspiele im Ausland gegeben, war zwei Jahre lang in Amerika gewesen. Er sprach Englisch, Deutsch und Französisch. In Kriegszeiten waren solche Kenntnisse wertvoll. Mein Vater wusste alles über die Operationen der deutschen Wehrmacht, über die Transporte in Güterwagen, die Lagerverlegungen. Alles. Wurde er zum Denunzianten? Schon möglich. Ich denke, dass er dazu fähig war. Aber ich habe es nie erfahren. Ja, und fast hätte er es geschafft – es war eine Frage von Stunden. Budapest war schon vollständig zerstört, als die ungarischen Nationalsozialisten die Macht übernahmen. Im Dezember 1944 hatte Generaloberst Bela Miklos von Dalnoki im sowjetisch besetzen Debrecen eine Gegenregierung gegründet. Ein Waffenstillstandsvertrag mit der Sowjetunion und den Westmächten konnte unterzeichnet werden. Das war die entscheidende Wendung. Die Deutschen traten den Rückzug an. Und genau an dem Tag, als sie alle Donaubrücken sprengten, erreichte Anton die Nachricht: Rachel war tot. Man erinnerte sich, weil sie auf dem Weg ins Krematorium ein jüdisches Lied angestimmt hatte, eines, das mein Vater bisweilen auf dem Klavier spielte, und weil alle, denen noch etwas Kraft blieb, mitgesungen hatten. Es waren nicht mehr viele, die dazu imstande waren. Die meisten waren seit Monaten da und fast zum Skelett abgemagert. Man musste sie aufrecht halten, bis in die Gaskammer. Du glaubst mir wohl nicht?«, setzte er bitter hinzu. »Ich weiß, es hört sich so unwahrscheinlich an.«

»Ich glaube dir jedes Wort«, sagte ich. »Und danach?«

»Mein Vater brach zusammen: das Herz. Man glaubte, dass er nicht mehr lange leben würde. Doch er erholte sich, suchte Zuflucht in der Musik, in der unversehrten Heimat seiner Seele. Er klagte niemanden an: nur die Regierungen, die in der Geschichte der Völker vorübergehen. Aber er blieb, ich kann es nicht anders ausdrücken, von einer inneren Schweigezone umschlossen, im Bann seiner Erinnerungen. Das hat sich bis heute nicht geändert. Er schluckt Medikamente, muss immer wieder für einige Tage ins Krankenhaus. Nach wie vor dirigiert er Opern und Konzerte, wird bewundert, umschwärmt und beneidet. Die Regierung erhebt Anspruch auf ihn, Politiker laden ihn zum Essen ein; er lässt sich dazu überreden, in ihrem Kreis Vorträge über Musikwissenschaft zu halten. Aber er ist krank und müde. Jetzt, mit siebenundfünfzig, ist er an einem gefährlichen Punkt angelangt.«

»Was hat er eigentlich in Amerika gemacht?«

»Orchester dirigiert. Und eine Zeit lang an einer Musikhochschule gelehrt. In Seattle, soviel ich weiß. Was er sonst noch gemacht hat? Ich habe keine Ahnung. Ich habe längst aufgehört, ihm Fragen zu stellen. Es gibt Dinge, über die er nicht reden will. Er spricht auch nie von meiner Mutter; es ist, als ob es sie niemals gegeben hätte. Ich weiß nicht einmal, ob er das Bild von ihr ansieht, das einzige, was uns von ihr geblieben ist: ein Foto, kurz nach der Hochzeit aufgenommen, auf dem sie ewig jung ist. Sie wurden katholisch getraut. Habe ich erwähnt, dass bereits ihre Eltern Konvertiten waren? Dass sie sonntags in die Kirche gingen und Weihnachten mit einem Christbaum feierten? Rachel hatte die erste Kommunion empfangen. Und doch wurde sie in Auschwitz ermordet.«

Tibor sprach mit einer Gelassenheit, die mich aus der Fassung brachte. Was war es nur, das mich so aufwühlte? Verwandelten sich seine Erinnerungen in meine? Besaß ich die Fähigkeit, die Dinge, die er erzählte, in Bildern mitzuerleben? Verwechselte ich seine Vergangenheit mit meiner, die doch so anders war?

Da – ein lauter Knall: Ich zuckte zusammen. Ein zweiter folgte, vom Zischen der steigenden Rakete begleitet. Die

Menge jubelte: Das Feuerwerk begann. Eine Rakete nach der anderen stieg nun mit zischendem Heulton dem Mond entgegen. Die Stadt war in Grün und Rot getaucht. Funkengarben entfalteten sich am Himmel, Tausende hell glühende Tropfen rieselten herab. Feurige Wirbel drehten sich, Riesenkerzen glitten empor, sprangen auseinander wie sich lösende Bündel, glitten dem Meer entgegen und verglühten. Jede Leuchterscheinung am Himmel wurde von Schreien und Applaus begrüßt, bis die letzte Garbe zersprühte und die Feuerranken lautlos ins Dunkel tauchten.

Endlich konnten wir einander ansehen, Tibor und ich; unsere Augen suchten sich, unsere Verwirrung flutete stark durch uns hindurch. Wortlos nahm er meine Hand, hielt sie fest. Wir gingen die Stufen hinauf, suchten ein Taxi, das uns nach San Juan zurückbrachte. Die Fahrt dauerte nicht lange, wir schwiegen beide. Tibor hatte den Arm um meine Schulter gelegt. Der Mond hing jetzt tief, aber die Nacht war hell. Am Strand schlug uns die schwere Kühle des offenen Meeres entgegen. Ein Schaumstreifen glitzerte, und in der Ferne zeichnete sich die Silhouette eines Schiffes ab. Die Spanier sind Nachtmenschen; auch auf dem Campingplatz waren die Leute noch wach. Hinter der Schranke war die Bar erleuchtet; alle Tische waren besetzt. Junge Leute tanzten zu den Klängen der Musikbox. Die Wärme und das Licht zogen Mücken an, die an den Lampions klebten.

»Müde?«, fragte Tibor zärtlich.

»Ja, sehr. Aber ich glaube nicht, dass ich schlafen kann.«

»Komm!«

Die Sprache der Liebe redete bereits in uns, noch bevor wir selbst davon sprachen. Wir beide wussten ohne Worte: Das Schicksal hatte uns mit starken Fingern gepackt; und es hatte uns nicht zusammengeführt, um uns unbeschädigt wieder gehen zu lassen. Bei uns kam eine tiefere Erregung hinzu, jene nahezu euphorische Lebensgier, die einer Trennung vorausgeht. Jedes Wort, jede Geste vibrierte in einer Art Vakuum. Das Wissen, dass unsere Zeit bemessen war, erfüllte uns mit der Besessenheit, von dieser Zeit keinen Atemzug zu vergeuden. Hinter dem Zaun aus Schilf war der Weg zur Villa Roja nur kurz. Der Duft des Ginsters erfüllte die Luft. In der Dunkelheit pressten wir uns aneinander, bis zum Ersticken. Wir schlossen die Augen, unsere Hände zitterten. Wir konnten kaum sprechen, die Empfindungen, die unser Innerstes aufwühlten, schnürten unsere Kehle zusammen. Die Zärtlichkeit machte uns blind, Stirn gegen Stirn tranken wir unseren Atem.

»Ich will nicht von dir getrennt sein«, flüsterte er rau.

»Sag es nicht! Sei still.«

Ich klammerte mich an ihn, drückte mein Gesicht an seines. Ich spürte, wie er zitterte. Gigino, damals, hatte nie gezittert, sein Herz hatte kaum schneller geschlagen.

»Ist dir kalt?«

Er umfasste meinen Nacken mit beiden Händen.

»Nein. Ich habe nur Angst.«

Seine Lippen berührten meinen Mund. Wer kann die Empfindungen beschreiben, die der erste Kuss weckt? Dieser Augenblick, in dem sich zwei Münder entdecken, sich öffnen, sich hingeben, bis die Zunge des anderen in einem selbst zuckt, lebendig und heiß und von unbekanntem Geschmack? Wir kauerten eng umschlungen auf den Stufen, das Blut stieg mir in die Wangen, in den Hals, während mein Kopf auf seine Schulter fiel.

»Wir getrennt? Niemals!«

Er warf sein Haar aus der Stirn, seine Augen blickten in meine Augen.

»Ich brauche dich.«

»Ich brauche dich auch.«

Ich hängte mich an seinen Hals, ich glühte und fror. Er berührte mein Gesicht wie ein Wahnsinniger, küsste mich, bis meine Lippen pochten und brannten. Der Sand zwischen unseren Zähnen knirschte, und unsere Umarmung schmeckte nach Fiebertraum.

»Was machst du mit mir?«

»Ich liebe dich.«

»Ich liebe dich auch«, sagte ich.

Sein Atem war wie ein Schluchzen.

»Wir müssen uns trennen. Schon bald. Du weißt, es geht nicht anders.«

»Egal. Ich liebe dich, du kannst sagen, was du willst, tun, was du willst.«

Es wurde ruhiger auf dem Campingplatz; die Temperatur sank. Unsere Wangen fühlten sich klamm an. Am Strand rauschten die Wogen, sie stiegen, stiegen höher, sie trugen uns fort. Wir versanken zusammen. Stand die Zeit still? Nein, der Himmel wurde grau, aus den Büschen erklang das erste, noch unsichere Zwitschern, mit dem die Vögel die Dämmerung begrüßten. Über dem Meer kämpften Nebelfelder mit der Morgenröte. Das dunkle Rascheln im Schilf ließ uns frösteln. Wir erstarrten zu Eis in der schwindenden Nacht.

»Du frierst, du bist müde.«

»Es macht nichts.«

Er streichelte mein kaltes Gesicht.

»Nein, du musst jetzt ausruhen.«

Er zog mich mit beiden Armen hoch. Meine Knie zitterten, ich konnte mich kaum aufrecht halten. Wir stiegen die Stufen hinauf, schwerfällig und ergeben, bis an die Haustür. Wir schleppten unseren Schmerz, wir hatten Bleigewichte an den Füßen.

»Hast du den Schlüssel?«

Ich nickte, wühlte mit steifen Händen in meiner Tasche. Ich wollte die Tür aufschließen, doch es wollte mir nicht gelingen. Er nahm mir behutsam den Schlüssel aus der Hand, führte ihn ins Schloss ein. Die Tür öffnete sich mit leisem Knarren.

Im Morgengrauen sahen wir unsere Gesichter, in denen kein Trost war. Wir liebten uns ohne Gesten, regungslos, schwer wie Stein. Nach einer Weile brach er das Schweigen.

»Gute Nacht, Liebste.«

Durch die Ritzen der Rollläden strömte graues Licht, schon stieß die Sonne unter den Nebeln hervor. Es war ein unaufhaltsames Fortschreiten, ein Weitergehen in der Zeit. Die weichende Nacht ließ Tränen zurück, unhörbar wie die Tränen der Taubstummen. Der neue Tag kam als Täuschung, in der wir verschwinden würden, während die Welt draußen weiterlebte. Die Welt und ihre Verwicklungen, die wir nicht begriffen und trotzdem durchschauten, der Argwohn, der Hass, die ganze hässliche Situation. Ich streifte langsam meine Sandalen von den Füßen und ließ mich auf das Bett fallen, ohne mein Kleid auszuziehen oder den verschmierten Lippenstift zu entfernen. Ich lag auf dem Rücken, die Hände auf der Brust gefaltet, und erkannte, dass ein Zeichen an ihm war. Und an mir war das gleiche Zeichen. Ich wollte ihn und sonst nichts auf der Welt. Dessen war ich mir sicher. Es gab kein Zurück mehr.

10. Kapitel

Tibor spielte Mozart, das Klavierkonzert Nr. 27; er beherrschte das Stück ohne Noten. Er sah mich dabei nicht an. Als ob ich fern von ihm sei, auf einem anderen Planeten. Liebende sehen sich an oder vermeiden jeden Blick. Tibor hielt den Blick nach innen gerichtet und spielte. Er konnte vollbringen, was ihm auferlegt war. Mozarts Musik klingt wie das Wasser bei der Schneeschmelze, so kraftvoll, so verspielt und natürlich. Ein Kind, so denkt man, könnte diese Musik spielen. Und nichts ist schwieriger als eben diese Einfachheit! Mozarts Musik forderte eine Hingabe, zu der nur ein Kind fähig war – und gleichzeitig die Erfahrung eines Virtuosen. Das war Mozarts Geheimnis: sein Können, und seine Unbefangenheit. Während Tibor spielte, blieb Peter ruhig sitzen, die Arme vor der Brust gekreuzt, den Kopf gesenkt, die Augen stets geschlossen. Doch nichts entging ihm; das Larghetto billigte er nicht, es war ihm zu schmucklos; darüber hinaus hatte er einiges an der Dynamik, an den Akkorden auszusetzen: zu schnell, zu langsam. Er setzte sich selbst ans Klavier, spielte das Larghetto vor, gab Ratschläge, kommentierte. Tibor nahm jede Kritik respektvoll an, machte sich Notizen. Heutzutage ist vieles anders, aber damals war ein Lehrer hoch geachtet, sein Urteil wurde niemals in Frage gestellt. Zum Glück war Peter Károly kein Gott der Mittelmäßigkeit, sondern ein

Künstler, der bei anderen die gleiche Perfektion wie bei sich selbst anstrebte – er ähnelte darin meiner Mutter – und uns in unserer Aufgabe ermutigte. Ja, er ließ es mit Frohlocken zu, sich von uns einholen oder gar überholen zu lassen. In dieser Beziehung kannte er weder Schmeichelei noch Erbitterung noch Neid. Jede Heuchelei war ihm fremd; er war ein Diener der Musik.

Nach dem Essen kam ich an die Reihe. Tibor begleitete uns am Klavier, während Peter und ich einen Auszug aus *La Traviata* sangen: das Duett zwischen Violetta und dem alten Germont, dem Vater ihres Geliebten Alfred. Das Duett, in dem Germont die Halbweltdame bittet, seinen Sohn freizugeben, weil die Verbindung zu ihr seine Familie in Verruf bringt und die Heirat seiner Tochter gefährdet. Mit bewegenden Worten bittet Germont sie um dieses Opfer. *Un di, quando le veneri* … Wenn mit der Zeit … Peter versuchte nicht, mir besondere Verhaltensregeln aufzuzwingen. Es war auch nicht nötig. Ich war von vornherein mitgerissen von der bespiellosen Kunst dieses eher klein gewachsenen Mannes, der sich nun plötzlich verwandelte, an Würde kaum zu übertreffen war. Seine tiefe Stimme vibrierte in mir, sang jene Worte, die meine Seele berührten, die Bitte um Entsagung. Und ich erkannte in diesem Verzicht meinen eigenen Schmerz. Ich sang, die Augen auf Peter geheftet, aber es war Tibor, an den ich dachte. Und in meinem Gesang lag nicht ein Verzicht aus Liebe, wie es die konventionelle Darstellung verlangt, sondern eine taktische Überlegung: Ja, ich verzichtete, weil ich im Augenblick keinen Ausweg sah, aber nur Geduld, mir würde schon etwas einfallen! Mein Gesang enthüllte Violettas hochfahrendes, anmaßendes Wesen. Denn Violetta bestritt ihren Lebensunterhalt selbst, und ihr Geliebter lebte von ihrem Geld. Das kam in ihrer Stimme, in ihrer Haltung zum Ausdruck. Lähmte nicht schon im Verborgenen die Schwindsucht ihre Kräfte, würde sie ihr Spiel meistern und das

Schicksal bezwingen. Ich hörte den schneidenden, selbstbewussten Klang meiner Stimme, sie tönte im hellen Echo, wie eine kristallklare Substanz. Die Erfüllung meiner eigenen Hoffnung war unwahrscheinlich, und doch wurzelte mein ehrgeiziger Stolz im sicheren Bewusstsein meiner Stärke; ich sang voller Härte und Triumph, von Siegesgefühl getragen. Peter Károly gab mir Antwort auf konventionelle Art; ich sollte erst später merken, wie sehr er sich zurückgehalten hatte. Er zeigte mir indessen, nur durch diese Zurückhaltung, die größte Hochachtung. Und als es vorbei war und ich erschöpft nach dem Glas Wasser griff, das Tibor mir reichte, und in seinen Augen las, dass er alles mitempfunden, alles begriffen hatte – da überkam mich eine derartige Schwäche, dass ich mich setzen musste. Peter jedoch betrachtete mich versonnen und insgeheim belustigt, wobei er leicht auf seinen Fersen auf und ab wippte.

»Schön …«, meinte er. »Nicht übel …«, verbesserte er sich mit einer kleinen Grimasse. »Das war mal was anderes. Schwärmerische Reflexionen, romantisierende Empfindungen – das alles ist längst aufgewärmt. Es wird Zeit, dass sich auf den Opernbühnen Neues tut.«

Die Musik war sein Leben, seine Existenzweise. Was ein Dichter oder ein Schriftsteller in der Sprache ausdrückt, formulierte Peter in musiktheatralischen Darstellungen. Jede Routine war ihm fremd, er verlor nie seine Begeisterung. Und dafür bewunderte ich ihn.

»Glaubst du, dass er spürt, was zwischen uns ist?«, fragte ich Tibor.

Es war nach dem Unterricht. Wir lagen entspannt im warmen Sand am Fuß der Granitfelsen in der noch heißen Sonne. Über uns leuchtete der Himmel mit kleinen Flaumwölkchen und ein Rauschen erfüllte die Luft. Die Brandung war stark und gischtete mit Schaumkronen.

»Ich glaube kaum, dass sich das übersehen lässt«, meinte

er. »Aber er wird nichts sagen. Er weiß ja, dass wir uns wieder trennen müssen.«

Er lehnte das Gesicht an meine Schulter, mit diesem Ausdruck aus Zorn und Traum, der so typisch für ihn war. Ein Ausdruck, den ich später viele Male an ihm beobachten würde, wenn er ein Orchester leitete. Aber noch kannten wir die Zukunft nicht und fühlten uns verurteilt, denn alles war gegen uns.

»Ich möchte dein Leben nicht erschweren«, sagte ich. »Du musst an deinen Vater denken.«

»Ich denke auch dauernd an ihn, eigentlich immerzu«, sagte er dumpf. »Und doch kann ich dich nicht mehr von mir fortlassen.«

Wir sahen uns an und blickten dann in die Weite, bewegt von der Glückseligkeit des Augenblicks und dem schmerzlichen Bewusstsein unserer baldigen Trennung. Es war in dieser Zeit, das weiß ich noch genau, dass meine Kräfte erwachten und sich schärften. Ich besaß bereits genug urteilsfähigen Geist, um zu erkennen, dass es Tage gab, an denen der Stärkste wie der Schwächste Schutz braucht und umsorgt werden will. Der Mensch muss sowohl Schutz gewähren als auch Schutz empfangen, sorgen und umsorgt werden. Tibor brauchte mich jetzt. Ich spürte, wie hin und her gerissen er war. Mein eigener Körper schien zu erschauern, so stark teilte ich mit ihm diesen Schmerz. Doch ich zwang mich zu einem Lächeln; Zuversicht und Heiterkeit waren die Schätze meiner Liebe, und ich trug sie umso entschlossener zur Schau, als ich merkte, wie ihn drückende Mutlosigkeit befiel.

Es war warm und still am Strand. In der Ferne spielten Kinder und die Köpfe einiger Badender reichten aus den Schaumkämmen hervor. Wir hatten Taschen mit Badezeug dabei, denn Tibor hatte vorgeschlagen, nach dem Unterricht zu schwimmen. Scheu, wie wir noch waren, zogen wir uns hinter den Steinen aus, jeder auf seiner Seite. Die Steine waren glatt und warm, wie liebende Körper. Ich trug einen roten Bikini – ziemlich verwegen –, ein Dreieck hinten, ein Dreieck vorne, mit einer goldenen Schnur an den Hüften. Während ich mein Haar mit einer Spange hochsteckte, kam Tibor mit lautlosen Schritten über den Sand. Meine Augen liefen schnell über ihn hin, über die dunkelblaue Badehose. Sein schlanker, schmalhüftiger Körper war von der Sonne gebräunt, und gegen seine Haut schimmerte das Haar golden. Seine Beine waren lang und sehnig, die Knie wohlgeformt, die Schenkel kräftig. Seine Füße waren ebenso feingliedrig wie die Hände. Seine Schultern waren breit, gut ausgebildet, die Arme lang und geschmeidig. Er hatte nichts Eckiges, nichts Steifes an sich; sein biegsamer Körper hätte in seiner Ausgewogenheit und Eleganz der eines Tänzers sein können. Einige Atemzüge lang standen wir unter dem hohen blauen Himmel. Dann machten wir wortlos einige Schritte aufeinander zu; unsere Hände fanden sich, gemeinsam liefen wir dem Wasser entgegen. Der Strand fiel stark ab, wir rannten, Sandpulver aufwirbelnd, den Hang hinunter. Der Strand war ockerfarben, das glitzernde Meer brauste wie eine tiefe Musik an unseren Ohren vorbei. Wir spürten kaum etwas von der Kälte, als wir eintauchten. Die Brandung saugte an uns, hob uns empor, wirbelte uns in einem Strudel aus dunkelblauem Wasser und Schaum herum und gab uns mit einem Schub der Erde zurück. Eine Zeit lang schwammen wir mit kräftigen Zügen, tauchten und drehten uns im Wasser. Manchmal, wenn die Wellen uns hoben, hielten wir uns fest, tauchten gemeinsam in die rauschende Kühle, die schillernd wie Kristall war und auf unsere Glieder das gleiche grüne Leuchten zauberte. Nach einer Weile ließen wir uns an den Strand treiben, wateten ans Ufer, wo die Gischt, mit Muschelsplittern vermischt, auf dem Sand glitzernde Bögen bildete. Ich verlor das Gleichgewicht, fiel lachend auf die Knie. Tibor stapfte auf mich zu, ergriff mich an beiden Händen, zog mich hoch. Ich fiel gegen seine Brust. Wir machten eng umschlungen einige Schritte, stolperten, sanken umarmt in den nassen Sand. Schaumblasen prickelten auf unserer Haut, Sandkörner kratzen leicht im Vorüberziehen des Windes. Tibor drehte sich auf den Rücken, ich lag auf ihm, presste meinen flachen Bauch auf seinen, meine Brüste gegen seine Brust. Ich ließ meinen Mund über seine Stirn wandern, über seine Augenlider, über seine Nasenflügel. Unsere Lippen fanden sich. Er nahm meine Zunge in den Mund, und der Speichel, der sich in den Kuss mischte, schmeckte nach Salz. Ich schloss die Augen. Mein ganzes Sein öffnete sich ihm, warf sich ihm entgegen. Wir stöhnten leise, wiegten uns hin und her, von der Heftigkeit unseres Verlangens geschüttelt. Dann holten uns die Rufe von Kindern, ihr fernes Gelächter, in die Wirklichkeit zurück. Wir erhoben uns, ein wenig befangen, wanderten auf die Felsen zu und zwängten uns in die Kleider, die an unserer nassen, versandeten Haut klebten.

An diesem Tag schliefen wir miteinander. Es war Abend, aber es war noch hell; in mein Zimmer konnten wir nicht gehen. Ich hatte schnell herausgefunden, dass Malli mit der Neugierde vereinsamter Menschen ihre Unterhaltung in der Überwachung ihrer Gäste fand. Abend für Abend saß sie in ihrer Hängematte, mit der Fliegenklatsche in der Hand, und nichts entging ihren Blicken. Doch sie bemerkte nicht, wie ich mit Tibor zum Campingplatz ging, weil sich der Hauseingang auf der anderen Seite befand. Neben Tibors Zelt trocknete Wäsche auf einer Leine. Das Zelt, gleich neben der Schilfhecke, war klein, und außer einer Reisetasche aus Segeltuch, einer Decke, dem Schlafsack und ein paar Flaschen Mineralwasser enthielt es nicht viel. Einige Kleider lagen zusammengeknüllt in einer Ecke. Tibor drückte mich sanft auf den Schlafsack nieder. Unser Ohr war geübt, die leisesten Klänge zu vernehmen, selbst etwas so Leises wie das Atmen. Aber nun verschwanden Geräusche und Stimmen aus dieser fantastischen Welt, in der wir allein waren. Das Rascheln des Windes im trockenen Schilf, die Gespräche, das Scheppern von Töpfen, das Summen gieriger Wespen, alles verschwand. Ich fühlte Tibors Hände auf meinem Körper, den Sand auf seiner Haut, seinen warmen, liebkosenden Mund. Schwindelnd, bebend, atemlos hielt ich ihn fest, überließ mich seiner Umarmung. Ich schrie kurz auf, als er in mich eindrang, aber es war kein Schrei des Schmerzes, sondern des Entzückens. Sein Körper war wie für mich geschaffen, es war ganz erstaunlich, überwältigend, ein Ereignis. Ich war ganz offen und feucht, und er tauchte in mich ein wie in eine tiefe, warme Welle. Wir hielten uns umarmt, Stirn gegen Stirn. Ich presste mein Gesicht ganz dicht an seines, sog langsam und tief seinen Atem in mich ein. Meine suchenden Hände strichen seine Unterarme entlang, glitten über die Ellbogen, streichelten seine festen Schultern, seinen Rücken, diese lebendige Glätte. Jeder Stoß verfeinerte mein Empfinden; ich nahm, was er mir schenkte, besitzergreifend und immer wieder. Der Duft seiner jugendlichen Haut, seine Wärme, sein Blick hüllten mich ein. Er war der Zwilling meiner Seele, der Sinn meiner Existenz, mein Schicksal. Es ließ sich nicht erklären, warum das so war, lediglich, dass es so sein musste. Ich dachte nur, wenn ich für ihn gemacht bin, wird er es auch für mich sein. Ich schlang die Beine um seine Hüften, sein Haar fiel über mein Gesicht. Er bewegte sich ganz ruhig, vollkommen seiner Liebkosung hingegeben. Mit jedem Atemzug entfernte ich mich weiter, wie in mir selbst, in den Grund meiner selbst. Ich schwebte, von Tiefe zu Tiefe gleitend, durch alle Träume hindurch, durch alle Zeiträume meiner Vergangenheit; ja, ich kam bis an die Dunkelheit, in der das Rätsel meines Lebens lag: jener Schatten, für den ich einst gesungen hatte, mein Unbekannter, mein Traum. Das Brennen in mir stieg, unaufhörlich, ein inneres Feuer, das jede Faser, jede Pore zum Glühen brachte. Es war ein

Hinaufschwingen des Herzens, eine Quelle, die aus mir hervorbrach, und ich lebte um diese Hitze herum, die ich mit sanften, kreisenden Bewegungen meines Beckens tief in mir aufnahm, bis sie in meinem Körper pochte und flatterte, mit Schmerz und Seligkeit. Ich hörte Tibor leicht keuchen, das Pochen nahm zu und verließ dann meinen Körper, wie eine davonströmende Welle. Er hatte sich rechtzeitig zurückgezogen; so war es beim ersten Mal, und so würde es auch in Zukunft immer sein; bis er mir eines Tages keine Rücksicht mehr schuldete. Jene Tage eben, da es bereits zu spät war und wir es noch nicht wussten. Jetzt aber hielt er mich mit beiden Armen umfangen, sein Herz schlug an mein Herz, sein Kopf lag schwer auf meiner Schulter. Warme, klebrige Feuchtigkeit nässte meinen Bauch. Und ich bewegte langsam die Hände, tauchte sie in die Flüssigkeit, leckte sie von meinen Fingern; es war ein merkwürdiger Geruch an ihr, der Geruch von warmem Heu und feuchtem Gras, ein unendlich erregender Duft. Er rieb das Gesicht an meiner klammen Schulter, sah empor; unsere Augen trafen sich, in gemeinsamem Wissen und gemeinsamem Schmerz. Plötzlich richtete er sich auf, leicht verwirrt, als könnte er entdecken, dass alles nur ein Traum gewesen war. Ich zog ihn wieder an mich, streichelte sein Gesicht. Wir verloren uns in einer Trägheit, wie am Rande des Schlafes. Ich sah sein Gesicht mit der schimmernden braunen Haut, die kleinen Schweißtropfen auf seinem Hals, seinen Schultern. Die Liebe war zu uns gekommen und wuchs mit jedem Tag. Doch der Gedanke an unsere Zukunft ließ uns nicht los: Was sollte bloß aus uns werden?

In diesem Augenblick sprachen wir nicht davon, doch als wir in der Bar saßen, bemerkte ich Tibors Blick. Er betrachtete die Leute, als ob er jemanden suchte. Genauer gesagt: als ob er sich davor fürchtete, jemanden zu entdecken. Warum war er so beunruhigt? Warum hier? Warum gerade in diesem Café voller fröhlicher, lärmender Menschen? Vielleicht gerade deshalb? Schlagartig überkam auch mich die Angst. Alles veränderte sich, wurde dunkel und bedrohlich. Ich spürte Tibors Angst, aber auch seine Verzweiflung, seine Wut. Erst als ich mich beruhigt hatte, als ich wieder klar denken konnte, erkannte ich: Tibor wurde bedroht, und diese Bedrohung galt auch mir. Der Unterschied zwischen uns war, dass er ihre Beschaffenheit kannte. Ich nicht. Da war etwas, was er mir verheimlichte. Etwas Wesentliches. Warum nur? Auf einmal glaubte ich die Antwort zu kennen: Er wollte mich keiner Gefahr aussetzen. Je weniger ich wusste, umso besser. Der Gedanke machte mich wütend. Und so kam es, dass ich ihn, ohne Rücksicht zu nehmen, fragte: »Kannst du mir bitte sagen, was los ist?«

Er starrte mich an, entspannte sich jedoch allmählich, holte tief Luft, als könnte er entdecken, dass alles nur ein böser Traum war. Allem Anschein nach hatte sich nichts ereignet. Doch ich wandte die Augen nicht von ihm ab. Und da gestand er mir, dass er beschattet wurde. Er war sich nicht ganz sicher, aber so viel konnte er sagen: Ohne Überwachung hätte er Ungarn nie verlassen dürfen.

»Ich sagte dir ja schon, dass Künstler oder Sportler mitunter ins Ausland dürfen. Die Partei zeigt der Welt, dass sie die besten Leute hat: die besten Eiskunstläufer, die besten Pianisten. Aber die Partei will nicht, dass sie weglaufen. Der Druck auf die Familie mindert zunächst das Risiko. Darüber hinaus wird die Botschaft des betreffenden Landes informiert. Man behält sie diskret im Auge. Bei meiner Ankunft in Madrid war der Spitzel da. Er schlug die Hacken zusammen und stellte sich als Kulturattaché vor. Er brachte mich zu einem Hotel, führte mich abends zu einem ausgezeichneten Restaurant und sagte, dass er mich am nächsten Morgen nach Alicante bringen würde. Die ganze Nacht habe ich überlegt, wie ich ihn loswerden könnte.«

»Und wie hast du es geschafft?«

»Um sechs, als es noch dunkel war, stopfte ich meine

Papiere in die Jackentaschen, ging hinunter zum Nachtportier und bat um einen Kaffee. Die Küche öffnete nicht vor sieben, das wusste ich. Der Nachtportier sagte, ein paar Straßen weiter befände sich der Marktplatz, und einige Cafés hätten schon geöffnet. Ich erklärte, dass ich gleich wiederkommen und meine Reisetasche abholen würde. Die Rechnung bezahle die Botschaft. Ich verließ das Hotel und ging zum Hauptbahnhof. Die Bushaltestelle war ganz in der Nähe. Ich kaufte eine Fahrkarte und eine halbe Stunde später war ich schon unterwegs, über Aranjuez und Lerida, nach Alicante.«

Ich lachte ein wenig.

»Und in der Reisetasche war nichts, was du vermissen würdest?«

Er schüttelte den Kopf.

»Nichts. Nur altes Zeug. Und ein schwarzer Anzug von meinem Vater, der mir sowieso zu groß war. Bei uns gibt es ja nichts zu kaufen.«

In einem Kaufhaus hatte er sich dann eine neue Reisetasche und etwas Wäsche zum Wechseln besorgt.

»Und eine Badehose?«

»Eine Badehose, ja«, erwiderte er lachend.

Ich runzelte die Brauen, versuchte zu verstehen.

»Aber die Leute in der Botschaft wussten doch, dass du bei deinem Onkel Unterricht nehmen würdest. Sie wollten dich sogar zu ihm bringen. Warum also …«

Sein Lachen gefror. Er starrte auf sein Glas, dann in meine Augen.

»Meinst du, das war dumm von mir?«

Ich zügelte meine innere Belustigung, blinzelte still und herzlich.

»Mm-mm …«

»Onkel Peter war ziemlich aufgebracht«, sagte er.

»Ja, weswegen denn?«, fuhr ich fort, im Ton einer leichten Unterhaltung.

Er schüttelte lebhaft den Kopf.
»Er ist seit dreißig Jahren französischer Staatsbürger. Ihn habe ich nicht in Gefahr gebracht, keineswegs.«
Ich starrte in seine Augen, die berechnend und wachsam waren.
»Und wie steht es mit dir?«
»Ach, ich riskiere nicht viel. Vielleicht, dass sie mir den Reisepass wegnehmen.«
Ich spürte, dass das noch nicht die ganze Wahrheit sein konnte.
»Ist das alles?«
Er lehnte sich zurück, verschränkte, was er oft tat, beide Hände im Nacken.
»Ich denke, von Zeit zu Zeit, da muss man etwas töricht sein. Sonst wäre es ganz unmöglich, in dieser Welt auch nur zu atmen.«
»Und jetzt sind sie dir auf den Fersen«, sagte ich.
»Ich weiß es nicht. Ich hoffe, dass ich mich täusche.«
Ich schwieg. Er blickte mich an, ein wenig schuldbewusst.
»Die Geschichte gefällt dir nicht besonders, wie?«
»Da hast du die Bescherung«, sagte ich. »Du wolltest ja die Freiheit erleben.«
Er lachte kurz auf.
»Wer wollte das nicht?«
»Tatsächlich«, sagte ich, »mit einem Spitzel im Rücken – ich glaube nicht, dass man das kann.«
Wir lachten beide, ich ein wenig ungläubig und irritiert. Dann sah ich sein Gesicht, und in mir wurde es finster. Er war aufgeregt und traurig; ich konnte nicht ertragen, dass er unglücklich war.
»Ich weiß«, sagte ich bitter, »dass du dir diese Zeit nur geborgt hast.«
Er legte seine Hand auf meine.
»Floria, wenn wir in Ungarn leben und arbeiten könnten, würde ich dir sofort sagen, komm! Aber ich kann dir ein

solches Leben nicht zumuten. Bei uns ist es schrecklich, musst du wissen. Du singst in einem Saal mit Goldmosaiken an den Wänden, und stehst am nächsten Morgen Schlange, um Brot zu kaufen. Man muss das gewöhnt sein.«

»Kann man sich daran gewöhnen?«

»Trink noch etwas Wein«, sagte er.

Er füllte mein Glas. Ich trank einen Schluck. Das Ganze war heikel, beunruhigend und unklar. Aber ich wollte mich nicht so leicht geschlagen geben.

»Was sollte ich deiner Meinung nach tun?«

»Vergiss mich.«

»Ich werde noch viel Wein trinken«, sagte ich ernst.

Nach diesen Worten schwiegen wir beide. Es war schon spät. Wir waren jetzt die letzten Gäste. Im Schein der Lampions war mir, als schwebten unsere Gesichter in der Luft, wie Erscheinungen. Und das waren wir ja auch: Wanderer zwischen den Welten. Nach einer Weile sagte Tibor mit dumpfer Stimme: »Ich fühle so wie du, Floria. Ebenso stark. Ich wünsche mir nichts sehnlicher, als mein Leben mit dir zu verbringen. Du wirst dich fragen, warum ich mir so sicher bin …«

Ich beugte mich über den Tisch.

»Kannst du es mir erklären?«

Er antwortete mit verneinender, hilfloser Geste: »Es ist eben so.«

»Trotzdem, vielleicht?«

»Ob ich es will oder nicht.«

Ich trank mit kleinen Schlucken und fühlte meine Augen feucht werden.

»Goldmosaiken«, sagte ich, »die mag ich nämlich sehr gerne.«

Er zeigte sein reizendes Lächeln, ein Gemisch aus Zärtlichkeit und Spott.

»Floria, wie mutig du bist. Aber du musst wissen, der Kommunismus macht nur wenige Prinzipientreue glücklich. Einige laufen ins Parteibüro, die meisten jedoch in die Kirche. Eines Tages wird das Volk sich erheben. Wir haben das Zeug zu Märtyrern. Das mussten die Türken erfahren und die Habsburger und dann die Deutschen und die Sowjetrussen. Es entspräche unserem Charakter, aus Stolz den Tod zu suchen. Das alles steckt auch in mir, obwohl ich Musiker bin und politische Leidenschaft meide. Es gibt eben Dinge, die man nicht auf sich beruhen lassen kann.«

Leise sagte ich: »Ich habe das alles nicht gewusst.«

Er schüttelte den Kopf.

»Ob wir uns lieben oder nicht, interessiert die Partei nicht. Im Gegenteil, sie wird unsere Affäre als unangebracht und nachteilig verdammen und Hindernisse jeglicher Art vor uns aufbauen. Ich bin überzeugt, dass ich dich vor einem Unglück bewahre und dass du mir eines Tages dafür dankbar sein wirst.«

Ich presste beide Handflächen um mein Glas.

»Vielleicht auch nicht.«

»Es tut mir Leid«, flüsterte er rau. »Ich hätte das vielleicht nicht sagen sollen.«

»Und was wird aus dir?«

»Aus mir?«

Er sah mich an, mit selbstbewussten Augen.

»Mach dir um mich keine Gedanken!«

Doch in seinem Gesicht stand etwas anderes geschrieben.

11. Kapitel

Tibor hatte allen Grund, beunruhigt zu sein. Er hatte in Madrid für Ärger gesorgt und musste die Folgen tragen. Offenbar wurde an jeden Bürger aus dem Ostblock eine Art Erkennungsschildchen geklebt, das es ihm nahezu unmöglich machte, sich unbeobachtet irgendwo aufzuhalten.

»Ich möchte dir keine Angst machen«, sagte Peter Károly zu Tibor. »Aber du bewegst dich auf dünnem Eis.«

Ich merkte, wie er sich leicht versteifte.

»Irgendwelche Neuigkeiten?«

»Nur ein Anruf, gestern Abend. Ob du schon eingetroffen bist.«

»Wer hat angerufen?«

»Ein gewisser Zoltán.«

Tibor stieß kurz und zischend die Luft aus.

»Kenne ich nicht.«

Peter sprach gelassen weiter.

»Halt davon, was du willst. Ich dachte nur, ich sage es dir lieber.«

Er legte ihm die Hand auf die Schulter und drückte sie leicht. Sie tauschten einen langen Blick; für Sekunden zeigte Tibors Gesicht einen heftigen, stummen Trotz. Er suchte nach Worten, und sein Blick offenbarte eine völlige Hilflosigkeit. Schließlich sagte er, langsam und mit Mühe: »Das wird für uns alle die Dinge ungemein komplizieren.«

»Ja«, erwiderte Peter knapp, »du hättest lieber auf mich hören sollen.«

»Das ist weiß Gott wahr«, antwortete Tibor, wobei er mich ansah.

Wir begannen mit dem Unterricht. Peter sah zwar reserviert und besorgt aus, auf besondere Weise in sich gekehrt, aber er war wie immer ganz bei der Sache. Und Tibor, wenn er mich anblickte, lächelte mir zu wie einer Vertrauten, die jeden Winkel, jedes Geheimnis seines Herzens kannte. Doch wenn ich ihm in die Augen schaute, konnte ich Schmerz erkennen, jenen kalten, trockenen Schmerz, der sich einstellt, wenn man weiß, dass Auflehnung zwecklos ist. Gleichwohl verloren wir uns in den Wellen der Musik, folgten dem Kielwasser der Töne. Peter war kein Freund der langatmigen und ausschweifenden Erklärungen, er duldete keinen Zeitverlust, kein Nachlassen der Intensität, und zwang uns durch sein Tempo zu größter Aufmerksamkeit. Die Musik ist eine strenge Lehrmeisterin. Sie fordert absolute Teilnahme, bevor sie uns, als Belohnung, ihren Frieden schenkt. Sie singt und klagt und jubelt und schluchzt, sie tilgt das Chaos, sie führt uns an einen Ort der Vollkommenheit, der nicht von dieser Erde sein kann. Und auf diese Weise verschwanden unsere Ängste, sie versanken in der Musik wie Ameisen in einem Fluss. Und abends, als wir den Heimweg antraten, konnten wir ruhig über alles miteinander reden. Besonnen unterhielten wir uns über Abschied und Trennung, und unsere Stimmen klangen dünn und schwerelos wie der Atem des Windes.

»Es lässt sich nicht vermeiden«, sagte ich.

Er sah mich an mit diesem langen Blick.

»Außer, vielleicht, eines Tages?«

»Gewiss«, sagte ich. »Und im Grunde solltest du nicht unglücklich sein. Nicht die Spur.«

Er war ebenso ruhig wie ich. Gelassen.

»Du hast Recht. Ich stehe am Anfang einer steilen Karriere. Mein Vater sagt, bei dir ist es nicht schwierig, sei froh. In der Musikakademie verlangte unser Lehrer, Henrik Mihály, von seinen Schülern nahezu Unmenschliches. Wir mussten täglich zwölf Stunden üben. Mich nahm er besonders in die Zange. Er meinte, dass mein Gedächtnis phänomenal sei, ja, das war genau der Ausdruck, den er gebrauchte: phänomenal. Aber das brachte nichts als Nachteile mit sich. Ich hasste die Tonleitern und Übungen, weil meine Hände nicht mit dem Schritt hielten, was mein Kopf bereits vorauseilend kannte. ›Die Musik‹, sagte Professor Mihály, ›die Musik ist nur das Material. Du bist wie ein Bildhauer, der eine Statue im Kopf hat und nicht weiß, wie man sie formt.‹ Er ließ nicht von mir ab, verdonnerte mich zu immer neuen Übungen, als seien meine Hände aus Lehm und mein Kopf aus Holz. Tja, und irgendwann lernte ich, was ich lernen sollte, und eines Tages ergaben sich die Melodien ganz von selbst. Ich hatte gelernt, die Musik und meinen Geist in Einklang zu bringen. Und siehst du, genau da begann mein Scheitern. Ich fühlte mich frei wie ein Vogel, ich wollte raus aus Ungarn, die Welt erobern. Aber die Partei hatte ein Auge auf mich geworfen. Genau hier setzte das ein, was ich die Entindividualisierung des Künstlers nennen möchte, etwas, was scheinbar ein Widerspruch ist, denn der Künstler ist ja von Grund auf Individualist. Und auf diese Freiheit sollte ich plötzlich verzichten, nur noch für Propagandazwecke spielen. Was bleibt denn da noch für mich?«

Seine Stimme war so sanft wie seine Augen. Ich an seiner Stelle wäre blind gewesen, blind vor Zorn. Oder vielleicht auch nicht?

»Man kann sich für alles interessieren«, sagte ich schwach. »Auch für die Partei, wenn es anders nicht möglich ist.«

Er sagte ganz selbstverständlich: »Jedenfalls kann man so tun als ob.«

Wir lagen am Strand; die Dünen warfen lila Schatten. Wir betrachteten den langsamen Wechsel vom hellen Sonnenschein zur Abenddämmerung; das war die Stunde, in der ich mich am lebendigsten fühlte. Es war die Zeit, da alle Spiegelungen zerflossen, der Horizont straff und golden wurde, bevor die Dunkelheit herabfiel wie ein blaues Tuch. Der Mond zog eine Lichtstraße im Wasser, und in der Ferne blinkten die Hafenlichter. Alles war friedlich. In diese mir so vertraute Welt wuchsen fremde Schatten, die Schatten einer Welt, in der alles grau und düster war.

Ich sagte leise: »Und was nun?«

Er schüttelte langsam den Kopf.

»Ich kann dem System nicht entkommen. Nicht über eine Grenze, nein, höchstens in mir selbst. Gebe ich einen Klavierabend, sitzen Verfechter der Umerziehung, der Säuberungsaktionen und der Kollektivierung im Saal, nicken wohlwollend und spenden Beifall. Und manche lieben die Musik wirklich – das ist es ja gerade.«

Ich war nicht mehr zornig, ich wurde nur nachdenklich. »Man sollte doch meinen, wer die Musik liebt ...«

Er verstand sofort, was ich meinte.

»Ja, das sollte man meinen. Aber es ist nicht so. Ganz und gar nicht. Ach, was für vielschichtige Wesen wir doch sind!«

Ich lag in seiner Armbeuge und spürte seine Gedanken wie Wolken dahinziehen, dunkel und schwer. Ich spürte seinen Schmerz wachsen, erschreckende Ausmaße annehmen. Diesem Schmerz hatte er nichts entgegenzusetzen.

»Jeder misstraut jedem«, sagte er. »Daran liegt es. Verfolgungswahn vergiftet unser Leben. Wir tun so, als ob wir es nicht wüssten. Wir denunzieren uns gegenseitig, weil man uns mit Verhaftung droht. Wir warten darauf, dass uns die Heuchelei eines Tages zur Gewohnheit wird.«

»Geht das denn?«

»Es nimmt uns den Schlaf. Unsere Tage sind grau wie die

Rauchfahnen der Fabriken. Wir leben in einer Welt der Utopie, an die wir glauben sollen und an die keiner mehr glaubt. Vergiss die Goldmosaiken, Liebste! Es ist nicht deine Welt.«

Er blickte mich kurz an; ich sah die Tränen in seinen Augen, bevor er den Kopf abwandte. Ich legte die Hand auf seine zitternde Schulter.

»Meine Welt ist da, wo du bist.«

Worte, dachte ich bitter, nur Worte. Sie hörten sich kitschig und romantisch an, aber er empfand sie nicht so. Sie lösten ihn aus seinem Krampf, sie befreiten ihn. Er drehte sich wild herum und riss mich an sich. In jener Nacht leuchtete unsere Liebe so hell wie der Mond, der über das Meer wanderte. Die Dünen glänzten wie Schnee, die Brandung war fast völlig zur Ruhe gekommen. Das Meer rauschte weich wie Taft, und Erregung ergriff uns. Frei von Scham oder Befangenheit zogen wir uns aus, jeder half dem anderen. Tibors Hände mit den sensiblen Fingerkuppen streichelten meine Haut, leicht und geschickt, wie jemand, der nur einen einzigen Sinn hat – den Tastsinn. Die Finger eines Pianisten sind wie die eines Blinden; alles, was sie berühren, wird mit stillem Leben erfüllt. Ich presste mich an seine warme Haut, die nach Jugend und Sonnenschein schmeckte. Er zog mich mit beiden Armen zu sich hinab, ich legte die Wange an seinen Bauch, ließ meine Zunge über ihn gleiten, nahm sein Geschlecht in den Mund und liebkoste ihn überall. Das Gefühl, das sein Körper unter dem meinen hervorrief, ließ mich schwindelig werden. Er lag auf dem Rücken im Sand und betrachtete mich, voller Aufmerksamkeit, als wolle er sich jede Linie meines Gesichtes einprägen. Ich setzte mich auf ihn, er hob mich hoch, ließ die Salzluft durch meine Achselhöhlen streichen. Ich beugte mich hinab, küsste ihn behutsam, forschend, voller Zärtlichkeit, und fühlte seine Wärme in mir pochen. Ich bebte in seiner Umarmung, jeder Stoß in mir verfeinerte das Empfinden, ich hörte fast auf zu atmen. Meine Finger krallten sich in seine Schultern, während er sein Vordringen in mir überwachte, seine ganze Aufmerksamkeit darauf richtete, mich ganz auszufüllen. Ich sah ihn an, ich fürchtete, weinen zu müssen. Ich wollte ihn besitzen, besitzen für die Ewigkeit. Wie vermählten sich unsere Bewegungen! Wir bewegten uns im Gleichklang, verloren uns völlig in dem Gefühl, Fleisch und Haut und Muskeln und Knochen des anderen für uns selbst zu beanspruchen. Tibors schweißfeuchte Stirn brachte mich aus der Fassung. Seine Glieder waren schwer, angespannt wie die Glieder eines Schlafwandlers. Er schenkte sich zu sehr, ich stand in seiner Schuld. Er war mein Geliebter, er war mein Kind, seine Gaben machten mich reich. Ich empfand es nicht mehr als schrecklich, dass wir uns trennen mussten, denn die Zeit um uns herum stand still. Mein kreisender Unterleib war eine Sprache wie die Sprache der Musik, und sein hingebungsvoller Körper ein Schatz, den ich entdecken wollte. Ich fühlte meine Glieder gelöst und biegsam werden vom stärkeren Leben, mein Schoß wurde nachgiebig wie warmes, heilendes Wasser. Ich war sehr jung, damals. Die Ströme der Leidenschaft waren tief und neu für mich. Manche mochten glauben, dass ich naiv war, dass ich die Welt nicht kannte. Doch in meinen Fantasien war ich wissend und stark. Mein eigenes Leben verließ mich, ich schenkte es ihm, als Talisman. Lächelnd sah ich in sein Gesicht, beobachtete, wie es sich unter meinen Blicken verwandelte. Seine Wangen strahlten silbern, die Wölbung seiner Schultern wurde zu geglättetem Marmor. Sein Körper hob und senkte sich, bei jedem Stoß, lange Zeit. Dann fiel er schwer auf mich, vergrub seinen schmalen Kopf zwischen meinen Brüsten und presste sie gegen seine Wangen. Wie den meisten jungen Mädchen gefielen mir meine Brüste nicht. Ich fand sie zu groß, weil sie, wenn ich auf der Seite lag, auf den Oberarm fielen. Doch nun drückte ich mit beiden Händen Tibors Kopf an meine Haut, ließ ihn meine Brustwarzen in den Mund nehmen, hielt ihn fest und lange in dieser weichen Umarmung. Als er den Kopf hob, tauschten wir ein Lächeln; in der Stille des Sandes fühlten wir uns heiter und frei, voller Frieden und Erfüllung. Nach einer Weile lagen wir dicht nebeneinander auf dem Boden.

»Ich zähle die Stunden, die wir noch haben.«

Zärtlich strich ich den Sand aus seinem Haar.

»Lass das lieber. Es hat keinen Zweck, dass du traurig bist.«

»Ich kann eben nicht anders. Und du, bist du es nicht?«

»Deinetwegen – nein.«

»Du meinst, es ist besser, man geht, wenn man gehen muss?«

»Du verstehst mich nicht«, sagte ich.

Die klare, dunkle Luft war plötzlich feucht. Dunst kam auf, der Mond war wie eine Hand voll Wolle. Unsere Poren zogen sich fröstelnd zusammen. Er legte beide Hände über meine Brüste, umfasste sie ganz.

»Dir ist kalt«, sagte er zärtlich. »Du musst dich anziehen.«

Ich tat, was er sagte, er half mir dabei, mit gelassenen, selbstverständlichen Gesten. Dann zog auch er sich an, und ich beobachtete jede seiner Bewegungen. Als er in seine Sandalen schlüpfte, schwankte er ein wenig und hielt sich an mir fest, wobei er mir den Arm um die Schulter legte. Er sah auf das Meer, in die Ferne, und sagte: »Vielleicht werden wir sterben, ohne uns je wiedergesehen zu haben.«

Ich legte ihm rasch die Hand auf den Mund.

»Sag es nicht, sprich es nicht aus! Das bringt Unglück!«

»Zu spät, Liebste! Es ist meine Schuld: Ich rede zu viel und zu voreilig.«

»Warte!«, rief ich erregt. »Ich mache das rückgängig!«

Noch war es nicht zu spät, noch hingen die Worte zwischen uns, wie Sommerfäden. Ich streckte die rechte Hand aus und fühlte etwas herandrängen, wie die Luft des Himmels vor einem Sturm. Es war der Wind, der vom Meer kam; mir war es, als riefe ich ihn herbei.

»Ich schwöre dir, wir sehen uns wieder!«

Meine Worte verhallten, der Wind trug sie fort. Die Flut rollte heran, über Tang und Muschelkies, glättete alles mit einem silbernen Tuch. Ich lächelte Tibor zu, ich lächelte mit großer Befriedigung.

Ich nahm seine Hand und sagte: »Es gibt Dinge wie diese, die man eben schnell ändern muss.«

Er zog mich eng an sich. Wir standen Wange an Wange. Seine Haut fühlte sich feucht an, seine Lippen waren grau. Er sprach ganz leise.

»Ich brauche viel Hoffnung.«

Er hatte eine besondere Aufrichtigkeit, etwas von der Einfalt eines Kindes. Es überkam mich eine überwältigende Zärtlichkeit, das Bedürfnis, ihn zu trösten und glücklich zu machen. »Es wird nicht sehr lange dauern«, sagte ich. »Es kommt nur auf uns an.«

Seine Augen sahen unverwandt in die meinen, er war wie gebannt in einem wahnwitzigen, erlösenden Traum. Und zugleich wie ein Kind, beschwichtigt und dankbar. Ich nickte langsam, mit einem kleinen Lächeln um den Mund. Es war ein Wunder, dass er es jetzt auch so fühlte, denn plötzlich rief er: »Ich glaube dir!« Und dann lachten wir beide hell auf, im Überschwang eines unerklärlichen Glücksgefühls. Er packte mich an den Schultern, wirbelte mich herum, wie im Rausch. Der Strand drehte sich, das Meer tanzte, der Mond befreite sich aus den Nebeln, schwang sich rein und fröhlich empor. Wir lachten und lachten, uns war, als flögen wir hinaus in eine fantastische Welt. Wie wunderbar war es, mit der Hoffnung zu leben! Es mochte die herrlichste Sache auf Erden sein, zu glauben, dass unser Wiedersehen nicht dem Zufall überlassen blieb, sondern bewirkt worden war. Von uns selbst: hier, an diesem verzauberten Ort, in dieser Nacht, die keiner anderen glich!

Nach einer Weile wanderten wir zurück. Wir hielten uns umschlungen, stolperten in den Sandhügeln, halfen einander über die schwierigen Stellen. Den Mann, der weit vor uns in der Dunkelheit ging, diesen Mann beachteten wir nicht.

12. Kapitel

Wir glauben, im Lauf der Zeit verblassen unsere Erinnerungen. Ich kann mit gutem Grund sagen, dass dies nicht zutrifft. Denke ich an früher, sehe ich alle Dinge glasklar. Denn unsere Erinnerungen bewahren wir. Und am Ende, hinter einer Wegbiegung der Zeit, findet alles seine Rechtfertigung.

An jenem Abend vermochten wir uns kaum voneinander loszureißen, hatten dem Schlaf so viel Zeit wie möglich abgerungen. Damals war das, was man heute locker nimmt, eine heikle Angelegenheit. Wir hatten den Eindruck, alles starre uns an. In mein Zimmer konnte ich Tibor nicht mitnehmen – und in den Zelten war nur tagsüber Besuch erlaubt. Die Vernunft führte einen harten Kampf mit uns. Aber trotz gegenseitiger Betörung und allem Drang nach Eigenständigkeit waren wir Kinder unserer Zeit.

Zehn Jahre später wäre vieles leichter gewesen. So aber ging jeder allein ins Bett, und die Einsamkeit raubte uns den Schlaf. Die Welt holte Atem, bis die krähenden Hähne uns weckten, das Morgenlicht funkelte, und wir uns mit verstörten Gesichtern an der Bar zum Frühstück trafen. Der Kellner grüßte freundlich und sagte, der Kaffee sei gleich fertig. Er bereitete ihn selber zu, mit einem Filter, das Wasser war schon aufgesetzt. Der lichtscharfe Tag hätte uns zu keinerlei trübseliger Regung Anlass gegeben, aber wir tranken den Kaffee, Schulter an Schulter, auf merkwürdige Weise eingeschüchtert. Unsere Fantasie war ruh- und rastlos, als ob uns die Wirklichkeit, die ja nie aufgehört hatte zu existieren, auf tückische Weise einholte. Der Kreis der Sicherheit bröckelte auseinander. Die Drohung, das Gewalttätige näherten sich unausweichlich.

»Da ist ein Mann, der das Haus beobachtet«, sagte Peter, als wir zum Unterricht kamen.

Tibor sah ihm ins Gesicht und wirkte kein bisschen überrascht.

»Tatsächlich? Wo ist er denn?«

Peter zuckte ein klein wenig die Achseln. Er stand am Fenster, blickte hinaus und wandte sich dann wieder uns zu. Seine stämmige Gestalt war fast wie ein luftleerer Raum im flirrenden Sonnenschein. »Weiß nicht.« Er mochte irgendwo sein. Es war Maria, die ihn bemerkt hatte. Sie kannte alle Leute ringsum, Touristen waren für sie ein gewohnter Anblick, aber dieser Mann, der war ihr aufgefallen.

»Zu auffällig unauffällig.« In Peters Stimme zuckte plötzlich ein sonderbares Kichern. »Ein inoffizieller Mitarbeiter in besonderem Einsatz.«

Tibor schluckte.

»Na schön. Er brauchte ja nicht lange zu suchen.«

»Nein. Er will dich wirklich haben.«

Sie lächelten beide unwillig, verkehrten immer noch in diesem eigentümlich ironischen, aber ebenso verbitterten Ton miteinander.

»Wie können wir das verhindern?«

»Ich denke mir, wir sollten den Typ umbringen.«

In ihren Worten lag zynische Beklommenheit.

Tibor sagte mit zusammengebissenen Zähnen: »Ich bin kein Oppositioneller. Zumindest offiziell nicht.«

»Du stehst bereits in ihren Akten, mein Junge. Du bist ihnen zu eigenwillig, zu dekadent. Und es fehlt nicht viel, dass du beginnst, das System zu hassen.«

»Ich hasse es bereits.«

Sie wechselten einige Sätze in ungarischer Sprache. Ich wartete ab und versuchte in ihren Augen zu lesen. Doch was ich darin sah, war erschreckend: In ihren Blicken war nichts als Entmutigung, so schmerzlich, wie nur eine verlorene Hoffnung sein kann. Diesem Schmerz war nicht zu entrinnen – so wenig, wie man dem Schicksal entrinnt. Plötzlich ging in mir alles drunter und drüber, ich glaubte nicht mehr an die eigene Kraft. Ich fühlte mich hilflos, erloschen. Tibor helfen, das konnte ich nicht. Wenn er mich verließ, dann für immer. Mir wurde eiskalt, ich erschrak vor dem Gedanken bis in die tiefste Seele. Fast hätte ich aufgeschrien vor Qual. Ich hatte nicht gewusst, wie verletzlich ich war.

Dann war es, als wollte Peter mit einer Bewegung der Brauen das Thema beenden. Er ging mit schweren Schritten zum Flügel, setzte sich, stöberte wortlos in einem Haufen von Noten. Ich sah Tibor im Spiegel – er drehte mir den Rücken zu; ich sah sein blasses Gesicht, die flackernden Augen, und wie er schwer atmete. Inzwischen berührten Peters Hände die schimmernden Tasten. Er spielte die Tonleitern, zuerst langsam, dann schneller, noch schneller, um seine Finger zu erwärmen. Die Musik füllte den Raum und überflutete unsere Herzen mit Frieden. Langsam, wie gezwungen, wandte sich Tibor mir zu, schenkte mir ein kleines, wehmütiges Lächeln. Ich schluckte, lächelte zurück. Und während wir uns anblickten, ertönten bereits, *molto moderato,* die ersten Akkorde der Klaviersonate B-Dur von Schubert. Der Unterricht begann. Und ohne eigentlich zu wissen, wie es geschah, fühlten wir, wie die Musik uns von unserer Qual befreite. Aus seiner Erfahrung und Intuition heraus gab uns Peter, was nur ein großer Lehrer geben kann: das augenblickliche Heraufbeschwören von Fähigkeiten, die uns voll und ganz in Anspruch nahmen. Von einem Atemzug zum anderen fühlten wir uns in völliger Sicherheit, in einer Kristallkugel eingeschlossen, die das Böse fern hielt.

Mit dem Abend kam die Flut. Lange, brausende Wellen rollten an den Strand, sie trugen das Sprühfeuer der sinkenden Sonne. Wir gingen, eng umschlungen, über den nassen Sand. Der salzige Wind presste mir das Kleid an die Brust, die Hitze drang unter die Haut, vermischte sich mit dem Schweiß. Wir hielten unsere Sandalen in den Händen, unsere nackten Füße sanken mit schmatzenden Geräuschen in den Sand ein.

»Was wirst du tun?«, fragte ich.

»Nichts. Ich warte ab.«

»Liebst du mich?«

»Ich will dich ganz für mich haben.«

»Ich habe dir etwas versprochen.«

»Ja. Ich vertraue auf mein Glück.«

Es war schon so dunkel, dass ich nicht sah, ob noch Hoffnung in seinen Augen war. Die Abendglut verwandelte sich in Schwarz, die Luft geriet in stärkere Bewegung, der Wind fegte scharf über die Brandung. Tibor zog mich enger an sich.

»Du frierst ja!«

Ich nickte, verschränkte fröstelnd die Arme.

»Vielleicht ist es möglich, dass wir in mein Zelt gehen?«

Ich hob das Gesicht zu ihm empor.

»Wie du willst.«

Wir zogen unsere Sandalen wieder an, stapften durch den Sand. Ich schmiegte mich an Tibor in seiner ruhigen Wärme. Die Nacht umfing uns beide, wir gingen weiter, still und eilig. Auf dem Weg zum Campingplatz kamen wir an der Villa Roja vorbei. Auf die Terrasse fiel schwaches Licht, die Touristen bewegten sich in der kleinen Küche und kochten ihr Essen. Hinter dem Schilf und den großen Agaven war nichts zu erkennen; doch ich hatte gute Augen und bemerkte in der Dunkelheit das leichte Hinundherschaukeln einer Hängematte.

»Malli«, murmelte ich unwillig …

Ein schleifendes Geräusch ließ erkennen, dass sie auf die Beine kam.

»So«, sagte sie trocken. »Da sind Sie endlich.«

»Guten Abend«, erwiderte ich. Ich bezwang meinen Ärger, konnte aber nicht verhindern, dass meine Stimme schroff klang. Doch sie richtete ihre Antwort nicht an mich, sondern an Tibor.

»Sind Sie der Pianist? Peter Károlys Schüler?«

In der Dunkelheit deutete er steif eine Verbeugung an.

»Ja, ich bin Tibor Horváth.«

Sie schlug leicht mit der Fliegenklatsche an die Nähte ihrer Reithose.

»Kommen Sie!«

Ohne Licht zu machen, ging sie völlig geräuschlos auf ihren Wollsocken ins Haus und führte uns in ihr Wohnzimmer. Das Licht der Sterne schien durch die Fenster. Sie ließ die Rollläden schwungvoll herunter, sodass es im Zimmer völlig finster wurde. Dann erst knipste sie eine Stehlampe an und deutete auf ihr Sofa.

»Was trinken Sie? Whisky pur oder mit Mineralwasser?«

»Für mich nur wenig Whisky«, sagte ich zögernd. »Und mit Mineralwasser, sonst bekomme ich einen Schwips.«

»Ich nicht«, erwiderte sie kühl.

Sie schenkte die Getränke ein, reichte jedem ein Glas und setzte sich, wobei sie ihre langen Beine ausstreckte. Sie nickte uns über ihr Glas hinweg zu und begann zu reden.

»Da war ein Mann hier. Ein Ungar, denke ich, obwohl er sich nicht vorgestellt hat. Unhöflicher Mensch.« Sie nahm einen langen Schluck. »Ich mag keine unhöflichen Menschen.«

Tibor ließ sie nicht aus den Augen.

»Und was wollte er von Ihnen?«

»Er wollte Florias Namen wissen, warum sie hier ist und ob Sie sich schon länger kennen.«

Ich traute meinen Ohren nicht.

»Wie kommt er dazu?«

Sie warf mir einen langen Blick zu.

»Es interessiert ihn zum Beispiel, ob Sie es auf dem Gewissen haben könnten, dass Ungarn einen begabten Künstler entbehren muss.«

»So etwas Dummes!«, entgegnete ich heftig. »Wieso mischt der sich in unsere Angelegenheiten?«

Sie nahm mir meinen Ausbruch nicht übel, sondern lächelte vor sich hin, als wäre das alles eine kindische Angelegenheit.

»Das tun solche Leute eben. Ich denke, es ist besser, Sie halten sich da heraus.«

Nun hatte sie die Oberhand. Es war wie ein Schock. Wir konnten nichts tun, als sie betroffen anzustarren.

Endlich sagte Tibor, mit leichtem Kopfnicken: »Da bin ich mit Ihnen einer Meinung, *Señora.*«

Sie wippte mit ihrem Fuß hin und her.

»Ich habe ihm eine Angelschnur zugeworfen, jetzt fischt er im tiefen Meer.«

Sie trank und sah ihm kalt ins Gesicht.

Tibor betrachtete sie eine Weile mit nachdenklichen Augen. Seine Lippen waren schmal geworden. Schließlich sagte er, langsam und nachdrücklich: »Ich bin Ihnen sehr dankbar für Ihre Hilfe.«

»Keine Ursache. Während des Krieges habe ich in Nordafrika gelebt. Man entwickelt eine Spürnase für solche Leute. Kümmern Sie sich um Politik, Herr Horváth?«

Er schüttelte sanft den Kopf.

»Nein, *Señora*. Ich bin Musiker.«

Sie verzog die Lippen zu einem spöttischen Lächeln.

»Nun, Musik beschleunigt das Denken.«

Alles war ihr im Grunde doch nur ein Possenspiel. Aber ich war nicht böse, weil ich so verletzend behandelt worden war. Sie legte entspannt den Kopf auf den Sessel.

»Darf ich offen zu Ihnen sein, Herr Horváth? Wenn Ihnen

die AVH auf den Fersen ist, mag es in Ihrem Interesse liegen, Ungarn zu verlassen. Brauchen Sie einen Pass? Zum Beispiel einen Schweizer Pass? Ich habe da einige Verbindungen …«

Ich schauderte leicht. Mein Kleid fühlte sich plötzlich klamm an. Sie fuhr fort, ihn anzublicken. Sie hatte braune, ausdruckslose Augen. Tibor starrte zu Boden und verfiel in Schweigen. Doch ihre Blicke schienen ein Ventil in ihm zu öffnen; er hob den Kopf und sprach zögernd und wortkarg.

»Ich möchte nicht, dass Sie diesen Verbindungen nachgehen, *Señora*. Sehen Sie, ich habe Familie in Ungarn.«

»Sippenhaft, wie?« Ihre Stimme klang höhnisch. »Ach Gott, noch immer das alte Lied …«

Er nickte wortlos. Sie sah ihn unverwandt an. Es war, als hätte sie die Antwort aus ihm herausgezogen wie das Mark aus den Knochen. Dann lächelte sie überraschenderweise. Es war ein schnelles, scharfes Lächeln wie das plötzliche Aufblitzen einer Klinge.

»Wie alt sind Sie?«

»Wie alt?«, wiederholte er verdutzt. »Ich bin achtzehn.«

»Achtzehn«, sagte sie noch einmal. Sie ließ das Glas in ihren Fingern kreisen.

»Ihr Vater war früher in Amerika.«

Es war eine Feststellung, keine Frage. Er zuckte leicht zusammen.

»Ja. Woher wissen Sie das?«

»Er war ein großer Dirigent. Ein ziemlich wichtiger Mann.«

Tibor schluckte.

»Er ist es noch immer, *Señora*.«

»Das meine ich ja eben.« Ihr Ton war milde und gleichgültig. »Sie könnten ihn in Schwierigkeiten bringen, wie?«

»Ich nehme an, da haben Sie Recht.«

Sie nickte; es war, als blickte sie mit ihren kühlen, wachsamen Augen in ihn hinein und konnte sehen, wie er war, mit all seinen Ängsten und Vorbehalten.

»Ich habe die Dumme gespielt.« Sie sprach leichthin. »Das kann ich gut. Nun, was Floria betrifft, sie heißt – laut meiner Aussage – Fiona, weil der Vorname mit F beginnt, und Salvator, weil der Erlöser jenen hilft, die sich nicht für schlauer als andere halten. Sie kommt aus Argentinien, aus Punta de l'Este. Die italienischen Eltern sind im Krieg ausgewandert, haben einen spanischen Namen angenommen. Klingt glaubhaft, oder? Man wird das überprüfen und für eine Weile beschäftigt sein. Wir können zumindest davon ausgehen, dass man hartnäckig suchen wird.«

Aber das ist ja lächerlich, wollte ich sagen, doch ich war wie vor den Kopf geschlagen und musste mich besinnen. Sie nickte mir zu, sprach leise und sarkastisch.

»Sie brauchen Hilfe, wie mir scheint. Sie platzen herein, wo Engel sich scheuen, aufzutreten.«

Sie hatte so eine natürliche Art, mit Geheimnissen umzugehen. Ich breitete beide Hände aus, um auszudrücken, dass ich davon keine Ahnung hätte. Ihr Blick wanderte wieder hinüber zu Tibor.

»Sie verstehen mich doch?«

Er erwiderte ihren Blick.

»Sicher.«

»Gut«, sagte sie leichthin und nahm einen Schluck.

Tibor holte gepresst Atem. Seine Stimme klang belegt.

»Bringen Sie sich dabei nicht in Gefahr?«

Sie bewegte die Schultern mit gleichgültig träger Bewegung.

»Wohl kaum. Salvator ist ein sehr verbreiteter Name in Südamerika.«

Sie hatte ihren Whisky ausgetrunken und griff nach ihrer Fliegenklatsche.

»Eine Nachlässigkeit, und man ist geliefert.«

»So sagt man«, erwiderte Tibor leise.

Sie stand auf, reckte gähnend die langen Arme über den Kopf und nickte uns zu.

»Dann also gute Nacht.«

Wir standen ebenfalls auf.

»Einen Augenblick noch«, bat ich mit kleiner Stimme. »Warum helfen Sie uns?«

Sie antwortete gleichmütig.

»Peter gab mir zu verstehen, dass ich vielleicht in der Lage wäre, etwas für ihn zu tun. Aber schließlich war das keine große Sache …«

»Gute Nacht«, sagte Tibor. »Und vielen Dank.«

»Wer ist die AVH, Tibor?« Ich war müde, aber mein Gehirn raste nach dem Whisky, den ich getrunken hatte. Wir lagen im Zelt, im düsteren Licht der Petroleumlampe, schmiegten uns unter der Decke aneinander; wir froren beide, als hätten wir nichts an. Tibor war mager und elend im Gesicht.

»Die ungarische Sicherheitspolizei«, sagte er.

»Und warum ist sie hinter mir her?«

»Sie haben es satt, mich zu verfolgen.«

»Nein, im Ernst, Tibor.«

»Im Ernst, weil sie uns beobachtet haben.«

»Auch gestern Abend, am Strand?«

Er lächelte mit leiser Verachtung vor sich hin.

»Das mag schon sein.«

»Das ist doch nicht wahr!«, rief ich erschrocken.

Er zuckte die Achseln.

»Wahr?«, wiederholte er. »Das wissen wir nicht. Aber es wird in den Akten stehen.«

Ich brach in ersticktes Gelächter aus. Solche Angst hatte ich, dass ich versuchen musste, sie wegzulachen, wie Kinder das tun.

»Oh, Himmel! Denk dir, die haben gesehen … Nein, das ist ja nicht auszuhalten! …«

Ich brach ab, in ehrlichem Entsetzen, ich konnte nicht mehr.

Er streichelte mein Handgelenk, umfasste es mit den Fingern.

»Sei ruhig, Liebste. Lass dich nicht einschüchtern.«

Ich schüttelte wortlos den Kopf. Eine eigentümliche Übelkeit und Spannung und gleichermaßen körperlicher Übermut hielten mich in Atem, einem Akrobaten unter der Zirkuskuppel ähnlich, der nicht nach unten sieht – und sein Schwindelgefühl vergisst.

»Und wie kommt Malli dazu, solche Märchen zu spinnen?«

»Zu unserem Schutz. Angenommen, du wirst für ein Gastspiel hinter dem Eisernen Vorhang verpflichtet. Das kann doch irgendwann der Fall sein, oder?«

»Die Goldmosaiken«, sagte ich mit Nachdruck, »die müssen wirklich sehr schön sein …«

Er lächelte, aber nur flüchtig. Sein Gesicht blieb finster.

»Man wird prüfen, wer du bist und zu wem du früher Kontakt hattest. Brächte man deinen Namen mit meinem in Verbindung, wären wir beide in Gefahr. Ich mache mir Sorgen, weil ich dich in diese Sache mit hineingezogen habe.«

»Das hast du nicht«, entgegnete ich leichthin. »Die haben doch anderes zu tun. Zum Beispiel, ganz Ungarn zu bespitzeln!«

Er ließ sich nicht aufheitern, brütete vor sich hin.

»Nein. Ich fühle mich schuldig.«

»Warum denn nur?«

»Weil ich dich kompromittiert habe.«

»Hör auf«, sagte ich. »Ganz ehrlich, das ist doch Unsinn.«

Er streckte die Hand aus und streichelte mein Gesicht.

»Liebste, du weißt nicht, worauf du dich eingelassen hast.«

»Läuft doch alles aufs Gleiche hinaus«, sagte ich, unwillkürlich Malli nachahmend. »Wie wir es auch anstellen, wir landen im Dreck. In dem wir womöglich jetzt schon stecken.«

Jeder Versuch, die Fesseln abzuschütteln, würde alles nur noch schlimmer machen. Doch wir mussten tun, wozu uns unser Innerstes drängte, wir mussten uns lieben, wir konnten nicht anders. Der Augenblick der Trennung würde kommen – das war gewiss und unabänderlich. Aber es war etwas in mir, das stärker war. Ich wusste nicht, was, ich konnte es nicht erklären. Und so gab ich mich gleichmütig.

»Fiona Salvator«, sagte ich, überbetont lustig. »Muss ich jetzt Spanisch sprechen? Das kann ich doch nicht! Und warum Argentinien?«

»Malli ist eine intelligente Frau«, erwiderte er, schon wieder ruhiger. »Deine Eltern gingen nach Argentinien, weil sie für den Duce waren. Das haben viele gemacht.«

»*Dio mio*!« Ich lachte jetzt wirklich. »Meine Eltern konnten Mussolini nicht ausstehen.«

»Nur für den Fall, dass man dich fragt. Wie fröhlich du bist«, setzte er hinzu. »Du siehst die Dinge immer von ihrer heiteren Seite. Das mag ich so an dir.«

Ich erwiderte: »Vielleicht haben wir Zeit gewonnen.«

Ich sah sein Gesicht im Licht der Petroleumlampe; seine Augen blickten müde und voller Schatten.

»Welche Zeit?«, seufzte er.

»Zeit für uns.«

Ich streckte mich neben ihm aus. Abwesend ließ er mein Haar durch seine Finger gleiten, wie man eine Blume berührt. Nach einer Weile der Erstarrung erwachte das Begehren, eine andere Form von Trost.

Er sagte, während er mein Haar streichelte: »Du hast Recht. Ich werde noch viel Zeit haben, mich daran zu gewöhnen, von dir getrennt zu sein. Und ich fürchte mich sehr davor.«

Er legte den Arm um meine Schulter. Seine Hand wanderte über meine Brust. Ich trug ein Kleid, das vorne geschlossen wurde. Langsam begann er, die Knöpfe zu öffnen. Ich half ihm, damit es schneller ging, und sagte: »Das brauchst du nicht. Was auch geschieht, sei ganz ruhig. Alles wird gut.«

»Denkst du das wirklich?«

Oft fragte ich mich, ob ich religiös oder abergläubisch oder etwas verrückt war. Aber nie verließ mich die Zuversicht, dass wir auserwählt waren. Aber auserwählt von wem? Von Gott? Von einem Heiligen? Und wenn ja, warum?

»Der Wille ist entscheidend, das weißt du doch«, sagte ich laut.

»Ich fang an, es zu glauben«, meinte er, mit schwachem Lächeln.

Ich bewegte leicht die Schultern, das Kleid glitt hinab, bis zur Taille. Ich hakte meinen Büstenhalter auf. Die Locken meines dunklen Haars fielen über meine Brüste, als ich mich über ihn beugte und mit meiner Zunge die seine berührte. Er lächelte immer noch.

»Vielleicht ist es wirklich besser, du heißt jetzt Fiona Salvator, bevor du dir als Floria Di Savegna einen Namen machst.«

»Später ganz sicher«, sagte ich. »Und außerdem sollten wir Malli dankbar sein. Auf diese Idee wären wir nie gekommen.«

Er presste mich eng an sich, und wir liebten uns in dem Zelt, bei gelöschter Petroleumlampe, ohne einen Seufzer und ohne ein Wort.

13. Kapitel

So plötzlich kam das Ende, dass es uns wie ein Schlag ins Gesicht traf. Wir hatten uns spät getrennt – lange nach Mitternacht –, doch das Meer war ruhig gewesen, die Nacht ganz still, und ich hatte tief und fest geschlafen. Als ich erwachte, tanzte Staub im Sonnenlicht, und die Schweden im Nebenzimmer ließen das Radio laufen. Ich roch den Kaffeeduft, scharf getoastetes Brot, Sonnenöl, und fühlte mich beim Erwachen so schwebend und entspannt, dass ich im Bad kaum die kalten Fliesen unter den Füßen spürte. Ich stellte mich unter die Brause, bog und streckte mich unter dem scharfen Strahl, warf mir immer wieder Wasser ins Gesicht, bis ich vollkommen wach war. Dann trocknete ich mich mit dem dünnen Handtuch ab, zog leicht fröstelnd frische Wäsche an, darüber einen raschelnden Petticoat, wie sie damals in Mode kamen. In meinen Erinnerungen sehe ich wieder das geblümte Kleid, das ich anzog: blaugrün, weit ausgeschnitten, mit Volants an den Ärmeln. Ich zog den Gürtel straff an. Dann toupierte ich meine Haare. Lippenstift jetzt noch, und Wimperntusche. Ein bisschen aufgedonnert, das Ganze, aber aus irgendeinem Grund brauchte ich das heute. Ich ließ nichts aus, ich wollte makellos sein.

Danach machte ich mein Bett, vergewisserte mich mit einem Blick ringsum, dass alles in Ordnung war, und verließ das Zimmer. Ich hatte nichts im Magen, dachte an den

Kaffee, an das klebrige Frühstücksgebäck. Ich trank gern Kaffee, trank morgens immer viel. Behutsam setzte ich meine Ballerinas in den Sand. Der Moment des Auftritts war da. Es war noch früh; die Leute auf dem Campingplatz standen verschlafen an, füllten ihre Eimer mit Wasser. Ich sah Tibor an der Bar sitzen, ging lächelnd auf ihn zu, das Kleid um die Hüften gebauscht. Dann sah ich sein Gesicht, und alles in mir wurde finster und kalt.

»Was ist los?«, fragte ich leise.

»Ich muss zurück. Nach Budapest.«

Es war, als ob etwas meine Seele traf. Angst und Entsetzen fielen über mich her. Meine Beine versagten, und ich musste mich setzen. Doch der Gürtel saß straff um meine Taille, ich hielt mich aufrecht, die Füße fest nebeneinander gestellt. Tibor holte ein Stück Papier aus der Brusttasche seines Hemdes. Ein Telegramm.

»Es ist vorhin gekommen.«

Er hielt es mir hin. Das Telegramm war in englischer Sprache abgefasst.

Anton Horváth im Krankenhaus – Lungenentzündung. Sofort kommen.

Ich schloss die Augen, öffnete sie wieder, und wusste Bescheid. Er würde mich verlassen. Möglicherweise noch heute. Ich merkte, dass alles schlechter wurde, als es war, immer schlechter und schlechter. Ich gab mir einen zornigen Ruck: Nimm dich zusammen, Floria, bloß keine Szene jetzt. Der Kellner kam mit dem Filterkaffee, stellte ihn vor uns, brachte auch das Gebäck. Er warf einen Blick auf unsere Gesichter, zog sich zurück und machte sich am anderen Ende der Bartheke zu schaffen.

Tibor sagte mit tonloser Stimme: »Er war schon mehrmals im Krankenhaus.«

»Das Herz, hast du gesagt?«

»Ein paar Tage Ruhe, und es ging mit ihm wieder bergauf. Aber eine Lungenentzündung, die hatte er noch nie.«

Ich klopfte auf den Filter, damit der Kaffee schneller tropfte.

»Als du abgereist bist, ging es ihm doch gut, oder?«

Er nickte.

»Sonst wäre ich nicht gefahren.«

»Kaffee?«, fragte ich.

Er sah mich traurig an. Ich kostete den Kaffee, er war genau richtig. Ich reichte Tibor die Tasse. Er nahm sie mir aus der Hand, gedankenverloren, und trank ein paar Schlucke, obwohl er noch zu heiß war.

»Du musst natürlich fahren«, sagte ich.

Er hielt die Augen starr auf das Telegramm gerichtet.

»Wenn ich bloß anrufen könnte! Aber die Leitungen funktionieren nicht. Nichts funktioniert bei uns. Nichts! Und warum schickt mir die Botschaft die Nachricht? Warum nicht Agnes? Oder Anton selbst? Soll das heißen, dass er dazu nicht in der Lage ist?«

Ich zerbröckelte Gebäck zwischen meinen Fingern.

»Wahrscheinlich steckt ein abgekartetes Spiel dahinter.«

»Das denke ich auch.«

»Pure Schikane.«

»Ja. Aber andernfalls …«

»Andernfalls kämst du dir wie ein Schuft vor, wenn dein Vater wirklich krank wäre und du nicht reagieren würdest.«

Er sah mich an; seine Augen waren matt und verschwommen und auch im Ausdruck gebrochen.

»Ach, ich weiß nicht. Ich mache mir Sorgen. Es tut mir Leid, wenn ich etwas konfus rede«, setzte er hinzu.

Ganz behutsam streifte ich einen Schuh ab, streichelte mit den Zehen seinen Fuß, der nackt in Sandalen steckte. Ich wusste, dass diese Geste unangebracht und anzüglich war, aber ich hoffte, dass sie seinen Kummer etwas linderte.

»So oder so, Tibor, das ist keine Sache, mit der du wirst leben können.«

Er saß da, mit gesenktem Kopf, und nickte wortlos. Da waren wir also, Tibor und ich; alles, was wir befürchtet hatten, war eingetreten. Verzweifelt saßen wir da und blickten in verschiedene Richtungen, und ich streichelte ihn mit dem Fuß. Einander anzusehen ging über unsere Kräfte. Wir hatten die Hoffnung verloren und fühlten uns leer. Es war kaum auszuhalten.

Inzwischen wurde es auf dem Campingplatz lebhaft. Touristen in Shorts schlurften an die Bar. Wir waren umgeben von Fremden, die Kaffee bestellten oder frisches Brot holten; man sah sie fortgehen, das Brot unter dem Arm. Der Kellner stellte Radio Madrid an: acht Uhr, die Nachrichten. Stumm tranken wir den Kaffee. Auf diese Weise gewannen wir noch einige Minuten. Dann zog ich sorgfältig meinen Lippenstift nach. Aber es half alles nichts.

»Ich muss Onkel Peter Bescheid geben.« Tibor brach das Schweigen mit rauer Stimme. »Und sehen, wie ich nach Madrid komme …«

Ringsherum dehnte sich der Strand, und unter den Füßen lag fester Sand, der die Schritte lähmte. Mit einem Mal war Hitze aufgekommen. Mühsam stapften wir weiter, wie durch eine unbestimmte Landschaft von flirrendem Licht, und die schweifenden Wellen zerwehten in seltsamen Spiegelungen. Tibors klamme Hand hielt die meine. Ich fühlte, wie ich im Nacken schwitzte, wie der Gürtel mir zu eng wurde und der Büstenhalter juckte. An diesem Tag hatte die Furcht keine Zeit, sich in unbewusste Zonen zu verflüchtigen. Schon hielt der Morgen den nächsten Schock für uns bereit. Denn als wir erschöpft den Weg zu Las Arenas hinaufkamen, sahen wir Peter Károly neben der Brunnenfigur stehen. Seine Hand lag auf den steinernen Flechten wie auf dem Haupt einer Geliebten. Er hatte uns hier erwartet. Es gab keinen Zweifel, er wusste alles.

»Das Telegramm erhalten?«

Er erhob die Stimme nicht, sprach gedämpft. Tibor nickte ohne ein Wort. Er war blass und kniff die Augen im grellen Licht zusammen. Peter stand unbeweglich da; irgendetwas war an ihm – das löwenähnliche weiße Haar vielleicht, das breite, grobknochige Antlitz –, was mich an die Statue an seiner Seite erinnerte, etwas, was hochmütig war und voller verschwiegener Kraft, mit einem spöttischen, unergründlichen Lächeln auf den Lippen.

»Unser Gesundheitssystem ist wahrhaftig vorbildlich. Anton Horváth liegt fiebrig im Krankenhaus, aber wird geheilt entlassen, sobald sein reiselustiger Sohn einen Fuß auf ungarischen Boden setzt.«

Er machte eine Geste, als wolle er mit der Hand die Luft zerschneiden.

»Diese Halunken!«, stieß er hervor.

Tibor fuhr mit dem Unterarm über sein heißes Gesicht.

»Ich wusste sofort, dass es eine Falle ist.«

Peters Antwort kam schleppend und mit müdem Hohn. »Mach dich darauf gefasst. Unser Freund Zoltán hat wieder angerufen. Er möchte dir die Heimreise erleichtern. Der Wagen kommt gleich. Man wird dich zum Campingplatz fahren, dir zehn Minuten geben, um deine Sachen zu packen. Dann ab nach Madrid. Heute Abend um elf geht dein Flugzeug. Zwischenlandung und Übernachtung in Wien. Das Hotel ist gebucht. Du siehst, man hat an alles gedacht. Die Partei nimmt dich in die Arme. Krasser ausgedrückt: Sie entführen dich.«

»Offenbar sind sie in Panik.«

»Sie sind vorsichtig geworden. Wahrscheinlich haben sie dir nicht nachdrücklich genug gesagt, was sie von dir erwarteten. »*Mais ça ne change rien*«, setzte er auf Französisch hinzu.

Er nahm meinen Arm, führte mich mit schweren Schritten die Treppe hinauf.

»Kommen Sie, Floria. Wir sind beide traurig, aber das

nützt uns nichts. Pianisten sind den Dunkelmännern wichtig, gerade jetzt, wo es in Ungarn gärt.«

Im Wohnzimmer war der Flügel geschlossen und der Notenständer leer. Peter bot uns nichts zu trinken an, an diesem Morgen nicht, obschon wir vor Durst kaum sprechen konnten, sondern blickte auf seine Armbanduhr.

Dann sah er mich an und seufzte.

»Ach, Floria, wie hübsch Sie sind! Eine Wohltat fürs Auge in Anbetracht dessen, was hier geschieht. Zum Glück hat man noch nicht herausgefunden, wer Sie sind. Seien Sie unbesorgt, auf Malli ist Verlass. Wir sind gute Freunde. Habe ich Ihnen gesagt, dass sie im Krieg für den britischen Abwehrdienst tätig war?«

Ich schüttelte wortlos den Kopf.

»Vier Minuten noch«, sagte er. »Sie sind meistens pünktlich.«

Er ging aus dem Zimmer. Tibor und ich standen zwei Schritte voneinander entfernt und sahen uns an. Mir war, als träumte ich das alles nur. Als würde ich gleich aufwachen und nach seiner Hand tasten. Nie, nicht in der dunkelsten Nacht, würde ich seine Hand mit der eines anderen verwechseln. Die Sekunden rasten. Endlich brach ich das Schweigen.

»Ist es sehr schlimm?«

Er schluckte.

»Wenn ich nicht wüsste, dass wir uns wiedersehen, ja, ich glaube, ich würde mich umbringen.«

»Tu das nicht.«

»Nein.«

»Und sei nicht traurig. Wir sehen uns wieder.«

Er seufzte tief und straffte sich ein wenig.

»Ich weiß.«

»Vergiss nicht, was ich dir gesagt habe. Ich kriege das schon hin.«

»Ich glaube dir«, sagte er. Genau das hatte er am vergangenen Abend im Zelt gesagt. Und ich dachte, solange er so fest daran glaubte wie ich, wird die Hoffnung nicht schwinden.

»Du wirst nicht sehr lange warten müssen.«

Ich legte die Hand auf seinen Arm; später erzählte mir Tibor, dass ich dabei gelächelt hatte. Daran erinnere ich mich nicht. Doch ich erinnere mich an Peters Stimme, der zu uns getreten war, ohne dass wir nur einen Schritt gehört hätten.

»Da sind sie!«

In angemessener Entfernung vom Fenster sah ich, wie der Wagen auf dem Vorplatz hielt. Ich sah sie steifbeinig aussteigen; drei hoch gewachsene Männer, und da sie schwitzten, klebten ihnen die zerknitterten Jacken am Rücken. Es würde eine lange, heiße Fahrt werden.

»Spezialisten, alle drei«, murmelte Peter. Es klang ironisch, und gleichzeitig auf seltsame Art voller Mitgefühl. »Intelligent, emotional stabil, gewaltbereit. Wahrscheinlich bewaffnet. Du bist ihnen was wert, mein Junge, du solltest dich geschmeichelt fühlen. Mach keine Dummheiten.«

Der Wagen waren eine schwarze Limousine mit Madrider Kennzeichen. Für einen Augenblick standen die drei Männer da und starrten zu Las Arenas hinauf. Sie dachten vermutlich darüber nach, ob nur einer die Treppe hinaufkommen sollte oder alle drei. Doch bevor sie mit dem Aufstieg begannen, sagte Peter schnell und leise zu Tibor: »Geh, Tibor, es ist klüger. Ich will die Kerle nicht hier im Haus haben. Danke ihnen, dass sie gekommen sind, und zeige dich um deinen Vater besorgt.«

Wir sahen uns an; Tibor war kreidebleich, sein ganzes Gesicht war verzerrt. Ein eisiges Gefühl verkrampfte mein Herz, ein Gefühl, das der Furcht vor dem Schicksal so nahe kam, wie ich es nie zuvor erlebt hatte. Ich fühlte mich von innen geschüttelt, das Schütteln tat meinem Rücken und meinem Kopf weh, aber es war verbunden mit dem endlosen Meer der Verzweiflung, das mich zu erfüllen begann. Da wurde ich an den Schultern gepackt, Tibors Arme umschlangen mich. Ich spürte seinen Atem im Gesicht, seine vertraute Wärme, als er sich an mich klammerte mit der verzweifelten Kraft eines Ertrinkenden. Ich warf beide Arme um seinen bebenden Rücken. Mir war, als ob er schluchzte. Aber er schluchzte nicht wirklich, es war nur ein krampfhaftes Zucken, das uns beide schüttelte.

»Pass gut auf dich auf, Tibor!«

»Ja«, sagte er, und wandte sich um. Er war schon draußen, als ich noch hinter ihm her starrte.

»Bleiben Sie dem Fenster fern«, hörte ich Peter sagen. »Tun Sie mir den Gefallen.«

Er ging aus dem Zimmer. Ich blieb allein und setzte mich auf den Klavierhocker. Von irgendwoher kam ein leichtes Rauschen, ein akustisches Trugbild offenbar. Es mochte das Blut in meinen Schläfen sein. Still saß ich da, weltverloren, und hielt meine Knie mit beiden Händen umschlossen. Mein Blick fiel auf das Bild auf dem Flügel. Die Sonne beleuchtete es voll. Das kleine Mädchen hatte ein Lächeln in den Mundwinkeln. Das dunkle Haar mit dem akkuraten Scheitel stand im Gegensatz zu dem hellen Gesicht, dem weißen, viereckigen Kragen. Sie trug, nahm ich an, eine Schuluniform. Sie beobachtete mich mit einer Art kindlicher Schalkhaftigkeit. Die Augen waren wach und belustigt. Es schimmerte etwas in diesen Augen, das mich veranlasste, mehrere Sekunden lang nichts anderes wahrzunehmen. Auf einmal war mir, als ob sich ihr Ausdruck veränderte. Sie schien zu lächeln. Das Lächeln, nur ganz zart angedeutet, drückte ein Gefühl der Überlegenheit aus. »Ich habe einen sehr schönen Namen«, hörte ich sie sagen.

»Wie heißt du?«, fragte ich. Mir war kaum bewusst, dass ich laut sprach.

»Du darfst raten«, antwortete das Kind. »Lass dir Zeit.«

Ihre Stimme war plötzlich weg. Schatten verdunkelten das Zimmer, ein plötzlicher Windstoß warf einen Haufen Blätter an die Scheiben.

»Floria, geht es Ihnen nicht gut?«

Ich war wie benommen, der Petticoat aus Nylon klebte an meinen Beinen. Trotz der Hitze war meine Haut mit Schüttelfrost überzogen.

Peter stand neben dem Barschränkchen und goss Limonade in zwei Gläser. Ich hatte ihn nicht kommen gehört. Irgendwie musste ich den Kontakt mit dem, was wir Wirklichkeit nennen, verloren haben. Das Rauschen erfüllte meine Ohren, stärker jetzt. Ich glaubte mich auf hoher See, noch träumend. Wind heulte vor den Fenstern. Selbst der Boden schien unter mir zu schwanken.

»Was ist los?«, fragte ich verwirrt.

»Westwind«, sagte Peter. »Deswegen auch diese Hitze.«

Irgendwo schlug heftig ein Fensterladen. Peter kam auf mich zu, reichte mir ein Glas. Ich streckte die Hand aus, hätte das Glas um Haaresbreite verfehlt, wenn Peter es nicht gehalten hätte. Gierig trank ich. Ein tiefer Schauer, ausgelöst durch die wohltuende Kühle der Flüssigkeit, lief über meine Haut. Langsam kehrte das Gefühl in meinen Körper zurück. Draußen tobte der Wind, aber der Raum, in dem wir uns befanden, war friedlich.

Peter beobachtete mich. Sein breiter, schwerer Körper stand vor mir, wie eine schützende Wand.

»Besser?«

Seine Stimme klang besorgt. Ich fuhr mit den Handrücken über meine klebrige Stirn.

»Ja, danke. Besser.«

Er ging, goss uns neue Limonade ein. Dann setzte er sich mir gegenüber, senkte das Kinn. Ich betrachtete seine braun gebrannten, anziehenden Gesichtszüge. Die scharf gezogenen Backen- und Kinnkonturen zeigten Kraft, der Schmerz saß tief in den bleichen, von purpurnen Fäserchen durchzogenen Augen. Ich stieß mühsam einen Hauch Luft aus. Er nickte mir zu.

»Sie sind weg. Sie hatten es eilig. Bis Madrid ist es ein weiter Weg. Und bei der Hitze …«

»Wir werden uns schreiben«, sagte ich, mit Trotz in der Stimme.

Er schüttelte langsam den Kopf.

»Nein. Die AVH wird die Briefe zurückhalten. Kontakte ins Ausland sind unerwünscht.«

Ich zuckte leicht zusammen. Wieder trat Verzweiflung in mein Herz. Aus meiner ganzen Haltung mochte Verweigerung sprechen, denn er machte eine beschwichtigende Geste.

»Meine Schwester Agnes und ich schreiben uns manchmal. Ich lebe in einer bürgerlichen Demokratie, aber Agnes ist über siebzig, da drücken sie ein Auge zu. Die Post wird zensiert, aber dann und wann kommt eine Nachricht an. Agnes ist ganz geschickt in diesen Dingen.« Er seufzte. »Mit zunehmendem Alter scheint es mir immer seltsamer, dass wir uns in diesem Wirrwarr verstricken. Aber Veränderungen treten manchmal ganz plötzlich auf. Wie der Westwind«, setzte er mit halbem Lächeln hinzu. »Ich rate Ihnen zu Geduld, Floria.«

Ich erwiderte schwach sein Lächeln.

»Vielen Dank, Peter«, sagte ich. »Ja, ich will es versuchen.«

Er trank sein Glas aus.

»Gut. Und jetzt wird gearbeitet. Merken Sie sich, Floria: Das Lernen darf nicht von Ihrer Stimmung abhängen. Ich habe Mitgefühl. Aber Mitgefühl bringt uns nicht weiter.«

Ich stand gehorsam auf, strich mir das Kleid glatt. Er setzte sich, schlug das Klavier auf. In diesem Augenblick schnellte etwas in mir los. Ich deutet auf das Bild. Ich konnte den Blick nicht davon wenden.

»Ist das Ihre Tochter, Peter?«

Peters Finger irrten über die Tasten. Musik stieg auf. Ein Ton nach dem anderen.

»Ja. Sie starb mit elf Jahren.«

Ich hielt meine Hände vor dem Schoß gefaltet. Es war die gleiche Haltung, in der ich zu singen pflegte.

»Spricht sie manchmal zu Ihnen?«

Er hob nicht den Kopf. Getragen von den beweglichen Fingern, stiegen die Klänge empor, aus der Tiefe der Zeiten.

»Bisweilen«, sagte er.

Ich starrte das kleine Mädchen an. Sie blinzelte mir zu, und auf ihrer Wange zeigte sich ein Grübchen. Als ich sie deutlicher ins Auge fasste, zogen wieder Schatten vorbei, löschten das Lächeln aus. Sand prasselte an die Fenster. Ich blinzelte.

»Wie hieß sie?«

»Ildikó«, sagte Peter. »Ihr Name war Ildikó.«

»Das ist wirklich ein schöner Name«, sagte ich.

Er antwortete nicht. Sein Spiel wurde langsamer, präziser: Eine Melodie formte sich. Ich erkannte die Arie *Piangete* – Weint ihr? – aus Donizettis *Anna Bolena*. Es war eine sehr schwierige Arie. Der tiefe, melancholische Gesang sollte zugleich Anna Bolenas nahenden Wahnsinn zum Ausdruck bringen. Das war kein Gleichgewicht, das sich leicht finden ließ. Ich machte mich bereit, sammelte mich. Peter nickte mir zu. Und so sang ich und irgendwann geschah es: Ich erlebte zum ersten Mal, wie der Gesang mein innerstes Zentrum ergriff und mitschwingen ließ. Und so überließ ich mich dem Gesang, und der Gesang trug mich fort. Ich wusste nicht, wie es geschehen war. Ich sang und sah mich selbst aus weiter Entfernung, wie ich neben dem Klavier stand, in meinem blaugrünen Kleid, den staubigen Schuhen und der unpassenden Frisur, an der Schweiß und Sandkörner klebten. Scheußlich, und ich konnte mich erst heute Abend waschen! Aber wenn ich nicht in meinem Körper war, wo war ich dann? Mir war, als sei ich auf einer Wolke, und sie bewegte sich – weil es ja Sturm war – ziemlich schnell. Ich fürchtete abzustürzen und dachte, wie kann ich dabei singen? Aber das Klavier gab mir die richtige Klangfarbe an; außerdem hatte ich die Arie gut einstudiert und schon früher mit meiner Mutter geübt. Das Singen war im Grunde ganz einfach. Was ich neu erlebte, waren die Gefühle. *Weint ihr? Zum Herzensfreund führt mich* ... Die Ohnmacht der zum Tode verurteilten Anna Bolena überwältigte mich; nicht ich war es, die hier sterben sollte, sondern unsere Liebe. Nein, ich wollte nicht, dass diese Liebe starb, ich wollte für sie kämpfen! Für sie sterben, wenn es nötig war. Nichts machte mir Angst. Es war eine Art Doppelbelichtung in meinem Gehirn: Ich sang jede Note richtig, während die Wolke mich weiter trug. Etwas war komisch, anders als sonst. Und mit einem Mal wurde mir klar, dass die ganze Sache mit einer Wolke überhaupt nichts zu tun hatte: Ich hatte mich in einen Vogel verwandelt! Das Schlagen der Flügel verursachte ein seltsames Geräusch, wie das Aufundabschwingen zweier Peitschen, ein fast widerhallender Knall: Schsss, schsss ... Ganz gleichmäßig. Ja, so war es perfekt, so war es wunderbar! Ich segelte hin und her, im gleitenden Flug. Ich sah das blaue Meer und das Innere des Landes, ausgedörrt in der Oktobersonne. Die Bergspitzen waren leicht zu überfliegen; es verschlug mir den Atem, als die Erdoberfläche plötzlich abfiel und ich über eine ausgedehnte weite Fläche schwebte. Die ockerfarbene spanische Erde floh unter mir zurück. Ich erkannte die weißen Dörfer, die ich bei meiner Ankunft gesehen hatte, und die dunklen Bänder der Straßen, die sich in flimmernder Ferne verloren. Lastwagen und Überlandbusse zogen rote Staubwolken hinter sich her; und unter den Autos, die in schnellerem Tempo überholten, erkannte ich die schwarze Limousine, die weit unter mir in östlicher Richtung fuhr – nach Madrid. Ich war traurig, aber ich wusste, dass Tibor, schweigsam zurückgelehnt, den Schatten des Vogels sah, der das Fahrzeug begleitete. Und ich rief ihm im Geiste zu: »Wo immer du bist, werde ich auch sein! Ich bin dein Schutzengel!« Da war mir, als ob ich mich im Flug herumwarf, mich in der Luft drehte und drehte und zurückfiel, und dann ging die Erde in Schräglage, der Boden kam näher und irgendjemand spielte Klavier und eine Frau sang, und der Gesang hörte sich wunderschön an. Und plötzlich war ich wieder in dem Raum, den ich verlassen hatte. Ich stand neben dem Klavier; meine Hand hatte auf dem schwarzen Lack eine feuchte Spur hinterlassen. Fingerabdrücke auf dem Klavier konnte Peter nicht ausstehen. Rasch und schuldbewusst zog ich meine Hand zurück. Und da sah ich, dass Peters Gesicht nass von Tränen war.

2. BUCH

14. Kapitel

Alec und Eva waren so verschieden wie die beiden Ufer des kleinen Flusses, der das Pine-Ridge-Reservat in zwei Hälften teilte: Auf der einen Seite befanden sich Häuser und Wohnmobile, auf der anderen die Wildnis, wobei Grandpa Simon nie von »Wildnis«, sondern immer von »Heimat« sprach. Ganz bestimmt hat er Recht, dachte Eva, denn ihr Volk lebte hier seit vielen Jahrhunderten. Ihre Vorfahren hatten diese Heimat geliebt. Sie müssen hier sehr glücklich gewesen sein. Eine harmonische Welt der beseelten Natur, der sie sich durchaus gewachsen fühlte. Alec, das wusste sie, empfand diese Welt zunächst als bedrohlich. Aber zwischen ihr, die sich früh finden sollte, und ihm, der sich noch lange suchte, gab es ein Band, das nie reißen würde.

Abends, wenn die Sonne verschwand und ein kupferner Schimmer über den Schatten lag, schienen die Pekanbäume am Rande des Wassers in Erwartung einer stummen Zeremonie zu erstarren. Dann glänzten die fernen Hügel rötlich, und der Himmel darüber war unermesslich weit.

Als Eva noch klein war – vier oder fünf Jahre alt –, hatte Grandpa ihr erzählt, dass nicht nur die Prärie, sondern auch der Himmel die Heimat der Indianer sei. So kam es, dass sie nachts auf den Stufen der Holzveranda saß und darüber nachdachte, von welchem Stern sie wohl gekommen sein mochte. Die Lakota der Great Plains waren der westliche Stamm der Sioux, deren Macht Ende des 19. Jahrhunderts brutal zerschlagen wurde. Das Lakota-Mädchen Eva hatte früh seinen Vater verloren. Vernon war ein humorvoller, sanfter Mensch gewesen und hatte nur für seine Familie gelebt. Seine Frau Laura litt sehr unter seinem Tod. Sie arbeitete im Postamt, sortierte die Briefe, gab Telegramme auf und vermittelte Telefongespräche. Laura trug zweimal am Tag Briefe aus. In ihrer spärlich bemessenen Freizeit malte sie. Erst viele Jahre später wurden Kunstkritiker und Sammler auf sie aufmerksam. Die meisten ihrer Bilder waren abstrakt; das Wasser war Leitmotiv ihrer künstlerischen Arbeit, mit seinen Strömungen, Mäandern und Wellen. Laura war nicht lange zur Schule gegangen, aber ihr ahnendes Bewusstsein ragte mühelos in die geistige Erfülltheit der Elemente hinein. Für die Lakota war das Leben voller Mythen, aber was sind Mythen, wenn nicht die Zeichen und Darstellungen uralter Erfahrungen? In früheren Zeiten gab es für die Ureinwohner Amerikas nichts Wirklicheres als die unsichtbaren Kräfte, die Erde, Luft und Gewässer bevölkerten, und nahezu kein Tag verging, der ihnen nicht irgendein Zeichen der Gegenwart gütiger Geister brachte. Die meisten dieser Geister waren für sie wie Freunde, und die einfachen Pflichten, mit denen sie ihnen ihre Verehrung bezeugten, waren von Ungezwungenheit und Dankbarkeit erfüllt.

Heute war alles anders. Die Geister schliefen in ihrer Heimat über den Wolken, warteten vergeblich auf die Stimme, die sie wachrief. Die Lakota hatten die Zauberworte vergessen. Sie standen am Ende einer langen Geschichte, die mit Massakern und Krankheiten aufhörte. Ihre alten Werte waren bedeutungslos geworden. Ihre Herzen schliefen. Ihr Stolz war gebrochen. Sie hatten die Lebensfreude der Wölfe verloren. Der Grundlage ihrer Existenz beraubt, lebten sie in Armut und suchten Zuflucht im Alkohol. Für diesen

Zustand gibt es ein Wort: Anomie. Ein Wort, das Eva nicht kannte, das Alec ihr jedoch, viele Jahre später, ausführlich erklären würde.

Eva war sieben, als ihr Vater starb, ihr Cousin Alec achtzehn Monate jünger. Weil Laura arbeiten musste, lebten die Kinder bei den Großeltern. In dieser Zeit entwickelten Alec und Eva eine eigene Zeichensprache. Wenn jemand »Musik« sagte, hüpften sie mit ausgebreiteten Armen auf und ab. Sie liefen barfuß über die Steine, verkrochen sich in Erdlöchern, zwischen rostigen Benzinkanistern. Sie stießen und schubsten sich, aber jeder Schlag hatte seine Bedeutung. Sie drehten sich um sich selbst, wie Kreisel, ließen sich dann auf den Boden fallen und beobachteten sehr aufmerksam, wie die Welt hin und her schwang. Sie liebten es, auf allen Betten im Haus herumzuspringen. Gelegentlich rutschten sie mit dem Kopf voran die Treppe hinunter. Ihre Köpfe schlugen auf jeder Stufe auf, bis sie krachend am Fuß der Treppe aufprallten. Beide fanden das umwerfend komisch, während Grandma Gloria entsetzt war. Sie mochten aber auch ruhige Beschäftigungen. Am liebsten spielten sie Puzzles, machten damit solche Fortschritte, dass sie bald die der Erwachsenen legen konnten.

Die Franz-von-Assisi-Schule war für beide eine Art Käfig. Und doch zeigte sich hier sehr deutlich, wie verschieden die Kinder waren. Eva zog aus den Unterrichtsstunden größeren Nutzen als Alec, der den Eindruck erweckte, als ob die Welt hinter Glas an ihm vorbeizöge. Eva war eine der Kleinsten in der Schule, aber auch eine der Tüchtigsten; wenn die Schulinspektorin kam, richtete diese ihre Fragen mit Vorliebe an sie. Eva unterdrückte ihre Befangenheit, antwortete zurückhaltend und höflich. Die bleiche, schwabbelige Person erinnerte sie an eine Schnecke, und es wollte Eva nicht gelingen, sie zum Schreckgespenst werden zu lassen, weil sie die Schüler milde ansah, den Kopf ein wenig zur Seite geneigt, gerade als lausche sie einer inneren Stimme, die ihr beständig zuflüsterte, wie beschränkt diese Indianerkinder doch eigentlich seien. Eva fand das sehr merkwürdig. Sie wusste natürlich nicht, dass die Schulinspektorin an einer typischen Krankheit der Weißen litt, an der Überzeugung nämlich, dass es sinnlos war, mit »diesen armen Indianern« ein vernünftiges Gespräch führen zu wollen. Diese Überzeugung war weit verbreitet. Nicht selten kam es vor, dass die Weißen mit Reservatsindianern sprachen, als wären sie Idioten. Sie drückten sich überdeutlich aus, hielten ihre Reden in einer Art Infantilsprache. Eine unfreiwillige Komik ergab sich immer dann, wenn sich die vermeintlich Ungebildeten gescheiter als ihr Gegenüber zeigten. Die Weißen mochten das ganz und gar nicht – sie hatten eine hohe Meinung von sich selbst. Kein Wunder, dass die Diskussionen oft mit Schlägereien endeten. Dabei hatten die Indianer für gewöhnlich das Nachsehen und landeten mit blauen Flecken und dem Mund voller garstiger Wörter im Knast, während die wahren Schuldigen frohlockten.

Es kam aber auch vor, dass Weiße, von Schuldgefühlen geplagt, den Indianern mit großer Freundlichkeit begegneten, wobei das Wichtigste im Umgang mit ihnen die Distanz war. Freundlich wollte man sein, aber herzlich? Nein, das ging dann doch zu weit. Übertriebene Nachsicht aber war das Schlimmste, diese hohle und gespielte Höflichkeit offenbarte Geringschätzung, was wiederum den Argwohn der Indianer verstärkte. Eine Generation später würde sich das allmählich bessern, aber jetzt wussten beide Seiten noch lange nicht, wie sie miteinander auskommen sollten.

Eva bemerkte diese feinen Nuancen sehr wohl und nahm sie verwundert zur Kenntnis. Da man ihr Respekt beigebracht hatte, stellte sie keine Fragen, sondern benahm sich höflich und wohlerzogen. Und weil sie obendrein einen großen Wissensdurst zeigte, wurde sie bevorzugt. So kam es auch, dass sie als Zwölfjährige ohne Prüfung in eine höhere Klasse versetzt wurde. Mister Curtis, der Lehrer, übergab ihr einen Brief mit der freudigen Nachricht; Eva trug ihn nach Hause und wedelte mit ihm wie mit einer Siegesfahne, sodass Alec ihr aus Eifersucht erzählte, jeder in Pine Ridge wisse doch, dass Mister Curtis in einem Puff verkehre. Ob Alec denn überhaupt eine Ahnung hätte, was ein Puff sei? versetzte Eva wütend. Natürlich wusste er es nicht. Eva erklärte es ihm in belehrendem Ton, wenn ihre bildhaften Erklärungen auch in krassem Widerspruch zu den Begriffen standen, die man ihr in der Franz-von-Assisi-Schule eingetrichtert hatte. Sie sollte erst später und ganz allmählich merken, dass Alec ihre Bevorzugung als etwas Bitteres und Ungerechtes empfand.

Alec war der Sohn von Lauras jüngerer Schwester, die Juliette hieß und bei seiner Geburt gestorben war. Sein Vater war ein *wasicun* – ein Weißer, der ein paar Jahre vor dem Krieg unter geheimnisvollen Umständen aus dem Leben der Familie verschwunden war.

Im Krieg war eine ziemliche Anzahl von Lakotas, wie es beschönigend hieß, »der Flagge gefolgt«. Sie dachten, dass es sie weiterbringen würde. »Was erwarten die eigentlich?«, maulte Grandpa. »Ein paar Extrastreifen am Ärmel? Militärische Ehren? Das ist eine Menge *ta-chesli*, eine Menge großer Scheiße.«

Grandpa konnte manchmal grob werden. Er hatte allen Grund dazu; in der Gegend gab es noch Kneipen, in deren Fenster ein Schild hing: *Für Indianer und Hunde verboten*.

Im Gegensatz zu den Cousins und Onkeln, die mit Uniform, Helm und Gewehr prahlten, geriet Grandpa nicht ins Schwärmen. Er betrachtete die Vorgänge aus der Distanz; seine bissigen Bemerkungen, die er gelegentlich machte, verrieten seine Verachtung für eine Weltanschauung, die er als veränderungsbedürftig empfand.

»Die nehmen den Mund ganz schön voll: Kämpfen für Amerika, für die Demokratie, für die Flagge! Die Kerle sollten es doch besser wissen: Ihre Flagge ist eine Narrenflagge; das Rot ist unser Blut, das Blau der leere Himmel, den man uns für unser Land gegeben hat, und die weißen Streifen und die Sterne sind die Versprechungen der Weißen – hoch wie der Himmel, hell wie das Mondlicht und leer wie der Bauch eines toten Fisches!«

Grandma Gloria sah das alles auf ihre vernünftige Art: »Lass es gut sein, Simon! Das Essen ist dort, wo die Flagge ist.«

»Aye, das ist wahr!« Grandpa zeigte sein seltenes Lächeln. »Unsere Cousins gehen dorthin, wo es Suppe gibt! Sie wird nach Blei schmecken, aber man kann nicht alles haben.«

In dieser Zeit fragte Alec Grandma, ob denn alle *wasicun* böse seien. Sie sah ihn liebevoll und nachdenklich an.

»Nein, Alec, das darfst du nicht glauben. Auf der ganzen Welt gibt es gute und böse Menschen.«

»Aber wer tötet denn die Juden?«, wollte Alec wissen.

»Das sind die Nazis«, sagte Grandma.

Den Indianern kam die Geschichte bekannt vor. Zwar hatten die *wasicun* sie nicht vergast und auch keine Seife aus ihnen gemacht, alles andere aber hatten die Indianer mitgemacht: den Hunger, die Verhaftungen, das sinnlose Abschlachten.

Das war eben das Dumme: Für die Indianer war der Krieg ein Spiel gewesen, ein höllisch ernstes, aber kindliches Spiel. In diesem Sinne hatten sie sich ständig bekämpft, Clan gegen Clan, und hatten nur für kurze Zeit miteinander Frieden geschlossen, um sich gegen andere zu verbünden. Die verschiedenen Völker standen sich in einer Mischung aus Rivalität und Einverständnis gegenüber. Plünderungen mit der Waffe in der Hand waren ihr Vorrecht und ihre Unterhaltung. Dieses Leben entsprach ihrem Wesen; darüber hinaus wollte jeder in den Augen der Frauen an Achtung und Bewunderung gewinnen. Kein Häuptling jedoch besaß über seine Männer absolute Befehlsgewalt. Sie folgten ihm freiwillig oder gar nicht. Die Prärie-Indianer hatten eine Vorliebe für den Nahkampf gehabt, die Berührung des Feindes mit der eigenen Waffe war von hoher Bedeutung. Diese Coups wurden gezählt, und jeder Krieger war stolz darauf – wie sinnlos sie auch in militärischer Hinsicht sein mochten. Wer genug Coups erbeutet hatte, hatte das Recht, sich mitten in der Schlacht zurückzuziehen. Und wem es einfiel, auf eigene Faust einen Angriff zu starten, der konnte dies tun. In keiner anderen Kultur genoss der Einzelne so viel Freiheit. Dabei waren sie stets Realisten geblieben; sie mussten es ihrer Lebensweise wegen schon sein. Ihre Intelligenz war ausgeprägt, ihr Gefühl für Raumverhältnisse beachtlich. Ihre Sprache war eine Sprache der nackten Wirklichkeit. Gefühle konnten sie nur in bildlichen Umschreibungen ausdrücken, was aus ihnen geborene Dichter machte. Sie wüteten grausam im Krieg, hackten ihren Gegnern die Gliedmaßen ab, aber sie kämpften in Ehren und ein Versprechen war heilig. Von dem, was die Weißen unter einer Vernichtungsschlacht verstanden, bekamen sie erst eine Ahnung, als es zu spät war.

Eva hatte langes, glattes Haar, das wie Quecksilber schimmerte. Alec spielte gerne mit ihrem Haar, riss an den Strähnen und kaute darauf herum. Auch Grandma liebte es, ihr die Haare zu bürsten, sie tat es mit leichten, aber kräftigen Gesten. Eva genoss die Berührung, bewegte langsam den Kopf hin und her. Grandma roch nach Kampfer, nach alten Kleidern und irgendwie immer nach Essen. Sie trug eine Kette aus Holzperlen um den Hals, deren Farben längst verblichen waren. Fast schien es, als ob diese Kette mit ihr verwachsen war. Eines Tages erzählte sie Eva, dass Juliette in ihrem Alter schon graue Haare hatte. Dies war die Folge einer Krankheit, die sie als Achtjährige mit Mühe überstanden hatte. Eva erschrak. Als Kind schon graue Haare?

»Sie konnte ja nichts dafür«, sagte sie mitfühlend. »Sah sie sehr hässlich aus?«

»Hässlich? Wie kommst du darauf? Nein, überhaupt nicht. Ich hatte ein Kind, das mehr war als schön: Es war einzigartig!«

Sie fuhr fort, Evas Haar mit Hingabe zu bürsten. Doch ihre Gedanken waren bei der Toten. Eva merkte es und hielt geduldig still.

»Juliettes Haar war nicht gleichmäßig grau, musst du wissen. Nur einzelne Strähnen hatten ihre Farbe verloren. Es sah aus – ich kann es nicht besser sagen –, als ob sie weiße Federn trug, wie ein Vogel. Und wenn sie tanzte, konnte man den blauen Himmel nicht mehr sehen, so viele Geister kamen herbei.«

Dazu nickte Eva ernst. Ja, noch immer sprachen die Leute davon, wie Juliette tanzte. Es hieß, sie hatte das Tanzen im Blut. Aber das Blut ist durch die Geschichte bestimmt, die ihre Spuren im Menschen hinterlässt. In Juliettes Körper waren die Mutter, der Vater, die Vorfahren und die Tiere. Sie tanzte angetrieben von einer Macht, die sie nicht immer beherrschte. Eva erkannte schon als Kind, dass sie Juliette zwar bewunderte, aber niemals so werden wollte wie sie. Sie stand mit beiden Beinen fest auf der Erde. Die Kraft, die sie zum Leben brauchte, schöpfte sie aus sich selbst. Sie war eine sachliche Natur.

»Wie sehe ich aus?«, wollte Alec wissen. »Wie ein Lakota oder wie ein Weißer?«

Er stand vor dem kleinen Spiegel im Schlafzimmer, betrachtete sein blasses Gesicht, sein braunes, strähniges Haar.

»Du bist ein Halbblut«, antwortete Eva streng.

Alec wurde wütend.

»Ich will aber ein Weißer sein!«

»Das kannst du nicht sein, weil du mit den Füßen nach innen gehst!«

Indianer teilen mit den Asiaten eine besondere Eigenschaft: Ihre Zehen drehen sich beim Gehen einwärts. Dabei machen ihre Füße beim Gehen ein schleifendes Geräusch, als ob sie die Erde streicheln. Aber Alec schämte sich deswegen, streckte angestrengt die Füße nach außen und sah aus wie ein Storch.

»Ich? Nein!«

»Doch, das tust du!«

»Aber ganz und gar nicht!«

Eva schlug ihm auf den Kopf.

»Ach, sei doch nicht so stur!«

Manchmal, wenn es ihm gerade einfiel, fragte Alec die Großmutter, ob er Ähnlichkeit mit seinem Vater hätte.

»Väter und Söhne«, sagte Gloria, »haben oft das gleiche Lächeln, die gleiche Nase und manchmal auch die gleiche Augenfarbe.«

»Mehr nicht?«

Grandma blickte in Alecs enttäuschtes Gesicht, bevor sie nachdenklich antwortete: »Ich glaube, in Gedanken ist dein Vater immer bei dir. Und das ist wichtiger als alles andere.«

Alec und Eva erlebten die letzten Kriegsmonate sehr bewusst. Die Großeltern verbrachten viel Zeit damit, aufmerksam die Zeitung zu lesen. Im Kino sahen sie die Wochenschauen, sie hörten die Nachrichten aller Radiosender ab, die sie empfangen konnten. Grandpa machte ein finsteres Gesicht und dachte seine Gedanken, während Grandma immer wieder »Schlimm, schlimm!« vor sich hin murmelte.

Alec fragte Grandpa, ob sein Vater auch ein Nazi sei.

»Wie denkst du darüber, Takoja?«, antwortete Simon, nachdem er einen Augenblick gezögert hatte.

Alec überlegte eine Weile, bevor er heftig den Kopf schüttelte.

»Das kann nicht sein«, sagte er dann. »Du magst ihn zu sehr, als dass das möglich wäre.«

Grandpa sah ihn lange an. Der Schatten, der in seine dunklen Augen stieg, war unendlich sanft.

»Bleib bei deinem Glauben, Alec. Dein Vater ist ein guter Mensch. Und er wird immer mein Freund sein.«

Eines Tages im Winter sagte Alec: »Ich habe von meinem Vater geträumt.«

Sie standen am Ufer und ließen Kiesel über das dunkle Wasser springen. Eva fiel auf, wie blass Alec war.

»Was denn? Erzähl mal!«

Der Junge starrte an ihr vorbei, den Kopf ein wenig gesenkt. Er zwinkerte nicht mal mit den Augen.

»Hab gesehen, wie er durch Ruinen ging. Alle Mauern waren verkohlt. Irgendwo rauchte ein Schornstein, und überall lagen magere Leute herum. Sie sahen ganz furchtbar aus – man sah alle Knochen.«

»Das ist ja schrecklich.« Eva sah Alec erschrocken an.

»Es ist wirklich wahr«, sagte Alec. »Und mein Vater redete mit mir.«

Eva warf ihren Stein so geschickt, dass er dreimal das Wasser berührte.

»Mit dir? Kann nicht sein. Er hat dich nie gesehen.«

»Doch, er hat geredet.«

»Was sagte er denn?«

»Ich finde sie nicht. Das hat er immer wieder gesagt: Ich finde sie nicht.«

»Wen fand er nicht?«

Eva schrie die Worte gegen das Geräusch an, das plötzlich aufkam. Direkt über ihren Köpfen, wie der Blitz und mit ohrenbetäubendem Dröhnen, bohrte sich in dichter Formation eine Jagdstaffel in den Himmel. Alec begann heftig zu zittern. Seine Nasenflügel waren ganz eingefallen. Er hatte überhaupt keine Kraft mehr in den Händen und sah aus, als ob ihm gleich schlecht würde. Eva erschrak. Sie packte ihn am Arm und zerrte ihn die Böschung hinauf. Oben angekommen, stützte Alec sich an einen Baum und erbrach sich.

Die Tage vergingen in eisiger Kälte. Wasiya, der Schneewindmann, lief hin und her; man konnte nicht genau sagen, ob er schluchzte oder sang. Die Lampe an der Decke brannte. Alec wollte nicht im Dunklen schlafen. Außerdem musste die Tür offen sein, damit er alles im Blick hatte, was vielleicht hereinschleichen würde. »Du blöder Waschlappen!«, rief Eva, die nicht begriff, warum er wegen einer geschlossenen Tür Angst haben konnte. Man war schneller draußen auf der Treppe, das schon. Aber wozu das Theater? Der Schneewindmann, der mit seinen Schwingen über die Badlands strich, mit seinen Riesenhänden Schneeflocken streute, kam nie ins Haus. Keine Insel im tosenden Meer konnte ein so sicherer Zufluchtsort sein wie das kleine Zimmer mit den Eisblumen am Fenster. Nur einmal kam er herein, als Laura vergessen hatte, ein Fenster zu schließen. Die Kinder hörten, wie er »Huu … huu hui« machte und mit beiden Händen seine Schneewirbel verteilte. Doch Laura schloss schnell das Fenster und der Schneewindmann raste und tobte vor Wut, weil sie ihn wieder nach draußen verbannt hatte. Als am nächsten Tag Tauwetter einsetzte, lag ein toter Kojote vor der Tür, der ganz entsetzlich stank.

Alec war erkältet. Seine Nase lief, und er musste sich ständig schnäuzen. Die Krankheit brachte die Kinder noch enger zusammen. Draußen toste der Sturm. Alec hatte Fieber und redete unentwegt von seinem Vater. Die Fantasien eines Kindes können sehr hartnäckig sein. Sie können so mächtig werden, dass sie die Persönlichkeit formen.

»Er hat mich im Stich gelassen. Ging fort, einfach so …«

»Quatsch!«

»Gar kein Quatsch!«

Alec starrte sie düster an, beharrte auf seiner Idee.

»Er hat gesagt, weg mit dem Balg. Ich will das Balg nicht sehen!«

»Hat er nicht gesagt.«

»Doch. Weil ich ein Halbblut bin!«

»Putz dir die Nase, Alec!«

»Er hat mich weggeschmissen.«

»Jetzt hör aber auf! Du warst ja noch gar nicht auf der Welt, als er ging. Warum denkst du dauernd über das Zeug nach?«

»Zeug? Das ist kein Zeug? Mein Vater, der lacht doch nur über mich.«

»Weißt du was, Alec? Du bist noch dümmer, als ich dachte!«

»Grandpa hat gesagt, dass mein Vater ein Musiker ist. Ein ganz berühmter sogar! Er hat ein großes Orchester geleitet. Er muss doch Geld haben. Er hat mich trotzdem in Stich gelassen!«

Evas Gedanken sprangen oft von einem Punkt zum anderen. Alec redete von seinem Vater und sie musste an Grandpa denken, der seine Geigen baute und dazu Radio hörte.

Den ganzen Tag über, während er hobelte, Staub wischte oder polierte, bewegten sich seine Lippen. Es war, als ob er in einem unsichtbaren Buch lesen würde und sein Mund die Worte formte. Eines Nachmittags war Eva in seine Werkstatt gekommen, um ihm ihr Heft mit dem fehlerfreien Diktat zu zeigen. Simon arbeitete nicht, sondern saß auf einem Stuhl, zusammengekrümmt, den Kopf zwischen den Händen. Aus dem Radio klang Musik; es hörte sich gewaltig wie tosendes Wasser an, und gleichzeitig zart und weich wie Vogelgesang. Das Mädchen erschrak.

»Grandpa, ist dir nicht gut?«

Er bewegte nur die Hand, wies auf einen Stuhl, ohne sie anzusehen.

»Setz dich in die Ecke und sei still!«

Sie tat, was er sagte. Die Kinder hörten meistens Country-Musik. Aber Country-Musik spülte über sie hinweg, ohne in ihrem Bewusstsein eine Spur zu hinterlassen. Dies hier war etwas anderes. Eva lauschte verstört den weichen, reinen Stimmen eines Kinderchors, die Musik folgte, mit gleitenden Bewegungen, dunkel und golden wie ein Fluss in der Abenddämmerung. Es tat ihr richtig weh in der Brust, die Musik war süß und freundlich, und gleichzeitig so gewaltig. Sie wurde von einem Gefühl der Wehmut und der Sehnsucht überwältigt. Sie hätte weinen mögen, sie hätte lachen mögen. Sie hätte sterben und doch leben mögen. Ganz still saß sie da, konnte nicht den kleinen Finger bewegen. Diese Musik war wie ein Wunder. Und dann – ganz plötzlich – war es vorbei. Eva merkte es daran, dass aus dem Radio Applaus erklang und Grandpa sich rührte. Er stand schwerfällig auf, schlurfte zum Radio und stellte es ab. Eva holte gepresst Luft.

»Was war das?«

Sie war ein wissbegieriges Kind. Doch nun war ihr, als verursachte ihre Stimme in der Stille ein störendes Geräusch. Und als ihr Simon langsam das Gesicht zuwandte, hatte Eva das Gefühl, dass er sie nicht richtig wahrnahm. Seine Augen starrten durch sie hindurch. Schließlich bewegten sich seine trockenen Lippen.

»Beethovens *Missa Solemnis*«, sagte er. »Stokowski dirigierte.«

Das sagte Eva nicht viel. Sie zeigte Grandpa ihr Diktat, und er strich zärtlich über ihr Haar.

»Schön!«, stellte er fest. »Wirklich sehr schön!«

Und jetzt zog die Musik durch Evas Erinnerung, ein bisschen anders, aber noch wundersamer als damals, ein golden tönendes, sich langsam auflösendes Phantom. Dann war nur noch der Schneewindmann zu hören, der Tropfen gegen das Fenster schleuderte und an den Ziegeln rüttelte, bis sie zerbrachen. Das Mädchen spürte, wie eiskalt ihre Hände plötzlich waren, und steckte sie unter die Decke. Alec hustete sich fast die Lunge aus dem Leib. Er mochte an seinen Vater denken, wie und wann er wollte, er kam ihm einfach nicht näher; es waren keine Bilder von ihm da, nichts, dessen er habhaft werden konnte. Alec war klug und hätte eigentlich imstande sein müssen, seine Fragen selbst zu beantworten. Aber das brachte er nie fertig. Alles in ihm blieb stumm.

»Grandpa tut so, als wüsste er alles. Aber wie kann er wissen, was mein Vater denkt?«

»Womöglich will er ja kommen«, erwiderte Eva, mit jener Nachsicht, die sie gelegentlich für Alec aufbrachte. »Aber es gibt ständig irgendetwas, was ihn daran hindert. Vielleicht, wenn der Krieg vorbei ist …«

Alec schluckte ein paar Mal.

»Ja, vielleicht … vielleicht kommt er dann endlich.«

Eva zog die Knie bis unter ihr Kinn. In ihrer Erinnerung sah sie Grandpas Gesicht, als er der Musik lauschte.

»*Missa Solemnis*«, murmelte Eva vor sich hin. Sie genoss die Worte, sprach sie ganz deutlich aus.

»Wie?«, fragte Alec.

Eva antwortete geistesabwesend.

»Willst du auch Musiker werden?«

Alec hustete.

»Ich? Nein. Ich kann nicht schön spielen.«

»Auch nicht, wenn du groß bist?«

»Nein. Ich mag die Tonleitern nicht.«

Danach schwieg er; seine Nase war verstopft und jeder seiner Atemzüge wurde von einem lauten Schlürfen begleitet. Eva steckte ungehalten den Kopf unter die Decke. Hier unten war es dumpf und schwül, und der Schweiß trat ihr auf die Stirn. Nachdem sie sich ein kleines Luftloch gebaut hatte, konnte sie es einigermaßen aushalten. Es dauerte nicht mehr lange, dann tat die Wärme das ihre; die kreisenden Gedanken lösten sich auf. Sie dämmerte in Träume hinüber, und der Schneewindmann wurde größer und größer und stand schließlich ganz dicht vor dem Fenster. Er bewegte die weißen Schwingen und sang sein brausendes Lied, gewaltig und wunderbar wie die *Missa Solemnis*. Bevor Eva einschlief, fiel ihr ein, dass sie die Bedeutung dieser Wörter nicht kannte. Aber Grandpa würde es ihr schon sagen.

15. Kapitel

Der März kam; die Ahornbäume waren noch grau und kahl, aber nachts zogen mondlichtgetränkte Wolkenfetzen über blühende Zweige. Unter dem Gras, das würzig und frisch duftete, schlummerten die ersten Veilchen. Nachmittags schien die Sonne warm; Alec und Eva konnten die dicken Pullover ausziehen, die Grandma für sie gestrickt hatte und die sie nicht mochten, weil sie auf der Haut kratzten.

In Europa rückten die Alliierten an allen Fronten vor. Entscheidungen und Unentschiedenheiten hielten die Familie in Atem. Grandpa hatte eine große Karte von Europa ausgeschnitten und mit Klebstreifen an die Wand geheftet, um den Kriegsverlauf zu verfolgen. Es interessierte ihn sehr. Die Kinder fanden das eher beunruhigend. Grandma seufzte, wenn das doch endlich aufhören würde! Es sei bald vorbei, meinte Grandpa, sah aber deswegen nicht zufriedener aus. Irgendetwas beschäftigte ihn, doch er sprach nicht darüber. Gewiss, die Deutschen waren auf dem Rückzug. Aber es gab noch viele Schlachten, überall, die gewonnen oder verloren wurden. Auf der ganzen Erde wurde gekämpft.

Der Sommer kam. Im heißen Baumschatten zirpten die Grillen im trockenen Gras. Im Reservat jedoch verliefen die Tage kaum anders als sonst. Grandpa baute Geigen, Grandma kümmerte sich um die Kinder und Laura trug die Post aus. Doch der Schein trog. Im Nordwesten von Pine Ridge gab es ein Gebiet, das als »Gunnery Range Area« bezeichnet wurde. Diesen Landstrich hatte das Verteidigungsministerium 1942 in Beschlag genommen, um dort Waffentests durchzuführen. So kam es, dass aus der heiligen Erde des Sioux-Volkes der Kern jener Bomben entspross, die man im August 1945 über Hiroshima und Nagasaki zündete.

Es war also aus mit den Japanern. Mit den Deutschen auch, wenngleich auf andere Weise. Und was die Indianer betraf, nun, sie waren nur Helden, solange die Kugeln flogen. Danach erging es ihnen wie Ira Hayes, der auf Iwo Jima die Narrenflagge hisste. Ein weltberühmtes Kriegsfoto zeigt, wie er sich abmühte. Er bekam vom Kongress die Ehrenmedaille überreicht, lebte anschließend von der Wohlfahrt und starb betrunken in einem Graben, der nach Aas und faulem Müll roch.

Die Deutschen und die Japaner erholten sich. Die Indianer waren wieder sich selbst überlassen. Die meisten lebten in Hütten aus Teerdachpappe, in angerosteten Wohnwagen und zerfallenen Holzbaracken. Manche hausten in alten Autowracks. Sie redeten zu viel, zu laut, sie prügelten sich. Der Alkohol machte sie schmerzunempfindlich. Ihre Seelen dürsteten nach Visionen. Sie wollten frei sein wie die Adler, die im Morgenrot über die Berge kreisten. Aber nur die Rauchfahnen der Fabriken stiegen auf, es roch nicht nach Baumharz, sondern nach Abgasen. Die Visionen blieben aus. Visionen steckten nicht in der Flasche. Der Whisky erteilte keine Belehrung. Die Indianer fanden sich in der Gegenwart nicht zurecht. Das hing mit ihrer Vergangenheit zusammen. Mit den Massenmorden, den Vertreibungen, den falschen Versprechen. Kaltblütig und systematisch hatte man die Ureinwohner vernichtet und sich aufgemacht, einen ganzen Kontinent zu erobern. Eine erschütternde Tragödie, die bis heute verdrängt wird. Die Sieger schrieben das Drehbuch. John Wayne tötete die Navajos, Richard Widmark die Cheyenne. Und Gott war immer mit ihnen.

Gewiss hatten die Indianer sich nicht abschlachten lassen, ohne sich zu wehren.

Zu den Vorlieben der Kinder gehörte es, dass sie längst bekannte Geschichten immer wieder hören wollten. Und im Laufe der Zeit wurde es auch immer unwichtiger, ob die Geschichten Wort für Wort der Wahrheit entsprachen. Sie klangen manchmal wie Märchen, und Grandma erzählte sie auch so. Ihre Erinnerungen waren mythischer Art. Den Kindern mangelte es nicht an Fantasie, sie konnten sich das alles fabelhaft vorstellen. Das Wissen um die Geschichte ihres Volkes machte sie selbstbewusst; in der Vergangenheit gab es nichts, wofür sie sich schämen mussten. Es gab nur Ehre und Mut, die Liebe zum Leben, das Trauma und den Tod.

An diesem Abend saß Grandma in ihrem Schaukelstuhl auf der Veranda und erzählte den Kindern die längst vertraute Geschichte von der Schlacht am Little Bighorn. Eva kauerte auf einem Schemel, stützte die Ellbogen auf die Knie und legte ihr Gesicht in beide Hände. Alec lag neben ihr und blickte in den Himmel. Grandma erzählte die Geschichte jedes Mal auf andere Weise. Immer stand eine andere Figur im Mittelpunkt. Diesmal war es Crazy Horse. Er war der höchste Kriegshäuptling des Sioux-Volkes gewesen und war eindeutig Grandmas Liebling. Eva brauchte nur zu fragen: »Wie sah er denn aus?«, und Grandma geriet sofort ins Schwärmen.

»Oh, wunderschön! Er weigerte sich, dass man ihn fotografierte, habe ich euch das nie gesagt? Kein *wasicun* durfte seinen Schatten einfangen. Sein Schatten war sein Eigentum. Aber ich habe noch Leute gekannt, die sich genau an ihn erinnerten. Er war mittelgroß und herrlich gewachsen. Er hatte ein schmales Gesicht mit einem ausdrucksvollen Mund und Augen, die fast violett schimmerten. Seine Haare reichten ihm bis zu den Hüften. Nur eine schwarze Adlerfeder trug er im Haar, nach Lakota-Art schräg von rechts nach links am Hinterkopf. Er wurde von seinem Volk geliebt, aber die Weißen fürchteten und hassten ihn.«

Grandma gab den Kindern Zeit, den Chief in seiner ganzen Schönheit aufleben zu lassen. Dann erst sprach sie weiter.

»Das war, als die Weißen ihre Trecks mitten durch das Powder-River-Land führen wollten, das die Indianer im Jahr zuvor erhalten hatten. Als alle Verhandlungen scheiterten, rief Crazy Horse das Sioux-Volk zum Kampf auf. Und alle kamen! Fünftausend Krieger formierten sich zu einer Streitmacht am Little Bighorn. Die Cheyenne lagerten im Norden, am weitesten flussabwärts. Dann kamen die Sans-Arc, die Miniconjous und die Oglalas. Am Südende des Lagers, in der Nähe eines Altwasserbettes, drängten sich die Tipis der Hunkpapas, mit Sitting Bull, dem großen Kriegshäuptling. Und dort lagerten auch die Blackfoot, die Santee und viele andere. Das Camp umfasste über zweitausend Zelte, eine riesige Stadt aus weißen Büffelhaut-Tipis. Ach, war das ein Anblick! Die größte Versammlung von Indianern, die es je gegeben hatte! Es war am 25. Juni 1876. Vergesst das Datum nicht, Kinder! Die US-Kavallerie kam angetanzt, mit ihrem berüchtigten 7. Regiment, mit flatternden Fahnen und Trompetenbläsern. Die Kavalleristen wurden von General George Armstrong Custer angeführt, einem eitel geschniegelten Kerl – für die *wasicun* ein Nationalheld. Ekelhaft, wirklich, aber was kann man da machen? Sein Befehl lautete: ›Sucht Crazy Horse, Red Cloud und Sitting Bull, zerstört ihre Lager, tötet alle Pferde der Feinde und zwingt sie so zur Kapitulation!‹«

Grandma machte erneut eine effektvolle Pause. Eva kannte die Geschichte auswendig und wartete trotzdem mit offenem Mund, während Alec fortwährend in den Himmel starrte. Schon nach ein paar Atemzügen hielt Eva es nicht mehr aus.

»Und dann?«, rief sie.

Grandma wedelte sich mit der Hand Luft zu.

»Wir erwarteten sie in den Hügeln, ausgestattet mit Armeekarabinern und den neuen Kupferpatronen. Die Männer und Pferde sahen prachtvoll aus: Sie waren mit Zinnober, Ocker und Kobalt bemalt. Alle Krieger trugen Adler- und Reiherfedern, die gefärbten Skalplocken besiegter Feinde, Büffelhörner, Bärenkrallen, Perlen, Kupfer- und Silberschmuck, geschmückte Speere und farbige Decken. Jeder wollte der Schönste, der Tapferste sein. So war es damals bei uns. Und oh – es wurde ein prachtvoller Überfall!«

Grandmas für gewöhnlich sanfte Augen blitzten.

»Damals war es die Taktik der Indianer, den Gegner niederzureiten, bevor er zum Nachladen kam, was sie gelegentlich mit hohen Verlusten bezahlen mussten. Aber bei Little Bighorn sollte die Rechnung aufgehen.

Mit dem Kriegsschrei ›Heeeyaah!‹ trieben wir unsere Pferde ins Tal hinunter, umringten die Soldaten im Kreis. Die Zeit ist schlecht abzuschätzen, aber ich denke, dass wir es in einer Stunde geschafft hatten. Jede Minute fiel ein Soldat. Und bald war das ganze Tal mit Verwundeten und Toten übersät.«

Eva senkte den Blick, bevor sie wie beiläufig fragte: »Und was tat Tashunka Witko, als alles vorbei war?«

»In meinen Augen etwas sehr Unangebrachtes.«

Grandma schüttelte missbilligend den Kopf.

»Als alles vorbei war, hinderte Tashunka Witko«, wiederholte Grandma Crazy Horses indianischen Namen, »seine Männer daran, den General zu skalpieren. ›Achtet diesen Krieger‹, rief er. ›Seine Skalplocke ist heilig!«

Eva und Alec machten ein finsteres Gesicht, wie Grandma es von ihnen erwartete. Diese schlug mit einem kräftigen Schlag eine Mücke tot, die sich auf ihren Arm gesetzt hatte.

»Das hatte zwei Gründe, müsst ihr wissen. Der erste war,

dass sich der General wirklich tapfer geschlagen hatte. Und der zweite: Dieser Lackaffe war in perfekter Garderobe gestorben! Während alle Soldaten halb nackt und verschwitzt kämpften, hatte Custer Uniform getragen: Hut, Handschuhe, Waffenrock, Leibbinde. Er saß am Boden, mit dem Rücken gegen einen Felsblock gelehnt. Zu beiden Seiten hatte man die Fahnen des 7. Regiments aufgestellt. Ein Stoß geladener Karabiner lag rechts von ihm. Zwei Colts hatte er umgeschnallt. Seinen linken Arm trug er in einer Schlinge. Verwundet, mit Blut besudelt, geschlagen – aber chic! So etwas gefiel uns eben. Der sterbende General hatte Tashunka Witko – Fuchsträumer, Hüter des Heiligen Pfeils, Speerspitze der Fuchs-Bund-Krieger, Chief des Ogla-la-Bundes der Bösen Geister, Erster Kämpfer der sieben Ratsfeuer – durch makellose Eleganz und perfekte Haltung imponiert. Folglich nahm ihm Crazy Horse seine blonden Locken nicht ab, was ich sehr bedaure. Tapferkeit hin oder her – General Custer war ein Typ, der immer Recht haben wollte.«

Außerdem sollte kein Sioux erwarten, meinte sie abschließend, dass dem Kriegshäuptling diese Großmut je zugesprochen wurde. Es war nicht die Art der weißen Soldaten, zuzugeben, dass ein Indianer Ehrgefühl und Großmut besaß.

In dieser Sache stimmte ihr Grandpa Simon, der gelegentlich dabei war, wenn sie erzählte, rückhaltlos zu.

»Wir haben die Ortschaft Custer, mit ihrer Handelskammer und ihrem Distriktsgericht. Aber es gibt keine Crazy-Horse-City. Bloß ein Nachtlokal in Paris heißt so.«

Von Crazy Horse wusste man, dass er schöne Frauen liebte, seiner Gattin Black Sheel aber eisern die Treue hielt. Sie war, erzählte Grandma, die schönste und tapferste Frau ihrer Zeit. Und als sie todkrank im Fieber lag, verlor er beim Versuch, sie zu retten, sein Leben. Es war eine düstere Geschichte, die Simon mit den schleierhaften Worten »Sic transit gloria mundi!« kommentierte. Im Laufe seiner freudlosen Kindheit hatte er in der Missionsschule Latein gelernt. Wogegen man ihm, wenn ihm ein indianisches Wort herausrutschte, den Mund mit Seife ausgewaschen oder unter der kalten Dusche mit einer Regimentsbürste, die besonders hart war, das Hinterteil blau geschlagen hatte.

Allerdings, die Schlacht am Little Bighorn hatte den Weißen einen schlimmen Schock versetzt. Schreie nach Vergeltung wurden laut. Man brachte ein Verzeichnis jener Häuptlinge heraus, die an dem Gefecht teilgenommen hatten. In den kommenden Jahren wandte sich das Glück langsam, aber stetig gegen das Volk der Sioux. Die Zeltdörfer wurden methodisch überfallen und zerstört. Die Regierung in Washington hatte ein Gesetz erlassen, dass die Stämme keine Verpflegung mehr erhalten sollten, wenn sie nicht das begehrte Powder-River-Land und die Black Hills abtreten würden. Durch den immer größer werdenden Zustrom von Siedlern und den Bau der Eisenbahnen wuchs der Druck auf die Indianer. Sitting Bull zog mit seinem Stamm nach Kanada, bis er 1883 mit seinem Volk in die Standing-Rock-Reservation zurückkehrte. Seine Rückkehr fiel mit der letzten großen indianischen Büffeljagd zusammen.

»Die Weißen kamen in das Land unseres Volkes.« Grandmas Stimme klang von einem Atemzug zum anderen ganz anders. Ihr verschmitzter Gesichtsausdruck erstarrte in vollkommener Leblosigkeit. Der Stimmungswechsel vollzog sich zu plötzlich: Eva und Alec blickten sie fassungslos an.

»Die Weißen sagten, das Volk müsse weggehen oder sie würden das Volk sonst umbringen. Sie sagten es immer wieder und auf verschiedene Arten. Die Soldaten kamen, wenn unsere Männer auf der Jagd waren, brannten unsere Tipis nieder und erschossen Frauen und Kinder. Ja, Kinder, die letzte Büffeljagd fand statt. Aber es gab kaum noch Büffel. Die riesigen Herden waren verschwunden. Die weißen

Männer töteten sie wegen ihrer Häute und auch, um den Indianern zu schaden. Sie überließen das Fleisch, das ein ganzes Volk für Monate ernährt hätte, den Aasgeiern. Ganze Täler, ganze Ebenen waren vom Gestank erfüllt. Wir zogen weiter. Aber sie fanden uns. Sie fanden uns immer wieder. Es waren grausame Zeiten. Große Chiefs ergaben sich, um ihr Volk vor dem Schlimmsten zu bewahren. Einige stellten sich als Kundschafter in den Dienst der Armee. Tashunka Witko wollte nichts mehr mit dem Krieg zu tun haben. Auch er dachte daran aufzugeben. Die Winter waren entsetzlich hart. Wir tauschten unser Land gegen Decken ein, damit unsere Kinder nicht erfroren. Die Decken waren mit Pocken verseucht. Unsere Kinder starben. Die Weißen versprachen, uns Nahrung zu geben. In dem Mehl waren Käfer und das Fleisch hatte Würmer. Und so war es immer: Sie gaben etwas, was schlecht war, oder sie nahmen es wieder zurück und behaupteten, dass sie es nie gegeben hätten. Und bald nahmen sie uns auch die Kinder weg. Sie wurden in besondere Schulen gesteckt, in denen sie die Lebensweise der Weißen lernen sollten.«

Eva und Alec, zutiefst aufgewühlt, starrten in Grandmas Gesicht. Doch Glorias Augen waren auf das dunkle Waldstück gerichtet, auf die rot schimmernde Erde. Sie sprach weiter, als ob sie laut dachte.

»In dieser Zeit kam ein Mann namens Wovoka zu uns. Er war ein Medizinmann der Paiute-Stämme im fernen Nevada. Während einer Sonnenfinsternis war er wie tot zu Boden gefallen. Ein Adler trug ihn zum Himmel hinauf und schenkte ihm eine Vision. Als er in dieses Leben zurückkehrte, berichtete er, der Große Geist habe ihm ein schönes Land gezeigt, das für seine indianischen Kinder bestimmt sei. Mit Geistertänzen, Liedern und Gebeten wäre es möglich, die verstorbenen Ahnen, die verschwundenen Büffelherden und die verlorene Lebensweise zurückzuholen. Wovoka erklärte, der Sohn Gottes würde die Weißen für das Unrecht, das sie den Indianern zugefügt hatten, bestrafen, indem er sie von der Erdoberfläche tilgte.

›Richtet einen heiligen Baum auf‹, sagte Wovoka. ›Tanzt vier Nächte in Folge. Ihr dürft niemanden verletzen. Wenn die Erde bebt und die Sonne sich verdunkelt, fürchtet euch nicht. Kein Leid wird euch geschehen. Die Weißen jedoch müssen sterben. Nur die Guten und Ehrlichen unter ihnen – denn solche gibt es auch – sollen gerettet werden. Man wird ihnen eine Adlerfeder für ihr Haar geben und sie werden wie die Indianer leben und glücklich sein. Aber das wird nur wenigen gelingen.‹«

Diese Geschichte hörten Eva und Alec zum ersten Mal. Eva legte ihre Hand auf die Knie der Großmutter.

»Haben die Indianer das wirklich geglaubt?«, fragte sie stirnrunzelnd.

Grandma nickte mit einem traurigen Lächeln auf den Lippen.

»Ja, sie waren überzeugt, dass der Große Geist aus Wovokas Mund zu ihnen sprach.«

Evas Meinung stand bereits fest. Doch höflich, wie sie war, fragte sie vorsichtig: »War das nicht ein bisschen dumm von ihnen?«

Gloria umschloss ihre Hand mit beiden Händen und streichelte sie sanft.

»Kind, sie waren in ihrer großen Angst und Not bereit, alles zu glauben. Die Geistertanz-Zeremonie verbreitete sich. Die Medizinmänner sagten: ›Nur noch etwas Geduld! Wenn die Erde bebt und ein starker Wind weht, werden wir wiedergeboren.‹ Natürlich verfielen die Weißen in Panik. Die Regierung griff ein und verbot den Geistertanz. Viele Teilnehmer wurden erschossen. Einer der ersten, der umgebracht wurde, war der große Chief Sitting Bull. Er plane einen Aufstand, sagten die Weißen. Indianerpolizisten umzingelten die kleine Hütte, in welcher der alte Mann lebte, und ermordeten ihn. Eine Kugel in den

Kopf, eine andere in die Brust. Sein Tod hatte furchtbare Folgen.«

Grandma holte gepresst Atem.

»An einem Dezembertag im Jahr 1890 schleppte sich eine Gruppe verzweifelter Miniconjou-Sioux – hundertdreißig Männer und zweihundertdreißig Frauen und Kinder – über die verschneiten Hügel nach Pine Ridge. Einige ritten, andere fuhren in klapprigen Pferdewagen, aber die meisten gingen zu Fuß neben ihren *travois*, den Schleppschlitten, auf denen alte Leute und Kleinkinder saßen. Die Angst trieb sie vorwärts. Die Miniconjou waren bei eisiger Kälte durch die Badlands gezogen, mit dem Ziel, im Pine-Ridge-Reservat Aufnahme und Nahrung zu finden. Tagelang waren sie nach Süden gezogen, durch heulende Schneestürme und Blizzards. Einige waren vor Erschöpfung gestorben und der alte Häuptling Big Foot hatte sich eine schwere Lungenentzündung zugezogen. Husten und Fieber quälten ihn, er konnte nicht mehr reiten. Seine Leute hatten ihn in einen alten Mantel, einen Schal und eine Decke gewickelt und in einen rumpelnden Pferdewagen gelegt. Als sie am 28. Dezember, kurz vor dem Ziel, auf einem Hügelkamm anhielten, zeigte sich über Pine Ridge ein Stück fahlblauer Himmel. Es war einer der milden Tage, wenn der Winter plötzlich verrückt spielt und man hören kann, wie der Schnee taut. Die Pferde legten die Ohren an und wieherten dumpf. Im blassen Licht wurde eine lange Reihe von Soldaten sichtbar, die den Ankömmlingen den Weg versperrten. Es waren Truppen der 7. US-Kavallerie, des alten Regiments des am Little Bighorn getöteten Generals George Armstrong Custer – jenes Lackaffen, dessen Skalp von Crazy Horse nicht genommen worden war.«

Wieder macht Grandma eine Pause. Die Kinder hielten den Atem an. Gloria fuhr mit dem Ärmel über ihr Gesicht, das plötzlich von einem leichten Schweißfilm überzogen war.

»Die Indianer befiel Furcht. Jene Furcht, die starke Menschen überfällt, wenn ihren Muskeln die Kraft fehlt, auf die sie ihr Leben lang vertraut haben. Die Soldaten warteten, grau und unwirklich im ungewissen Zwielicht. Die erschöpften Miniconjou erschraken zutiefst. In der Hoffnung, mit den Soldaten verhandeln zu können, knüpften sie ein weißes Tuch an eine Stange und befestigten diese an dem Wagen, auf dem der kranke Häuptling lag. Mit letzter Kraft formierten sich die Krieger rechts und links, nahmen Frauen und Kinder in die Mitte. Die Gruppe bewegte sich den verschneiten Abhang hinunter, ohne dass die Soldaten sich rührten. Einige Männer traten vor; ihre zerlumpten Gestalten, die sich kaum aufrecht hielten, stapften dem Truppenkommandeur, Major Samuel Whitside, entgegen. Der Wagen des Häuptlings wurde nach vorne gefahren und der Major konnte sehen, dass Big Foot todkrank war. Der alte Mann, noch bei Bewusstsein, streckte dem Major seine abgemagerte Hand hin. Der Major nahm sie nach kurzem Zögern und drückte sie. Er ließ dem Chief durch einen Dolmetscher versichern, dass die Soldaten ihm nicht feindlich gesinnt seien. Und er schlug vor, die erschöpften Indianer über die Hügel zum Lager der Kavalleristen zu begleiten, nach Chankpe Opi Wakpala – in englischer Sprache Wounded Knee. Doch zuvor befahl er den Kriegern, alle Pfeile und Bogen, Messer und Gewehre abzugeben. Der Chief gab seine Einwilligung. Daraufhin warfen alle ihre Waffen auf einen Haufen und die Soldaten sammelten sie ein. Dann machten sie sich gemeinsam auf den Weg, aber auf beiden Seiten gab es große Angst und großes Misstrauen. Die Nacht brach herein, die Lagerfeuer brannten am Wounded Knee Creek. Doch der Schlaf ließ auf sich warten, der Argwohn wuchs. Und plötzlich, im eiskalten Morgengrauen, löste sich irgendwo ein Schuss. Bis heute weiß niemand, wer geschossen hat, ob es ein Weißer war oder ein Indianer, der heimlich seine Waffe behalten hatte. Ich glaube, dass es ein Weißer war. Der Chief hatte sein Wort gegeben. Keiner von uns hätte es gewagt, den alten Mann zu beschämen. Wie auch immer, man hörte einen einzigen Knall; eine schwarz geränderte orangefarbene Blume leuchtete am Waldrand. Das genügte: Alle Soldaten griffen zu den Waffen, das Tal füllte sich mit Schreien und mittags war alles vorbei. Big Foot und die meisten seines Stammes waren tot. Die Verwundeten überlebten nicht lange – die Soldaten erschossen alle, die sich noch regten. Nur einige Kinder überlebten. Die sterbenden Mütter hatten sie in Tücher gewickelt und mit ihren Körpern geschützt. Und da die Kleinen es gelernt hatten, sich völlig still zu verhalten, fanden die Soldaten sie erst später. In der Nacht kam eiskalter Sturm auf. Die Toten blieben mit starr gefrorenen Gliedern im Schnee liegen. Am Morgen wurden sie auf Karren geladen und in einen langen Graben geworfen. Doch die Kälte selbst ist ein Feind, der an Grausamkeit jedem Gegner gewachsen ist. Und im Frühling fand man die Leichen im Wald.«

Ein bedrücktes Schweigen folgte, das Grandma mit einem Seufzer brach.

»Ich habe euch das heute erzählt, Kinder. Zum ersten Mal. Diese Sache, die können wir den Weißen nicht verzeihen. Wenn sie nur die Männer getötet und die Frauen und Kinder am Leben gelassen hätten, ja, dann vielleicht. Es ist eine furchtbare Geschichte. Aber wenn wir sie nicht unseren Kindern erzählen, wird die Erinnerung verloren gehen.«

Alec sah lebhaft auf.

»Kann man das nicht in einem Buch lesen?«

Sie schüttelte sanft den Kopf.

»Wir erzählen unsere Geschichte, aber wir schreiben sie nicht auf.«

»Wenn ich groß bin, will ich ein Buch darüber schreiben«, sagte Alec.

Eva verbarg ihre Ergriffenheit hinter einem kurzen Auflachen.

»Aber fehlerfrei, ja?«

»Ganz bestimmt«, sagte Alec in trotzigem Tonfall.

Grandma streichelte sein wirres schwarzes Haar.

»Ja, das wäre gut. Das Buch würde traurig und trotzdem sehr schön sein, weil es die Vergangenheit zurückbrächte.«

Eva hatte noch eine Frage auf dem Herzen: »Und was wurde aus dem heiligen Mann? Wovoka?«

Grandma seufzte.

»Seine letzte Botschaft lautete: ›Meine Kinder, heute rufe ich euch auf, einen neuen Pfad zu beschreiten, den einzigen Weg, der euch noch offen steht – die Straße des Weißen Mannes.‹ Und ich glaube, diese Worte gehören zu den traurigsten, die je einer von uns gesprochen hat«, sagte Grandma, und auf der Veranda machte sich Schweigen breit.

In Alec hinterließen diese Geschichten tiefe Spuren. Er gehörte zu den Kindern, bei denen man einfach nicht sagen kann, ob sie zurückgeblieben, einfältig oder nur verschüchtert sind. Er schien sich zu weigern, das Hässliche zu sehen; er umging es, wie eine Hauskatze die Pfützen. War denn alles wirklich so dreckig und gemein? Die Weißen verhielten sich größtenteils korrekt, falls man nicht das Pech hatte, einem zu begegnen, der Streit suchte. Dann konnte ein Nichts seine Wut entfachen. Alec wusste das alles und nahm es in Kauf. Von seinem Vater sprach er nur noch selten.

Alec war Simons Sorgenkind. Simon war ein Mensch, der die Gebärden der Seele verstand. Er kannte die Wunden, die das Leben schlägt, die Freuden, die es bereithält. Er wusste, dass die Wunden, die der Körper erlitt, vernarbten und geheilt werden konnten. Die Wunden der Seele jedoch mussten geduldet und bewahrt werden, bis sie sich in Erfahrung und Weisheit verwandelten. Grandpa behandelte Alec nicht anders als Eva, ja, oftmals sogar noch zärtlicher als sie. Alec trug seine Geschichte wie Fesseln; Eva war robust und zäh, ein derbes Kraut, das in die Prärie starke Wurzeln schlug. Grandpas ganz besondere Art von Ruhe, seine Nachsicht, stärkten Alecs Seele. Und für die nächsten zwei Jahre ging alles gut.

16. Kapitel

Pine Ridge war ein abscheulicher Ort. An der Landstraße standen kleinere Ansammlungen von grob gezimmerten, ungestrichenen Holzhäusern mit Blechdächern, dazu Läden mit verwitterten Schildern, die genauso heruntergekommen wie die Wohnhäuser aussahen. Der Straßenbelag war nicht für die großen Temperaturschwankungen in der Gegend geeignet. Der Wechsel vom Nachtfrost zur heißen Sonne sprengte den Asphalt. Wer mit dem Pick-up unterwegs war, musste oft aussteigen und Asphaltstücke zur Seite räumen, um weiterfahren zu können. Außer der Straße gab es nur Schlammwege, die bei Regen zu regelrechten Kloaken wurden. In Pine Ridge gab es noch einige Lagerhäuser für Korn und Getreide, und eine Anzahl *trailer homes* – große Wohncontainer, die einfach irgendwo auf ein freies Stück Land gestellt wurden. Vor diesen *trailer homes* häufte sich Müll, in dem die Haushunde wühlten. Daneben standen Autowracks, verbeult und verrostet, ohne Scheinwerfer, ohne Reifen. Ursprünglich waren es prunkvolle Wagen für die Weißen gewesen, mit Namen, die indianische Fantasien beflügelten: Chrysler, Cadillac, Thunderbird, Pontiac. Ja, die Wagen, nach vertrauten Symbolen und Namen benannt, sprachen zu ihnen in einer mächtigen Sprache, erzählten von Dingen, die einst gewesen waren. Und es gab Menschen, die einen solchen Wagen als einziges Zuhause hatten.

Soldaten, die in Asien oder Europa gekämpft hatten, kamen zurück und wurden arbeitslos. Trotzdem hielten die Familien zusammen. Die Lakota waren ein Kriegsvolk gewesen, aber die Macht der Mütter war Gesetz; der prahlerischste, selbstgefälligste junge Mann duckte sich vor ihrem Zorn. Diese Mütter schienen ohne Essen, Trinken und Schlaf auszukommen; sie gaben das letzte Körnchen Nahrung ihren Kindern, wuschen und putzten unentwegt. Die Männer hatten großen Respekt vor ihren Müttern und Frauen, die ausdauernd, kraftvoll, intelligent und barmherzig ihr Leben führten. Nach der Tradition der Lakota hatten die Frauen eine Macht, die weit größer war als die körperliche Kraft des Mannes. Außerdem waren seit dem Zusammenbruch der Büffeljägerkultur, dem ruhmlosen Ende der Kriege die Männer ohne Aufgabe.

Den Verlust ihrer Bedeutung konnten sie nicht verwinden. Längst war ihre großartige Reitkunst Legende. Vor siebzig Jahren noch waren ihre riesigen Mustangherden über die Hügel gezogen. Damals waren die Reiter mit ihren Tieren wie verwachsen gewesen: Kentauren, wunderbar anzusehen. Der Donner der Pferdehufe rollte wie Kriegstrommeln, die gestreckten Pferdeleiber schienen über das Gras zu fliegen. Hätte man heutzutage diese Weichlinge auf ein Wildpferd gehievt, wären sie nach drei Sprüngen platt auf dem Rücken gelandet wie Pfannkuchen. Es gab keine neue Art von Kriegern, es gab bloß die alte, und die war unbrauchbar. Nur die Frauen entkamen dieser trostlosen Stimmung. Ihre Ausdauer und Zähigkeit waren ungebrochen. Sie waren Mütter und Hausfrauen, nahmen die Wohlfahrtsgelder in Empfang, verwalteten es umsichtig und klug. Sie fanden leichter eine Stellung, in Schulen, Krankenhäusern und Stammesverwaltungen. Sie hatten ihren Stolz nicht verloren. Die Frauen gingen gelassen ihren Lebensweg, spendeten den Männern Halt und Schutz, traten für sie ein und stellten sich entschlossen zwischen sie und die Welt.

Es kam vor, dass jüngere Frauen auf den Strich gingen. Die Männer dachten deswegen nicht schlechter von ihnen, denn zumindest hatten ihre Kinder zu essen.

Die Großeltern besaßen einige Hektar Kartoffelacker, ein Pferdegespann und eine Schafherde. Zwei gut abgerichtete Hunde, Jack und Benny, führten die Schafe jeden Tag zu einem Platz, wo reichlich frisches Gras wuchs. Alle paar Wochen wechselten die Tiere die Weidegründe. Ein einziger Hirte überwachte die Herde und die Arbeit der Hunde, ein alter, dunkelhäutiger Lakota mit Namen Basil Wolkenjäger, der ein paar Jahre im Rodeogeschäft gearbeitet hatte und als Erinnerung eine verkrümmte Hand und ein nutzlos verdrehtes linkes Bein mitschleppte. Schuld daran war ein Wildpferd, das sich hinten aufbäumte, jene Pferdesorte eben, die man im Rodeojargon Wolkenjäger nennt. Der Mustang hatte sich überschlagen und den Reiter unter sich begraben. Mit Basils Karriere war Schluss. Aber reiten konnte er noch, weil Indianer, im Gegensatz zu den Weißen, von der rechten Seite ein Pferd besteigen und das linke Bein nur brauchen, um sich im Sattel zu halten. Grandpa hatte ihm diesen Job als Schafhirte angeboten. Für einen Nachkommen der Lakota-Krieger eine nicht unbedingt glorreiche, aber existenzsichernde Stelle. Basil also verbrachte seine Tage zu Pferd und schlief in einem großen Schäferkarren. Nachts stellte er zwei Kerosinlampen mit Reflektoren auf, um die Herde zu beobachten und nach Kojoten, Wildkatzen und einsam jagenden Pumas Ausschau zu halten. Basil besaß ein Gewehr, das er trotz seiner verkrümmten Hand noch mit einigem Geschick benutzen konnte. Seine kieselharten Augen waren noch recht gut. Er lebte die meiste Zeit allein in der Stille der Hügel.

Die Familie wohnte am Rande der Siedlung, dort, wo der Schlamm in Präriegras überging. Ließ man die Ortschaft hinter sich, führte ein Pfad hinunter in eine Schlucht, und dann begann der Weg immer höher und höher zu klettern, steil hinauf. Eine Zeit lang führte der Pfad durch Kieferngehölz, dann lichteten sich die Bäume. Sie standen wie stumme Wächter am Rande der Prärie, die sich bis zu den Granitwänden der Berge erstreckte. Es war das Reich der warmen, braunen Erde, der fernen Schneefelder und der blauen Schatten. Die Prärie zog ihren riesigen Kreis in alle Richtungen. Im hüfthohen Gras hüpften große grüne und gelbe Heuschrecken, und die Springmäuse mit ihren buschigen Schwänzen und pelzigen Ohren tanzten überall herum. Die Luft schwappte in trägen, aufreizenden Wellen, und Hügel erhoben sich wie ferne Inseln. Die Menschen, die in dieses Land gedrungen waren, hatten sich als Eroberer gefühlt. Sie hatten in eilfertiger Unwissenheit und Habgier der Erde Gewalt angetan. Die Eroberung war ihr einziges Ziel, das Töten ihr Vergnügen. Ob sie Hunger hatten oder nicht, ob es sich nicht lohnte oder etwas abwarf, ob das Tier gefährlich war oder wehrlos, das alles hatte keine Rolle gespielt. Bisonherden wurden niedergemetzelt, ganze Rudel von Rotwild erlegt für den Preis ihrer Felle, Luchse und Füchse mit grausamen Fallen bei lebendigem Leib verstümmelt. Um ihre Farmen bauten sie Zäune: Dieses Land gehört mir! Denn ihr Gott – der Gott aus der Bibel – hatte verkündet: Alles, die ganze Erde, gehört euch.

Noch war es ihnen nicht gelungen, die Erde vollständig zu besitzen und zu zähmen. Noch lebte die Prärie, noch bewegten sich Wasser und Wind im Rhythmus der Schöpfung. Basil Wolkenjäger war mit den Präriewölfen und Luchsen vertraut, mit den Adlern und den Springmäusen. Und wenn er Schafe hütete, tat dies seiner Würde keinen Abbruch. Ein hagerer, sehniger alter Mann war Basil. Sein dunkles Gesicht war kantig, mit spitzen Backenknochen und niedriger Stirn. Der Mund war breit und grausam wie die klaffende Wunde, die ein Jagdmesser schlägt. Er saß in der lockeren Haltung der Indianer leicht vorgebeugt im Sattel; seine Beine mit den großen Füßen, die wie Klötze aussahen, hingen gerade herab, den Rücken hielt er gekrümmt. Basil war kein freundlicher Mann, und die Kinder hatten immer etwas Angst vor ihm. Und doch hatte er etwas mit Grandpa gemeinsam: die gleiche Art von Unangreifbarkeit, den gleichen stillen Hochmut.

Eva wurde dreizehn. Es war die Zeit, in der Jungen und Mädchen sich absondern. Eva hatte aufgehört, sich für Alec zu interessieren, sprach nur noch das Nötigste mit ihm und machte ihre eigene Geschichte durch. Der Augenblick der Verwandlung war nahe. Jedes Mädchen spürt diese mächtige Strömung, die herandrängt wie die Luft des Himmels vor einem Gewitter.

Damals lebten Eva und Alec wieder bei Laura. Sie waren jetzt groß genug, dass sie für sich sorgen konnten, wenn Laura zur Arbeit ging. In dieser Zeit wurde Eva unsicher und nervös, hätte sich am liebsten vor der Welt verkrochen. Nichts machte ihr Spaß, sie war immer nur müde. Sie hätte nicht sagen können, was mit ihr nicht in Ordnung war; jedenfalls weigerte sie sich, ein Zimmer mit Alec zu teilen und gab keine Ruhe, bis Laura zwischen den Betten eine Stange befestigte, über die sie eine Decke warf, sodass jeder seine Schlafecke hatte. Es war kurz danach, als Eva mitten in der Nacht aufwachte und den Mond wie ein riesiges weißes Auge auf ihr Bett glotzen sah. Hitzewellen durchzuckten sie, sie konnte nicht schlafen, sie fragte sich, ob sie Fieber hätte. Ihre Stirn war kühl, aber ihr Bauch fühlte sich hart und aufgedunsen an. Schmerzen hatte sie keine, deshalb war sie auch nicht wirklich beunruhigt. Hinter der trennenden Decke schlief Alec. Oder tat er nur so? Der Gedanke, dass Alec jeden Atemzug, jede Bewegung, jedes Geheimnis ihres Schlafes wahrnehmen könnte, verstörte Eva. Irgendwie war das Gefühl ganz unerträglich. Sie konnte es beim besten Willen nicht länger als ein paar Minuten in derselben Lage aushalten. Immer wieder klopfte sie das

Kopfkissen zurecht, deckte sich auf oder zu, kratzte ihren verschwitzten Haarschopf. Erst als der Vollmond hinter die Bäume tauchte, schlief sie ein.

Als sie aufwachte, war alles wie sonst. Die Morgensonne schien, Laura hantierte in der Küche. Es duftete nach frischem Kaffee. Alec schlief noch. Eva wollte ihn nicht aufwecken. Während sie sich leise aufrichtete, spürte sie ein Ziehen im Bauch. Sie zog ihren Schlafanzug aus, griff nach ihrer Wäsche. Da sah sie die roten Flecken in ihrer Pyjamahose! Da sie die Bedeutung kannte, geriet sie nicht in Verlegenheit, sondern empfand ein freudiges Gefühl: Endlich würde sie zu den Erwachsenen gehören! Ihre Freundin Emily hatte erzählt, dass es gelegentlich schmerzvoll sein konnte, aber Eva spürte kaum etwas. Laura hatte sie gut unterrichtet. Sie schnitt gerade Brot, als Eva in die Wohnküche kam. Sie blinzelte im Sonnenschein und dachte, hoffentlich schläft Alec noch eine Weile. Sie wollte jetzt lieber mit ihrer Mutter allein sein. Laura schien etwas gespürt zu haben, denn sie warf Eva einen scharfen Blick zu.

»Du siehst blass aus.«

Eva schluckte und sagte ihr, dass sie blutete. Laura senkte langsam die Kanne. Ihr Gesicht, für gewöhnlich herb und verschlossen, zeigte einen merkwürdigen Ausdruck. Sie wirkte zugleich glücklich und ein wenig traurig. Dann flog ein Lächeln über ihre Lippen.

»Ich gratuliere dir, Eva. Ich werde mit Grandma sprechen. Wir müssen die Zeremonie vorbereiten.«

Sie sah auf die Uhr und setzte hinzu: »Ich gehe jetzt gleich, da gibt es viel zu tun. Sieh zu, dass Alec frühstückt.«

Alec hatte morgens wenig Appetit. Laura wollte nicht, dass er mit leerem Magen zur Schule ging. Eva versprach, dass sie sich um alles kümmern würde. Sie war stolz und glücklich; von nun an war sie kein Kind mehr, sondern eine junge Frau.

Früher lag die Erziehung der Mädchen ganz in den Händen der Mütter, Tanten und Großmütter. Beim Einsetzen der ersten Regelblutung wurde das Mädchen besonders geehrt. Ein Zelt wurde aufgestellt, in das sich das Mädchen nach einem Schwitzbad zurückzog. Das leuchtend helle Tipi hatte dicke Nähte, die mit Nadeln aus Holz gezogen wurden; das war die typische Art der Lakota, ein Zelt anzufertigen. Besondere Gebete wurden zu Ehren der Weißen Büffelfrau, der Urmutter der Sioux, gesprochen. Das Mädchen war in dieser Zeit heilig. Sie blieb vier Tage in dem Zelt, die Mutter brachte das Essen. Die Indianer nannten diesen Zustand *isnati* – sich zurückziehen. In diesen Tagen durfte das Mädchen nicht mit Ritualgegenständen oder Waffen in Berührung kommen, weil ihre übernatürliche Kraft die Stärke der geweihten Objekte vernichten konnte. So groß war ihre Macht in dieser Zeit, dass sich selbst erfahrene Krieger vor ihr fürchteten. Heute war diese Tradition überholt, aber die Erinnerung blieb, und es war nur allzu natürlich, dass die Großeltern Eva mit einem großen *otuhan,* einem Geschenkfest, ehren würden.

Am Morgen des Festes badete Eva vor Sonnenaufgang und wusch ihr Haar mit Seifenkraut. Dann kam Grandma mit einem besonderen Geschenk zu ihr: einem Gewand aus weißem Hirschleder. Eva schien es das Schönste, was sie je gesehen hatte.

»Oh, Grandma! Ist dieses Kleid für mich?«

»Ja, Eva, ich habe es für dich angefertigt.«

»Aber ich wusste nichts davon!«

Sie blinzelte verschmitzt.

»Natürlich nicht. Es sollte ja eine Überraschung sein.«

Sie half dem Mädchen, das Gewand über den Kopf zu ziehen. An dem Kleid hatte sie monatelang gearbeitet, das Leder nach traditioneller Art gegerbt und aufwändig mit Perlenschnüren und Stachelschweinborsten bestickt. An den Fransen, die Ärmel und Säume verzierten, hingen kleine Silbermünzen, die wie Glöckchen klingelten. Kniehohe

Mokassins, ebenfalls mit Stachelschweinborsten und bunten Glasperlen bestickt, gehörten zu dem Gewand. In Brusthöhe und auf dem Rücken waren in leuchtend gelben, roten und schwarzen Pflanzenfarben die Symbole des Adlers abgebildet. Die Zeichnungen waren schlicht und urtümlich wie alte Felsmalereien. Jetzt war das Kleid noch zu groß und zu lang. Gloria hatte an Evas Gestalt, an der Länge ihrer Hände und Füße geschätzt, wie groß sie als Erwachsene sein würde, und das Kleid so verarbeitet, dass sie es auch in den kommenden Jahren bei Tanzfesten tragen konnte. War das Kleid in gutem Zustand, würde sie es später an die eigene Tochter weitergeben. Folglich wurden die zu langen Ärmel mit Perlenschnüren gerafft und das Oberteil über einen Gürtel gebauscht, sodass der Saum bis zu den Knöcheln reichte. Der Gürtel, mit Silber beschlagen und mit Türkisen geschmückt, hielt die Falten gut zusammen. Zu dem Gewand gehörten zwei gleich lange schneeweiße Adlerfedern, die an Evas Hinterkopf befestigt wurden und über die rechte Schulter nach unten zeigten. Ein Fächer, ebenfalls aus Adlerfedern, gehörte auch dazu. Ein großer Fächer, stark und lebendig, mit perlenverziertem Griff.

»Weil du ein Adlermädchen bist«, sagte Grandma lächelnd, und Eva nickte ernst. Ja, das war eine Sache, die sie niemals vergessen durfte.

Als sie fertig angekleidet war, hielt Grandma sie auf Armlänge von sich, betrachtete sie mit einer Mischung aus Freude und Schmerz.

»Wie schön du bist …«, flüsterte sie. »Wie Juliette!«

Eine einzelne Träne löste sich aus ihren Augen, hinterließ auf der Wange eine glitzernde Spur. Eva wurde es eng in der Kehle.

»Ach bitte, Unci … weine nicht!«

Sie lächelte tapfer, wischte sich mit den Fingern über das braune Gesicht.

»Nein. Ich … es tut mir Leid, Takoja. Es ist wichtig, dass

du glücklich bist. Die Gefühle, die du jetzt empfindest, werden die dauerhaftesten deines Lebens sein. Du sollst nur gute und fröhliche Gedanken haben. Komm!«

Eva wurde von den Großeltern auf eine wunderschöne Decke gesetzt; um sie herum breitete Simon die Sachen aus, welche die Familie in ihrem Namen verschenken würde. Alle möglichen Gerichte, von Gloria zubereitet, Süßigkeiten und Trockenfrüchte, in großen Kisten dargeboten, mexikanische Decken in leuchtenden Farben, ein wertvolles Paar Rodeostiefel mit schwarzen Steppnähten und Paspeln, die ein seltenes Flammenmuster zeigten. Simon leitete die Zeremonie. Es war seine Aufgabe, die Sachen zu verschenken. Die Stiefel bekam Basil.

Das war die Tradition der Sioux: Nicht das Mädchen bekam Geschenke, sondern die Familie war es, die Geschenke in ihrem Namen verteilte. So wurde das Mädchen angesichts der Freude, die es verbreitete, zur Großzügigkeit ermuntert.

Es wurde ein wundervolles Fest! Nachbarn und Freunde kamen sehr zahlreich; und jede Gabe war ein neuer Segen für Eva. Innig waren die Gebete und Lobpreisungen, lang und ausführlich die Glückwünsche. Grandma und Laura hatten alle Hände voll zu tun, um die vielen Gäste zu bewirten. Andere Frauen gingen in geblümten und gefransten Schultertüchern umher, halfen der Familie, liebevoll gekochte Gerichte und Leckereien zu verteilen. Eva war stolz und überglücklich, dass alles nur für sie geschah. Sie war jetzt kein Kind mehr, sondern eine Frau, mit all ihren Rechten und all ihrer Autorität. Doch Pflichten gehörten auch dazu. Es gab Dinge, die sich einfach nicht mehr gehörten, zum Beispiel mit Alec im Garten herumzutollen, auf Bäume zu klettern, kopfüber an den Ästen zu schaukeln. Es wurde auch nicht mehr gern gesehen, wenn sie sich mit ihm im Gras prügelte. Und für Alec gehörte es sich nicht mehr, in das kleine, ungemütliche Badezimmer zu stürmen, wenn Eva sich darin aufhielt. Im Grunde war Eva darüber betrübt. Sie versuchte zu vergessen, wie sehr ihr seine wilde Fantasie, sein sprühender Einfallsreichtum fehlten. Und sie bemühte sich sehr, ihre geheime Zeichensprache albern zu finden. Sie war dabei, die vertraute Landschaft der Kindheit zu verlassen, hatte sich bereits auf die Reise begeben.

Alec sollte noch eine Weile in seiner kindlichen Heimat bleiben. Evas Veränderung irritierte ihn. Die Großeltern und Laura forderten ihn auf, sich andere Kinder zum Spielen zu suchen, aber es fiel ihm schwer. Nicht, dass ihm an den anderen nichts gelegen hätte, aber er vermisste Eva sehr. Alec konnte nicht einmal deutlich machen, wie verzweifelt er war, weil ihn ohnehin keiner beachtet hätte. Es war, als ob ein neues Licht allen Dingen ein andersartiges Aussehen verlieh, so als spiegelten sie sich im Wasser oder in einer Fensterscheibe. Kein Wunder, dass Alec sich verletzt fühlte. Es war eine qualvolle Veränderung für ihn. Ja, es war ihm, als hätte jemand eine Lampe in ein anderes Zimmer getragen, zu dem er keinen Zutritt hatte. Er musste die Tür aufstoßen – oder weglaufen. Alec lief weg, verfiel in Melancholie. Sein Vater wäre wahrscheinlich der einzige Mensch auf Erden gewesen, der ihm hätte helfen können. Aber von seinem Vater fehlte jede Spur. Es kam keine Nachricht von ihm, nie. Simon erkannte Alecs Verlassenheit und seinen Groll, trotzdem schwieg er, weil er wusste, dass es für jede Sache den richtigen Augenblick gibt. Die Zeit verging, und ein weiteres Jahr vertiefte Alecs Verlassenheit. Und dann geschah die Sache mit dem Palomino und Simon wurde gezwungen, die Ereignisse auf eine andere, bedeutungsvollere Weise zu verstehen.

17. Kapitel

Alec saß auf der Veranda, las eine verspätete Nummer der Illustrierten *Collier's*, als er plötzlich Hufgeräusche hörte. Es war Hochsommer; der Tag versprach heiß zu werden. Kleine Wolken trieben wie Baumwollflocken dahin, zeichneten Schatteninseln auf die Hügel. Alec kniff die Augen zusammen und erkannte den Reiter, der sich unter den Bäumen näherte. Basil Wolkenjäger kauerte in seinen rußgeschwärzten Kleidern locker im Sattel. Sein verkrüppeltes Bein hing gerade herab. Einige verklebte graue Strähnen fielen ihm bis auf die Schultern. Basil war ein alter Mann, aber etwas Seltsames ging von ihm aus, eine Art Wildheit, die keine Wildheit war, sondern die zähe Kraft eines von zu viel Sonne ausgedörrten, von zu starken Winden gegerbten Körpers. Basil wusste, wie man sich um die Tiere kümmerte, konnte sie führen, wohin er wollte. Er brauchte nur auf den Fingern zu pfeifen. Er konnte sogar mit Bienenschwärmen sprechen, indem er kleine, glucksende Laute ausstieß und die Bienen mit den Händen leitete. Alec grüßte ihn befangen. Er war wie Basil ein Geschöpf, das sich selbst schwer mitteilen konnte.

»Laura ist nicht da«, sagte er. »Meine Cousine auch nicht. Sie sind bei Grandma drüben. Sie backen Brot. Warum gehst du nicht zu ihnen, Onkel Basil? Du bist sicher hungrig.«

Der Alte verneinte mit einem Kopfschütteln. Seine Stimme war ein trockenes, scharfes Knistern.

»Habe alles, was ich brauche. Ist Simon da?«

»Grandpa? Nein, der holt Sachen in der Stadt. Willst du auf ihn warten?«

Basil antwortete nicht, sondern betrachtete Alec aus tief liegenden Augen, die wie vertrocknete Kastanien schimmerten.

»Ferien?«

Alec lächelte schwach.

»Seit zwei Tagen.«

»Macht doch Spaß, oder?«

Alec sagte: »Hm, soso«, und scharrte mit den Füßen. Er wusste nicht, womit er diesen Tag füllen sollte; und vor ihm lagen Wochen.

Basil legte den Kopf schief und schien nachzudenken. Alec spürte seine Gedanken flattern, wie Spinnweben im Wind.

»Hast also Zeit?«

»Irgendwie schon«, sagte Alec.

»Willst mal ein Pferd sehen?«

Alec wunderte sich über den seltsamen Vorschlag. Von welchem Pferd mochte der Alte sprechen? Er hatte doch nur sein eigenes, dieses rattenschwänzige Ungetüm. Aber die Sache hörte sich spannend an. Das wäre ja was, dachte Alec und zuckte gespielt gleichgültig mit den Schultern.

»Würde mir schon gefallen …«

Basil beugte sich leicht vor, streckte die unversehrte rechte Hand aus. Nach alter Indianerart ritt er ohne Sattel. Alec vergewisserte sich, dass die Haustür verschlossen war, und lief über den Hof. Er ergriff Basils Hand und schwang sich hinter ihm auf den Braunen, der ein wenig begeistertes Schnauben hören ließ. Seiner auffallend großen Ohren wegen nannte Basil sein Pferd Tokeya, was eigentlich Fuchshund bedeutet. Alec hatte oft das Gefühl, dass Tokeyas mürrischer Gemütszustand auf diesen wenig ruhmreichen Namen zurückzuführen war.

Die Luft war frisch und süß; das Laub der Pappeln und Espen funkelte; Tokeyas Hufe stapften über den Waldboden. Sie ritten das Flusstal hinauf. Die Berge wurden zwischen den flirrenden Blättern sichtbar. Zuerst waren die Wälder locker, und auf den Lichtungen hallte es von Vogelgezwitscher. Basils hartnäckiges Schweigen befremdete Alec, der sich verpflichtet fühlte, etwas zu sagen.

»Gefällt dir dein Job, Onkel Basil?«

»Ist ein Job.«

Alec dachte, mit dem kann man nicht reden, und hielt den Mund. Basil kümmerte sich nicht weiter um ihn. Manchmal hustete er. Irgendwie hustete er wie einer, der immer allein ist. Inzwischen wurde der Wald dichter. Alec hatte das Gefühl, dass die Waldgeister sich dicht und schweigend um ihn drängten. Er wagte kaum zu atmen. Basil ritt in lockerem Trab ungefähr eine halbe Stunde lang. Und als der Wald sich lichtete, erschien vor Alecs Augen das Hochtal, eine unbeständige Welt ohne greifbare Umrisse. Die Gräser bildeten einen unruhigen Lichtsee, hoben und senkten sich. Der Wind rollte bis zu den fernen Bergen, drehte sich und trieb die Gräser auseinander. Ein süßbitterer Duft schwappte in trägen Wellen. Alec spürte ein seltsames Schaudern, nicht vor Angst, sondern vor Erregung. Es kam wieder mit jedem Atemzug und hing irgendwie mit ihm, mit seiner Geschichte zusammen. Inzwischen ritt Basil gelassen weiter; Alec, der ihn fest mit beiden Armen umfasst hielt, spürte an seiner Wange das warme Spiel seiner Rückenmuskeln.

»Wohin reiten wir, Onkel Basil?«

»Kannste nicht warten?«, knurrte der Alte.

Basil führte seinen Wallach über einen felsübersäten Hang, überquerte eine Brücke aus Sandstein. Tief unten stürmte ein Bach. Mineralien hatten dem Wasser eine schimmernde Kupfersulfatfarbe gegeben. In zahlreichen Becken brodelte und schäumte es in Myriaden von grünen und blauen Funken. Basil ritt weiter, bis seine Augen eine bestimmte Stelle an der Felswand fanden. Da hielt er Tokeya an und wandte Alec den Kopf zu.

»Durst?«

Er wartete nicht, ob Alec antwortete, nahm einen langen Schluck aus seinem Wasserbeutel, bevor er ihn Alec reichte. Der Junge trank gierig, klebend vor Schweiß, und gab Basil den Beutel zurück.

»Und wo ist das Pferd?«

Basil streckte seine verkrüppelte Hand aus.

»Da!«

Alec kam erst am Abend wieder, verschrammt und mit einem wirren Ausdruck in den Augen. Er sagte nicht viel, verbrachte aber nun jeden Tag mit Basil auf der Weide. Er hängte sich Grandpas alten Rucksack um und machte sich frühmorgens auf den Weg, den steilen Abhang hinauf. Er stapfte zielstrebig durch den scharfen Morgenwind, während die Dämmerung verblasste und die Sonne die Bergkämme rot färbte. Alle wunderten sich, dass Alec sich so gerne mit Basil traf. Da Alec jedoch keine Erklärung abgab, stellten sie ihm auch keine Fragen. Laura war im Augenblick sehr geduldig mit ihm.

Und obwohl Alec immer schweigsamer wurde, fühlten alle, wie er sich belebte und auf besondere Art über sich hinauswuchs. Manchmal, wenn Basil auf seinem zottigen Braunen auftauchte – was vorkam, wenn er Proviant brauchte oder Grandpa ihm seinen Lohn auszahlte –, war das merkwürdige Verhältnis der beiden deutlich zu spüren. Der alte Mann und der Junge verstanden sich mit halben Worten und halben Blicken. Eva wusste nicht, woher es kam: Auf einmal war es Alec, der ihr fremd geworden war. Als wäre er in eine Welt getaucht, zu der sie keinen Zugang hatte. Das dauerte, bis sie eines Nachts wach wurde, als Alec sich hin und her warf und seufzte und schlaftrunken wirre Worte stammelte. In den Ritzen der Fensterläden schimmerte es grau. Eva zog eine Strickjacke über ihren Pyjama und schlüpfte an der zwischen den Betten gespannten Decke vorbei.

»Alec«, sagte sie.

Er zuckte zusammen, hob den Kopf und starrte verwundert auf die Lampe an der Decke.

»Warum machst du Licht?«

»Du wolltest nicht im Dunklen liegen.«

Alec setzte sich auf. Sein Gesicht war ganz aufgedunsen und rot.

»Wann habe ich das gesagt?«

»Im Schlaf.«

Er warf sich ärgerlich herum.

»Ich rede nicht im Schlaf.«

»Du hast geweint«, sagte Eva streng. »Du hast geweint und immer ›nein, nein, nein‹ gesagt.«

Er spielte gedankenlos mit seinen Fingern, formte die Zeichensprache, von der sie nichts mehr wissen wollte.

»Hör auf, Alec! Schluss damit.«

Er verbarg beide Hände unter der Decke. In seinen Augen lagen Misstrauen und Angst, jenes seltsame Leuchten, das manchmal in den Augen wilder Tiere aufblitzt. Plötzlich sagte er, er müsse ihr ein großes Geheimnis anvertrauen.

»Aber du darfst niemandem etwas davon erzählen. Nichts, zu niemandem! Wenn Grandpa das erfährt, dreht er mir den Hals um.«

Eva versprach es, mehr aus Neugierde als aus sonst einem Grund. Und nun erzählte Alec. Die Worte sprudelten hervor, als sei er nicht mehr Herr seiner Zunge. Eva war sich zuerst nicht sicher, ob er ihr nicht etwas vorgaukelte. Und doch nahm seine Erzählung sie gefangen. Ein feiner Faden verband sie noch mit ihm, und zerreißen würde er niemals, das war ihr plötzlich klar.

An jenem Tag also hatte Basil Wolkenjäger ihn zu der Felswand geführt und ihm ein Pferd gezeigt. Alec hatte nichts gesehen, kein Geräusch gehört. Und auf einmal ragte, nur einige Schritte von ihnen entfernt, ein rotgoldener Pferdekopf aus den Büschen. Er war so unbeweglich, dass er fast unheimlich wirkte, als ob der Kopf, vom Körper getrennt, im Gebüsch hing, aus einer anderen Welt auf ihn herabblickte. Die Augen glänzten wie schwarze Steine, und dazwischen ringelten sich verklebte Stirnlocken. Alec spürte, wie ängstlich es war, trotz seiner Feindseligkeit. Irgendetwas schien mit ihm nicht in Ordnung zu sein. Es war kein Mustang, sah aber völlig verwildert aus. Aber warum hatte es solche Angst?

»Es ist verletzt«, sagte Basil.

»Kennst du das Pferd?«, fragte Alec voller Mitleid und Aufregung.

Basil schüttelte den hageren Kopf.

»Nie gesehen. Hat irgendeinem größenwahnsinnigen Spinner gehört.« Basil sprach leise und stockend. Erklärungen abzugeben hatte ihm schon immer Mühe bereitet. Alec fuhr sich mit der Zunge über die Lippen.

»Ist es ein schlechtes Pferd?«

»Kein Pferd ist schlecht. Aber es hat Angst. Will mit Menschen nichts zu tun haben. Ich habe Rodeos geritten. Könnte neunmal draufsteigen. Würde mich immer abschütteln.«

»Und ich, Onkel Basil?«

Der Alte streifte Alec mit einem stillen Seitenblick.

»Kannste ja mal versuchen.«

»Draufsteigen?«

»Nee. Anders.«

»Sagst du mir, wie?«

»Ich glaub schon, dass ich's tun werde«, knurrte Basil. »Aber du musst gehorchen, sonst wird es dich verletzen. Ist das klar?«

»Ja-ah«, stammelte Alec.

»Steig ab«, sagte Basil. »Und bleib ruhig stehen.«

Das Pferd hatte die Ohren angelegt und schien aufmerksam zuzuhören. Behutsam lenkte Basil seinen Wallach zurück. In einiger Entfernung stiegen sie ab, und Basil gab Alec seine Anweisungen. Der unbewegliche Kopf war immer noch da, die großen Augen sahen ihnen nach, so angstvoll und drohend, dass es Alec kalt über den Rücken lief. Er hörte aufmerksam zu und tat, was Basil ihm sagte. Jeden Morgen suchte er die gleiche Stelle am Bachufer auf, kauerte sich hin und sprach leise zu dem Hengst, erzählte ihm, was ihm gerade einfiel. Und so kam es, dass das Pferd Alec in seiner Nähe duldete und Alec sich jeden Tag etwas näher an es heranschlich. Basil, der bei den Schafen war, kam von Zeit zu Zeit, um zu sehen, wie die Sache lief.

»Das Tier braucht einen neuen Namen«, sagte er ein paar Tage später.

Alec brauchte nicht lange nachzudenken. Auf besondere Art zeigte der Hengst Eigenschaften, mit denen er sich auskannte: Schüchternheit, Misstrauen und gleichzeitig ein starkes Bedürfnis nach Vertrautheit.

»Ich werde ihn Kola, Freund, nennen.«

Basils gelenkige Finger rollten eine seiner stinkenden Zigaretten.

»Brauchst einen Freund, wie?«

Alec ging auf die Bemerkung nicht ein. Offenbar fand Basil den Namen passend. Sonst hätte er längst gemeckert, dachte Alec. Er sprach zu dem Pferd, gerade laut genug, dass seine Stimme das Rauschen des Baches übertönte.

»Von jetzt an heißt du Kola, ja?«

Der Hengst bewegte den Kopf. Die rotgoldene Mähne flog hoch, fiel wieder zurück. Basil, der ihn scharf beobachtete, stieß eine Rauchwolke durch die Nase.

»Ist zufrieden«, knurrte er.

Alec hatte begonnen, das Pferd in Augenschein zu nehmen und war zu gewissen Schlussfolgerungen gekommen.

Das Tier war misshandelt worden, sein Hals und seine Flanken waren von Peitschenhieben voller Narben und farbloser Stellen. Alec musste diese Spuren der Grausamkeit achten, um zu begreifen, dass Kola den Menschen nicht mehr traute. In dem Tier verbarg sich ein gefährlicher Groll. Kola beobachtete seine Umgebung sehr aufmerksam, nahm jedes fremde Geräusch wahr und hörte sofort zu grasen auf, um sich argwöhnisch umzusehen. Er tänzelte jedoch nicht, wie angstvolle Pferde das manchmal tun, sondern stand mit angelegten Ohren unbeweglich da. Er brauchte immer sehr lange, bis er seine innere Ruhe wiederfand. Er scharrte nicht viel, schüttelte selten den Kopf, scheuerte sich auch nicht an Baumrinden. Das bedeutete, dass er wachsam und kampfbereit blieb. Alec verstand nicht, wieso die Zeit nicht mehr zu existieren schien, wenn er neben Kola auf dem Boden saß.

Ihm fiel auf, dass Kolas Bein gut heilte; die Wunde war noch immer dunkelrot, aber die Schwellung ging zurück. Er hatte mehrmals beobachtet, wie das Pferd sich langsam in Bewegung setzte und in den Bach watete. Es war ein Vollblut mit breiter Brust, kurzem Rücken und langen Beinen. Alec blieb regungslos sitzen, hielt den Atem an, betrachtete das Tier, das im Wasser stand wie eine Statue aus rotem Lehm, von Schmetterlingen und Bienen umgeben.

»Warum stellt sich das Pferd ins Wasser, Onkel Basil?«

»Im Wasser wachsen Kräuter. Starke Medizin.«

»Aber wie kann ein Pferd das wissen?«

Basil sprach widerwillig; Alec musste ihm jedes Wort aus der Kehle locken.

»Früher waren Tiere Lehrer. Hatten mehr im Kopf als wir. Wussten, welche Pflanzen genießbar und welche giftig waren. Wo man Wasser fand. Und auch, wann Sturm aufkam oder Dürre ausbrach. Die Tiere wussten diese Dinge. Und wir verstanden sie ganz gut.«

»Jetzt nicht mehr?«, fragte Alec.

»Nee«, knurrte Basil, »jetzt verstehen wir nix mehr.«

»Ich möchte Kola verstehen.«

Basil nickte.

»Schätze, dass du es kannst. Aber leg dich ins Zeug. Das Tier braucht Schutz. Muss sich bei dir sicher fühlen.«

»Bei mir?«, murmelte Alec verwirrt.

»Ist doch dein Freund«, sagte Basil achselzuckend.

Alec nahm es als gutes Omen, dass der Hengst in seiner Gegenwart weder Schrecken noch Angriffslust zeigte. Der Fuchs blickte wachsam in seine Richtung, wie ein Geschöpf, das man ungerecht behandelt hatte und das alles erklären würde – nicht mit Worten, sondern allein durch sein Verhalten –, wenn man ihm nur Zeit ließe. Alec verstand das sehr gut und hielt Abstand, bis er schließlich versuchte, das Tier zu berühren. Als er langsam und vorsichtig auf Kola zutrat, beobachtete ihn das Tier sehr aufmerksam. Jeden Augenblick konnte seine mächtige Körperkraft in wilder Panik explodieren.

»Bleib ruhig …«, flüsterte Alec, »ganz ruhig.« Er war völlig unbefangen. Dass in dem Tier eine Unzulänglichkeit verborgen sein könnte, kam ihm nicht in den Sinn. Die Hälfte seiner Vorfahren hatte gewusst, wie man mit Pferden umgeht. Der Fuchs war wirklich prachtvoll, von einem ganz hellen Kupferrot, mit einem leicht grüngoldenen Schimmer. Palominos nennt man diese Pferde mit den hohen, wie lose eingehängten Beinen. Kola wich nicht zurück, beobachtete ihn abwartend. Alec fühlte, wie tatsächlich eine Art Antwort von ihm kam. Behutsam streckte er den Arm aus, legte dem Hengst sanft die Hand auf den Hals. Er sah, wie das klebrige Fell in ängstlichem Misstrauen leicht zusammenzuckte.

»Ich tue dir nichts«, murmelte Alec, während er über Widerrist und Mähne strich. Er wusste von Basil, dass viele Pferde am Bauch und an den Flanken empfindlich waren, deswegen berührte er sie nur sehr vorsichtig. Nach einer

Weile drehte der Palomino langsam den Kopf zu ihm, beschnupperte sein Haar. Alec rieb ein wenig seine Ohren, bevor er die Hand wieder den Hals hinunterwandern ließ. Kola rührte sich erst nach einer Weile, wandte sich ab und trat einen Schritt zurück, um zu grasen. Da wusste Alec, dass ihm ein großer Sieg gelungen war. Am nächsten Tag kam Basil zu ihm und brachte Zügel und einen selbst geflochtenen Lederriemen.

»Sieht aus, als ob er dich mag. Hat eiserne Kiefer, aber ein ganz weiches Maul. Erträgt keine Gebissstange.«

Er zeigte Alec, wie er den Lederriemen über die Zunge des Hengstes legen musste, bevor er ihn unter dem Kinn verschnürte. Als sich Alec mit dem Halfter in der Hand dem Pferd näherte, klopfte sein Herz wie verrückt. Kola schnaubte leicht, stellte die spitzen Ohren wie Dolche auf. Doch als Alec ihm die geflochtene Leine über die Zunge schob, öffnete das Tier völlig entspannt das Maul. Alec hatte das Gefühl, alles geschehe ganz von selbst. Er verknotete den Riemen unter dem Kinn des Hengstes, der ein wenig seine Mähne schüttelte. Mit den Fingerspitzen strich Alec ihm leicht und zärtlich über die Stirn. Und dann, wie Basil es ihm beigebracht hatte, legte er sein Gesicht an das des Pferdes und blies ihm seinen Atem in die Nüstern.

»Jetzt bist du wirklich mein Freund«, flüsterte er.

Das Aufsitzen ist nicht leicht und wird noch schwieriger, wenn man keine Steigbügel hat. Basil sah ungerührt zu, wie der Junge es wohl schaffen würde. Zuerst hatte Alec das Gefühl, dass Kola viel zu groß für ihn war. Aber Alec hatte Ponys, auch wenn sie kleiner und zahmer waren, stets ohne Sattel geritten. Er verlagerte sein Gewicht auf das rechte Bein, legte die rechte Hand, die den Zügel hielt, auf den Widerrist. Dann schwang er das linke Bein so weit es ging nach hinten und sprang. Und irgendwie schaffte er es beim ersten Anlauf, lag oben auf dem Bauch, das Gesicht an den pulsierenden Hals des Pferdes gepresst. Kola schnaubte, trat heftig zur Seite, doch Alec saß bereits oben und hielt die Zügel.

»Gut«, brummte Basil.

Er zeigte Alec die Vertiefungen hinter den Schulterblättern des Pferdes, in welche die Beine eines Reiters hineinpassten, als wären sie dafür gemacht. Kola stand ganz ruhig, die Ohren ihm zugewandt. Alec stützte sich auf die Innenseite seiner Schenkel, lehnte sich nach vorn und spürte den warmen Pulsschlag des Tieres. Gespannt setzte er das Pferd in Bewegung. Er wusste, dass das Pferd einer besonderen Behandlung bedurfte und dass er jetzt eine Verantwortung übernahm. Argwöhnisch, kompliziert und die Menschen fürchtend, hatte der Fuchs Vertrauen zu dem Jungen gefasst. Alec spürte diese Zuneigung, die ihn mit Glück erfüllte, tief in sein Inneres drang und ihn selbstsicher machte. Ja, es lag an ihm, den Palomino zu führen, zu beruhigen. Und so lenkte er ihn den Hang hinunter, überquerte den Bach, und der Hengst fand mühelos die richtigen Stellen. Alec drückte Kola die Fersen leicht in die Flanken und ritt weiter, mit der Sonne im Rücken. Der Wind bewegte die hohen Gräser wie knisternde Wellen. Lerchen flatterten empor. Und wo Kolas Hufe die Gräser teilten, schwirrten Libellen auf, große und kleine. Ihre Flügel glitzerten in allen Farben des Regenbogens; es war, als ob sie den Reiter lenkten.

So war Alec zu einem Pferd gekommen, einem langbeinigen Palomino. Aber die Erkenntnis traf ihn wie ein kalter Regenschauer. Die Erkenntnis nämlich, dass er Kola nicht einfach so behalten konnte. Und je inniger seine Freundschaft zu dem Hengst wurde, umso mehr plagte ihn die Furcht, ihn zu verlieren.

»Nimm doch Vernunft an«, sagte Eva aufgebracht. »Basil soll das Pferd sofort seinem Besitzer zurückbringen!«

Alec schüttelte verzweifelt den Kopf.

»Er weiß ja nicht, wem es gehört.«

»Das gibt Ärger«, warnte Eva, trocken und bestimmt. »Das sag ich dir. Das Tier hat bei uns nichts zu suchen.«

»Was soll ich machen?«, stöhnte Alec.

»Mit Grandpa reden. Basil hätte das längst tun sollen.«

Alec wurde blass. Nie könnte er Kola wieder hergeben. Jetzt, wo er wusste, wie es sich auf seinem Rücken anfühlte. Wie weich sein Maul war, wie zärtlich seine Augen blickten. Es gab für ihn nur diesen einen Freund auf der Welt. Und wenn es nur ein Pferd war, war dies reiner Zufall.

»Wenn ich Kola nicht behalten kann, dann … dann reite ich eben mit ihm weg. Mir ist egal, wohin!«

»Gute Reise!«, bemerkte Eva kalt.

Alec zeigte plötzlich eine feige Haltung, zog die Schultern ein.

»Ich habe Angst. Kommst du mit?«

Eva sah ihn herablassend an.

»Grandpa ist kein Menschenfresser!«

18. Kapitel

Simon war in seiner Werkstatt. Die Fenster waren klein, die Gitter rostig und verbogen und mit Draht ausgebessert. Drinnen roch es nach frischem Holz, Leim und Politur. Simon liebte den Harzduft des Holzes, der süß und moosig aufstieg und sich unter dem Dach wie warmer Nebel staute. Er hatte gerade mit dem Bau einer Geige begonnen und war nicht erfreut, Alec und Eva zu sehen. Er hatte zwei Bretter für Decke und Boden verleimt, die Umrisse mit Hilfe eines Modells auf das Holz gezeichnet und war dabei, sie mit einer feinen Säge behutsam und akkurat auszuschneiden. An den Wänden hingen Medaillen der französischen und kanadischen Regierung, spanische und italienische Diplome und Ehrenurkunden. In der Musikwelt gehörte Simon Walking Eagle zu den namhaftesten Instrumentenmachern. Die Methoden der Geigenbaukunst hatten sich seit dem 18. Jahrhundert kaum verändert; Simon war ein Meister in der Auswahl der Materialien, in der Vorbereitung, der Fertigstellung und dem Zusammenbau der Einzelteile in monatelanger, sorgfältiger Arbeit. In den letzten Jahren des Ersten Weltkriegs hatte Simon für das amerikanische Rote Kreuz gearbeitet. Er hatte in Frankreich Lebensmitteltransporte begleitet, Verwundete gepflegt und gelegentlich auch Sprengkörper entschärft. Als der Krieg vorbei war, hatte er einige Jahre in Frankreich, Spanien und

Italien verbracht, wo man ihn für den sonnenverbrannten Bürger irgendeiner europäischen Nation gehalten hatte. In der lombardischen Stadt Cremona war er drei Jahre lang geblieben und hatte bei Girolamo Amati, einem Nachkommen der großen Geigenbauer-Dynastie, sein Handwerk gelernt. Wieder in Amerika, lebte er im Pine-Ridge-Reservat. Er hätte nirgendwo anders sein wollen als dort, wo seine Ahnen gelebt und gelitten hatten. Er war ein stolzer und eigensinniger Mann. Die politischen Verhältnisse erfüllten ihn mit Kummer. Er wusste zwar, dass der Weg in eine humanere Gesellschaft eine langsame und schwierige Angelegenheit war, glaubte aber nicht, dass dies unmöglich sei. Aber die Metamorphose konnte nur stattfinden, wenn der nächste Krieg oder der übernächste die Welt nicht in einen Haufen Asche verwandelte. Simon hatte da seine Zweifel. Er war ein Sonderling, aber kein Utopist.

Seine Ahnen waren tapfer und weise gewesen, und einfallsreich nicht im Krieg allein. Sie waren nicht habgierig und verschlagen gewesen, wie die Siedler es zumeist waren, sondern gefühlsstarke, hochherzige Männer und Frauen. Sie hielten es für eine Untugend, anderen Geschöpfen oder der Natur ihren Willen aufzuzwingen. Sie forderten kein Mitleid, sondern gleiche Rechte und Ehrlichkeit. Indessen, Simon wusste, dass das Überleben ein Akt des Willens ist. So bewahrte er sich seine Unabhängigkeit und führte ein Leben ohne Gedanken an irgendwelche Zwänge, Profite oder Verdienste. Dass er manchmal einsam war, nahm er in Kauf. Die Musiker der größten Orchester sahen es als Privileg an, eine seiner Geigen zu erwerben. In der Gesellschaft Amerikas war er ein Niemand. Und es war bezeichnend für ihn, dass er eine solche Bewertung schlichtweg ignorierte. Er trug den Kopf hoch und erzog seine Kinder und Enkel wie geborene Fürsten.

Doch Pferdediebstahl war eine heikle Angelegenheit. Noch vor zwanzig Jahren konnte ein Indianer deswegen mit dem Tod bestraft werden.

Grandpa mochte es nicht, wenn er bei der Arbeit gestört wurde. Er schickte die Kinder nicht weg, sondern wandte ihnen sein ruhiges Gesicht zu.

»Nun, was beschäftigt euch?«

Alec strich mit der Schuhspitze längs eines Spalts im Fußboden und wagte nicht, Simon in die Augen zu blicken. Eva stieß ihn ungeduldig in die Rippen. Alec schuldete es der Höflichkeit, ihn nicht länger warten zu lassen.

»Das Pferd!«, platzte er heraus.

»Ja?«, sagte Simon. »Was ist mit dem Pferd?«

Dass Simon längst Bescheid wusste, erfuhren beide erst später. Basil hatte diesmal nicht geschwiegen. Simon war eine unklare Geschichte zu Ohren gekommen. Er hatte seine Vermutungen, wollte jedoch kein Risiko eingehen und wartete geduldig, bis Alec sich seinen Kummer von der Seele geredet hatte.

»Hm, ja«, sagte er schließlich. »Ich verstehe.«

»Grandpa, bitte!«, stammelte Alec. »Ich will Kola nicht verlieren! Ich kann es nicht ertragen, ich ertrage es nicht! Versprich mir, dass ich ihn behalten kann!«

Simon schüttelte langsam den Kopf.

»Das kann ich dir nicht versprechen, Takoja. Aber ich will sehen, was sich tun lässt. Schon möglich, dass ich etwas in Erfahrung bringe.«

Alec starrte ihn an, bebend vor Hoffnung und Sorge. Simon nickte ihm zu.

»Warte ab, Junge. Hast du Vertrauen zu mir?«

Sein Blick erfüllte Alecs Herz mit Wärme. Er nickte mit einem kleinen, schmerzlichen Lächeln.

»Ja, Grandpa. Ich danke dir.«

Es dauerte einige Tage, bis es Simon gelang, das Rätsel des Pferdes zu lösen. Das Tier gehörte einem Weißen, Wild John Carrington, der einen Pokersalon neben dem Highway hatte. Irgendwann musste er sich mit einem Kartenhai überworfen haben, denn eines Nachts ging die Spielhölle über

Wild John Carringtons durchlöcherter Leiche in Flammen auf.

Aber das Wichtigste kam erst noch: Einige Monate zuvor hatte ein Spieler seine Schulden mit einem Rennpferd beglichen. Wild John hatte es in ein paar Rennen an den Start geschickt und Geld verloren, weil der Hengst nur auf den fünften oder sechsten Platz kam. Wild John wollte das Tier als Deckhengst verwenden, aber mit jeder Niederlage sank sein zukünftiger Zuchtwert. Am Ende war ihm das Pferd nur ein Klotz am Bein. Wild John hatte vergeblich versucht, das Tier loszuwerden. Er kam ums Leben, bevor er einen Käufer fand. Und in der Nacht, in der sein Lokal niederbrannte, setzte der Hengst über den Stacheldraht und floh.

Und ferner erfuhr Simon: Wild Johns Frau war mit irgendeinem Kerl durchgebrannt. Unauffindbar. Sein einziger Sohn war auf Iwo Jima gefallen. Es war also niemand mehr da, der Erbansprüche stellen könnte.

Während er sprach und Alecs Herz vor Freude zu zerspringen drohte, zeigten Grandpas Lippen eine zweideutige kleine Grimasse, halb Mitgefühl, halb Belustigung.

»Bedauerlich, aber so etwas kommt vor. Das Grundstück wird versteigert, und für das entlaufene Tier interessiert sich kein Mensch. Jetzt mal ehrlich, Takoja, was willst du mit einem Rennpferd, das nie gewinnt?«

So kam Alec also zu seinem Pferd. Das Leben mit Tieren lehrt Kinder Verantwortungsgefühl. Und manchmal geraten sie dabei an jene Wunder zwischen Himmel und Erde, die vielleicht nur eine Verschiebung im ewigen Rhythmus der Natur sind.

Es war ein Jahr später, im Spätsommer; Alec ritt über die Prärie, die Badlands vor Augen. Düster und wunderschön erhoben sich die Hügel im Morgenlicht. Es war, als sei er mit Kola ein einziges Wesen. Der Hengst witterte den Duft der frischen Gräser, den der Wind ihm zutrug. Vor ihnen lag die Prärie, unter einem Himmel, der so viel höher und weiter war als überall sonst auf der Welt. Alles war blau und leuchtend, Kola lief freudig, seine Mähne und Alecs Haar wehten, als ob sie im Flug die Wolken streiften. Die wilden Sonnenblumen blühten, jede Blume hatte gleichsam ein goldenes Auge, das Alecs Blick erwiderte. In der Ferne schimmerten die Kegelberge wie die grünen Wellen eines Luftmeeres. Alec war, als ritte er bis ans Ende der Welt, und dann der Unendlichkeit entgegen. Er kannte Kola jetzt so gut, dass er ihn mit den Gedanken lenken konnte.

Alec, der kein Kind mehr war, aber auch noch kein Mann, kam sich an diesem Morgen stark und frei vor. Alles schien wie verwandelt, geradeso, als verliehe das fantastische Licht der Landschaft ein anderes, verzaubertes Aussehen. Plötzlich entdeckte Alec am Himmel einen gleitenden Punkt, der langsam und machtvoll kreiste. Ein Adler drehte sich im Blau, warf sich wie trunken herum, bis er eine Säule aufsteigender Luft fand und sich tragen ließ. Der wunderbare Vogel drehte schwerelos seine Kreise, ließ seinen dunklen Leib, seine weiß gezeichneten Schwingen auf der Luft ruhen. Träge und machtvoll glitt er dahin, stieg höher, flog weiter mit einer Anmut und Kraft, wie kein anderer Vogel es ihm gleichtun könnte. Sein Flug war wie ein heiliger Tanz. Alec überließ Kola sich selbst, hielt unentwegt den Blick auf den Adler gerichtet. Und auf einmal war ihm, als sei er selbst der Adler. Alles bewusste Denken war ausgeblendet, der Wind trug ihn fort. Machtvoll und schwerelos glitt er durch die duftende Luft. Er flog mit dem Adler, und seine Seele war frei. Er fühlte, wie es war, am Himmel zu gleiten, den Luftstoß durch die offenen Nasenlöcher zu spüren. Alles bis zum fernen Horizont schien greifbar, nahe und glasklar. Der Adler sah das alles mit seinen scharfen Augen und Alec sah es mit ihm. Er bewegte kaum die Flügelspitzen, spreizte ein wenig die Schwanzfedern, und doch glitt er mühelos durch die Luft, während sein kreuzförmiger

Schatten über den Boden wehte. Alec dachte an den Herbst, der bald Einzug halten würde, an die flammenden Farben entlang den Flüssen und Bächen. An die weißen Winterstürme unter dem schwarzen Himmel, an die verschneiten Büsche und das Klirren des Eises unter den Pferdehufen. Und an den Frühling, wenn der Schnee in der Wärme der Sonne schmolz und die Prärie sich in einen Teppich aus Blumen verwandelte. Alec verschlug es den Atem, als die Erdoberfläche plötzlich abfiel und in der Ferne eine Staubwolke aufstieg. Der Adler tauchte hinab, und Alec sah unter sich, mit den Augen des Raubvogels, Basils kleine Schafherde. Die Schafe weideten friedlich an einem Hang, von Basils langhaarigen Hirtenhunden bewacht. Doch in diesem Augenblick war Alec kein Junge mehr, und sein Pferd war kein Pferd. Sie waren gemeinsam der Adler, sie wollten, sie mussten Beute schlagen. Das Wiehern des Hengstes, Alecs antreibender Ruf erklangen zur gleichen Zeit, als sie mitten in die erschrockene Herde hineinstürmten. Die Schafe stoben auseinander, die beiden tapferen Hunde verfolgten den Reiter mit wütendem Gebell. Die fliehende Schafherde verwandelte sich in eine große weiße Welle, die unter dem Himmel dahinrollte. Der Adler sah die Unruhe, ging in Schräglage, stieß mit unglaublicher Geschwindigkeit in Richtung der dunklen Büsche hinab, als ob er, von einer Windströmung erfasst, einfach so zur Seite gewischt würde. Alec sah auf dem Boden den riesigen schwarzen Schatten, der nicht mehr der seine war. Nie, was auch immer er tat, würde er ihn überholen können, ja nicht einmal erreichen! Und in diesem Augenblick warf sich einer der Hunde laut bellend vor das Pferd. Halb betäubt, seiner Vision völlig preisgegeben, trieb Alec seinen langmähnigen Freund zu noch größerer Eile an. Und als Kola, verwirrt und verängstigt, mit einem gewaltigen Satz nach vorne sprang, traf einer seiner Hufe den Hund mit voller Wucht. Das Tier, wie von einem Steinschlag getroffen, brach aufheulend zusammen. Dieser Schrei war es, der Alec in die Wirklichkeit zurückbrachte.

Die Trennung war schmerzlich und vollkommen. Alec fand sich wieder, starr in seine menschliche Existenz eingezwängt, kam zu Verstand und erschrak. Er hatte die friedlich weidende Herde angegriffen, einen braven Hirtenhund verwundet. Wie schrecklich, wie beschämend! Er lockerte die Knie, wischte sich den Schweiß von der Stirn. Kola war stehen geblieben, seine Ohren zitterten. Der Körper seines Reiters, noch kurz zuvor so eng mit ihm verschmolzen, war ihm fremd geworden. Nicht weit entfernt schleifte der Hund sein völlig verdrehtes Bein hinter sich her; eine dunkle Blutspur färbte das Gras. Die Schafe, noch immer nicht zur Ruhe gekommen, liefen verstört in alle Richtungen, während der zweite Hund sie zusammentrieb. Alec hatte nicht den Mut, sich bei Basil zu entschuldigen: Nach einigen Sekunden Unentschlossenheit riss er Kola herum und floh. Der glückliche Morgen war zerronnen. Von seinem schlechten Gewissen gepeinigt, ritt Alec nach Hause. Er führte Kola in den Stall, rieb ihn ab, wie es sich gehörte, und brachte ihm frisches Wasser. Er verlor kein Sterbenswörtchen über das, was er angerichtet hatte. Doch die Furcht saß ihm im Nacken. Er wusste, dass er nicht ungestraft davonkommen würde.

19. Kapitel

Am selben Abend, als alle bei den Großeltern zu Abend aßen, klopfte jemand leise an die Haustür. Laura öffnete, und Basil trat ein. Alec war sich sogleich über den Zweck seines Besuches im Klaren. Basils zerfurchtes, bronzebraunes Gesicht hatte einen Ausdruck, den Alec als Unheil verkündend empfand. Aus den kieselharten Augen blickten die großen Pupillen drohend auf ihn. Gleichwohl heuchelte Alec Unschuld, tat so, als ob er von nichts wüsste, doch sein Gesicht wurde heiß, als er sich tief über seine Kürbissuppe beugte. Grandma stellte sofort noch ein Gedeck auf den Tisch und Basil nahm Platz, wobei er die Augen unverwandt auf Alec richtete. Er schaffte es, dass Alec sich zunehmend schlechter fühlte, indem er seelenruhig die Suppe auslöffelte, bevor er zu reden begann und in seiner wortkargen Art berichtete, was sich zugetragen hatte. Die strengen Augen und die Stimme dieses Mannes, der gekommen war, um ihn zu beschuldigen, versetzten Alec in eine solche Panik, dass er von seinem Stuhl aufsprang, die Treppe hinaufpolterte und sich in seinem Zimmer einschloss. Es dauerte längere Zeit, bis er Schritte vernahm und die Klinke sich bewegte. Dann wurde an die Tür geklopft, aber nur ein einziges Mal.

»Alec, mach auf«, sagte Simon.

Er gehorchte, mit brennendem Gesicht. Es gab kein Entkommen. Grandpa war ein sanfter Mann, Alec wusste, dass er ihn nicht zu fürchten brauchte. Und trotzdem hatte er aus einem unerklärlichen Grund ganz entsetzliche Angst.

»Nun, was hast du mir zu sagen?«, fragte Grandpa ruhig.

Stotternd, den Kopf gesenkt, versuchte Alec eine Erklärung hervorzubringen. Dieser Ritt, der schönste seines Lebens, das Gefühl, dass Kola und er eins mit dem Adler waren, dass sie die Welt beherrschen konnten. Schneller als der Wind, als die Wolken, als der Blitz. Ein Wunder, das sich nie wiederholen würde. Und dann der Hund, der sich auf sie stürzte, sie brutal und schmerzhaft in die Wirklichkeit zurückholte. Alec begann plötzlich zu schluchzen. Ein Gefühl der Ausweglosigkeit überkam ihn. Es war wie eine dunkle Woge, die über ihm zusammenschlug. Er dachte an das tropfende Blut des Hundes, und die Erinnerung erfüllte ihn mit Verzweiflung, als hätte er selbst es vergossen.

»Ich habe nie gewollt …«, stotterte er. »Doch nie gewollt. Es … kam einfach über uns. Wir waren so glücklich!«

Simon betrachtete ihn ruhig; seine Augen waren grau, mit einem merkwürdigen Blaugrün vermischt, als hätten sie das Licht und die Klarheit der Prärie aufgesogen. Sein Gesicht war streng, aber voller Milde. Und es war diese Milde, die Alec am meisten verstörte.

»Alec«, sagte er schließlich, »du bist dreizehn, eigentlich sollte ich dich bestrafen, aber ich werde es nicht tun. Und du sollst auch nicht glauben, dass mir deine Empfindungen fremd sind. Du hast etwas Heiliges erlebt. Aber du hast Schaden angerichtet. Höre auf meinen Rat: Überlass dich nie wieder der inneren Schau, ohne sie vollkommen zu beherrschen. Sonst brichst du den Zauber, du läufst Gefahr, in aller Unschuld andere zu erschrecken oder, was schlimmer ist, Unheil anzurichten.«

»Und der Hund?«, flüsterte Alec.

»Er muss gewiss leiden. Aber Basil wird ihn pflegen. Du wirst ihm dabei helfen. Aber es wird nicht leicht sein. Der

Hund wird dir misstrauen. An dir ist es, ihm zu zeigen, dass er sich auf dich verlassen kann.«

»Wie?«, fragte Alec eifrig. Er hätte alles getan, um sein Vergehen wieder gutzumachen.

»Nun«, meinte Simon, »das musst du selbst herausfinden. Er ist ein guter Hund; wenn du es richtig anstellst, wird er dir vergeben. Deine Mutter war eine Adlerfrau. Es gibt da eine Blutslinie, deswegen blieb dir die Visionssuche erspart: Die Vision wurde dir geschenkt. Das ist eine große Gunst, aber auch eine Bürde. Die Adlerkraft ist die ureigene Kraft der Frau. Hätte Juliette eine Tochter geboren, bräuchte ich mir weniger Sorgen zu machen. Aber du bist ein Junge und wirst ein Mann sein. Die Adlerkraft ist etwas sehr Mächtiges; sie kann dich hart treffen, ja, dich sogar krank machen oder töten.«

Alec sah ihn verwirrt und beunruhigt an. Simon fuhr fort: »Aber daneben gibt es praktische Dinge, die zu berücksichtigen sind. Gehst du nicht in die Schule, kommt die Polizei und holt dich.«

Simon sprach weiter, klar und deutlich, als wäre jedes Wort eine Münze, die er ihm vorzählte.

»Die Schule ist wichtig, das schon. Aber ungewöhnliche Umstände verlangen ungewöhnliche Maßnahmen. Für einen Adlerjungen gibt es einen anderen Unterricht. Gibt Wakan Tanka dir Kraft, kannst du beides verbinden. Nun, Alec, putz dir die Nase, wasch dein Gesicht und pack warme Sachen ein. Du wirst jetzt mit Basil in die Berge reiten. Es wird dir gut tun, eine Zeit lang allein zu sein und zu überdenken, was du erlebt hast. Wenn Basil redet, musst du lauschen. Du kennst ihn, er wird dir alles nur einmal sagen. Nicht immer wirst du verstehen. Aber wenn du einmal älter bist, wirst du dich an manches erinnern.«

Bis zu den ersten Winterstürmen blieb Alec mit Basil bei den Tieren. Dann und wann erschien ein Polizist und herrschte Simon an: »Wo ist dein Enkel?« Simon zog die Schultern hoch: »Ich kann es nicht sagen – irgendwo in den Bergen.« Es kam nicht selten vor, dass indianische Eltern ihre Kinder vom Unterricht fern hielten. Die aufgebrummte Strafe war hoch, aber Simon zahlte widerspruchslos. Alec indessen lebte bei Basil, und vermutlich hatte er im tiefsten Winkel seines Herzens die ganze Zeit darauf gewartet. Lebt man an einem solchen Ort, so kann man niemals, selbst im Schlaf nicht, Wakan Tankas Anwesenheit vergessen. Noch Jahre später erinnerte Alec sich an diese Zeit, in der kein Tag wie der andere war. Er pflegte den verletzten Hund, bis sein Bein genesen war und er sich nachts zu ihm legte und Alec ihn fest mit beiden Armen umfasste. So schliefen sie beide, und Basil schürte das Feuer. Basil schlief so wenig wie ein Nachtvogel; ab und zu wurde Alec wach, hörte seinen krächzenden Atem und fühlte sich beschützt. Er verstand zunächst nicht, weshalb er dem brummigen Alten willkommen war, bis er herausfand, dass ihm Simon einen Auftrag erteilt hatte. Basil war sehr gewissenhaft. Alec stellte Fragen: »Was ist das da? Und das da?« Und Basil, der so selten den Mund aufmachte, dass er die Sprache verlernt zu haben schien, gab ihm stets Antwort. Und wenn Basil redete, passte das da in das dort, und das passte wieder in etwas ganz anderes. Alec hatte geglaubt, dass die Hügel einsam waren, aber er sah, dass die Prärie von Geschöpfen wimmelte. Die Bäche flossen wie gewundene Schlangen durch die Täler, die Hügel waren wie Inseln, die sich aus dem Grasmeer erhoben. Wer hatte die purpurdunklen Bergzüge gemeißelt, die sich drüben erhoben? Wer gab den smaragdgrünen Wassern ihre Farbe? Alec sah sich umgeben von unzähligen Leben, die gemeinsam mit ihm existierten. Etwas Großes ereignete sich ganz still. Basil zeigte ihm die Orte, wo früher die Tipis ihre strahlenden Kreise bildeten, und erzählte, was sich dort abgespielt hatte. Das Heranstürmen der US-Kavallerie donnerte in Alecs Ohren. Er sah, wie sich die Tipis in brennende Bündel verwandelten. Er hörte das Krachen der Gewehre, sah auf den Rücken fliehender Frauen und Kinder blutige Löcher aufplatzen. Alec empfand mit diesen Menschen, sah das rasche Dunkel vor ihre Augen fallen, spürte, wie das vergossene Blut ihren Atem erstickte. Die Not wiederholte sich unzählige Male. Und die Stille in ihm war von den Klagen der Toten erfüllt, einem einzigen endlosen Stöhnen voller Grauen und Leid, das von allen Seiten zugleich aufstieg. Und er dachte, dieses Land ist krank; es hat zu viel Leid gesehen, zu viel Blut getrunken. Wounded Knee: Der Ort des Gemetzels wurde zum Sinnbild und Mahnmal aller Gemetzel auf dieser Erde, die gewesen waren und geschehen, und Alec erkannte, dass sein Schmerz sinnlos war. Sinnlos, weil das Leben der Menschen von einer Verwicklung in die andere führte, ohne Ende. Und er dachte an seinen Vater. Er wusste von ihm so wenig wie der Wind, der über die Gräser strich und sich in den Weiten der Plains verlor, aber er wusste, dass er ein guter Mensch war. Lebte er noch, oder hatte der Krieg ihn in Stücke gerissen? Nur das Wahre, Gute und Schöne vermochte das Böse zu bekämpfen. Aber das Böse war stets gegenwärtig. Mit diesen Gedanken musste er leben. Die Tränen und der Rotz auf seinem Gesicht trockneten. Alec begann zu lernen.

Was war Wounded Knee? Ein unscheinbarer Hügel, neben einem ausgetrockneten Flussbett. Doch Basil wusste genau, wohin er den Jungen brachte. Der Pfad führte in ein kleines Tal, von Kiefern und Hickory-Sträuchern umgeben. Basil ritt, den Kopf geneigt, und schien die Schritte zu zählen. Plötzlich hielt er seinen Wallach an und schwang sich zu Boden. Alec stieg auch ab und führte Kola am Zügel hinter ihm her. Jetzt noch ein paar Schritte, bis Basil sich langsam nach ihm umwandte. Die Haut unter den schmalen Augen war dunkel und gespannt, und die Falten um den Mund waren tief wie Erdkrusten.

»Tashunka Witko«, sagte er. »Sie haben ihn hier begraben.«

Alec stand still, die Feder eines Nachtvogels schien ihn kalt zu streifen. Basil sprach weiter. »Seine Frau Black Sheel war schwer krank. Tuberkulose hatten uns die Weißen gebracht. Wir nannten sie deshalb auch die weiße Krankheit. Die junge Frau hatte sich in der Agentur angesteckt, als der Kriegshäuptling mit General Lee verhandelte. In Tashunka Witkos Herz herrschte Dunkelheit. Ein Militärarzt versprach, seine Frau zu retten. Tashunka Witko kam unbewaffnet. Es war eine Falle. Er sollte verhaftet und deportiert werden. Weit weg, auf die Tortuga-Insel. Die Weißen hatten dort ein Straflager. Zu spät erkannte der Kriegshäuptling den Verrat. Er kämpfte um sein Leben. Soldaten stießen mit Bajonetten nach ihm. ›Ersticht ihn!‹, schrien sie. ›Tötet den Hundesohn!‹ Ja, genau das schrien sie, als sie ihm den Stahl in den Rücken bohrten.«

Basil machte eine Pause, zuckte kurz und verächtlich die Schultern.

»Indianer waren es, die ihn festhielten. Indianersoldaten, von den Weißen bewaffnet. Hundesöhne gibt es überall. Finde dich damit ab, Junge. So sind wir Menschen eben.«

Alec blickte kurz zu ihm empor. Basil hatte das Gesicht der Sonne zugewandt, die in seinen Augen glitzerte. Sein Körper war reglos wie eine Schlange auf einem Stein. Er war ein *wyan wakan*, ein heiliger Mann, der den Zauber der Erde kannte und mit den Geistern sprach. Alec spürte es plötzlich, obwohl es ihm keiner gesagt hatte, Basil selbst schon gar nicht.

Im Herbst waren die Tage kurz. Schon war die Sonne ein blutroter Ball dicht über den Bergen, und die Wälder waren schwarz. Keiner sagte ein Wort. Erst nach einer Weile brach Basil das Schweigen.

»Aber sein Herz lebt noch«, sagte er. »Hörst du es schlagen?«

Alec ging in die Knie, rollte sich leicht herum. Er legte sich auf die Erde, presste seine Wange an die trockenen Herbstgräser. Das knisternde Geräusch der Halme und das Auf und Ab seiner Atemzüge verbanden sich zu einem Klang. Und da hörte er es zum ersten Mal, das tiefe, ruhige Pochen, das aus der Erde kam. Basil hatte die Wahrheit gesprochen. Tashunka Witko lebte. In der Einsamkeit der Berge und der wispernden Gräser war das ewige Nachklingen seines Herzens zu hören. So laut schlug jetzt dieses Herz, dass Alec kaum noch etwas anderes vernahm, als begännen die weiten Flächen der Prärie, die Hügel, die Bäume und die Wolken mit ihm zu klopfen. Tashunka Witkos Geist, mit Sand und feuchter Erde verschmolzen, verbarg sich in Felsspalten, funkelte mit den Glühwürmchen auf den Steinen. Sagte man nicht, die Zeit der roten Menschen sei vorüber? Ihre Macht gebrochen? Ihr Zauber erloschen? Nein, das konnte nicht sein. Sie hatten den Strom des Blutes und den Strom der Tränen überschritten, und viele schlimme Jahre waren an ihnen vorübergegangen wie ein Tag. Es gab eine Wiedergeburt, zweifellos. Auf die Beharrlichkeit kam es an. Alecs Ohr, an das schlagende Herz des großen Häuptlings gepresst, vernahm die Stimme aus der Erde, welche das Volk zusammenrief, die Lebenden und die Toten, und ihren Schmerz in Jubel verwandelte. In Alec öffnete sich ein riesiger Raum, in dessen Mitte dieses Herz schlug, das nicht seines war, aber auf geheimnisvolle Weise zu ihm gehörte.

Und wo immer er später leben würde, in New York oder in Europa, würde er dieses Bewusstsein als starke Kraft in sich bewahren. Aber Jahre würden vergehen, bevor er darüber reden oder darüber schreiben konnte.

Immer kälter wurden die Nächte. Das letzte Laub fiel und unter Kolas Hufen zerbrach das raue Gras.

Als der erste Schnee die hohen Hügel puderte, sagte Basil zu Alec: »Wird Zeit.«

Alec fragte ihn, was er meinte.

Er brummte: »Wasiya kommt früh in diesem Jahr.«

Basil irrte sich nicht, denn bereits am nächsten Tag fielen die ersten Flocken. Der Schnee kam mit seiner furchtbaren Schönheit, die Hügel und Täler unter sich begrub. So trieben Basil und Alec die Tiere nach Pine Ridge, bevor der hohe Schnee alle Pfade versperrte. Die Schafe kamen in den Stall. Basil bezog sein Winterquartier, eine selbst gezimmerte Blockhütte am Wasser, und machte sich nützlich. Er spaltete das Holz unter dem Dach klein, kümmerte sich um die Pferde, versorgte die Schafe und die Hühner, die vor Kälte ganz steif waren. Er nähte sich seine Kleider, wusch seine Wäsche und besserte seine Arbeitswerkzeuge aus. Und Alec kam rau und lärmend heim; doch nur, weil er aus der Stille kam.

20. Kapitel

Lauras Haus inmitten einer Baumgruppe war neu und bequem, während das von den Großeltern ein altes Blockhaus war. Ein Weg voller Schlaglöcher verband beide Häuser. Das Haus der Großeltern stand auf einer Anhöhe; wenn es schneite, verschwand es im Treiben der Flocken. Alec und Eva lebten in zwei Welten: In der Welt der Großeltern empfing Gloria sie fröhlich und nachgiebig, Laura hingegen war eine Frau, die mit scharfen Augen beobachtete und auch für sich selbst wenig Mitleid aufbrachte. Ihr Selbstbewusstsein mochte erschreckend wirken. Laura hatte als Kind die Pocken gehabt. Sie überlebte die Krankheit, aber ihr Gesicht war für immer entstellt. Sie trug Erinnerungen in ihrem Blut, die ihren Blick kühn machten. Sie war schlank und kräftig, stand fest auf den Ballen ihrer Füße und bewegte sich in ihrem Atelier wie eine Fürstin in ihrem Reich; oft, wenn sie selbstvergessen malte, legte sie den Kopf zur Seite und ließ die starken, weißen Zähne blitzen. Ihr Lächeln war nahezu herausfordernd, und die Narben gaben diesem Lächeln etwas Gespenstisches. Sah sie ein Bild an, sah sie es wirklich, und genauso verhielt es sich mit den Menschen. Alec und Eva spürten diesen Blick, als glitte eine scharfe Klinge über sie hinweg. Ob sie nach dem Tod ihres Mannes Affären hatte? Eva hatte keinen Grund, es zu bezweifeln. Laura war in allen Dingen von großer Natürlichkeit und Offenheit, aber sie war keine Frau, die ihre Liebschaften an die große Glocke hängte.

Lauras Atelier war eine fremde Welt, die Eva mit Neugierde und Staunen erfüllte. Das Zimmer war unaufgeräumt und spärlich möbliert, alles war voller Farbkleckse und es roch nach Ölfarben, Verdünner und Kleister. Alec interessierte sich wenig für ihre Bilder. Er war lieber bei seinem Pferd oder bei Basil.

Eva indessen betrat Lauras Atelier schweigend und auf Zehenspitzen, und niemals, ohne angeklopft zu haben. Nicht, dass sie sich unerwünscht fühlte, es war einfach eine Ehrfurcht, die sie packte. Wenn Laura vor ihrer Staffelei stand, verschloss sich ihr Gesicht, sie war ganz bei sich selbst. Und gleichzeitig sah sie entspannt und glücklich aus. Eva fühlte, wie die Bilder vor ihrem inneren Auge entstanden, wie sie ihnen Raum zum Wachsen ließ. Während Eva vor den Bildern stand, ließ sich Laura für gewöhnlich nicht ablenken. Doch an jenem Tag war sie zum Reden aufgelegt: »Alles Leben kommt aus dem Wasser, hast du das gewusst?«

Eva verneinte stumm. Laura deutete auf den Kopf eines Hirsches. Sie arbeitete stets ohne Vorlage. Die Rohskizze sah aus wie von Kinderhänden gezeichnet; keiner vermochte sich vorzustellen, dass aus diesen Skizzen etwas Einzigartiges entstehen könnte, dass sich das wirkliche Wesen des Tieres auf der Leinwand zeigen würde, eine geballte Naturkraft, sinnlich und kampfbereit.

Laura war an jenem Tag beinahe fertig und zum Reden aufgelegt.

»Sieh dir mal das Geweih an! Die Lamellenschichten bilden die gleichen Wirbel, die du als kleine Schatten im Wasser beobachten kannst, wenn die Sonne scheint. Solche Strombilder findest du auch in den Maserungen der Hölzer.«

Sie wies auf die Skizze einer Bergeiche, deren Faserverlauf diese Wellenform zeigte.

»Das wird ein großes Bild«, sagte Eva.

»Ja, natürlich, die Eiche ist ja auch ein großer Baum.«

Ihr aufblitzendes helles Lächeln brachte Eva Grandpas Lächeln in Erinnerung.

»Bäume schreien, wenn man sie fällt«, hatte sie ihn kürzlich sagen hören. »Aber wenn sie zu Instrumenten werden, singen sie.«

Grandpa hatte viele Berufe kennen gelernt, er war Mechaniker gewesen, Lastwagenfahrer, Krankenpfleger, Schreiner und schließlich Geigenbauer. Dieser letzte Beruf war – wie er sagte – eigentlich kein richtiger Beruf: Er machte lediglich das, wozu seine Hände bestimmt waren. Und Eva, die diese Hände viele Male gesehen hatte, wenn sie Holz berührten, sich im Zorn ballten oder zum Gebet falteten, hatte neugierig gefragt: »Redest du mit dem Holz? Was sagst du ihm denn?«

Evas Frage schien ihn überhaupt nicht zu überraschen.

»Ich frage das Holz: ›Bist du froh, dass du gefällt wurdest?‹ ›Da, sieh nur, wie mein Saft tropft‹, sagt das Holz. ›Jeder Tropfen ist eine Träne.‹ Und ich sage zu dem Holz: ›Gut, jetzt werde ich dich verwandeln. Tut mir Leid, ich muss dich ein bisschen zurechtstutzen. Aber wenn ich fertig mit dir bin, wirst du glücklich sein und singen.‹«

Eva glaubte ihm nicht ganz. Simon bemerkte es und lächelte.

»Oh ja, Takoja, ich baue kein Instrument, ohne dem Holz genau zu erklären, was ich mache. Wenn du dich am Arm verletzt, gehst du ja auch zu Grandma, und sie wäscht die Wunde aus und klebt ein Heftpflaster drauf, damit es nicht mehr wehtut. Oder nicht?«

Eva nickte und Simon fuhr fort: »Nun, so ähnlich mache ich es auch mit dem Holz. Ich sage zu ihm: »Ich schneide jetzt die Schalllöcher, ich ziehe die Saiten auf, solche Dinge eben. Damit die Geige später wundervoll klingt.«

Eva hörte gespannt zu. Alles Handwerkliche interessierte sie. Grandpa überließ ihr oft kleine Holzteilchen, aus denen sie winzige Häuser, Schiffe oder Tiere schnitzte. Sie zeigte sich in diesen Dingen sehr geschickt, während Alec danebenstand und mit seinen Händen nichts anzufangen wusste.

Diese Gedanken gingen Eva durch den Kopf, während sich Lauras Aufmerksamkeit erneut auf ihre Arbeit richtete. Neben der Skizze der Eiche hing ein Anatomiestich, der die Brust- und Oberarmmuskulatur eines Menschen zeigte. Eva hatte solche Reproduktionen in der Schule gesehen; Laura entging nicht, dass das Bild sie fesselte.

»Muskeln und Gewebe zeigen ähnliche Strombewegungen wie das Wasser. Sogar die Spaltlinien der Knochen weisen Schlingen und Wirbelformen auf. Da, siehst du? Das ist ganz natürlich: Auch das Ungeborene im Mutterleib schwebt ja in einer Wasserhülle. Das Kind festigt darin seine noch fast flüssige Gestalt. Die Geburt kann für die Mutter sehr schmerzhaft sein. Aber auch das Baby verlässt unter Qualen das schützende Wasser. Das erste Luftholen ist fürchterlich; deswegen weinen die Kinder so sehr.«

Eva hatte die Ellbogen auf den Tisch gestützt und beobachtete, wie Laura vor ihrer Staffelei stand, den Blick auf die Kreidezeichnung gerichtet, die sie mit leichten, mühelosen Strichen entwarf.

»Habe ich auch geweint?«

Sie schüttelte lächelnd den Kopf.

»Nein, du nicht – du warst ganz still. Grandma hat dich auf meinen Bauch gelegt, und als ich zum ersten Mal dein Gesicht sah, hast du mich ganz ruhig angeschaut und gelächelt.

»Hatte ich keine Angst?«

»Nein, Du warst furchtlos. Eine kleine Kriegerin.«

»Das muss ich ja auch sein«, erwiderte Eva stolz. »Ich bin ja auch ein Adlermädchen!«

Die Worte ihrer Mutter brachten sie ins Grübeln. Irgendwie musste sie vom Schicksal begünstigt sein, denn die Menschen, die sie prägten, waren gute und wissende Menschen, die ihr schweres Los mit bewundernswerter Tapferkeit trugen. Nicht alle Indianerkinder hatten dieses Glück – viele kamen aus zerstörten Familien, in denen Unwissenheit, Trunksucht und Gewalt herrschten. Sie lebten von der Unterstützung, die ihnen die Regierung zahlte. »Das Geld des schlechten Gewissens«, sagte Grandpa. Er hatte nicht nur eine scharfe Zunge, er verstand es auch, seine Mitmenschen zu verwirren, weil er so freundlich und gutmütig war. Aber Eva wusste, dass er in seiner Jugend mehrmals im Gefängnis gelandet war – warum, das wurde ihr verschwiegen. Manche sahen in ihm einen verschrobenen Träumer, andere einen gefährlichen Störenfried. Die Wahrheit lag natürlich irgendwo in der Mitte und hing mit seiner Weltanschauung zusammen. Im Laufe der Jahre erschien ihm eine Konfrontation immer unausweichlicher. Aber das würde Eva erst später erleben.

Nach und nach hatte sich Simon ein kleines Vermögen verdient. Wenn Simon ein Instrument in Arbeit hatte, schlief er in der Werkstatt und wollte niemanden sehen. Grandma kochte Fleischsuppe für ihn und stellte sie ihm vor die Tür. Oft stand die Suppe stundenlang da, wurde kalt, bis Simon Hunger verspürte, sich vor die Tür setzte und die Schale nahm. Er fischte die Fliegen aus der Brühe und trank. Später holte Gloria die Schale, wusch sie aus und füllte sie wieder. So konnten einige Tage vergehen, ohne dass sie Simon zu Gesicht bekam. Eva wunderte sich kaum darüber. Aber wie Grandma sich in dieser Zeit benahm, imponierte ihr. Sie lächelte belustigt, bewegte sich jedoch sehr ehrfurchtsvoll und leise, als ob Grandpa in seiner Abgeschiedenheit irgendeine heilige Handlung vollzog. Und alle zeigten sich sehr geduldig, wussten sie doch, dass Simon nach Beendigung seiner Arbeit wieder der sanfte und humorvolle Mensch wurde, den sie kannten.

Grandpa war ein Mann, der immer mehr oder weniger aus dem Rahmen fallen würde. Er war groß gewachsen, hager; er legte Wert auf seine Kleidung. Seine betonte Einfachheit fiel auf, egal in welcher Umgebung. Er hatte einen schmalen Kopf mit dichtem, ganz weißem Haar; sein Gesicht war wirklich außergewöhnlich, mit der hohen Stirn, der scharfen Nase, den vollen, fest zusammengepressten Lippen. Die manchmal schwarzen, manchmal goldenen Augen konnten je nach Stimmung die eines Dichters oder die eines Kriegers sein – doch immer war es, als spiegelte sich darin das Himmelslicht.

»Bockig und übellaunig ist er«, klagte Grandma mit etwas übertriebener Würde. »Aber er kennt seine Grenzen und ich glaube nicht, dass er unnachsichtiger ist, als ein Mann es sein darf.«

Grandma war klein, aber kräftig gebaut. Sie schien auf ihr Aussehen nicht viel Wert zu legen, trug zumeist Jeans und bei Kälte eine derbe rotweiße Jacke mit abgeschabten Lederpaspeln. Ihr graues Haar war kurz geschnitten. Ihr Gesicht war rund, faltenlos und ebenmäßig, die Augen dunkel wie Rauch, die Haut von einem ganz hellen Bronzebraun.

Das Leben hatte ihr keinen Kummer erspart, doch sie war immer die Gleiche geblieben. Sie konnte aus vollem Herzen über Dinge lachen, die andere nur mäßig oder überhaupt nicht komisch fanden. Auch Gloria war kaum zur Schule gegangen. Sie konnte ihre Lehrerin nicht mehr ertragen, eine gallige Jungfer, trocken wie eine Grille, die nichts Lebendigeres an sich zu haben schien als den Hass, mit dem sie das gutmütige Mädchen mit den schönen schwarzen Zöpfen verfolgte. Und obwohl Gloria, wie die meisten Indianerkinder, Wissbegier, Fantasie und den Hang zum bildhaften Ausdruck besaß, unterdrückte die Schule bald jede Lebensfreude in ihr. Als die Eltern merkten, wie ihre Fröhlichkeit einer krankhaften Neigung zur Melancholie wich, nahmen sie das Mädchen kurzerhand von der Schule.

Ursache für den Hass der Lehrerin war, dass Glorias Eltern ihr Kind nicht taufen lassen wollten, die Lehrerin aber eine »Christin mit Prinzipien« war. Dieser Streit betraf nicht nur Gloria. Zwischen einer Anzahl Lakota-Familien und der Schule entwickelte sich eine Art Kraftprobe. Daneben gab es zu jener Zeit eine unendliche Kette von Durchsuchungen und Verhaftungen, die einen Indianer unverhofft und gelegentlich für Monate in einem Gefängnis verschwinden ließen. Gloria erinnerte sich an diese Zeit mit tiefer Beklommenheit, weil ihr Bruder Archie für acht Jahre in ein Hochsicherheitsgefängnis kam und nach seiner Freilassung kaum wiederzuerkennen war, so dünn war er geworden. Er starb einige Wochen später unter schrecklichen Schmerzen. Gloria weinte sehr um ihn – er war ihr Lieblingsbruder gewesen.

Gloria hatte in der Schule also wenig gelernt. Doch sie hatte eine Schrift, die leserlich war, allerdings mit so dünnen, nach links geneigten Strichen, dass sie sich kaum vom Papier abhoben. Und sie konnte auch rechnen und eine Landkarte lesen. Grandma sprach ungern von ihrer Jugend, aber Eva ließ nicht locker.

Grandma zögerte lange, ein tiefer Atemzug hob ihre Brust. Doch dann war sie bereit.

»Lange Zeit konnte ich nicht mehr schlafen. Ich hatte zu viel gesehen. Zu viel Hässliches, zu viel Böses. Ich war ohne Kraft und ohne Willen, als ich Simon begegnete. Ich lebte in der Finsternis: Er war wie ein Licht, das aus weiter Ferne zu mir kam …«

Sie hielt kurz inne, mit einem seltsam in sich gekehrten Blick. Plötzlich lachte sie auf, stoßweise und jugendlich.

»Simon war kein schöner Mann, glaub das ja nicht.«

Eva lachte mit ihr.

»Ach, das kann nicht sein!«

»Doch. Er sah wie ein ganz einfacher Bursche aus, strubbelig und ungepflegt, aber er war so lebendig. Unter strähnigem Haar blickte er scharf und gerade zu mir herunter. Er kam mir ein bisschen unheimlich vor. Ich dachte, mit dem klappt es wohl gar nicht. Ich war jung, ging manchmal in Bars und trieb es mit verschiedenen Kerlen. Ich sah nicht übel aus, und sie machten mir Geschenke. Ja, und eigentlich war ich mit einem ganz anderen zusammen, der Joseph Running Bear hieß und mich beeindruckte, weil er einen teuren Wohnwagen hatte, mit Kochstelle, Kühlschrank und Schiebedach, in das frische Luft hereinzog, wenn man auf dem Klo gewesen war. Und da kam Simon Walking Eagle mit seinem alten Pick-up und fuhr eine Beule in den Wagen. Worauf Joseph einen Tobsuchtsanfall hatte. Simon stand einfach da, murmelte betreten: ›Ach ja, verstehe schon. Das ist unangenehm. Moment mal!‹ Er holte eine Hand voll Dollars aus seiner Hosentasche und sagte zu Joseph Running Bear: ›Reicht das?‹

Joseph war jähzornig, aber ehrlich. Er betrachtete den freundlich lächelnden Menschen vor sich und sagte, etwas beschämt: ›Cousin, eigentlich ist es zu viel.‹

Simon zuckte mit den Schultern.

›Alles, was ich mit Geld kaufen kann, ist zu billig für mich.‹

Joseph stand da mit offenem Mund, aber das Geld hat er trotzdem genommen. Ich dachte, was für ein komischer Vogel! Dann sah ich Simons Lächeln, hell und warm und bezaubernd, und fragte ihn, woher er das viele Geld hatte.

›Das war mein Monatslohn‹, antwortete er leichthin. ›Heute war Zahltag.‹

Seit seiner Rückkehr aus Europa war er im Genuine Indian Crafts Center angestellt, schnitzte tagein, tagaus die gleichen Häuptlinge mit Federkronen aus Holz. Alle trugen einen Speer in der Hand, mit Skalplocken aus Hundehaar geschmückt. Aber das mache er nicht mehr lange, sagte Simon. Er hätte in Europa Besseres gelernt.

›Und inzwischen?‹, fragte ich. ›Wovon kaufst du Essen?‹

›Essen aus dem Laden ist schlecht für den Körper‹, antwortete er. ›Körner sind besser – die Vögel leben ja auch davon.‹

Ich musste lachen.

›Wenn du Verstand hättest …‹

›Wir verlieren unseren Verstand, sobald wir zahm werden‹, sagte der komische Typ. ›Früher waren wir Hirsche, jetzt sind wir Haushunde, die mit dem Schwanz wedeln und um Knochen betteln.‹

Ich fragte verwirrt: ›Von wem redest du eigentlich?‹

›Von unserem Volk, das früher in diesem Land lebte.‹

›Aber wir leben doch immer noch hier.‹

Er sah mir mit seinem geraden Blick in die Augen.

›Unsere Körper, ja, die sind hier. Aber unsere Seelen nicht mehr.‹

Ich fand alles, was er sagte, komisch und kicherte töricht. Ich war nicht sehr klug damals. Aber meine Mutter Yellow Flower hatte vom Fenster aus gesehen, wie ich mit Simon redete, und rief ihm zu: ›Komm rein, mein Sohn, hier gibt's guten Kaffee.‹ So kam Simon in unsere Familie; er trank gerne den Kaffee meiner Mutter und aß Squawbrot mit uns; wir teilten auch das Fleisch mit ihm, wenn wir welches hatten. Jedenfalls machte ich mir Sorgen, ob Simon, so dünn wie er war, genug zu essen hatte, aber er war immer voller Energie und ließ uns spüren, dass er nicht auf uns angewiesen war. Irgendwie hatte der Bursche es geschafft, sich auf alte Fähigkeiten zu besinnen; er baute Kaninchenfallen, fing Eichhörnchen, er wusste, wie man Schneeschuhe fertigte, wie man eine Schlafstatt im tiefen Schnee errichtet. Die Winter waren damals schrecklich; heute ist das Klima milder geworden. Wenn der Winter so hart war, dass kleine Kinder starben und die Erwachsenen vor der Wohlfahrtsküche Schlange standen, verschwand Simon für ein paar Tage und kam mit einem großen Bündel Enten oder Fischen oder irgendetwas anderem zu essen zurück und alle wunderten sich: Wie macht dieser magere Junge das bloß?

›Bist du eigentlich ein Christ?‹, wollte ich wissen, als Simon mich fragte, ob ich ihn heiraten wollte.

Er brach in Lachen aus – und wie er lachte, er konnte nicht aufhören zu lachen ...

›Nein, danke, ich bin mit Wakan Tanka zufrieden‹, sagte er, als er wieder sprechen konnte.

Und dann erklärte er mir seinen Glauben.

›Wenn ich etwas vom Großen Geist will, rede ich sehr ernsthaft mit ihm. Und er sagt zu mir: ›Na, mach schon, mein Sohn! Tu, was du tun musst, aber verlass dich nicht auf mich. Merke dir: Nur wenn ich sehe, dass du es schaffst, greife ich dir ein bisschen unter die Arme. Okay?‹ Und ich sage zu Wakan Tanka: ›Okay, das ist fair‹, und lege mich ins Zeug. Und Wakan Tanka sieht es mit Wohlgefallen, genau wie es in der Bibel steht.‹

›Verrückter Mann‹, meinte meine Mutter, schüttelte den Kopf und lächelte. Aber sie mochte ihn und sagte zu mir: ›Heirate Simon, und bleib ihm treu! Du wirst schon sehen, es lohnt sich.‹ Meine Mutter war eine kluge Frau, und sie sollte Recht behalten. Simon ist immer der Gleiche geblieben. Ich bin es, die sich verändert hat. Simon trank nicht. Nie. Sein Leben lang hatte er mitangesehen, wie unser Volk sich betrank und seine Orientierung verlor. Als Kind war er ein richtiger Büchernarr gewesen. Er las alles: Schulbücher, Romane, Zeitungen und auch die Bibel, aus der er gelegentlich zitierte:

Und ich sehe einen neuen Himmel und eine neue Erde

Denn der erste Himmel und die erste Erde sind dahingegangen.

Die Zeilen kenne ich auswendig. Wenn Simon sie aufsagte, hörte es sich richtig gut an. Aber die biblischen Wunder einfach so nehmen, wie er sie las, das konnte Simon nicht.

›Wir sind doch keine Narren, Gloria, auch heute nicht. Wir wissen doch, dass starke Winde die Gewässer teilen, dass Schlangen in Starre verfallen, wie Hühner, wenn man sie streichelt, und dass es Büsche gibt, die in der Sonne Feuer fangen und mit großem Rauch brennen.‹

Immerhin sagte Simon, dass die Beziehungen zwischen den alten Hebräern und ihrem Gott echt klangen.

›Die Hebräer und wir haben eine ähnliche Geschichte. Mit dem Unterschied, dass wir Wakan Tanka kein Schaf und auch nicht den erstgeborenen Sohn opfern müssen. Was sollte er damit anfangen?‹

Simons Gesicht, sein Körper hatten die Zeichen jener Jahre empfangen, die wir *oyumni* – Umherstreifen – nennen. In seinen Zügen konnte ich seine Geschichte lesen, aber es waren die Spuren der Jugend in seinem Lächeln, die mich bezauberten. Eine Geschichte zu haben war etwas wert. Ich hatte keine. Und so ließ ich ihn reden, und er redete viel. Selbstvertrauen? Vielleicht hatte ich gar nicht so wenig. Simon machte mir Mut. Er forderte mich direkt dazu heraus. Ich hatte keinen Funken Ehrgefühl mehr im Leib, nur Eigennutz. Allerdings, ohne Eigennutz hätte ich niemals überleben können. Ich kann einfach nicht erklären, Takoja, wie es war, und wie dieses Leben uns allen wehtat. Aber dann kam Simon, und Simon dachte anders.

Er sagte zu mir: ›Gott – wie auch immer er heißen mag – hat uns Vernunft und Verstand gegeben. Wir sind weder gierig noch verschlagen. Was wir wissen, hat uns die Schule der Natur beigebracht: Wir wissen vieles besser als die *wasicun*; bloß hat uns die Natur nicht beigebracht, wie man lügt. Sonst hätten sie uns nicht immer wieder mit ihren falschen Versprechungen reinlegen können.‹

Simon wusste, wie man uns vernichtet hatte. Dabei waren wir ganz wie die anderen Menschen und gar nicht aufregend oder gefährlich. Wir waren nur besiegt worden, verstehst du, Takoja? Darauf kam es an. Unsere Art zu denken und zu lieben war vergewaltigt und entstellt worden. Man wollte, dass wir unsere Seele verbrannten; wir sollten vergessen, wer wir waren, und so werden wie jene, die uns hassten. Immerhin hatten wir's ihnen ganz schön brutal gegeben, das jedenfalls war klar.

Schmutz und Elend bemerkte ich kaum. Ich war ein störrisches Mädchen, ich wusste nicht, was mir schadete. Und ich konnte das nicht ändern. Jedenfalls nicht aus eigener Kraft.

So lernten wir uns kennen. Ich nannte ihn den Besserwisser. Das störte ihn nicht. Er befreite mich von der Angst; es war, als zöge er sie aus meinem innersten Mark heraus. Ich wollte eine weiße Lady sein, wie Annie, die Tochter des Schusters in der Main Street, der ein Weißer war. Annie, die sich wie Deanna Durbin schminkte und mir ihre Nylonschlüpfer zeigte. Aber was ich am meisten an ihr bewunderte, war ihr kurzer Lockenkopf.

›All das scheußliche Haar! Ich will auch eine Dauerwelle.‹

Simon verbot es mir.

›Dir steht keine Dauerwelle, Gloria. Annie ist ein braves Mädchen, aber keine Lady. Und wenn sie so weitermacht, wird sie eine Schlampe. Du aber bist eine Adlerfrau und deine Vorfahren waren Chiefs. In Europa wärst du eine Königstochter.‹

Das war höchst schmeichelhaft und glatte Übertreibung, aber ich merkte es mir. Und allmählich veränderte ich mich. Simon beklagte niemals die Vergangenheit, sondern glaubte vielmehr an die Zukunft unseres Volkes. Bevor ich Simon traf, wusste ich nichts Besseres, als in Bars zu hocken und auf Kerle zu warten. Ich konnte eine Bierflasche in einem Zug halb leer trinken. Ich konnte sie auch auf der Nase balancieren. Solche Tricks eben, und andere, noch viel dümmere. Ich hatte zu viel schlechte Medizin, verstehst du? Man musste mich überlisten. Neue Dinge erschrecken uns zuerst; Simon erschreckte mich. Simon trug seine Armut mit großer Würde. Wir fühlen es im Herzen, wenn wir der Wahrheit begegnen. Es ist so einfach wie ein Erwachen, frühmorgens, wenn es Tag wird. Ich erkannte, wer ich war, das gab mir Selbstbewusstsein. Und irgendwann habe ich begonnen, mich selbst zu heilen. Wir meinen, dass es keinen Weg zurück zu uns selbst gibt. Aber das ist nicht wahr. Die Vergangenheit, die Zukunft sind beide im Heute erhalten. Verstehst du, Takoja?«

Eva beobachtete ihr verschmitztes Gesicht, ihre starken, sehnigen Hände, voller Schwielen und Risse. Die Hände einer Frau, die harte Arbeit gewohnt war. Sie sprach mit schonungsloser Offenheit, und Eva war ihr dafür dankbar. Ihr wurde ganz schwindlig, wenn sie an all die Generationen dachte, die vor ihr da gewesen waren, und an die schlimmen Dinge, die sie durchgemacht hatten.

Und da war noch die Sache mit Alecs Vater. Die Großeltern sprachen selten darüber, aber Eva wollte mehr erfahren.

»Ungarn«, sagte Grandma. »Er kam aus Ungarn.«

»Wo liegt Ungarn, Grandma?«

Sie bat Eva, ihr den Atlas zu bringen.

»Und meine Brille!«, rief sie ihr nach.

Eva brachte ihr beides. Grandma setzte sich die große Hornbrille zurecht und studierte einige Minuten lang die europäische Landkarte sehr sorgfältig.

Beide saßen vor dem Holzhaus auf der Veranda, Gloria in ihrem Schaukelstuhl, Eva auf einem Schemel neben ihr. Sie breitete das große, flache Buch auf ihren Knien aus und suchte lange mit dem Finger.

»Hier«, sagte sie endlich mit zufriedenem Ton. Eva beugte sich neugierig vor. Aber Ungarn war nur eine Fläche auf der Karte, wie alle anderen Länder auch.

»Warum ist er hierher gekommen?«, fragte sie.

»Simon hatte ihn in New York getroffen und ihn zu uns

eingeladen. Oh, ich weiß noch, was für Angst ich hatte, den *wasicun* in unserem Haus zu empfangen! Ob ihm das, was ich kochte, wohl schmecken würde? Und das Klo war nur eine Hütte im Garten! Aber Anton glich nicht im Geringsten den Vorstellungen, die wir von einem *wasicun* hatten. Wir alle haben ihn auf Anhieb gemocht.«

In der Sioux-Sprache bedeutete *wasicun* Fettesser. Der Ausdruck passte gut, fand Eva. Sie hatten ihre Heimat unter sich aufgeteilt, als wäre sie seit jeher ihr eigenes Land gewesen.

»Er war groß und ruhig«, erzählte Grandma. »Seine Stimme war merkwürdig dunkel, wie ein ganz tiefer Glockenton. Das war es, was mir auffiel, als Simon ihn zum ersten Mal in unser Haus brachte. Sein Haar, das unter seinem Schlapphut hervorquoll, war hell wie Sand. Das sah zu seiner braunen Haut und dem jungen Gesicht gut aus. Er war nicht eitel, nicht herablassend, sondern vollkommen natürlich und höflich. Er war Dirigent, wie du weißt. Simon hatte seinen Auftritt in New York erlebt; nach dem Konzert wollte er ihn sehen. Das war natürlich nicht einfach für ihn. Aber Simon, du kennst ihn ja, wenn er sich etwas in den Kopf gesetzt hat … Jedenfalls lernten sie sich kennen und Simon sagte: ›Anton ist mein Freund.‹ Lange hatte er dazu nicht gebraucht, kaum ein paar Tage.«

Eva verzog ein wenig das Gesicht.

»Grandpa hat fast keine Freunde.«

»Ja, das ist richtig«, erwiderte Gloria.

Eva kamen die alten Männer in den Sinn, die stundenlang in Gruppen herumsaßen, rauchten und deprimierende Gespräche führten. Simon konnte ihr Selbstmitleid nicht ausstehen. »Die alten Kröten«, nannte er sie.

Grandma wiegte belustigt den Kopf. »Simon, du weißt ja, kann nichts mit ihnen anfangen. Aber Anton, den mochte er sehr. Beide saßen den ganzen Tag zusammen und unterhielten sich.«

»Worüber denn, Grandma?«

»Über Musik, soviel ich weiß. Ich kenne mich da nicht aus. Und auch über Politik. Über Politik kann man streiten. Sie stritten nie. Sie tranken Bier und sprachen mit leiser Stimme, wobei sie einander die Hände auf die Arme legten und die Finger in einer Art Zeichensprache bewegten, wie wir Indianer das tun. Anton fand das nicht seltsam. Schnell lernte er unsere Sprache. Und Juliette ...« Sie stockte und spielte mit Evas Haar, wie eine Frau, die einen Hund krault, damit die Zudringlichkeit des Tieres ihre Gedanken nicht störte.

»Sie verliebten sich ineinander, wie du weißt. Ich hatte Angst, aber was konnte ich tun? Es gibt Kinder, die ihren Weg ganz allein gehen, man braucht sich nicht um sie zu kümmern. Aber Juliette! Sie war so sensibel. Und nach all dem, was sie mitgemacht hatte, wollte sie jetzt diesen *wasicun* heiraten. Und ... ach! Diese Hitze! Ich habe Durst, Takoja. In der Küche steht frischer Tee.«

Eva ging ins Haus. Durch das kleine Treppenfenster fiel spärliches Licht – ein paar Stufen führten nach oben, in die Schlafzimmer. Im Wohnraum standen ein altes Sofa, dessen Sprungfedern sich gesenkt hatten, und ein gusseiserner Ofen. Ein Wandschrank war mit zerlesenen Büchern und alten Zeitschriften voll gestopft. Auf dem runden Tisch voller Flecken stand eine Petroleumlampe. Überall lagen Sachen herum. Bei Laura stand jeder Gegenstand akkurat an seinem Platz, aber Grandma hielt nicht viel von Ordnung. Eine Fotografie von Juliette hing an der Wand.

Juliette. Die dunkle Holzwand ließ das Weiß der Aufnahme besonders aufleuchten. Eva trat näher, um sie genau zu betrachten. Juliette trug die traditionelle Lakota-Kleidung aus Hirschleder mit aufwändiger Perlenstickerei, dazu Beinlinge mit langen Fransen und Mokassins. Die starke Sonne, die seit Jahren durch die Vorhänge schien, hatte das Foto ausgebleicht. Juliettes Gesicht war nur ein weißer

Fleck. Nicht einmal die Augen waren klar zu erkennen. Das abstrakte, blicklose Gesicht verwandelte die fotografierte Frau in ein Wesen aus einer anderen Welt, gehüllt in ein Weiß, das kein Schatten zu berühren wagte.

Wer war Juliette? Wie hatte sie ihr kurzes Leben gelebt? Wie viel Glück und Leid hatte sie erfahren?

Nach einer Weile wandte Eva sich von dem Bild ab und ging in die Küche. Das kleine Fenster stand offen, der Vorhang blähte sich im Durchzug. Ein Tisch mit einigen Stühlen und der Holzofen nahmen den gesamten Raum ein. In der Küche standen die verschiedensten Dinge. Die vielen Schränke, von Simon gezimmert, waren mit Töpfen, Dosen, Säckchen, kleinen und großen Schachteln voll gepackt. Der Tisch war mit Speck und Salzfleisch beladen, das sich lange hielt, und ringsum standen Keksbüchsen, Gläser mit Eingemachtem, Körbe mit Sau- und Gartenbohnen, Linsen und Mais. In der Spüle lag eine angebrannte Bratpfanne. Einen Kühlschrank gab es nicht. Der Mangel an Bequemlichkeit störte nicht, denn so lebten hier alle. Immerhin hatten sie Strom und fließendes Wasser.

Gloria besaß viele Teesorten. Sie bewahrte sie in braunen Gläsern auf; im Sommer kochte sie frühmorgens frischen Tee und bewahrte ihn in einem großen Krug auf, sodass er den ganzen Tag kühl blieb. Eva öffnete den Teekrug, schnüffelte und nickte glücklich. Hagebuttentee mochte sie besonders; Großmutter wusste, dass sie kommen würde, und hatte ihn für sie gekocht. Eva goss den Tee in zwei Tassen und ging auf die Veranda zurück. Grandma lächelte heiter, fächelte sich mit ihrem Taschentuch Kühlung zu.

»Setz dich her«, sagte sie. »Ich will dir von Juliette erzählen.«

21. Kapitel

Im Herbst zogen riesige schwarze Wolken über die Prärie. Als der erste – eiskalte – Regen einsetzte, brachte Alec Kola jeden Abend zu den Schafen in den Stall. Dem Fuchs ging es nicht gut. Die Stallwände waren morsch und der Wind pfiff durch die Ritzen, aber die mit Stroh ausgelegte Box bot ihm immerhin Schutz. Alec war sehr gewissenhaft und mistete Kolas Stroh täglich aus. Es war eine Drecksarbeit, denn der Palomino hatte Koliken. Jedes Mal, wenn Alec eine Ladung verschmiertes Stroh hochhob, erstickte er fast an dem Gestank. Er zerrte mit einer großen Forke einen Heuballen zu sich herüber, schleuderte frisches Stroh in die Box. Der Staub brannte in den Augen und reizte die Nasenschleimhäute; so lange er sich erinnern konnte, hatte Alec nichts Schlimmeres erlebt. Dazu kam die Sorge um Kola. Doch er kämpfte vergeblich, seine Kräfte ließen nach. Alec wollte das nicht wahrhaben. Eine Zeit lang wirkten Basils Mittel, dann nicht mehr. Die Koliken wurden schlimmer. Kolas Schritte wurden schwerfällig, sein Atem ging schwer und sein Fell fühlte sich schmierig an. Alec glaubte fest, dass sich das Tier erholen würde. Bis er eines Morgens Kola liegend im Stroh vorfand.

Es war frühmorgens; der Lärm des Donners hatte Alec geweckt. Auf das Dach prasselte Regen. Durch die Tropfen, die zitternd an der Glasscheibe hingen, flackerten blaue

Blitze. Die Nacht war sehr kalt gewesen, und Alec hatte schlecht geschlafen. Er rannte die Treppe hinunter, schlüpfte hastig in seine Jacke, zwängte die nackten Füße in seine Gummistiefel. Der Weg zum Stall war kurz; Alec rannte durch den Regen, Windböen schoben ihn beiseite, nahmen ihm fast das Gleichgewicht. Endlich erreichte er den Stall; der Sturm hatte die alte Tür fast aus den Angeln gerissen. Die Schafe blökten, stießen unruhig aneinander. Der Gestank war entsetzlich. Und wo war Kola? Ausgerissen? Alec ergriff Panik; da sah er, dass das Tier in seiner Box zusammengebrochen war. Wie ein roter Felsblock lag es da, ein Felsblock, der zuckte und atmete. Die Zunge hing geschwollen zwischen den langen, gelben Zähnen. Alec sah, wie dunkles Blut aus seinen Nüstern tropfte. Verzweifelt kniete er neben dem Pferd im Stroh, umfasste den klebrigen Hals und rief Kolas Namen. Kola ließ ein Schnauben hören, sein Kopf bewegte sich leicht. Er wollte sich aufrichten, aber es gelang ihm nicht. Alec kauerte neben dem Tier in erstarrter Haltung, schluchzte tonlos, tränenlos, mit dem ganzen Körper. Er wusste, dass dies das Ende war, unausweichlich, etwas, was erduldet werden musste. Es war etwas so beängstigend Neues, was er in der engen Berührung mit dem glühenden Tierkörper entdeckte. Und weil sein eigener Wille nachließ, verlor er die Gewalt über Gedanken und Bilder, die ihm durch den Sinn gingen, Bilder von einem Adler, der am Himmel schwebte, von einem einsamen Hügel, von einem schlagenden Herzen tief in der Erde, bis er sich auch nach dem eigenartigen Frieden des Todes sehnte. An seinen Hals trat Schweiß und floss die Brust und den Bauch hinunter. Er biss sich mit den Zähnen auf die Lippen, spürte den salzigen Geschmack des Blutes …

»Nein, Kola, nein! Verlass mich nicht!«

Er hörte den schwerfälligen Atem und sah die verdrehten Augen des sterbenden Pferdes. Alec wurde schwindelig; die Wände kamen näher und entfernten sich, merkwürdige Linien vermischten sich vor seinen Augen, wie ein schwarzes Spinnennetz. Der glühend heiße Tierkörper bewegte sich zuckend, der Fuchs krümmte sich manchmal vor Schmerz, streckte den Kopf verzweifelt hoch, während seine großen, glänzenden Augen fast aus den Höhlen traten. Alecs Gedanken überschlugen sich. Was tun? Schreien? Rufen? Und Basil? Wo war Basil? Ach, Basil war bei der Herde. Die Großeltern? Wegen des Gewitters würden sie ihn nicht hören. Unmöglich, das Tier auch nur eine Minute allein zu lassen! Nichts konnte sein Sterben erleichtern. Alecs Finger gruben sich in die Mähne des Pferdes: Er klammerte sich in ihr fest, riss und zerrte an der verklebten Masse. Kola beruhigte sich unter Alecs Berührungen, fiel kraftlos auf die Flanke zurück, bis ein letzter, heftiger Krampf ihn schüttelte. Mit einem Mal hob ein tiefer, lang anhaltender Seufzer seine Flanken. Der abgemagerte Körper streckte sich ein letztes Mal, schied Blut und Schleim aus, bevor er sich endgültig entspannte und Alec sich vor Schmerz übergab. Kola war tot. Er war gegangen und hatte ihn allein gelassen. Alec konnte den Gedanken nicht ertragen. Zu viel hatte sich verändert. Sein Freund war ihm genommen worden. Seine Hände glitten die Mähne entlang, die noch feucht und lebendig warm war. An seiner Jacke waren unzählige Fingerabdrücke, riesig groß, blutrot. Alec starrte seine blutigen Hände an und verlor zum ersten Mal in seinem Leben die Besinnung.

Basil fand ihn später, neben dem toten Pferd. Alec zitterte in einem heftigen Krampf, hatte die Zähne in seine Unterlippe geschlagen, die noch wochenlang geschwollen blieb, mit einem Bluterguss in der Mitte.

Basil trug ihn unter Mühen ins Haus. Alec schlug um sich. Seine Augen waren verdreht, aus seinem Mund quoll blutiger Schaum. Gloria gelang es, die Kiefer auseinander zu drücken und ihm einen Holzlöffel zwischen die Zähne zu schieben, damit er sich nicht die Zunge zerbiss. Weil sie nichts anderes hatte, rieb sie ihm die Schläfen mit Kampfersalbe ein. Endlich kam Alec wieder zu sich. Noch immer erfüllten Nebelschwaden seinen Schädel. Seine Nerven waren zum Zerreißen gespannt, jeder Muskel steinhart. Er knirschte mit den Zähnen. Er wusste nicht, was mit ihm los war. Tatsächlich verlor er für ein paar Stunden den Bezug zur Wirklichkeit. Er blickte sich im Zimmer um und fragte: »Wo bin ich?« Laura sagte, komm, du musst dich hinlegen, und brachte ihn in sein Zimmer. Alec fragte: »Wer schläft hier?« Er lag da, mit den Augen ins Leere starrend. Laura gab ihm zu trinken, Alec hörte, wie das Wasser in seinem Bauch gluckerte und tiefer sank. Weiter unten war ein Gefühl starker Übelkeit. Etwas floss warm auf seine Beine und Alec machte ins Bett. Laura schleppte frische Betttücher und Wäsche zum Wechseln herbei. Endlich gelang es Alec, seinen Körper zu entkrampfen. Doch seine Seele brauchte noch Zeit. Es dauerte eine Weile, bis die Erinnerung kam. Die Erkenntnis traf ihn wie ein Schlag ins Gesicht. Und Alec, der noch nicht gelernt hatte, dass es auch für das liebste Wesen, für die schönsten Spiele ein Ende gibt, Alec packte ein heftiges Zittern. Er rollte sich zusammen, krümmte sich wie der Fötus im Mutterleib.

»Weine!«, sagte Laura. »Weine! Dann geht es dir besser.«

Alec hielt sich mit beiden Händen den Kopf, redete Unverständliches. Er geriet in eine wahnsinnige innere Erregung. Schmerzvolle, schwere Tränen traten in seine Augen und trockneten sofort. Sein Blick war von einem Feuer verbrannt, das hohem Fieber glich. Laura sah ein, dass sie mit ihm nicht reden konnte, und ließ Basil kommen.

Der alte Mann rückte sich einen Stuhl zurecht und setzte sich. Der kleine Raum füllte sich mit seinem Geruch nach Holzkohle und Wildnis. Alec starrte ihn an, ohne sich zu rühren.

»Du musst weinen«, sagte Basil.

Alec schüttelte stumm den Kopf. Er empfand nichts und

schämte sich gleichzeitig, dass es so war. Weinen? Das konnte er nicht.

»Doch, du kannst.«

Basil, der so ungern sprach, wusste, dass Alec diesmal Worte brauchte, und gab sich große Mühe mit ihm.

»Kola … da war nichts zu machen.«

Pause. Alec drehte sich wieder um.

»Das gilt für Menschen und Tiere«, sagte Basil. »Du kannst nichts daran ändern.«

Alecs geschwollene Lippen zuckten, bewegten sich.

»Kola … war mein Vater, mein Bruder … alles …«

Basil antwortete mit einem Kopfnicken.

Alec schluckte würgend. »Jetzt bin ich allein. Ganz allein.«

Basils schwärzliche Finger zeichneten ein »Nein« in die Luft.

Alec zuckte zusammen. Ein rauer Ton entrang sich seiner zugeschnürten Kehle. Ohne es zu wollen, streckte er die Hand aus. Basils knochige Finger schlossen sich um seine. Alec spürte, wie seine Hand gehalten und gedrückt wurde. Basils Finger fühlten sich warm an – erstaunlich warm und kräftig.

»Die Welt ist voll toter Menschen und Tiere«, sagte Basil. »Nimm doch an, dass du es weißt.«

Es war der längste Satz, den Basil seit langem gesprochen hatte. Alec sagte erst einmal nichts. Dann setzte er sich ruckartig auf und starrte den alten Mann an. Dieser sprach jetzt langsam und deutlich, als ob er ihm ein Geheimnis anvertraute.

»Kola ist da. Kannst ihn sehen – und fühlen. Tag und Nacht.«

»Ist das wahr?«, stammelte Alec.

Basil gab eine Art Knurren von sich.

»Nur wenn du ihn vergisst, geht er weg. Nur dann …«

Er presste Alecs Hand, bevor er sie behutsam wieder freigab. Alecs Gesicht rötete sich. Sein Kopf bewegte sich von einer Seite zur anderen.

»Ich werde immer an ihn denken!«, stöhnte er. »Mein Leben lang!«

Er zitterte immer stärker. Das erste Aufschluchzen war so schwer, dass es ihm fast die Lunge zerriss. Weitere Schluchzer folgten, als wäre der Bann nun gebrochen. Basil saß bei ihm, sein brauner Körper reglos wie ein Baum, und ließ ihn weinen.

Schließlich fragte er: »Magst du Kaugummi?«

Alec nickte, mit verheultem Gesicht. Basil holte ein Päckchen aus der Tasche seines schmierigen Overalls, schüttete ein Stück heraus und reichte es ihm. Alec nahm es geistesabwesend, stopfte es in seinen Mund.

»Nicht runterschlucken«, sagte Basil. »Bloß kauen, verstehst du?«

Später schaffte Basil Kolas Leiche aus dem Stall. Das Tier wurde verbrannt. Alec wollte dabei sein, er bestand darauf, und Basil lehrte ihn die richtigen Gebete. Dann, als die Asche abgekühlt war, half Basil dem Jungen, Kolas Knochenreste einzusammeln. Der Schädel war fast unversehrt. Mit seinen entblößten Zähnen, den leeren Augenhöhlen glich er einer Ritualmaske, lichtdurchströmt und edel. Alec empfand nur wenig Schmerz und nicht die geringste Furcht. Er legte Kolas Knochen in eine Kiste, die er im Stall aufbewahrte. Er ging oft hin, um sie zu betrachten. Keiner störte ihn jemals, wenn er vor der Kiste saß und träumte. Es war eine Sache, die jeder verstehen konnte.

Alecs Leben sollte sich nach Kolas Tod verändern. Er verbrachte weniger Zeit mit Basil; ohne Pferd konnte er ihn nicht mehr begleiten. Mit vierzehn war Alec schon groß und kräftig. Er war immer still gewesen, jetzt wurde er nahezu einsilbig. Er hatte keine Lust zum Lernen und verkehrte viel mit anderen Jungen aus dem Reservat, die zu viel Bier tranken und einen schlechten Ruf hatten. Als Laura eines Tages entdeckte, dass aus einem verschlossenen Kästchen Geld fehlte, merkte sie, dass sie Alec zu viel Freiheit gelassen hatte. Sie rief ihn zu sich und stellte ihn zur Rede. Alec leugnete, das Geld entwendet zu haben. Er war wütend. Laura duldete nicht, dass er log. Sie ließ ihn ihren Zorn spüren, der keine Widerrede duldete. Zwar war Alec intelligent und gutherzig, er war jedoch von einer Wut besessen, die mit seiner Geschichte zusammenhängen mochte. Er war weder dieses noch jenes: kein Indianer und kein Weißer; großspurig, wie Jugendliche nun einmal sind, starrte er Laura an, als ob er sie hassen würde, und hielt an seiner Lüge fest, bis seine Kräfte versagten. Er legte ein Geständnis ab und erklärte, dass er nicht mehr zur Schule gehen, sondern so schnell wie möglich arbeiten wollte. Maurer, Fensterputzer, Dachdecker, was auch immer! Zu etwas Besserem tauge er ja nicht. Laura erwiderte kühl, die Entscheidung läge nicht bei ihm; sein Großvater würde ihm schon sagen, was er zu tun hatte.

Keiner erfuhr, was zwischen Großvater und Enkel gesprochen wurde; jedenfalls war das Ergebnis, dass Alec nach Seattle in ein strenges Internat kam und nur noch in den Ferien in Pine Ridge war. Die Leute fragten sich nicht ohne Grund, woher das Geld kam, denn es war ein teures Internat für Kinder aus wohlhabenden Familien. Auf diese Weise wurde bekannt, dass der *wasicun* einen nicht unbedeutenden Betrag für die Erziehung seines Sohnes dagelassen hatte. Simon, dem es nicht an Geschäftssinn mangelte, hatte das Geld auf kluge Weise angelegt und vermehrt. Alec schien sich seitdem wirklich zu bessern; die strenge Erziehung bändigte seinen heftigen Charakter. Er wurde noch größer; ein baumlanger junger Kerl, der den Kopf zwischen den Schultern versteckte, um weniger aufzufallen. Erst auf den zweiten Blick fiel auf, wie gut er aussah mit seinen fein geschnittenen Zügen, seinen großen, blitzenden Augen, die nicht dunkel, sondern von einem vergoldeten Grau waren. Doch ein frühreifer Ernst machte seinen Blick starr; es war, als ob er den Zauber der Kindheit für immer verloren hatte. Das Internat konnte nur dazu beitragen, sein Erwachsenwerden zu beschleunigen. Manchmal, wenn Alec es gekonnt hätte, wäre er gern in die vertraute Landschaft der Kindheit zurückgekehrt; er fand sich erst allmählich in dieser komplizierten Welt zurecht. Er wirkte ruhig, so ruhig wie ein Mensch, der unentwegt über etwas brennend Wichtiges nachdenkt, das ihn verzehrt. Es war, als ob er ständig eine große Wut in sich verdrängen würde. Laura, die das Blut ihrer Vorfahren ungemischt in sich trug, spürte unversöhnliche Gegensätze in ihm ringen. Nur seine behütete Kindheit hatte Schlimmeres bislang verhindert. Doch nun fielen die Schatten immer dichter auf ihn. Alec wusste nicht, wie er sich zur Wehr setzen konnte.

»Eines Tages kommt mein Vater und holt mich«, sagte er. »Und dann werde ich ein Weißer sein.«

Zu Laura hatte er das schon lange nicht mehr gesagt. Sie maß ihn mit einem kühlen Blick.

»Und deine Mutter? Sei ehrlich zu ihr!«

»Sie ist tot«, sagte Alec hart.

»Wir haben es nicht so empfunden«, sagte Laura.

Er lachte auf. Sein Lachen klang höhnisch und verärgert. Er hasste Lauras Art, von Juliette zu sprechen, als ob sie noch lebte. Da stand er, auf halbem Weg zur Tür, sah ihr Stirnrunzeln, ihr ebenmäßiges, entstelltes Gesicht. Seine Mutter war dahin, und für immer. Er hatte sie nicht einmal gekannt. Es gab nur ein altes und vergilbtes Foto von ihr.

»Sie ist nicht mehr da«, sagte er tonlos.

»Und wozu bist du da?«, fragte Laura streng.

So eine Frage hatte Alec noch nie gehört. Ein Schwindel erfasste ihn.

»Ich … ich weiß es nicht.«

»Alle Lebewesen leben für einen bestimmten Zweck«,

fuhr Laura ruhig fort. »Sogar eine Ameise kennt ihre Aufgabe. Du hast von deiner Mutter eine Kraft empfangen. Sie wird sich nicht freuen, wenn du diese Kraft vergeudest.«

Dachte Laura an die Menschen, die sie liebte, sah sie nicht nur die Lebenden, sondern auch die Verstorbenen. Wenn sie die Augen schloss, ganz tief in sich selbst versank, konnte sie mit ihren Seelen in Verbindung treten. Es gab einen Ausdruck dafür: *waki-ksuya*. Er bedeutete Zurückrufen, in die Vergangenheit reisen, den Geistern seine Seele öffnen, ihre Stimme hören. Alec war dazu nicht mehr fähig. Sein Körper konnte seine Geschichte nicht zurückgewinnen. Egal, was Alec tat, er fühlte sich unbehaglich. Seiner Mutter war er nicht gewachsen, und sein Vater war weit weg. Aber sein Vater lebte, das war der Unterschied.

»Wo ist mein Vater, Laura?«

»Woher soll ich das wissen? Niemand weiß es.«

»Konnte er nicht bleiben?«

»Du kennst doch die Geschichte.«

»Nicht sehr gut, nein.«

»Du hörst ja nie zu. Wie oft soll ich sie noch erzählen?«

Alec gab keine Antwort.

»Was hast du denn?«, fragte Laura.

»Nichts.«

»Du zitterst ja, als ob du Fieber hättest.«

»Ach, Scheiße«, versetzte Alec.

Sie funkelte ihn an.

»Nicht diese Ausdrücke, Alec! Nicht in meiner Gegenwart.«

»Entschuldige«, flüsterte Alec rau.

»Hau ab«, sagte Laura.

»Nein, ich will die Geschichte hören.«

»Okay. Aber zum letzten Mal, ja?«

Alec sagte nichts. Laura holte tief Luft.

»Dein Vater hatte Juliette geheiratet und sich um die amerikanische Staatsangehörigkeit beworben. Das brauchte seine Zeit. Hätte er sie erhalten, wäre vieles anders gewesen. Aber bevor es so weit kam, starb sein Vater. Anton war der einzige Sohn. Er musste sich um den Nachlass kümmern, seiner Mutter beistehen. Juliette war schwanger, es ging ihr nicht gut. Anton fand keine Ruhe, keinen Schlaf mehr. Er ahnte, dass er sie nie wiedersehen würde. Juliette war heiter, wie immer. Rückblickend kann ich nicht sagen, ob sie wirklich so zuversichtlich war, wie sie tat. Aber sie wollte ihm die Entscheidung leicht machen. Das, was in Budapest auf ihn wartete, duldete keinen Aufschub.

›Hab keine Angst!‹, sagte sie zu ihm. ›Dein Sohn wächst in mir: Er will leben. Du wirst ihn nicht sehen, aber er wird groß und stark werden. Der Tod wartet, aber dein Sohn wird leben. Ich weiß es.‹«

Eine leichte Übelkeit stieg in Alec auf. Es war das erste Mal, dass er diese Einzelheiten von Laura erfuhr.

»Und … also … meine Mutter wusste, dass sie einen Sohn haben würde?«

Laura zuckte kurz mit den Schultern.

»Ach, Juliette wusste diese Dinge.«

»Auch, dass sie sterben würde?«

Alec versuchte zu verstehen. Und gleichzeitig spürte er seine Neugierde wachsen. Vielleicht, weil Laura Geheimnisse hütete. Geheimnisse, die auch ihn betrafen.

»Ich war natürlich nicht dabei, aber Juliette hat es mir später erzählt. Anton war sehr besorgt. Juliette war eine Adlerfrau. Anton gab viel auf ihre Gefühle. Aber es muss schwierig sein, diese Gefühle zu haben. Man muss mit ihnen umgehen können. Sonst ist man schnell mit den Nerven am Ende. Ich denke, dass Anton nicht schlafen konnte. Ich denke auch, dass Juliette ihn tröstete.«

»Das kannst du doch gar nicht wissen«, sagte Alec matt.

Laura nickte, als ob sie seine Zweifel bestätigte.

»Es gibt Dinge, die man einfach nicht wahrhaben will. Juliette sprach auch zu mir, ganz unbefangen. Sie sagte, dass sie vielleicht sterben würde. Ich konnte es nicht ertragen. Ehrlich nicht!

Ich sagte zu ihr: ›Du meinst es zu wissen. Aber du weißt überhaupt nichts. Verdammt, Juliette, spiel nicht die Angstmacherin. Anton hat Sorgen genug. Vor dir haben schon andere Frauen ein Kind zur Welt gebracht.‹«

Alecs Gesicht verschloss sich.

»Warum hast du mir das nie erzählt?«

Sie drehte sich halb nach ihm um.

»Tut mir Leid, ich bin manchmal schroff. Wie ich's auch anstelle, ich kann mich nicht ändern. Was macht das für einen Eindruck auf ein Kind?«

»Ich werde fünfzehn.«

»Eben darum. Bist jetzt alt genug.«

Alec schluckte.

»Hat sie es dir übel genommen?

»Nein. Sie kannte mich gut.«

»Und was hat sie daraufhin getan?«

»Nichts. Sie wollte, dass ich ein Bild malte.«

Alec überlief ein Frösteln.

»Ein Bild?«

»Ja, für Anton. Sie wollte es ihm auf die Reise mitgeben. Ungerahmt, natürlich. Acryl auf Leinen, nichts Großformatiges. Leinen ist ein wundervolles, robustes Material.

Ich begann schon am Morgen, das Motiv nach ihren Angaben zu skizzieren. Früher waren Juliette und ich sehr verbunden gewesen. Wir teilten alles, Schmerz und Freude. Später waren wir nicht mehr so oft zusammen, aber wir waren immer noch füreinander da. Ich erinnere mich ganz genau, Juliette lag auf dem Sofa, hielt die Augen geschlossen. Ich tauchte den Pinsel in die Farbe und führte ihn über die Leinwand, während sie leise sprach. Zuerst wusste ich nicht, was ich malte, aber ich merkte, wie die Vision näher und näher an die Oberfläche ihrer Gedanken stieg. Ich zog den Pinsel in raschen, ausholenden Kreisen, bis die Gestalt eines Adlers erschien. In Anbetracht der Umstände gelang mir die Skizze ganz gut. Ich hatte den Adler mit allen Einzelheiten abgebildet, der Kopf war im Vordergrund zu sehen. Er ähnelte einem menschlichen Kopf, wie das bei Adlern eben so ist, weil sie Federn haben wie Haare. ›Ja, das ist er‹, hörte ich Juliette sagen. Das Merkwürdige war, dass sie ihre Blicke keine Sekunde lang auf das Bild gerichtet hatte. Sie umfasste ein Kissen und lag völlig ruhig. Ihre Augen starrten ins Leere.

›Die Hand‹, sagte sie. ›Du darfst die Hand nicht vergessen!‹«

Laura hörte auf zu reden. Alec starrte sie stirnrunzelnd an.

»Welche Hand?«

Laura betrachtete ihre eigene Hand wie eine Vorlage, drehte sie leicht hin und her. Alec konnte sehen, dass ihre Hand, gegen das Licht gehalten, fast durchsichtig wurde.

»Die Hand, die sah man nicht sofort. Ich habe mir viel Zeit für sie genommen und fühlte mich dabei alles andere als entspannt. Hände habe ich immer schlecht malen können. Mit den Proportionen, da habe ich Schwierigkeiten. Aber Juliette bestand darauf, und so musste ich sie halt malen. Juliette hatte auch eine genaue Vorstellung von den Farben. Es waren nicht die Farben, die ich gewählt hätte. Ich hätte andere, natürlichere haben wollen. Zum Glück war Hochsommer, und es blieb lange hell. Den ganzen Nachmittag bis in den Abend, solange das Licht noch gut war, arbeitete ich an dem Bild. Ich gehörte mir selbst nicht mehr, merkte kaum, wie die Zeit verging. Ich kaute einen Apfel, trank Wasser. Ich hielt Juliette das Glas an den Mund, sie schien weder Hunger noch Durst zu verspüren. Einoder zweimal rauchte ich eine Zigarette, das war alles. Endlich war das Bild fertig. Ich ging einige Schritte zurück, um es zu betrachten, und erschrak. Es war nicht mein Bild, verstehst du? Die Welt der Wunder konnte ich weder damals malen, noch kann ich es jetzt. Nur dieses einzige Mal, weil Juliette mich dazu gezwungen hatte. Die Figur, keine zwei Armlängen von mir entfernt, kam mir unglaublich lebendig und unglaublich geheimnisvoll vor: die Schwingen gefaltet, der Schnabel weit offen, die Kopffedern vom Wind nach hinten gerissen. Die Krallen bereit zum Angriff. Ein fast menschliches Profil. Das Profil eines Gottes. Eine heilige Gegenwart, schrecklich und wunderbar, von Stürmen getragen. Und erst die Farben! Korallenrot, ein tiefes Lapisblau und ein Weiß, das fast grünlich leuchtete.

Ich weiß nicht, wie lange ich vor dem Bild stand. Ich wurde des Anschauens nicht müde. Ich war schon immer ein Mensch, der die Welt um sich herum verstehen wollte. Sachlich, mit Vernunft und ohne Hokuspokus. Aber Juliette hatte ein anderes Bild von dieser Welt. Und für einige Stunden hatte ich aufgehört, innerhalb meiner eigenen Begrenzung zu existieren; ich war vereinigt gewesen mit ihr, mit Juliette. Ich verstand, dass dies ein logischer Teil all dessen war, was uns verband: unsere gemeinsame Kindheit, die Ahnenreihe, die Herkunft. Alle Dinge fügten sich zusammen. Meine Schwester hatte mich benutzt, mit dem einzigen Ziel, ihre Vision oder ihre Offenbarung – ich wusste nicht, wie ich es nennen sollte – zu bewahren. Sie hatte mich heimgesucht, meine Hand geführt. Aber das war notwendig. Sie hätte es ohne mich nicht geschafft. Nun wusste ich, dass sie sterben würde – es konnte nicht anders sein. Sie, die nicht mehr ganz von dieser Welt war, hatte mir allein durch ihr Vertrauen gezeigt: Ich brauche dich, Schwester, du bist würdig, das Geheimnis mit mir zu teilen. Und diese Gewissheit verwandelte sich in Schmerz und über den Schmerz hinaus in Ergriffenheit, und ich weinte vor Dankbarkeit, denn Juliettes Geschenk an Anton war ein Bild, das seine Kraft aus dem absoluten Glauben bezog. Das alles war Liebe.

Ich säuberte meine Pinsel, als Juliette sich bewegte.

›Fertig?‹, murmelte sie.

Plötzlich war ich wieder die alte, vernünftige Laura. Vielleicht hatte ich mir das alles auch nur eingebildet?

›Ja, ich glaube schon‹, sagte ich.

Sie stieß einen tiefen Seufzer aus.

›Gut. Ich danke dir.‹

Ich meinte, sie würde jetzt aufstehen und sich das Bild ansehen. Aber sie rührte sich nicht. Abgespannt und besorgt trat ich an das Sofa heran. Sie lag auf der Seite, hielt das Kissen mit beiden Händen an ihren Bauch gepresst. Ihre Augen waren geschlossen, und ihre Lippen deuteten ein Lächeln an. Es war ein Lächeln, das einzig und allein ihr gehörte und dem kleiner Kinder ähnelte: ein in sich ruhendes und behütetes Lächeln, von einem geheimnisvollen inneren Glück gespeist. Im letzten Schein der Sonne lag sie da, golden berührt, und atmete regelmäßig. Sie war tief und fest eingeschlafen.«

Ein Schweigen folgte. Alec war verwirrt. Seine Geburt war ein Ereignis gewesen, in der Dämmerung zwischen Leben und Tod. Juliette war die Unbekannte in ihm, in seiner Vorstellungskraft unendlich begehrenswert und zärtlich. Sie hatte in Alecs Blut ihre Spuren hinterlassen, eine grenzenlose Strömung, die ihn trug. Er liebte und fürchtete sie und suchte ihre Hilfe.

»Und dann?«, fragte er.

Laura griff nach einer Zigarette und zündete sie an.

»Sie gab das Bild deinem Vater.«

»Fand er es schön?«

»Schön? Ich würd's dir ja sagen, wenn ich könnte. Ahnte er, dass Juliette Abschied für immer nahm? Nun, wenn du mich fragst, ich nehme an, dass er es wusste. Jedenfalls reiste er ab. Mit dem Gedanken, wahrscheinlich, dass er irgendetwas verändern könnte, wenn er nur schnell genug wieder bei Juliette war. Die Monate vergingen. Anton erledigte, was zu erledigen war, und hoffte auf ein Wunder. Als er Ungarn verlassen wollte, hielten ihn die Behörden an der Grenze fest.«

»Was hatte er getan?«

»Nichts. In Ungarn kamen die Nationalsozialisten an die Macht. Die Pfeilkreuzler nannte man sie. Anton wurde festgenommen, verhört und wieder freigelassen. Aber sie behielten seinen Pass. So saß er fest.«

»Warum?«

»Er war ein großer Musiker, der hinreißend dirigierte. Er sollte in Budapest ein neues Orchester aufbauen. Ein Prestigeorchester zu Ehren der Partei. Anton lehnte ab; die Pfeilkreuzler waren ihm zuwider. Er wollte zurück nach Amerika, setzte alle Hebel in Bewegung, wandte sich an einflussreiche Freunde. Man gab ihm zu verstehen, dass er keine Wahl hatte. Und inzwischen kamst du als Frühgeburt auf die Welt, und Juliette starb. Simon schickte einen Brief nach Budapest. Die letzte Nachricht, die er von Anton erhielt, war ein verzweifelter Brief, in dem er dich ihm anvertraute. Und das war alles. Simon schrieb ein paar Mal vergeblich. Wir vermuten, dass die Briefe unterschlagen wurden. Von Anton kam jahrelang nicht das geringste Lebenszeichen, nie. Und dann brach der Krieg aus.«

Alec schluckte.

»Vielleicht ist er im Krieg gestorben?«

»Das könnte sein«, antwortete Laura sachlich. »Aber mein Gefühl sagt mir etwas anderes.«

»Der Krieg ist längst vorbei! Er könnte mir doch Bescheid geben! Ich meine …« Alec versuchte zu sagen, was er empfand.

»Ja, hat er denn keine Lust, mich zu sehen?«

Sie drückte ärgerlich die Zigarette aus.

»Was bringt man dir eigentlich in der Schule bei? Ganz Osteuropa liegt hinter dem Eisernen Vorhang. Alle sind gefangen, mehr weiß man nicht …«

Ein gewaltiges Elend stieg in Alec auf. Der Gedanke an seinen Vater verfolgte und verzehrte ihn.

»Wie lange noch?«, murmelte er.

»Du darfst den Mut nicht verlieren«, sagte Laura etwas sanfter. »Politik ist etwas Vergängliches.«

Alec verzog die Lippen zu einer Grimasse. Er hatte tausend Fragen im Kopf und keine Antworten.

»Eine komische Geschichte ist das«, meinte er schließlich achselzuckend.

Lauras Augen funkelten ihn an.

»Es ist auch deine Geschichte.«

Er zuckte düster mit den Schultern. Seine Mutter war tot; und es war zu schwierig, sie zu verstehen. Aber sein Vater lebte irgendwo. Alec stand frei, sein Spiel der Vermutungen und Vorstellungen wieder aufzunehmen, und das war zumindest eine Sache, die er gut konnte.

»Ich … ich glaube, ich will eher wie mein Vater sein«, sagte er.

Laura straffte sich, von einem Atemzug zum anderen wirkte sie hoch gewachsen und gebieterisch.

»Willst du vielleicht behaupten, dass du ihn kennst?«

Alec fuhr auf, mit einem verletzten Ausdruck im Gesicht. Die Muskeln um den zusammengepressten Mund hoben sich. Er dämpfte seine Stimme, wie es die Höflichkeit forderte, doch in seinen Augen stand Trotz.

»Mein Vater ist ein Weißer«, stieß er hervor.

»Hau ab, Alec«, sagte Laura kalt. »Mach, dass du wegkommst.«

22. Kapitel

War Juliette schön?«, fragte Eva Grandma an jenem Nachmittag, als sie auf der Veranda saßen.

Gloria dachte eine Weile nach.

»Schön? Nun, alle Mütter finden ihre Kinder schön. Aber Juliette war etwas Besonderes, das muss ich schon sagen. Ihr Haar mit den weißen Strähnen fiel wie flaumiges Gefieder und war oberhalb der Brauen gerade geschnitten. Sie hatte Augen von einem seltenen Goldbraun und eine ganz eigene Art, beim Sprechen die Hände zu bewegen. Sie schüttelte sie schlaff aus dem Handgelenk, wobei sich die Finger wie von selbst krümmten und drehten. Ungefähr so!«

Gloria machte es ihr vor.

»Sie war die Einzige in der Familie, die das machte.«

Eva dachte nach.

»Alec«, stellte sie fest, »bewegt die Hände auch so.«

Sie nickte.

»Ja, das hat er von seiner Mutter. Aber bei Juliette war es stärker ausgeprägt. Sie konnte mühelos ihr Bein über den Kopf heben und über ihre Schulter werfen, als sei es aus Gummi. Wir waren entsetzt; ein Arzt hatte uns gesagt, dass es ungesund ist, so dehnbar zu sein. Er empfahl uns, sie zum Tanzunterricht zu schicken, um ihre Muskeln zu kräftigen. Deshalb besuchte sie eine Ballettschule in Seattle. Eine Ballettlehrerin mochte Juliette besonders, sie hatte sie in ihr Herz geschlossen. Sie besuchte uns eines Tages. Juliette sei wirklich begabt, meinte sie, und sollte unbedingt weitermachen. Ein Stipendium sei die beste Lösung. Juliette freute sich sehr. Aber bevor das Gesuch gebilligt wurde, gab es eine Menge Veränderungen: Die Lehrerin trennte sich von ihrem Mann, zog in eine andere Stadt, und in dem Gebäude, in dem sich die Tanzschule befand, brach Feuer aus. Das Haus musste abgerissen werden. Trotzdem bekam Juliette das Stipendium und zog für ein paar Monate allein nach Seattle. Sie wurde an einer Ballettschule aufgenommen, die von einem Kalifornier geleitet wurde. Tom Flower hatte in Agnes De Milles' Dance Repertory Theater als Solist mitgewirkt. Seine Schule war in Fachkreisen bekannt. Er hielt große Stücke auf Juliette. Aber wer das Tanzen zu seinem Beruf machen will, braucht ein dickes Fell. Das Stipendium finanzierte den Unterricht, und das war's dann auch. Ein paar Monate arbeitete Juliette als Zimmermädchen in einem Motel, ein halbwegs achtbares Haus. Doch dann machte der Besitzer krumme Geschäfte, ließ merkwürdige Leute rein. Das Motel wurde eine Absteige für Drogenhändler und Prostituierte. Manchmal schafften auch Indianerinnen in dem Motel an, und das war für Juliette schlimmer als alles andere. Sie sah so manches und brütete darüber. Nach einigen Monaten kündigte sie, fand aber keinen anderen Job. Du weißt nicht, wie sie war, Takoja. Immer so still! Aber stille Wasser sind tief. Wir spürten, dass etwas mit ihr nicht in Ordnung war. Sie hatte nicht das Zeug dazu, eine *urban* – eine Stadtindianerin – zu werden, sie war zu gutmütig, zu feinfühlig. Ihre Art zu tanzen gefiel dem Lehrer, sie war ebenso ungewöhnlich wie ihre Haltung und Gestik. Ihr Lächeln war bezaubernd. Aber Juliette verlor zunehmend ihre Kraft. Die Boden- und Stangenübungen dauerten Stunden. Der klassische Tanz verlangt Beine wie aus Stahl. Kannst du dir vorstellen, wie schwierig es ist, bei einer Drehung das ganze Körpergewicht auf nur fünf Zehen zu tragen? Außerdem war Juliette die einzige Indianerin im Unterricht. Die weißen Mädchen sahen sie schief an. ›Du gehörst nicht hierher‹, schienen ihre Blicke zu sagen. Juliette arbeitete unermüdlich vor dem Spiegel. Doch der Körper sendet Signale, bevor der Verstand sie wahrnehmen will. Ein indianischer Dichter hat mal gesagt, dass wir Indianer in der Stadt wohnen, aber nie dort leben können. Ich schwöre dir, Takoja, das ist die Wahrheit. Zu Hause war alles wieder gut, Juliette schlief wie ein Baby, wir weckten sie nicht, sie schlief und schlief, manchmal bis mittags. Dann war sie ausgeruht und glücklich. Sie aß mit Appetit, setzte wieder ein bisschen Fett an, da, wo ein Mädchen es braucht. Wieder in Seattle, konnte sie weder essen noch schlafen. Ihr Zimmer lag im rückwärtigen Teil eines Hauses, in einem dicht bewohnten Stadtteil. Ich war bei ihr, ich habe es gesehen, dieses Haus, zu beiden Seiten von dunklen, engen Gassen umgeben. Über ihrem Fenster war eine Feuerleiter, unten standen Mülltonnen, Wäscheleinen kreuzten sich. Es gab keinen Himmel, kein Stückchen Himmel, als Trost für ihre weinenden Augen. Sie wollte nicht weitermachen, nein und abermals nein, sie wollte bei uns sein. Schließlich erkrankte sie an Schlaflosigkeit. Sie lag nächtelang wach, und am nächsten Tag war sie müde im Unterricht. Sie gab eine Menge Geld für Telefonate aus. ›Ich kann nachts nicht schlafen‹, schluchzte sie. ›Ich kann nicht mehr. Und irgendwann springe ich aus dem Fenster, und wenn ich tot bin … O Mama, wirst du mir dann böse sein?‹

Ich sagte: ›Um Himmels willen, rede keinen Unsinn. Was ist mit dir los?‹

›Ich habe solche Kopfschmerzen‹, klagte sie. ›Das kommt, weil ich zu viel nachdenke!‹

›Worüber denn, Juliette?‹

›Ich … ich weiß es nicht! Ich verstehe nichts mehr!‹

Juliettes Gedanken ergaben keinen Sinn. Sie nahm

Schlafmittel, die ihren Kopf dumpf, ihre Bewegungen träge machten. Ich lebte in ständiger Sorge um sie. Die Beherrschung, die sie aufbringen musste, ging über ihre Kräfte. Juliette bekam Gleichgewichtsstörungen. Ob sie Probleme habe, fragte Tom Flower. Juliette erzählte ihm, dass sie Stunden vor ihrem kleinen Plattenspieler kauerte, ihre geliebte Ballettmusik – *Schwanensee* und die *Nussknacker-Suite* und auch den *Bolero* und *Daphnis und Chloe* – hörte. Dass sie vor sich hin summte, die Arme im Takt bewegte. Dass sie sterben wollte, verschwieg sie ihm. Ich erfuhr erst später, dass sie nachts auf der Plattform der eisernen Feuerleiter tanzte. Juliette sah in den Schacht, der zu den Mülltonnen tief unter ihrem Fenster führte, sie stand ganz frei über dem Abgrund. Ein Schritt nur … ein einziger Schritt, und sie hätte sich fünf Stockwerke tiefer den Schädel gebrochen. Aber davon wusste Tom Flower nichts. Er bemerkte nur, dass Juliettes Beine im Unterricht versagten, dass ihr geschwächter Körper keine Kraft mehr aufbrachte. So ginge es nicht weiter, meinte er. Sie brauche Ruhe und Pflege. Juliette schüttelte den Kopf. Nein, nein, sie wollte tanzen. Sie hatte nichts anderes im Kopf. Und ein paar Tage später brach sie plötzlich mit einem Schmerzensschrei zusammen. Sie war falsch aufgetreten. Kein Sehnenriss, zum Glück, aber sie hatte sich das Knie verstaucht. Jetzt musste sie eine Zeit lang liegen. Tom Flower sprach besorgt und mitfühlend mit ihr. Sie sollte sich Zeit nehmen und sich gut überlegen, ob es nicht besser für sie sei, wenn sie das Tanzen aufgäbe. Juliette rief mich an. Ich sollte kommen, sie holen. Ich fuhr mit unserem alten Pick-up nach Seattle. Der Verkehr war wirklich schlimm, die Weißen fuhren alle Rodeo. Juliette saß im Bett, hielt ihre Ballettschuhe an sich gepresst. Die Mülleimer stanken, im Treppenhaus stritten sich zwei Betrunkene, eine Sirene heulte. Juliette war nur noch Haut und Knochen. Ihr Knie war stark angeschwollen und ganz rot und blau. Sie humpelte durchs Zimmer, ich packte ihre

Sachen – sie hatte ja nur ihren kleinen Koffer und den Plattenspieler. Bevor wir das Zimmer verließen, murmelte Juliette: ›Warte, Ma!‹ Sie schleppte sich zum Fenster, beugte sich so weit hinaus, dass ich erschrak, und warf ihre Ballettschuhe in die Mülltonne. Als ich sie packte und vom Fenster wegzerrte, brach sie in irres Gelächter aus. Ihre Augen waren wie Löcher in ihrem bleichen Gesicht. Sie drehte wirklich durch. Ich führte sie die Treppe hinunter und über die Straße, half ihr, in den Pick-up zu steigen. So fuhr ich dann mit ihr nach Hause. Sie saß neben mir und sah aus wie ein kleiner gerupfter Vogel ohne Nest. Und während der ganzen Fahrt bewegten sich ihre Hände wie verletzte Flügel, die nicht müde wurden, wieder und wieder aufzuflattern. Zu Hause brachte ich sie sofort ins Bett. Laura kam mit einer Wärmflasche, weil es Herbst war und kalt. Laura war schon immer praktisch. Ich setzte mich zu Juliette und hielt ihre Hand, die so schmal und ausgezehrt in meiner Pranke lag. Dann endlich konnte sie schlafen. Du glaubst es mir nicht, Takoja, achtundvierzig Stunden lang – ganze zwei Tage.

Und so gingen wir alle auf Zehenspitzen, um sie nicht zu stören. Aber ich wollte sie in die Wirklichkeit zurückholen. Am zweiten Morgen also legte ich eine ihrer zerkratzten Platten auf. *Die Einladung zum Tanz* von Carl Maria von Weber. Die Musik stieg empor, sehnsuchtsvoll und berauschend, und erfüllte das Haus mit Regenbogenlichtern. Und als Juliette endlich wach war und mit ihrem geschwollenen Knie in die Wohnküche humpelte, da trug sie, ich weiß es noch genau, eine rote Strickjacke über ihrem Pyjama, und ihre wundervollen Haare reichten bis an die Ellbogen. Ein Lächeln verklärte ihre Züge. Das Lächeln war es, das wir als Erstes bemerkten. Und Simon, der seinen Morgenkaffee schlürfte, sah sie auf seine typische Art an, mit Augen, die zugleich scharf blicken und lächeln – du kennst ja diesen Blick.

›Nun, war es ein schöner Traum, meine Tochter?‹, sagte er.

Wir haben, wie du weißt, eine große Ehrfurcht vor der Bedeutung der Träume. ›Durch Träume erfährt man die Wahrheit‹, sagten wir früher und ich glaube kaum, dass die heutige Forschung das widerlegen kann. Im Traum wird die Seele sichtbar. Wenn wir träumen, dann geht es nicht darum, auf unsere Fragen Antworten zu geben. Vielmehr treten die Fragen selbst in Erscheinung. Aber die Bilder sind verschlüsselt: Das Unbewusste arbeitet mit Symbolen. Heutzutage lehnen viele Menschen ihre Träume ab, sie wollen von ihrer inneren Wahrheit nichts wissen. Aber Juliette geriet darüber nicht in Verwirrung, sondern sie setzte sich neben ihren Vater und erzählte ganz unbefangen.

›Ich stand in der Morgendämmerung vor unserem Haus und sah, wie der Mond sich tief nach Westen senkte. Da erschien ein schwarzer Punkt, der größer wurde und näher kam. Ich erkannte einen Adler und dachte: Er kommt zu mir, denn er weiß, dass ich morgen heirate! Der Adler kam näher, breitete seine großen Flügel über mir aus und es war, als ob sein Schatten mich zu ihm hob. Ich spürte die Wärme seiner ruhig atmenden Brust, die Geborgenheit seiner Federn, und flog mit ihm auf den Winden der Hügel. Wir schwebten weit hinauf und tauchten hinab, und ich wurde fortgetragen, weit in das Land hinein. Ich sah unser Haus und konnte nicht begreifen, was ich sah, denn es schien mir, nahezu alle Leute seien dort und schauten zu mir empor. Ich hörte das Murmeln ihrer Stimmen, und ich hörte Musik, wie an jedem Powwow-Fest, und Ma stand im Freien, vor einem großen Kessel, und kochte Suppe. Als ich hinabschaute, blickte sie herauf und winkte mir zu. Doch der Adler flog weiter, sehr schnell, ich klammerte mich an seine warmen Federn, weil ich fürchtete, abzustürzen. Weit unten sah ich die Badlands und dahinter hohe Berge und Täler und Flüsse und dann eine Wasserfläche. Bald sah ich nur noch Wasser, und darüber glänzte der Himmel, wie ein Spiegel. Dann wurde es Nacht und die Welt lief erschreckend und dunkel unter den mächtigen Flügeln vorbei. Das dauerte eine ganze Weile. Dann wurde es hell und ich konnte eine Stadt sehen. In der Mitte zog ein Fluss seine Schleife, ich sah Brücken, Gebäude mit Kuppeln und Kirchtürmen, wie mit schwarzer Tusche gemalt. Solche Städte gibt es nur in Europa; ich habe sie in Zeitschriften gesehen. Während ich so hinschaute, glühte farbiges Feuerwerk im Wasser auf – oder waren es Flammen? Als es wieder dunkel wurde, hörte ich Klaviermusik: *Die Einladung zum Tanz*. Wie oft habe ich diese Sequenz im Unterricht geübt! ›Sieh!‹, rief mir der Adler zu, ›Sieh nur!‹ Ich war sehr erstaunt, dass ich seine Sprache verstand, und fragte: ›Wo bin ich?‹ Da tauchte ein Gesicht in meiner Erinnerung auf, verschmolzen mit anderen Gesichtern, die mir alle unbekannt waren. Nur dieses eine Gesicht kam mir vertraut vor. Wie ein selbst gemaltes Bild in meinem Kopf, ich kann es nicht anders erklären. Ich fragte: »Wer bist du?« Das Gesicht lächelte stumm. Ich sagte zu ihm: »Wenn du zu mir gehörst, muss ich auch zu dir gehören.« Da verschwand das Gesicht. Auch die Musik verklang. Ich wusste nicht mehr, woher ich kam, wer ich war, und warum ich dieses Gesicht gesehen hatte. Plötzlich war mir, als rührte etwas die Stadt um, wie Pudding. Die Gebäude lösten sich vom Boden, veränderten ihre Form, wuchsen in den Himmel. Nach einer Weile lösten sie sich auf, wie Regentropfen an einer Scheibe. Nun flog der Adler schneller, ich sah nur noch ein fernes Leuchten, das bald erlosch. Der Adler trug mich wieder zurück. Zuerst war es mir unmöglich, irgendeinen Punkt mit etwas, was ich kannte, in Verbindung zu bringen. Dann wurde mir die Landschaft vertrauter. Und bald sah ich unser Haus, und das Haus schwebte zu mir herauf; mir war, als ob sich das Dach öffnete. Als das Haus ganz nahe war, schüttelte sich der Adler und ließ mich fallen, und auf einmal lag ich auf dem Rücken in meinem Bett. Das Haus stand wieder auf dem Boden und ich hörte *Die Einladung zum Tanz* und … O Gloria, hast du die Platte aufgelegt?‹

Ich sagte ihr, dass ich es war, und entschuldigte mich.

Sie schüttelte den Kopf und lächelte. Sie hatte ein ganz süßes Lächeln. ›Nein. Ich liebe diese Musik.‹

Während Juliette erzählte, aß Simon Brot mit Rindfleisch; ich hatte ständig seine Kaugeräusche gehört und war verärgert.

Und so sagte ich zu ihm: ›Hast du überhaupt zugehört?‹

Er hob träge den Blick. ›Wie?‹

›Juliette hat dir ihren Traum erzählt.‹

Er hielt mir seine leere Tasse hin. Er trank morgens jede Menge Kaffee, sonst war er schlechter Laune.

›Ja, und?‹, sagte er. ›Der Adler hat sie zurückgebracht. Und er wollte sich sicher sein, dass sie es auch weiß. Das war eben ein kluger Adler.‹

Simon, das weißt du ja, Takoja, ist ein eigenartiger Mensch. Er sieht Dinge, die viele Menschen nicht sehen, er sieht sie mit dem ganzen Körper, nicht nur mit den Augen. So zu sein wie er ist etwas Besonderes. Viele Menschen sind so gewöhnlich wie … nun ja, wie Unkraut. Simon ist eine seltene Pflanze – und bei falschem Gebrauch giftig. Aber solche Menschen sind nicht immer toll, glaube das ja nicht. Ich fand, dass er sich schlecht benahm. Statt zu Juliette zu sagen: ›Wie schön, dass du wieder hier bist, und was du geträumt hast, ist wundervoll‹, machte er sich über sie lustig. Oder auch nicht? Denn Juliette blickte ihn an, mit ihrem kleinen Lächeln in den Mundwinkeln, und schien keineswegs gekränkt.

Und so sagte ich rasch: ›Genug, Juliette. Jetzt wird Kaffee getrunken. Und iss gefälligst etwas. Du hast ja nichts zuzusetzen.‹

An diesem Morgen ließ ich Laura ein Glas Apfelgelee holen. Juliette löffelte das Gelee gleich aus dem Glas. Du kannst dir nicht vorstellen, wie glücklich ich war, dass sie wieder Appetit hatte! Und nach dem Frühstück machten wir einen kurzen Rundgang im Schnee. Juliette bestand darauf, obwohl sie das mit ihrem verletzten Knie eigentlich nicht durfte. Sie klammerte sich an Lauras Arm, und beide tuschelten und lachten. Juliette sah um sich, froh und begeistert, als fänden ihre Augen nichts, was nicht kostbar und lieb gewesen wäre. Und fortan schlief sie jede Nacht. Sie erholte sich schnell, wirkte heiter und glücklich. Ach, sie war wie ein neuer Mensch, mit neuen Gedanken und Gefühlen! Zuerst dachte ich, sie wollte nie mehr tanzen. Aber das stimmte nicht. Der Tanz war ihr Mittel, auszudrücken, was sie auf der Welt erlebte. Es war ihr Weg, mit allen Menschen in Verbindung zu treten. Nur wollte sie nicht mehr in der Welt der Weißen tanzen.

Sie sagte zu mir: ›Verstehst du, die Musik zeigt eine Welt voller Geister und Wunder. Aber die klassischen Ballettfiguren sind so förmlich, so steif. Man tanzt und tanzt und stößt immer wieder an Grenzen. Der Körper hat keine Möglichkeit, sich frei zu entfalten. Das ist eben die Art der *wasicun*: Sie folgen dem geraden Weg ihrer Gedanken. Und so tanzen sie auch, mit geraden, gestreckten Gliedern. Wir aber, die *ikce wikasa*, wir lenken unsere Schritte zur Erde zurück.‹

Juliette sagte, dass die *hunka*, die Ahnen, ihre Tänze wie eine Magie ausübten. Sie wollte, dass diese Magie weiterlebte. Wusste Juliette überhaupt, was für ein außergewöhnlicher Mensch sie war? Wahrscheinlich nicht; sie war so unbefangen. Und sobald ihr Knie wieder gesund war, begann sie, auf unseren Volksfesten zu tanzen. Juliette hatte keinen Führerschein, und so fuhr ich sie in unserem klapprigen Pick-up von einem Fest zum anderen. Ich saß stundenlang am Steuer, gab jede Menge Geld für Benzin aus. Aber es machte Spaß; und was die Spesen betraf – nun, es gab Wettbewerbe unter den Tänzern, die mit Preisen belohnt wurden. Juliette sammelte Auszeichnungen, und mit der Zeit machte sich die Sache bezahlt. Du hättest mal sehen sollen, wie sie tanzte! Sie hatte ihren Körper ausgebildet und gelernt, mit ihren Gefühlen umzugehen. Ja, darüber gibt es viel zu sagen, Takoja. Unsere Tänze sind eben anders. Der Akt des Mit-den-Füßen-Stampfens lockt die Geister an. Und der Körper, der ja ein Gefäß der Seele ist, muss diese in sich bewahren. Jeder Tänzer ist ein Verwandlungskünstler, der die Geister nicht bloß sichtbar, sondern spürbar werden lässt. Die Aufnahme der Geister ist etwas ganz Wichtiges. So gesehen, ist unser Tanz ein Instrument des Selbstvergessens ebenso wie der Selbsterkenntnis. Juliette wusste endlich, wer sie war. Denn neben ihrem Namen Juliette hatte sie wie wir alle einen zweiten, einen geheimen Namen, der nie laut ausgesprochen wird. Juliettes geheimer Name war Wamblee Winyan – Adlerfrau. Unendliche Stärke und Ausdauer steckten in ihr. Sie hätte eine große Medizinfrau werden können. Ihre Kraft wuchs mit jedem Tag. Ihr Tanz wurde zum Gebet, es war für alle ganz deutlich zu spüren.

Dann trat Anton in ihr Leben. Als er Juliette zum ersten Mal sah, betrachtete er sie, als ob er sie bereits kannte. Und auch sie benahm sich so, als habe sie ihn schon irgendwo gesehen. Aber wo? Nicht in Seattle, jedenfalls. Als Juliette dort zur Tanzschule ging, da war er ja noch in New York. Er war für einige Gastspiele nach Amerika gekommen. Aber die Frage war im Grunde unwichtig. Irgendwie glaubte ich ihnen. Sie sprachen zueinander mit den Augen. Man sagt, Liebe auf den ersten Blick. Aber das war es nicht, nein. Es war etwas anderes. Ich sagte zu Juliette: ›Du wirst mit ihm fortgehen. Hast du keine Angst?‹

Sie schüttelte den Kopf und lachte.

›Angst? Nein, das ist vorbei.‹

›Aber du wirst in Europa mit ihm leben!‹

Nein, auch das machte ihr nichts aus. ›Ma‹, sagte sie zu mir, ›es gibt so viele Dinge, für die ich dankbar sein kann. Ich bin so unglaublich glücklich, dass meine Seele tanzt.‹

Unsere Sprache ist eine Sprache der nackten Wirklichkeit, das ist das Problem. Wir können Gefühle nur in bildhafter Umschreibung ausdrücken, deswegen klingt es oft sehr überschwänglich. Aber dazu braucht es Fantasie – ich habe sie nicht. Du weißt ja, ich kann kaum schreiben. Ich kann nur Kaffee kochen und Brot backen, Kleider nähen, solche Dinge eben. Ich sagte: ›Ach, du übertreibst!‹ Aber die Art, wie Juliette sich ausdrückte, rührte mich. Und in der Nacht träumte ich etwas Beunruhigendes: Ich stand auf einem einsamen Hügel. Der Schnee fiel in feinen, leisen Flocken und ich sah im Nebel eine weiße, tanzende Gestalt, die sich entfernte. Irgendwie wusste ich, dass es Juliette war, die fortging. Aber wohin denn? Wohin war sie bereits aufgebrochen, da schon die Wolken sich senkten? Ich bemerkte, dass ihre Füße keine Spuren auf dem weißen Boden hinterließen, und erwachte mit einem schlechten Geschmack im Mund. Was ich gesehen hatte, war ein schlechtes Omen. Doch den Traum behielt ich für mich. Ich wollte Juliettes Glück nicht trüben. Sie dachte nur an ihre Hochzeit mit Anton. Es sollte eine besondere Feier werden. Und es wurde tatsächlich eine Feier, an die sich jeder von uns noch jahrelang erinnern würde – aber aus einem ganz anderen Grund.

Natürlich wurden sie zuerst standesamtlich getraut. Anton wollte, dass alles seine Richtigkeit hatte. Immerhin, für einen *wasicun* benahm sich Anton sehr merkwürdig: Er wollte keine Kirche, kein Harmonium und keinen Pfarrer; er wollte, dass seine zweite Trauung in der Natur stattfand. Ich weiß nicht, ob Simon ihn beeinflusst hatte. Du musst wissen, er hatte mit Anton die Heilige Pfeife geraucht.«

Eva war verblüfft. Damit hatte Simon ihm eine beispiellose Ehre erwiesen. Was hatte ihn dazu veranlasst?

»Ist das wirklich wahr, Grandma?«

Sie seufzte.

»Ja. Anfangs glaubte ich nicht, dass es ernst sei. Ich dachte, er wollte mich necken.«

»Mir hat er die Pfeife nie gezeigt«, sagte Eva.

»Er wird sie dir zeigen, wenn der Augenblick da ist.«

»Wie sieht sie denn aus?«

Glorias Antwort klang feierlich.

»Es ist unser wertvollstes Erbstück. Simon bewahrt sie in einer Elchhauthülle auf. Sie ist mehr als hundert Jahre alt. Der Pfeifenkopf ist herrlich geschnitzt und das lange polierte Rohr mit Perlen und Adlerfedern geschmückt. Mit der rechten Hand wird der Stiel gehalten, mit der linken der Kopf. Sie wird mit Tabak aus roter Weidenrinde gefüllt; bevor man mit der Pfeife betet, wird sie zum Himmel gehoben und zur Erde gesenkt und in alle vier Himmelsrichtungen geneigt.«

Wieder spürte Eva so etwas wie Neid.

»Dürfen nur Männer diese Pfeife rauchen?«

Grandma schüttelte lächelnd den Kopf.

»Nein, natürlich nicht. Der Sage nach hat die Weiße Büffelfrau das Volk gelehrt, wie man mit der Pfeife betet. An ihrer Erschaffung beteiligen sich Männer und Frauen: Die Männer schnitzen den Pfeifenkopf und den Stiel, die Frauen verzieren ihn mit Perlen und Stachelschweinborsten. Die Pfeife vereint uns im Kreis der Liebe. Ihr Rauch stellt den Atem des Volkes dar und erinnert auch an den Atem aller Lebewesen, der an kalten Tagen sichtbar wird.«

»Ich möchte, dass Grandpa auch mit mir die Heilige Pfeife raucht!«

Gloria kniff die Lippen zusammen, versuchte ein spontanes Lächeln zu verbergen.

»Was für eine mutwillige junge Lady! Wenn das Simon zu Ohren kommt!«

Eva schämte sich sofort. Nicht dass sie Furcht vor ihm

empfand. Sie wollte nur nicht, dass er sie auslachte, und murmelte eine Entschuldigung.

Gloria nickte. »Von nun an benimmst du dich höflich.«

»Und die Hochzeit?«, fragte Eva schnell, um Grandma vom Thema abzulenken. Das wirkte: Gloria strich sich das Haar aus den Augen, versank ganz plötzlich wieder in ihren Erinnerungen. Sie sprach mit weit schweifenden Gebärden und leiser, eindringlicher Stimme.

»Ach ja, die Hochzeit! Simon leitete das Ritual im Angesicht der Geister, auf der Kuppe jenes Hügels, in den er vor vielen Jahren, als er sechzehn war, ein kleines Loch für seine erste *hanblechia*, für seine Visionssuche, gegraben hatte. Aber das ist sein Geheimnis, und darüber rede ich nicht. Heiraten die Töchter der *wasicun*, erscheinen die Brautväter im schwarzen Anzug und riechen nach Rasierwasser. Simon machte genau das Gegenteil, denn er wollte von den Geistern berührt werden. Er zog sein Hemd aus, damit er den Rauch auf seiner Haut spürte. Ich weinte vor Ergriffenheit, als er vor mir stand wie in alten Zeiten. Du musst verstehen, Takoja, manche fanden es unglaublich, dass er seine Tochter einem *wasicun* gab. Aber man war von Simon gewohnt, dass er die Leute vor den Kopf stieß. Es war ein warmer Sommerabend, mit großen, rot schimmernden Wolken, und die Gräser rauschten im Wind. Frauen und Männer kamen in ihren Festkleidern. Simon breitete eine rote Decke über das Paar, ließ sie die Pfeife des Friedens halten, band ihre Handgelenke mit einer weißen Schärpe zusammen. Er sprach den uralten Segen, das Brautpaar gab Antwort. Simon hatte Anton die richtigen Worte beigebracht. Anton sprach sie aus, und es hörte sich nicht einmal lächerlich an. Er hatte die Seele eines Indianers, das wird es wohl gewesen sein. Und was ich jetzt ausspreche, das fühlten damals alle. Das Verstreichen vieler Jahre und schreckliche Ereignisse hatten die Erinnerung abgewetzt, und obwohl nur die Alten wussten, was die Worte und Gesten bedeuteten, wohnte doch große Macht in ihnen, große Freude und Segen. Ich dachte daran, und an die Kinder, die das alles erlebten. Was konnten sie mit den Riten anfangen? Ihr Leben war ganz anders. Ja, und als die ersten Feuer brannten, wurde es Zeit für den Tanz. Ich beobachtete seinen Rhythmus, unermüdlich wie der Lauf der Sterne. Das junge Paar hielt sich an den Händen, froh und begeistert, und ihre Augen leuchteten vor Dankbarkeit und Glück. Und in diesem Augenblick verlor ich das Gefühl, dass Anton ein Fremder war. Er gehörte zu uns, in unseren Kreis. Und selbst seine Tanzschritte – so ungewohnt sie für ihn sein mochten – waren nicht ungeschickt. Er tanzte mit der Eleganz seiner hohen Gestalt, stampfte auf langen, nervigen Beinen, die Arme gelockert und den Kopf erhoben. Seine Augen waren weit und verträumt. Und Juliette – oh, sie sah wunderschön aus, in ihrem weißen Kleid aus Elchleder mit den Perlenstickereien und dem großen Schultertuch. Jeder Schritt, jede Armbewegung, jede Drehung war ein Wirbel reiner Lebensfreude. Oh, mein kleines Mädchen ...«

Glorias Hände waren fest im Schoß gefaltet, ihre Stimme zitterte. Sie sprach mit heiserer Kehle.

»Alle hatten einen Kreis um das Brautpaar gebildet und freuten sich mit ihm. Und da geschah etwas Außergewöhnliches: Große, schwarze Schwingen flatterten am Abendhimmel. Ein Adler war von den Feuern angelockt worden. Nun schwebte er über die Tänzer, so tief, dass wir die weißen Federn auf Brust und Hals sahen, den schwarzen Schnabel, die funkelnden Augen. Aufgeregt sprachen alle durcheinander. Und mit einem Mal schwiegen die Trommeln. Die Tänzer verharrten voller Ehrfurcht. Auch das Brautpaar schaute zum Himmel, sprachlos und gebannt. Selbst nach so vielen Jahren sehe ich die Bewegung der Schatten, die vielen Gesichter, dem Himmel zugewandt. Und ich sehe Juliette vor mir, wie sie den Adler anblickt und ihn wie einen geliebten Gast an einem Freudentag begrüßt. Und alle wussten, was das bedeutete. Juliette war eine Adlerfrau, und Wamblee war zu ihrer Hochzeit gekommen.«

Diese Geschichte war Eva, mehr oder weniger ausführlich, von verschiedenen Seiten erzählt worden. Aber es war etwas ganz anderes, sie von Grandmas Lippen zu hören. Wie oft hatte Eva es fertig gebracht, sie durch eine scheinbar naive, doch wohlgezielte Frage zum Erzählen zu bewegen!

»Und du, Grandma? Was hast du gedacht?«

Sie schüttelte leicht den Kopf.

»Ich weiß es nicht mehr. Wie alle anderen konnte ich meine Verblüffung nicht in Worte fassen. Alle drängten sich um Juliette, als ob ihnen diese Nähe etwas bedeutet hätte. Sie jedoch sah freudig zu Wamblee empor. Und als der große Vogel sich tiefer senkte, streckte sie furchtlos die Hand aus – und beinahe berührten ihre Fingerspitzen den geflügelten Gast, als sich aus seinem schillernden Kleid eine Feder löste und vor Juliette auf den Boden fiel. Schon breitete Wamblee die ganze Spannweite seiner Flügel aus und schwebte in weiten, schwingenden Kreisen aufwärts, bis er in die Dunkelheit tauchte und verschwand. Und alle standen wie erstarrt da und blickten auf die Feder, die vor Juliettes perlengeschmückten Mokassins am Boden lag. Es war das Hochzeitsgeschenk des Adlers. Aber keiner – außer Juliette – durfte die Feder berühren.«

Eva war tief bewegt. Bis dahin hatte Gloria fast nur zu sich selbst gesprochen. Gebannt von ihren Erinnerungen. Jetzt öffnete sich ihr Blick, funkelnd und aufmerksam. Sie hatte bemerkt, dass das Mädchen die Bedeutung ihrer Worte begriff. Sie verdichteten sich in ihr zu Bildern, weckten Gefühle, die in ihrer eigenen, geheimen Geschichte verwoben waren. Es war irgendein tieferes Wissen, gleichbedeutend mit einem Identitätsbewusstsein. Doch Eva spürte den Wunsch, das nochmals bestätigt zu bekommen, und sagte: »Warum durfte nur Juliette die Feder berühren?«

»Das weißt du doch, Takoja.«

Sie richtete ihre Antwort weniger an die junge Zuhörerin als an die Bäume, an den Sommerhimmel, an die fernen Hügel unter dem fahlen Licht.

»Vieles vergesse ich, das aber nicht: Wer sich für den Tanz mit der Adlerfeder schmückt, darf sie – wenn sie fällt – nicht aufheben. Diese Überlieferung ist uns in Fleisch und Blut übergegangen. Trommeln und Gesang müssen schweigen. Alle weichen zurück, drängen zur Seite, bis ein erblicher Chief die Feder vom Boden nimmt. Oder eben eine Adlerfrau, wie Juliette es war, die drei Adlerchiefs unter ihren Vorfahren hatte.«

Eva zupfte sie am Ärmel.

»Und ich? Bin ich auch eine Adlerfrau?«

»Ja, du auch.«

Auf Glorias Gesicht lag jener erregende Ausdruck von Traum, von Melancholie und Ungläubigkeit, den alte Menschen manchmal annehmen, wenn sie die Vergangenheit wieder heraufbeschwören. Sie zählte an den Fingern auf und antwortete langsam, offensichtlich aus wahrer Freude daran, die Namen auszusprechen.

»Mein Großvater Chief Good Hunting. Ein geachteter Mann, ein mächtiger Krieger. Und Young Smocky Fox, der Vater seiner Frau, der ein Kiowa war und großen Ruhm erlangte. Auf seinen Kopf war eine Prämie ausgesetzt – kannst du dir das vorstellen? Er wurde zum Tode verurteilt und erhängt. Seine einzige Tochter, Yellow Flower, war meine Mutter.«

Die Vorfahren waren da, stolze Gesichter, die Eva über die Schultern spähten. Gloria machte eine Pause. Das Mädchen blinzelte verschmitzt.

»Das sind aber nur zwei Chiefs. Und der dritte?«

Glorias helles, hübsches Lachen blitzte auf. Es klang, als ob sie Glöckchen schüttelte.

»Wer sonst, wenn nicht dein Großvater Simon, auch wenn er sich selten so benimmt, wie ein Chief sich zu benehmen hätte!«

»Aber er ist kein Krieger«, sagte Eva.

»Er ist ein Medizinmann«, erwiderte Gloria. »Das ist derzeitig praktischer.«

»Wofür?«

»Um zu kämpfen.«

Sie sprach leichthin. Aber Eva hatte feine Ohren.

»Was willst du damit sagen, Grandma?«

»Viele merken es nicht«, sagte sie, »weil er sich nicht für etwas Besonderes hält. Aber er hat einen Auftrag zu erfüllen. Er macht Dinge, die verboten sind.«

Eva war plötzlich sehr aufgeregt.

»Hat er Waffen versteckt? Im Garten vielleicht?«

Grandma lachte.

»Du bist, würde ich sagen, eine unrealistische junge Lady. So dumm ist Grandpa nicht, merke dir das. Er wird nie seine Feinde töten und danach ein mächtiges Triumphgeschrei erheben. Die Zeiten haben sich geändert.«

Eva glaubte zu verstehen, was sie meinte.

»Ach, befasst er sich mit Politik?«

»Eine Zeit lang, ja. Da war er politisch tätig.«

»Und jetzt nicht mehr?«

»Er hat früh damit angefangen und bemerkt, dass es ihn nicht weiter bringt. Und jetzt macht er es auf andere Art. Das ist seine Sache. Ich mische mich da nicht ein.«

Eva platzte fast vor Neugier. Aber es hatte keinen Sinn, Grandma mit weiteren Fragen zu belästigen. Gloria hatte einen Mund, der Geheimnisse bewahren konnte. Eva lachte, aber nicht sehr offenherzig.

»Du hast mich wirklich aus der Bahn geworfen.«

»Dich wirft keiner aus der Bahn.«

Gloria sah ihr in die Augen. Eva Wangen wurden heiß.

»Entschuldige. Ich war vorlaut. Aber versteh doch! Es interessiert mich so.«

»Warum redest du nicht mit Simon, statt mit mir? Glaubst du, ich habe die Weisheit gepachtet?«

Wenn sie das sagte, musste sie mit Grandpa gesprochen haben. Eva glaubte ihr sofort, zweifelte keine Sekunde daran. Ihr Herz schlug stürmisch, denn sie war zu jung, um ihre Erregung zu bezwingen.

»Im Ernst?«

»Doch«, sagte sie. »Im Ernst. Aber suche dir einen guten Tag aus. Sonst wirst du ihn nicht zum Reden bringen.«

Sie ließ einige Augenblicke verstreichen, ehe sie erneut sprach.

»Jetzt, wo das geklärt ist, kann ich dir wieder von der Hochzeit erzählen.«

»Und wie ging es weiter?«

Gloria nickte ihr zu. Ihr Gesicht war geradezu feierlich.

»Alle, die dabei waren, werden sich bis an ihr Lebensende erinnern. Und ihre Kindeskinder beneiden sie darum. Und siehst du, gerade jetzt fällt es mir ein, dass keiner von uns Furcht empfand.«

»Keine Furcht?«

»Nein. Nur eine tiefe, geheiligte Freude. Eine einzigartige Gabe war jene Feder, noch warm von Wamblees Leben. Große Macht wohnte in ihr, und ein großes Geheimnis.«

»Welches Geheimnis?«

»Nun, das gehört zu dem, was ich meine. Du wirst es noch früh genug erfahren. Wir reden von Juliette, ja?«

Eva brauchte einen Atemzug oder zwei, bis sie sich beruhigt hatte und pflichtbewusst die Frage stellen konnte, die Gloria erwartete.

»Und was tat Juliette?«

»Juliette tat etwas Unerhörtes: Sie hob die Feder auf … und reichte sie ihrem Mann!«

Die Geschichte nahm sie erneut gefangen. Eva sah, dass ihre Mundwinkel zitterten.

»Wir glauben, wir verstehen unsere Kinder. Und dann schließlich, nein, doch nicht. Irgendwann tun sie Dinge, die wir uns nicht einmal vorstellen können.« Eva wartete. Grandmas Augen starrten an ihr vorbei. Ihre Stimme war nur noch ein Flüstern.

»Ein Seufzer kam aus der Menge. Du weißt doch, wie es sich anhört, wenn alle gleichzeitig Atem holen. Und dann nichts mehr – eine unwirkliche Stille. Sie kann eine Minute dauern – oder ein Leben lang. Alle standen da wie vom Blitz getroffen. Nur Anton bewegte die Hand, hob langsam die Feder an seine Lippen. Diese Geste berührte meine Seele. Die Ehrfurcht, mit der er die Handlung vollzog, überzeugte mich wenigstens davon: Er, der nicht in unserem Glauben erzogen worden war, fühlte das Heilige und den Segen. Für einige alte Männer aber war das schwer hinzunehmen. Wie konnten sie das begreifen? Sie waren von strengem und gesetztem Benehmen und jedes ihrer Worte konnte ein Pfeilschuss sein. Und Juliette hatte wahrhaftig – in ihren Augen – etwas Unseliges getan. Kurzum, es gab Aufregung. Ich hatte schon früher Aufregungen erlebt. Aber solche nicht. Ich spürte die Angst, die auf der Haut brennt, die den Blick trübt. Eine heilige Tradition war gebrochen worden, der Frevel konnte schlimme Folgen haben. Juliette spürte es auch: Ihre Haltung wurde trotzig, ihr Blick schneidend. Es war ein heikler Augenblick. Da fiel ein Schatten in den Kreis: Simon trat plötzlich vor. Er hob die Hand mit der Fläche nach außen. Diese Geste verlangte, dass man seinen Worten Gehör schenkte. Alle warteten gespannt: Juliette war seine Tochter. Würde er für sie einstehen? Doch Simon sprach ganz ruhig: ›Wamblee kam vom Westen und machte der Braut ein Geschenk. Aber geben wir nicht am *otuhan* unser Schönstes her? Und wählt eine Braut nicht für ihren Mann das Kostbarste aller Geschenke? Ich sage, das ist richtig! Ich spüre Wamblees Blick dort, am Himmel. Ich sage, Wamblees Herz ist froh. Es ist eine Nacht ohne Zorn, eine Nacht der Freude. Lasst uns gemeinsam feiern!‹

Einige Atemzüge lang wurde das Schweigen noch dichter; die alten Männer tauschten Blicke, bevor sie widerwillig ihre Zustimmung brummten. Ihr Grollen ging unter in den Beifallsrufen der Menge. Simon gab ein Zeichen, und die Trommeln erklangen mit verstärkter Gewalt. Und Juliette nahm Antons Hand und zog ihn zum Tanz. Sie tanzten ganz für sich und sahen niemand. Ihre Gesichter waren voller Licht und Leben. Der Mond stand hoch am Himmel, eine Luftspiegelung hüllte das Paar ein. Nun drang der Rausch des Festes in alle Herzen; die Frauen und Männer, die einen Augenblick lang innegehalten hatten, nahmen den Rhythmus wieder auf. Der Tanz entfaltete sich in seiner Klangfülle, funkelte in all seinen Farben und Bewegungen.

Vor Morgengrauen änderte sich das Wetter. Eine Wolkendecke verhüllte den sinkenden Mond, der Wind wehte in heftigen Böen. Es begann zu regnen. Ich hasste den Regen, die Feuchtigkeit, die schlammigen Pfützen. Es war plötzlich eiskalt geworden und unsere Betten rochen muffig. Ich wälzte mich unruhig, hörte Simon schwer atmen und fragte: ›Was ist?‹

Er schwieg so lange, dass ich glaubte, er sei eingeschlafen. Aber dann sah ich in der Dämmerung sein Gesicht. Es war, als ob Regen in seinen Augen glitzerte.

›Das dumme Ding!‹, knurrte er. ›Sie hätte wissen müssen, dass der Adler nur eigene Kinder begünstigt. Sie hat ihrem Mann ein Geschenk gemacht, damit er um sie weinen kann.‹

Wind schepperte gegen die Scheiben. Ich fühlte von weiter Ferne über mich die Angst hinwegwehen, die nicht begriffen werden kann, bevor sie da ist. Doch ich verschloss mein Herz vor ihr, stellte mich unwissend und verärgert.

›Simon, gib Ruhe und lass mich schlafen.‹

Daraufhin warf er sich auf die andere Seite und sprach nicht mehr. Er atmete tief, ein fast ersticktes Röcheln. Ich aber lag wach und hörte den Regen tropfen, unruhig wie mein pochendes Herz.«

3. BUCH

23. Kapitel

Mein Vater hatte mich am Zentralbahnhof Santa Lucia abgeholt. Ich hatte kaum die Kraft, ihm zuzulächeln. Meine Welt hatte zwar nicht aufgehört zu existieren, aber sie war in Unordnung geraten. Vater bemerkte die Zerrissenheit auf meinem Gesicht. Mir gelang es nur dann, gelassen zu erscheinen, wenn ich wirklich gelassen war. Doch Umberto verstand es, seine Überraschung zu verbergen; als er mir den Koffer abnahm, kleidete er seine Gedanken in unverfängliche Worte.

»*Cara mia*, wie lange warst du fort?«

»Nur drei Wochen, Papa.«

»Ich kann es kaum glauben. Du siehst so erwachsen aus.«

Ich wandte verstört den Blick ab.

»Ach, findest du?«

Er tat so, als nähme er die Dinge leicht. Ich beneidete ihn um seine Fähigkeit, sonderbare oder peinliche Gefühle zu vertuschen. Heiterkeit war eine Eigenschaft, die er zur Schau trug, wenn er betroffen war, und nie erschien er unbeschwerter.

Wir bestiegen das Vaporetto an der Haltestelle Ferrovia und fanden einen Sitzplatz. Umberto schützte seine empfindlichen Augen mit einer Sonnenbrille. Er versuchte so aber auch seine Verwirrung vor mir zu verbergen. Er mochte seine Gedanken beherrschen und ließ sich nichts anmerken, suchte aber nach neuen Anhaltspunkten, wobei seine Stimme vergnügt klang. Aber wie immer, wenn er beunruhigt war, meldete sich sein Asthma. Sein Atem ging schwer, sein Tonfall war schleppend.

»Und Peter? Wie lebt er auf seinem meerumspülten Felsen?«

Endlich begriff ich, was ihn beschäftigte. Ich musste lachen, und für einen Augenblick vergaß ich mein Unglück.

»Ihm gefällt es dort. Er lässt dich grüßen.«

Ich beobachtete amüsiert, wie er seine Fühler ausstreckte, sich behutsam vortastete.

»Danke. Man sagt, er ist ein strenger Lehrer. Das erwartet man eigentlich auch von ihm, wenn man ihn sieht ...«

»Er macht einen förmlichen Eindruck, das schon. Aber nur am Anfang.«

Ich blinzelte ihm viel sagend zu. Umberto machte plötzlich einen munteren Eindruck: Fehlalarm! Er räusperte sich, lachte befreit auf. Er hatte ein leises, etwas rauchiges Lachen.

»Früher waren die Frauen ganz verrückt nach ihm.«

»Das kann ich mir lebhaft vorstellen.«

Die Situation entspannte sich.

»Warst du seine einzige Schülerin?«

Diesmal kam die Frage direkt. Zu direkt. Ich schwieg: Er begriff dieses Schweigen und wartete. Ich fuhr mit den Fingern durch mein Haar.

Schließlich sagte ich: »Sein Neffe aus Ungarn war da. Peter hat uns beide unterrichtet.«

»Ach«, sagte Umberto, betont gleichgültig, »ist er auch Sänger?«

»Nein, Pianist.«

»Erstaunlich, dass er ein Visum bekommen hat.«

Ich trieb in einem Chaos der Gefühle: Erinnerungen kamen und gingen. Immerhin konnte ich reden, das war schon viel.

Ich sagte: »Er musste zurück. Nach Budapest. Die Botschaft wollte nicht, dass er bleibt.«

Vater sprach jetzt schneller. Er war erleichtert, und er hatte seine Tochter wieder.

»Es ist immer die gleiche Geschichte. Die Künstler haben es hier viel besser als drüben. Die Sicherheitspolizei behält sie im Auge.«

Ich nickte matt; Umberto stellte keine Fragen mehr. Er hatte erfahren, was er wissen wollte, und respektierte mein Schweigen. Außerdem war der junge Mann weit weg.

Vertraute Gerüche wehten über den Canal Grande: Gerüche nach Brot und Pasta, nach Dieselöl, nach modrigem Schlamm. Es war Mittag, Venedig flimmerte im silbergrauen Lichtschleier. Kirchtürme, Paläste, Statuen, Brücken und verkommene Häuserfronten zogen langsam vorüber. Ich war, vor siebzehn Jahren, in einem Luftschloss geboren worden. Mit einem kleinen Seufzer nahm ich das Gespräch wieder auf. »Wie geht es Mama?«

Er wandte mir die schwarzen Gläser zu, in denen das Licht zuckte. »Ach, eigentlich ganz gut. Nur muss sie jetzt mit einer Krücke gehen.«

Ich muss ihn erschrocken angesehen haben. Er nickte mir beruhigend zu.

»Nein, nicht immer. Aber der Arzt macht sich Sorgen. Sie könnte fallen. Ein neuer Knochenbruch wäre schlimm für sie.«

Ich bemerkte, dass ich meine Finger knetete, die alte, dumme Angewohnheit. Ich legte beide Hände flach auf die Knie.

»Sie wird nicht gerne mit einer Krücke leben.«

»Sie findet sich damit ab«, erwiderte er.

Das Bild einer eleganten, gewandten Frau ging mir durch den Kopf. Einer Frau, die nie ungeschminkt das Haus verließ, die ihre Schuhe wie Schmuckstücke pflegte. Ich empfand Sehnsucht nach diesem Bild, es war mir kostbar. Auch ich musste mich damit abfinden, dass es bald Vergangenheit sein würde.

Das Vaporetto tuckerte gemächlich. Eine leichte Dünung warf dann und wann kleine Wellen, die hart an das Schiff schlugen. Tauben flatterten in einer Wolke von Federn empor. Wieder löste mein Vater die aufkommende Befangenheit, durchbrach das Schweigen mit amüsantem Klatsch aus der Oper. Rossinis *Italienerin in Algier* stand auf dem Spielplan, und die Proben verliefen stürmisch. Die Sopranistin, welche die Fiorilla sang, hatte sich von ihrem Mann getrennt, der Selim darstellte. »Seither«, sagte mein Vater, »knistert es in den Duetten, aber nicht vor Liebe.« Er erzählte mit zuckendem Mund und krampfhaftem Vergnügen, wie das leidenschaftliche Versöhnungsduett *Credete alle femmine* … Glaubt nur den Frauen … unaufhörlich in Zank und Streit ausartete und alle mit den Nerven am Ende waren.

»Hoffentlich kann die Premiere stattfinden, ohne dass sie sich vorher gegenseitig umbringen«, meinte er abschließend, und wir lächelten beide.

Unser altes Haus. Der abgenutzte Marmorboden, die hohen Wände, die hellen Vorhänge, die sich im Luftzug bewegten. Und Anna, dunkel gekleidet, auf ihre Krücke gestützt. Sie wirkte plötzlich so klein. Ihr Gesicht mit der hohen Stirn und den roten Lippen trat scharf hervor. Der Mangel an frischer Luft, an Sonne und Bewegung hatte ihre Haut gebleicht. Ihre straffen, gepuderten Wangen waren grau. Sie sah aus wie eine Skulptur, wie die *Dame von Elche* in Peter Károlys Garten, weil ihr Ausdruck, ihre Haltung so hoheitsvoll waren. Man brachte ihr Sympathie entgegen, ohne genau sagen zu können, warum, dabei scherte sie sich wenig um Sympathie. Ihre weißen Hände waren noch wunderschön, spitz und klein wie die eines Mädchens. Und jetzt sah sie mich an, auf eine Art, die mich zusammenzucken ließ.

»Du hast dich verändert«, stellte sie fest. »Warum?«, fügte sie hinzu.

Ihre Stimme überschlug sich fast. Es war nicht ihre mir vertraute Stimme. Oder musste ich mich jetzt mit dieser neuen Stimme abfinden, wie mit allem anderen auch? Ich empfand Mitgefühl. Wie konnte sie ihr Leben ertragen? Wo hatte sie diese Kunst gelernt? Der Blick blieb durchdringend; sie gestattete sich nicht einen Wimpernschlag. Ihre herrische Stille machte mit einem Schlage das Mitgefühl zunichte, das in mir aufgekommen war, solange sie schwieg. Ich parierte leichthin.

»Ich habe eine neue Frisur. Vielleicht liegt es daran?«

»Nein«, erwiderte sie knapp. Sie betrachtete mich eingehend mit prüfenden Blicken, bis sie sah, was sie sehen wollte. Und es gab keinen Zweifel: Sie wusste Bescheid.

»Die Frisur steht dir nicht«, sagte sie kühl. »Sie macht dich alt.«

Giovanna, schwatzend und überglücklich, half mir, den Koffer in mein Zimmer zu schleppen. Mein Bett war sorgfältig gemacht, frische Handtücher, nach Kernseife duftend, lagen bereit. Ich setzte mich auf die dünne Decke, unter der ich im Winter immer fror. Mein Blick richtete sich nach oben. Nein, keine spürbare Gegenwart mehr, kein befreundetes Gespenst, das meine Nächte teilte. »Warte auf mich« hatte ich gesagt, bevor ich nach Spanien aufbrach. Doch der Gefährte meiner Kindheit war fort. Hatte es ihn je gegeben? Oder hatte ich ihn bloß erfunden, wie Kinder sich Fantasiefiguren erschaffen, mit denen sie glücklich sind? Eine Zeit lang war das Zimmer für mich der geheimnisvollste Ort auf der Welt gewesen. Nun war es ein Zimmer wie jedes andere auch. Irgendwie verlief ein Riss durch mein Leben. Meine Kindheit bewegte sich von mir fort. Und wie stets hatte Anna den Kern der Dinge erfasst: Ich war wahrhaftig älter geworden. Und nicht bloß, weil ich eine andere Frisur trug. Etwas Wesentliches hatte sich ereignet: Ich liebte einen Mann und wurde von ihm geliebt. Er hatte meinen Körper, der mir plump vorkam, schön gefunden, hatte sein Gesicht zwischen meine Brüste gedrückt. Ich hatte versprochen, ihn nie zu verlassen. Meine Mutter hatte das sofort gespürt. Sie war extrem feinfühlig in diesen Dingen. In mir war etwas gewachsen, was sich ihrer Kontrolle entzog. Ich war wie eine Blüte, die Früchte trug. Meiner Mutter schmeckten diese Früchte bitter.

Es tat mir Leid, aber da war nichts zu machen. Wenn sie plötzlich da ist, diese Intensität, ergreift sie uns von Kopf bis Fuß, ob wir wollen oder nicht. Alles schien so aussichtslos: ein Land hinter dem Eisernen Vorhang, eine fremde Sprache. Zwischen Tibor und mir lag eine Welt. Mochte diese Welt auf uns auch wie ein törichtes Schattenspiel wirken, war sie trotzdem Realität. Der Kalte Krieg gehörte zu den absurdesten und menschenfeindlichsten Entwicklungen der Politik. Eine Sperre, die nicht einmal neuartig war: Die Chinesische Mauer hatte man aus ähnlichen Gründen gebaut. Alles schon da gewesen! Neu war nur die Idee des Kommunismus.

Trotz allem war ich nicht verzweifelt. Zu viel Kraft steckte in mir. Die Trennung empfand ich als etwas Vorübergehendes, nicht mehr als ein Hindernis auf unserem gemeinsamen Weg. Und da Tibor sich nicht rühren konnte, musste ich die Initiative ergreifen. Ich tat es in meiner üblichen, ungestümen Art. Es gab nicht viele Möglichkeiten, den Stacheldraht zu überwinden. Im Grunde gab es nur eine einzige: so schnell wie möglich berühmt zu werden. In Alicante hatte mir Peter Hoffnung gemacht: »Sie holen sich gerne berühmte Leute nach drüben. Sie lassen sie umherspazieren, bieten ihnen einiges und machen ihnen Geschenke. Wieder im Westen, erzählen die meisten, dass der Kommunismus auch gute Seiten hat. Mehr können sie schließlich nicht verlangen.« Peters Worte kreisten unentwegt in meinem Kopf. Ich erkannte mit wirklicher Erleichterung, dass mein Ziel nicht unerreichbar war. Wie eine Sängerin, die in einer Inszenierung mit fiebernden Augen ihren Einsatz erwartet, sehnte ich mich nach Anerkennung. Ich fuhr nach Mailand zum Probesingen, trat in Konzerten auf, Kritiker wurden auf mich aufmerksam. Meine Stimme war bereits geschliffen. Das Sopran-Repertoire bewältigte ich mühelos, sang bis zum hohen C, obwohl ich mich, durch Gefühl und Intuition, eher zum Mezzosopran-Register hingezogen fühlte. Als ein Kritiker in einer Zeitung schrieb, meine Stimme sei zu dünn, um auf einer Opernbühne zu bestehen, war ich so wütend, dass ich im Hotelzimmer meine Frühstücksbrötchen in die Zeitung wickelte und aus dem Fenster warf … einem Hotelgast auf den Kopf.

Turin, Lugano, Genf. Ein Produzent nahm Kontakt zu mir auf, vermittelte mich an eine Aufnahmefirma. Meine ersten Platten verkauften sich nicht schlecht. Hartnäckig schulte ich meine Stimme, verfeinerte die Technik, fand einen guten Agenten, nutzte jede Möglichkeit, zu glänzen. Noch fiel es mir nicht schwer, alle Einladungen, die mich erreichten, anzunehmen. Meine Karriere steckte noch in den Kinderschuhen, aber meine Ausdruckskraft nahm zu. Man pries mich als »Stimmwunder«. Ich ließ mich nicht blenden, verbesserte unermüdlich die Persönlichkeit meines Gesangs. Außerdem nahm ich Schauspielunterricht. Die entsprechenden Emotionen im Moment der Darstellung auf der Bühne zu zeigen ist sehr schwierig, denn sie können beim Singen manchmal hinderlich sein. Ich hatte etliche Hemmungen zu überwinden. Aber als ich Körperhaltung und Bewegungen besser beherrschte, kamen die Töne freier. Mein Gesang wurde fesselnder, die Wirkung packender. Und bald empfand ich die Musik aus dem Orchestergraben nicht nur als Klang, sondern als Bewegungsimpuls. Das war zu jener Zeit neu und brachte mir die ersehnte Berühmtheit ein.

Im Herbst 1955 erschien ich zum ersten Mal auf einer Opernbühne. Das war in Basel, und ich sang in der *Hochzeit des Figaro* den Cherubino. Vom Umfang her hat Cherubino keine große gesangliche Präsenz. Der junge Page singt nur eine Arie, *Non so piu cosa son, cosa faccio* – Ich weiß nicht, was ich bin, was ich tue –, und eine Arietta, *Voi che sapete* – Sagt, holde Frauen –, aber seine Erscheinung als erotisch irrlichtender Zwitter durchbricht immer wieder den zauberischen Verwechslungsreigen, steigert schonungslos die Konfusion der Gefühle. Natürlich fand ich mich in Satinhosen und Brokatjacke zu fett, aber ich nutzte die Transvestitenrolle, zeigte Gefühle ohne Selbstbetrug, träumte einen wilden Augenblick lang von unseren Umarmungen am Strand und steigerte mich ganz in diese Stimmung hinein, so dass der gewaltige Beifall des Publikums mich nahezu verstörte. Meine Mutter hatte die Aufführung hinter den Kulissen verfolgt. Man hatte ihr einen Stuhl gebracht. Sie saß dort, kerzengerade, mit ihrer Krücke in der Hand. Und als der Vorhang endgültig fiel, sah ich nur sie, meine Mutter. Ihr helles Gesicht mit den tiefschwarzen Augen schien in der Luft zu schweben, wie eine Erscheinung. Ich lief auf sie zu, diese paar Schritte, und weil sie nur mit Mühe aufstehen konnte, ging ich vor ihr auf die Knie, um sie zu umarmen. Und es war wie kurz zuvor auf der Bühne, nahezu das gleiche Bild, in anderer Beleuchtung: Cherubino, zu Füßen der Gräfin Almaviva. Sie sagte kein Wort, ihr Mund war leicht verkniffen, ich konnte mir nicht vorstellen, was sie dachte, wahrhaftig nicht. Dann aber, als ich ihre weichen Arme fühlte, ihren zitternden Atem, hob ich den Kopf und sah auf ihrem Gesicht eine Mischung von Stolz und Schmerz, jenem grausamen Schmerz, den eine starke Frau empfindet, für deren Kunst das Schicksal keine Verwendung mehr hat.

So wurde ich in der Musikwelt bekannt. Jetzt hieß es für mich, das alles gründlicher zu erleben. Floria Di Savegna.

»Ein bedeutender Name, mach ihm Ehre«, sagte meine Mutter, die mich, vor allem am Anfang, stets begleitete und unerbittlich meine Fehler verbesserte. Ich akzeptierte das, weil ich wusste, dass sie klarer sah als ich. Ich nahm mir ihre Kritik zu Herzen, es war eine Regel, die ich nicht brechen konnte, zumindest noch nicht. Und sie wollte ja im Grunde nur das Beste für mich.

Ich sang Pamina in der *Zauberflöte,* Despina in *Così fan tutte* und dann zum ersten Mal: Puccini. Ich sang Minnie in *Das Mädchen aus dem goldenen Westen,* die verwegene Abenteurerin, die sich in der rauen Männerwelt der amerikanischen Goldgräber behauptet. Solche Rollen, in denen meine Energie nahezu explodierte, lagen mir am meisten. Mit der Zigeunerin Preziosilla in Verdis *Macht des Schicksals* wandte ich mich dem Mezzosopran-Register zu, womit ich mein Repertoire erweiterte. Und immer wieder pflichtbewusste Auftritte in Konzerten, um die Welt daran zu erinnern, dass ich da war. Um mich herum schwamm und kreiste die Welt, ich stand im Mittelpunkt, ein Engel mit gefalteten Schwingen. Das Gewicht meiner Flügel bedeutete mir nichts. Ich ging zu Annas Schneiderin, ließ mir einige Bühnenroben anfertigen. Aufsehen erregend sollten sie sein. Ich wählte Seidentaft und Satin in tiefen, schillernden Edelsteinfarben: Rot, Violett, Dunkelgelb. Die weiten Ausschnitte fand meine Mutter unanständig, es gab viel Gezeter, aber ich setzte mich durch. Die schwingenden Röcke schillerten im Licht, die Taille wurde eingeschnürt, wobei ich darauf achtete, dass ich beim Singen genug Luft holen konnte. Vor jeden Auftritt besprach ich mich mit der Maskenbildnerin. Sie puderte mein Gesicht marmorweiß, ummalte die Augen schwarz oder lapislazuliblau, verdickte die Brauen und zog sie bis zu den Schläfen hin. Sie drehte mein ringelndes schwarzes Haar über die Brennschere, steckte die Locken zu Schleifen und Knoten auf, befestigte sie mit Zierspangen oder frischen Blumen. In den Ohrläppchen und um den Hals trug ich Schmuck, echten und falschen, der in bunten Farben blitzte und funkelte. Anfangs sorgte diese Aufmachung, eigentlich reiferen Frauen vorbehalten, für Getuschel. Ich trug meine Extravaganz wie ein Aushängeschild; einzelne Zuhörer furchten die Stirn, aber die meisten genossen den Anblick, und solche, die skeptisch lächelten, wurden ernst, wenn ich sang.

Zu den Musikkritikern war ich stets freundlich, ich lachte und scherzte ungeniert mit ihnen. Ich wusste von Anna, dass man diese Leute nicht vernachlässigen durfte, sonst rächten sie sich mit Arglist und Verleumdung.

Ich reiste: Rom. Zürich. Amsterdam. Paris. Die Zeit flog dahin. Monate ohne Tibor, nur auf das eine Ziel ausgerichtet: ihn wiederzusehen. Was ich von den Städten erlebte, glich den Postkarten, die ich an meine Eltern abschickte: das Kolosseum, der Jardin du Luxembourg, die Zürcher Bahnhofstraße, die holländischen Grachten. Das Abreisen, die Bühnenproben, die Aufführungen, das Zurückkommen, all das war ein Trost, eine herrliche Ablenkung. Ich betrat ein Theater nach dem anderen, wie durch eine Glaswand. Und gleichzeitig gab es keinen Augenblick, in dem ich nicht an Tibor dachte, beim Aufwachen, beim Essen, beim Proben. Unentwegt wurde ich heimgesucht von seiner sanften Gegenwart, hörte sein Klavierspiel. Bisweilen war es ein wirklicher Pianist, der Stunden gab oder übte; manchmal kam die Musik von einer Schallplatte oder aus einem Radio im Nebenzimmer. Aber es gab andere Momente, in denen mich eine Art akustische Halluzination erreichte; es kam vor, dass ich nachts aufwachte, wenn die Klänge gerade verblassten. Sie waren irgendwo tief in mir, mal lauter, mal leiser. Es war, als ob Tibor in der Musik zu mir sprach, als ob sich sein Schatten verzweifelt an mich klammerte. Aber ich konnte mich anstrengen, wie ich wollte, ich vermochte die Klänge nie deutlich zu hören. Und nie erinnerte ich mich beim Erwachen, welches Musikstück ich wohl gehört haben mochte.

Im Juni 1956, in Pisa, trat ich als Zerlina in *Don Giovanni* auf. Zerlina, die leichtlebige Verlobte des naiven Bauern Masetto, lässt sich geschmeichelt von Don Giovanni umgarnen. Rechtzeitig erkennt sie seine Heimtücke, rächt sich, indem sie hilft, den Übeltäter in die Irre zu führen, und wendet sich wieder, höchst eigennützig, dem eifersüchtigen Bräutigam zu: *Vedrai, Carino, wenn du fein artig bist …*

Der Regisseur, ein Belgier, hatte die Handlung in die Zeit der Zwanzigerjahre verlegt: Don Giovanni kam im Smoking auf die Bühne. Donna Anna trat als platinblonde Zierpuppe auf, Donna Elvira erschien mit langen schwarzen Handschuhen und Zigarettenspitze. Ich trug eine Perücke mit kurzen Locken, tanzte Charleston, zeigte Strapse. Für die damalige Zeit war die Inszenierung skandalös. Es gab ebenso viel Beifall wie Buh-Rufe, die Zuhörer empörten sich oder tobten vor Begeisterung. Wir reihten uns an der Rampe auf, verbeugten uns mit vor Schweiß glänzenden Gesichtern, fühlten uns verunsichert und entmutigt. Die harte Arbeit, die vielen Proben – und jetzt dieser Flop? Aber die Kritiken am nächsten Morgen waren gut. Das neugierige Publikum strömte herbei. Die Spielzeit musste verlängert werden und die Inszenierung wurde am Ende ein Riesenerfolg. Am letzten Abend waren wir alle erschöpft, unserer Rolle überdrüssig. Wir waren aufeinander eingespielt wie eine beengt wohnende Familie. Wenn sich alle gern mochten, funktionierte das. Aber jetzt wurde es Zeit, dass wir uns trennten. Wir nahmen zufrieden Abschied, in der Hoffnung, bald wieder zusammenarbeiten zu können; wir freuten uns schon darauf. Ich kehrte nach Venedig zurück, wo mich ein Brief aus Budapest erwartete.

24. Kapitel

Der Brief kam zu mir ins Theater«, meinte Umberto. »Peter ist in Ungarn, das überrascht mich wirklich. Ausgerechnet jetzt, wo die Lage so angespannt ist.«

Ein Brief aus Budapest! Augenblicklich erstarrte ich zur Salzsäule. Inzwischen holte Umberto den mit fremden Marken und Stempeln reich verzierten Umschlag aus seinem Arbeitszimmer und gab ihn mir, mit den beiläufigen Worten: »Im Grunde ist der Brief für dich.«

Ich setzte mich in irgendeinen Sessel, öffnete den Umschlag und las. Obwohl Peter gut Italienisch konnte, hatte er es vorgezogen, in englischer Sprache zu schreiben.

Lieber Umberto,
der Grund, warum ich dir aus Budapest schreibe, ist nicht selbstzerstörerisch, sondern sentimental. Ich habe beschlossen, der Opernwelt den Rücken zu kehren. Im Alter gleicht die Stimme einer verbrauchten Batterie, die Energie versiegt. Nur ein einziges Mal will ich noch singen. Die restlichen Jahre meines Lebens – es werden nicht mehr viel sein – werde ich damit verbringen, in Bibliotheken nach verschollenen Werken der Barockmusik zu stöbern: die einzige Leidenschaft, die mir bleibt. Indessen, ich war zwanzig, als ich im Budapester Opernhaus meine Karriere begann: In Verdis Rigoletto gab ich den Herzog von Mantua. Und wo meine Karriere begann, soll sie auch

zu Ende gehen. Also setzte ich mich mit Tadeo Irmes, dem Direktor der ungarischen Staatsoper, in Verbindung und äußerte den Wunsch, in der Heimat meinen Abschied von der Bühne zu nehmen. Zugegeben: Den Herzog kann ich nicht darstellen. Stimme und Alter passen nicht mehr, und blaue Beinkleider verlangen wohlgestaltete Waden. Folglich werde ich mich als buckliger Narr vom Publikum verabschieden; ein Sänger kann Schlechteres wählen, wenn er doch für Eleganteres nicht taugt.

Postwendend kam die Antwort: Meine Abschiedsvorstellung sei für das Budapester Opernhaus eine Ehre. Die Emigration verzeiht man mir großzügig. Im Oktober werde ich mich also von der Bühne zurückziehen; sie hat mein Gewicht lange genug getragen. Anton Horváth wird dirigieren. Sein Orchester ist dafür bekannt, gleichzeitig ein großartiges Konzert- und Opernorchester zu sein. Nimm mir, caro amico, die lange Einleitung nicht übel: Wir Ungarn sind ausschweifend in der Darstellung unserer Seelenzustände. Lass mich zur Sache kommen: Der Ruhm deiner Tochter Floria zieht seine Kreise. Mir schwebt das Zusammentreffen beider Karrieren vor; die eine sinkt, die andere steigt, wie Sonne und Mond über dem Meer. Lach nicht, Umberto, gönn mir meinen Überschwang. Floria biete ich die Rolle der Gilda an. Verwehre mir die Freude nicht, sie auf der Bühne als meine Tochter zu erleben, und verzeih mir, wenn ich sie, wie das Melodram es vorschreibt, in einem Sack über die Bühne schleife!

Ist Floria einverstanden, wird sich Tadeo Irmes um ihr Visum bemühen. Das Budapester Publikum wird sie mit offenen Armen empfangen. Leider sind unsere Hotels wenig komfortabel und eignen sich schlecht für einen längeren Aufenthalt. Aber Floria kann bei meiner Schwester wohnen. Agnes würde sich freuen, sie als Gast zu begrüßen. Was die politische Lage betrifft, nun, es gibt vereinzelte Unruhen. Ich war zu lange fort, von diesen Sachen verstehe ich nichts mehr. Zornige junge Menschen verursachen Spannungen: Ich erlebe sie als Interpreta-

tion der Welt mit ihrer Ordnung und Unordnung. Ansonsten haben wir in Budapest einen schönen Spätsommer.

Willst du Anna von mir grüßen und ihr sagen, dass ich ihre Hand küsse? Ich danke dir.

Peter

Hatte der Wind es mir nicht zugeflüstert? Hatten die Schwalben unter den Dächern nicht davon gezwitschert? Wie umwerfend war diese Nachricht! War sie die hinreißende Auswirkung meines zähen, zielstrebigen Willens? Eine unbestimmte Betäubung ergriff mich. Ich saß da, beide Hände auf die Knie gestützt, und fing an zu zittern. Das Zittern ging nicht von einer tatsächlichen Bewegung aus, es glich eher einem schwachen elektrischen Strom, der mich durchlief. Der Brief in meinen Händen zitterte mit mir. Ich fühlte zu viel, mehr als ich ertragen konnte. Ich hatte Angst zu ersticken, denn mein Herz konnte nicht atmen. Die Ereignisse überschlugen sich in meinem Kopf. Ein Wunder war geschehen. Peter war die Triebkraft von allem. Wie geschickt hatte er alles eingefädelt, mit welch müheloser Leichtigkeit! Sein Bild in mir war plötzlich verwandelt, leuchtete wie ein Kunstwerk mit dem Glorienschein der Schutzengel. Ich war zutiefst aufgewühlt, den Tränen nahe, und doch erfüllt von Dankbarkeit und Glück. Peter hatte Tibor mit keinem Wort erwähnt, schrieb nur von seinem Vater, und auf diese Weise erfuhr ich alles. Mein Blut kribbelte, meine Wangen wurden heiß. Endlich war es so weit: Wir hatten die Zeit der Prüfung überwunden. Ich zitterte immer stärker, und dann brach in einem Flüsterton mein innerster Gedanke hervor: »Tibor, ich komme!«

»Du gehst nicht nach Budapest!« Anna sprach heftig, rote Flecken zeigten sich auf ihrem Hals. »Auf keinen Fall!«

»Ach, warum denn nicht, Mama?«

»Sie werden dich verhaften!«

»Wer wird mich verhaften?«

Mutters schwarze Augen blitzten mich an.

»Die Polizei, *stupida creatura!*«

Die Welt der Politik hielt Einzug in unseren Salon. Ich schenkte ihr wenig Interesse.

»Mich verhaften? Ich trete in der Oper auf. Als Gilda in *Rigoletto*. Warum sollten sie mich verhaften?«

Anna reagierte ungehalten.

»Da genügt schon ein falsches Wort! Du bist so naiv, so spontan! Wenn man dir zulächelt, glaubst du nie, dass man dein Verderben plant.«

Ich machte ein Gesicht, als ob ich lachen müsste. Sie aber steigerte sich in dramatische Vorstellungen, fächelte sich gequält Luft zu.

»Wer zwingt dich, zu gehen? Schau nur, wie schön du es hier hast! Genieße deinen Erfolg! Du bist jung und gesund. Die Kommunisten sind perfide, das weiß heutzutage jeder. Stell dir vor, sie zerschlagen dir die Knochen, wenn nicht Schlimmeres, sie sperren dich für wer weiß wie viele Jahre ins Gefängnis …«

In den Medien war Ungarn ein großes Thema. Es war eine Zeit der Unentschiedenheiten, der Nervosität, eine Zeit der Gerüchte und Mutmaßungen. Die kommunistische Propagandamaschine druckte beschönigende Nachrichten, die keiner glaubte.

Mein Vater sah ziemlich geknickt aus.

»Mir ist nicht ganz wohl dabei«, gab er zu. »Peter äußert sich sehr zurückhaltend, reiht wohl überlegte Sätze aneinander. Die Zensur, nehme ich an. Gewiss lassen sich die Umstände von hier aus nicht beurteilen, aber insgesamt sind die Nachrichten unerfreulich.«

Ich zog eine Haarlocke straff, so heftig, dass mir die Kopfhaut wehtat.

»Man kann nicht alles glauben, was man hört.«

Er lehnte sich in dem altmodischen Sessel zurück, und das Geräusch seines Atems sprach Bände.

»Richtig. Informationen sind nicht immer zuverlässig. Wir wollen nicht den Teufel an die Wand malen. Aber was, wenn es wirklich gefährlich wird? Dann rennst du sehenden Auges in dein Verderben …«

Herausfordernd warf ich den Kopf zurück.

»Das würde auch nicht viel ändern.«

»*Dio mio*, sie frisst mich auf!« Anna machte plötzlich einen blassen, müden Eindruck; an ihren Schläfen glitzerte der Schweiß. Sie tastete nervös über den Tisch, schlug die Zeitung auf. »Da steht es schwarz auf weiß: *Das ungarische Volk will die Aufmerksamkeit der freien Welt auf die Diktatur des Kommunismus lenken!* Sie wedelte mit dem *Corriere*, warf ihn mir geradezu ins Gesicht. »Ohne Blutvergießen? Wie stellst du dir das vor?« Ich sah die großen Buchstaben, überflog den Bericht und verstand kein einziges Wort. Gleichgültig gab ich ihr die Zeitung zurück.

»Immerhin werden Opern aufgeführt. *Rigoletto*, mit Peter Károly in der Titelrolle, stell dir das mal vor, Mama. Ich will dabei sein!«

Vater hüstelte, blickte woandershin. Annas Stimme klang niedergeschlagen und erschöpft.

»Denke nicht, dass ich mich deiner Karriere in den Weg stellen will. Ich versichere dir, du irrst dich gewaltig, wenn du das denkst. Ich hätte nie geglaubt, dass Peter so etwas machen würde. Es ist ein schlechter Moment. Konnte er denn nicht warten, bis sich die Lage beruhigt hat?«

Ich war, allem Anschein zum Trotz, nicht leichtsinnig. Ich dachte fortwährend an das, was Tibor durchgemacht hatte, an das, was er mir sagen konnte, und vor allem an das, was er mir nicht hatte sagen können.

»Mach dir nichts daraus, Mama. Ich gehe jetzt oder nie. Es ist der letztmögliche Augenblick.«

Anna starrte mich an. Ihre Hände mit den rot lackierten Nägeln bewegten sich fahrig hin und her.

»Was redet sie sich da eigentlich zusammen, Umberto? Verstehst du das?«

Er verzog die Wangen mit einem Ausdruck müden Verdrusses. Mein Vater wusste, dass mich nichts umstimmen konnte.

»Sei ruhig, Anna«, sagte er in einem Ton, als traute er seinen eigenen Worten nicht. »Sie werden Floria nichts tun. Sie sind viel zu sehr auf Anerkennung erpicht, gerade jetzt. Mir scheint es ganz in Ordnung zu sein. Warum hast du solche Angst? Anscheinend geht es Peter doch gut. Und die Gilda in der Budapester Staatsoper zu singen, das ist nicht irgendwas. Viele Sängerinnen würden darum beten, an ihrer Stelle zu sein. Das musst du doch einsehen …«

Sie gab es widerstrebend zu, beugte sich ins Unvermeidliche. Sie wusste nicht weiter. Sie grübelte sorgenvoll vor sich hin, sparte aber auch an Schimpfwörtern nicht. Es hörte sich an, als ob sie den Rosenkranz aufsagte. Und mein Vater teilte Peter in einem kurzen Brief mit, dass ich sein Angebot mit Freude annahm.

Einige Wochen später schickte die Botschaft in Mailand die Papiere. Damals in Alicante hatte Malli perfekte Arbeit geleistet: Fiona Salvator war für alle Ewigkeit im Meer verschwunden. Mir indessen blieb nur noch übrig, zu warten, dass es dem Septemberwind gelang, Frische über die sonnenheißen Dächer zu wehen. Jeder Tag brachte eine Wiederholung des Wartens, und gleichzeitig auch, und das war seltsam, den Eindruck von schon Erlebtem. Manchmal, wenn ich mich in den drei Spiegeln über meinem Toilettentisch prüfend betrachtete, sah ich ein merkwürdiges Bild vor mir: eine Neunzehnjährige mit dem strengen, dramatischen Gesicht einer Frau. Strich ich ungeduldig mein Haar aus der Stirn, empfand ich mich nicht als hübsch: Mein Gesicht war zu breit, der Mund nicht fein genug. Doch mein Lächeln ließ starke Zähne aufblitzen, und die Augen waren mandelförmig, mit jener großen Pupille, die von einem lateinischen Dichter »doppelte Pupille« genannt wurde und fast hypnotisch leuchtete. Irgendwie kam ich mir wie ein Mensch vor, der nach langer Krankheit genesen ist, und dieses Gefühl zeigte mir wohl am deutlichsten, dass etwas Neues begann.

Meine Tage waren erfüllt von Gesangsunterricht; ich übte mit einer Kraft, die mich meinen Alltag vergessen ließ. Jede musikalische Phrase wollte ich nicht nur intellektuell, sondern körperlich nachempfinden. Alles, was ich sang, musste vollkommen klingen, ausgefeilt und endgültig. Meine Stimmung wechselte von traurigen, unvernünftigen Gedanken über Selbstgefälligkeit bis hin zu Anflügen wahrer Begeisterung für die widersprüchlichen Empfindungen, die der Gesang in mir weckte. Ich hatte begonnen, mich selbst am Klavier zu begleiten. Anna konnte kaum noch aufrecht auf dem Hocker sitzen. Wenn ich allein war, spielte ich sehr gut, aber wenn meine Mutter dabei war, nicht. Sie konnte es sich einfach nicht abgewöhnen, mich ständig zu kritisieren: Meine Haltung war schlecht, die Hände lagen falsch auf der Tastatur. Sie hasste es, wenn die Notenhefte in ungeordneten Stapeln auf dem Klavier lagen. Manchmal war ich nahe daran, die Nerven zu verlieren. Solange sie daneben sitzt, dachte ich, werde ich niemals richtig Klavier spielen können. Aber trotz allem blieb sie eine Art Leuchtturm für mich, beständig und belebend. In meinem Fest der Leere, allen Winden preisgegeben, brauchte ich ihre kalte Strenge wie ein Korsett.

Abends lag ich wach im Bett, sprach lange zu den Schatten. Dann erst überließ ich mich der Berührung des Schlafs. Die Traumbilder meiner Kindheit tauchten wieder auf. Sie schwebten die Wände hinauf. Ich versuchte, sie zu halten, bevor sie wie langsam fallende Tropfen verschwanden. Das war eine komplizierte Sache, denn sie bestanden aus mehreren Schichten. Gelang es mir, eines dieser Bilder zu bewahren, entdeckte ich bereits das nächste. Aber sie festigten sich allmählich in meinem Kopf, und einige Tage vor meiner Abreise wurde irgendein Hindernis abgetragen. Die Umrisse füllten sich, die Traumbilder hingen wie beleuchtet an der Wand. Aber ich selbst empfand sie jetzt nicht mehr als etwas Äußerliches. Ich tauchte in sie hinein wie in eine Welt von greifbarer Stofflichkeit, die an Festigkeit und Perspektive gewann.

Irgendwo, in den Tiefen der Erinnerung oder der Fantasie, trat ich in ein palastähnliches Gebäude. Die schönen Räume waren kalt und düster. Mir war, als hörte ich die Musik alter Instrumente. Es klang, als ob in den Resonanzböden der Geigen Wespen eingeschlossen waren, und aus den Harfen erschallten merkwürdig gequälte Töne; nur die Flöten ertönten rein und süß. Das Sonnenlicht drang zwischen Säulen hindurch, schnitt in die Schatten auf dem Marmorboden helle Streifen. Damen und Herren tanzten. Wie man es in Träumen erlebt, war etwas Seltsames an ihnen: Ihre üppigen Gewänder leuchteten in dunklen Bronzefarben auf, mit goldenen Tropfen und Ziersteinen geschmückt. Die Gesichter waren schwarz und rot geschminkt, die hochgetürmten Haare der Frauen gepudert. Wie lebensgroße Marionetten kamen sie mir vor, die sich geziert an ihren Fäden bewegten. Mit etwas ruckartigen Schritten bildeten sie einen Kranz, verwoben, verflochten, sich feierlich um sich selbst drehend. Ich ging auf sie zu und tanzte mit ihnen: ein Mädchen in fliegendem blauem Kleid, mit Blumen im Haar, die einzig Lebende in einem Reich der Toten. Die Arme ausgebreitet, lachend und fröhlich, drehte ich mich im Takt der Musik, unermüdlich wie das Rad des Spinnrockens, bis ich plötzlich erstarrte, leicht schwankend dastand. Aus der Ferne kamen Stimmen, Jubelrufe, das Prasseln von Pferdehufen. Ich raffte meine Röcke, lief eine lange Reihe brennender Kerzen entlang, trat nach draußen, auf eine Terrasse. Ich lehnte mich über das Steingeländer, blickte hinunter. Da waren breite Straßen, rote Ziegeldächer und ockergelbe Mauern. Und da war ein Reiter in goldbesticktem Mantel, der sich mit seinem Gefolge dem Palast näherte. Er ritt auf einem Schimmel, und ein langhaariger Hund begleitete ihn. Ich wusste, es war der Liebste meines Herzens, der zum Fest kam. Selbst im Traum, wo alles wirr ist, fühlte ich etwas aus dem Unterleib bis zur Kehle strömen, etwas, was ungestüm wild und herrlich war. Immer mehr Menschen kamen herbeigeströmt, winkten und jubelten ihm zu. Aus den Fenstern beugten sich Frauen, die bunte Tücher schwenkten. Er grüßte, lachend und sorglos, das Haupt unbedeckt; sein Haar von hellstem Blond wehte im Wind, hierhin und dorthin zerzaust. Die orangerote Sonne beteiligte sich in ihrer ganzen Pracht an diesem Umzug, und der Himmel war blau wie nie zuvor. Ich jedoch wusste mit untrüglicher Gewissheit, dass der Reiter gleich sterben musste. Mein Körper erschauerte, dass ich fast in Ohnmacht fiel. Die machtvolle innere Stimme, die aus der erträumten Ferne kam, aus jener unbekannten anderen Welt, sprach eindringlich zu mir. Es war die Stimme des Schicksals, die befahl, gewaltig und unwiderruflich. Keiner konnte ihn retten, wenn nicht ich. Aber in meinem Traum war meine Seele furchtlos. Ich gehorchte dieser Stimme, wirbelte herum; ich stieß gegen die Tänzer, durchbrach ihren Reigen. Ich sah mein vorbeihuschendes Gesicht in einem Spiegel: ein Gesicht von verfärbtem Weiß, geistesabwesend, mit den Spuren der Zähne auf den rot gequetschten Lippen. Eine Frauenstimme rief: »Maria Graziella!«

Mein Name, offenbar. Die Stimme klang warnend. Doch ich drehte mich nicht um, lief weiter, erreichte eine Wendeltreppe. Leichtfüßig eilte ich die Stufen hinab, die Treppe drehte und drehte sich schwindelerregend. Endlich erreichte ich einen gepflasterten Hofplatz, und an dessen

Ende sah ich im Gegenlicht ein offenes Tor. Gestalten streckten ihre Hände nach mir aus, ich eilte an Augenpaaren und Gesichtern vorbei, rannte durch das Tor. Nun schien mir die Sonne prall auf die Schultern: Ihr Licht war wie etwas Greifbares, was warm und golden und ganz nah meine Haut berührte. Ich sah den Reiter, wie er näher kam, von Bannern umweht. Die Hufe schlugen auf die Steine im Takt meines Herzen. Er erblickte mich, brachte sein Pferd zum Stehen. Er glitt aus dem Sattel, warf die Zügel einem Gefolgsmann zu, während er mir lächelnd entgegen trat. Ich sah sein Gesicht, heiter und strahlend, von keiner Angst angerührt, von keinem Schatten. Er hob die Hand zum Gruß und ich lief auf ihn zu, leicht wie Luft, und da wurde die Sequenz plötzlich laut und dröhnend. Es gab einen Tumult, einen Schrei. Hatte ich ihn ausgestoßen? Und jetzt ein Klirren von Metall. Ein Blitz traf mich, durchfuhr meine Brust mit unbeschreiblicher Gewalt. Ich stürzte vornüber, den Mund geöffnet, um dem Druck des Schmerzes gewachsen zu sein, mit diesem Triumph in mir, der mich entkörperte. Ich sah Gesichter, vor Entsetzen verzerrt, hörte Worte, hervorgestoßen zwischen Schluchzen und Schreien. Und dann sah ich sein Gesicht, ganz nah, fühlte seine Hände, die sich an mir zu schaffen machten, Bänder lösten, mein Kleid öffneten. Ich wusste, dass er meine Brüste sah, und freute mich, dass sie schön waren. Schmerzen spürte ich kaum mehr, nur ein fernes, inneres Rauschen, als hielte ich eine Muschel an mein Ohr. Es war ein neues Gefühl, das sich in mir regte, dunkel wie die Nacht und leuchtend wie alle kommenden Tage. Ja, das ist Liebe, dachte ich und erschrak, weil sie dahinwelkte mit jedem Atemzug. Ich sog Luft ein, im verzweifelten Versuch, eine kleine Spanne meiner Sterbezeit für den Anblick dieses Mannes zu bewahren: einen Anblick, den ich schützen wollte, in dieser und in allen anderen Welten, auf ewig. Ich lächelte ihn an, diesen einen, der mich mit seinen Armen umfing;

jener, der erst morgen sterben würde, und nicht heute, wie das Schicksal es vorgesehen hatte. Und ich fühlte, während ich in seinen Armen lag, eine weiße, süße Seligkeit in mich einströmen. Ich hatte in den Lauf der Zeit eingegriffen. Ich war die Stärkere gewesen. Der Schmerz war verflogen, mein Kopf war klar, und ich lächelte wie eine Siegerin. Und dann stieß ich einen tiefen Seufzer aus und flüsterte seinen Namen, bevor seine beiden Augen zu einem einzigen Auge zusammenglitten, einem Märchenauge, golden und grün und tränennass, vom dem ich mich, mit diesem Lächeln auf den Lippen, nun löste.

Ich erwachte, bald danach oder erst lange Zeit später; seltsame Geräusche trommelten pausenlos durch die von Schlaf und Tod erfüllte Stille. Ich lag in meinem Bett, als läge ich in einem Grab, und obwohl ich zuerst nichts sah, fühlte ich, dass es regnete. Die Regenrinnen schepperten mit klingelnden Geräuschen. Blinzelnd öffnete ich die Augen; der Regen klatschte auf die Dächer; es sah aus, als ob Asche in der Luft schwebte. Ich hatte bei offener Balkontür geschlafen. Der Vorhang bauschte sich im Wind, Kälte wehte herein. Ich fror, zog die Beine an mich. Noch im Schlaf hatte ich immer wieder versucht, ein Stück der Decke an mich zu ziehen. Der Traum flimmerte noch irgendwo am Rande meines Bewusstseins.

»Es geht mir schlecht …«, murmelte ich. »Ich habe Schmerzen …«

Ich strich mit tastenden Händen über meine Brust, suchte die schmerzende Stelle. Meine Finger berührten unversehrte Haut. Der Schmerz verging. Ruhig lag ich da, verharrte in einer Art Verzückung, mit einem schalen Nachgeschmack im Mund. Die Wände bewegten sich leicht, wie eine Riesenlunge, die leise und stetig atmete. Nach einer Weile erlebte ich ein leichtes Umeinanderdrehen von Zeit und Materie: Die Wände kamen zur Ruhe. Nur der Regen fiel in langen, silberglänzenden Fäden. Ich warf meine Decke zurück, sprach halblaut zu mir selbst: »Du kannst hier nicht ewig liegen bleiben.«

Ich setzte mich auf den Bettrand, stellte die Füße auf die Fliesen. Dann zog ich mein Nachthemd über die Schultern und kam schwerfällig auf die Beine. Ich schlurfte auf die Balkontür zu mit kurzen, behutsamen Schritten, als fürchtete ich, dass mir durch eine heftige Bewegung das Fleisch von den Knochen fallen könnte. Als ich den Vorhang zur Seite schob, sah ich den rot verschmierten Balkon. In der Nacht hatte der Südwind Sand gegen das Haus geweht. Erst auf den zweiten Blick entdeckte ich die Fußspuren, die der Regen entlang der eisernen Balustrade verwischte.

25. Kapitel

In der ersten Oktoberwoche 1956, an einem Dienstag, bestieg ich in Mailand die Maschine nach Wien. Es war ein durchsichtiger Vormittag, einer jener Vormittage, an denen das Licht senkrecht und weiß herabfällt. Ich war nicht im Geringsten nervös, sondern hatte das Gefühl, als stände ich neben mir; als könnte ich es noch immer nicht fassen, dass mein größter Wunsch in Erfüllung gehen sollte.

»Gib schön auf dich Acht«, sagte mein Vater, als ich den Bus zum Flughafen bestieg. Er hatte mich nach Mailand begleitet. Anna nicht. Sie hatte mich kurz an sich gedrückt und etwas gesagt, was bezeichnend für sie war: »Blamier mich nicht.« Sie meinte es ernst, und ich hatte geantwortet: »Das habe ich nicht vor.«

Und nun stand mein Vater da, mit schwindendem Mut in den Augen, betrachtete mich, als würde ich ihm entrissen und als ob er sich alle Einzelheiten meines Gesichtes für immer einprägen wollte. Ich hatte Mitleid mit ihm und nahm ihn zärtlich in die Arme. Ich fühlte, dass er alle Kraft brauchte, um dem Abschied mit Gleichmut entgegenzusehen.

»Grüße Peter von mir, ja?«

»Selbstverständlich. Mach dir keine Sorgen, Papa.«

Er trat beiseite, und ich zwängte mich in den Bus, der

schon voller Leute war. Umberto stand auf dem Bürgersteig und machte einen verlorenen Eindruck, während der schwer beladene Bus langsam um die Ecke rollte, in Richtung Flughafen.

Wir mussten ziemlich lange warten. Die Leute waren nervös, Zeitungen raschelten, kleine Kinder schrien, Mütter oder Großmütter beruhigten sie. Dann und wann ging ein Steward durch die Kabine und verschwand wieder im Cockpit. Es wurde heiß im Flugzeug, ich bekam feuchte Hände. Ich streckte mich aus, so gut es ging, ließ meinen Kopf mit den geschlossenen Augen hinabsinken. Endlich begann die Maschine zu rollen. Immer schneller lief die Erde unter den Tragflächen vorbei, bis sie mit ungeheuerlicher Geschwindigkeit rannte. Meine bleierne Erstarrung verschmolz mit dem Dröhnen der Motoren. Mir war, als ob sich die Propeller in meinem Kopf mit scharfen Flügeln drehten; Bilder zuckten vorbei, verbreiteten in mir einen Wirbel aufblitzender Farben. Dann verließ die Maschine die Erde. Der Lärm erstarb, die Bilder verloschen; mich erfüllte eine merkwürdige Stille. Weit unten lag die Landschaft in Nebelfeldern. Ich richtete mich auf; meine Augen schweiften umher, als ob ich gerade im Flugzeug geboren und alles um mich herum neu und fremd wäre.

Die Stimmung war plötzlich entspannt. Die Gurte wurden gelöst, die ersten Zigaretten brannten. Die Leute wankten durch den Mittelgang zur Toilette. Stewardessen servierten Imbisse: Schinken- und Salamibrötchen, mit verschrumpelten kleinen Gurken, eine Cremeschnitte, ekelhaft süß, in Silberpapier. Schaler Kaffee schäumte in Plastikbechern. Ich aß, weil es mir vorgesetzt wurde und obwohl ich nicht den geringsten Hunger verspürte. Der Himmel über den Wolken leuchtete blau. Nicht ich war es, die schwebte, sondern die Welt schwebte unter meinen Augen vorbei. Vielleicht war dies eine Flucht, oder ein neuer Anfang oder eine Rückkehr zu einem Anfang? Ich schloss wieder die Augen. In mir war der Nachgeschmack eines schmerzlichen Glücks: die Gewissheit, dass mich an einem präzisen Punkt in Zeit und Raum der Mann erwartete, der mir bestimmt war. Und allmählich begann ich ganz in dem Gefühl zu leben, dass die einzige Wirklichkeit, die meiner würdig war, nicht diejenige war, an der alle anderen teilhatten, sondern jene, die ich allein erahnte.

Zwischenlandung in Wien. Im Frühhherbst war es in Österreich schon kalt. In der Transithalle saß ich an einer chromglänzenden Theke, benommen und mit heißem Gesicht. Nichts, was sich ereignete, interessierte mich. Die Luft war stickig: Zigarettenqualm und Bier. Ich trank Mineralwasser, nahm die fremde Sprache wahr, die anderen Menschen. Die Reisenden hielten krampfhaft ihre Taschen fest, saßen oder standen unbeweglich. Die Frauen waren dick, schlecht geschminkt und ungeschickt frisiert. Die Gesichter der Männer waren unscheinbar grau wie ihre zerknitterten Anzüge. Ich trug Lippenstift und Wimperntusche und enge schwarze Hosen, einen schwarzen Pullover mit rundem Ausschnitt, Ballerinas und ein grünes Halstuch: der damals aufkommende Audrey-Hepburn-Stil, obwohl ich eigentlich nicht schlank genug war. Die Leute starrten mich an. Daran war ich gewöhnt, aber hier war das Anstarren nicht warm und herzlich, sondern gleichsam verbissen und apathisch, Mitleid erregend. Diese Menschen, gefangen in Hemmungen, persönlichem Unglück und Einsamkeit, sie setzen mich in Erstaunen. Ich fühlte mich ihren Blicken preisgegeben, ohne Berührung, wie in einem Netz gefangen. Warum war ich hier? Wie war ich hierher gekommen? Ich war etwas verschreckt, als hätte ich etwas Böses getan, ohne zu wissen, worin mein Vergehen denn eigentlich bestand. Diese Blicke nahmen mir die Luft, erstickten mich. Mein Kopf schmerzte.

Regenschauer zogen vorbei, als die kleine Maschine mit Verspätung auf das Flugfeld hinausrollte. Das lärmende

Flugzeug schwankte und holperte, stieg auf, von Windböen geschüttelt, und landete eine Stunde später auf dem Budapester Flughafen Ferihegy. Wir stiegen die Gangway hinunter, ein schweres Gedränge von Beinen unter düstergrauem Himmel. Es roch nach verbrannter Luft, nach Blei, nach Abgasen. Die Koffer wurden ausgeladen, wir mussten sie einzeln aus der Menge fischen. Mein Koffer war schwer, keiner nahm ihn mir ab, ich schleppte ihn zum Flughafengebäude. Mein leichter Wollmantel öffnete sich und flatterte, ich hielt ihn krampfhaft fest. Die Kontrollen waren streng, dauerten lange. Die Beamten wirkten eiskalt und beflissen, aber so, als ob sie eine Rolle spielten, das Getue nicht wirklich ernst nähmen. Sie ließen mich meinen Koffer öffnen, durchwühlten Kleider und Wäsche, musterten lange meinen Pass, prüften das Visum. Dann plötzlich eine überraschend höfliche Geste: kein Lächeln auf dem Gesicht, noch immer nicht, aber eine leichte Neigung des Kopfes, die Ehrerbietung ausdrücken mochte. Und dann war ich hinter der Schranke. Ich war in Ungarn.

Als ich mich suchend umsah, erschien plötzlich im düsteren Licht das vertraute Gesicht Peter Károlys.

»Floria! Endlich! Ach, ich freue mich. Ich freue mich sehr!«

»Es tut mir Leid«, sagte ich atemlos. »Das Flugzeug hatte Verspätung.«

»Das ist hier immer so.«

Er beugte sich über meine Hand, sie nur mit den Lippen streifend; die vertraute charmante Begrüßung tat mir gut. Als ich ihn genauer betrachtete, fiel mir auf, dass seine Bräune verschwunden war. Seine Haut kam mir grobporig und ungesund grau vor. Er hatte mir Blumen mitgebracht: einen Riesenstrauß Sonnenblumen. Er wusste, dass ich Rosen nicht mag, weil sie Dornen haben. Glücklich drückte ich mein Gesicht in die kühle Pracht.

»Kommen Sie, Floria«, sagte Peter. »Sie werden bereits sehnsüchtig erwartet.«

Mein Herz klopfte wild.

»Ach, Peter! Ist er schon …«

Ich sprach nicht weiter, biss mir sofort auf die Lippen. Er schüttelte, milde lächelnd, den Kopf.

»Sie sind ein offizieller Gast dieses Landes. Ihre Ankunft blieb nicht unbeachtet. Ich meine natürlich die Pressevertreter.«

Mit bewundernswerter Gewandtheit führte er mich zu einer Gruppe Journalisten, die mir ihre Gesichter wie hypnotisiert zuwandten. Die Männer trugen zu großväterlichen Anzügen schrecklich bunte Krawatten. Eine einzige junge Frau war dabei; sie trug Männerhosen und eine Mütze auf den krausen Locken, was sie verwegen aussehen ließ. Alle waren mit Fotoapparaten behängt und standen dicht beieinander, als ob sie sich vor mir fürchteten oder irgendwelchen absurden Vorschriften gehorchten. Im Hintergrund hielten uniformierte Beamte die Schaulustigen fern. Als ich den Journalisten zulächelte, kam Bewegung in die Gruppe. Einige deuteten eine Begrüßung an, andere fingerten umständlich an ihren Kameras. Auslöser klickten, Blitzlichter flammten auf. Ich strich mir verlegen auflachend durch mein Haar.

»Es tut mir Leid, Peter! Ich hatte keine Zeit, um mir die Nase zu pudern.«

Er antwortete mit einem versonnenen, geistvollen Lächeln auf dem Gesicht.

»Sie sehen prachtvoll aus, Floria. Wie ein Wesen aus einer anderen Welt. Der Alltag zerrt an unseren Kräften, unsere Seelen sind müde. Wir träumen von Paradiesvögeln.«

Die Pressekonferenz war kurz, die offenbar vorgeschriebenen Fragen galten der musikalischen Jahresproduktion Italiens, den Zuhörerzahlen und der Aufgabe der Kultur. Solche Fragen hatte ich noch nie gehört. Ich sagte irgendetwas, verbarg mich in schöner Haltung hinter den Sonnenblumen, die gelben Blütenstaub auf meinen schwarzen Mantel puderten. Peter stand einen halben Schritt hinter mir, ritterlich und besorgt, übersetzte meine eher unsicheren Antworten in wohlklingende Sätze. Die Journalisten kritzelten in kleine Notizblöcke wie beflissene Schüler. Zum Schluss kam die erste und einzige persönliche Frage. Es war die junge Frau, die meinen Blick mit einem Lächeln auf sich lenkte. Ob ich mich freute, in der Budapester Oper zu singen? Ihr Tonfall war warm, ihre Stimme merkwürdig gedämpft. Ich sagte, ja, von ganzem Herzen. Für Sekunden trafen sich unsere Blicke und wollten zueinander sprechen. Sie hatte müde dunkle Augen. Schatten lagen darunter, wie zerquetschte blaue Trauben. In ihren Augen las ich … was eigentlich? Eine Warnung, vielleicht? Es war, als ob sie keine Worte fand für das, was sie mir zu sagen versuchte. Vielleicht, dass wirre Zeiten anbrachen und Gefahren lauerten, von denen ich nichts wusste? Und obwohl sie rasch wieder auf ihren Notizblock sah, spürte ich doch ein leichtes Frösteln im Rücken.

Vor dem Flughafengebäude wartete ein Taxi. Der Fahrer machte ein grimmiges Gesicht, während er meinen Koffer verstaute. Wir zwängten uns in den Wagen, der eng, alt und schmutzig war. Der Motor hustete einige Male, bevor er ansprang. Während der Fahrt hielt Peter den Blick auf den Nacken des Fahrers gerichtet. Er sprach wenig und mit Vorsicht, erkundigte sich nach meinen Eltern, freute sich über meine Erfolge. Meinen Aufenthalt in Alicante erwähnte er mit keinem Wort.

Der Regen hatte nachgelassen, aber es wurde schon dunkel. Der Weg in die Stadt war lang, die Straße schlecht, der Wagen rumpelte in Schlaglöcher. Graue, eintönige Wohnblöcke standen neben Schrebergärten und Häusern aus schönem Sandstein. Die Rokoko-Fassaden waren bedeckt mit einer schwarzen Schicht, die Fenster mit Brettern vernagelt. Ich sah ungepflegte Rasenflächen, verkommene Lagerhäuser, Fabrikschornsteine. Einige rauchten gewaltig. Fünfstöckige Häuser, mit großem handwerklichem Können erbaut, trugen Bombeneinschläge wie klaffende Wunden. Balkone bröckelten ab, der Putz faulte wie Ausschlag. Grellbunte Propagandaplakate hingen in Fetzen. Hohe Kräne ragten über Häuserskelette. Wir fuhren an verlassenen Läden vorbei, an eingeworfenen Scheiben, an eisernen Rollläden und Gittern. Neben wenigen Privatautos schwärmten Fahrradfahrer nach allen Richtungen aus. Straßenbahnen mit hölzernen Sitzreihen rumpelten lärmend vorbei. Ärmlich gekleidete Passanten, die Mantelkragen hochgeschlagen, schleppten Taschen. Wir fuhren über eine breite, beängstigend leere Ringstraße. Am Straßenrand häufte sich Müll. Früher mussten hier große Bäume gestanden haben; die Stümpfe waren noch da.

»Warum haben sie alle Bäume gefällt?«, fragte ich Peter.

Er zog die Schultern hoch.

»Ach, die Leute brauchten Brennholz.«

Ich merkte, dass der Blick des Fahrers mich im Rückspiegel fixierte; es war ein starrer Blick. Ich wandte die Augen ab und sagte nichts mehr. Der Wagen bog an einer Kreuzung ab, fuhr durch eine Seitenstraße wie durch einen Graben, hielt schließlich vor einem Eckhaus. »Wir sind da«, sagte Peter.

Ich sah zum Haus hinauf. In einigen Fenstern brannte trübes Licht. Die Scheinwerfer beleuchteten einen dunklen Vorhof. Der Fahrer stieg aus, öffnete mir die Tür, holte mein Gepäck aus dem Kofferraum. Peter bezahlte den Fahrer, bestand darauf, meinen Koffer zu tragen. Wir gingen durch den Vorhof; zwischen alten Pflastersteinen wucherte Unkraut. Peter drückte gegen eine Tür, die sich quietschend öffnete, tastete nach dem Lichtschalter. In fünf Meter Höhe, an einem Kabel befestigt, leuchtete schummrig eine Lampe auf. Ein großer Aufzug mit Scherengitter führte in die oberen Stockwerke. Peter grinste bekümmert und schüttelte den Kopf.

»Der Aufzug geht nicht mehr. Wir müssen zu Fuß hinauf. Zum Glück nur bis in den zweiten Stock.«

Ich half ihm, den Koffer die Treppe hinaufzuziehen. Die Steinstufen waren dunkel und steil, auf jedem Absatz fiel durch blinde Scheiben düsteres Licht. Im zweiten Stock gab es zwei Wohnungen, beide mit mächtigen Mahagonitüren, zerkratzt und zersplittert. Eine dieser Türen stand offen, und eine alte Frau erwartete uns. Sie war klein und spindeldürr und trug zu ihrem geblümten Kleid einen mottenzerfressenen Fuchspelz um den Hals, mit Glasaugen und baumelnden Pfoten, aus dem ihr Gesicht mit dem pechschwarzen Haarknoten ragte. Dieses Gesicht, knochig, mit tiefen Falten durchzogen, strahlte Güte aus. Doch in ihren blinzelnden Augen lag Hochmut. Sie benutzte weder Puder noch Schminke. Trotz ihrer seltsamen Aufmachung machte sie einen eleganten Eindruck. Ich dachte, dass diese Frau, egal in welcher Umgebung, immer aus dem Rahmen fallen würde; sie war ganz und gar sie selbst und eigenständig bis ins Mark. Peter stellte mich vor. Die alte Dame hielt mir ihre schneeweiße Hand hin. Sie sprach ein nahezu akzentfreies Englisch.

»Ich bin Agnes Horváth. Wir sind froh, dass Sie überhaupt kommen konnten. Peter hat Sie voller Unruhe erwartet. Er befürchtete, dass im letzten Augenblick etwas schief gehen würde. Sie bleiben natürlich bei uns. Heutzutage sind alle besseren Hotels von russischen Offizieren belegt. Leider werden Sie es nicht sehr bequem haben. Nichts funktioniert, und man muss für Lebensmittel anstehen. Nun, so leben wir alle hier.«

Sie hatte eine tiefe, schöne, dunkle Stimme. Ich bedankte mich höflich für die Gastfreundschaft und erinnerte mich daran, dass Tibor ihr das Leben verdankte. Wann sehe ich dich nur? dachte ich mit schmerzlicher Ungeduld. Ich hatte das Warten so satt! Inzwischen ging die alte Dame voraus, mit energischen Schritten und straffem Rücken. Im Vorbeigehen warf Peter mir einen Blick zu und verzog leicht das Gesicht, als wollte er sagen: Hier befiehlt Agnes! Ich folgte ihr und schleppte meinen Koffer. Wir kamen durch eine gewaltige Zimmerflucht, drei Salons hintereinander, alle mit Kaminen aus Marmor. In einem der Zimmer stand ein gedeckter Tisch, das nächste hatte man in einen Schlafraum verwandelt, ein Bett an jeder Wand, dazwischen schwarze Tuchvorhänge aus der Verdunklungszeit und jede Menge Gerümpel. Verwirrt ging ich an fleckigen Plüschsesseln vorbei, an ausgebeulten Sofas und zerkratzten Kommoden. Ein wuchtiger Schrank sah aus, als hätte man ihn mit einem Beil zerstückelt. Die Seidentapete hing in Fetzen, zeigte an manchen Stellen noch kunstvolle Muster, Blumenkörbe und Amphoren, in verblassten Farben: Grünblau, Dunkelrosa. Der Parkettfußboden hatte Risse, Teppiche und Läufer waren abgewetzt. Überall waren die Leisten herausgerissen, nur noch die Nägel steckten in den Wänden. An den Lampen hingen Klebstreifen, an denen Fliegen hafteten. Von dem Augenblick an, als ich die Wohnung betrat, nahm ich einen eigenartigen Geruch wahr. Es roch nach angebrannter Milch, nach Mottenpulver, Kampfer und feuchtem Gips. Gemälde gab es keine mehr, nur Fotos, einfach an die Wände gepinnt. Frauen, Männer und Kinder waren darauf zu sehen, stehend oder zu Pferd, in altmodischen Spitzenkleidern oder Uniformen mit Säbeln, Pelzen und Gamaschen. Alle Kinder hatten die gleichen, erwachsenen Gesichter; manche hielten Reifen in der Hand oder standen neben einem Schaukelpferd. Ein weiter Flur war durch eine Bretterwand versperrt. Agnes blieb kurz stehen, wandte mir über ihrem Fuchspelz ihr feines Profil zu.

»Dahinter liegen die Schlafzimmer. Die Wohnung wurde geteilt. Das ist Vorschrift. In den Nachkriegsjahren lebten beinahe zwanzig Leute hier. Die achtköpfige Familie ist zum Glück nicht mehr da. Das Geschrei war ein wenig belastend. Jetzt wohnt hier ein Ehepaar aus Debrecen. Der Mann ist Professor, aber leider krank. Tuberkulose. Er hustet nachts. Lassen Sie sich von ihm nicht stören.«

Neben der Bretterwand bog ein Seitengang ab. Agnes machte zielstrebig ein paar Schritte, öffnete eine Tür, drehte einen Schalter. Die Birne an der Decke flackerte ein paar Mal auf, bevor sie Licht warf. Agnes blickte stirnrunzelnd nach oben.

»Der Strom ist schwach. Sparmaßnahmen.«

Ich stellte meinen Koffer auf den Boden und sah mich um. Ich befand mich in einem kleineren Raum mit gekalkten Wänden, schmucklos wie ein Zimmer in einem Krankenhaus. Ein schmales Bett, ein Tisch und ein Stuhl, daneben ein einfacher Schrank mit ein paar Kleiderbügeln. Agnes las die Überraschung auf meinem Gesicht; ein Lächeln zuckte um ihre blassen Mundwinkel.

»Unser bestes Zimmer: die ehemalige Dienstbotenkammer! Bis gestern wohnte Peter hier, jetzt ist er zu mir in den Salon gezogen. Hier sind Sie ganz für sich und haben sogar ein eigenes Badezimmer.«

Sie stieß eine Tür auf. Ich erblickte einen schlauchartigen Raum mit einem riesigen Waschbecken, einem Spiegel und einer Toilette. Alles zersprungen, vergilbt, verbogen. Daneben stand ein großer Eimer, der bis zum Rand mit Wasser gefüllt war. Ein süßlicher Geruch nach Desinfektionsmitteln hing in der Luft.

Agnes' Lächeln wurde ausgesprochen spöttisch.

»Meine Eltern waren ihrer Zeit voraus. Sie wollten saubere Dienstboten. Heutzutage ist das Wasser leider knapp. Halten Sie den Eimer stets gefüllt. Für alle Fälle. Wenn Sie heißes Wasser brauchen, können wir es in der Küche aufwärmen.«

Ich verneinte lächelnd.

»Das wird nicht nötig sein. Ich wasche mich gerne kalt.«

Sie nickte gleichmütig.

»Um diese Jahreszeit geht das. Aber im Winter friert das Wasser im Eimer. Wir heizen nur, wenn wir Briketts bekommen. Sofia hat das Bett überzogen, Sie haben eine Wolldecke, und im Schrank sind frische Handtücher. Ach, und noch etwas …«

Sie wühlte in den Taschen ihres geblümten Kleides, brachte einen Schlüsselbund zum Vorschein, nahm einen kleinen Schlüssel und hielt ihn mir hin.

»Sie haben sogar Ihren eigenen Eingang. Nur für den Notfall, meine ich.«

Sie ging zu einer Tür, stemmte sich mit der Schulter dagegen, zog einen Riegel zurück und drehte mit einiger Mühe den Schlüssel. Die Tür ging mit furchtbarem Quietschen auf.

»Sie klemmt«, murmelte Agnes. »Sie wurde schon lange nicht mehr benutzt.«

Vorsichtig trat ich vor, entdeckte eine steile Holztreppe, die in düstere Dunkelheit führte.

»Der Dienstboteneingang. Er führt in den Innenhof, gleich neben dem Kohlenkeller. Vorsicht: Die Stufen sind beschädigt und es gibt kein Licht.«

Sie zog die Tür kraftvoll wieder zu, schob den Riegel vor und drehte den Schlüssel.

»Da, verlieren Sie ihn nicht. Man weiß nie, was passiert.«

Ich dankte und nahm den Schlüssel, etwas verwirrt. Sie blies sich eine Strähne aus der Stirn und zog ihren Fuchspelz zurecht.

»Abendessen ist um acht. Das Essen ist schlecht, das sage ich Ihnen lieber gleich. Ich habe nicht immer die Kraft, mich anzustellen. Und Sofia hat ihre Mutter zu versorgen. Wie dem auch sei, ich habe Anton Horváth, den Dirigenten, eingeladen. Sein Sohn kommt auch. Sie haben, soviel ich weiß, Tibor in Spanien kennen gelernt? In Gegenwart Fremder wäre es gut, wenn Sie es nicht erwähnen würden«, setzte sie in beiläufigem Ton hinzu, bevor sie, kerzengerade und mit leicht tapsenden Schritten, das Zimmer verließ. Unter ihrem Kleidersaum guckte der Unterrock ein Stück hervor, was ihrer Würde nicht den geringsten Abbruch tat.

26. Kapitel

Sekundenlang blieb ich mit angehaltenem Atem stehen. Eine ungeheure Aufregung bebte in mir. Ich konnte mich ihr nicht entziehen. Ich spürte das Bedürfnis, mir alles ganz genau einzuprägen, jede Handlung und jede Empfindung, damit ich es niemals vergaß. Wenn wir jung sind, empfinden wir solche Augenblicke mit großer Intensität und Kraft. Später wird alles zu Reflex und Routine. Nach einer Weile rührte ich mich, aber langsam und mechanisch. Mit einiger Anstrengung hob ich meinen Koffer auf den Stuhl, öffnete ihn und versuchte dabei, meinen Nagellack zu schonen. Ich zog ein paar Kleider heraus und hängte sie in den Schrank. Dann nahm ich die Sachen, die ich brauchte, ging ins Badezimmer, betrachtete im Spiegel mein müdes Gesicht. Das Wasser lief als dünnes Rinnsal. Ich zog mich aus, das ganze verschwitzte Zeug, wusch mich, indem ich das spärliche Wasser mit beiden Händen gegen meinen Körper warf. Ich zog frische Wäsche an und einen schwingenden blauen Rock zu dem schwarzen Pullover. Nadeln und Klammern zwischen den Lippen, probierte ich verschiedene Frisuren aus. Jetzt noch viel Wimperntusche, matten Puder, und Lippenstift. Für Agnes hatte ich Parfüm mitgebracht: Bois des Îles von Chanel, einen herben, exotischen Duft. Mit dem Päckchen in der Hand verließ ich das Zimmer, ging an der Bretterwand vorbei und hörte den Professor husten. Als ich in den Salon kam, war nur Peter da, der sich sogleich erhob. Er trug eine graue Strickjacke zu schwarzen Frackhosen und ein weißes Hemd mit dunkler Fliege. Sein gepflegtes Haar schimmerte im Lampenlicht. Er lächelte mir zu, halb zerknirscht, halb spöttisch.

»Es tut mir Leid, Floria. Ich hätte Sie warnen sollen: Wir leben in einer Rumpelkammer.«

Ich lachte. Ich fühlte mich großartig.

»Ich bin das gewöhnt, Peter. Ganz Venedig ist eine Rumpelkammer.«

»Venedig ist ein Ort, der die Fantasie beflügelt. Ein Ort für Ästheten und Träumer. Hier – nichts dergleichen mehr, nur Unvermögen und Schmutz.« Peter sprach langsam und melancholisch. »Wahr ist, dass Ordnung früher Unterdrückung bedeutete. Aber heutzutage bedeutet Ordnung ganz einfach, dass nichts funktioniert.«

Aus einer kleinen Karaffe füllte er zwei Gläser.

»Das ist Szilvapalinka, Pflaumenschnaps. Agnes sagt, er sei nicht übel.« Er roch zweifelnd daran. »Mag sein, dass sie Recht hat.«

Er reichte mir das kleine Glas. Wir tranken; der Schnaps stieg mir sofort in den Kopf; ich legte die Hände auf meine heißen Wangen. »Oh, der ist stark.«

»Früher hat er anders geschmeckt«, seufzte Peter. »Hat Ihnen Agnes gesagt, dass wir Gäste haben?«

Ich nickte, mit zugeschnürter Kehle. Peter lehnte sich in die zerschlissenen Polster zurück. Seine Fotos standen und hingen überall, zeigten ihn in seinen Glanzrollen: Peter als Don Carlos, Peter als Scarpia, Peter als Jago. Die Fotos würde ich mir später ansehen.

»Tibor … wie geht es ihm?« fragte ich leise.

Er antwortete ebenso leise.

»Gut, nehme ich an. Aber Budapest ist nicht mehr das richtige Pflaster für ihn.«

Mein Herz pochte so laut, dass ich es hören konnte.

»Warum? Was ist los, Peter? Streik?«

Er schüttelte ausweichend den Kopf.

»Schwer zu sagen. Die Studenten werfen Steine und Benzinflaschen. Oder selbst gebaute Bomben. Die Russen verhalten sich ruhig; viel zu ruhig, wie mir scheint.«

»Und Tibor?«

Er zog die Schultern hoch. Seine Strickjacke gab den Blick auf einen schwarzen Kummerbund über seiner Frackhose frei.

»Wie soll ich sagen? Er verkehrt in Kreisen, die nicht mehr diskutieren, sondern handeln wollen. Sie tanzen auf einem Vulkan. Ich kann ihnen das nicht verübeln. Solche Tänze liegen uns eben. Und wenn ich jünger wäre ...«

Er ließ den Satz in der Schwebe, deutete eine Geste an, die gleichermaßen Fatalismus und Trotz ausdrückte.

Die Küchentür ging auf. Eine hagere Frau erschien mit weit ausholenden Schritten, lächelte mir freundlich zu und deutete einen unbeholfenen Knicks an, bevor sie einen Korb voller Äpfel und Birnen auf den Tisch stellte. Ihr spärliches Haar ließ die rosa Kopfhaut durchschimmern. Das Gesicht hatte etwas seltsam Unerschlossenes an sich, wie bei einem Mädchen, das gealtert war, ohne das Leben einer Frau geführt zu haben.

»Das ist Sofia«, sagte Peter. »Sie ist seit dreißig Jahren hier. Daneben kümmert sie sich um ihre Mutter, die neunzig und gebrechlich ist. Aber Sofia ist immer fröhlich.«

»Was soll sie denn sonst tun? Klagelieder singen?«

Agnes kam aus der Küche, ohne Fuchspelz, dafür mit einer Schürze, die sie aufknotete und über einen Stuhl warf.

»Ihr Vater war Kutscher bei uns, als Peter noch zur Schule ging. In unserer Familie kamen und gingen die Dienstboten nicht wie anderswo. Mutter wollte keine fremden Gesichter. Soziales Verantwortungsgefühl brauchte man ihr nicht beizubringen. Die Dienstboten durften bleiben, bis sie alt wurden. Als unser Kindermädchen Rosa mit Mutters

Erlaubnis heiratete, bekam sie eine schöne Aussteuer. Weißt du das noch, Peter?«

»Was für ein Gedächtnis du hast!«, murmelte er. »Ich war zu lange fort.«

»Natürlich liegen die Dinge jetzt anders.« Agnes legte gleichmütig ihren Fuchs um den Hals. »Ich hatte das Glück, meine Wohnung behalten zu dürfen.«

Sie sprach, als ob sie vom Wetter redete. Ich überreichte ihr das Parfüm. Sie bedankte sich mit ausgesuchter Liebenswürdigkeit, ohne überschwängliche Begeisterung. Doch in ihren Augen lagen Erstaunen, Beglücktheit und eine Art Ungläubigkeit, und sie hielt das rosa Päckchen mit der eleganten Schleife, als könne es in der nächsten Sekunde zerbersten oder sich in Luft auflösen.

Dann hob sie den Kopf und seufzte leicht auf.

»Ach, ein Parfüm aus Paris. Wie schön! Ich werde es mir für die Oper aufheben.«

Die Klingel. Ich zuckte zusammen. Ein Kribbeln kroch über meine Kopfhaut.

»Da sind unsere Gäste«, sagte Agnes.

Peter stand auf. Ich hörte Stimmen im Flur und saß wie versteinert da, während die Glasaugen des Fuchses mich anstarrten. Wenn ich aufstünde, wenn ich nur die geringste Bewegung machte, würde alles um mich herum einstürzen. Die Stimmen kamen näher; zwei Männer traten ein, Peter ging mit langen Schritten voraus. Sie durchquerten den Salon, schritten über das Parkett, das unter ihren Schuhen ächzte. Den einen Besucher sah ich nur als Schatten; der andere war Tibor.

Erst jetzt konnte ich atmen, erst jetzt kam Bewegung in mich. Ich stützte mich mit beiden Armen auf die Lehne, stemmte mich aus dem Sessel. Er ging auf mich zu, diese paar Schritte nur, die mir wie Schritte durch die Zeiten vorkamen. Ich sah ihn, ohne ihn richtig wahrzunehmen, spürte nichts anderes als Verwirrung. Ich träume, dass ich träume, dachte ich und stand vor Tibor, hielt ihn mit meinem Blick fest. Er sah anders aus als in meinen Erinnerungen. Er trug das Haar kürzer und war sichtlich abgemagert, was bewirkte, dass er größer erschien. Auch sein Gesicht war spürbar gealtert. Er lächelte, aber auf seinen Pupillen trieb, wie Öl auf dem Wasser schwimmt, ein matter Schein von Auflösung und Trauer.

»Guten Abend, Floria«, sagte er kehlig.

Er sprach, weil ja etwas gesagt werden musste. Doch unsere Herzen hatten, schneller als Worte, die Bestürzung einander schon mitgeteilt. Schlagartig wich die Befangenheit: Es war, als ob wir niemals getrennt gewesen wären. Man sagt, Erinnerungen verblassen. Doch uns genügte ein Blick, ein kaum angedeutetes Lächeln. Wie zwei Schlafwandler gingen wir aufeinander zu, blieben auf halbem Weg stehen. Wir wahrten die Form mit schwacher, verzweifelter Selbstbeherrschung.

»Tibor, wie geht es dir?«

»Ganz wunderbar«, sagte er, so dass ich ihn verstand. »Und dir, Floria?«

»Wie dir. Ganz genau gleich.«

»Wie war die Reise? Nicht zu lang?«

»Nein, sie kam mir kurz vor.«

»Ich bin froh, dass du da bist.«

»Ja, ich auch.«

Die sinnliche Spannung, das Bedürfnis, uns einander in die Arme zu werfen, brachte uns fast um den Verstand.

»Du bist jetzt berühmt«, sagte er. »Dein Name steht in den Zeitungen.«

Ich schüttelte den Kopf.

»Ach, auf der Bühne bin ich ziemlich nervös.«

»Nun, jeder hat seinen eigenen Belcanto-Stil«, erwiderte, sanft und spöttisch, eine andere Stimme. »Der Ihre mag durchaus ein nervöser sein.«

Der Mann, der das gesagt hatte, trat aus dem Schatten,

in den ihn meine Wahrnehmung bisher verbannt hatte. Ich wandte mich ihm zu, zauberte ein Lächeln auf mein verstörtes Gesicht. Der Mann verbeugte sich. Seine Stimme klang zwar wie die eines Mannes, war jedoch melodisch und fesselnd wie die einer Frau. »Mein Vater, Anton Horváth«, stellte Tibor ihn mir etwas verwirrt vor.

Er neigte sein Gesicht über meine Hand. Zu meinem Erstaunen erkannte ich, dass ich mit wirklicher Ungeduld auf ihn gewartet hatte. Sein Haar war schiefergrau und ungekämmt und fiel ihm über die Stirn. Das Gesicht war schmal, mit hoher, gewölbter Stirn und einer Nase, die eher flach war. Der Kiefer war breit, der Mund schwermütig. Es war ein außergewöhnliches Gesicht. Ein königliches Gesicht, das mit der Zeit einen bürgerlichen Ausdruck angenommen hatte. Der Blick war nachdenklich, ein wenig verschwommen. Es war der Blick eines empfindsamen, eines leidenden Mannes.

»Signorina, ich fühle mich geehrt, Sie kennen zu lernen.«

Ich fühlte Antons Atem kurz auf meiner Haut, bevor er den Kopf hob und mich höflich betrachtete. Ich wurde plötzlich unsicher; das Gestern, das Heute vermischten sich. Kannte ich ihn? Oder glaubte ich ihn zu kennen, weil Tibor mir von ihm erzählt hatte? Ich sagte, dass ich auf Budapest sehr gespannt war. Und dass ich es kaum erwarten konnte, mit ihm zu arbeiten.

Sein Lächeln ähnelte dem von Tibor auf verwirrende Weise und wäre ohne die schlechten Zähne ganz bezaubernd gewesen.

»Ihr Tonumfang soll fantastisch sein. Bis zum hohen C, wie mir gesagt wurde?«

»Ja, aber allzu hohe Noten erschrecken mich. Meine Stimme ist nun einmal zu dunkel.«

»Ich bin sicher, Sie können alles machen. Sie sind ein gutes Medium.«

Er sprach so unbefangen, dass ich ihm eine Antwort

schuldig blieb. Wieder überlief mich ein Frösteln. Es war kalt in diesem Zimmer, Agnes tat wirklich gut daran, einen Fuchspelz zu tragen. Er indessen fuhr fort, mich ruhig und höflich zu betrachten.

»Sie sehen anders aus als auf den Fotos.«

»Anders?« Ich stellte diese Frage mit echter Neugierde.

»Ja. Auf den Bildern wirken Sie sanft. Aber das stimmt nicht. Ihr Blick ist scharf. Sie haben den Blick einer Jägerin – hat man Ihnen das noch nie gesagt?«

Das Kompliment überraschte mich. War es überhaupt eins? Es hörte sich so merkwürdig an, so unpassend, irgendwie. Und doch traf es mich tief. Ich ließ es, eher überrumpelt denn geschmeichelt, auf sich bewenden, denn hinter mir hörte ich Agnes' belustigte Stimme.

»Seien Sie vorsichtig, Floria! Anton hat nicht nur in der Musikwelt einen gewissen Ruf. Und das Alter macht ihn kein bisschen weiser.«

Er wandte sich ihr zu, nahm ihre Hand mit Respekt und Zärtlichkeit.

»Agnes, mach mich vor der Signorina nicht schlechter, als ich bin. Musik ist Baldrian für unser nationales Trauma. Ich huldige Verdi und bewundere Gilda.«

»Anton, du bist ein Snob!«

Sie schenkte ihm ihr Lächeln, schillernd und zerbrechlich. Zu mir sagte sie: »Lassen Sie sich nicht von ihm umgarnen!«

Anton lachte, aber es klang müde.

»Mir scheint, Signorina, in meiner gegenwärtigen Lage müsste ich alle Mittel anwenden, um verführerisch zu sein. Und der Erfolg würde ausbleiben, das ahne ich im Voraus.«

Durch sein Gesicht schimmerte, wie ein fernes Spiegelbild, der Mann, der er einst gewesen war, unsagbar anziehend, eine Gefahr für jede Frau. Doch die Anspielung war mir nicht entgangen. Wusste Anton Bescheid? Ich wandte die Augen von ihm ab, richtete sie auf Tibor. Wir tauschten ein Lächeln, als es abermals an der Wohnungstür klingelte. Peter ging öffnen und kam mit einem hellblonden, schwerknochigen Mann zurück. Sein Frack war aus gutem Stoff, aber von entsetzlichem Schnitt. Er trug eine Brille, die seine Augen auf besondere Weise vergrößerte.

»Floria«, sagte Peter, »darf ich Ihnen Tadeo Irmes vorstellen? Er ist der gute Geist, dem wir Ihr Hiersein verdanken.«

Irmes schlug leicht die Hacken zusammen, deutete eine Verbeugung an. »Eine große Sängerin zu hören ist eine ernste Sache. Sie zum ersten Mal zu sehen ein Entzücken.«

Getändel, blumiger als in Italien, und ein bisschen absurd. Keine Staffage, schien mir, sondern ein Betragen, das diese Menschen mit der Muttermilch eingesogen hatten. Eine Lebensart aus einer vergangenen, unerwünschten Epoche. Jetzt überwogen andere Phrasen, ein anderes Pathos. Vielleicht wirkten die Menschen deswegen, trotz der Höflichkeiten, die ihnen mühelos über die Lippen kamen, so geistesabwesend und kraftlos?

Und so tat ich, als ob ich nichts merkte, lächelte strahlend und bedankte mich für die Einladung nach Budapest. Tadeo Irmes, der im Gegensatz zu Anton die makellosesten Zähne der Welt hatte, wurde ein bisschen rot. Ich merkte, dass er schüchtern war und es zu verbergen suchte.

»Wissen Sie, wir kämpfen, soweit unsere Lage es erlaubt, gegen die Isolation. Eine Künstlerin wie Sie auf der Bühne zu erleben macht zu unserem Alltag einen gewaltigen Unterschied.«

Ich lächelte nichts sagend und wandte mich dem nächsten Besucher zu. László Meggyes, der Chefregisseur der Budapester Oper, war hager und schwarz gekleidet. Ich studierte ihn, wie man einen Menschen studiert, von dem man weiß, dass man eine Zeit lang auf beengtem Raum mit ihm auskommen muss. Er hatte etwas Jugendliches an sich, und gleichzeitig ein eigentümlich steifes Gesicht; ihm fehlte der altmodisch höfliche Ton, das gekünstelte Lächeln. Er gab sich einsilbig und ernst. Er trug eine unschöne Hornbrille und schien auf den ersten Blick zu jenen zu gehören, die meine Eltern ein wenig verächtlich »die ewigen Studenten« nannten. Aber seine großen, kräftigen Hände erzählten eine andere Geschichte: Sie bewegten sich träge und beherrscht wie die Hände eines Bauern oder eines Handwerkers.

»Warteten Sie darauf, nach Ungarn zu kommen?«, fragte er.

»Ja, schon lange.«

»Ich hoffe«, sagte er, »dass Sie Budapest ertragen können.«

»Das Opernhaus soll sehr schön sein.«

Er stand hölzern vor mir.

»Ja, das ist es. Aber man muss es mit Inhalt füllen.«

»Dazu sind wir doch da«, sagte ich.

Er blickte mich an, rasch, verstohlen fast. Sein Blick war interessiert und nahezu verletzend abschätzig.

»Wenn Sie deswegen gekommen sind, dann wissen Sie, worauf es ankommt.«

Was für ein seltsamer Mensch!, dachte ich. Ich wurde aus ihm nicht klug. Aber dieser Mann war nicht die erste harte Nuss, die ich in meinem Leben zu knacken hatte.

Da standen wir nun, Tibor und ich, während die anderen plauderten. Wir berührten uns nicht, rückten auch nicht näher zusammen. Wir sahen uns nur an, verwirrt von dem Sturm unserer Gefühle, beglückt darüber, dass wir uns sehen und anlächeln konnten, dankbar und ganz der süßen, heißen Seligkeit hingegeben, die zwischen uns hin und her flutete wie ein leuchtender Strom.

Tibor brach als Erster das Schweigen.

»Du hast gesagt«, begann er leise, »dass du mich wiederhaben willst.«

Ich vermied es, ihn anzusehen. Es war zu gefährlich.

»Ja, das habe ich gesagt.«

»Ich höre noch deine Worte. Wenn ich mich an deine

Stimme zu erinnern versuchte, waren es immer diese Worte, die ich hörte.«

Ich fühlte, wie meine Lippen zitterten.

»Ich war ohne Nachricht von dir. Aber das machte nichts.«

Er versuchte ein wenig zu lächeln.

»Wie oft habe ich Briefe für dich geschrieben und wieder zerrissen!«

»Warum?«

»Die Zensur. Onkel Peter hatte mir davon abgeraten, dir zu schreiben. Eine Zeit lang war es schlimm. Da hatte ich nichts mehr, niemanden mehr. Nicht einmal die Musik.«

»Das ist nicht wahr.«

»Doch. Sie wurde zu einer Art Käfig für mich. Ich tat so, als ob es sie nicht mehr gäbe, beschäftigte mich mit anderen Dingen.«

»Mit welchen Dingen, Tibor?«

»Mit Theorien, die an Einfachheit nichts mehr zu wünschen übrig lassen. Ich suchte nach Möglichkeiten, der Resignation zu entfliehen.«

»Muss ich Angst um dich haben?«

Seine Hände zitterten.

»Ich weiß es nicht. Ich weiß es wirklich nicht.«

»Erzähl mir alles von dir.«

»Jetzt gleich? Hier?«

»Nein, nicht hier. Später.«

Agnes rief zum Essen. Der alte Tisch war für sieben Personen gedeckt, mit einem prachtvoll verarbeiteten, mit blauem Blumenmuster bemalten Tafelgeschirr. Mehrere Silberleuchter, eine Spitzendecke, kostbare Gläser aus Kristall mit dem Wappen der Károly, Tabletts aus schwerem Silber und eine Karaffe aus altem venezianischem Kristall schmückten den Tisch. Ich war voller Bewunderung. Der Aufwand war erstaunlich, angesichts der Dürftigkeit der Wohnung. Agnes bemerkte meine Überraschung und nickte mir wohlwollend zu.

»Sie sehen ganz versunken aus.«

»Ja. Sie haben so schöne Dinge.«

»In der Tat. Unser Silber und unser Porzellan bleiben in der Familie, bis wir verhungern. Die Bolschewisten haben mitgenommen, was sie finden konnten. Aber sie haben nicht alles gefunden …«

Sie reckte das Kinn. Ihre Augen leuchteten vor Widerspenstigkeit und Triumph. Wie mochte sie früher gewesen sein? dachte ich. Gertenschlank, schwerelos, mit lebhaft bestimmten Bewegungen und sprühenden Augen? Ja, gewiss, und hochmütig, das gehörte dazu. Und unendlich anziehend in ihrem Eigensinn.

Sofia brachte die Speisen in großen Schüsseln herein. Agnes verteilte die Portionen mit eleganten Gesten und Peter schenkte den Wein ein. Das perfekt servierte Essen bestand aus einer dünnen Kartoffelsuppe, einem undefinierbaren Mehlgericht mit Rindfleisch und Gemüse. Ein Essen für arme Leute, in kostbarem Porzellan aufgetragen.

»Wo hast du Rindfleisch aufgetrieben?«, wunderte sich Anton.

»Frag doch Sofia«, sagte Agnes gleichgültig.

»Rindfleisch gibt es nur auf dem Schwarzmarkt«, belehrte mich Tibor.

»Oder, mit etwas Glück, durch familiäre Beziehungen«, ergänzte Tadeo.

»Sofia hat Beziehungen«, sagte Peter.

Diese schüttelte nur den Kopf, lächelnd, ein wenig verschämt, bevor sie entfloh.

»Wir sind alle enteignet worden«, sagte Peter zu mir. »Aber das machte auch nicht mehr viel aus. Die Nazis hatten bereits ganze Arbeit geleistet.«

Agnes erzählte, dass sie in Kriegszeiten Hühner auf dem Parkett gehalten hatte, deswegen sei es so zerkratzt.

»Wir hatten Verwandte aufgenommen, die Wohnung war

kaum groß genug. Tanten, Onkel, Cousins, junge Frauen, alte Männer, Kinder ...«

Eine Zeit lang war das Haus voller Flüchtlinge gewesen. Sie schliefen auf Matratzen, spannten Leinen von den Türen zum Kronleuchter, damit die Wäsche trocknete. Strom gab es nicht. Eisblumen bedeckten die Fenster. Die Frauen trugen die wollenen Unterhosen der Väter und Großväter unter den Kleidern. War Milch da, strich man den Kindern die gekochte Milchhaut aufs trockene Brot. Die Kleinen erkrankten an Bronchitis und Keuchhusten. Medikamente waren nicht aufzutreiben. Man schob Flaschen mit heißem Wasser in die feuchtkalten Betten. Das Wasser schöpfte man aus dem Fluss, mit Eimern, die auf Handkarren gezogen wurden.

»Gewiss eine sportliche Leistung«, meinte Agnes dazu. »Aber keiner kann mir verübeln, dass ich seitdem jede Turnübung hasse. Und ich will auch kein Geflügel mehr in der Wohnung. Ich habe das Ausmisten satt.«

Sie sprach halb im Scherz, halb im Ernst. Später sollte ich sie noch kennen lernen, diese ungarische Art, über dieselben Tragödien zu lachen, unter denen sie zuvor gelitten hatten, und dann auch über sich selbst, weil sie es nicht gerne sahen, wenn man sie bedauerte. Selbstmitleid war nicht *comme il faut*.

Wir aßen, wir tranken, und alles erschien mir seltsam gespenstisch. Es lag so wenig auf den Tellern! Mir war, als verzehrten wir eine Scheinmahlzeit, die nur durch die Kraft der Einbildung aus der Luft herbeigezaubert war.

Man kam auf *Rigoletto* zu sprechen. Der Staatsoper flossen großzügige Geldmittel zu. Aber die Inszenierungen waren konventionell, die Charaktere eindeutig. Zum Experimentieren blieb wenig Freiraum.

»*Rigoletto,* die Tragödie eines Hofnarren, ist uns wie auf den Leib geschrieben«, seufzte Tadeo. »Wir schlagen Purzelbäume in peinlichem Selbstbetrug.«

»Ja, aber ich fände es schlecht, auf Purzelbäume ganz zu verzichten«, sagte László Meggyes, der bisher wenig gesprochen hatte. Ich sah ihn neugierig an. Ich wollte mit dem Eindruck, den er auf mich machte, ins Reine kommen. Er bemerkte, dass ich ihn beobachtete, und erwiderte meinen Blick.

»Sie haben wenig Aussichten, zufrieden zu sein.«

»Wenig?«

»Sie müssen verstehen, dass Teile des hiesigen Opernpublikums überhaupt nicht interessiert sind an dem, was auf der Bühne geschieht.«

»Ist das nicht überall so?«

Ich betrachtete sein gut geschnittenes, abweisendes Gesicht. Ich hatte den Eindruck, als würde er allmählich eine gewisse Verwandtschaft mit mir erkennen. Oder bildete ich mir das nur ein?

»O ja, allerdings«, gab er ein wenig widerstrebend zu. »Aber wir sind gezwungen, auf politische Verhältnisse Rücksicht zu nehmen. Ich aber sehe mich als Künstler.«

Mein Beruf hatte mich gelehrt, mich schnell auf meine Umgebung und mein Gegenüber einzustellen. Erleichtert stellte ich fest, dass wir am Ende doch eine gemeinsame Sprache hatten.

»Ich habe viel Fantasie«, sagte ich.

Er zeigte plötzlich ein leichtes Lächeln.

»Fantasie ist das, was uns gelegentlich rettet.«

»Wir haben bereits mit den Proben begonnen«, sagte Anton Horváth, der mein Tischnachbar war. Seine Augen, groß und tief liegend, waren von schweren Tränensäcken umgeben. Ich konnte ihn lange ansehen, immer wieder mit dem gleichen Mitgefühl. Er war krank, verbraucht, wie verloren an eine andere Welt.

»Versuche ich Musik mit politischen Forderungen in Einklang zu bringen, entsteht nur Künstlichkeit. Wenn ich aus einem *Allegro vivace* ein *Allegro larghissimo* mache, spenden gewisse Leute kräftig Beifall. Aber ich mache es nicht, denn es wäre ein politisches Bekenntnis. Und ich liebe den Wert einer Sache an sich, unverfälscht.«

»Lieber Anton, nimm noch etwas Gemüse«, sagte Agnes in mütterlichem Ton. »Was ist heute schon unverfälscht?«

Er lehnte sich zurück, und sein Atem ging schwer. Seine Worte verdeutlichten seine innere Erregung, vielleicht auch seine Schwäche.

»Vor einigen Monaten, im März, soweit ich mich erinnere, erhielt ich den Anruf eines Rechtsanwalts, der mich um eine Unterredung bat. Ich glaubte, es handele sich um eine Opernangelegenheit, aber es kam ganz anders. Der Anwalt teilte mir mit, er wolle sich mit mir über meine politische Haltung unterhalten. Man hatte Unterlagen ausgegraben. Meine Rolle im Krieg hätte sich als ›sozusagen mehrdimensional‹ erwiesen. Was ich darauf zu antworten hätte? Ich dachte, jetzt ist es so weit, man schickt mich in den Ruhestand. Wozu noch ein Blatt vor den Mund nehmen? Ich sagte: »Ich bin nie in der Partei gewesen.« Der Anwalt war sichtlich betroffen. ›Ja, Genosse Horváth, wie soll ich das verstehen?‹ Ich erwiderte, dass ich von jeher nur einer Partei angehört hatte: der Musik, die von ihren Anhängern absolute Treue verlangte. Der Anwalt hatte einen seltsamen Ausdruck im Gesicht. ›Also, unter diesen Umständen …‹ Ich glaubte, dies sei mein Ende. Doch nichts geschah. Keine negativen Presseartikel, keine öffentlichen Verleumdungen. Ich behielt die Leitung des Orchesters. Warum ich nicht gefeuert wurde, ist mir bis heute schleierhaft.«

Tibor hatte seinem Vater aufmerksam zugehört. Schließlich sagte er: »Sei ruhig, Vater. Du darfst dir keine Vorwürfe machen. Wir wollen und müssen deutlich machen, dass wir nicht immer bereit sind, uns anzupassen. Aber das weißt du besser als ich.«

Anton lächelte ihn an, wie von weither, mit großer Nachsicht.

»Ja, das weiß ich – wahrhaftig – besser als du. Aber Lügen haben bisweilen ihre praktischen Seiten. Möglicherweise kann man Verdi sehr laut spielen«, setzte er versonnen hinzu, und diesmal lachten alle.

»Es gibt viel Betrug in der Politik«, sagte Peter zu mir. »Ehrbare Menschen beißen die Zähne zusammen, während Profiteure sich die Hände reiben. Zum Glück sind wir stark. Nazis und Kommunisten haben bisweilen Fanatiker aus uns gemacht, Verräter gelegentlich auch, und sogar in ziemlichen Mengen, aber Hasenfüße bemerkenswert selten. Dass wir auf der Bühne die Tragödie eines Hofnarren zelebrieren, mag unserem Zynismus entsprechen.«

»Nun, lasst uns die Schellen schütteln und Luftsprünge machen.« Agnes, die ihren Pflichten als Gastgeberin mit routinierter Lässigkeit nachkam, seufzte hörbar ironisch. »Aber sei vorsichtig, Anton. Auch wenn du es üblicherweise nicht bist.«

Er zeigte ein kurzes, messerscharfes Lächeln, das mir mehr über ihn verriet als tausend Worte. »Liebe Agnes, das kann ich nicht versprechen. Das kommt ganz von selbst, leider …« Danach, als ob der trotzige Klang seiner Stimme die trübe Gegenwart noch verdeutlichte, wurde es still. Endlich konnten wir einander ansehen, Tibor und ich. Unsere Augen suchten sich über den Tisch hinweg. Der Raum, die Anwesenden rückten in weite Ferne. Weil das Gefühl der Zusammengehörigkeit bereits so stark war, empfanden wir keine Furcht mehr, und tauschten ein Lächeln, das wie ein Versprechen war.

27. Kapitel

In dieser Nacht schlief ich wenig. Es war nicht das Glück, dass ich Tibor wiederhatte, auch nicht die Freude auf die kommenden Tage, oder die Müdigkeit oder die fremde Umgebung. Es war viel mehr die Ahnung einer Gefahr. Das Gefühl war stärker als die Müdigkeit, eine unverständliche Drohung. Ich war mir ganz sicher, in diesem kargen, eiskalten Zimmer. Es war, als ob draußen die Stadt den Atem anhielt. Gelegentlich zuckten Geräusche auf: scheppernde Mülleimer, das Zuschlagen von Eisengittern, heulende Sirenen, vereinzelte Schreie oder Befehle. Ich rollte mich zusammen, versuchte gleichmäßig zu atmen. Endlich kam der Schlaf über mich, blitzartig. Aber ich konnte nur wenige Stunden geschlafen haben, als ich aufwachte und Militärfahrzeuge über den Asphalt rollen hörte …

»Die Kommunisten sind nervös«, sagte Agnes. »Das geht schon seit Wochen so. Und ich denke, dass sie immer nervöser werden.«

Sie saß in einem zerschlissenen Morgenmantel vor einem Samowar, den unvermeidlichen Fuchspelz um den Hals, schenkte mir Tee ein, der wunderbar schmeckte, und reichte mir dazu trockenes Brot in einem Körbchen.

»Steinhart – es tut mir Leid. Machen Sie es wie ich und tauchen Sie es in den Tee. Die paar Zähne, die ich noch habe, sind mir wichtiger als gute Manieren.«

Sie wusste mehr, als sie sagte. Ich sollte mir keine Sorgen machen, meinte sie, die Aufführung würde glänzend werden. Sie lächelte, den Kopf hoch erhoben. Ihr schwarzes Haar, noch für die Nacht geflochten, baumelte auf ihren Schultern.

»Ich werde mein altes Abendkleid von Lanvin tragen. Die Spitzen sind vergilbt und im Stoff waren die Motten. Aber man kann die Falten so legen, dass man es nicht sieht.« Sie presste die dünnen Hände um ihre Tasse. Ihr Gesicht verkrampfte sich unmerklich. »Mitunter klammert man sich an Belanglosigkeiten.«

Peter war schon weg. Er machte einen Spaziergang am Donauufer, bevor er zu proben begann.

Tibor kam um neun, um mich zum Opernhaus zu bringen. Das war am Abend zuvor so abgemacht worden. Er klingelte pünktlich. Sofort blieb mir das trockene Brot im Hals stecken. »Ich gehe schon«, sagte Agnes und schlurfte in abgetragenen Pantoffeln zur Tür. Ich hörte ihre Stimme.

»Schön, dass du da bist.«

Tibor kam herein, außer Atem, noch schöner als am Abend zuvor, in seiner zu weiten Hose mit dem eng geschnürten Gürtel und dem altmodischen Pullover. Ich konnte keinen klaren Gedanken fassen, atmete in kurzen, flachen Zügen, und mein Inneres schmolz zu Wasser.

»Ich wollte Floria nicht warten lassen«, hörte ich ihn sagen.

Agnes ging zurück an den Tisch; um ihre Augen zeigten sich feine Lachfältchen.

»Sie hat die ganze Nacht gewartet. Eine Tasse Tee?«, setzte sie hinzu.

Er starrte weltvergessen an ihr vorbei.

»Du bist lieb, Tante Agnes. Aber …«

Beide schienen darauf zu warten, dass ich etwas sagte. Ich schluckte.

»Hast du gut geschlafen?«

Agnes, rücksichtsvoll in ihrem weitherzigen Verständnis für andere, sagte, sie habe zu tun, und verschwand in der Küche. Tibor und ich starrten uns an, mit aufgerissenen Augen.

»Wollen wir gehen?«, stammelte ich kopflos. »Soll ich einen Mantel anziehen?«

»Im Opernhaus ist es kalt«, murmelte er.

Ich zog meinen Mantel an, und wir gingen. Doch nicht sehr weit. Im feuchtkalten Treppenhaus warfen wir uns einander in die Arme. Wir taumelten, die Zärtlichkeit machte uns blind. Sehnsucht und Seligkeit mischten sich. Die Dunkelheit wich, wir waren von Licht übergossen. Unsere Arme umschlangen einander, die Hände breiteten sich über Schultern und Rücken aus, strichen darüber hin und her, zerfahren und berauscht. Das Blut stieg uns in den Hals, in die Wangen. In unseren Ohren war ein Rauschen von Taft. Das Treppenhaus drehte sich, die Wand, an der wir lehnten, atmete mit – keuchend, wie ein lebender Körper.

»Bist du hier?«, flüsterte er. »Bist du wirklich hier?«

Wir hatten die Freiheit zu lieben und uns anzusehen wiedergefunden. Wir waren Wiedergeborene, und Wiedergeborene wissen nicht, was sie tun. Die Welt war nicht mehr, wie sie vorher war. Die Welt zerbrach in Stücke, das Chaos schlug über uns zusammen. Ich umfasste sein Gesicht wie eine Wahnsinnige, presste es an meines. Wir sprachen wie im Fieber, Stirn gegen Stirn.

»Verlass mich nie mehr!«

»Nein, niemals!«

»Man wird uns trennen!«

»Schweig!«

»Ich zähle die Tage, die wir haben.«

»Sei nicht unglücklich. Alles wird gut.«

»Du gehst wieder fort, das ist zu viel. Ich werde sterben.«

Er schüttelte wirr den Kopf. Selbstzerstörung war nicht ohne Reiz für ihn.

»Nein, du nicht.«

»Woher willst du das wissen? Es ist ganz unerträglich …«

»Sei still, ich rette dich.«

In meinem Herzen machte sich plötzlich Unruhe breit. Ich bekam Angst und war gleichzeitig ungeheuer erregt – es war ein Hochgefühl. Ich bemerkte Dinge, die mich selbst betrafen. Die Erkenntnis flackerte in mir, wie ein Irrlicht. In mir gab es ein Lebensgefühl, so alt und geheimnisvoll wie der Ursprung der Welt. Und es war komisch, ja, zum Lachen, dass mir die Einsicht in diesem Treppenhaus kam, wo es nach faulen Kartoffelschalen, Urin und modrigem Gips roch. Und ich lachte auch tatsächlich. Schließlich kann man solche Orte nicht vorher überprüfen.

Nachher gingen wir durch den Vorhof voller Scherben und Schutt. Der Wind trug uns beunruhigende Geräusche zu. Sprechchöre und Stimmen aus Lautsprechern, unnachgiebig artikuliert wie Hammerschläge. Tibor hielt mich umfasst, drückte mich an sich, doch er konnte den Lärm nicht zum Verschwinden bringen. Ich blieb stehen.

»Horch … was ist das?«

»Nichts.«

»Nichts?«

»Sie demonstrieren.«

»Heute?«

»Seit Wochen schon. Man weiß nie, in welchem Stadtteil sie beginnen. Heute demonstrieren sie am Millenniumsdenkmal. Aber an der Andrássy-Straße ist alles ruhig.«

»Wer demonstriert?«

»Alle, die Studenten, die Lehrer, die Verkäuferinnen, die Fabrikarbeiter, die Hausfrauen, die Künstler. Das Volk eben.«

»Du auch, Tibor?«

»Ich auch.«

Seine Worte waren wie Messerstiche. Ich klammerte mich an ihn, ich hielt ihn fest. Ich hatte Angst, mir wurde übel.

Ich zitterte jetzt auch innerlich, meine Seele erbleichte, Panik stieg in mir hoch.

»Gefährlich?«

»Gefährlich, ja. Wir haben Redefreiheit, das schon. Aber wer unbequeme Sachen sagt, wird verhaftet. Wir bauen Barrikaden. Dann kommt es vor, dass die Russen schießen.«

»Es gibt Tote, nicht wahr?«

»Leichen werden nie gefunden. Die Polizei schafft sie weg. Sie nehmen auch die Verletzten mit. Die Angehörigen schalten den Suchdienst ein. Vergeblich. Sie wissen nicht, wann die Verschleppten wieder entlassen werden, ob sie schwer verletzt oder überhaupt noch am Leben sind.«

Er sprach und starrte an mir vorbei, und es war nicht mehr sein Blick. Es war der Blick eines Menschen, der bewusst den Weg der Selbstentfremdung geht. Sein Leben wie seine Begabung zerrannen ihm zwischen den Händen. Und ich hatte nichts geahnt? Ich rieb mir verwirrt die Stirn. Das würde mir so leicht nicht wieder passieren. Ich sagte: »Gehen wir?«

»Ja.«

Städte verändern sich, sie altern und leiden wie Menschen. Budapest war schwer verletzt, war elend und düster. Vielen Gebäuden fehlten die Fassaden, man konnte hineinsehen wie in gespenstische Puppenhäuser. Daneben Ruinenfelder und nahezu auf jedem Platz ein Monumentaldenkmal zu Ehren des Bolschewismus: nackte Genossen aus Bronze, die mit muskulösen Armen schwungvoll auf ferne, unerreichbare Ziele deuteten. Genossen, die ihr Imperium wie einen gut geschützten, rationell bewirtschafteten Ameisenbau regieren wollten. Aber das funktionierte, wenn überhaupt, nur für eine kurze Zeitspanne, unbedeutend in der Menschheitsgeschichte. Einige Statuen lagen bereits da, vom Sockel gestürzt, mit roter und weißer Farbe beschmiert, das Gesicht im Schutt. Leute hasteten vorbei; die Gesichter waren müde und verängstigt.

Ich ging weiter, den Körper so angespannt, dass mir das Gehen wehtat. Die Säulen des Opernhauses standen plötzlich vor mir. Tibor führte mich ein paar Stufen hinauf, ins Innere. Sofort fiel mir kalte Luft über die Schultern. Rosa Marmortreppen wanden sich in kühnem Schwung unter hohen Kreuzgewölben und gewaltigen Kronleuchtern. An den Wänden und an den Decken wechselten Opernszenen mit den Darstellungen der griechischen Mythologie; die Fresken waren schmutzig, nur hier und da glitzerte Gold. Sonnenlicht durchtränkte die Steine, ohne sie zu erwärmen. Blasse Putzfrauen lagen auf den Knien und schrubbten den Marmor. Tibor grüßte sie höflich. Ich ließ die Augen über die unsichtbaren geometrischen Linien wandern, die in großen Spitzbögen zusammenliefen, und passte mich gehorsam den Schwingungen an, die ich in diesem Gebäude empfand. Ich hatte Erfahrung mit Opernhäusern; bisher hatte mir jedes seinen Willen aufgezwungen, seine Lektion erteilt. Es war meine Aufgabe, diesem Ort gerecht zu werden. Im Budapester Opernhaus empfand ich eine Art Starre, und unter Prunk und Pomp eine bedrückende Leere. Fröstelnd verschränkte ich die Arme.

»Kalt ...!«, flüsterte ich.

Er nickte.

»Ja. Sie heizen nicht. Das wäre zu teuer.«

Mir schauderte, ein merkwürdig schweres Gefühl, halb wie Genuss, halb wie Schmerz.

»Warte«, rief ich halblaut. »Ich muss mal sehen, wie das hier ist. Ich ahne manchmal Dinge. Das war schon früher so ...«

»Welche Dinge?«

Ich schüttelte den Kopf.

»Genau genommen weiß ich nichts. Oder doch nicht so, dass ich es erklären könnte. Am Anfang jedenfalls nicht. Später, vielleicht.«

Er betrachtete mich. Sehr aufmerksam, sehr ernst.

»Vorher kannst du nichts sagen?«

»Nein«, erwiderte ich, »das ist ja eben das Dumme.«

Er legte den Arm um meine Schulter. Er machte einen betroffenen Eindruck.

»Ich fühle Ähnliches. Ich weiß auch nicht, woher es kommt. Ich denke, es ist alles zusammen: unsere Geschichte, die Angst, die Umgebung. Wir finden nichts, was uns im Gleichgewicht hält. Deswegen bin ich so unruhig, und deswegen spiele ich lausig. Eine Katastrophe, behauptet mein Vater. Aber wie kann ich ihm sagen, wie es in mir aussieht, wenn ich es selbst nicht weiß?«

Ich lehnte den Kopf an seinen Pullover, der – wie nahezu alles hier in Budapest – nach Ruß, feuchtem Staub und Mottenpulver roch.

»Glaubst du, dass wir verrückt sind?«

Ich redete leichthin. Er entspannte sich, lachte kurz und herzlich auf.

»Ein wenig schon, aber das sind wir alle hier.«

Unvermittelt brach Musik aus. Ganz aus der Nähe, und in all ihrer brodelnden Klangfülle. Jemand im Foyer musste eine Tür geöffnet haben. Das Orchester probte. *Rigoletto*. Der erste Akt: das Fest des Herzogs von Mantua. Eine Musik, gleichsam fröhlich und traurig, auf besondere Art verfremdet, und doch ganz natürlich, sprühend wie ein Feuerwerk. Mit der Musik erklang eine Männerstimme, bezwingend, kraftvoll und beherrscht. In perfekter Modulierung von Hochmut, Ausgelassenheit und verächtlichem Sarkasmus sang der Tenor *Questa o quella*, Freundlich blicke ich auf diese und jene, die unverfrorene Ballade der beliebig verfügbaren Frauen. Ich hörte fasziniert zu; jede Note, leuchtend wie Kupfer, wirbelte uns voller Kraft und mit ihrem Strahlenglanz entgegen.

»Das ist Árpád Sardi, es gibt wirklich niemanden in Budapest, der so singt«, antwortete Tibor auf meinen fragenden Blick.

Er nahm meine Hand und führte mich in die Kulissen.

Die Proben zu einer Aufführung sind immer ein besonderes Erlebnis. Eine Oper wächst – zwangsläufig – aus dem Zeitbezug, und in den folgenden Tagen sollte ich das deutlich zu spüren bekommen. Die Unruhen in der Stadt holten uns ein. Das ungarische Volk hob die Welt aus den Angeln; während der Proben waren wir fortwährend in einem Alarmzustand. Immerhin stellte ich erleichtert fest, dass László Meggyes kein Mensch war, der die Sänger durch autoritäre Anweisungen an ihrer Entfaltung hinderte. Er erließ auch keine Regeln für die Gestik. Für ihn, wie für uns alle, war das Opernhaus keine Festung, sondern eine Welt in der Welt. Dass unsere Nerven blank lagen, nutzte er aus. Er schlug uns in Stücke, in scharfe, zackige Stücke, an denen wir uns schnitten und wehtaten, wie an Glasscherben. Aber das musste sein.

Árpád Sardi. Den Atem schlug er in die Lungenspitzen und hielt ihn dort, faszinierend lange. Er war ein außerordentlich schöner Mann, groß, gut gewachsen, mit etwas schweren Knochen. Seine langen Beine ließen ihn elegant aussehen. Er besaß eine ganz feine, überaus starke Energie. Das Publikum lag ihm zu Füßen. Dabei war er durchaus nicht affig. Seine stattliche Erscheinung offenbarte wenig von seiner Übersensibilität. Ich mochte seine souveräne Art, die er bei den Proben an den Tag legte. Doch sah ich im Licht der Scheinwerfer in seine klaren, dunkelblauen Augen, sah er aus wie ein vornehmer, leidenschaftlicher Mensch, der ständig in kaltem, ängstlichem Misstrauen lebt. In seinen Augen flackerte Argwohn. Später würde ich diesen Blick in den Augen vieler Ungarn entdecken, einen Blick voll quälender Unruhe, verzweifelt darum bemüht, das Unglück und die Bitterkeit in Stolz zu verwandeln.

Gelegentlich saßen Peter und ich im Foyer, wo es zugig war wie in einer Bahnhofshalle. Wir tranken Tee aus Pappbechern und unterhielten uns über unsere Rollen.

»Wer ist Rigoletto, Floria? Ein Buckliger, dem Spott seiner Zeitgenossen ausgesetzt. Er ist überaus scharfzüngig und rachsüchtig, aber auch zur Leidenschaft und Liebe fähig; er ist, für seine Tochter Gilda, der zärtlichste Vater. Er ist kein Grobian, sondern gleichsam behände und geschickt. An den Tischen der Herrscher hat er gute Sitten gelernt, er tritt mit Pomp und Glanz auf, und sein Benehmen mag vornehmer sein als das der im Palast aufgewachsenen Edlen. Ich bin fast zu alt für diese Rolle«, setzte er mit einer Grimasse hinzu. »Und ein Buckel macht die Sache nicht besser. Aber die Kostüme, Floria, haben Sie die Kostüme schon gesehen?«

Im Krieg hatte eine deutsche Bombe die Schneiderei zerstört. Eine Anzahl Kostüme hatte man retten können, aber in welchem Zustand! Ein merkwürdiger Gestank haftete an ihnen: Sie rochen nach Moder, Schweiß, Feuchtigkeit und Rauch. Man konnte sie weder waschen noch reinigen lassen. Aber diese Handarbeit! Aufwändige Stickereien, Goldbrokat, wundervolle Klöppelspitzen, sehr alte, morsche Seiden. Die Kostüme wurden immer wieder hervorgeholt, durch frei improvisiertes Zubehör verändert, den jeweiligen Sängern angepasst. Die Garderobenfrauen befestigten unermüdlich Sicherheitsnadeln, verbesserten aufgeplatzte Nähte mit feinen, exakten Stichen. Einige konnten weder lesen noch schreiben: Die Kostümliste hatten sie im Kopf.

»Es ist wirklich ein Jammer«, seufzte ich.

Peter nickte betrübt.

»Und wie kommen Sie mit Gilda zurecht?«

Der Tee war bereits kalt. Ich umklammerte mit steifen Fingern den Becher.

»Danke, Peter, ausgezeichnet.«

Peter hatte von vornherein gewusst, dass die Gilda meinem tiefen Wesen entsprach. Jeder Sänger hat eigene Vorstellungen von der Figur, die er darstellt. Für mich war Gilda eine junge Frau, die eher Tatendrang und Stärke zeigte als Zurückhaltung, von Tugend ganz zu schweigen.

Verdi hatte Victor Hugos Drama *Le Roi s'amuse,* Der König vergnügt sich, als Librettostoff verarbeitet, aber nichts passte in die gewohnten Schablonen: ein missgestalteter Hofnarr verkörperte die Vaterliebe, ein moralisch verdorbener Herrscher zeigte Mitgefühl und aufrichtigen Schmerz.

Ich sagte zu Peter: »Gilda ist keine engelhafte Träumerin.«

»Möglich«, erwiderte er. »Können Sie mehr über sie sagen?«

Er sagte es im Ton eines Lehrers. Er konnte ihn sich nicht, auch in Augenblicken vertrauter Unterhaltung, so leicht abgewöhnen. Ich verkniff mir ein Lächeln.

»Oh ja, viel mehr!«

»Also los, ich höre.«

Die Arme verschränkt, senkte er den großen Kopf auf die Brust. Auch diese Haltung war lehrerhaft. Ich ließ mich nicht einschüchtern.

»Gilda ist eigenwillig und klug«, begann ich. »Ihr Vater tut ihr Leid, aber von ihm erwartet sie keinen Ratschlag.«

»Warum nicht?«, brummte er.

»Sie findet ihn spießig.«

Er rührte sich nicht.

»Ach, meinen Sie?«

»Absolut. Sie ist eine selbstbewusste Liebende, die bis zur letzten Konsequenz den Weg ihrer Eigenständigkeit verfolgt.«

Er sah interessiert hoch.

»Sie begeht Selbstmord.«

»Ja, aber so rettet sie ihren Geliebten. Das macht einen Unterschied.«

Er nickte langsam mit dem Kopf.

»Einen großen Unterschied, in der Tat.«

In vielen Opernhäusern verliefen die Arbeitsprozesse der musikalischen Einstudierung und der szenischen Erarbeitung getrennt voneinander. Es gab drei oder vier Ensembleproben, danach probte das Orchester allein, und schließlich trafen sich alle wieder zu den Schlussproben. Ich hatte das System stets absurd gefunden und freute mich, dass hier alles anders war. Anton Horváth kam zu jeder Ensembleprobe.

»Mein Vater ist der Meinung, dass der szenische Gedanke die Musik beeinflusst«, sagte Tibor.

»Unsere Arbeit«, erwiderte ich, »ist doch immer ein Geben und Nehmen.«

Es war abends, nach der Probe. Wir waren in einem Kaffeehaus gegenüber der Oper. Draußen war es kalt, und die Scheiben waren vom Atem der Gäste beschlagen. Wir saßen in einer Ecke, neben der Tür. Der dünne Kaffee schmeckte abscheulich, aber es gab Wasser dazu, wie in Italien, der Kellner brachte gleich vier Gläser Wasser für zwei Gäste, und jede halbe Stunde frisches. Der Raum war überfüllt, es roch nach Menschen, alten Kleidern und Rauch. Tibor grüßte einige Leute, aber so, dass keiner den Versuch machte, sich zu uns zu setzen. Nahezu alle waren schlecht gekleidet, die Männer mit Krawatten, Mitleid erregend kitschig. Die jungen Frauen waren auffallend schön, mit ungepflegter, vorzeitig gealterter Haut. Sie legten nackte Arme auf alte Marmorplatten, schminkten ihren Mund rot. Einige trugen Männerhosen, wie ich es bereits am Flughafen gesehen hatte, und sie standen ihnen gut. Sie sahen selbstbewusst und unerschrocken aus, tranken Wein und rauchten, ein ungewohnter Anblick für mich. Wir sprachen über Anton.

Ich sagte: »Wenn Anton mit mir eine Partie anlegt, geht er sehr auf mich ein. Das mag ich.«

»Mein Vater hat schon immer so gearbeitet«, sagte Tibor. »Er hat eine extrem hohe Körperanspannung. Nach einer Orchesterprobe ist er klatschnass …«

»Ja, ich weiß. Die Spannung überträgt er auch auf mich.

Er hat etwas Gebieterisches an sich. Auch wenn ich ihn nicht anblicke, bin ich mir seiner Gegenwart immer bewusst. Manchmal kommt er mir wie eine Erscheinung vor …«

Er runzelte die flaumigen Brauen.

»Was meinst du damit?«

Ich versuchte meine Gedanken in Worte zu fassen. Wie hatte Anton es geschafft, einen derartigen Zugang zu mir zu finden?

»Er fühlt sich in mich hinein. Als ob er ein Netz spannt und mich darin fängt.«

»Was du da sagst, ist sehr seltsam«, sagte Tibor.

»Gewiss. Aber so fühle ich es eben.«

Er bat mich um die Erlaubnis zu rauchen und zündete sich eine Zigarette an.

»Als ob er dir die Luft absaugt, ja?«

Der Lärmpegel war hoch. Ich nickte wortlos. Er beugte sich zu mir.

»Ich fühle es manchmal auch. Aber ich kann nichts damit anfangen.«

»Du meinst also, es stimmt?«

Ich dachte an Anton, wie ich ihn täglich im Orchestergraben sah. Er hatte ein Gesicht wie auf einer alten Medaille, ein merkwürdiges Profil, mit dieser etwas flachen Nase. Die Augen mit dem unverwechselbar glitzernden Blick schienen stets auf eine weite Entfernung gerichtet, als ob sie die allzu nahen Dinge nicht wahrnahmen. Und doch hatte er sein Orchester vollkommen im Griff. Er gab nie viele Erläuterungen, aber die Musiker verstanden ihn und gaben stets ihr Bestes.

»Er ist herzkrank«, sagte Tibor. »Und er hat nervöse Depressionen. Manchmal glaube ich, dass er Gespenster erfindet.«

Da war es wieder, dieses merkwürdige Frösteln. Aber es mochte die Zugluft sein, weil die Leute unentwegt kamen und gingen. Tibor sprach weiter.

»Zeitweilig ist er morphiumsüchtig. Aber nicht, wenn er arbeitet. Dann reißt er sich zusammen.«

»Wie lange ist er schon krank?

»Schon jahrelang. Ich habe Angst um ihn. Und dass ich schlecht spiele, macht ihm auch zu schaffen. Ein Pianist sollte nur an seine Musik denken.«

»Und woran denkst du, Tibor? Nein«, setzte ich lebhaft hinzu, »sag bloß nicht, an mich! Das wäre nämlich nicht wahr. Lüg mir bitte nichts vor!«

Er lächelte ein wenig, dieses schöne, jugendliche Lächeln, drückte meine Hand an seine Wange. Dann wurde sein Gesicht wieder ernst. »Ich denke an mein Land.«

Ich seufzte. »Ach ja, die Politik!«

Er starrte mich an, rauchte versonnen.

»Wir fordern Pressefreiheit, freie Wahlen, den Abzug der Sowjettruppen, eine neue Wirtschaftspolitik, weil hier alles brachliegt.«

»Bist du schon lange politisch tätig?«

»Nein. Ich habe spät damit angefangen. Aber das Leben ist ziemlich schrecklich hier. Man muss um die Löhne kämpfen, um das Essen, um ein Dach über dem Kopf. Die Rote Armee hat den Auftrag, für Ruhe und Ordnung zu sorgen. Wer jung ist, sich auffällig kleidet, das Haar etwas länger trägt, wird verdächtigt, ein Imperialist zu sein.«

Tibor trank einen Schluck Kaffee und sprach dann weiter.

»Jetzt siehst du, wie es hier so läuft. Die Partei will die Gesellschaft umkrempeln. Alle Menschen sollen gleich sein. Schön. Es gibt da Ideen, die klar und ehrlich sind, ganz vernünftige Ideen, aber was macht die Partei? Sie kontrolliert das Volk, redet ihren Jargon und streicht Profit ein. Ich habe nicht ein einziges Mal ein Parteimitglied gesehen, das Trümmer weggeräumt oder Kohleneimer geschleppt hätte. Das tun nur alte Frauen. Die Menschen sind eben nicht alle gleich.«

Die Frauen hatte ich gesehen. Sie schleppten riesige

Holzbalken, sie fegten die Straßen, sie sammelten Unrat ein. Einige, ganz alte, konnten sich kaum auf den Beinen halten. Sie saßen da und verkauften Blumen. Was mir aufgefallen war, war ihre Resignation. Diese Frauen waren längst nicht mehr von dieser Welt. Nur ihr Körper funktionierte noch.

»Man sagt uns, alte Frauen müssten auch was zu tun haben, auch wenn sie krumm und lahm seien, und viele glauben es«, sagte Tibor. »Wir belügen uns selbst! Es ist so demütigend, Floria. Wir haben uns einen Käfig gebaut. Und nun müssen wir, um den Käfig zu öffnen, allerlei anstellen.«

Sein Eifer ließ seine Wangen leicht erröten. Eine unerwartete Betroffenheit überfiel mich. Es war, als hätte ich erst jetzt sein innerstes Wesen begriffen, seine Pläne, seine Träume, seine hoffungslose Ernsthaftigkeit.

»Soll ich antworten?«

Ihn sagen zu hören: »Ich bitte dich darum«, machte die Sache nicht besser. Im Gegenteil. Ich holte gepresst Atem.

»Hast du mit deinem Vater darüber gesprochen?«

»Er sagt, misch dich nicht ein, Tibor.«

Ich fühlte mich plötzlich unsicher und sehr schwach. Aber das wollte ich ihm nicht zeigen.

»Und was sagst du?«

Sein Gesicht in der trüben Beleuchtung wurde herb und voller Schatten.

»Ich sage, ich mische mich ein!«

Zwischen unseren Worten lagen lange Pausen. Ich streckte langsam und ernst die Hand aus. Seine Finger waren kalt; ich fasste seine Hand in raschem Gegendruck, warm und kräftig.

Er sagte: »Bestimmt habe ich dich jetzt genug erschreckt.«

Er sprach die Worte mit Bitterkeit aus. Ich versuchte zu lächeln.

»Es geht. Sag, hast du keine Angst?«

Er schaute mir in die Augen, mit einem seltsam flackernden Blick. Wir saßen nahezu bewegungslos da, die Hände fest ineinander. Die Zigarette lag auf dem Aschenbecher. Zigaretten waren teuer, aber er ließ sie verglimmen.

»Ich nehme an, ja.«

»Und du machst trotzdem mit?«

Meine Kehle war trocken, aber ich konnte sprechen. Ich sagte leise, die Silben betonend, als wäre jedes Wort ein Geldstück, das ich ihm vorzählte: »Ich könnte dir jetzt sagen, ich möchte, dass du aufhörst. Aber ich bezweifle, dass du auf mich hören würdest. Treibst du die Sache weiter, riskierst du eine Kugel. Hältst du dich raus, wirst du dir dein Leben lang Vorwürfe machen: Die anderen waren dabei, und ich nicht. Das kann ich nicht auf mich nehmen, Tibor. Du musst tun, was du für richtig hältst.«

Sein kalter Schweiß machte seine Finger klamm. Ich drückte sie hart, bevor ich mich langsam von ihnen löste. Ich lehnte mich zurück und tastete nach dem Wasserglas. Ich trank es in einem Zug aus und stellte es wieder auf den Tisch.

»Jetzt weißt du, wie ich über die Sache denke.«

Einstweilen hatte ich den Schlüssel für den Dienstboteneingang. Es war ein kalter, stürmischer Monat, dieser Oktober 1956 in Budapest. Es regnete fast täglich. Das Wasser stürzte vom Himmel, spülte Schlamm in den Innenhof. An diesem Abend war Gewitter aufgekommen. Donnerschläge krachten, als Tibor sich gegen die alte Holztür neben dem Kellereingang stemmte. Endlich gab einer der beiden morschen Flügel nach. Das Treppenhaus war düster, die Stufen waren dunkel und steil, auf jedem Absatz flackerte das Licht der Blitze durch zerbrochene Scheiben. Im zweiten Stockwerk fanden Tibors tastende Finger das Schlüsselloch, schoben den Schlüssel hinein. Ich hatte die Tür nicht verriegelt, so dass sie mit scharfem Knirschen aufsprang. Ich hoffte, dass Agnes nichts hörte, oder zumindest so tat. Atemlos und durchnässt traten wir in das Zimmer. Im engen Rechteck des Fensters glänzten die Blitze mit violettem Schimmer. Tropfen prasselten wie Schrot an das Glas. Tibor schob behutsam den Riegel vor. Ich knöpfte meinen Mantel auf, nahm meinen Hut ab.

»Ist das wahr?«, fragte Tibor fassungslos. »Hat sie dir wirklich dieses Zimmer gegeben?«

»Es ist wahr!«

Ich lachte, wir lachten beide. Sein Gesicht schimmerte im Helldunkel.

Wir sahen uns an; unser Lachen erstarb im gleichen Atemzug. Er riss mich in seine Arme. Wir küssten uns lange. Unsere Lippen waren heiß, voller Leidenschaft, wir verloren uns ganz in diesem Kuss, bis wir das Verlangen nicht mehr aushalten konnten.

»Zieh mich aus«, sagte ich leise.

Er kleidete mich aus und legte meine Sachen auf den Stuhl. Dann zog auch er sich rasch aus; im Dämmerlicht mutete er wie eine Erscheinung an. Und doch war ich mir seiner Gegenwart voll bewusst. Wir küssten uns atemlos, leidenschaftlich, verbissen; ich hatte das Gefühl, dass der Boden unter uns schwankte.

»Ich habe so lange gewartet«, sagte er rau.

Ich vergrub meine Hände in seinen Haaren.

»Das Bett ist nicht sehr breit.«

»Fabelhaft!«, flüsterte er.

Seit ich Tibor kannte, hatte ich keinen anderen geküsst, war allen Gelegenheiten aus dem Weg gegangen. Später erfuhr ich, dass es ihm, was andere Frauen betraf, genauso ergangen war. Für diesen Verzicht wurden wir überreich belohnt. Es war eine Wohltat, ein Entzücken, ein Wunder. Wir fühlten, dass wir uns heute mehr liebten als gestern, dass wir uns jeden Tag mehr lieben würden. Ich betrachtete ihn lange, durchdringend, als wollte ich mir seine Gesichtszüge einzeln einprägen: die goldgrünen Augen, das junge Gesicht mit dem feinen und stolzen Ausdruck, die edlen, langgliedrigen Finger. Wenn ich sage, dass Tibors Augen schön waren, wenn ich sage, dass in seinem Gesicht alle Klarheit und Denkkraft zum Ausdruck kamen, wenn ich sage, dass er, als er nackt auf mir lag und sich langsam bewegte, eine Harmonie der Bewegungen zeigte, eine unbefangene, jugendliche Anmut, ungekünstelt und ohne Arg, dann will ich nur ausdrücken, dass ich nichts sah und nichts empfand, was nicht meine Leidenschaft rechtfertigte. Ich schlang meine Arme und meine Beine um ihn, um ihn so nah wie möglich an mich heranzuziehen. Ich wollte, dass wir eins wurden, wollte spüren, wie er tief in mich eindrang, mich ganz erfüllte. Ich krallte die Finger in seinen Rücken; seine helle, straffe Haut wurde rot unter meinem Griff. Als er beide Hände unter meine Hüften schob, drückte ich das Gesicht an seine Schulter und saugte an ihr, wie ein Kätzchen es tun würde. Er schmeckte nach junger Haut, nach verschwitzter Baumwolle. Zuerst sperrte ich mich, weil ich wollte, dass es dauerte, versuchte den Höhepunkt möglichst lange hinauszuzögern. Dann öffnete ich mich, wurde nachgiebig und weich wie Wasser. So muss es sein, dachte ich, so vollkommen und natürlich und wunderbar. Tibors schmales, entrücktes Gesicht schimmerte im Dämmerlicht, während er stoßweise in mich eindrang, immer und immer wieder. Seine Augen unter den langen Wimpern blickten mich an und blickten durch mich hindurch, in die Ewigkeit, wie ein Engel auf einem alten Bild.

Heute weiß ich – über die Zeiten hinweg –, dass ich auf seiner Stirn ein Licht sah, ein Licht in übertragenem Sinne, das ich gleichwohl als objektives Phänomen, als etwas Existierendes empfand. Mit jeder Liebkosung, mit jeder sanften Bewegung in mir wurde dieses Licht klarer und dichter, bis ich merkte, dass die Helligkeit nicht nur von ihm, sondern auch von mir ausging, dass sie uns vereinte.

Das jedenfalls empfand ich im alten Budapest, in der kargen Dienstbotenkammer, während draußen, und nicht nur am Himmel, Gewitter tobten. Das Schicksal, die Elemente der Natur, die Grausamkeit der Menschen konnten sich gegen uns entfesseln, unsere verzauberten Seelen waren fröhlich, stark und vollkommen sicher, auch wenn wir es damals als Widerspruch empfinden mochten.

Und so gaben wir unsere Körper der Lust hin, zeigten offen, was wir mochten, forderten es ohne Scham, ohne Prüderie, und erfuhren tiefe Befriedigung. Liebe ist Mitteilung, aber sie ist noch viel mehr. Sie ist eine Begegnung mit Gott.

28. Kapitel

Ich kann die Welt nicht so entwerfen, wie ich sie gerne hätte«, sagte László betrübt. Er kauerte neben einem Scheinwerfer, der hell über die Bühne strahlte, hantierte an dem viereckigen Gehäuse und brummte: »Zu hell!«

Er besprach die Sache mit einem Techniker, der Abhilfe versprach. Da nichts funktionierte, wie es sollte, waren solche Zwischenfälle an der Tagesordnung. Wir warteten geduldig, diskutierten unsere Rollen. Darin war viel Spielerisches, aber nur auf den ersten Blick. Während der Proben stellten sich die unterschiedlichsten Assoziationen ein. Je länger wir über die Figuren nachdachten, desto mehr Möglichkeiten entdeckten wir. László zeigte sich dabei selten verwundert oder befremdet. Seine Fähigkeit, mit den Darstellern die Figur psychologisch zu formen, gab uns die nötige Zuversicht. Komplizierte Seelenzustände konnten wir uns nicht leisten. Wir hatten nur zwei Wochen Zeit, die Tage vergingen schnell.

»Rigoletto ist im Grunde ein Anarchist«, sagte Peter. »Das Nur-zerstören-Wollen liegt ihm im Blut, ein rachsüchtiger, fanatischer Zug, als Vergeltung für seine Hässlichkeit und die dadurch erfahrene Demütigung. Ich möchte dieses Gefühl des Benachteiligtseins zum Ausdruck bringen. Wie heißt es noch gleich? ›Auge um Auge, Zahn um Zahn.‹ Rigoletto fühlt sich als Edelmann, wird aber als Hofnarr mit

Füßen getreten und verwandelt sich deshalb in einen Intriganten.«

»Das kann er nur, weil er bereits verdorben ist«, meinte Árpád.

»Ich fürchte, das ist er nicht, nicht genug«, sagte ich.

»Vielleicht ist es gut, wenn Sie das glauben«, erwiderte Árpád, mit Nachdruck. »In diesem Stück sind Sie nämlich der Engel.«

Ich nannte ihn einen Schmeichler, und wir lachten. Árpád sprach ein charmantes Englisch, wobei seine Schüchternheit zu seiner ironischen Eleganz in amüsantem Gegensatz stand. Den Herzog von Mantua sang er nicht ohne Kummer. Schwarz-weiß gezeichnete Figuren lagen ihm nicht. Er musste einen Schurken darstellen, was seiner Stimmlage nicht entsprach – Tenöre sind selten Opernbösewichte. László ging sehr auf ihn ein, bedachte seine Einwände, bis die beiden eine Lösung gefunden hatten.

Peter war verbittert.

»Im heutigen Ungarn ist die Oper tot. Überleben kann die Oper nur, wenn sie nicht zum Instrument der Partei wird. Die Partei will irgendwelche Allegorien auf der Bühne sehen. Aber sie haben Pech, László zeigt ihnen Dinge, die sie vielleicht nicht sehen möchten.«

László sah von seinem Scheinwerfer auf.

»Mir liegt wenig daran, die Partei in ihrer Tradition des schönen Scheins zu bekräftigen. Was wir hier täglich erleben, ist keine Politik, sondern eine Tragödie.«

»Der Herzog ist ein reicher Müßiggänger«, sagte Árpád. »Kein übler Kerl im Grunde, aber flatterhaft und degeneriert. Ein Unterdrücker von Geburt an, durch feudalistisch reaktionäres Denken gehemmt. Er vergnügt sich mit Gilda wie mit einem Spielzeug und begreift zu spät, dass er Auslöser einer Tragödie ist. Da entdeckt er sein soziales Gewissen.«

»So? Und was wird er dann anfangen?« brummte Peter.

Árpád blinzelte mir zu.

»Er wird sich heftig an die Brust schlagen, Verschwendung und Laster gestehen und die Kosten für die städtische Kanalisation aus eigener Tasche zahlen.«

Ja, wir lachten viel in dieser Zeit. Wie Kinder, die ein Fest vorbereiten, während draußen ein Unwetter aufsteigt, entwickelten wir ein Zusammengehörigkeitsgefühl wie belagerte Kämpfer.

Inzwischen war der Techniker wieder da und hängte Seidenpapier über die Scheibe. Eine einfache Notlösung. Aber László war zufrieden.

»Ja, ausgezeichnet! Das Licht muss gedämpft sein, wie in einer echten Spelunke. Das ist im dritten Akt wichtig.«

Endlich Pause. Wir trafen uns zu einem Imbiss im Foyer. Alle machten einen erschöpften Eindruck, hielten aber zäh entschlossen durch. Ich trank den scheußlichen Kaffee, aß ein Stück Brot mit zwei dünnen Scheiben ungarischer Salami, die angeblich einstmals aus Italien eingeführt worden war, mit der landesüblichen roten Paprika. Jemand steuerte quer durch das Foyer auf den wackligen Tisch zu, an dem ich seit einigen Minuten alleine saß. Anton. Sein schlecht geschnittener Anzug ließ ihn fast hager erscheinen. Er bewegte sich sehr vorsichtig, wobei er das Bein bei jedem Schritt im Kniegelenk etwas anhob, als ob er mit dem Fuß zuerst den Boden abtastete. In der Hand trug er ein Tablett mit einem Becher Kaffee. »Darf ich mich einen Augenblick zu Ihnen setzen?«

Ich deutete auf den leeren Stuhl neben mir. Ich freute mich, ihn zu sehen. Bisher hatte ich ihn fast immer nur im Orchestergraben erlebt. Wir tauschten ein Lächeln.

»Sie gewöhnen sich gut ein«, stellte er zwischen zwei Schlucken fest.

»Es ist anders, als ich es mir vorgestellt hatte.«

Die Produktionsbedingungen unterschieden sich von

denen im Westen. László konnte so lange proben, wie er wollte, und alle machten mit. In Italien hätte man schon lange nach Pasta und Prosciutto geschrien und mit der Gewerkschaft gedroht.

»Haben Sie Lampenfieber?«, fragte er.

»Hoffentlich«, erwiderte ich. »Ich würde etwas vermissen, wenn es nicht da wäre.«

Das gütige, dunkle Gesicht deutete Verstehen an. Es stimmt schon, was Tibor sagt, dachte ich, er hat einen seltsamen Blick. Wer eine Linse in die Sonne hält, ihre Strahlenkraft gebündelt in einem Punkt sammelt, erlebt, wie der Punkt bald Feuer fängt. Entsprechend schienen sich Antons Augen stets nur auf eine einzige Wahrnehmung zu richten. Und mit diesem ganz besonderen Ausdruck blickte er jetzt auf mich.

»Wie weise Sie sind«, sagte er.

»Ach, ich bin doch nicht weise!«, rief ich erstaunt.

Ein schweifendes Lächeln kam und ging auf seinen Lippen.

»Mit vollkommener Hingabe bringen Sie die Zuhörer zum Weinen. Man wird am Bühneneingang mit Rosen auf Sie warten.«

Ich verzog leicht das Gesicht.

»Rosen haben Dornen.«

»Aber ist das nicht immer so, Signorina? Hält das Leben in seiner Schönheit nicht allzeit Dornen für uns bereit?«

Ich lächelte, senkte den Blick. Er war unergründlich und voll verschwiegener Kraft, wie die Orakeldeuter früherer Zeiten.

»Die Wahrheit ist, dass ich Angst habe.«

Seine Augen musterten mich ruhig; es war, als ob Wolken darüber zögen.

»Angst«, erwiderte er, »ist unser natürlicher Zustand. Aber in diesem Augenblick sind Sie nicht ganz ehrlich.«

Ich sah ihm erstaunt ins Gesicht.

»Ich habe keinen Grund, Sie zu belügen.«

Er schüttelte den Kopf, belustigt und voller Nachsicht.

»Was ich damit sagen will: Sie belügen nicht mich, sondern sich selbst.«

»Wie käme ich dazu?«, fragte ich verwirrt.

Er antwortete sachlich, doch in seinen Augen war ein fernes Funkeln.

»Als Dirigent bin ich gezwungen, mit meinem Orchester Stücke einzustudieren, sie vier- oder fünfmal zu geben, und mich dann auf die nächste Aufführung vorzubereiten. Ich dirigiere ungefähr hundert Konzerte und Opernvorstellungen im Jahr.«

»Sie dirigieren ohne Partitur.«

»Das kann man. Mit der Zeit.«

»Trotzdem, es ist wunderbar!«

Er sprach gelassen weiter, aber sein Gesicht verriet, dass er geschmeichelt war.

»Beschäftige ich mich dabei mit Gemütsschwankungen – mit meiner Gesundheit, mit der politischen Lage oder meinetwegen mit dem Abendessen –, spielt das Orchester zwar so, wie ich es haben will, aber die Musik bleibt unbeseelt. Die Klänge sind wie Geister. Sie kommen nicht, wenn wir unser Können vorführen, sondern nur dann, wenn unsere Herzen sich öffnen. Dann schwärmen sie wild und ungezügelt hervor, bringen das weite Feld der Emotionen zum Schwingen. Aber das wissen Sie besser als ich. Und sie belügen sich selbst, wenn Sie es nicht wahrhaben wollen. Ich möchte Sie nur daran erinnern.«

Friede, schlichter Friede, zog in mir ein. Da war etwas zwischen ihm und mir, etwas Dauerhaftes, Endgültiges. Ich kam mir vor wie aus dem Schlaf erwacht. Es war überflüssig, dass ich mich verstellte. Er wusste bereits alles von mir.

»Ich danke Ihnen«, sagte ich ruhig. »Ich werde es nicht vergessen.«

Er beobachtete mich mit großer Melancholie.

»Mir bleibt zu wenig Zeit, fürchte ich, um Ihnen meine Geschichte zu erzählen. Aber ich denke, dass wir uns verstehen.«

Er verstummte wie ein Brunnen ohne Grund, in dem ein fallender Stein kein Echo hinterlässt. Noch während ich wortlos nickte, stellte er seine Tasse zurück auf das Tablett, nahm meine Hand, führte sie kurz an seine Lippen.

»Bis bald, meine Liebe.«

»Ja, Anton«, flüsterte ich. »Bis bald.«

Er wandte sich ab, stieg die marmorne Treppe hinauf, verschwand zwischen den Säulen: eine dunkle Erscheinung, die im letzten Sonnenlicht verglühte. Im Orchestergraben warteten schon die Musiker, schlugen die Noten auf, stimmten ihre Instrumente. Das Theater war von Klängen erfüllt, von kreisenden, lebendigen Tönen, vermischt mit dem Gemurmel der Stimmen, dem Widerhall eiliger Schritte: ein einziger Brummton, wie der eines Bienenschwarms. Die Klänge tasteten über zerkratze Parkettböden, strichen zerschlissene Sitzreihen entlang. Sie gewannen an Kraft, glitten an Säulen hinauf, hingen ganz oben an verstaubten Schnitzereien, brodelten als Wolke um verschmutzte Kronleuchter. Die Geister waren erwacht; sie flüsterten im Schatten und warteten.

29. Kapitel

Es war mein freier Nachmittag vor der Generalprobe, und Tibor sagte: »Komm, lass uns spazieren gehen. Du hast ja von Budapest noch nichts gesehen.«

Ich war froh, an der frischen Luft zu sein. Die Sonne schien träge, spendete wenig Wärme. Der Wind schüttelte rot verbranntes Laub von den Bäumen. Frauen, Männer und Kinder spazierten am Ufer der Donau. Kleine Wellen schwappten und gurgelten um die versunkenen Trümmer der Brücken. Dann und wann beschatteten Wolken das Wasser, verwandelten das silberblaue Geglitzer in düsteres Grau. Ein gedrungener Kutter zog gegen den Strom, ein kippeliges Beiboot hinter sich herziehend. Es war ein schöner Tag, und doch ein Tag voller Beunruhigung. Sowjetische Soldaten hielten willkürlich Leute an, kontrollierten Ausweise. Durchweichte Spruchbänder hingen an den Häusern. Von den Ringstraßen hallten dumpfe Geräusche, ein beklemmendes Gemisch von Reden und Schlagworten, von Männerstimmen und Frauenstimmen. Junge Demonstranten hohnlachten der Furcht, vertrieben die Angst mit Volkstänzen und Gesang, während sich die Fahrzeuge der Roten Armee langsam und beharrlich durch die Menschenmassen drängten.

»Die Musikakademie ist geschlossen«, erzählte Tibor. »Die Unruhe beschäftigt uns inzwischen zu sehr. Wir quälen und streiten uns, unser einziger Wunsch ist, etwas zu tun. Wir wollen mit den Kommunisten nicht mehr leben. Zwangsläufig gibt es Leute, die das können, die sogar Gefallen daran finden. Ich kenne nur wenige.«

»War das schon immer so?«

»Anfangs nicht, nein. Die Sowjets haben uns von den Nazis befreit. Es ist ein Bild mit zwei Seiten: Auf der einen jubeln wir den Sowjetrussen zu, auf der anderen Seite bewerfen wir sie mit Steinen, damit sie verschwinden. Wir beten nicht einmal mehr, dass Gott uns hilft. Er hätte längst Zeit dazu gehabt, wenn er es wirklich gewollt hätte.«

Auf einer Donaubrücke blieben wir stehen und Tibor sagte: »Manchmal, wenn ich hier bin und über den Fluss blicke, komme ich mir vor wie auf einer Bühne. Nebel heben sich wie ein Vorhang. Ich vernehme von irgendwoher die Klänge einer Totenmesse, die uns gilt ...«

Die Brücke vibrierte unter Tausenden von Schritten. Menschen kamen und gingen. Die Gesichter waren gezeichnet, die Kleider ärmlich. Worauf warteten sie? Was geschah in dieser Stadt?

Wir nahmen den Weg, der zum Stadtteil Pest hinaufführte.

Vor uns tauchte ein Kirchturm auf, von der Abendsonne vergoldet.

»Die alte Liebfrauenkirche, unser nationales Heiligtum«, sagte Tibor. »Im 15. Jahrhundert errichtete König Matthias Corvinus den Glockenturm. Wir nennen sie seitdem die Matthiaskirche. Hier wurde der König gekrönt, hier feierte er Hochzeit. Später schlugen die Türken allen Figuren auf den Steinreliefs die Köpfe oder die Nasen ab. Ein Zeichen der Missachtung. Eigenartig, nicht wahr? Und dann kamen die Deutschen und richteten in der Kirche ihre Lagerküche ein.«

Das Gebäude war voller Einschläge und Brandspuren. Patrouillierende Soldaten gaben uns Zeichen, weiterzugehen. Ich wollte stehen bleiben, aber Tibor zog mich behutsam weg.

»Die Sowjets haben ihre Pferde im Chor untergebracht. Sie sprechen davon, den Bau abzureißen.«

Ich schüttelte den Kopf. »Nein.«

Er sah mich verwundert an. Ich zitterte ein wenig.

»Nein«, wiederholte ich. »Das werden sie nicht tun.«

Eine innere Stimme versicherte es mir. Ich war müde vom Gehen. Ein leichter Schwindel erfasste mich, ich stützte mich auf Tibors Arm. Er sagte etwas, was ich nicht verstand. Seltsame Bilder flimmerten am Rand meines Bewusstseins. Ich sah die Kirche, in honigfarbenes Licht getaucht, sah sie hier oder in einer anderen Zeit. Ich betrachtete die Arkade des Kreuzgangs, die Stützpfeiler darüber und die schmalen Fenster, folgte dem Winkel zwischen den Mauern und dem Querschiff abwärts. Jeder Stein erzählte seine Geschichte, und sie handelte von der Verfolgung der Menschen durch andere Menschen, von großen Königen und von einer heiligen Suche; sie erzählten von Enteignung und Demütigung, von Blut und Tränen und Tod und vom ewigen Leben. Ich verfolgte mit den Augen ein Gewirr roter Linien, das wie von selbst an den Säulen emporwuchs, ein geheimnisvolles Muster, so ursprünglich, wie die ersten Menschen sie in die Erde zeichneten, um sie einzusegnen unter den Blicken der Götter. Die Verästelung breitete sich aus, mein Geist folgte ihr, bis hinauf in die oberen Bögen, wo das Sonnenlicht glühte. Einen Augenblick lang fühlte ich die Geburt, die Zerstörung und die Neuerschaffung einer Welt. Mit verzweifelter Kraft versuchte ich der Bilder habhaft zu werden, sie in meiner Erinnerung zu bewahren. Doch es gelang mir nicht. Ein heftiges Herzklopfen folgte, und ein Gefühl, als ob ich erbrechen müsste. Hände hoben mich auf eine Sitzbank. Ich öffnete die Augen und blickte in Tibors besorgtes Gesicht. Sein Anblick brachte mich wieder zur Besinnung. Ich versuchte zu sprechen, formte mühsam die Worte.

»Was ist denn?«

»Du bist in Ohnmacht gefallen.«

Mein Kopf bewegte sich von einer Seite zur anderen.

»Warum?«

Er hielt meine Hände fest in den seinen.

»Wahrscheinlich war der Hügel zu steil.«

Ich stemmte mich hoch, bedachte seine Antwort. Einen Hügel besteigen, einen Turm, einen Berg – meine Füße waren nie unsicher. Aber Tibors Frage war richtig und meine Antwort zwangsläufig falsch, weil ich aus einer falschen Welt kam. »Zu steil? Das kann nicht sein.«

»Was hast du gesagt, Floria?«

»Das kann nicht sein.«

Ich wiederholte murmelnd die Worte. Wenn alles vorbei war, erlebte ich erschöpft und`etwas beschämt die Wirklichkeit, und schon das Reden schien mir eine unmögliche Kraftanstrengung zu sein.

»Was war mit dir?«

Ich rieb mir die Stirn.

»Ich … ich habe manchmal solche Augenblicke … in denen ich Dinge sehe oder fühle. Ich kann nichts dafür. Ich war schon so als Kind. Und nachher habe ich Kopfschmerzen …«

»Du bist müde«, sagte er zärtlich. »Du darfst dich nicht überanstrengen.«

Ich bewegte mit Mühe den Kopf und blickte seitlich aufwärts, zum Kirchturm. Er war ganz in Glut getaucht und weckte in mir die Erinnerung an etwas Schönes, aber ich konnte nicht sagen, was es war. Ein Fahrzeug rumpelte über die Steine, und in der Ferne wieherte ein Pferd.

»Komm!«, hörte ich Tibor eindringlich sagen. »Wir sollten nicht zu lange hier bleiben.«

Ich spürte seine Arme, die mich hochzogen, lehnte mit einem Seufzer den Kopf an seine Schulter.

»Besser?«, fragte er.

»Ja, danke. Besser.«

Ich betrachtete ihn. Was für einen traurigen Blick er hat, dachte ich. Den Blick eines Menschen ohne Hoffnung. Ich jedoch gehörte nicht zu denen, die nur an das glaubten, was sie anfassen oder sehen oder hören konnten. Mein allzu empfänglicher Geist erblickte Formen und Farben späterer Zeiten. Ich war, auf irgendeine geheimnisvolle Weise, mit der Zukunft verbunden. Was in Zukunft passieren würde, konnte ich aber nicht erkennen. Und deshalb hob ich nur beide Hände und legte ihm den Schal um den Hals.

»Warum frierst du?«

»Ich hatte große Angst um dich.«

Ich habe eben diese Begabung, dachte ich, mit einer Spur von Schmerz. Aber mir fehlten die Worte, um es ihm zu erklären. Und so lächelte ich heiter, während ich sorgfältig seinen Schal verknotete. »Um mich? Das brauchst du nicht. Diese Dinge … Gib nichts drauf. Vergiss sie, wenn du kannst. Es wird schon alles gut.«

Die Generalprobe war auf vier Uhr angesetzt. Man hatte für mich eine Garderobe eingerichtet, ohne Fenster, mit düsterem Licht. Ein orientalischer Teppich war da, ein altes Sofa mit einer Decke und eine sehr hübsche Kommode mit geschnitzten Früchten und Blumen. Auf dem Schminktisch standen eine kleine Waschschüssel und ein Krug. Vergilbte Zeitungssauschnitte und alte Autogramme waren an die Wände geheftet. Lockenwickler und Brennschere lagen herum, auf Perückenständern waren Perücken und Hüte aus allen möglichen Epochen aufgereiht. An einem Kleiderhaken hingen Handtücher und ein Kimono aus zerschlissener gelber Seide. Kati, die Garderobenfrau, half mir in mein Kostüm. Sie war eine sehr kleine, hohlwangige Frau, gleichsam eine Zwergin, mit den Händen und Füßen eines Kindes. Sie erinnerte mich in ihrer ruhigen Geschicklichkeit an Märchenfrauen aus volkstümlichen Legenden. Eine Falte durchfurchte ihre blasse Stirn, während sie sich Stecknadeln zwischen die Lippen klemmte. Sie sprach nur Ungarisch; wir verständigten uns in der Zeichensprache, während sie mir in den bauschigen Taftrock half, die Bluse mit dem Spitzenkragen und den überlangen Ärmeln eng an den Leib schnürte. Die Farbe stand mir gut, dieses Veilchenblau. Die Rolle verlangte, dass ich mädchenhaft liebreizend, aber unauffällig gekleidet war. Im zweiten Akt würde ich in Männerkleidern auftreten, mit Stiefeln aus Wildleder. Sie waren zu groß für mich; Kati, die an alles dachte, hatte selbst gestrickte Wollsocken bereitgelegt. Ich saß vor dem Spiegel, hielt geduldig still, während sie geschickt mit Puderquaste und Spiegel hantierte, mir Schnüre aus Wachsperlen in die aufgebauschten Locken drehte. Alles verlief ohne Hektik, ohne Unordnung. Aber ich war nervös; weil die Musikakademie geschlossen war, hatte Tibor versprochen, zeitig ins Theater zu kommen. Die Zeit verging, und er kam nicht.

»Tadeo«, sagte ich, »ich bin heute so unruhig. Tibor wollte kommen und ist noch nicht da.«

Die freundlichen, klugen Eulenaugen unter den dicken Brillengläsern betrachteten mich nachdenklich.

»In den Zeitungen steht, dass auswärtige Demonstranten in Budapest eintreffen. Die Sowjets haben den Großen Ring abgeriegelt. Es wäre nicht verwunderlich, wenn er aufgehalten würde. Dass es hier und da Krawalle gibt, ist unvermeidlich.«

Es war immer kalt im Opernhaus; gleichwohl stieg mir die Hitze in den Hals. Die stets gegenwärtige Angst rieselte hervor, durch die Mauern, durch den Marmorboden.

»Glauben Sie, dass Tibor dabei ist?«

Er antwortete mit leiser Stimme.

»Wir sind alle auf die eine oder andere Weise dabei.«

Ich merkte, dass ich meine Hände knetete, die alte, dumme Gewohnheit …

»Ich bin in Sorge«, gestand ich. »Schlimmer könnte es nicht sein. Das wirkt sich auf meine Stimme aus.«

Er schüttelte leicht den Kopf, als ob er meinen Zweifeln keine Beachtung schenkte.

»Sie werden wunderbar singen. Davon bin ich überzeugt.« Und mit diesen Worten verließ er mich.

Drei Uhr. Im Hinterbühnenraum herrschte das übliche Gedränge. Bühnenarbeiter und Beleuchter kamen und gingen. Tänzerinnen und Tänzer übten vor dem Spiegel Attitüden und Pirouetten. Manche waren bereits geschminkt, trugen ihren Kopfputz aus Perlen und Flitter. Die Chorsänger waren bereits kostümiert und probten auf der Bühne. Die Mezzosopranistin Isabel, die die Gräfin von Ceprano sang, hatte verweinte Augen: Ihr kleiner Sohn lag im Krankenhaus: Blinddarmentzündung. Bela, der den Sparafucile darstellte, war erkältet. Er übte unentwegt, ganz für sich allein in einer Ecke, bis ihm jede Note rund, ausgeprägt, ausdrucksvoll über die Lippen kam. Ich hatte das Gefühl, dass sich jeder von uns wie in einer durchsichtigen Hülle bewegte. Wir starrten vor uns hin, nahmen Dinge wahr, ohne sie wirklich zu sehen.

Halb vier. Ein Bühnenbild wurde beschädigt. Bühnenbilder wurden in der eigenen Werkstatt hergestellt, liebevoll zwar, aber mit den einfachsten Werkstoffen. Beim Transport stolperte ein Bühnenarbeiter, eine Wand aus dünnem Holz zerbrach, musste notdürftig geleimt werden. Die Sowjets liebten Pomp und Geschnörkel, und László kam ihrem Geschmack mit Glitzervorhängen, vergoldeten Gitterstäben und Prunkmöbeln entgegen. Daneben stützten sich seine Raumlösungen auf eine Bildersprache, die für die damalige Zeit atypisch war. Ockergelbe, nach vorn geneigte Wände, Tontöpfe mit künstlichen Zypressen und Orangenbäumen deuteten Italien an. Auf den ersten Blick wirkte die Ausstattung realistisch, was sie überhaupt nicht war. Die Bühne war mit dunkel polierten Hölzern umgeben, mit

Lücken dazwischen, die an Fensterläden erinnerten. Lichtstrahlen brachen herein, sie schienen zuvor unendliche Räume durchquert zu haben. Bewegten sich die Sänger, entstand ein Spiel von Licht und Schatten, und der Raum schien sich in Zeitlupe aufzusplittern. Damit symbolisierte László die Freiheit der Gedanken.

Noch zehn Minuten bis zur Probe. Tibor war nicht da. Jetzt musste ich einen freien Kopf bekommen. Ich trug eine Verantwortung. Ein gut funktionierender Teil eines Ensembles zu sein war kein Ehrgeiz, sondern einfach eine Notwendigkeit. Und so behielt ich die Nerven. Ich veränderte mich. Leise sprach ich zu Tibor, als wenn er mich hören könnte: »Du, ich muss mich konzentrieren. Und ich kann ebenso gut auf dich warten, indem ich singe.« Auf der Bühne existierte ich nicht mehr; auf der Bühne existierte nur die Person, die ich darstellte. Ich atmete ein paar Mal tief ein und aus, entkrampfte meine Hände unter den weit herunterhängenden Ärmeln. »Jetzt kann ich nur noch an eines denken, auch wenn es mit der Wirklichkeit nichts zu tun hat. Du verstehst mich, Tibor?« Ich richtete meine Frage direkt in das Licht der Scheinwerfer. Die Antwort blieb aus.

Vier Uhr. Die Musik setzte ein. Rigoletto, der erste Akt. In seinem Palast feiert der Herzog ein Fest. Der Chor singt Trinklieder, der Adel tanzt, der Hofnarr treibt derbe, ausgelassene Späße. In glänzender Laune erzählt der Herzog von einer unbekannten Schönheit, die ihn so gefesselt hat, dass er ihr von der Kirche bis in ihr Haus gefolgt ist. Er kann nicht ahnen, dass es sich um die Tochter des Hofnarren handelt, der sie in behüteter Abgeschiedenheit aufwachsen lässt, und die nichts von dem Beruf ihres Vaters weiß.

Unlängst hatte Tadeo mir gestanden, dass die sowjetische Kulturkommission die Aufführung erst nach langem Zögern gestattet hatte: »›Zu viel italienisch-katholischer Kitsch!‹ Ich sagte: ›Ist der Hofnarr nicht ein Mann aus dem Volk? Widersetzt er sich nicht den Intrigen der Großen?‹ Das gab den Zweiflern zu denken. Sie überlegten hin und her und meinten am Ende: »Ja, aber das muss deutlich werden.«

Immerhin lieferte das Libretto den geeigneten Stoff für die Erbauung der Massen: Der Bucklige will den Herzog, der, als Student verkleidet, seine Tochter verführte, aus Rache ermorden lassen. Der Söldner Sparafucile soll ihn in eine Falle locken und niederstechen. Gilda erfährt von dem geplanten Attentat. Obwohl ihr Liebhaber unter falschem Namen auftritt, bezweifelt sie nicht die Echtheit seiner Gefühle. Sie verkleidet sich als Mann, tritt zwischen ihn und das lauernde Schicksal: Der Mörder verwechselt sie mit dem Herzog: Gilda wird ermordet.

Das Quartett im dritten Akt *Un di, se ben rammentomi …*, Einst, wenn ich mich recht erinnere, ist eine entsetzliche Tortur: vier Leute, die alle etwas anderes singen, aber so, dass eine Steigerung, eine Elektrisierung entsteht. László feuerte uns an, stärkte in jedem von uns das Gefühl seiner Wichtigkeit. Dann, wie meine Rolle es vorschrieb, lief ich durch die Nacht, erreichte die Spelunke, wo mich der Mörder erwartete. Ein Gewitter setzte ein, als tosendes Element der Bewegung, vom Orchester getragen. Die Musik toste, Scheinwerfer sprühten wie Blitze, die Bühne war von zuckenden Schatten erfüllt.

Das Verhängnis nahm seinen Lauf: Ich hämmerte an die Tür, im tobenden Sturm, der Mörder wartete. Er stach zu und ich fiel, das Messer in der Brust, hielt es mit beiden Händen umklammert. Der Schmerz brannte wie Feuer, ich schrie gellend auf.

Das Gewitter zog ab. Rigoletto, brüllend vor Schmerz, hielt seine sterbende Tochter in den Armen. Die Musik steigerte sich in wilder Schärfe, bevor sie düster verklang. Gilda war tot. Der Vorhang senkte sich.

Einige Augenblicke später half mir Peter auf die Beine. Wir waren beide klamm und erschöpft, die Schminke zerfloss. Ich hatte kalte Hände, kalte Füße und schwitzte unter den Armen, was mir unangenehm war. Ich klammerte mich an Peters Hand, stolperte den Kulissen entgegen, wo sich Bela die Lunge aus dem Leib hustete. Die Scheinwerfer blendeten, es roch nach Schweiß, Puder und Haarspray. Jemand zwängte sich durch eine dichte Gruppe, mir entgegen.

Tibor.

Ich blickte ihn an und war wie erstarrt. So ruhig er schien, seine Lippen zitterten doch. Er atmete keuchend, seine Kleider waren zerknittert, voller Flecken, seine Augen rot und geschwollen. Er hatte einen großen Bluterguss an der Stirn. Einige Atemzüge lang blickten wir uns an. Er rührte sich nicht. Sein Ausdruck war nachdenklich, fast entrückt, als ob ihn Bilder gefangen nahmen, die keinen Sinn ergaben. Ich lief auf ihn zu. Wortlos streckte er die Hand nach mir aus. Ich warf mich an seine Brust, hielt ihn fest, nahm ihn in meine Arme. Er drückte den Kopf an meine Schulter, suchte Beruhigung, Zärtlichkeit und Trost. Die Art, wie er sich mit seinem ganzen Gewicht an mich lehnte, die Arme um mich geschlungen, brachte mich zum Weinen. Reiß dich zusammen, Floria! Ich schluckte die Tränen hinunter.

»Du bist verletzt«, sagte ich leise.

»Nichts Schlimmes«, erwiderte er, schwer atmend. »Nur ein Bluterguss.«

»Die Haut ist aufgeplatzt. So nah am Auge!«

Er erzählte stockend. Er war in eine Demonstration geraten, hatte angesichts der Militärsperre überlegt, wie er am besten zum Opernhaus kommen konnte. Die Russen kontrollierten alle Fußgänger und Personenwagen, aber die Straßenbahnen ließen sie durch. Er sprang also in die Straßenbahn, um so den Militärkordon zu durchbrechen. Aber die Demonstranten setzten sich auf die Straße und hielten den Verkehr innerhalb der Sperre auf. Autofahrer und Fahrradfahrer waren ganz auf Seiten der Demonstranten, sie hupten und schrien Parolen gegen das Militär. Als die Sowjets merkten, dass sie überlistet worden waren, griffen sie an, schlugen mit Holzknüppeln und Gewehrkolben auf alle ein, die sie schnappen konnten.

»Mich trafen sie hier«, sagte Tibor und zeigte auf seine Schläfe. »Der Kopf tat mir zum Verrücktwerden weh. Ich fiel gegen eine Wand, sah nur noch schwarze Funken. Militärwagen kamen von allen Seiten, die Soldaten packten die Demonstranten, schleiften sie über die Straße, warfen sie in die Fahrzeuge.«

Er fuhr mit der Zunge über die Lippen.

»Tut mir Leid, Floria, ich war nicht sehr mutig …«

»Weiter«, sagte ich rau.

»Ich … ich kroch auf Händen und Knien, versuchte, der Wand entlang zu entkommen. Mein Kopf war hohl wie eine Blechbüchse, das Blut floss mir in die Augen. Ein paar Leute zerrten mich hoch. Brechreiz würgte mich, ich versuchte mitzukommen, ohne hinzufallen. Wir kamen zu einer Tür, die offen stand. Ein kleiner grauer Mann ließ uns hinein. Er verschloss die Tür und sagte, wir sollten im Hausflur warten, bis die Luft wieder rein sei. Seine Frau behandelte meine Wunde, brachte uns warmen Tee. Danach ging es mir besser. Als es dunkel wurde, ließ uns der alte Mann hinaus. Draußen tobte das Chaos. Die Demonstranten hatten Mülltonnen auf den Straßen geleert. Vor dem Opernhaus verlangte ein russischer Offizier meine Papiere. Er sah meine Wunde und fragte, was ich bei den Demonstranten zu suchen hatte. Ich erklärte, dass ich Pianist sei und durch Zufall in die Krawalle geraten war. Ich nannte den Namen meines Vaters. Der Offizier sagte, er selbst spiele gerne Klavier, und ließ mich durch.

»Und so hast du es geschafft.«

»Das war Glück. Wie ruhig du bist«, setzte er hinzu. »Das mag ich so an dir.«

Ich, ruhig? Wie kam es nur, dass er mein Entsetzen nicht bemerkte? Ich presste die Kiefer aufeinander, um nicht mit den Zähnen zu klappern. Ich dachte, ich bin hysterisch, ich bin verrückt, sieh mich doch an! Ich sehe fürchterlich aus. Inzwischen kamen Leute von allen Seiten herbei: László, Peter, Tadeo, Isabel und viele andere. Alle standen aufgeregt um ihn herum und bestürmten ihn mit Fragen.

Behutsam löste ich mich aus seinen Armen, entfernte mich, um mich umzuziehen und abzuschminken. Ich hatte Bleigewichte an den Füßen, drehte mich nicht um, ging geradewegs auf Kati zu, die mich in stummer Besorgnis erwartete. In meiner Garderobe fiel ich auf einen Stuhl, überließ mich ihren Händen, die die Knöpfe lösten, den Spitzenkragen aufhakten. Ich musste fürchterlich zittern, ich konnte nicht mehr aufhören. Warum hatte ich dieses Drama nicht vorhergesehen? Was ich auch sagen und tun konnte, Tibor würde seinen Vater nicht verlassen. Ich musste ihm dieses Recht zugestehen, ohne ihm auch nur den geringsten Vorwurf zu machen. Aber die Sache war noch nicht erledigt, und solange dies der Fall war, bestand Hoffnung. Ich hatte einen starken Willen und gelernt, die Angst zu besiegen. Und deswegen, gegen jede Vernunft, gegen jeden Sinn, beschloss ich, dem Schicksal die Stirn zu bieten.

30. Kapitel

Noch vier Tage bis zur Premiere. Bisher war der Aufstand nur ein fernes Grollen gewesen, einer Gewitterfront ähnlich, die hinter den Bergen aufzieht. Jetzt näherte sich das Unwetter. Die Studenten, die die Versammlungen heimlich organisiert hatten, riefen jetzt öffentlich zum Aufstand auf. Die Anstifter wurden verhaftet, andere nahmen ihren Platz ein. Alle Schulen waren geschlossen. Versammlungen wurden verboten, jedes Café war voller Soldaten und Denunzianten. Abends wurde Ausgangssperre verhängt. Ein letztes Mal boten die Farben des Himmels, der Sonne und der Bäume alle Kraft auf, um den Menschen eine stille Freude zu schenken. Dann, von einem Tag zum anderen, hielt der Herbst Einzug, der Himmel bezog sich und Regen fiel. Alte Leute wagten sich ängstlich nach draußen, stellten sich für Lebensmittel an und kehrten noch ein bisschen gebeugter zurück. Soldaten beherrschten das Straßenbild, Lastwagen schleppten sich in Kolonnen über die Ringstraßen. Häuser wurden durchsucht, Studenten brutal verhört: Die Schreckenskohorten waren am Werk.

»Du hast dir einen schlechten Augenblick ausgesucht, um in Budapest zu singen«, sagte Agnes zu ihrem Bruder.

Es war eiskalt in der Wohnung, das Brodeln des Samowars tat wohl. Manchmal hatten wir keinen Strom, die Wasserversorgung war unterbrochen. Wir tranken heißen Tee, wärmten unsere klammen Hände. Peter sah erschöpft aus. Die feuchte Luft machte ihm zu schaffen. Er hatte sich einen Schal um den Hals gewickelt und antwortete im Flüsterton, um seine Stimme zu schonen.

»Manchmal ist mir, als hätte ich kein Lebensziel mehr. Ich erwarte nichts. Ich spüre sogar Überdruss, wenn ich an das Singen denke. Hierzulande dürstet die Jugend nach Freiheit – das hat einen Sinn. Ich möchte auch wieder jung sein.«

Agnes antwortete unverblümt.

»Hör auf, Peter. Weltschmerz bringt uns nicht weiter. Freiheitsdurst ist etwas sehr Schönes. Leider ist aufrecht untergehen eine Sache die sich kaum lohnt.«

»Ich bin nicht mehr anpassungsfähig genug«, seufzte Peter. »Ich kann mir nicht vorstellen, hier zu bleiben.«

»Ich nehme an, da verpasst du nicht viel«, gab sie trocken zurück.

Im fahlen Kerzenlicht schien ihr Gesicht fast durchscheinend, als sei es aus Wachs geformt. Ihre Ruhe wurzelte nicht in Resignation, sondern in realitätsbewusster Gelassenheit. Sofia begleitete sie wie ein treuer Schatten, während sie sich für Lebensmittel anstellten, auf den Knien die Fußböden schrubbten, Betttücher mit der Hand wuschen, Kohleneimer durchs Treppenhaus schleppten.

Wir hatten den ganzen Tag im Opernhaus verbracht; László hatte sich ungeheuer ins Zeug gelegt. Er merkte sofort, wenn an irgendeiner Stelle unsere Konzentration verloren ging. Jeder Mensch geht seine Probleme so an, wie es seinem Wesen entspricht. László bekämpfte Unruhe, indem er Perfektion forderte; Anton, indem er sich in sich selbst zurückzog. Ich beobachtete ihn genau, ließ ihn kaum aus den Augen. Es war etwas Seltsames an ihm, das mich fesselte. Er dirigierte wie gewohnt ohne Taktstock und Partitur, leitete das Orchester mit den ausdrucksvollen Gesten seiner langen Arme, mit der Zeichensprache der Finger, dem Mienenspiel, den Blicken. Und gleichzeitig schien seine Lebensenergie immer schwächer zu werden, mit dem Dunkel des Raumes zu verschmelzen. Seine tief beschatteten Augen schweiften manchmal umher wie die Augen eines Menschen, dessen Verstand getrübt ist, aber das konnte nicht sein, dafür waren sie zu glitzernd, zu scharf.

»Es geht ihm nicht gut«, sagte Tibor. »Heute Morgen hat er sich übergeben. Er hat sich vor mir versteckt, aber ich habe ihn gehört.«

»Er sieht erschöpft aus.«

Er antwortete gedankenverloren.

»Mag sein, dass es sich eigenartig anhört, aber ich empfinde meinen Vater wie ein Puzzle. Als ob er aus ineinander gefügten Teilen bestünde, aus Rechtecken, Vierecken, Dreiecken. Immer, wenn er den Mund aufmacht, frage ich mich, ob er lügt oder die Wahrheit sagt. Weil er nicht zugeben kann, dass die Welt ihn ankotzt, hat er sich ein Herzleiden ausgedacht.«

»Das«, sagte ich ernst, »das heißt doch nicht lügen.«

»Nein. Er ist wirklich krank. Das nützt er aus, verstehst du? Über sein Herzleiden kann er schließlich reden. Von seinem Leben? Nicht ein Wort! Dass er nicht emigrieren konnte, hat er bis heute nicht verkraftet. Als er meine Mutter heiratete, ging es ihm besser. Aber dann kam der Krieg, und meine Mutter wurde umgebracht. Und so leben wir aneinander vorbei. Er kann nicht mit mir über Dinge reden, die wirklich wichtig sind – er bringt es nicht fertig.«

Seine Unterlippe zitterte. Ich legte die Hand auf seine.

»Nicht aus Mangel an Liebe, glaub das ja nicht.«

Tibors Lächeln und seine Augen drückten in diesem Augenblick eine grenzenlose Zuneigung aus.

»Ich weiß. Ich muss ihn nehmen, wie er ist.«

»Hoffentlich hält er durch.«

»Er ist ein Neurotiker.«

Verletzte Menschen sind oft ungerecht, weil sie den eigenen Schmerz ersticken wollen. Deshalb sagte ich zu ihm: »Nein, es ist etwas anderes.«

Aber was es war, konnte ich nicht herausfinden. Anton und ich würden einander immer fremd bleiben, so viel war mir klar. Und doch sprach er zu mir, ohne Worte, er beunruhigte mich, er rief und flehte und forderte. Sein Wahn oder seine Vorstellung, was auch immer es sein mochte, bestand im Grund darin, über sich selbst hinauszuwachsen. Und auf unerklärliche Weise half ich ihm dabei. Mit meinem Gesang trug ich ihn wie auf Flügeln. Zwischen uns gab es ein kompliziertes System von Augensignalen, so dass jeder von uns genau merkte, was der andere wollte. Und gleichwohl lag viel Fantasie in dem, was wir taten.

Inzwischen zog der Aufstand immer weitere Kreise. Die Banken hatten ihre Schalter geschlossen, die Geschäfte schützten ihre Schaufenster mit Brettern und Eisengittern. Sirenen heulten, Polizeiwagen und Motorräder jagten durch die Menschengruppen, ohne ihre Geschwindigkeit zu drosseln. Die Studenten warfen Steine, schrien Hetzparolen. Wasserwerfer kamen zum Einsatz. Auf dem Weg zur Oper sahen wir Gefangene am Boden liegen, die Hände über dem Kopf gefaltet. Einige Verletzte bluteten. Sie wurden von bewaffneten Männern bewacht, aufgesammelt und wie Pakete in Fahrzeuge verladen. Die Straßen, die wir kannten, waren zu fremden Wegen geworden, mit Pflastersteinen, Scherben, Kleiderfetzen bestreut und blutbefleckt …

Im Opernhaus herrschte Aufruhr. Der Sohn des zweiten Violinisten war verhaftet worden. Der Musiker, am Rande eines Nervenzusammenbruchs, führte einige Takte aus, bevor er mit zitternder Stimme bat, jemand anders möge seinen Part übernehmen. Danach hatte die bildhübsche Ilona, die Sparafuciles Schwester Maddalena sang, einen Schwächeanfall. László musste sie nach Hause schicken. Die Belastung nahm zu; das Gespenst der Apokalypse umtanzte das Opernhaus, doch die Bühne blieb ein verwunschenes Land, eine Insel jenseits der Wirklichkeit. Eine Oper unter solchen Bedingungen aufzuführen schien völlig widersinnig. Doch die Kulturkommission bestand auf den drei angesetzten Vorstellungen. Wir spürten deutlich, dass das reiner Selbstzweck war. Árpád, dessen scharfen Verstand ich zu schätzen gelernt hatte, formulierte es mit verbittertem Hohn.

»Wir singen für die Nomenklatura. Alle, die Rang und Namen haben, kommen in Paradeuniformen, die Damen in Abendroben. Sie wollen die Illusion aufrecht erhalten, dass unsere heile Welt nur von einigen wenigen Andersartigen bedroht wird, die infantile Reden schwingen und die man sich nach den Regeln der wohlgezielten Repression vom Leibe halten kann. Sind wir Künstler so eitel, dass wir unter allen Umständen gefallen wollen?«

Früher wurde in Agnes' Haus viel Musik gemacht. Aber schon seit Jahren schwieg der Neumayer-Flügel. An diesem Abend fragte Agnes Tibor, ob er etwas spielen würde. Tibor ordnete einen Stoß vergilbter Noten, stimmte das Instrument, was ihn einige Mühe kostete, und spielte eine Sonate von Beethoven. Peter hörte zu, finster, die Augen halb geschlossen, murmelte vor sich hin: »*Piano, pianissimo* … ja, an dieser Stelle *molto espressivo* … *con brio*.« Tibor spielte wie immer mit verhaltener Leidenschaft. Ich war von seinem Spiel fasziniert, aber Peter kritisierte die Tempi: zu langsam, zu schnell.

»Du glaubst, dass du alles, was du anpackst, kannst. Das hast du schon immer geglaubt. Du setzt dich ans Klavier und kannst spielen, du nimmst eine Violine in die Hand und kannst geigen, du hebst eine Flöte an den Mund und kannst Flöte blasen – so einfach ist das nicht, merk dir das.«

Peter machte ein mürrisches Gesicht. Agnes schenkte ihm Tee ein.

»Der Junge hat anderes im Kopf. Wir tanzen auf dem Vulkan, Peter. Das Orchester spielt, zwangsläufig, schrill.«

Tibor war beleidigt und zeigte es auch.

»Ich bin kein guter Klavierspieler, Onkel Peter. Ich kann es nicht sein, weil mir das Leben nichts bedeutet und in mir alles grau ist. Musik kann zum Handwerk werden. Nur noch Routine, und jeder Stalinist klatscht Beifall. Man sinkt so tief, dass man aus der Scheiße nicht mehr herauskommt ...«

»Nicht diese Ausdrücke, Tibor!«, unterbrach ihn Agnes.

Er schluckte, sprach wütend den Satz zu Ende.

»... und, weil einem nichts anderes bleibt, eine Scheißlaufbahn im Kauf nimmt.«

»So geht es nicht weiter mit dir!«, seufzte Agnes.

Er schwenkte erbittert auf dem Hocker herum.

»Nimm es mir nicht übel, Tante Agnes. Aber welche Möglichkeiten habe ich, außer zu demonstrieren?«

Ihr Atem hob und senkte den Fuchspelz. Die schwarzen Knopfaugen blitzten bei jeder Bewegung.

»Demonstrationen sind keine Lösung.«

»Doch! Die freie Welt wird uns unterstützen.«

Ein schwaches, höhnisches Lächeln kräuselte die Lippen der alten Dame.

»Ach, das glaubst du wirklich?«

»Aber sicher. Das glauben wir alle.«

»Und ich sage dir, die freie Welt wird sich einen Dreck um euch scheren. Ihr fürchtet die sowjetischen Panzer nicht? Die freie Welt fürchtet sie, und wie!«

Tibor ereiferte sich zunehmend.

»Wir kämpfen für die Freiheit, kannst du das nicht einsehen? Unser Leben findet hier und jetzt statt.«

»Was nützt dir dein Leben mit einer Kugel im Leib?«, erwiderte sie unbeeindruckt.

In Tibors Blick lag plötzlich Müdigkeit. Er fuhr mit beiden Händen über sein blasses Gesicht.

»Wir spielen nicht die Mondscheinsonate, Tante Agnes.«

Sie nickte kühl.

»Zum Glück. Beethoven macht uns gefühlsduselig. Noch etwas Tee, Floria?«

Zwei Tage vor der Premiere wurden Tibor und ich festgenommen.

31. Kapitel

Wir aßen spät in einem Kaffeehaus zu Abend. Er war unruhig, sorgte sich wegen der Ausgangssperre. »Wir sollten nicht zu lange bleiben.« Wir bezahlten und machten uns auf den Weg. Vereinzelte Gestalten schritten eilig aus oder rannten. Flüchtig erblickte Gesichter, voller Misstrauen und Angst. Näherte sich ein Auto, drückten sich die Fußgänger dichter an die Häuserwände. Wir überquerten einen Platz, als ein Fahrzeug mit quietschenden Bremsen vor uns hielt. Sowjetische Volkspolizei. Männer stiegen aus, mit Maschinengewehren bewaffnet, richteten den Strahl ihrer Taschenlampe auf unsere Gesichter. Sie waren zu viert. Einer stellte mit barscher Stimme Fragen. Während Tibor antwortete, betrachtete ich die Männer wie aus großer Distanz. Sie hatten ein durchaus europäisches Aussehen, aber in ihren Gesichtern lag unter der besonderen Art, Augen und Mund zu bewegen, etwas eindeutig Fremdes. Sie schnauzten uns nicht an, doch ihre Stimmen klangen kalt und autoritär, wobei sie mich unverschämt musterten. Ich unterdrückte mit Mühe die typische Neigung der Italienerinnen, solche Blicke mit wütendem Anstarren zu erwidern, zwang mich zu einem gleichgültigen, etwas gekränkten Gesichtsausdruck. Tibor sprach eine Weile mit ihnen, bevor er sich mir zuwandte. »Ich habe ihnen gesagt, wer du bist. Sie wollen deine Papiere sehen.« Ich zog meinen Reisepass aus der Tasche und gab ihn Tibor; er hielt ihn, zusammen mit seinem eigenen Ausweis, den Russen hin. Einer der Männer prüfte die Papiere sorgfältig, dann sagte er ein paar Worte. Die Ausweise gab er uns nicht zurück.

»Sie nehmen uns mit.« Tibor holte gepresst Atem. »Ich kenne das. Diese Soldaten, sie können nämlich nicht lesen.«

Im Wagen stank es nach feuchter Wolle, Schweiß und Schnaps; ein widerlicher Geruch. Tibor legte den Arm um mich. Wir hatten Angst. Sie hatten uns in der Hand, sie konnten uns ausrauben, vergewaltigen oder ermorden.

Nach einer kurzen Fahrt hielt der Wagen. Die Männer gaben uns Zeichen, auszusteigen. Wir gingen auf ein großes Gebäude zu. Alle Fenster waren erleuchtet, sie mussten einen Generator haben. Die Männer führten uns durch einen gepflasterten Innenhof, in dem eine Anzahl Wagen standen. Russische Soldaten warteten, rauchten und unterhielten sich. Der Raum, in den man uns brachte, befand sich im Erdgeschoss des Nebengebäudes. Die vergitterten Fenster waren sehr hoch, die wundervolle Stuckatur bröckelte ab. Über einem Kamin aus schwarz gemasertem Marmor war ein mindestens zwei Meter hoher Spiegel angebracht. In der Mitte stand ein Schreibtisch, wie man ihn in jedem Büro findet. Papiere und Aktenstöße ließen die Mitte frei für eine Schreibtischunterlage. Drei Volkspolizisten blieben bei uns, während der vierte mit unseren Papieren verschwand. Ein paar Minuten vergingen; wir hörten nur unsere Atemzüge und dann und wann das Knirschen des Parkettbodens unter dem Gewicht der Stiefel. Tibor und ich warteten stumm. Die Männer starrten uns an; wir wagten nicht, uns anzusehen. Dann ging die Tür auf, ein Mann trat ein, er hielt unsere Ausweise in der Hand. Ein Kommandant, ich sah es an seiner Uniform. Seine prüfenden Augen streiften uns; ich hatte das Gefühl, dass eine scharfe Klinge über uns hinweg glitt. Die Polizisten standen stramm. Der Mann sagte mit ruhiger Stimme ein paar Worte. Einer der Polizisten schob uns Stühle hin. Dann verschwanden alle vier. Mit langsamen Schritten ging der Kommandant um den Schreibtisch herum, setzte sich schwerfällig. Er machte ein Zeichen: Bitte, nehmen Sie Platz. Wir setzten uns. Die Stühle waren aus Metall und kalt. Der Kommandant nahm sich Zeit, besah sich genau Tibors Ausweis, blätterte langsam in meinem Reisepass. Unvermittelt hob er den Kopf und sah mich an. Ein Lächeln flog über sein Gesicht, bis hin zu den Augen, die dunkel aufleuchteten, während seine breiten Schultern eine Verbeugung andeuteten.

»*Signorina*«, sagte er, »*Le prego di scusarmi.*«

Sein Italienisch war perfekt, ohne die meist kehlige Aussprache der Russen. Er nahm seine Mütze ab, legte sie neben sich auf den Tisch. Das kurze Haar glänzte rabenschwarz. Sein Gesicht hatte eine gleichmäßige rahmhelle Tönung. Sein Alter war schwer zu schätzen, wahrscheinlich war er nicht unter fünfundvierzig. Mit seinen mongolisch geschnittenen Augen, den vollen Lippen und dem langen, von Nachdenklichkeit geprägten Gesicht war er ein außergewöhnlich gut aussehender Mann. Er strahlte auf ganz ruhige Weise Macht aus. Und ebenso ruhig betrachtete er uns, aber so wachsam, dass wir uns unbehaglich fühlten.

»Kommandant Rostopchin, Ihnen zu Diensten«, sagte er. Er richtete kurz das Wort an Tibor, sprach Ungarisch, entschuldigte sich, dass man uns belästigt hatte. Und wir sollten die Unannehmlichkeit verzeihen. Er hatte sich sehr höflich ausgedrückt, erzählte mir Tibor später. Dann wandte er sich ernsthaft und freundlich mir zu.

»*Scusi*, Signorina, mein Italienisch setze ich ungern einer Blamage aus. Sprechen wir lieber Englisch. Sind Sie berühmt in Ihrem Land?« fragte er, und ich hörte, dass sein Englisch ebenso perfekt klang wie sein Italienisch zuvor. »Ich bin in der Budapester Oper zu Gast«, erwiderte ich.

Er machte ein bejahendes Zeichen.

»*Rigoletto*. Sie singen die Gilda, habe ich mir sagen lassen.«

Er ist bestens informiert, dachte ich. Er griff hinter einen der Papierstapel, brachte eine elegante Zigarettendose zum Vorschein und hielt mir ein silbernes Feuerzeug entgegen.

»Zigarette?«

Ich schüttelte den Kopf.

»Rauchen bekommt meiner Stimme nicht.«

»Ach, wie vernünftig Sie sind«, erwiderte er, mit halbem Lächeln. »Genosse Horváth?«

Tibor bedankte sich, verneinte. Er musterte Rostopchin mit schmerzvoller Neugier. Sekundenlang war mir, als wollte er etwas sagen. Doch er schwieg.

Rostopchin nickte uns zu.

»Ich bin ein Mann, der gerne raucht, der beim Rauchen Kraft und Geduld findet. Darf ich?«

Die schmale, gepflegte Hand griff nach einer Zigarette. Er schob sie in den Mund, zündete sie an und stieß genüsslich den Rauch aus, bevor er mir zulächelte.

»In meiner schon fernen Jugend bereiste ich Italien: Umbrien, die Toskana. Rom und Florenz. Ich erlebte all das, was die Renaissance von unserer müde gewordenen Welt trennt, was da Vinci und Michelangelo von Rodin und Giacometti unterscheidet. Das ist vorbei, leider. Ich bin nur noch ein Reisender im eigenen Leben.«

Er sprach melancholisch und verbindlich, machte den Eindruck eines besonnenen Mannes. Eigentlich hätte ich erleichtert sein müssen; stattdessen waren meine Gedanken in Aufruhr. O mein Gott, was ist das für ein Mensch? Sei vorsichtig, Floria, lass dich nicht überrumpeln.

»Nun«, fuhr er fort »die Brüchigkeit unseres Lebens wäre erträglich, wenn wir auch die Fähigkeit hätten, deren Ursache zu ergründen. Doch nichts dergleichen. Alles, was uns bleibt, ist der Trost, den die Musik uns spendet.«

Ich zwang mich zu einem Lächeln. Er nickte, sprach weiter.

»Die Musik schließt die Wunden, die uns das Leben schlägt. Sie sind eine Diva. Ihre unberechenbaren und ekstatischen Arien treiben unsere Herzen an den Rand des Chaos – welch ein Genuss. Ihre Stimme verfügt über göttliche Anarchie. Die Musik kann im wirklichen Leben nichts verändern, aber sie verändert unsere Fantasien. Eigentlich sollte ich diese Dinge nicht sagen, Floria. Aber Sie verstehen mich gewiss.«

Ich überlegte, dass ich meine Gedanken nicht preisgeben durfte, dass seine Worte Gift waren. Ich wartete, bis sich mein Atem beruhigt hatte und ich mit fester Stimme wieder sprechen konnte.

»Warum haben Sie mich bei meinem Vornamen genannt?«

Er rauchte mit amüsiertem Ausdruck. Die Zigarette duftete nach Honig; ein warmes, volles Aroma.

»Eine Unverfrorenheit, es tut mir Leid. Aber mir ist, als würde ich Sie schon lange kennen. Und als Entschuldigung möchte ich Ihnen sagen, dass Sie einer Hortensie gleichen: einer dieser Hortensien im Spätherbst. Sie wissen schon, dunkelrot, fast purpurn.«

Der Mann bewegte sich haarscharf am Rande der Schwülstigkeit, aber ich durfte ihn nicht unterschätzen. Warte, Floria, lass dich nicht überrumpeln. Mit diesem Mann kannst du fertig werden. Vielleicht kam es nur auf die richtige Haltung an.

»Ich mag lieber blaue Hortensien«, sagte ich, bewusst ein wenig scharf.

»Nein«, sagte er entschieden. »Blau ist eine Farbe, die Ihnen nicht steht.« Und behielt somit die Oberhand. Blau war tatsächlich eine Farbe, die ich nicht mochte. Aber ich hatte meine Schlüsse schon gezogen und gestattete mir ein Lächeln. Er lächelte auch und vermittelte gleichzeitig ein Gefühl von Kälte und unmittelbarer Härte. Ich war den verschiedensten Menschen begegnet. Aber einem wie ihm –

nein, niemals. Allmählich gewann ich die Beherrschung zurück. Sei anmaßend, dachte ich, nimm ihn ein wenig in die Zange, das gefällt ihm offenbar. Oder nicht? Die Sache war einen Versuch wert. Ich hob das Kinn.

»Warum sind wir eigentlich hier?«

Er seufzte.

»Wir leben in unruhigen Zeiten. Maßnahmen müssen getroffen werden. Meine Männer haben Befehl, sich höflich zu benehmen. Aber viele von ihnen stammen aus einfachen Verhältnissen. Und es kommt vor, dass Anweisungen missverstanden werden. Ich bin zutiefst betrübt, dass Sie belästigt wurden.«

»Können wir jetzt gehen?«, fragte ich, betont hochmütig. »Ich habe den ganzen Tag geprobt und möchte mich ausruhen.«

Er lächelte voller Nachsicht und Charme und wurde dabei noch erschreckender. Ich merkte, dass er mit mir spielte, wie ein Kater mit der Maus; doch ab und zu gelingt es der Maus zu entkommen.

»Aber gewiss«, erwiderte er. »Aber ohne Weiteres. Und um Sie vor weiteren Zwischenfällen zu bewahren, werde ich meinen Chauffeur anweisen, Sie nach Hause zu fahren.«

Er drückte seine Zigarette aus, erhob sich langsam; ein unangenehmer Geruch umgab ihn. Er stank nach Urin, was zu seinem gepflegten Aussehen nicht passte. Sein Schatten glitt neben ihm her, berührte mich, bedeckte mich. Ich schloss die Augen, öffnete sie.

Er sagte: »Sie haben einen Rußfleck an der Stirn. Bitte, gestatten Sie mir …«

Er holte ein weißes Batisttaschentuch hervor. Ich erhob mich, wollte zurückweichen, aber mein Fuß stieß gegen das Stuhlbein. Ich fuhr mit der Innenseite beider Hände über meine Wangen.

»Nein, mit der Hand geht es nicht«, meinte er belustigt.

Ich schüttelte den Kopf. Mein Gesicht war gespannt und schmerzte, obwohl er es nicht berührt hatte. »Wie Sie wünschen.« Er steckte das Taschentuch wieder ein, sprach gelassen weiter.

»Selbstverständlich werde ich die Premiere besuchen. In zwei Tagen, nicht wahr? Darf ich Sie anschließend in Ihrer Garderobe beglückwünschen?«

»Es kann sein«, sagte ich steif, »dass ich nach der Vorstellung zu erschöpft bin.«

Ich hatte einen bitteren Geschmack im Mund, am Rande der Übelkeit. Er hielt den Kopf leicht seitwärts geneigt, sah mir mit dämmrigen, schweren Blicken ins Gesicht. Mir gefror das Blut in den Adern. Die Vorstellung, dass jeder Schmerz, jeder Schrei für ihn bedeutungslos war, stellte sich ein, nahm mein ganzes Denken gefangen. Ich wollte nur eins, weglaufen, jetzt gleich. Er jedoch ergriff meine Hand, führte sie an die Lippen. Ich zog sie heftig zurück, doch zu spät, sein kalter Mund hatte sie schon berührt.

»Ich wünsche Ihnen eine gute Nachtruhe«, sagte er. »Wir sehen uns wieder.«

Er wies mit einer höflichen Bewegung zur Tür, ließ uns vorbei, gab eine Anweisung. Ein Soldat salutierte und stürzte davon.

»Der Fahrer kommt sofort«, sagte Rostopchin. »Darf ich Sie zum Wagen begleiten?«

Er führte uns in den Innenhof. Gestalten bewegten sich, kamen und gingen. Auf einmal ertönten eilige Schritte, Rufe, Befehle. Der Kommandant stand vollkommen ruhig, das schöne Profil dem Lärm zugewandt. Plötzlich traten die Soldaten auseinander, ich sah eine Gestalt am Boden liegen. Ein Mann gab ihr einen Fußtritt, dann noch einen. Die Gestalt auf dem Boden krümmte sich schreiend, rollte sich zusammen, beide Hände schützend auf den Unterleib gepresst. Ich stand wie versteinert und zuckte gleichsam mit dem Mann am Boden zusammen. Herzhaftes Gelächter klang auf, von allen Seiten. Zwei Männer bückten sich, packten den Liegenden an den Armen und schleiften ihn über den Boden. Der Verletzte stöhnte laut, ein wimmerndes, tierhaftes Geräusch. Sein Gesicht konnte ich nicht sehen; was ich sah, war eine Blutspur am Boden; sie leuchtete im Licht, ein helles, glitzerndes Rot. Die Männer kamen näher, schleppten den Verletzten an uns vorbei. Tibor packte meinen Arm, zog mich zurück. Doch zu spät: Ich hatte das zerrissene Hemd gesehen, die nackten, blutüberströmten Beine. Der Mann zitterte, schwer und schlaff, bei jedem Schritt seiner Träger. Sie hoben ihn hoch, warfen ihn auf einen Lastwagen, schlossen die Plane. Ich versuchte, mich nicht zu übergeben, wünschte mir, dass alles nur ein böser Traum war. Selbst zum Schreien fehlte mir die Kraft. Plötzlich leuchteten Scheinwerfer auf; ein Wagen fuhr über den Hof, hielt vor uns. Der Fahrer stieg aus und öffnete die hintere Tür. Rostopchin wandte sich mir zu. In meinen Ohren lag ein hoher, summender Ton, ich hörte seine Stimme wie durch Wassergeräusche.

»*Signorina*, Ihr Wagen.«

Tibors Hände umfassten meine Ellbogen, schoben mich behutsam dem Wagen entgegen. Doch ich widersetzte mich mit einer heftigen Bewegung, wandte mich dem Kommandanten zu. Er beugte sich freundlich zu mir herunter, lächelte wie ein abgewiesener Liebhaber, zerknirscht, aber zu formgewandt, um eine Frau zu bedrängen.

»Wer war das?«, fragte ich.

Meine eigene Stimme klang in meinen Ohren wie die einer Fremden. Er antwortete mit einer gewissen Betrübnis, als ob ihm der Vorfall ungelegen käme. Seine Augen waren zwei schwarze Tümpel, in deren Kälte jede Menschlichkeit erstarrte.

»Niemand«, sagte er gleichmütig. »Einer dieser Schweinehunde.«

32. *Kapitel*

Noch wenige Stunden bis zur Premiere.

In meiner Garderobe wartete ich auf Kati. Ruhelos wanderte ich auf und ab, knetete meine Hände, betrachtete die alten Autogramme an den Wänden. Auf einigen waren noch Spuren von Lippenstift zu erkennen. Die prunkvoll gekleideten Künstler sahen etwas lächerlich aus; zwischen ihnen und mir lagen viele Jahre, und doch waren sie mir vertraut, wie alte Freunde es sind. Endlich knarrten die Treppenstufen, Kati stieß die Tür auf, erschien außer Atem, mit roten Flecken auf dem Gesicht. Sie entschuldigte sich: die Straßensperre. Inzwischen verstand ich ein paar Worte Ungarisch, nicht genug, aber die Angst auf ihrem Gesicht sagte alles. Ich setzte mich an den Schminktisch, Kati kam wieder zu Atem, hängte ihren dünnen Mantel an den Haken. Sie legte mir den Frisiermantel um, widmete sich lange und hingebungsvoll dem Aufstecken und Schmücken meiner Haare. Der Spiegel war an den Rändern schon blind, das Licht schummrig.

Die ungarische Schminke war eine Katastrophe; zu dick die Grundierung, zu trocken der Lippenstift, die Wimperntusche schmierte. Zum Glück hatte ich Schminke aus Italien mitgebracht. Kati umrandete meine Augen, zog die Brauen nach. Auf Stirn und Wangen zauberte sie Rosenfarben. Katis Hände waren sanft, sie arbeitete sicher, half mir, mich zu verwandeln. Dann drehte sie mir einen kleinen Spiegel entgegen, damit ich mich von allen Seiten sehen konnte, auch die aufgesteckten Locken am Hinterkopf. Komm, Gilda. Mach mich stark!

Inzwischen füllte sich das Theater. Stimmengewirr und Schritte erzeugten ein fernes Brausen, das in meinen Ohren klang wie Wellen, die an Steine schlagen. Ich atmete flach und schnell, mein Herz wurde zum Metronom. Lichtfunken blitzten auf den Gegenständen, auf einer Haarspange, einer Puderdose, einer Kette, dem Messbuch, dem kristallenen Rosenkranz. Ein schwarzer Spitzenschleier wartete auf den fiktiven Kirchgang.

Im Orchestergraben schlugen die Musiker ihre Noten auf, stimmten ihre Instrumente. Die Bühnenbilder hingen an unsichtbaren Fäden, Palastwände, und darüber ein blauer Himmel, mit der Farbpistole gespritzt, unter den zitronengelben Sonnen der Scheinwerfer. Requisiten wurden auf die Bühne getragen: ein großer Tisch, Prunksessel und Blumengarben aus Wachs, nachgebildete Speisen in vergoldeten Schüsseln aus Pappmaché. Der trügerische Süden trat auf die Bühne als Attrappe, als Welt des schönen Scheins, um nach der Aufführung wieder in der Requisite zu vermodern. Mein Kostüm hing an einem Drahtbügel. Kati schüttelte es aus, streifte mir den Rock über den Kopf. Ich schlüpfte in Taft und bestickte Seide, die sich kalt anfühlte und muffig roch. Als Kati den Gürtel schloss, spielte ich ein wenig mit der Luft, zog sie ein und ließ sie wieder ausströmen. Ja, so war es gut, so konnte ich singen. Sie schloss ein paar Ösen, ich hob beide Arme, die zerschlissene Seide platzte wie eine Seifenblase. Meine Haut schimmerte durch den Stoff. Kati schüttelte murrend den Kopf, behob geschickt und schnell den Schaden. Vor der Tür tapsten Schritte. Es klopfte. Kati ging öffnen. Ich hörte Stimmen; Kati schloss die Tür, kam zurück, brachte einen riesigen Korb Hortensien. Ein Strauß, fast zu groß für ihre Arme.

Ich starrte die Blumen an, und mein ganzer Körper überzog sich mit einer Haut aus Eis. Hortensien. Dunkelrote Hortensien. Der Anblick löste Abscheu in mir aus. Kati stellte die Blumen auf den Tisch, suchte vergeblich eine Karte, sah mich an und freute sich mit mir. »Nein!«, rief ich. »Weg damit!« Meine Stimme hörte sich unnötig schrill an. Kati war eine gute Seele, aber ich hätte sie am liebsten verprügelt. Nur ruhig, dachte ich, nimm dich zusammen. Aber ich glaubte nicht, dass ich den Anblick dieser Blumen ertragen konnte. Hortensien haben keinen Duft, aber ich fühlte mich umwölkt von Tabak- und Uringeruch, wie in einem Männerabort vor der Putzstunde.

Wohin mit den Blumen? fragte mich Kati mit den Augen. Ich deutete auf eine Truhe, gleich neben dem Vorhang, aus der Kostüme hervorquollen. In dem Winkel voller Schatten konnte ich die Blumen vergessen. Kati tat, was ich wollte; ihr Gesicht blieb gleichmütig. Die Launen der Künstlerinnen waren ihr vertraut.

Fröstelnd verschränkte ich die Arme, rollte meine Schultern mit kreisenden Bewegungen. Ein kleiner Schmerz zerriss meine Brust. Ich keuchte leise, bekam meinen Atem wieder in die Gewalt. Dann kam ein kurzer Augenblick der Spannung. Gilda stand an der Schwelle meines Bewusstseins, pochte leise an die Wände meines Herzens. Ich öffnete ihr mein ganzes Wesen: Sie trat ein, und ich war wie gebannt, in Ekstase. Es gab eine Sehnsucht in mir, ein Verlangen nach dieser vertrauten Gestalt. Denn wer war ich, wenn nicht ein Geschöpf der Fantasie?

Ich verließ die Garderobe und ging vorsichtig die Treppe hinauf, hob den Rock mit einer Hand; in der anderen hielt ich Messbuch und Rosenkranz. An die spitzen Schuhe mit den hohen Absätzen musste ich mich gewöhnen. Im Hinterbühnenraum herrschte das übliche Gedränge. Ich bahnte mir einen Weg zwischen Technikern, Bühnenarbeitern und Statisten. Tänzerinnen und Tänzer übten vor dem

Spiegel, ihre Kostüme schillerten, die paillettenbestickten Mieder warfen kleine Blitze. Die geschminkten Gesichter strahlten wie Seide oder Perlmutt, die Beine und die Füße bewegten sich in wunderbar exakten, fließenden Sequenzen. Die Sänger standen in ihren Kostümen bereit, fanden mit jedem Atemzug zu ihren Rollen: der Herzog von Mantua, wunderschön anzusehen in seinem grünen Wams, Sparafucile, der Berufsmörder, der stolze, gedemütigte Graf von Monterone, die leichtlebige Gräfin von Ceprano, die anrüchige Maddalena und alle anderen, Edelleute, Damen, Pagen, Hellebardiere.

Erstes Läuten. Noch zehn Minuten. In den Kulissen war es erstickend heiß, die Scheinwerfer brannten, der Bühnenboden glitzerte schiefergrau. Ich vernahm das Husten, das Quietschen der Polstersessel und das Scharren der Füße, all die Geräusche, die aus einem sich füllenden Saal dringen, ein merkwürdiger Summton, den die Wänden zurückwarfen. Der mächtige rote Vorhang mit italienischem Zug war erbärmlich zerschlissen. Ich trat nah heran, warf einen Blick durch einen Spalt. Alle Logen waren schon besetzt. Nur hinten im Parkett waren noch Plätze frei, aber von Minute zu Minute strömten mehr Menschen in den Saal. Ich sah, während ich spähte, dass die Damen geschmacklos gekleidet waren, dass die zumeist korpulenten Männer schlecht sitzende Anzüge und diese schrecklich bunten Krawatten trugen. Nur wenige waren im Frack erschienen. Manche saßen sogar im Oberhemd da, ein seltsamer Anblick für mich, die mehr Förmlichkeit gewöhnt war. Doch die meisten Männer trugen Uniformen oder die Abzeichen der Partei. Dann entdeckte ich Tibor, der in seinem billigen Frack im Parkett saß, ganz vorn in der ersten Reihe, neben Agnes. Ich fasste sie bewundernd ins Auge. Sie saß mit hoch erhobenem Haupt da, in ihrem fülligen Haar glitzerte eine silberne Spange. Ihre Haut war so zart und fein, dass sie von weitem gesehen immer noch schön war. In ihrem alten Spitzenkleid glich sie einer Seidenraupe, eingesponnen in einen hellgrauen Kokon; nur das unmerkliche Schwirren eines Fächers in ihrer kleinen Hand zeigte, dass sie atmete. Sie verkörperte Tausende von Frauen einer vergangenen Epoche, die nichts als eine wundervolle aber nicht mehr erwünschte Kultur zu bieten hatte. Mit wie viel Würde trug sie das Schicksal ihres Niedergangs! Tibor sprach leise zu ihr. Dabei fuhr er sich immer wieder mit der Hand durch das Haar und warf es zurück, ganz unbewusst, eine vertraute Geste, die mich mit Rührung erfüllte. Ich wandte mich ab; ich schämte mich, ihn anzusehen, solange er ahnungslos und ungeschützt war.

Zweites Läuten. Ich spürte eine Bewegung und wandte den Kopf. Peter stand hinter mir, Gesicht und Lippen waren mit Schminke bedeckt, die traurigen Augen schwarz umrandet. Er ließ seine Blicke umherwandern, nahm alles ganz genau wahr.

»Lieber Himmel«, hörte ich ihn leise sagen, »wir singen für den ganzen Parteiapparat! Rákosi sitzt in einer Loge, da, in der ersten Reihe, gleich in der Mitte. Unangenehm, das in Betracht zu ziehen.«

Er sprach nachdenklich, oft innehaltend. Ich bemerkte den bitteren Zug um seinen Mund. Sein Antlitz zeigte die Gefühle, die ihn bewegten, Abneigung, Trauer, im Widerstreit mit der Vernunft; mir war, als kämpfte er einen großen und geheimnisvollen Kampf mit sich selbst.

Ich sagte, betont gleichgültig: »Wir haben einander ja nicht näher zu kennen.«

Ein Seufzer hob seine Brust. Er war plötzlich wieder ganz sachlich.

»Sie wissen ja, nach der Vorstellung, da geht nicht jedermann. Es gibt welche, die bleiben. Ein Buffet ist aufgebaut, habe ich mir sagen lassen. Nehmen Sie sich in Acht, sie enden manchmal kompromittierend, solche Empfänge …«

Ich spürte einen Kloß im Hals, ein Flattern in der Magengrube.

»Notlügen sind erlaubt«, erwiderte ich.

»Ja, aber ich bin in Ungarn, ich bin in der Heimat. Es missfällt mir zutiefst, hier zu lügen.«

»Was werden Sie tun?«

»Ich werde so tun, als ob mir das Lügen Spaß macht. Für eine halbe Stunde, nehme ich an, werde ich es wohl aushalten. Bin ich nicht der Hofnarr?«

Ich legte die Hand tröstend auf seinen Arm; es war, für ihn wie für mich, eine gewagte Geste.

»Es gibt Dinge, die vorbei sind, Peter. Sie wollten Ihre Karriere in Budapest beenden. Sie müssen sich heute gut fühlen.«

Er klopfte sich Puder von den Fingern, prüfte, ob seine Kappe richtig saß.

»Ja, ich muss meiner Geschichte gerecht werden.«

Unsere Augen trafen sich in schmerzlichem Verstehen.

Ich fragte: »Haben Sie sich etwas anderes vorgestellt als … als dies hier?«

Seine dunkelrot geschminkten Lippen hoben sich, zeigten die einfältige Grimasse eines Narren und auch das Lächeln eines unglücklichen Kindes, alles im gleichen Atemzug.

»Um die Wahrheit zu sagen, nein.«

Drittes Läuten. Im Saal wurde es dunkel, die Geräusche erstarben, nur ein gelegentliches Husten brach die Stille, die bald vollkommen wurde. Ich vergaß Peter und vergaß mich selbst. Wenn Sänger ihr Vertrautsein mit ihrer Rolle erneuern, entsteht ein Augenblick der Spannung, eine schwingende Ruhe. Dann begann das Orchester zu spielen. Im Bruchteil einer Sekunde wurde ich in eine imaginäre Welt entführt. Eine Welt, die trotzdem große Wachsamkeit verlangt; jeder Schritt, jede Geste ist einstudiert und muss doch völlig natürlich aussehen. *Rigoletto* ist ein kompliziertes, dramatisches Werk, gewaltig und düster; die Gestalten gewinnen in kurzen, szenischen Blöcken blitzartig an Leben. Und doch werden die vielen Verflechtungen im ersten Bild und im Vorspiel so aufgeführt, dass selbst der Zuhörer, der das Libretto auswendig kennt, vom Geschehen gefesselt ist. Es ist die Schöpfung, habe ich oft gedacht, nicht die Schöpfung, wie sie allgemein verstanden wird, keine Geschichte aus dem Alten Testament, sondern unsere individuelle Schöpfung, die jeder von uns, vom Regisseur bis zum Statisten, mit dem Publikum teilt. Künstler suchen niemals die eigene Wahrheit, sondern immer die Zuneigung des Publikums, auch wenn es hässliche Uniformen trägt. Das ist eine Wahrheit, die kein Künstler gerne hört, aber nie ignorieren kann. Wir sind die geistigen, schwebenden Mittelwesen, die Prostituierten des Tempels.

Wir sind weder rein wie Gold noch hart wie Stahl, im Gegenteil, weich wie das Fleisch junger Lämmer, und besessen von dem quälenden Bedürfnis, zu gefallen.

Es geschah während des Duettes *T'amo, t'amo* – Der Gott der Liebe – im ersten Akt. Allein in ihrem Gemach, gibt Gilda ihren Empfindungen für den schönen jungen Mann, den sie vor der Kirche gesehen hat, Ausdruck. Da tritt der Herzog hervor, als Student Gualtier Maldé verkleidet, bestürmt sie mit seinen Liebesbeteuerungen. Es ist eine zutiefst leidenschaftliche Szene. Árpád und ich sangen mit vollkommener Hingabe. Die Melodie, so hinreißend fantasievoll, webte um uns herum ihr Wundergebilde aus Tönen. Wir ließen uns von der Musik tragen, sie hüllte uns in Träume und rief uns zurück, um sich wieder mit uns im Gleichklang zu vereinen. Aber mit einem Mal war es nicht mehr, wie es sein musste. Etwas Unvorhergesehenes geschah, das wurde uns dumpf bewusst. Unruhe kam aus dem Orchestergraben, aus dem Zuschauerraum. Wie aus weiter, unwirklicher Ferne schwoll Gemurmel heran, breitete sich aus, mit

Fassungslosigkeit und Erregung vermischt. Árpád und ich waren irritiert; verfehlten wir eine Note, brach unsere Stimme – das durfte nicht passieren. Dann hörten wir, wie sich die Musik in Kakophonie auflöste. Das große Orchester zerfiel, die Instrumente verklangen, dann war es für einen Moment ganz still. Aber plötzlich hörten wir Schreie. Irgendwie lösten wir uns voneinander, machten einen Schritt auf die Seite. Meine blinzelnden Augen sahen in den Raum, erblickten die taumelnde Gestalt im Orchestergraben. Ich sah sie aus nächster Nähe und gleichzeitig weit weg wie in einem unruhigen Traum. Ich starrte verwirrt, während Ungläubigkeit mit tiefstem Entsetzen in mir kämpfte. Ich sah, und alle sahen es mit mir, wie Anton sich an den Hals griff, das Dirigentenpult schwankend verließ. Er machte zwei Schritte und stolperte. Bevor ihm jemand helfen konnte, fiel er hin, drehte sich röchelnd zur Seite, beide Hände auf die Brust gepresst. Von allen Seiten wirbelten Geräusche wild und ungezügelt hervor, brachten Betroffenheit und Panik zum Ausdruck. Schon liefen Männer herbei, hoben den Bewusstlosen auf, trugen ihn hinter die Bühne. Plötzlich schwang sich eine Gestalt in den Orchestergraben. Eine schmale Gestalt in schlecht sitzendem Frack. Das blasse Gesicht sah zu mir herauf. Der Mann stand einsam und geradezu leuchtend im diffusen Licht. Und mir war, als stiege dieses Gesicht aus dunklen Wassertiefen, als schwebe zwischen dem, der nicht mehr war, und jenem, der nun kommen würde, ein zweites, unbekanntes Antlitz. Für eine kurze Weile oder für eine Ewigkeit war die Welt von wesenlosen Figuren bevölkert, bis das Trugbild sich schlagartig auflöste, und Antons und Tibors Gesicht zu einem einzigen verschmolzen: dem Gesicht des Dirigenten. Und er hob nicht den Taktstock, nein. Auch in Zukunft würde Tibor niemals einen Taktstock benutzen. Er breitete beide Arme aus, die Handflächen offen, die Finger ausgestreckt, als ob sie etwas greifen wollten. Und es war, als riefe er die alten Geheimnisse seines Vaters, um daraus einen Zauber zu gewinnen, der ihm Kraft gab. So viel sah und erkannte ich, ehe ein eigenartiges Glitzern in der Luft meine Blicke fesselte. Es war ein Flimmern und Drehen wie der Tanz von Staub im Sonnenschein, es mochte von den Scheinwerfern kommen – und in diesem Schimmer von silberhellen Wellen drängten sich, magisch angezogen, die gerufenen Geister herbei. Die Gestalten, die ich sah oder zu sehen glaubte, waren nicht lebendig wie Menschen, aber sie waren auch nicht so widersinnig, dass ich an meinem Verstand zweifeln musste. Sie schwärmten und wirbelten vor meinen verwunderten Augen, und die schwachen weißen Strahlen der Beleuchtung formten eine Art Zelt, nicht so scharf umrissen wie die Lichtstrahlen und weniger hell. Eingegrenzt wurde dieses Zelt von dünnen Hitzewolken, die im Licht wie Flammen schimmerten. Im Inneren des Zeltes aber züngelten die Flammen dunkler. Gestalten drehten sich dort im Kreis, an lange Fäden gebunden. Ich konnte an ihnen keine Körperlichkeit erkennen, sie waren Schemen aus Licht. Ich packte Árpáds Arm.

»Was ist das?« Er starrte mich verblüfft an, gab keine Antwort. Inzwischen sah ich die Gestalten deutlicher. Sie waren lebendig und kreisten wie Insekten, in Spinnweben gefangen. Sie hatten etwas mit Anton zu tun, und vielleicht auch mit mir. Wir waren in den Elementen miteinander verbunden. Wir waren für die Luft bestimmt. So wie eine Frau nachts auf einem Felsen steht und den Himmel über sich betrachtet, so fühlte ich die Bilder aus weiter Ferne über mich hinwegziehen. Bilder, die ich nicht begriff, die ich jedoch sah, weil ich, im Gegensatz zu Árpád, solche Dinge eben sehen konnte. Meine Haut kribbelte, die Wurzeln meiner Haare sträubten sich, meine Hände wurden kalt und schwitzten. Meine Knie verloren ihre Kraft, und ich spürte, wie sie zitterten.

»Da ist etwas mit mir …«

Es war wie ein Zauber, der mich bannte; weder Schrecken noch Furcht konnten das Erstaunen mindern. War die Welt wirklich so beschaffen, dass ein Bild, das vielleicht an einem ganz anderen Ort existierte, von mir gesehen werden konnte? Dass Scheinwerferstrahlen ein Zelt bildeten? Ein Zelt, in dem Gestalten an Fäden hingen?

Das Zelt dehnte sich aus, die Farben züngelten greller. Die Gestalten hoben sich aus den Flammen; ich sah, dass sie nackt waren; das Haar schwarz und lang, wunderbar. Ihre Gesichter waren entrückt, in Ekstase, wie in der Liebe. Ich sah ihre Haut, in allen Schattierungen zwischen Orange und Gold. Sie bewegten sich in der Luft, wirbelten um sich selbst, glitten hinauf, tauchten hinab, aber immer von den Fäden gehalten. Ich sah sie kreisen im flackernden Schein, lichtdurchströmt, fast durchsichtig, ein langsames Drehen, wie das Rotieren der Planeten, und Tibor stand in ihrer Mitte. Mir kam in den Sinn, dass er sie sehen könnte, wenn er nur den Kopf etwas nach rechts oder nach links drehte. Doch seine Augen waren auf das Orchester gerichtet, er suchte den Blick eines jeden Musikers, gab ihm zu verstehen, dass er da war. Mit erhobenem Kinn, die Arme dem flutenden Bühnenlicht entgegengestreckt, stand er ganz ruhig am Pult. Ein Gedanke durchfuhr mich: An den Fäden des Lebens hängen, bis der Faden reißt?

Schon gut, das war widersinnig. Und außerdem gab es kein Zelt, das in der Luft schwebte. Eine optische Täuschung, was sonst? Die Rampenlichter blendeten mich, ein klebriger Schleier bedeckte meine Augen. Die Gestalten – wie konnte ich mir nur einbilden, dass ich sie gesehen hatte? Und auch an Anton durfte ich jetzt nicht denken. Ich rief mich zur Ordnung, wandte mich Árpád zu, während die Musiker sich sammelten und auf das Signal des Dirigenten warteten. Viel Zeit war ja nicht vergangen – eine Minute vielleicht, höchstens zwei. Viele Zuhörer, die aufgestanden waren, setzen sich wieder, hielten den Atem an.

Schlagartig wurde es still. Eine letzte, atemlose Sekunde noch, dann hob Tibor die Hand, dirigierte *pianissimo*, wiederholte zur Einstimmung die letzten Noten. Und als die Musik losbrach, wirkte sie wie eine Explosion, ein Zusammenballen und Auflösen von Klang und Bewegung. Ich aber war es, auf die seine Augen sich richteten, leicht hin und her schwankend, und klar wie Glas. Abermals hob er die Hand, die Geste galt mir. Und ich sang, und ich war Gilda. Ich sang von Sehnsucht und Liebe, in einer Leidenschaft gefangen, die alle Seelenwände sprengte. Der Geliebte riss mich in seine Arme, unser Gesang entzündete sich an der Hingabe und Lust aneinander. Die Musik hielt uns mit festem, sicherem Griff, läuterte uns, gab uns Kraft. Wir versanken in mondglühender Umarmung, während unter der Mauer die Höflinge die Leiter bereitstellten und der leichtgläubige Narr sich mit verbundenen Augen zum Mitläufer einer Verschwörung machte, deren Ziel die Entführung der eigenen Tochter war.

Der Vorhang fiel, das Publikum raste. Wir kamen auf die Bühne, zitternd und aufgewühlt, hielten uns an den klammen Händen; wir warteten, dass sich der Vorhang hob, traten ins Rampenlicht, verneigten uns. Ich sah Gesichter, sah klatschende Hände. Keine merkwürdigen Gestalten mehr. Waren sie je da gewesen? Auch die Musiker spendeten Beifall – der Beifall galt Tibor. Ich sah nur ihn, sein Gesicht auf merkwürdige Weise abgegrenzt in der Dunkelheit; er stand wie erstarrt, wie in einem seltsamen Traum gefangen, fast war es, als ob er lächelte, doch plötzlich wurde mir klar, dass seine zusammengepressten Lippen Schmerz ausdrückten. Abermals fiel der Vorhang. Ich raffte meinen Rock hoch, rannte durch die Kulissen, zu Anton.

33. *Kapitel*

Im Hinterbühnenraum lag Anton auf einem Stapel Decken, die Beine steif wie Stelzen und merkwürdig gekrümmt. Man hatte ein Kissen unter seinen Kopf geschoben. Ein Arzt war schon da, er hatte die Vorstellung besucht. Ein bereits ergrauter Mann mit weißer Halsbinde unter dem besorgten Gesicht. Er knetete Antons Brustkorb, wobei er vor Anstrengung keuchte. Antons Atem war nur noch ein schweres Röcheln. Sänger und Statisten drängten sich um ihn. Ich schob mich durch die Menge, drückte mit der Hand die Ellbogen zweier Statisten auseinander, ich entschuldigte mich, kam näher. Der Arzt erhob sich eilig, gab Anweisungen. Ich hörte erregte Stimmen, ein ständiges Kommen und Gehen. Ich fiel neben Anton auf die Knie; seine Haut war weiß wie Kreide, unter den Augen lagen dunkle Schatten und seine Lippen schimmerten blau. Kalter Schweiß bedeckte sein Gesicht. Er hielt beide Hände auf die Brust gepresst, mit einem Ausdruck von Überraschung und Schmerz, als sei sein Herz ein Vogel, in seinen Rippen gefangen, der wild flatternd im Begriff war sich zu befreien. Sein verschwommener Blick richtete sich auf mich, und ich sah in ihm einen Schimmer des Wiedererkennens. Ich legte meine Hand auf die seinen, die kalt und feucht waren.

»Anton …«

Seine Lippen öffneten sich. Es war ein fremder Name, den er flüsterte: »Simon.«

Ich merkte, dass ich weinte, dass meine Tränen auf seine verkrampften Hände tropften. »Nein, ich bin es, Floria ...«

Er bewegte zuckend die Beine, warf den Kopf hin und her. Eine Art Krächzen entrang sich seiner Kehle. »Simon war da.«

Ich starrte ihn an, fassungslos, benommen. Mein Gehirn streikte.

»Anton, ich verstehe Sie nicht. Wer ist ...«

Seine Finger packten meine Finger, drückten sie, dass es schmerzte. Seine Augen hefteten sich an meine Augen.

»Er hat gesagt, dass er es tun würde. Und er hat es getan!«

»Was, Anton? Was hat er getan?«

Ein Gurgeln drang aus den speichelverklebten Lippen.

»Du hast es doch gesehen!«

»Was, Anton, was?«

»Den Sonnentanz.«

»Anton!«

In meinem Kopf passierte etwas. Ich spürte, wie mein Geist sich einen Weg durch Schichten der Erinnerung bahnte. Vor meinen Augen tanzten Farben, Lichtpunkte, klein wie Sandkörner, blieben in der Luft hängen, formten sich zu einem ganz bestimmten Bild. Ich schluckte würgend. Nein, er konnte unmöglich wissen, was ich gesehen hatte. Einer von uns musste verrückt sein. Oder waren wir es beide? Er jedoch blickte mich an, mit zurückgeworfenem Kopf, versuchte etwas zu sagen. Doch bevor er sprechen konnte, fiel ein Schatten auf uns. Tibor! Ich hörte seinen hastigen Atem, als er sich über Anton beugte. Er hatte ein Taschentuch in der Hand. »Vater!« Er wischte ihm die klebrige Stirn mit dem Tuch. Anton krallte die Finger in Tibors Arm, zerrte ihn zu sich hinunter, würgte die Worte hervor.

»Das hast du ... gut gemacht!«

Über Tibors Lippen ging ein schmerzliches Zucken.

»Dies doch immerhin …«

»Tibor, mein Junge …«

Antons Stimme brach, sein Mund verzerrte sich. Er wälzte seinen Kopf hin und her, als könne er ihn abschütteln.

»Tibor … hast du Alec gesehen?«

Tibor sah mich hilflos an. Darin verstrickt und doch nicht darin verstrickt, schüttelte ich nur stumm den Kopf. Mein Körper fühlte sich klamm an. Um uns herum schoben und stießen sich Menschen, erschreckt und neugierig. Einige weinten. Die Hitze der Scheinwerfer, der Schweiß, die alten Kostüme brachten alle Gerüche zum Gären. Antons Atem ging pfeifend. Er murmelte wie ein alter Mann, doch er sprach Englisch und nicht Ungarisch, was mich in einem solchen Augenblick, wo jeder Mensch zu seiner Muttersprache zurückfindet, zutiefst verwunderte.

»Sie hatten den Tanz verboten … das war es ja gerade. Aber Simon hat das Zelt errichtet … und alle Leute kamen und beteten. Eva holte die heilige Erde, und Simon rief: ›Schickt die Jungen zu mir!‹ Alec wollte nicht kommen: ›Man wird über mich lachen.‹ Aber Simon gab ihm die Büffel-Medizin. Alec tanzte und sah den Adler. Und oh, es war ganz wunderbar!«

Ein heftiger Krampf packte ihn; es war, als sollte er nie mehr atmen. Irgendetwas drang in mein Bewusstsein, aber ich konnte es nicht festhalten. Ich rieb mir die Stirn, setzte dem Vorgang ein Ende. Nein, nein, Antons Worte ergaben keinen Sinn. Die röchelnden Laute wurden zu einem Pfeifen. Antons Pupillen schwammen. Der Raum war voller Schatten, die sich schnell bewegten. Gegenstände wurden hin und her geschoben, die schweren Schritte ließen den Boden vibrieren. Man wechselte das Bühnenbild.

Plötzlich rötete sich Antons Gesicht wie das eines Erstickenden. Tränen des Schmerzes und der Anstrengung füllten seine Augen. Dann vermochte er Atem zu holen, und für eine kurze Weile so zu sprechen, dass wir ihn verstanden.

»… der Adler, du weißt schon … Juliette durfte die Feder aufheben, als sie fiel. Andere durften das nicht. Sie gab mir das Bild. Und die Feder … in der Schublade, rechts neben dem Bett. Der Brief liegt auch da …«

»Er weiß nicht, was er sagt«, murmelte Tibor verzweifelt.

»Doch«, flüsterte ich.

»Durst!«, keuchte Anton.

Man brachte Wasser. Tibor stützte ihn, während ich ihm das Glas an die Lippen setzte. Anton trank gierig, verschluckte sich, hustete. Dann lag er erschlafft da, den Kopf auf dem Kissen. Die einzige Bewegung außer dem Auf und Nieder seines Brustkorbs war ein Zittern der Hände. Doch ich konnte in seinen Augen kein Zeichen von Irrsinn erkennen. Ich deutete ein Lächeln an, um ihn zu beruhigen. Er nickte mehrmals, die Augen fest auf meine gerichtet, als ob wir einen Pakt geschlossen hätten. Und auf einmal gelang es mir nicht mehr, in seinem Gesicht auch nur einen Anflug von Kummer oder Verzweiflung zu lesen. Im Gegenteil, es schien, als ob irgendein seltsamer Zauber langsam jeden Schmerz löschte. Etwas war in ihm erwacht, etwas, was ihm Frieden gab. Er sprach jetzt sehr ruhig: »Tibor! Gib mir deine Hand!«

Tibor nahm seine Hand. Ich sah beide Hände, und wie sie einander glichen, beide schlank und schmal, wie Frauenhände.

»Tibor?«

»Ja, Vater?«

»Tibor, willst du mit mir beten?«

Ich erstarrte. Er wusste also, wie es um ihn stand.

»Ja, Vater.« Tibor nahm Antons Hände, legte sie ineinander, hielt sie fest. Sein Atem ging so ruhig, dass wir ihn kaum noch hören konnten. Und die Worte, die jetzt über seine Lippen kamen, waren uns vollkommen fremd. Und doch mussten es die Worte eines Gebets sein, denn er sprach sie mit geschlossenen Augen und einem fernen, verzückten Ausdruck im Gesicht.

»Tokey inapa nun we
He wakan ya inapa nun we
Kola he yaceho ...«

Sein Kopf sank zurück. Blut, mit Speichel vermischt, erschien auf seinen Lippen. Er schlug die Augen auf; und es war etwas in seinen Augen, was mich zwang, mehrere Herzschläge lang nichts anderes wahrzunehmen. Sie waren wach und voller Erstaunen. Und sein verzerrter Mund drückte durch den Anflug eines Lächelns so viel Zuneigung und Frieden aus, dass ich in den Zügen dieses sterbenden Mannes den Ausdruck des verschmitzten Lächelns erkannte, das auch Tibors Antlitz manchmal zeigte, wenn er glücklich eine Variation improvisierte und den Tönen nachlauschte, die seine Finger erzeugten.

Dann sah ich, dass Antons Augen erloschen. Sein Gesicht wurde fahl wie eine Winterwolke. Doch seine letzten Worte – wieder in englischer Sprache – waren erstaunlich klar.

»Jetzt werden wir ganz von vorn anfangen ...«

Dann schloss er die Augen. Wir jedoch sahen den Arzt eilig herbeitreten, die Leute zurückweichen. Zwei Männer trugen eine Trage. Hände griffen Anton unter die Arme, hoben ihn vom Boden auf, legten ihn auf die Trage. Der Arzt richtete das Wort an Tibor; er hatte gehört, dass wir Englisch sprachen und sagte in derselben Sprache, aus Rücksicht auf mich: »Wir bringen ihn ins Krankenhaus. Man stellt uns einen Wagen zur Verfügung. Ich fahre mit und kümmere mich um alles. Ist Ihnen das Recht, Genosse Horváth?«

Tibor bedankte sich geistesabwesend. Es folgte ein kurzer Wortwechsel, den ein anhaltendes Läuten unterbrach. Ende der Pause! Tibor stand da, folgte mit den Augen seinem Vater, den man behutsam hinaustrug. Dann trafen sich unsere Blicke. Wir machten gleichzeitig einen Schritt aufeinander zu.

»Kannst du es?«, flüsterte ich.

»Doch … ich glaube schon!«

»Geh!«, flüsterte ich, bevor ich mich umdrehte, über am Boden liegende Kabel stolperte und in meine Garderobe stürzte, wo Kati unruhig mit tränenblinden Augen auf mich wartete. Wie viele Minuten blieben noch?

»Schnell, schnell!«, keuchte ich. Sie löste mein Haar, wie es die Szene verlangte, kaschierte mit einer frischen Puderschicht Schweiß und Tränenspuren auf meinem Gesicht. Ich legte frischen Lippenstift auf, als es zum zweiten Mal läutete. Ich schluckte trocken, stürzte das Glas Wasser hinunter, das Kati mir reichte. Das dritte Klingeln erreichte mein Ohr, während ich aus der Garderobe lief, die Treppe hinauf, in den Hinterbühnenraum trat, wo Peter auf mich wartete. Er streckte die Hand aus; ich griff nach ihr wie eine Ertrinkende. Unsere Blicke trafen sich. Ja, wir waren bereit.

Der Vorhang hob sich. Die Verzauberung erfasste die Bühne, das Intrigenspiel nahm seinen Lauf. Rigoletto weiß nicht, dass Gilda in den Palast des Herzogs gebracht wurde. Hinter boshaften Scherzen seinen Schmerz verbergend, versucht er etwas über das Schicksal seiner Tochter zu erfahren. Aus dem Getuschel der Hofleute erfährt er die Wahrheit, bricht in rasende Verwünschungen aus. Da stürzt Gilda aufgelöst aus dem Gemach des Herzogs in Rigolettos Arme. Beide weinen: Gilda um ihre Liebe, die sie bedroht sieht und verteidigen will, Rigoletto um den Verlust seines Geheimnisses. Die Musik schwillt an, der gedemütigte Hofnarr schwört dem Verführer Rache, während Gilda schluchzend Gnade für ihn erbittet.

Die letzte Pause war nur kurz. Kati half mir in fliegender Hast, das Mieder zu lösen, aus dem Rock zu steigen. Ich schlüpfte in Männerkleider aus grünem Samt, setzte die Kappe mit der schön geschwungenen Feder auf das gelöste Haar. Jetzt noch der Gürtel, ein kleiner Degen, die Stiefel aus weichem Leder. Ein letzter Blick in den Spiegel – fertig.

Der dritte Akt. Der Herzog von Mantua erscheint in der Spelunke in seiner Verkleidung als Student, vergnügt sich mit der willigen Maddalena, während der Mörder in der Dunkelheit lauert. Der Herzog bekundet seine zynische Lebensauffassung: *La donna e mobile* – O wie trügerisch sind Weiberherzen! – Árpád schwenkte seine Kappe, lachte, gab sich übermütig und herausfordernd. Wie können sich Trauer und Melancholie in einer Arie ausdrücken, die so leichtfertig und unbekümmert tönt? Ich sah Árpáds Gesicht, heiter und strahlend unter der Schminke, von keinem Schatten angerührt, von keinem Leid. Wir waren gute Handwerker des Gesangs. Wir konnten scherzen, lieben oder sterben, wie es das Melodram verlangte. Wir mussten denken, was wir sangen, und den Gedanken auch darstellen. Und alles andere vergessen, wenn so etwas möglich war. Doch Tibor war immer da, seine Musik leitete und führte mich. Ich bemerkte, wie besorgt und konzentriert er war, und ich spürte die unglaubliche Kraft, die er mir gab. Dann brach das Gewitter los, mit Blitz und Donner und Sturmböen. Regen fiel herab, in silbernen Fäden. Rigoletto tapst im Nebel über die Bühne, schleift seine sterbende Tochter in einem Sack hinter sich her. Von irgendwoher ertönt die heitere Stimme des Herzogs, der nach Abzug des Unwetters die Spelunke verlässt, nicht ahnend, dass Gilda in den Armen ihres Vaters verblutet. Rigolettos Schrei steigt auf, die Musik und seine Stimme werden eins, ein Brüllen, ein Fluchen, ein Heulen. Dann Schweigen. Kein Schrei, kein Weinen mehr. Auch keine Musik mehr, nur ein stimmloses Keuchen. Der Hofnarr wiegt seine Tochter wie einst als kleines Mädchen, schluchzt still und tränenlos, das Gesicht in ihrem Haar.

Der Vorhang fiel.

Es war vorbei. Peter und ich richteten uns auf, verwirrt wie Menschen, die aus einer Trance erwachen. Im Saal herrschte Stille, jene Stille, die Menschen befällt, wenn sie ihre eigenen Gefühle ergründen. Ich habe mich oft gefragt, wie lange es dauert, bis die letzte Note eines Liedes im Menschen verklingt; denn das, was sie bewirkt, ist ein Geheimnis. Mir schien, als wagte es keiner, zu klatschen, als hätte diese letzte Szene die Zuhörer gelähmt. Der Bruch zwischen Illusion und Wirklichkeit war vollzogen. Dann endlich ertönte der erste Beifall, verhalten zuerst, dann lauter, immer lauter, ins Uferlose wachsend. Wir reihten uns im Rampenlicht auf, hielten uns an den Händen, verneigten uns. Die Solisten, der Chor, die Tänzer, alle miteinander. Beifall stürmte aus allen Reihen, mit dem Surren des großen Vorhangs vermischt, der die Bühne verbarg, wieder freigab, wieder und immer wieder. Der Applaus klang wie prasselnder Regen, und dazwischen die Bravorufe, der Jubel. Frauen weinten, doch wir sahen es nur, wir hörten kein Schluchzen, der Lärm war zu groß. Blumensträuße fielen uns zu Füßen. Árpád bückte sich, reichte mir den größten Strauß, während er die anderen an die übrigen Darstellerinnen verteilte. Peter trat ritterlich einen Schritt zurück, doch ich lief zu ihm, überreichte ihm meinen eigenen Strauß, weiße Gladiolen. Wir sahen uns an; sein Gesicht drückte tiefes Erstaunen aus, und auch Schmerz.

Ich flüsterte rau: »Da war etwas mit uns.«

Er schluckte. »Ja. Wir wurden berührt.«

Wir umarmten uns stumm, ich spürte, wie er zitterte, als er die Begeisterung des Publikums empfing. Endlich kam Tibor zu uns. Wir nahmen ihn in unsere Mitte, sahen bewegt zu, wie er sich verneigte. Auch die Musiker hatten sich von ihren Sitzen erhoben, jubelten ihm zu. Ich klammerte mich so fest an Tibors Hand, dass ich den Eindruck hatte, ich sei mit ihm verwachsen. Er bewegte sich nur mit Mühe; seine Glieder waren schwer, angespannt wie die Glieder eines Schlafwandlers. Ich zerquetschte fast seine Hand, sah bestürzt die Abdrücke meiner Nägel in seiner Haut. Er trat immer wieder vor, still und etwas schmerzlich lächelnd, das Gesicht über die Blumen geneigt, die Tadeo ihm überreichte. Ich sah László am anderen Ende der Reihe, den Blick abwesend zur Decke gerichtet, mit einem Ausdruck von Rührung und Ironie auf dem feinen Gesicht. Es war einer dieser Augenblicke, die ewig wiederkehren, die niemals enden. Dann Licht, viel Licht, Kronleuchter, Scheinwerfer, die Blitzlichter der Fotografen, noch mehr Blumen.

Tadeo ließ uns wissen, dass wir zum Buffet im Foyer erwartet wurden. Tibor und ich tauschten einen Blick. Er schüttelte vage den Kopf, doch da wurde er bereits von seinen Musikern umringt, und ich verlor ihn aus den Augen. Stolpernd, wie im Traum kehrte ich in meine Garderobe zurück; die roten Hortensien strahlten einen purpurnen Schimmer aus, wie steife, bedrohliche Flammen. Kati half mir aus dem Kostüm. Hinter einem Wandschirm stand eine Waschschüssel mit kaltem Wasser. Seife, Schwamm und Handtuch lagen bereit. Ich entfernte meine Schminke, zog mein klammes Zeug aus, auch die Unterwäsche, wusch mich von Kopf bis Fuß. Schweiß und Schminke trübten das Wasser.

Danach fühlte ich mich besser. Ich zog frische Wäsche an, Strümpfe, Schuhe. An das Kleid kann ich mich genau erinnern: Es war ein rotes Kleid, mit Volants an den engen Ärmeln und einem weiten Ausschnitt. Rot, dachte ich, wie unpassend. Aber ich hatte kein anderes. Kati half mir, das Haar hochzustecken; zu jener Zeit bauschte man das Haar auf, besprühte es mit Haarspray, überzog die Frisur mit spröder Steifheit. Ich zog meine Augenbrauen schwarz nach, als ich Schritte hörte. Dann ein Klopfen. Ich gab Kati einen Wink. Sie ging an die Tür, trat hinaus. Ich hörte, wie sie mit einem Mann sprach. Meine eilig geöffnete Puderdose warf einen kleinen Blitz, da erschien Kati wieder, mit einem leicht maskenhaften Ausdruck im Gesicht. Sie wollte etwas sagen, doch da war der Mann schon eingetreten. Mein Herz tat einen Sprung in meiner Brust. Es war Rostopchin.

34. Kapitel

Unbeweglich stand er da, betrachtete mich, ernst lächelnd, als ob er in Verzückung verharrte. Aber was konnte ich anderes tun, als meine Kräfte sammeln und warten und mich fragen, ob ich jetzt in Gefahr war. Endlich brach er das Schweigen.

»Beeindruckend, das muss ich schon zugeben.«

Er kam auf mich zu, seine Schaftstiefel knarrten auf den alten Holzdielen. Sein Geruch wehte mir entgegen. Ich erschauerte leicht, als er sich über meine Hand neigte, die ich ihm kurz überließ und zurückzog, bevor er sie mit den Lippen berührte. Er spielte ein dunkles Spiel. Aber was auch immer er damit bezweckte, seine Bewunderung war echt. Ich konnte in seinem Gesicht erkennen, wie ergriffen er war. Das bewirkte, dass ich anmaßend zu ihm aufsah.

»Es war nicht beeindruckend. Es war tragisch. Und eine große Nervenbelastung.«

Er neigte den Kopf. Zustimmend.

»Sie haben Recht. Es tut mir Leid, dass ich die Dinge nur aus meinem Blickwinkel betrachte. Aber was ich sah und hörte, war einzigartig.«

Er trug seine Offiziersmütze in der Hand. Seine Galauniform war von untadeliger Eleganz, seine Stiefel glänzten. Ein Umhang, von einer kleinen Kette geschlossen, lag über seinen breiten Schultern. Ein außergewöhnlicher Mann, ein

Mann, der mir sehr aufmerksam ins Gesicht blickte, und durch den Spalt seiner schmalen Augen ein düsteres Feuer blitzen ließ. Nichts war, wie es sein sollte. Es gab keine Regeln. Nur sein Geruch war schlichtweg unerträglich, während er höflich weiter sprach: »Anton Horváths Zusammenbruch berührt mich sehr. Ich habe bereits alles Notwendige in die Wege geleitet. Es wird ihm an nichts fehlen. Sind Sie damit einverstanden?«

Die kehlige Stimme drückte Besorgnis aus, die Worte waren klug gewählt, um mich zu beruhigen. Er war es gewöhnt, dass man ihm gehorchte. Ich, die für Gehorsam nichts übrig hatte, wurde unruhig und fühlte mich eingeengt. Unablässig mahnte mich das Pochen des Blutes in meinen Adern an die Gefahr, in der ich mich befand.

»Sie haben getan, was Sie konnten. Das war nicht viel.«

»*Signorina*«, erwiderte er, »Sie sind wohl sehr traurig.«

Er hatte ein merkwürdiges Verständnis für mich, zeigte Anteilnahme; gerade darin offenbarte sich seine Befriedigung. Er hatte den Abend wie ein Feinschmecker genossen, unerwartete Emotionen gekostet. Satt und befriedigt, so kam er mir vor.

»Versetzen Sie sich in meine Lage.«

Seine Augen funkelten.

»Die Natur verlangt vom Menschen nichts, was die Natur ihn nicht auch ertragen ließe.«

»Das«, sagte ich kühl, »lehren die Stoiker.«

Er ließ sein leises, raues Lachen hören.

»Sie trennen, wie ich sehe, die Spreu vom Weizen.«

»Im Allgemeinen schon. Das habe ich bei den Nonnen gelernt.«

Er antwortete nachdenklich, als spräche er zu sich selbst. »Ja, man erklärt uns diese Dinge. Was wir damit anfangen, ist unsere Sache. Ich wollte, ich könnte tröstende Worte für Sie finden.«

Wieder diese Heuchelei. Wie konnte er meine Gedanken

beherrschen, wenn das einzig wahre Gefühl, das ich für ihn empfand, Hass war? Ich rieb mir die Stirn.

»Ich glaube nicht, dass Anton noch lange leben wird.«

»Sie dürfen den Mut nicht verlieren«, sagte er. »Er wird hier gut versorgt.«

Wenn er so sprach, mochte er mich glauben machen, dass ich ihm vertrauen konnte. Er manövrierte sehr behutsam, gab sich hilfsbereit. Mir war der Mund ausgetrocknet.

»Ja, ich danke Ihnen«, sagte ich dumpf.

Er deutete eine Verbeugung an. »Ich stehe in Ihrer Schuld. Und ich werde mein Möglichstes tun. Sehen Sie, ich bin ein genügsamer Mensch. Die Oper ist die einzige Leidenschaft, die mich wirklich gefangen nimmt.«

Kann schon sein, dachte ich. In dieser Sache war der Mann aufrichtig. Die Musik liebte er mit Hingabe. Das war ja das Schlimme. Aber hinter seiner Aufrichtigkeit war Genugtuung zu spüren, um nicht zu sagen ein Schauer geiler Lust. Und so blieb mir nicht einmal die Dankbarkeit des Herzens, nur die Abscheu, die ich mit gewaltiger Anstrengung verbarg.

»Wir gehen bisweilen Risiken ein«, sagte ich. »Aber das heißt nicht, dass wir unter allen Umständen singen können.«

»Sie brächten das fertig«, wiedersprach er. »Der Gesang gehört zu Ihnen wie das Atmen, Sie heben Ihre Zuhörer in die Weiten der Engel. Der Kommunismus kann das wirkliche Leben verändern, Sklaverei und Hungersnöte beenden. Was aber ist die Oper, wenn nicht die Göttliche Hochzeit? Ich nehme beides, Musik und Gesang, in mich auf, werde Braut und Bräutigam, erlebe die Fleischwerdung des Gesangs, und mein unnützes Leben zerrinnt mir zwischen den Händen.«

Seine Worte versetzen mich in Unruhe. Er fasste Dinge zusammen, die selten aus dem Herzen auf die Lippen traten, packte sie in Formeln, die kein elender Betrug waren.

Doch ich ließ mich von ihm nicht in die Irre führen. Um jemanden in Schach zu halten, kann ein Lächeln bisweilen hilfreich sein.

»Wir haben hart dafür gearbeitet.«

»Gewiss. Aber nachher dürfen Sie mit Ihrer Gabe verschwenderisch umgehen.«

»Ja, das ist wahr.«

Er trat näher an mich heran, und mir drehte sich der Magen um. Jede Frau hätte vor einem solchen Mann die Flucht ergriffen. Aber nachts hätte sie von ihm geträumt, wäre wach geworden, in Schweiß gebadet. Das konnte mir nicht passieren. Ich war bei klarem Verstand. Ich betrachtete ihn nüchtern und interessiert. Konnte man zwei Moralsysteme haben, eins für die Musik und eins für alles Übrige? Während meine Blicke auf ihm ruhten, ging eine seltsame Wandlung in ihm vor. Je länger ich ihn betrachtete, desto unruhiger wurde seine Miene; seine Wangen röteten sich. Sein Gesicht offenbarte Gier, und er sprach mit der ungehobelt-verhaltenen Geste eines Bettlers, der eine Passantin bedrängt.

»Daher wage ich es auch, eine unverschämte Bitte auszusprechen: Ich möchte, dass Sie für mich singen.«

Es versetzte mir einen Schock. Plötzlich war ich nahe daran, hysterisch aufzulachen, doch ich bezwang mich mit aller Gewalt und versuchte die Dumme zu spielen.

»Wir geben noch zwei Vorstellungen. Die letzte am Mittwoch.«

Er schüttelte den Kopf. Er hatte noch immer diese unterwürfige Haltung an sich.

»Es tut mir Leid, ich habe mich falsch ausgedrückt. Sehen Sie, *Signorina*, ich beneide jene Glücklichen, die in den Genuss Ihrer Stimme ohne lästige Nebengeräusche kommen. Ich träume von der Schönheit Ihrer Stimme. Deshalb möchte ich Sie in meine Privaträume einladen.«

Stille.

Es war ihm gelungen, mich zu verwirren. Bestürzung musste sich in meinen Augen spiegeln, denn er kam mir mit der gleichen dringlich-bittenden Geste zuvor.

»*Signorina*, missverstehen Sie mich nicht: Sie haben nichts zu befürchten. Ich werde ganz offen zu Ihnen sein: Ich bin ungern der Liebhaber von Frauen. Aber ich erlebe Zeiten äußersten Überdrusses, in denen mir auch Männer nichts bedeuten. Sie verstehen mich gewiss, Floria. Sie haben eine große Lebenserfahrung.«

Ich? Lebenserfahrung? Die feuchte Kälte der Opernhauses drang in meine Knochen. Meine Nerven waren so erschüttert, dass ich zitterte. Im Hintergrund ordnete Kati die Requisiten, bürstete sorgfältig die Kostüme. Ihre Anwesenheit gab mir die Kraft, Rostopchin mit dem kühlen Zynismus ins Auge zu fassen, der Frauen eigen ist, wenn sie schuldlos in eine widerliche Situation geraten.

»Meine Lebenserfahrung ist anders als Ihre, Herr Kommandant.«

Er nickte langsam. Kein Muskel zuckte in seinem Gesicht. »Da mögen Sie Recht haben.«

Ich spürte plötzlich eine Art Schluckauf, als wenn ich mich übergeben müsste. Ich wusste, er würde nicht locker lassen, bis er seinen Willen bekam. Ich konnte jetzt in die Rolle der launischen Primadonna schlüpfen und Ausflüchte erfinden. Aber so extrem feinfühlig, wie er war, mochte er auf meinem Gesicht lesen, was meine Lippen nicht sagten. Die Sache konnte übel enden. Nicht für mich selbst, dessen war ich mir sicher, aber was, wenn er an anderen Rache nahm? An Tibor, an Anton? Möglicherweise sogar an Peter? Trotz der Übelkeit bemühte ich mich um eine ungezwungene Haltung. Er hatte ungewöhnliche Fantasien. Es wäre töricht gewesen, ihn zu reizen. Obwohl ich fühlte, dass ich mit ihm so ungefähr alles machen konnte, was ich wollte.

»Hören Sie«, sagte ich, so ruhig ich konnte. »Wir hatten

einen aufregenden Abend und ich bin mit meinen Nerven so ziemlich am Ende.«

Er antwortete gleichmütig: »Das glaube ich nicht, Floria. Sie sind beständig. Sehr beständig.«

Ich reckte die Schultern, um mich größer zu machen, als ich war. Das half in solchen Augenblicken.

»Sagen Sie für gewöhnlich die Wahrheit?«

Die Frage hatte er nicht erwartet. Das Spiel gefiel ihm. Er lächelte mir zu.

»Im Großen und Ganzen sage ich schon die Wahrheit, so wie ich sie verstehe jedenfalls.« Sein Lächeln erstarb. Ein flackernder Schimmer trat in seine Augen. »Gelegentlich bin ich leider gezwungen, sie zu vergessen. Nicht aber, was Sie betrifft. Ihre Bedingungen werden die meinen sein.«

Ich fuhr zusammen, als träfe mich eine Beleidigung, der ich nichts entgegenzusetzen hatte. Gewiss wurde ich bisweilen von Privatpersonen zu einem Hauskonzert verpflichtet – die Gage handelte mein Impresario Manfredo aus, und sie war hoch. Aber hier ging es nicht um Geld. Ich wollte ihm sagen, dass ich kein Geld von ihm annehmen würde. Aber ich war vorsichtig und schwieg. Er indessen wartete, indem er leicht und gleichmäßig durch den Mund atmete. Seine Lippen zeigten eine dünne Spur von Speichel.

»Ich werde darüber nachdenken«, sagte ich.

Er verneigte sich leicht.

»Sie sind eine Frau von Ehre. Aber auch ich halte Wort.«

»Ach«, rief ich schnell, »Würden Sie das beschwören?«

Seine Lippen zuckten amüsiert.

»Im Namen Gottes? Es wäre ein Meineid. Ich bin Parteimitglied. Und Gott in seiner Weisheit hat die Partei verworfen.«

»Dann schwören Sie im Namen der Musik!«

Sein Lächeln verging. Er nickte sehr ernsthaft.

»Ja, das ist eine andere Sache.«

Er hob die Hand. Der Anblick seiner Nägel, glänzend poliert und viel zu lang für einen Mann, verstärkte das flaue Gefühl, das ich im Magen hatte.

»Ich schwöre es im Namen der Musik: Kein Leid soll Ihnen geschehen. Sie sind mir teuer wie mein eigenes Fleisch. Vergeben Sie mir. Ich wollte Sie nicht verwirren.«

Ich schluckte, wandte rasch die Augen ab.

»Ich würde gerne wissen, wer von uns beiden verwirrt ist«, sagte ich, nervös auflachend.

»Die Frage erübrigt sich, Floria: Der Verwirrte bin ich. Sie und ich, wir sind keine Gefährten im Unglück. Jedoch – in Ermangelung irgendeiner Gemeinsamkeit – habe ich Macht, eine praktische und zudem höchst nützliche Sache.«

»Sind Sie glücklich dabei?«

Er ließ einen Laut hören, der halb ein Lachen, halb ein Seufzer war.

»Ich sehe ein Gefühl von Überlegenheit in Ihren Augen und bin beschämt, Neben Ihrer Kunst ist das Politische nichts. In der Tat kommt es vor, dass mir meine Verantwortung Überdruss bereitet. Sie verstehen mich doch sicher?«

Panische Angst zog mir das Herz zusammen. Ich bemerkte, dass ich mich am Tisch festhielt, und holte tief Luft.

»Vollkommen.«

Er zeigte wieder sein merkwürdiges Lächeln.

»Dann hätten wir das geklärt.«

Meine Erschütterung legte sich. Ich hatte mich wieder in der Gewalt.

Sonderbar, wie gehorsam sich meine Hände von der Tischkante lösten, so dass ich aufrecht stand. Ich sagte ruhig: »Ich muss jetzt gehen. Ich werde im Foyer erwartet.«

Er nickte.

»Mit Ungeduld sogar. Ich kam, um Sie abzuholen. Präsident Rákosi ersucht um die Ehre, Ihnen vorgestellt werden zu dürfen.«

Ich griff nach meinem Schal. Ein Schauer überlief mich, als seine Hände mir halfen, den Schal um die Schultern zu legen. Sein Atem streifte meinen Nacken und ich wich zurück, von tiefstem Widerwillen erfüllt.

»Gefallen Ihnen die Blumen?«, hörte ich ihn sagen. »Sie sind nur ein kleines Zeichen meiner Ehrerbietung.«

»Danke. Aber Rot ist eine grausame Farbe. Ich mag sie nicht.«

Er lächelte, genoss solche Scharmützel.

»Sie sind nicht aufrichtig zu mir. Sie tragen ein rotes Kleid.«

Ich war um eine Antwort nicht verlegen.

»Ich kann auch grausam sein – haben Sie nie daran gedacht?«

Er bedachte mich mit einem langen, dunklen Blick.

»Doch. Ich glaube, dass ich daran gedacht haben muss.«

Er öffnete die Tür, ließ mich vorbei. Beim Hinausgehen prallte ich fast gegen einen Offizier, der wartend im dunklen Korridor stand. Er salutierte, sprach einige Worte auf Russisch.

Rostopchin wandte sich mir zu und sagte mit traurig gesenkter Stirn: »Meine Ordonnanz teilt mir soeben mit, dass Genosse Anton Horváth gestorben ist. Sein Herz hat um einundzwanzig Uhr vierzig aufgehört zu schlagen. Wahrhaftig, ein großer Verlust für die Musik! Gestatten Sie mir, Ihnen mein tief empfundenes Beileid auszusprechen.«

»Danke«, murmelte ich rau. »Und Tibor? Weiß Tibor schon Bescheid?«

»Seinem Sohn wurde die Nachricht soeben überbracht. Er ist im Begriff, den Empfang zu verlassen.«

»Dann kann ich auch nicht bleiben, es tut mir Leid. Ich muss jetzt bei ihm sein.«

Rostopchin nickte. Seine Stimme klang warm und teilnahmsvoll.

»Ich werde es den Präsidenten wissen lassen. Das Schicksal hat es so gewollt, und das Schicksal ist blind. Er wird es verstehen.«

Er winkte seine Ordonnanz herbei; sie wechselten ein paar Worte. Erneut wandte sich Rostopchin mir zu.

»Ich gebe Ihnen eine Eskorte mit auf den Weg. Es ist nichts von Bedeutung dabei. Nur, damit Sie Ihr Ziel auf dem schnellsten Weg erreichen.«

Mit bedächtigen Schritten geleitete er mich über die Marmortreppe ins Foyer. Im blauen Zigarettennebel drängten sich die Gäste. Die Geräusche, die durch die stickige Luft tönten, mischten sich mit Hunderten von Stimmen zu einem Brummen, ähnlich dem Schwirren eines Insektenschwarms. Die Wachskerzen in den Kandelabern wurden der Sparmaßnahmen wegen nicht gewechselt und verglühten mit rauchigem Licht. Hier und da sah ich ein bekanntes Gesicht, aber keiner lächelte mir zu, keiner rief mich beim Namen. Endlich erreichte ich die doppelte Treppenflucht, die auf beiden Seiten des Foyers zwischen Säulen ins Erdgeschoss hinabführte. Unten, vor der letzten Stufe, sah ich plötzlich Tibor stehen. Er wartete schon auf mich. Neben ihm standen zwei russische Soldaten. Meine Seele sehnte sich danach, ihn zu schützen und zu trösten. Ein paar Atemzüge lang hatte ich das Gefühl, nicht vorwärts zu kommen. Ich legte die Hand auf das glatte Geländer. Da hielt Rostopchin mich am Oberarm fest. Es mochte eine Geste des Schutzes sein, weil es ja sein konnte, dass ich in der Eile eine Stufe verfehlte. Doch der Griff war ziemlich schmerzhaft. Ruckartig hob ich den Blick, gewahrte, von Kerzenschein umgeben, das vollkommen symmetrische Gesicht mit der hohen Stirn, den pechschwarzen, wie Glasscherben funkelnden Augen. Zorn stieg in mir auf, ich schüttelte die Hand mit einer heftigen Bewegung ab. Ich hatte ihn satt. »Ersparen Sie mir blaue Flecke! Ich kann mich noch auf den Beinen halten.«

Er antwortete wohlwollend und besorgt, wobei sich seine Stimme auf absurde Weise verbindlich anhörte.

»*Scusi, Signorina*. Ich wollte Sie nur an unser Abkommen erinnern.«

Ach ja, das Abkommen! Der Teufel und ich hatten ein Abkommen getroffen. Ich musste es ablehnen, aber etwas in mir ließ mich beim Anblick dieser Augen, dieses Gesichtes etwas Herausforderndes und Schreckliches sagen; ich war selbst überrascht, als ich mich es aussprechen hörte.

»Ja. Aber zu meinen Bedingungen.«

Er neigte das Haupt, eine Gebärde der Huldigung und vielleicht auch des heimlichen Triumphes. Er war, wie ich plötzlich bemerkte, in großer Erregung.

»Sie haben mein Wort, Floria: zu Ihren Bedingungen.«

35. *Kapitel*

Anton Horváth war zu Lebzeiten umstritten gewesen: launisch, der Parteilinie untreu, von Depressionen heimgesucht. Nach seinem Tod sangen alle sein Loblied. Seine Musiker erzählten viel Erbauliches über ihn, wie virtuos und inspirierend er das Orchester geleitet hatte. Die Zeitung nannte ihn ein Genie der Musik, und sein Name wurde zum Vorbild. Die Partei beklagte das Geschick, dass Ungarn seine großen Gaben entbehren musste, zu einer Zeit, da sie am notwendigsten gebraucht wurden. Man feierte Tibor als würdigen Nachfolger, sagte ihm eine bedeutende Karriere voraus. Zum Zeichen der Trauer blieb das Opernhaus zwei Tage lang geschlossen, die Aufführungen wurden verlegt. Tadeo hatte befürchtet, dass die Zuhörer ausbleiben würden, aber das Gegenteil war der Fall: Das Publikum stand Schlange vor der Kasse, die Karten erzielten hohe Preise auf dem Schwarzmarkt, und binnen kürzester Zeit waren beide Vorstellungen ausverkauft.

Zwei Bilder aus diesen Tagen sind mir besonders in Erinnerung geblieben: Das erste zeigt den verstorbenen Anton im Totenzimmer, gebettet wie eine Ritterfigur. Man hatte von seinem Gesicht einen Abdruck genommen, um eine Totenmaske aus Gips daraus zu formen. Das blau verfärbte Gesicht mit dem zurückgekämmten Haar, den eingesunkenen Augen, der scharf gebogenen Nase, dem Mund mit den leicht geöffneten Lippen, hinter denen die Zähne weiß wie Kalk schimmerten, erweckte seltsame Gefühle in mir. Es war kein vertrautes Gesicht mehr, sondern ein vollkommen fremdes: das Antlitz eines Erzengels oder eines Raubvogels, denn beide, der Engel und der Vogel, haben schließlich etwas gemeinsam. Und als sich der Eichendeckel des Sarges über dieses Antlitz senkte, war mir, als ob Anton nicht gestorben sei, sondern davongebraust wäre, auf den Flügeln des Sturmwindes, hinauf zu einem Punkt am Ende des Himmels, wo die Freiheit auf ihn wartete.

Das zweite Bild, an das ich mich erinnere, ist Antons Beisetzung. Sie fand in der Kirche Santa Theresa de Avila statt. Seit 1949 forderte die Verfassung der ungarischen Volksrepublik die Trennung von Kirche und Staat. Zwar blieb das Recht auf freie Religionsausübung erhalten, aber die Kirchen wurden in ihren Privilegien eingeschränkt und von jeder Subvention ausgeschlossen. Von Antons Familie war kaum noch jemand übrig. Eine betagte Kusine, die in der Ortschaft Siófok am Balaton lebte, konnte nicht benachrichtigt werden: Sie hatte kein Telefon, und auch die Post funktionierte nicht richtig. Tibor schickte ein Telegramm, war aber keineswegs erstaunt, dass sie nicht zur Bestattung kam. Aber es kamen viele Leute aus der Welt der Musik und der Politik, manche in russischer Uniform. Rostopchin hatte im Namen der Partei einen Kranz geschickt, ein Zugeständnis an die Religionsfreiheit, kommentierte Tibor mit müdem Spott. Der Gottesdienst war eine Formalität, die man ohne viel Aufwand hinter sich bringen wollte. Es goss in Strömen. Die Kirche war in einem entsetzlichen Zustand; die Kommunisten hatten alle Kreuze und Statuen entfernt, und die Wände verschimmelten. Der Pfarrer, ein hagerer, dunkelhaariger Mann, sprach kluge Worte. Er sah stolz und intelligent aus; nur starke Menschen konnten dem Druck der Partei widerstehen. Danach sang ein Mädchenchor, mit verblüffender Perfektion, erfüllte den Raum mit schwelgerischem Jubel. Dann und wann lösten sich Solistinnen aus der Gruppe, wanderten den Gang entlang; an bestimmten Stellen, wo die Kirche zum Klangkörper wurde, überließen sie ihre Stimmen dem Echo. Die Töne schwangen sich hinauf, wie Schwalben im Wind, mit unverbrauchter Kraft und Heiligkeit. Ich kniete auf dem unbequemen Betpolster, das Gesicht in den Händen vergraben, öffnete mein Innerstes der glockenhellen Magie. Der Gesang in seiner Klangfülle war eine Ergänzung zu dem, was ich gesehen hatte. Irgendwie war kein Widerspruch fühlbar, und mir kamen Antons Abschiedsworte in den Sinn, jene unverständlichen Silben, die zu seinem Geheimnis gehörten. Ich fragte mich, warum er beschlossen hatte, seine letzte Vision mit mir zu teilen. Unbestreitbar war, dass er mich dessen für würdig gehalten hatte. Denn *er* wusste, was ich gesehen hatte. Diese Sache, für mich so fremd und fantastisch wie ein Schattenmuster auf dem Mond, war ihm vertraut. Oh ja, er hatte mir ein kostbares Geschenk gemacht, das zu besitzen keinen Stolz erweckte, weil es ebenso wunderbar wie schrecklich war. Und obwohl ich keinen Schlüssel dazu besaß, war ich sicher, dass es etwas mit mir zu tun hatte, mit meinem Gefühl, dass ich im Zentrum einer ungewöhnlichen Sache stand und immer gestanden hatte. Diese Gewissheit gab mir Kraft, wusste ich doch, dass Anton furchtlos gestorben war. Und in gewisser Weise sogar glücklich; den Eindruck hatte ich jedenfalls.

Der Gottesdienst war zu Ende. Die Teilnehmer traten frierend nach draußen. Schirme wurden aufgespannt. Der Weg zum Friedhof, hinter dem blumengeschmückten Leichenwagen, war lang und mühsam. Wir kamen durchnässt am Friedhof an; jeder schien es eilig zu haben, die Sache hinter sich zu bringen. Der Friedhof, von einer Mauer eingefasst, war weitläufig und karg, mit vereinzelten Bäumen. Der Boden war durchweicht, das Gras verfault. Manche Familiengräber besaßen noch Grabsteine aus Marmor, doch die meisten waren umgestürzt. Die Zeiten hatten sich geändert; es gab viele Reihen schlichter Erdhügel, mit Tannenzweigen bedeckt oder mit Unkraut überwuchert. Dann versammelten sich die Anwesenden um ein offenes Grab. Der Sarg wurde ohne viel Umstände in die Grube hinabgelassen; einige Leute warfen Blumen auf den Sarg. Ich hatte eine große, weiße Rose erstanden. Der Regen glitzerte wie Tautropfen an den Blättern, aber es war eine blinde Rose, ohne Duft. Sie warf einen letzten Schimmer in der Grube. Tibor und ich standen dicht beieinander, wie verstörte Kinder, und Agnes klammerte sich an Peters Arm. Und nach einer Weile sagte sie mit blassen Lippen: »Ich halt es nicht mehr aus, wann gehen wir endlich?« Ihre Worte gaben das Signal, die Anwesenden zerstreuten sich. Und das war alles.

Für uns aber noch nicht.

Der Regen ließ nach. Es roch nach Frühwinter, nach Kohlenfeuer, nach Benzin, als Tibor und ich, verstört und müde, über die Lánchíd-Brücke gingen. Der Wind war eiskalt, die Donau gurgelte in dunklen, weit schwingenden Kreisen. Erst seit kurzem war die Brücke mit ihren Toren, Skulpturen und wuchtigen Eisenketten wieder begehbar. Der Wind knallte peitschend dagegen, die Ketten schaukelten. Fahrzeuge gab es kaum, aber Wachen der Volkspolizei kontrollierten alle Fußgänger. Unsere Ausweise wurden zweimal überprüft, aber man ließ uns durch.

Ich sagte zu Tibor: »Meinst du, sie haben uns im Visier?«

»Kein beruhigender Gedanke«, murmelte er, und ich konnte nur nicken. Ich hatte ihm von Rostopchins Besuch in meiner Garderobe erzählt, und er war noch geschockter als ich. Das alles war zu viel für ihn.

Das ehemals elegante Viertel Pest war fast gänzlich zerstört. Die alten Häuser verkamen, Schlamm verwandelte die Straßen in schmutzige Abflussrinnen. An einer Straßenecke sahen wir einen Menschenauflauf, wir hörten den

Lärm einer Schlägerei und das Klirren von Glas. Zerbrochene Flaschen lagen herum, Fenster waren eingeschlagen. Ich bekam Angst vor der Gewalt, die sich in dieser Stadt entwickelte. Schon zu lange hörten die Menschen die noblen Worte der Parteimitglieder, die von Freiheit und Wohlstand redeten, in parteieigenen Läden alles fanden, was sie brauchten, während das Volk darbte. Eine ganze Generation erkannte sich nicht wieder, träumte in hektischen Nächten von Kampf und Befreiung, weil ihre Welt zwar geändert worden, aber hässlicher als die vorherige war.

Anton Horváths Geburtshaus war, wie viele Häuser der Jahrhundertwende, um einen quadratischen Innenhof gebaut, mit einer Einfahrt für die Kutschen. Ein Tor gab es nicht mehr, aber die Häuser hatten noch Balkone aus kunstvoll verziertem Schmiedeeisen.

»Nach dem Krieg wurden wir enteignet«, erklärte Tibor. »Das Haus wurde in Wohnungen unterteilt. Wir durften zwei Zimmer behalten.«

Beide Räume befanden sich im ersten Stockwerk. Im Wohnzimmer stand ein Seiler-Flügel, schwarz und fast unheimlich in seiner dunkel glitzernden Kraft. Ringsum lagen jede Menge Partituren. Zerlesene Bücher und vergilbte Zeitschriften stapelten sich an den Wänden. Tibor hatte sich in einer Ecke des Wohnzimmers eingerichtet. Sein schmales Bett stand dicht neben dem Flügel. Außer einem zerkratzten Tisch, ein paar Stühlen und einem Ofen war der Raum fast leer. Tibor nickte mir zu.

»Anton wollte nur das Notwendigste. Er war der Meinung, dass die Liebe zum Besitz eine Schwäche ist, die überwunden werden muss.«

»Ach, war er Kommunist?«

»Nein. Er meinte es anders. Meinem Vater war Habsucht zuwider. Für ihn gefährdete Besitz die innere Harmonie. Er gab alles weg. Zu Anfang hat er auch mich auf diese Weise erzogen.«

»Unpraktisch.«

»Unverantwortlich, meinte Rachel. In Kriegszeiten, stell dir vor! Wo wir selbst ja kaum das Nötigste hatten. Sie verbot mir, Nahrung oder Kleider zu verschenken, nachdem ich einem Kind meine Strickmütze gegeben hatte, gerade als ich mich im Winter von einer Erkältung erholte.«

»Wie lange lebst du schon bei deinem Vater?«

»Ungefähr seit einem Jahr. Ich hatte ein Zimmer in der Nähe der Musikakademie. Aber dann ging es Anton schlechter. Die Schmerzen in den Gelenken, die Schwindelanfälle. Ich wollte bei ihm sein.«

»Wie hat er reagiert?«

»Erbost. ›Hau bloß ab!‹, rief er. ›Ich komme ohne dich zurecht.‹ Ich blieb, aber er lebte in seiner eigenen Welt. Unser Thema war die Musik, ein anderes gab es nicht. Ich habe bei ihm viel gelernt, aber wollte ich etwas über ihn selbst, über seine Gedanken und Gefühle erfahren, sperrte er sich. Er war ein sonderbarer Mensch. Aber mein Herz musste ihn lieben, ob ich wollte oder nicht.«

Tibor zeigte ein kurzes, schmerzliches Lächeln.

»Er hat oft gesagt, dass er beim Dirigieren sterben würde. Und jetzt ist es tatsächlich so gekommen. Als ob er seinen Tod inszeniert hätte.«

Er behielt die Fassung, doch seine Mutlosigkeit bedrückte mich. Er trug eine Last, die zu schwer für ihn war.

Ich sagte: »Er hat losgelassen, weil er wusste, dass du ihn vertreten wirst.«

»Also, wenn er glaubte, dass ich das so aus dem Stegreif …«

»Er glaubte es, ja.«

»Du lieber Himmel!«

»Es war blindes Vertrauen.«

»Es war entsetzlich. Ich hätte versagen können.«

»Nein, nein. Du warst stark.«

Sein Gesicht sah jung und verletzlich aus.

»Ich fühlte mich aber überhaupt nicht stark«, bekannte er seufzend, bevor er am Lichtschalter drehte. Die Birne flackerte, aber wir hatten Glück, es gab wenigstens Strom. Ich sah mich um. Wie bei Agnes hingen alte Fotos an den Wänden, aber nur einige wenige. Damen und Herren vor Kutschen oder in Automobilen, in Frack oder in Husarenuniform, in Nachmittags- oder Ballkleidern. Elegante Menschen mit leeren Gesichtern, aus einer versunkenen Zeit. Ich suchte Tibors Blick.

»Sind das deine Verwandten?«

»Ja. Sie waren Rechtsanwälte, Großgrundbesitzer, Bankiers. Es gab einen Riesenkrach, als Anton auf die Musikakademie wollte. In ihren Kreisen hatte man wenig Verständnis für schöngeistigen Liberalismus. Sie sahen darin eine vulgäre, eingebildete Idee. Für meinen Urgroßvater Emile, der als Bösewicht galt, war ein Musiker nicht viel besser als ein fiedelnder Zigeuner. Zum Glück fand Anton Verständnis bei den Eltern. Sie waren sehr weltoffen, sehr unkonventionell, reisten viel, luden kluge und berühmte Leute zu sich ein.« Er deutete auf ein Bild. »Meine Großmutter Amalia, als Fünfzehnjährige.«

Sie war als Fechterin gekleidet, den Degen in der Hand, die Maske unter dem Arm. Sie trug eine Art Pumphose, die schlanken Beine standen in der Grundstellung zum Fechtergruß. Ihre kühne Haltung sah ein wenig übertrieben aus. Sie war nicht ausgesprochen hübsch, aber sehr anziehend. Sie hatte eine klare Stirn und verschmitzte Augen. Tibor lächelte. »Wie du siehst, war sie sehr eigenwillig. Fechten war damals unüblich für eine Frau. Sie konnte auch gut reiten und nahm an Regatten teil.«

Das Bild daneben zeigte einen Mann, lässig an einen Aston Martin gelehnt. Alles an ihm war lang und schmal, sein empfindsames Gesicht zeigte den Ausdruck amüsierten Zweifels.

»Mein Großvater Alois«, sagte Tibor.

»Sympathisch«, stellte ich fest.

Er nickte, wobei er gleichzeitig seufzte.

»Schade, dass ich beide nicht gekannt habe! Anton war ihr einziger Sohn. Eigentlich wollte sein Vater, dass er in das Bankgeschäft einstieg. Aber Anton setzte sich durch, und Alois schickte sich ins Unvermeidliche, indem er seinen Neffen Ruben als Nachfolger ausbildete. Anton muss wirklich ein Genie gewesen sein; er brachte sein Musikstudium im Rekordtempo hinter sich. Mit zwanzig wurde er Erster Kapellmeister in Graz, später kam er in gleicher Eigenschaft nach Wien. Ein Orchester zu dirigieren war einfach eine Sache, die er konnte. Bald gab er Konzerte in allen Teilen Europas. Es war Friede nach dem Kampf, der schreckliche Großvater lebte nicht mehr. Einen Maestro in der Familie zu haben war etwas Neues: Man fühlte sich geschmeichelt. Die Eltern fuhren nach London, Biarritz oder Paris, um Antons Konzerte mitzuerleben. Sie wären gerne nach Amerika gefahren, aber Alois hatte einen leichten Schlaganfall erlitten und musste sich schonen, und Amalia wollte ohne ihn nicht reisen.

Inzwischen machte Anton Karriere. Er hatte gerade einen Zweijahresvertrag mit dem New York Symphony Orchestra abgeschlossen, als sein Vater, der sich nie richtig erholt hatte, plötzlich starb. Anton schiffte sich unverzüglich nach Europa ein. Er kehrte nach Budapest zurück, regelte mit Ruben die Erbschaft und kümmerte sich um seine Mutter. Alois' Tod war ein schwerer Schlag für Amalia, sie fing an zu trinken. Inzwischen verschlimmerte sich die politische Lage. Die Inflation wucherte, die Rezession nahm zu. Die Horváths büßten den Großteil ihres Vermögens ein, während die nationalsozialistische Partei an Bedeutung gewann und Juden und Ausländer belästigt wurden. Dann erkrankte Amalia an Grippe. Sie war zu geschwächt, um der Krankheit lange Widerstand zu bieten. Nach ihrem Tod setzte Anton alles daran, um Budapest, diesmal für immer, zu verlassen. Zahlreiche ungarische Künstler hatten bereits das Exil in den Vereinigten Staaten gewählt. Anton hatte Pech: Die Pfeilkreuzler kamen an die Macht. Gleichzeitig verschärfte Amerika seine Immigrationsgesetze.«

Tibor sah mich an, mit Qual in den Augen.

»Das alles habe ich mir so nach und nach zusammengereimt. Ich habe immer wieder versucht, mehr zu erfahren. Aber es war aussichtslos, Anton zum Sprechen zu bringen.«

Ich spürte eine aufkommende Unruhe in mir, ein seltsames Flattern im Magen. Da stimmt doch etwas nicht, dachte ich.

»Vielleicht hatte er Kummer? Großen Kummer?«

Tibor fuhr sich mit der Hand über die Lippen.

»Ja, so muss es gewesen sein. Tante Agnes hat mir von einem Brief aus Amerika erzählt. Und damit fing wohl alles an.«

»Was für ein Brief? Von wem?«

»Keine Ahnung. Auf jeden Fall wäre er fast daran zerbrochen.«

Ich hatte plötzlich das Gefühl, nicht in meinem Körper zu sein, sondern auf eigenartige Weise um ihn herum zu schweben. Mir schwindelte ein wenig.

»Und du konntest nie herausfinden, was es war?«

Er schüttelte den Kopf.

»Nichts. Ich weiß nichts. Tante Agnes sagt: Die Vergangenheit ist die Mottenkiste für die Dramen des Lebens.«

Es war besser, Tibor anzuschauen. Wenn ich mich auf ihn konzentrierte, spürte ich den Boden unter meinen Füßen.

»Und Anton?«

»Er schnitt sich mit einem Rasiermesser die Pulsadern auf. Man fand ihn gerade noch rechtzeitig. Als er einigermaßen wiederhergestellt war, verschwand er nach Siófok, wo seine Kusine Esther ein Weingut besaß, das sie mit ihren Mann Sándor verwaltete. Die Reben lieferten hochwertige Weine. Als Kind hatte Anton seine Ferien dort verbracht.

1945 wurde das Haus von den Deutschen geplündert. Sándor setzte sich zur Wehr und wurde erschossen; Esther überlebte, schwer verletzt. Das Gut ist heute eine Genossenschaft.«

Vielleicht bemerkte er nicht, dass mir übel wurde. Ich fragte: »Blieb er lange dort?«

»Einige Monate. Bei seiner Rückkehr hat Tante Agnes ihn kaum wiedererkannt. Er hatte graue Haare und schien um Jahre gealtert. Daneben trank er viel, wie seine Mutter. Er brütete im Alkoholnebel, schluckte Pillen und rauchte. Er rauchte wie ein Vieh. Tante Agnes machte ihm Vorwürfe. Sie versuchte ihm zu helfen. Sie redete sich den Mund fusselig. Anton war vollkommen aus der Bahn geworfen. Dann plötzlich war ein Lichtblick zu sehen: Trotz seiner langjährigen Abwesenheit bot man Anton die Leitung des Orchesters der Musikakademie an. Endlich hatte er etwas gefunden, was ihm wieder Lebensmut gab. Es war für ihn nicht schwer, von Medikamenten und Alkohol loszukommen. Das Orchester war eines der besten in Europa. Aber Anton brachte es fertig, ein ganz eigenwilliges Programm zu dirigieren. Seine Interpretation von Bruckners vierter Symphonie war spektakulär. Tante Agnes sagte: ›Die Musik hat ihn aus der Welt der Toten zurückgeholt.‹ Sie traf immer den Nagel auf den Kopf. Doch er blieb ein Melancholiker. Anton kultivierte diesen Seelenzustand. Er verfügte über so viel galante Liebenswürdigkeit und echte weltmännische Erfahrung. Und er hatte ein reizendes Lächeln – die Frauen schmolzen dahin. Aber trotzdem hielt es keine lange bei ihm aus. Bis er Rachel traf.«

Komm zu dir, sagte ich mir. Das war sehr schwer. Aber jedes Mal, wenn ich meine Stimme hörte, ging es mir besser.

»Deine jüdische Mutter?«

»Ja. Sie lebte allein mit ihrem Vater, die Mutter war früh gestorben. Adrian Kowak war Musiklehrer, sehr liebenswert, sehr humorvoll und kein unpassender Umgang. Trotzdem, er war Jude, wenn auch ein konvertierter, was in jener Zeit Probleme aufwarf. Rachel in ihrer Klugheit begriff das besser als Anton, der, wie sie sagte, ›über dem Erdboden schwebte‹. Übrigens wollte sie ihn zuerst gar nicht heiraten. Sie nahm kein Blatt vor den Mund, nannte ihn exzentrisch und inkonsequent. Auch die Verwandten drängten darauf, dass er die Ehe nicht einging. Aber du weißt ja, wie er war, er hatte einen Dickschädel. Allerdings habe ich gute Gründe zu glauben, dass Rachel nur deshalb ihr Jawort gab, weil sie entdeckte, dass sie ein Kind erwartete.« Er stockte in seiner Erzählung, wies auf ein Porträt, das abseits in einem vergoldeten Rahmen hing. »Meine Mutter.«

Ich trat näher heran, um sie zu betrachten. Rachel hielt den Kopf und den grazilen Hals etwas zur Seite geneigt. Sie hatte ein vollkommen ovales Gesicht, in das der Mund geschnitten war wie eine Frucht. Ihre langen, dunklen Brauen trafen sich beinahe über der geraden Nase, was ihrem Gesicht einen eigentümlichen Reiz verlieh. Ihr Lächeln war herzlich und unbefangen, die Augen waren voller Vertrauen, als hätten sie nie den Schatten des Bösen erblickt. Ein weißes Band hielt ihr lockiges Haar zusammen, einige Löckchen aber schauten im Nacken und an den Ohren hervor und gaben ihrem Aussehen etwas Verspieltes. Tibor deutete auf die besonders geformte Kette, die sie um den Hals trug.

»Anton schenkte ihr diese Kette. Türkise. Er hatte sie aus Amerika mitgebracht. Anton meinte, wenn du einen Türkis hältst, halten deine Hände den Himmel. Keine Ahnung, wo er das aufgeschnappt hat. Er sagte bisweilen erstaunliche Dinge – Dinge, von denen man meinte, dass sie überhaupt nicht zu ihm passten. Und weißt du was? Mir ist nie ein Mensch begegnet, der so tief blaue, so strahlende Augen wie meine Mutter hatte. Aber auf dem Foto sieht man das nicht.«

Er steigerte sich in eine merkwürdige Stimmung hinein, ließ zu, dass verdrängte Erinnerungen ihn heimsuchten.

»Meine Mutter spielte wunderbar Cello. Ihre Technik war virtuos. Sie spielte weich, fast gedämpft; sie sagte so viel mit ihrem Spiel. Ihre Hände waren schmal, die Finger lang und gelenkig …«

Er betrachtete seine eigenen Hände, gedankenverloren, atmete hart durch die Lippen.

»… sie hätte eine Karriere als Solistin machen können. Das musikalische Gedächtnis, das habe ich von ihr. Schon als Kind reichte es mir, ein Musikstück einmal zu hören, um es spielen zu können.«

»Deine Mutter – denkst du oft an sie?«

Er errötete ein wenig.

»Ich vermisse sie sehr. Sie war so fröhlich. Aber oft habe ich das Gefühl, dass sie in meiner Nähe ist. Ich habe auch immer denselben Traum: Ich stehe vor einer geschlossenen Tür, höre, wie jemand Cello spielt. Schubert. Ich erkenne die Melodie, die Rachel manchmal spielte. Ich versuche die Tür zu öffnen, leise, weil ich Rachel nicht stören will. Aber ich kann mich bemühen, wie ich will, die Tür springt auf und knarrt. Und sofort verschwindet die Musik. Hinter der Tür ist nichts, eine leere Zimmerflucht.«

Er stand unbeweglich da, gefangen in der Welt der Träume. Ich spürte einen kleinen Schock. Von irgendwoher kam ein Gedanke, ein Impuls, dessen Sinn mir noch verborgen war.

»Diese Sache mit Amerika … Hatte Anton mit Rachel darüber gesprochen?«

Ich hatte ihn abgelenkt; es dauerte eine Weile, bis er wieder bei der Sache war. Doch er antwortete ruhig.

»Ich stelle mir vor, dass sie es nicht von allein entdeckt hat. Dass er ihr alles gesagt hat.«

»Alles?«

»Alles. Er erzählte mir mal, dass er nie ein Geheimnis vor ihr hatte. Aber da war sie schon tot, und …«

Er schluckte, schüttelte leicht den Kopf.

»Sie sagte – ich erinnere mich ganz genau –, nach dem Krieg würden wir nach Amerika gehen und eine richtige Familie werden. Eine richtige Familie! Wie meinte sie das? Ich habe mich das immer wieder gefragt. Eine richtige Familie – waren wir das denn nicht?«

Ich schwieg, die Anspannung in mir wuchs. Tibor sprach weiter, in seine Erinnerungen vertieft, obgleich es ihn doch schmerzen musste.

»Ich war natürlich viel zu klein, um zu wissen, wo Amerika eigentlich liegt. Neben Ungarn? Oder weiter weg? Wir hatten einen kleinen Globus. Einmal ließ Rachel mich ihn drehen und stoppte meinen Finger auf dem amerikanischen Kontinent. Ich staunte, wie groß Amerika ist. Und Ungarn, wie klein! Viel kleiner als eine Briefmarke, meinte ich. Rachel lachte, und wie sie lachte.

›Ja, das stimmt, wir leben auf einem winzigen Erdenfleck. Aber wir gehen fort. Bald. Wenn der Krieg aus ist.‹

›Wie lange dauert er noch?‹, wollte ich wissen.

Ihr Lachen erlosch; sie bekam einen ganz merkwürdigen Blick.

›Nur noch ein paar Minuten, Liebes.‹«

Ein leichter Schwindel erfasste mich. Ich wischte mir mit der Hand über den Mund. Tibor stand neben mir, lebendig und warm, ganz seinen Erinnerungen hingegeben; und gleichzeitig schien ich von ihm wegzustreben, als ob sich der Boden unter meinen Füßen einfach senkte.

»Erzähl weiter«, flüsterte ich.

»Anton trug damals Uniform, eine ranghohe übrigens. Er war ja von Adel. In Ungarn konnten nur Rittmeister Offiziere werden. Und er wurde auch nicht auf dem Schlachtfeld eingesetzt, sondern bekleidete einen Posten im Kriegsministerium. Irgendwie war es ihm gelungen, ein C-Attest zu bekommen: heimattauglich. Er war also nur im Ernstfall einsetzbar und konnte am Schreibtisch arbeiten. Ob er ahnte, dass Rachel gefährdet war? Ich kann es nicht sagen.

Rachel war getauft worden, hatte die heilige Kommunion empfangen. Sie hatten sich kirchlich trauen lassen. Sie waren glücklich zusammen, wollten nach Kriegsende ein zweites Kind. Ich weiß noch, wie Anton mich fragte, ob ich gerne einen Bruder hätte. Ich war voller Vorfreude: ›Wann kommt er? Wann kann ich ihm meine Spielsachen geben?‹ Beide lachten, und Rachel sagte: ›Da musst du noch eine Weile Geduld haben.‹«

Ich hatte plötzlich starke Kopfschmerzen.

»Was noch, Tibor?«

»Ja, was noch?« Am liebsten hatte ich, wenn Rachel mir vorlas. Sie las mir aus Indianerbüchern vor. Anton war im Besitz einer ganzen Sammlung. *Der Letzte der Mohikaner* von James Fenimore Cooper, oder der *Der König der Seminolen* von Mayne Reid. Ich war vier oder fünf Jahre alt und hatte natürlich nicht das geringste Verständnis für diese Geschichten. Mein Kopf wurde mit fremden, komplizierten Wörtern voll gepackt, trotzdem hörte ich mit Begeisterung zu. Was mir besonders gefiel, war, dass die Indianer sich mit Federn schmückten. Ich stellte mir vor, dass sie fliegen konnten …«

Seine Worte riefen eine Erinnerung in mir wach – eine jener Erinnerungen, von denen man plötzlich weiß, dass sie kommen werden. Alles in mir arbeitete. Dann wieder diese Kopfschmerzen. Ich drückte die Hand gegen die Stirn.

»Er hat von einer Feder gesprochen …«

»Wer? Mein Vater?«

Ich antwortete nicht sofort. Mir war, als wollte mein Schädel platzen. Erinnerungen und Träume kreisten in meinem Kopf. Da waren Namen, an die ich mich erinnern wollte. Die Namen verschwanden wie Scheinbilder; ich konzentrierte mich, sie kamen wieder: Sie drangen an die Oberfläche. Ich versuchte die Namen zu behalten, bevor sie wieder verschwinden würden. Simon, Eva, Alec. Juliette …

»Juliette«, sagte ich laut.

Alle Namen verloren sich. Den wichtigsten hatte ich ausgesprochen. Die Stelle, wo die anderen verborgen waren, konnte ich im Augenblick vergessen. Ich seufzte, ließ die Hand sinken.

»Wer ist Juliette, Tibor? Weißt du das?«

Ich musste einen seltsamen Ausdruck im Gesicht haben: In seinen Augen stand Besorgnis.

»Was hast du? Geht es dir nicht gut?«

»Doch, doch. Aber wer ist Juliette?«

»Juliette? Lass mich nachdenken. Anton hat ein paar Namen genannt. Ich habe nicht richtig zugehört, ich war so durcheinander. Vielleicht dachte er an das Bild?«

»Welches Bild? Sag schnell, Tibor! Welches Bild?«

»Das Bild, das er aus Amerika mitgebracht hat.«

Ich knickte zusammen. Er war sofort hinter mir, stützte mich. Und das war gut, denn meine Knie zitterten ganz von selbst. Ich konnte mich nicht mehr auf den Beinen halten, Schweiß brach mir aus allen Poren. Schloss ich die Augen, drehte sich alles.

»Was hast du?«, hörte ich ihn fragen. »Was hast du nur?«

Ich bewegte den Kopf, als wäre sein Gewicht zu schwer zu tragen.

»Wo … ist das Bild?«

Er umklammerte mich mit beiden Armen. Ich spürte sein Herz, es pochte und hämmerte ebenso stark wie das meine.

»Komm!«, flüsterte er. »Ich zeig es dir.«

36. Kapitel

Wir gingen über den Flur. Ich hielt mich an Tibor fest, es war, als ob meine Beine keine Muskeln mehr hätten. Nur ein paar Schritte, zum Glück; Tibor stieß bereits eine Tür auf. Wir betraten ein Zimmer. Vom Flur fiel ein schwacher Lichtstrahl hinein; ich sah einen Raum, so karg wie eine Mönchszelle. Ein schmales Bett mit einer bezogenen Matratze, am Kopfende eine Art Nachttisch; ein Stuhl auch, und ein weiß gestrichener Schrank. Nichts passte zusammen. Auf dem Boden stapelten sich Bücher, zerknitterte Zeitungen. Es roch nach Altpapier, nach ungelüfteten Kleidern. Aber das Bett war gemacht, die dünne Wolldecke glatt gestrichen, faltenlos. Die Fensterläden waren geschlossen. Tibor knipste eine Stehlampe an, das flackernde Licht füllte den Raum abwechselnd mit düsterer Helligkeit und zuckenden Schatten. Tibor drehte die Birne fester. Als die Schatten endgültig zur Ruhe kamen, sah ich das Bild und fing wieder an zu zittern. Mein Körper wurde einfach schwach bei diesem Anblick.

Das Bild hing über dem Bett, an der Stelle, wo sich oft ein Kruzifix befindet. Mir war, während ich näher trat, als ob sich der Zimmerboden senkte. Um Halt zu finden, lehnte ich die Knie an das Bett. Schau dir das aus der Nähe an, Floria. Zu Beginn war mir das Bild großformatig vorgekommen; jetzt merkte ich, dass ich die Hände zu beiden

Seiten an die Wand stützen konnte. Es war also kleiner, als ich dachte. Und keine Lithographie, nein, ein Original. Acryl auf Papier? Ich verstand wenig von Malerei. Das Bild zeigte einen Adler mit gefalteten Schwingen, zum Sturzflug ansetzend. Der Schnabel weit aufgerissen, die Halsfedern gesträubt, die Klauen gespreizt. Der Künstler hatte mit ganz weichen, ganz spitzen Pinseln gearbeitet. Jeder Strich war nahezu mikroskopisch exakt, jede Feder auf Bauch, Brust und Flügeln hatte ihr Eigenleben. Alles war genau, an der richtigen Stelle, als ob es sich um wirkliche Federn handelte, komplizierte, vibrierende Formen von großer Heiligkeit und Macht. Der Pinsel hatte Strich für Strich ein Bild erschaffen, das am Ende so unendlich ausdrucksvoll war und eine Gestalt zeigte, die kaum lebendiger hätte sein können. Doch da war noch etwas anderes, etwas, was ich aus dem Augenwinkel wahrgenommen hatte und was plötzlich nicht mehr vorhanden war. Ich murmelte verwirrt: »Was ist das?« Einbildung? Wirklichkeit? Unter den Adlerklauen hatte ich einen Schatten gesehen, eine unbestimmte Form. Was eigentlich? Eine Hand? Ja, wirklich, jetzt sah ich sie deutlich. Wie seltsam! Wenn man sie nicht zu lange betrachtete, tauchte sie leuchtend aus der Dunkelheit. Nach ein paar Sekunden des Hinstarrens verschwand sie. Man musste den Adler anschauen und blinzeln. Und dann rasch wieder nach unten blicken: Da war sie! Ich war bestürzt. Tatsächlich war es unmöglich, gleichzeitig den Adler und die Hand zu sehen. Ein solches Bild hatte ich noch nie gesehen. Das Werk eines Laien? Wohl kaum. Ob schön oder nicht schön, darüber bildete ich mir keine Meinung. Die Aussage war zu gewaltig. Ich hörte, wie ich leicht keuchte. Mir war, als streiften mich Schatten, und ich fröstelte. Dann fiel mir auf, dass der Holzrahmen alt und zersplittert war, die Leinwand stellenweise von Feuchtigkeit zerfressen. Das Bild sah aus, als hinge es schon seit Ewigkeiten an diesem Platz. Ich bemerkte auch, dass es signiert war. Der Name, ganz unten in der

Ecke, war unleserlich, irgendein Gekritzel. War zu erwarten.

Ich wusste nicht, wie lange ich vor dem Bild gestanden hatte, eine Minute oder Stunden. Endlich wandte ich die Augen ab, richtete mich auf und suchte Tibors Blick. Er zog eine kleine Grimasse, halb Erschütterung, halb Spott.

»Eigenartig, ja? Als Kind hatte ich immer etwas Angst vor dem Bild. Anton wollte nicht, dass ich in sein Zimmer ging. Er dachte wahrscheinlich, dass ich in seinen Sachen herumstöbern würde. Kam mir nicht in den Sinn. Aber dann und wann sah ich das Bild. Und es sah immer anders aus, jedes Mal. Zumindest hatte ich den Eindruck.«

Der Schmerz in mir wuchs: Feuer in Brust und Kehle; ich glaubte, dass er sich nur in Tränen auflösen konnte.

»Ja, es wühlt einen zutiefst auf.«

»Das Unglaublichste ist«, sagte er, »dass die Nazis es nicht angerührt haben.«

Ich starrte ihn an.

»Waren die hier?«

»Als sie meine Mutter verhafteten. Sie schlugen alles kurz und klein. Alles war geplündert, zerfetzt, zertrampelt. Aber das Bild hing nach wie vor da. Nicht einmal schief, und ohne einen Kratzer. Als ob sie es nicht gesehen hätten. Ein Wunder! Ich kann es nicht anders erklären.«

Ich hatte einen komischen Geschmack nach bitteren Mandeln im Mund.

»Wunder geschehen.«

Er nickte und schien mit sich selbst zu sprechen.

»Schon möglich, dass Anton das Bild im Kopf hatte, als er starb.«

Ich bemerkte, dass ich mit den Zähnen klapperte. Ich spürte Anton um uns herum. Noch nicht ganz tot, obwohl man ihn zu Grabe getragen hatte, und doch auch nicht mehr lebend: ein Träumer, auf dem Pfad der Unsterblichkeit. Er hatte mir einen Faden zugeworfen, ich hielt ihn fest in der

Hand, während ich nach dem anderen Ende tastete, neugierig und unsagbar erregt. Wir bräuchten nur, dachte ich, die Verbindung zwischen der äußeren Wirklichkeit und Antons Wirklichkeit herzustellen, dann wäre das Rätsel gelöst. In diesem kargen Zimmer war Anton ganz nah, viel näher, als ich ahnen konnte. Die Luft, in der wir uns bewegten, war silbern und kalt und voller Zeichen.

»Anton?«

»Ja.«

»Hilf mir ein wenig, bitte!«

»Im Vertrauen gesagt, Floria, so einfach ist das nicht.«

Seltsam, dass er mich jetzt Floria nennt, dachte ich. Er hatte mich stets mit »Signorina Di Savegna« angeredet. Ich nahm es ihm nicht übel. Die Umstände gaben ihm Recht.

»Nun mach schon, Anton!«

»Starr nicht immer nur das Bild an. Dreh dich um!«

Ich tat, was er sagte. An der Wand gegenüber hing eine große Uhr. Ich betrachtete sie aufmerksam. Die Uhr war alt und verschnörkelt, mit einem Pendel unter Glas und einer Kette zum Aufziehen. Ich hatte sie bisher nicht wahrgenommen. Genauer gesagt, ich hatte sie die ganze Zeit gespürt, sie jedoch nicht beachtet. Plötzlich fiel mir auf, dass sie stehen geblieben war. Der feine Flaum auf meinen Armen hob sich zu einer Gänsehaut. Stirnrunzelnd betrachtete ich die Uhr. Eine ganz gewöhnliche Pendeluhr, kitschig obendrein. Du hattest gelegentlich einen schlechten Geschmack, Anton. Ja, und was noch? Moment mal, da war etwas Seltsames an ihr. Denk nach, Floria, streng dich ein bisschen an! Da erinnerte ich mich an die Nachricht, die Rostopchins Ordonnanz überbracht hatte: Antons Sterbestunde. Meine Schläfen klopften.

»Einundzwanzig Uhr vierzig. Auf die Minute genau. Das war kompliziert, Anton.«

»Findest du?«

»Scheiße, Anton!« Ich wurde allmählich respektlos. »Siehst du nicht, in welchem Zustand wir sind?«

»Das war nicht so gemeint.«

»Schon gut. Und was soll ich als Nächstes machen?«

Tibor, der meinem Blick gefolgt war, verglich die Zeit mit der auf seiner Armbanduhr.

»Die Uhr steht. Ich muss sie stellen.«

Um Himmels willen, nein! Ich legte ihm rasch die Hand auf den Arm. Hoffentlich merkte er nicht, was mit mir passierte. Aber dazu war er viel zu durcheinander.

»Warte! Zuerst der Brief.«

»Ach ja, der Brief. Wo kann er bloß sein?« Tibor warf hilflos suchende Blicke um sich. »Was hat Anton gesagt? Erinnerst du dich?«

»Im Nachttisch«, sagte ich matt. »In der unteren Schublade.«

Tibor bückte sich und zog die Schublade auf. Eine kleine Blechdose kam zum Vorschein, einer jener Dosen, in denen man früher Kekse aufbewahrte. Wir setzten uns beide auf das Bett. Tibor zog die Stehlampe näher, hob den dünnen Deckel mit den eingravierten Blumen. In der Dose lagen eine weiße Feder, an einer Schnur bunter Glasperlen befestigt, ein Luftpostbrief aus den Staaten und ein schmaler Goldring. Tibor nahm zuerst den Ring, drehte ihn behutsam zwischen den Fingern; sein Ausdruck war ungläubig und verwirrt.

»Antons Ehering. Das verstehe ich nicht …«

»Was ist los, Tibor?«

Sein Blick begegnete dem meinen; er war kreideweiß im Gesicht.

»Er … er hat gesagt, dass er seinen Ehering in die Asche geworfen hat, in einen Haufen verbrannter Knochen. In Auschwitz, wo meine Mutter ermordet wurde.«

»Ach, hat er dir das erzählt?«

»Ja, aber er hat mich angelogen!«

Ich schüttelte wortlos den Kopf. Angelogen? Nein. Ich wusste es so sicher wie nichts anderes auf der Welt. Halt den Mund, Floria. Warte. Lass ihn das selbst herausfinden.

»Ich muss schon sagen, Anton, du bist nicht immer sehr zartfühlend. Hättest du ihm das nicht ersparen können?«

»Ich war ein Feigling.«

»Ein bisschen mit den Nerven herunter, das schon.«

Tibor hob den Ring dicht unter die Lampe. Ich seufzte schwer. Jetzt war es geschehen. Jetzt konnte alles Mögliche passieren. Tibor saß da wie versteinert. Ein paar Sekunden vergingen. Endlich bewegten sich seine Lippen. Seine Stimme war nur ein heiseres Flüstern. »Da steht ein anderer Name.«

Ich nickte wortlos, nahm ihm vorsichtig den Ring aus der Hand, betrachtete ihn. Kein gutes Gold, nicht so wie bei uns in Italien. Innen war eine Jahreszahl zu erkennen: 1933. Und ein Name. Ich sprach ihn leise aus: »Juliette.«

Eine lange, erregende Stille folgte. Tibor starrte mich an und starrte durch mich hindurch. Seine Lippen waren zusammengepresst, fast bläulich. Ich dachte, wenn die Verwirrung so groß ist, der Schock so brutal, ist es wichtig für einen Mann, dass er die vernünftige Stimme einer Frau hört.

»Lies den Brief, Tibor«, sagte ich sanft.

Er fuhr leicht zusammen. Dann holte er tief Luft, wandte das Gesicht von mir ab und zog den Brief aus dem blauen Umschlag. Während er las, wiegte ich mich leicht hin und her, die Arme vor der Brust gekreuzt.

»Du machst es uns nicht leicht, Anton.«

»Das tut mir Leid. Ich konnte nicht anders.«

»Zum Glück habe ich die Sache im Griff.«

Zunächst musste ich mich beruhigen. Da war zu viel Unordnung in meinem Kopf. Ich starrte auf die weiße Feder; ich wagte nicht, sie zu berühren. Wie geschickt die blauen und gelben Perlen verknüpft waren! Ja, die Feder war unbestreitbar wichtig. Aber ich hatte mich schon zu viel eingemischt. Voller Mitgefühl blickte ich auf Tibor. All das war schwer für ihn, aber der Mann, der er war, würde es tragen. An Tibors Einsamkeit war Anton schuld, aber ich konnte es ihm nicht übel nehmen. Er hatte zu viel erduldet, zu viel gelitten. Und schließlich hatte er sein Leben in der Musik zur Vollendung gebracht. Und das stimmte mich nachsichtig.

Das Rascheln von Papier riss mich aus meinen Gedanken. Tibor hatte den Brief gelesen. Einige Atemzüge lang rührte er sich nicht, dann reichte er mir den Brief mit einem traurigen Zittern in den Mundwinkeln. Er wischte sich mit beiden Händen über das Gesicht, legte sich auf das Bett, dicht an die Wand, den Rücken mir zugedreht, die Knie hochgezogen, die Hände über den Augen, wie um sich vor etwas Unsichtbarem zu schützen. Ich hielt den Brief dicht unter das spärliche Licht. Die Handschrift war akkurat; es war die Handschrift eines Menschen, der in der Schule gelernt hat, jeden Buchstaben gewissenhaft zu formen, der aber nie Zeit oder Gelegenheit hatte, eine persönliche Handschrift zu entwickeln.

Anton,
auch ich spüre zunehmend das Bedürfnis, dir zu schreiben. Kann es sein, dass uns nicht mehr viel Zeit bleibt? Aus der geographischen Lage ziehst du mehr Nutzen als ich: Deine Freunde geben die Briefe in Österreich auf, so dass sie mich immer erreichen. Dieses Glück bleibt mir verwehrt. Ich muss es dem Zufall überlassen, ob meine Briefe ankommen oder nicht. Ich sende sie also als Rauchsignale – eine verdammt praktische Sache, damals. Du lächelst? Ich auch, aber es ist ein bitteres Lächeln. Im gleichen Maß, wie die Jahre aufeinander folgen, werden unsere Tage mit Erinnerungen durchwoben. Das Schicksal hat dich zweimal mit brutaler Härte getroffen. Ich empfinde zutiefst mit dir, aber Trostworte sind nur Worte. Sind wir in der Gegenwart gefangen, schweben die

Totengeister ungehindert durch die Welten. Rachel und Juliette sehen die Sternenräume, die verborgene Seite des Mondes. Wir alle leben inmitten von Gräbern, die rings um uns her verstreut sind; nur Gebeine liegen dort; die Toten selbst sind frei. Sie gehören zu uns und wir gehören zu ihnen. Und bald sehen wir sie: Das Menschenleben ist kurz.

Aber ich schweife ab. Zunächst will ich dir von deinem Sohn berichten. Alec ist gesund an Körper und Seele und ist mir teuer wie mein eigenes Kind. Er besucht die Universität in Seattle, wo er die Fächer Europäische Geschichte und Literaturwissenschaft belegt. Daneben schreibt er, und gelegentlich veröffentlicht er Berichte in Lokalzeitungen. Dass er vieles von dem, was er geschrieben hat, zerreißt, sehe ich als gutes Zeichen. Zur geeigneten Zeit erfuhr er von mir, was er wissen musste. Von dir und seinem Halbbruder getrennt zu leben, nimmt er schwer. Der Drang nach Gerechtigkeit ist bisweilen wild und gebieterisch in ihm. Ich kann das verstehen. Als wir kämpften, um unser Land und unser Heim zu schützen, wurden wir als Wilde bezeichnet. Als wir die neue Lebensweise nicht willkommen hießen, nannte man uns unfähig. Als wir versuchten, unser Volk zu leiten, beraubte man uns jeder Befugnis. In den Geschichtsbüchern werden wir verleumdet, in Filmen verlacht. Darum ist unser Krieg nicht zu Ende. Ich selbst bin ein Streiter und verbrachte – wie du weißt – genügend Zeit hinter Gittern. Ich will nicht, dass meine Kinder sich etwas einbilden, aber ich erzähle ihnen von ihren Vorfahren, damit sie zu stolzen Menschen werden. Natürlich wird die Schuld niemals beglichen sein. Und wenn auch! Es ist der Kampf, der die Ehre verdient. Nicht selten steht Alec in der vordersten Reihe, sodass ich ihn zur Vorsicht mahne. Ihm fehlt Evas magische Fähigkeit, aus innerer Zerrissenheit Kraft zu schöpfen. Von Eva kann ich dir berichten, dass sie eine technische Hochschule besucht und Pilotin werden will. In unserer Gegend lassen sich betuchte Leute von einem Ort zum anderen fliegen. Charterpiloten werden gesucht. Sie zeigt viel Mut. Aber Mut war schon immer die natürliche Eigenschaft der Frauen. In Abwesenheit der Männer trugen sie für ihre Kinder und die Alten die Last der Gefahr. Wir Männer wissen das, und wollen es nicht zugeben, wir Idioten!

Und was noch? Laura arbeitet nach wie vor bei der Post, doch sie hat in der Malerei die ursprünglichste Ausdrucksform ihrer selbst gefunden. Sie beginnt, in Galerien auszustellen und sich einen Namen zu machen. Und Gloria ist, wie sie immer war. Sie kocht und backt Brot, sie näht unsere Kleider, sie kümmert sich um den Garten und die Tiere. Sie macht alles gut und richtig, wie es die Frauen unseres Volkes seit langer, langer Zeit tun. Ansonsten hat sie viel Geduld mit mir; und so komme ich zu der Sache, die du früher, und weiß Gott nicht zu Unrecht, meine »Schnapsidee« nanntest. Gewiss gibt es manche in meinem Volk, die meine Art zu denken nicht teilen. Sie wurden von Missionaren erzogen; sie gaben ihre Identität auf, erhofften sich Vorteile davon und wurden betrogen. Andere jedoch haben eine genaue Vorstellung davon, was Traditionen für uns bedeuten können. Wir sind wie Vögel mit gebrochenen Flügeln, aber wir haben ein gutes Gedächtnis. In unserem Kopf lebt der Stolz der Unterworfenen, die frei geboren wurden, bevor man sie in Ketten legte. Der zentrale Akt unseres Glaubens wurde verboten – wir werden ihn aufleben lassen! Der geeignete Platz ist schon ausgemacht; wir werden das Schattenhaus und den Medizin-Pfahl in den Bergen errichten, wo uns die Polizei nicht suchen wird. Einige der schönsten Riten sind nicht mehr durchführbar, aber das Wesentliche bleibt unberührt. Wie du weißt, muss eine Frau die rote Erde holen und das Heilige Lied anstimmen. Eigentlich gebührt diese Aufgabe der Stammesältesten; ich jedoch habe mit der Tradition gebrochen und Eva auserwählt, als Symbol für die Erneuerung. Natürlich haben ein paar Leute gemurrt, aber der Widerstand war, wie zu erwarten, gering. Zu Alec sagte ich: »Komm, es wird dich stark machen!« Anfänglich weigerte er sich; er fürchtete zu versagen. Doch ich tröstete ihn: »Du hast ein Traum-

bild!« Da willigte er ein und sagte: »Gut, dann will ich für meinen Vater leiden.« Also wird er sein Antlitz zur Sonne erheben, das Opfer für dich bringen. Anton, ich bin ebenso stolz auf ihn, wie du es sein kannst. Ich bin jetzt ein schrulliger alter Mann, du kannst nicht mehr alles, was ich sage, für bare Münze nehmen. Doch eines verspreche ich dir: Wenn der Augenblick gekommen ist, wirst du es in deinem Herzen fühlen. Auch wenn du weit weg bist, wirst du bei uns sein. Auf ewig, mein Bruder.

Dein Simon Walking Eagle

37. Kapitel

Ich faltete den Brief zusammen. Während ich still vor mich hinstarrte, drehte sich Tibor zu mir um; ich legte mich neben ihn, die Arme um ihn geschlungen, mein Gesicht an seine Schulter gedrückt; der Wind warf Blätter wie kleine Schoten an die Fensterläden. Über mir, im Halbdunkel, sah ich Tibors Augen, glänzend wie im Fieber. Dies war ein Augenblick von solcher Wichtigkeit für ihn, dass er Zeit brauchte, um wieder zur Vernunft zu kommen. In der Vergangenheit liegt ebenso viel Ungewissheit wie in der Zukunft. Tibor befand sich in der Kluft zwischen den Zeiten. Seine Welt war aus den Fugen geraten. Doch er lag ganz ruhig da; keine Träne drang aus seinen Augen. Erst lange danach vernahm ich endlich seine Stimme.

»Ich möchte wissen …«

»Ja, Tibor?«

»Warum hat er mir nie erzählt, dass er eine Indianerin geheiratet hatte? Dass ich einen Halbbruder in Amerika habe? Warum nur, Floria? Weißt du es?«

Seine Hände waren kalt. Ich nahm sie fest zwischen die meinen und wartete darauf, dass sich ein bisschen Wärme auf sie übertrug. »Er konnte nicht reden, Tibor. Er brachte es einfach nicht fertig.«

Er bewegte ruhelos den Kopf hin und her; seine Stimme klang heiser.

»Es lag ihm etwas auf der Seele, ich habe es immer gespürt. Ich hätte fragen müssen und immer wieder drängen. Aber wir sprachen über Musik, sonst nichts …«

»Versteh doch, Tibor! Der alte Herr – Simon – drückt sich nicht klar aus, aber Juliette war offenbar seine Tochter. Irgendwie kam sie ums Leben. Der Brief, der Anton dazu brachte, sich die Pulsadern aufzuschneiden, wird die Nachricht von ihrem Tod gewesen sein. Anton wusste, dass er ein Kind hatte, das bei den Großeltern lebte, er konnte nicht weg aus Ungarn, er war außer sich und verzweifelt. Und endlich traf er Rachel und fasste neuen Mut.«

»Aber trotzdem …«

»Er hätte es dir nicht verheimlicht, denk das ja nicht! Er wollte nach dem Krieg auswandern, das hast du mir doch selbst erzählt. Rachel hatte begonnen, dich behutsam vorzubereiten. Sie hat dir von einem Bruder erzählt, dir Indianergeschichten vorgelesen. Aber dann kamen die Nazis. Rachel wurde umgebracht. Und danach: der Eiserne Vorhang. Es gab keine Hoffnung mehr für Anton. Es war ihm egal, ob er Fehler machte, weil es für ihn nichts Richtiges mehr gab. Nichts, außer der Musik.«

»Meinst du, ich habe nicht gespürt, wie er mir auswich? Und immer, wenn ich glaubte, dass sich der Abstand zwischen uns verringerte, zog er sich wieder zurück. Was ich wusste, war nur, dass ich ihm nicht zu nahe kommen durfte …«

»Er konnte nicht anders. Das Schicksal hatte ihn so schlimm verletzt!«

»Herrgott! Er hätte doch irgendwann begreifen müssen …«

»Er wollte dich schützen, Tibor. Im Krieg war er ein Informant?«

»Etwas in dieser Art, ja.« Er rieb sich wirr die Augen. »Ich weiß es nicht genau und will es auch nicht wissen.«

»Das Schlimmste wirst du nie erfahren. Glaub mir, es ist besser so. Daher auch die politische Überwachung. Er tat es aus Liebe und Zuneigung für dich. Dich zum Mitwisser zu machen wäre viel zu gefährlich gewesen. Du hättest das Leben hier nicht ausgehalten, ohne zu rebellieren, hättest dich mit unmöglichen Wünschen geplagt, Fluchtgedanken gehabt. Du bist ein Hitzkopf, Tibor. Erinnere dich doch, wie es in Spanien war! Wie euch die AVH unter Druck gesetzt hat.«

»Das eigentlich Unangenehme an solchen Erklärungen ist, dass sie kein Ende nehmen«, sagte Anton in meinem Kopf. »Aber du machst es schon gut, Floria. Ich bin sehr erleichtert.«

Ich schmiegte mein Gesicht an Tibors Gesicht, atmete den vertrauten Duft seines Haares ein.

»Er hoffte, dass alles hier mal ein Ende haben würde. Und so lange ging er in die innere Emigration. So ungefähr wird es gewesen sein.«

»Es hat mir einen Schock versetzt.«

»Das kannst du wohl sagen.«

Er nahm behutsam die Feder aus dem Blechkästchen, betrachtete sie neugierig.

»Eine Feder, wie die Indianer sie tragen. Eine Adlerfeder! Sieh dir mal an, wie stark und lebendig sie ist. Und diese Perlenschnur! Ist sie nicht wunderschön?«

Ich lächelte ein wenig.

»Hast du nicht früher geglaubt, dass die Indianer fliegen können?«

»Ja, und Rachel meinte: ›Vielleicht fliegen sie ja wirklich?‹«

Er strich mit den Fingerkuppen über den Flaum, behutsam und immer wieder, als wollte er, dass die Feder ein Teil von ihm wurde, wie sie zuvor ein Teil von Anton gewesen war. Endlich löste er sich aus dieser Betrachtung, erwiderte mein Lächeln, geistesabwesend.

»Es ist immer das Gleiche mit den Erinnerungen. Du denkst, du bist aus allem raus, und dann – nein, doch nicht.

Rachel las mir vor und ich dichtete dazu, was mir in den Sinn kam. Die Indianer aus den Büchern waren mir so vertraut wie Spielkameraden. Was, fragte ich mich, wenn ich plötzlich einen Häuptling an der Straßenecke treffen würde? Im Kriegsschmuck? Mit einem Speer in der Hand? Und was sollte ich ihm sagen und in welcher Sprache? Ich dachte mir pausenlos solche Geschichten aus. Im Bett, beim Spazierengehen, von morgens bis abends. Zum Lachen, oder?«

»Nein. Das machen alle Kinder.«

»Du verstehst das?«

»Mit Traumbildern fängt man früh an.«

Er schüttelte vage den Kopf.

»Jetzt habe ich keine mehr.«

»Wann hat das aufgehört bei dir?«

Er antwortete leise, wie eingeschüchtert.

»Nach und nach hat es aufgehört. Und dann, als ich mit der Musik anfing … zwangsläufig.«

»Ach, glaubst du das wirklich?«

Er schluckte.

»Ich weiß es nicht. Vielleicht stecken die Dinge noch in mir. Es könnte ja sein, dass … dass ich sie einfach vergessen habe …«

Vergessen? dachte ich. Nein. Verdrängt wäre der passende Ausdruck. Meine Kehle wurde eng. Traumbilder sind gemütsbewegende Erfahrungen, bedeutsame seelische Dramen. Wir spinnen sie weiter, wie Fortsetzungsromane; versuchen wir sie loszuwerden, sind wir hilflos. Oh Tibor, Tibor, wir dürfen das Licht unserer Kindheit nicht verlieren; geraten wir in Leid und Not, müssen wir es noch fester bewahren. Traumbilder sind ein mächtiger Schutzschild gegen alltägliche Gleichgültigkeit, gegen Hass, Zynismus und Bitterkeit, gegen alles, was dem menschlichen Herzen Feind ist.

Eine unerwartete Schwäche überfiel mich. Der Wind rüttelte an den Fensterläden, mein Schluchzen klang fast unhörbar. Er war ganz überrascht, dass er mich weinen sah, zerdrückte mit den Fingerspitzen die Tränen, die mir über die Schläfen liefen. Seine Hände waren sanft und kühl. Ich überließ mich ihm, schmiegte meine heiße Wange in seine Handfläche, wartete darauf, dass mein Atem wieder ruhiger ging.

»Tibor, ich muss dir was sagen. Diese Dinge, von denen Simon schreibt … diese Dinge, die habe ich gesehen …«

»Was meinst du damit?«, fragte er. »Ich kann dir nicht folgen. Was hast du gesehen?«

»Es war … als Anton starb. Ich stand auf der Bühne und sah, wie sich um dich herum ein Lichtzelt formte.«

»Die Scheinwerfer?«

»Nein, oh nein. Es war ein Trugbild, mit Luft vermischt. Das Zentrum flackerte wie ein Feuerkreis. Und rundherum, rundherum hingen Gestalten an Fäden und tanzten …«

Er starrte mich fassungslos an.

»Aber ich habe nichts gesehen!«

»Nein, natürlich nicht. Es war Antons Traumbild, nicht deins. Es ist wirklich kein großes Geheimnis – denk doch daran, wie es früher für dich war! Traumbilder kann man ganz methodisch schaffen, zunehmend Macht über sie gewinnen, sodass sie immer deutlicher werden. Und sie manchmal auch auf andere übertragen. Und ich – ich sehe solche Dinge eben. Ich sah sie schon als Kind. Es ist nicht immer angenehm, Tibor, das muss ich dir schon sagen. Aber ich komme damit zurecht. Und Anton lag im Sterben, sein Geist und sein Herz waren von der Vision erfüllt. Er hatte nicht mehr viel Kraft, aber er wollte, dass ich sie sah. Damit ich dir helfen konnte, begreifst du? Und es ist ihm gelungen und am Ende ist er beruhigt gestorben.«

Er lag dicht neben mir, den Kopf an meiner Schulter. Wer mit Traumbildern aufwächst, guten oder bösen, erfindet die Welt neu, füllt sie mit Formen und Farben, bringt die unterschiedlichsten Dinge in Verbindung, macht eine auf den ersten Blick wahnsinnige Sache zu etwas völlig Selbstverständlichem. Tibor hatte dem Intellekt Genüge getan und dabei fast seine Seele verloren. Er sagte staunend: »Dass du das alles aushalten konntest!«

Ich wischte mir die Tränen aus den Augen, wühlte in meiner Jackentasche, fand endlich ein Taschentuch.

»Ach, viel konnte nicht passieren. Ich habe die Sache unter Kontrolle, sonst könnte es wirklich mal peinlich werden.«

»Oh«, fragte er, plötzlich neugierig, »wie machst du das?«

»Wie?« Ich putzte mir die Nase. »Ich weiß es nicht. In meinem Kopf ist ständig alles in Bewegung. Die Bilder ordnen sich unentwegt, wie in einem Kaleidoskop. Es ist eine Gabe oder ein Fluch – ich bin so geboren worden. Tut mir Leid ...«

»Es braucht dir nicht Leid zu tun«, sagte er zärtlich. »Und, nein, es ist kein Fluch, ganz bestimmt nicht.«

»Egal eigentlich. Solange ich es ohne lädierte Stimmbänder überstehe ...«

»Ich habe also einen Bruder«, begann Tibor erneut, nach einer Weile des Schweigens. »Und er ist zur Hälfte Indianer, und ...«

»Er heißt Alec, Tibor. Am besten, du gewöhnst dich gleich an diesen Namen.«

Er schluckte.

»Alec – ja. Und ich soll mein Leben in diesem Land verbringen und ihn niemals kennen lernen?«

»Pst!«, sagte ich leise und küsste ihn. »Wir müssen vorsichtig sein.«

Er blickte versonnen auf den Adler.

»Ob Juliette es war, die das Bild gemalt hat?«

Tibor stellte die Frage zögernd, fast bange. Er dachte in diesem Moment an seine Mutter. Rachel hatte Antons Seele nichts genommen, hatte nie von ihm verlangt, dass er auf die Erinnerungen an jene andere Liebe verzichtete. Sie hatte auf Anton Rücksicht genommen, sich mit den Traumbildern abgefunden, die ihn heimsuchten und von ihr entfernten. Sie hatte nie in Selbstsucht gelebt, war dem geliebten Mann Erfüllung und Erlösung gewesen: Sie hatte kein Gefängnis um ihn gebaut, sondern ihm die Freiheit der weiten Welt gegeben. Und so betete ich jetzt, wie auch Rachel gebetet haben musste, dass Tibor und mir eine Liebe zuteil würde, die uns ebenso band, wie sie uns freigab, die erfüllt war von gegenseitiger Achtung und Höflichkeit, die nichts verlangte, sondern nur gab und jedem seine eigene Welt ließ. Vielleicht hatte sie oft vor dem Bild gestanden? Seine urtümliche Doppelkraft gespürt, immer wieder, immer stärker, bis sie ganz von ihr erfüllt war?

Doppelkraft. Das war das Geheimnis des Bildes. Mach dir nichts vor, Floria, ein einziger Mensch hat nicht erschaffen können, was so gewaltig und geheimnisvoll wirkt! Und plötzlich begriff ich.

»Der Adler ist Juliettes Traumbild, so viel ist sicher. Aber sie hat das Bild nicht gemalt. Das Bild hat Laura gemalt.«

»Laura? Wie kommt du darauf?«

»Weil Simon schreibt, dass sie in Galerien ausstellt.«

»Wer ist Laura? Ihre Schwester? Ich muss das herausfinden. Diese Menschen gehören doch zu mir!« Er sprach mit zusammengebissenen Zähnen. »Sie sind … sie sind meine Familie. Was soll ich noch hier? Herrgott, ich schnappe noch über!«

Viele Ungarn versuchten, das Land zu verlassen. Es waren zumeist die Wohlhabenden, die gingen; man konnte die gefälschten Ausweise gar nicht zählen, die sie sich mit Schmiergeldern erkauften, damit sie die russischen Kontrollen passieren konnten.

»Der Einzige, der mich hier festhielt, war Anton. Und jetzt will ich weg. Ich will nicht mehr im Käfig leben und Stücke spielen, die der Partei gefallen. Irgendwie komme ich schon über die Grenze, das verspreche ich dir.«

Man konnte über die grüne Grenze nach Österreich entkommen, über dünn besiedeltes Gebiet, schwer zu kontrollieren. Vielen gelang die Flucht. Warum nicht ihm?

Beschwichtigend legte ich den Arm um seine Schulter. Es war richtig, dass er so dachte. Aber er war viel zu voreilig.

»Bis dahin musst du noch zweimal das Orchester dirigieren.«

Er rieb sich die Stirn in seiner typischen Art, warf sein dichtes Haar aus dem Gesicht.

»Natürlich werde ich mich im Westen anpassen müssen. Anton hat berühmte Orchester dirigiert. So weit werde ich es nie bringen.«

»Ach, warum denn nicht?«

»Ich habe niemals Dirigentenunterricht erhalten, ich habe immer nur Klavier gespielt. Ich höre schon die Kritiker: typisch ungarisch, alles nur Theater! Sie werden mich auslachen. Ich werde von den Stunden leben, die ich gebe.«

Ich schmunzelte.

»Schon gut, Tibor. Darüber reden wir später. Wenn deine Verehrer das Dirigentenpult mit Blumen schmücken.«

Er starrte mich an, und allmählich veränderte sich sein Ausdruck. Ein Lächeln, das so hell und warm wie ein Sonnenstrahl war, erschien plötzlich auf seinem Gesicht. Und ich zuckte leicht zusammen, denn genau dieses Lächeln war auch Antons Lächeln gewesen.

»Du bist mein Schutzengel«, sagte er.

»Sozusagen. Aber nimm es nicht zu ernst«, setzte ich schnell hinzu.

Das Bett, auf dem wir kauerten, war ein ebenso behaglicher Platz wie irgendein anderer, und getränkt von Antons Geruch. Es war kein Geruch, der den Geruch unserer eigenen Körper überlagerte, sondern sich vermischte. In meinem Kopf sprach ich zu Anton, und zwar sehr ernst. Es wurde Zeit, dass ich die Sache zu Ende brachte.

»Anton, das hier ist unser Leben. Verschwinde!«
»Ja, aber vorher will ich dir danken, Floria.«
»Keine Ursache. Der Adler wartet. Geh auf Reisen!«
»Das werde ich tun. Bis bald, Floria!«

Warum hat er »bis bald« gesagt, überlegte ich, ein wenig verärgert. Indessen, ich hatte ihn fortgeschickt – warum sollte ich mir über diese Frage den Kopf zerbrechen?

Die Liebe kennt ihre Stunde, sie kam über uns, wie der Schmerz gekommen war. Ich wälzte mich auf Tibor, streichelte ihn langsam, fühlte, wie er zitterte und sich dann allmählich beruhigte. Was unsere Liebe weckte, hatte diesmal nichts mit dem üblichen Begehren zu tun, sondern mit Gesten des Trostes. In dem feuchten Zimmer fanden wir eine neue Wärme, die wir selbst ausstrahlten. Ich schmiegte mein Gesicht an seines. Meine Lippen glitten über seine Nasenflügel, seinen Mund. Ich umfasste seine Wangen mit beiden Händen, bewegte langsam das Gesicht hin und her, streichelte ihn mit meinem Atem.

Sein Gesicht zeigte jedes Gefühl, indem es von einem Ausdruck zum anderen wechselte, ein Gesicht, das nichts verbergen konnte. So verletzlich und arglos. Ich empfand wildes Mitgefühl für dieses Gesicht und wusste nicht, warum mich sein Anblick so berührte. Er hielt die Augen weit offen; sie starrten mich an, aber vielleicht sahen sie andere Dinge, denn jedes Liebeserlebnis hat sein Geheimnis. Ich schloss meinen Mund um den seinen, rieb und drückte ihn; er öffnete die Lippen, ich stieß meine Zunge in seinen Mund, als ob ich ihn in Besitz nehmen wollte. Seine Lippen hielten meine Zunge fest, saugten an ihr, als wolle er mich in sich hineinziehen. Unser Atem vermischte sich, ich schenkte ihm meine Kraft. Ich würde ihn immer küssen und streicheln wollen, noch tiefer, noch zärtlicher. Ich fühlte, wie gut ich ihm tat, weil er sich fallen ließ. Ich barg mein Gesicht in seinem Haar, schmiegte meinen nackten Körper an seinen, genoss den Salzgeschmack seiner

Erregung. Ich spürte seinen Geruch in den Poren meiner Haut. Ich kauerte auf ihm, mein Körper hob sich mit dem seinen, mein Herz schlug schneller, bis die Luft ganz mit schwarzen, sich ausdehnenden Flecken erfüllt war, und er kam zu mir, wie früher schon, ohne ein einziges Gefühl der Sündhaftigkeit oder der Furcht. Mein Schoß wurde schwer wie eine Frucht, angefüllt mit Süße und Wärme und Dunkel. Wir liebten uns eine Ewigkeit, schwammen auf den Wogen des Genusses. Seine Wangen pressten sich an meine Brüste, ich hielt ihn mit beiden Armen umfasst, ich wollte einfach alles an ihm spüren. Tibors Keuchen nahm zu, während er tief in meinen Leib stieß und ich den vertrauten Schmerz spürte, jenen Schmerz, der sich nie ganz vergessen ließ. Mein Unterleib spannte sich und pochte. Ich dachte, warum muss es so schmerzhaft sein? Doch der Schmerz tief in mir war nichts neben dem Genuss, den er mir schenkte. Und plötzlich verließ mich der Schmerz wie eine davoneilende Welle. Tibor stöhnte in meinem Mund auf, grub seine Fingernägel in meine Haut; ich sank auf ihn, umfasste ihn mit Armen und Beinen; und so lagen wir eine ganze Weile, bis ich mich zur Seite rollte. Dann sahen wir uns an, mit einem neuen Wissen in den Augen. Sein Atem ging fliegend, ich spürte gegen meinen seinen klebrigen Unterleib. Wir tauschten ein Lächeln, stumm, zart, küssten uns sanft auf die Lippen.

Später wanderten meine Augen durch das Zimmer, nahmen jeden Gegenstand wahr. Und da hörte ich es plötzlich: das regelmäßige Ticken. Aus den Augenwinkeln bemerkte ich einen kleinen silbrigen Blitz. Der Lichtfunken kam von der Wanduhr. Ich starrte auf das Zifferblatt. Die Zeiger, die seit Antons Tod stillstanden, hatten sich in Bewegung gesetzt. Das Pendel schlug beständig, skandierte die Sekunden, die alles Gewesene mit dem Kommenden vereinten.

Ich flüsterte: »Hast du gesehen?«

Er richtete sich auf, noch halb benommen, folgte meinem Blick.

»Die Uhr?«

»Ja. Sie geht wieder.«

»Die Uhr spinnt«, murmelte Tibor und legte sich wieder aufs Kissen.

Nein, das ist nicht wahr, wollte ich sagen, aber ich schwieg. Das Geheimnis zwischen Anton und mir, ich musste es vorerst noch bewahren. Nicht alles auf einmal, Floria. Gönn ihm etwas Ruhe, lass ihm Zeit. Es war so schön, einfach nur dazuliegen, gemeinsam zu lachen, zu seufzen, sich zu küssen, zu spüren, dass der Körper warm ist und lebt, dass das Blut kreist, dass die Lungen arbeiten. Dies mochte nur *ein* Leben sein, im Hier und Jetzt, im Täglichen und im Gewöhnlichen, aber wir mussten dankbar dafür sein und auch in den glücklichsten Augenblicken die Toten nicht vergessen, denn früher oder später würden sie uns rufen.

Das Zimmer war in bläuliches Licht getaucht, und die Luft kalt. Tibor küsste meinen Unterarm. »Du frierst ja!«

Er zog schützend die Decke über mich.

Ich ließ meine Gedanken wandern, dachte an die kommende Aufführung. Im ersten Akt trug Gilda eine dünne Seidenbluse. Auf der Bühne würden die Scheinwerfer Wärme geben, aber in der Garderobe war es eiskalt. Ich wollte mir keine Bronchitis holen. Vielleicht kann Kati einen Schal auftreiben, der zum Kostüm passt, dachte ich noch, bevor ich in Tibors Armen einschlief.

Dass diese Aufführung niemals stattfinden würde, ahnten wir nicht. Denn am nächsten Tag brach der Aufstand los.

38. Kapitel

Ich hatte bisher in einer besonderen Welt gelebt, der Welt der ichbezogenen, empfindsamen und bisweilen genial-hysterischen Musiker und Sänger. Nun wurde ich gezwungen, mich mit der politischen Wirklichkeit Ungarns zu beschäftigen. Meine Mutter verbrachte schlaflose Nächte, während ich auf brutalste Weise das erlebte, was später als »ungarischer Volksaufstand« in die Geschichte eingehen sollte.

Wir erlebten sie seit Tagen, die Kundgebungen bei Tag und bei Dunkelheit, im Sonnenschein oder im Regen. Protestmärsche mit Spruchbändern, mit Reden und Schlagwörtern. Die Anführer der Sprechchöre erhoben ihre beherrschenden Stimmen, die Menschenmassen tosten. Zehntausende schrien wie aus einer Kehle. Und es kamen ständig mehr hinzu. Ein Strom von Menschen, der sich durch die Straßen wälzte. Die Demonstranten verlangten den Austritt aus dem Warschauer Pakt, die Befreiung aller politischen Gefangenen; sie forderten offene Grenzen, die vollen Bürgerrechte, die Auflösung der Sicherheitspolizei. Kurzum: Sie verlangten alles, und das jetzt und gleich, und dies war eindeutig zu viel. Sie erhoben die Fäuste und brüllten vor Hass, wenn durch die Hauptstraßen langsam die offenen Lastwagen der Volkspolizei rollten. Es hagelte Pflastersteine und alle möglichen Gegenstände. Die Soldaten sahen kalt und ausdruckslos auf die Schreienden hinab und hielten ihre Waffen auf sie gerichtet.

Verliebt sich eine junge Frau in einen Fremden, will sie alles von ihm wissen, und auch über seine Heimat. Ich empfand die ungarische Geschichte wie ein Epos voller Heldenmut, Schlachtgetöse und Tod, ein ständiges Aufbegehren gegen das Schicksal eines Vielvölkerstaates, paradox, grandios und schwermütig. Gewiss hatten die Sowjets die Nazis in die Flucht geschlagen, gewiss hatte man sie herbeigesehnt, ihnen zugejubelt. Was nicht hieß, dass man es ihnen mit Demut vergalt; auf den Knien zu danken entsprach nicht dem ungarischen Wesen. Wie es Agnes, ihre Teetasse balancierend, in damenhaftem Ton verkündete: »Wir waren nicht erpicht darauf, Stalin den Arsch zu lecken!« Tja, man konnte es so oder anders ausdrücken. Bald nach Kriegsende hatten die Ungarn erkannt, dass jede Revolution sich der Rachsüchtigen bedient, derer, die meinen, zu kurz gekommen zu sein, der Fanatischen und der pathologisch Hassenden. Und irgendwann war die Mehrheit der Leute der Überzeugung, es müsse etwas geschehen, weil das Leben unerträglich war. So kam es, dass, während Tibor und ich unser privates Trauma pflegten, sich über Budapest das Leichentuch des Schreckens senkte. Ungarn war im Begriff, zu brennen, aber der freie Westen war nicht bereit, zusammen mit den Aufständischen durchs Feuer zu gehen. In den Kaffeehäusern Europas kommentierten die Salonkommunisten betroffen die Nachrichten, drehte es sich doch im Normalfall darum, dass ein Volk gegen die Auswüchse des Kapitalismus aufbegehrte. Erst als sich in Ungarns Städten die Leichen von Frauen, Männern und Kindern neben ausgebrannten Panzern häuften, nahm man das Wort »Freiheit« wie eine heiße Kartoffel in den Mund. Bewegte Reden wurden gehalten. Man rief aus, wie tragisch und entsetzlich doch alles sei, und nahm großzügig Flüchtlinge auf.

Wir trafen uns zur Premierenkritik im Opernhaus. Viele Mitwirkende waren gar nicht gekommen. Weder die Musiker noch die Sänger waren bei der Sache. Sobald sich eine Tür öffnete, drangen Stimmgewirr, Krach und Geschrei in den Saal. Dann fiel der Strom aus. Das Opernhaus war in Dunkelheit getaucht, bis Taschenlampen aufleuchteten. László verkündete mit Ingrimm, so könne man nicht weiterarbeiten, und entließ uns. Aus dem Foyer, wo sich alle versammelt hatten, stieg eingeschüchtertes Gemurmel. Wir saßen oder standen, lauschten angstvoll auf die Geräusche von draußen. Im Kerzenlicht sah ich Tadeo und László, die sich mit erbitterter Gestik inmitten einer Gruppe aufgeregter Leute zur Wehr setzen. Kurz darauf brachte uns Tadeo die Hiobsbotschaft: Die Aufführungen konnten nicht stattfinden. Eine Katastrophe für das Opernhaus. Tadeo erwartete Schlimmes, man sah es ihm an. Seine Schultern schienen wie gebrochen, die Arme mit den großen Händen hingen kraftlos herab. Indessen begannen die Mitwirkenden hastig aufzubrechen. Sie wollten nach Hause, Lebensmittel besorgen und Kohlereserven anlegen. Hunderte von eiligen Schritten verklangen auf den Marmorstufen.

Noch vor wenigen Tagen war Peter ein imposanter Mann gewesen, mit vornehmen Manieren, großmütig und stolz. Ein kluger Mann, ein Mann ohne Selbstbetrug. Jetzt sah ich sein Gesicht, kreidebleich und erschöpft. Seine Erinnerung mochte trügerisch gewesen sein, falsche Bilder, falsche Sehnsüchte, falsches Heimweh. Das Löwenhafte an ihm war fort, abgelegt wie ein verbrauchtes Theaterkostüm. Ja, das Schicksal hatte es nicht immer gut mit ihm gemeint. Er blickte hoch und dann wieder zu Boden, und ich konnte seine große Verzweiflung sehen. Taktvoll äußerte ich die Hoffnung, dass wir am Ende doch noch auf der Bühne zusammenfinden würden. Er antwortete unbestimmt. Er wollte das Land erst verlassen, wenn endgültig feststand, dass es keine Opernaufführungen mehr geben würde. Doch ich ahnte, was er nicht wahrhaben wollte, dass nämlich der Märchenglanz der Budapester Oper für Jahre erlöschen würde, dass wir uns wimmernd und hilflos im Taumel der Geschichte bewegten, wo uns keine heilige Einfalt mehr half.

»Aber was wird aus Ihnen, Floria?«

Peter machte sich Sorgen um mich. Zurück nach Italien, meinte er, solange die Maschinen noch fliegen.

»Das alles ist viel zu gefährlich. Wir finden schon eine Solistin, die für Sie einspringt.«

Was ich darauf antwortete, ist mir entfallen, jedenfalls war es nicht das, was er hören wollte. Er hob müde die Hand, atmete schwer.

»Reden Sie mir nicht von Verantwortung und solchen Albernheiten, Floria. Ihre Arbeit ist getan. Sie müssen jetzt an sich selbst denken.«

An dieser Stelle hätte ich beinahe gelacht. Ich und kapitulieren! Nein. Niemals! Und was hörte ich da? Ich sollte die letzte Maschine vor dem Weltuntergang besteigen und Tibor in der Hölle schmoren lassen? Der liebe Peter – er meinte es gut. Aber mit wem glaubte er es eigentlich zu tun zu haben?

Ich versuchte ihn zu beruhigen. In zwei, drei Tagen konnte sich das Chaos vielleicht erledigt haben. Ich sprach ohne Überzeugung, mein Herzschlag war aus den Rhythmus gekommen; ich war wie die meisten anderen kurz davor, hysterisch zu werden. Aber meine innere Stimme bezweifelte keinen Augenblick, dass der Aufstand dem Versuch gleichkam, einen Schatten an der Wand mit der Hand zu fangen. Dann endlich erschien Tibor. Peters Zustand beunruhigte ihn. Wir wechselten einen besorgten Blick. Tibor half ihm, sich aufzurichten.

»Komm, Peter. Lass uns versuchen, hier rauszukommen.«

Peter stand ein wenig steif von seinem Stuhl auf und straffte sich. Ja, danke, es ging ihm schon wieder besser. László und Árpád gesellten sich zu uns.

Wir nahmen den Bühneneingang, traten ins Freie und wurden sofort von der Menge mitgerissen. Ich klammerte mich an Tibors Arm, während Peter, von László und Árpád wie eine Leibwache flankiert, durch das Gedränge stolperte. Die Demonstranten wogten um uns herum, der Lärm war ohrenbetäubend. Wir liefen mit der Menge, wurden von schnelleren Füßen überholt. Drei, vier Häuserblöcke weiter kamen wir auf einen Platz, wo Tausende versammelt waren. Im Umkreis von mehreren Kilometern verstopften die Aufständischen die Straßen. Ich geriet in kurzer Zeit in jenen gefährlichen Zustand, in dem das Ich sich selbst vergisst und der Körper sich bewegt, ohne es zu wissen, und ich war erfüllt von dem gleichen Rausch und getragen von dem gleichen Zorn wie die Menge um mich herum, mit der ich eins geworden war. Tibor und ich hielten uns eng umschlungen, wir schrien mit den anderen, wir keuchten, aber wir lachten auch, als ob ein Wahn von uns Besitz ergriffen hätte. Dies war der Augenblick des Leichtsinns, eine stupide Art, sein Leben zu verspielen, denn die Volkspolizisten schlugen die Menschen mit kalter, mitleidloser Wut. Ihre Lastwagen verstopften die Straßenkreuzungen und Durchgänge zwischen den Häusern. Steine flogen durch die Luft. Irgendwann verloren wir László und Peter aus den Augen. Und plötzlich fielen die ersten Schüsse. Ein vielstimmiges Kreischen stieg auf. Die Menge wich ruckartig zurück, wogte und ebbte wie ein Kornfeld im Wind, bevor sie sich neu formierte. Menschen fielen um oder wurden zertrampelt, und es gab die ersten Toten. Der Lärm war entsetzlich. Wieder sprühten die Maschinengewehre ihr Feuer, hielten einen Augenblick inne, während in der nasskalten Luft der herbe Geruch von verbranntem Pulver lag. Wir keuchten, husteten uns fast die Lungen aus dem Leib. Die zurückweichende Menge warf uns gegen eine Hauswand; Schüsse pfiffen über unsere Köpfe hinweg. Tibor und Árpád schützen mich mit ihren Körpern. Ein Steinsplitter traf

Tibor an der Stirn; er wischte sich mit dem Ellbogen das Blut aus den Augen. Ich bemerkte, dass ich einen Schuh verloren hatte. Die Pflastersteine fühlten sich glitschig und kalt an. An Flucht war nicht zu denken. Zu viele Leute verstopften die Straßen. Einigen Demonstranten war es inzwischen gelungen, die Soldaten zu Boden zu schlagen, ihre Waffen zu erbeuten. Ihr Mut war bewundernswert. Sie stiegen auf Bäume und Dächer, kletterten auf die Sockel der Denkmäler, rissen die Bronzestatuen mit Seilen zu Boden. Eine beharrliche Wut, eine wilde Entschlossenheit zuckte und fieberte auf allen Gesichtern; die Menschen hatten jede Furcht vergessen. Und so fiel das Stalin-Denkmal, bevor der Morgen graute.

Die Nacht war eiskalt, wir froren und klapperten mit den Zähnen. Auf Tibors Gesicht trocknete Blut. Mein Strumpf war durchlöchert, kleine Steine hatten sich in die Fußsohle gedrückt, jeder Schritt wurde zur Qual. Schließlich fiel Árpád ein, dass ein befreundeter Bariton in der Nähe wohnte. »Stefan wurde am Bein operiert; Thrombose, er kann nur humpeln. Ich kenne ihn gut, seine Frau Elvira auch. Die schicken uns nicht weg.« Wir schoben uns durch die Menge, kamen nur mühsam vorwärts. Man hatte Barrikaden errichtet. Alte Möbel, Säcke voller Sand und Mörtel, Pflastersteine, Baumstämme, Gestrüpp, Trümmer und Scherben versperrten alle Straßen. Aufständische, mit Pistolen und Gewehren bewaffnet, hielten Wache. Frauen und Männer trugen ihre bemitleidenswerten Mäntel, Strickmützen, dicke Schals. Ihre Gesichter waren müde und verbissen. Einige junge Männer schwenkten Weinflaschen, lachten angetrunken, redeten und prahlten. »Sie kommen von einem Geburtstagfest«, erklärte Tibor. »Sie sagen, jetzt feiern sie weiter, aber auf andere Weise.« Einer der Zecher, jung und bildhübsch, reichte uns die Weinflasche. Wir tranken. Ich verschluckte mich, hustete. Der Wein kreiste warm in meinen Adern. Der junge Mann nahm einen letzten

Schluck, warf die leere Flasche auf den angehäuften Unrat; seine Augen und Zähne blitzten. Auf einmal riss er mich in seine Arme, wirbelte mich herum – die Parodie eines Walzers, und eins und zwei.

»Einen Kuss, schöne Unbekannte, denn morgen sterbe ich!«

Nur ein Geplänkel, nahezu bühnenreif. Man rief Bravo, spendete Applaus. Alle lachten, auch Tibor lachte und ich auch, bevor ich seine Schultern umfasste, ihn auf den Mund küsste und den Alkohol auf seinen Lippen schmeckte. Dann machte ich mich frei, er taumelte zurück, mit schweißnassen Locken und glasigem Blick. Am nächsten Tag sollte ich ihn am Boden liegen sehen, in einer Blutlache, rot wie vergossener Wein. Floria, der Todesengel?

Auf kleinen Holzfeuern kochten Frauen Kaffee, verteilten ihn an die Wachen. Eine Frau tätschelte mütterlich meine Hand, sagte etwas. Ich sah Tibor fragend an. Er seufzte.

»Sie meint, du sollst dich nicht in Gefahr begeben. Du bist in der Blüte des Lebens, viel zu jung, um zu sterben.«

Ich erwiderte, mit einem Kloß im Hals: »Keiner ist zu alt, um zu sterben!«

»Die freie Welt wird uns helfen«, sagte ein Mann. »Keiner irrt sich, wenn er auf Freunde hofft!«

Die Menschen um uns herum nickten, mit ernsten, vertrauensvollen Gesichtern. Sie glaubten es wirklich, sie glaubten es felsenfest, wo Zweifel angebracht gewesen wären. Aber diese Menschen, ungestüm, begeistert und stolz, glaubten an ihren Weg in die Freiheit. Die Zuversicht verlieh ihrem Kampf einen leuchtenden Glanz. Noch ein paar Stunden, und die Ernüchterung würde über sie hereinbrechen wie eine große Schwäche, eine grenzenlose Scham. Es gab keine Hoffnung, keine auch noch so kleine Chance auf Rettung. In der viel gerühmten freien Welt standen die politischen Ampeln auf Rot.

Die Kälte wuchs, schnitt ins Fleisch. Die kleinen Wachfeuer prasselten, die Menschen wärmten ihre steifen Hände, husteten im Rauch, der nach verbrannten Reifen schmeckte.

Endlich erreichten wir einen dieser modernen Wohnblöcke, die, kaum gebaut, schon verkommen aussahen. Árpád klingelte mehrmals, mit schlechtem Gewissen. Ungarn erschraken, wenn es mitten in der Nacht unverhofft klingelte. Doch nach längerer Wartezeit öffnete sich im zweiten Stock ein Fensterladen. Ein Frauenkopf lugte hervor und Árpád rief ein paar Worte. Die Frau zog sich mit einem Zeichen der Zustimmung zurück. Árpád nickte uns erleichtert zu. Nach einer Weile öffnete Elvira die Haustür. Sie hatte eine Taschenlampe in der Hand und bedeutete uns einzutreten. Árpád umarmte sie, entschuldigte sich. Wir folgten ihr einen Gang entlang und eine hässliche Betontreppe hinauf bis zu ihrer Wohnungstür. Elvira wühlte in der Strickjacke, die sie über ihrem Nachthemd trug, nach dem Schlüsselbund und schloss die Tür auf. Sie hatte lockiges blondes Haar; ihr Gesicht war vor Aufregung rot angelaufen. Sie bat uns in die Wohnung. Stefan, schwerfällig nach der Operation, humpelte uns entgegen. Er trug einen gestreiften Morgenrock und Wadenwickel. Árpád umarmte ihn, stellte uns vor. Elvira zündete eine Kerze an, rückte die Sessel zurecht und holte Stühle aus der Küche. Im Kerzenschein sah ich ihre kühnen Mandelaugen, ihr resolutes Gesicht. Ihre Züge trugen noch die Spuren einstiger Schönheit. In der Wohnung roch es nach eingeschlossener Luft, nach ungemachten Betten und Schwefel. Wäsche trocknete auf einer Leine. Bilder und Möbel erzählten von Menschen, die bessere Zeiten erlebt hatten und durch die Umstände zur Mittelmäßigkeit gezwungen wurden. Auf einem niedrigen Salontisch stand ein kleines Radio, aus dem Marschmusik klang. Unter dem altmodischen Apparat lag ein Spitzendeckchen, und eine schöne Blumenvase aus Kristall warf Funken im Kerzenschein.

Wir zogen erschöpft unsere Mäntel aus. Árpád sammelte sie ein. Was es denn Neues gäbe? Nichts Erfreuliches, meinte Stefan. Eine Radioansprache von Parteichef Ernö Gerö. Auf die Forderungen der Demonstranten würde nicht eingegangen werden. Und das Politbüro würde mit allen Mitteln für Ordnung sorgen.

»Und seitdem nichts. Seit Stunden nichts. Nur Marschmusik.«

Das konnte alles Mögliche bedeuten, aber wahrscheinlich nichts Gutes. Elvira sagte, dass sie den Kasten am liebsten an die Wand schmettern würde.

Stefan ließ sich schwer atmend auf das Sofa fallen, legte das operierte Bein hoch. Das Politbüro, berichtete er, habe sowjetische Soldaten zur Verstärkung herbeigerufen.

»Mein Gott!«, murmelte Árpád. »Sie werden mit Kalaschnikows kommen!«

Die sowjetischen Maschinengewehre, die seit 1942 vom kommunistischen Heer verwendet wurden, machten den Ungarn Angst. In Kampfstellung legten die Soldaten die Waffe in die Armbeuge und ballerten drauflos. Ihr Zweck war, im Umkreis von sechshundert Metern alles zu vernichten.

»Eine ganze Abteilung mit diesen Waffen – nicht auszudenken!« Stefan schlug mit geballter Faust auf sein gesundes Bein. »Herrgott! Sie wollen uns töten!«

»Ja, wir werden wohl bluten müssen.«

Árpád zündete sich mit zitternden Händen eine Zigarette an. Er hatte vergessen, dass Tenöre nicht rauchen sollten.

Inzwischen goss Elvira warmes Wasser in eine Schüssel. Ich zog meine Strümpfe aus, und Tibor entfernte behutsam die winzigen Steinchen aus meiner Fußsohle. Elvira holte Verbandszeug und fragte nach meiner Schuhgröße: Sie wollte mir ein Paar Schuhe leihen. Stefan ließ Tibor eine Flasche Rotwein öffnen, die letzte Flasche vor dem Weltuntergang, sagte er, in der Hoffnung, uns ein bisschen aufzumuntern. Elvira schüttete Kohlen in den Herd, kochte Erbsensuppe, brachte sie in tiefen Tellern. Das Essen gab mir Kraft. Ein richtiges Gespräch kam nicht auf, weil plötzlich die Marschmusik verklang und etwas angekündigt wurde, was alle aufhorchen ließ. Elvira stellte hastig das Radio lauter – nicht zu laut, Spitzel konnten überall sein, womöglich auch unter den Nachbarn. Schrecklich, diese Paranoia. Alle drängten sich um den kleinen Tisch, hielten die Ohren dicht ans Gerät. Atemlose Stimmen sprachen in größter Erregung, die Nachrichten überschlugen sich. Tibor hob plötzlich den Kopf, sah mich an, mit geröteten Wangen.

»Wir haben das Rundfunkgebäude erobert! Wir rufen die freie Welt um Hilfe!«

Stocksteif saß ich da, erwiderte stumm seinen Blick. Im Überschwang der Begeisterung sprang Tibor auf, lachte und küsste mich. Er dachte, dass ich ihn nicht verstanden hätte.

»Jetzt wissen es alle, Floria! Die ganze Welt weiß es! Jetzt sind wir gerettet.«

Was hätte ich sagen sollen? »Es tut mir Leid, Tibor, du träumst?« Ich schwieg, denn alle träumten ja, freuten sich wie Kinder, umarmten sich, lachten und weinten zugleich. Und irgendwann machte sich auch in mir das trügerische Gefühl breit, dass sich noch alles zum Guten wenden könnte. Die anderen glaubten von ganzem Herzen daran. Doch wenn ich auch lächelte, wirklich lächelte, teilte ich ihren Glauben nicht ganz. Im Augenblick nannte ich es freilich nicht Argwohn. Die Hoffnung war da, mit neuem Mut erfrischt, sie hatte uns genauso plötzlich gepackt wie das Entsetzen zuvor. War es nicht natürlich und richtig, dass wir uns in dieser Nacht an die Zuversicht klammerten, als Schutz vor Gefühlen und Ahnungen, die uns zu heimlichen Ängsten verdammten? Während Árpád erneut die Weingläser füllte, strich ich zärtlich mit den Fingerspitzen über Tibors Wunde. Eine kleine Narbe würde wohl zurückbleiben, nichts Schlimmes. Sie würde sogar recht apart wirken. Er fragte: »Was ist?«

»Nichts. Ich sehe dich an.«

Ich lehnte behutsam meine Stirn an die seine. Alle Knochen taten mir weh.

Elvira lächelte mich an.

»Sie müssen müde sein.«

»Ja, sehr.«

»Legen Sie sich aufs Sofa. Ich bringe Ihnen eine Decke.«

Ich legte mich hin, mit allen Kleidern. Wie kurz kann eine Nacht sein? Die Fensterläden waren geschlossen, von draußen kamen Sprechchöre, Geschrei, unbestimmte Geräusche, die gleichen seit Tagen. Ich hörte sie kaum noch. Auch die Stimmen im Radio erreichten mich wie durch eine Watteschicht. Eine Zeit lang hielt ich die Augen offen, sah die Umrisse des Zimmers, die flackernden Schatten. Alle saßen um den Tisch herum, steckten die Köpfe zusammen, redeten leise und erregt.

Irgendwann wurde es im Zimmer still. Ich schlief, doch nicht lange. Plötzlich schlug ich die Augen auf. In der Wohnung schliefen alle. Elvira und Stefan in ihrem Schlafzimmer, Árpád und Tibor auf dem Linoleum. Elvira hatte ihnen Kissen gegeben. Tibor lag neben dem Sofa, in seinen Mantel eingewickelt. Sein Gesicht wirkte blass und hilflos im grauen Schimmer, der aus den Ritzen der Fensterläden sickerte. Es war die Stunde zwischen Dämmerung und Morgenlicht. Ich lag hellwach, mein Herz hämmerte. Irgendein fremdes Geräusch hatte mich geweckt. Was konnte es gewesen sein?

Und plötzlich, während ich lauschte, wuchs das Geräusch, kam näher, verwandelte sich in Rasseln, Klingeln, Poltern und Dröhnen, ein furchterregendes Getöse, als ob riesige Eisenkugeln durch die Straßen rollten. Jetzt wurden alle wach, Tibor und Árpád richteten sich schlaftrunken auf, während Elvira in Nachthemd und Pantoffeln zum Fenster rannte. Hinter ihr humpelte Stefan aus dem Schlafzimmer, schloss hastig seinen Morgenrock, gerade als Elvira die Läden aufstieß und wir die sowjetischen Panzer sahen, die sich in einer schwerfälligen Kolonne über die Ringstraße schoben.

39. *Kapitel*

Die Erinnerung an das, was dann geschah, fällt mir schwer. Sie schmerzt, obwohl ich am Ende wohl eine Art Sieg errang. Ich muss hier vorsichtig sein. Warum handelte ich so und nicht anders? Weil ich von Anfang an das Spiel durchschaute? Weil mir mein Engel zur Seite stand? Handelte ich wirklich nur aus Liebe? Oder aus kalter Wut und Grausamkeit? Oder aus irgendeinem anderen Grund? Ich weiß es nicht.

»Warum hat uns niemand geholfen?« Diese Frage sollte die Ungarn noch jahrelang beschäftigen. Die Aufständischen starben zu Tausenden. Wie mutig sie ihr Leben ließen, braucht nicht mehr erwähnt zu werden. Sie hofften bis zuletzt auf Hilfe.

Doch in Jalta war die Welt in politische Lager aufgeteilt worden. Die Machtverhältnisse waren geklärt und jede Einmischung konnte den Frieden in Europa gefährden.

In diesen bangen Stunden, als Ungarn am Abgrund stand, hatten wir, und das ist wiederum logisch, nur unsere eigene Sicherheit im Kopf. Durch die Fensterläden hatten wir beobachtet, wie die Aufständischen vor den Panzern flohen. Eine gespenstische Ruhe machte sich breit. Bei Stefan und Elvira konnten wir nicht bleiben. Wir wollten ihre Gastfreundschaft nicht ausnützen, ihre kargen Lebensmittelvorräte aufbrauchen. Tibor und ich dachten mit Sorge an

Agnes und Peter. Unsere Gastgeber hielten uns nicht zurück; sie mochten froh sein, dass wir gingen. Elviras schwarze Pumps waren abgenutzt, die Absätze standen schief, zum Glück stimmte die Größe.

»Ich wünschte, ich könnte sie dir geben«, seufzte sie. »Aber Lederschuhe, wo finde ich die heutzutage?« Ich versprach, sie zurückzubringen. In meinem Koffer hatte ich ein Paar Schuhe zum Wechseln.

Wir zogen unsere Mäntel an und gingen zur Tür, als Elvira plötzlich »Augenblick noch!« rief. Sie verschwand für einige Minuten im Schlafzimmer und kam mit einer Jagdpistole und einer kleinen Patronenschachtel zurück.

»Die Pistole gehörte meinem Vater. Ich glaube, ich würde mich wohler fühlen, wenn ihr bewaffnet seid.«

Stefan räusperte sich verlegen, versuchte aber nicht, sie umzustimmen. Wir zögerten, doch Elvira bestand darauf. Die Pistole hatte schöne Intarsien aus Perlmutt – Árpád bewunderte sie sehr. Die Art, wie er mit der Waffe umging, zeigte, dass er in seinem Leben nicht nur Theaterwaffen getragen hatte.

»Nimm sie«, sagte Elvira. »Du kannst sie mir später zurückgeben. Mit den Schuhen meinetwegen«, setzte sie nervös auflachend hinzu. Árpád bedankte sich, steckte Pistole und Patronenschachtel in die Manteltasche.

So nahmen wir Abschied. Stefan umarmte uns: »Gott schütze euch!« Und Elvira, immer noch in Pantoffeln, begleitete uns bis an die Haustür. Im Treppenhaus stank es nach Kohl, hinter den Türen wurde erregt gesprochen. Elvira hantierte mit ihrem Schlüssel, zog die Haustür einen Spalt auf. Sie blickte nach rechts, nach links, ließ uns hinaus und schlug die Tür zu. Wir hörten, wie sie hinter uns abschloss.

Die Welt hatte uns wieder, und sie war gewiss kein angenehmer Aufenthaltsort.

Es hatte geregnet, die Straßen waren nass. Die Panzerkolonne hatte alle Barrikaden zu Brei zermalmt. Die Ruhe war von kurzer Dauer: Plötzlich kamen Leute aus den Seitenstraßen oder rannten mit angsterfüllten Gesichtern an uns vorbei. Bald wimmelte es von Menschen und der Lärm war kaum noch auszuhalten. Irgendwo, in der Ferne, wurden aus Lautsprechern Befehle geschrien, die Menge antwortete mit Gebrüll und Schmähungen. Wir befanden uns in der Nähe des Nationalmuseums; schafften wir es bis zum Oktogonplatz, wären wir in knapp zehn Minuten bei Agnes. Árpád, der in der Nähe des Westbahnhofs wohnte, hatte einen längeren Weg vor sich. Aber die Menge wurde immer dichter, und dann ging alles ganz schnell. Die meisten Menschen hoffen ja, dem Lauf der Geschichte mit heiler Haut zu entkommen. Wir hatten das Pech, dass wir da waren, wo die Lunte gezündet wurde und die Hölle ausbrach.

Ein Ereignis provozierte das nächste, sodass aus Budapest ein Hexenkessel wurde. Später, sehr viel später, kam die Wahrheit ans Tageslicht. Doch in diesen Stunden gab es Falschmeldungen und wilde Gerüchte, nicht alle aus der Luft gegriffen. Es stimmte, dass in der Nacht, in der das Rundfunkgebäude erobert wurde, Ernö Gerö zusammen mit dem ehemaligen Ministerpräsidenten András Hegedus auf die Seite der Sowjets entkam. Es stimmte, dass den ungarischen Soldaten befohlen wurde, auf die Demonstranten zu schießen, und es stimmte auch, dass ein Teil der Armee unter Oberst Pal Meleter sich weigerte und die Rebellen unterstützte. Sein Mut war bewundernswert, denn natürlich war die Rache gewiss. Die Sowjets sahen den Kommunismus bedroht und verloren keine Zeit. Meleters Hauptquartier in der Kilian-Kaserne wurde eingenommen, der Oberst verhaftet und vor Gericht gestellt. Er bat, selbst ein Verurteilter, um Gnade für die, die seinem Befehl gehorcht hatten. Die Soldaten weinten um ihn. Die Russen erschossen alle. Sie waren beleidigt und zerstörten Ungarn systematisch. Der Aufstand dauerte dreizehn Tage, und wie er ausging, steht in den Geschichtsbüchern. Wir waren mittendrin, aber unser Schicksal war nur eines von vielen.

Die Hölle also explodierte. Wir standen da und sahen zu, wie eine zehn Meter hohe Mauer auf der anderen Straßenseite in einem Stück niederstürzte, wobei wir kein einziges Geräusch vernahmen, bis alle Backsteine auf dem Boden lagen. Dann knackte es in unseren Ohren und wir hörten einen Tumult, der alles Bisherige zu Geflüster werden ließ. Es war, als schrien Abertausende gleichzeitig, während die Panzer alle Ringstraßen abriegelten, ihre Türme mit dem roten Stern die Geschütze wahllos auf die Gebäude oder die Menschentrauben richteten, die mit Gewehren und Handgranaten den Stahlkolossen trotzten. Budapest wurde zum Schlachtfeld. Es war, als habe ein Regisseur den Tod höchstpersönlich verpflichtet, um auf einer blutigen Bühne zu tanzen. Der Tod ist ein selbstherrlicher, unberechenbarer Tänzer.

Wir wurden mitgerissen wie Strohhalme in einem Fluss. Vieles passierte, was hier nicht aufzuzählen ist. Aber an einige Geschehnisse kann ich mich sehr gut erinnern, weil sie mein Leben verändern sollten. Da war zuerst dieser Mann, der einen Russen mit einem Eisenstock angriff. Der Soldat war schneller, schoss mit seinem Maschinengewehr und zerfetzte dem Angreifer beide Beine. Der Mann stürzte, überschlug sich, kroch schreiend auf blutigen Knochensplittern. Die Menge stob auseinander. Andere Russen kamen näher, mit gleichmäßigen Schritten; hinter ihnen rollten Militärfahrzeuge wie mächtige Mühlsteine herbei. Plötzlich hatte Árpád die Pistole in der Hand. Er hielt sie mit ausgestrecktem Arm. Dann fiel ein Schuss. Der Russe warf beide Arme in die Luft, stürzte kopfüber auf den Asphalt. Sein Maschinenpistole krachte zu Boden, und ein Demonstrant riss sie an sich. Mehr sah ich nicht, denn Tibor zerrte mich zurück und wir flohen. Wir stolperten im Gedränge, atmeten den beißenden Geruch von Rauch und

Benzin ein. Árpáds Gesicht hatte sich in eine eisige, starre Maske verwandelt. Wir rannten mit der Menge, die Ohren berstend vom hektischen Gebrüll der Maschinengewehre. Die kamen von rechts, dann wieder von links, schienen einander abzulösen. Menschen stürzten zu Boden, Verletzte wälzten sich in ihrem Blut. Manche wurden fortgeschleppt, andere lagen bewegungslos da, sie waren schon tot. Die Panzer rückten vor; ihre Eisenketten überrollten die Toten und Sterbenden, hoben den Asphalt zu blutverschmierten Wellen. Sooft eine Granate explodierte, entfaltete sich eine riesige Schallblume, die sich im freien Himmel über den Straßen wiegte. Dabei entstand jedes Mal in unserem Kopf eine Art Leere, so dass wir kein Krachen, kein Geschrei mehr hörten. Die Menschen waren ohne Stimme, die Explosionen ohne Geräusch. Die Münder bewegten sich unhörbar, die Augen weinten ohne Tränen. Der Tod tanzte lautlos, zu seiner eigenen Musik. Mir schwindelte, vor meinen Augen wurde es schwarz. Hilflos klammerte ich mich an Tibor, fühlte meine Kräfte schwinden. Plötzlich rumpelte ein Lastwagen, mit einer Plane bedeckt, um die Straßenecke, hielt mit quietschenden Bremsen. Die Menge wich schreiend zurück. Árpád, leicht auf den Beinen schwankend, die Pistole in seiner Rechten, warf irre Blicke um sich, als ihm ein alter Mann seine trockene, knotige Hand auf die Schulter legte, nach hinten wies. Árpád fuhr herum. Soldaten sprangen aus einem anderen Fahrzeug, kamen näher. Wohin wir uns auch wendeten, wir waren eingeschlossen. Die Soldaten nahmen ihre Maschinengewehre und schossen gezielt um sich. Und mitten in diesem Wahnsinn zielte Árpád mit der Jagdpistole dicht an meinem Ohr vorbei; ein sowjetischer Soldat, nur ein paar Schritte von uns entfernt, fiel rückwärts, mit grotesk schwingenden Armen.

All das sehe ich vor mir, als wäre es gestern geschehen. Der Alte rief etwas. Ein kleiner Mann war es, dünn und hager, mit einem verbrauchten Bauerngesicht. Ich erinnere mich, dass er bräunliche Zahnstummel im Mund hatte und einen grob gestrickten Pullover trug. Die verblichene gelbe Farbe war scheußlich, unpassend für einen Volksaufstand; eine Farbe jedoch, die ich nie vergessen würde. Árpád starrte ihn an, dann fiel der Schuss. Ein hoch gewachsener Russe in Offiziersuniform war es, der sein Gewehr angelegt hatte. Árpád stürzte, die Arme ausgestreckt, auf die Knie. Seine Lungen rasselten, aus seinem Mund quoll scharlachrotes Blut. Bevor Tibor ihn fassen konnte, lag er am Boden, zuckte ein paar Mal, und seine Augen wurden weit und glasig.

Ich war kurz davor, den Verstand zu verlieren. Ich dachte daran, wie viele Jahre er geübt, seine Stimme geformt hatte, wie kraftvoll und lebendig und schön er gewesen war; wie er als Herzog von Mantua vor dem jubelnden Publikum seinen blauen Samthut geschwenkt hatte. Ich hatte nie eine Waffe in der Hand gehalten, doch jetzt bückte ich mich nach der Pistole, tastete nach dem Abzug und schoss auf den Russen. Ich verfehlte ihn aus kurzer Entfernung. Der Rückstoß zuckte schmerzend gegen meine Handfläche, im selben Augenblick, als mir Tibor die Pistole entriss. Schon krachte der Schuss, und es stimmte schon, was Tibor gesagt hatte, dass er nämlich besser mit Waffen als mit Steinen umzugehen wusste. Der russische Offizier ließ das Gewehr fallen, hielt seine beiden Hände auf den Bauch, und zwischen seinen Fingern war Blut. Ich beachtete ihn nicht mehr, kauerte neben Árpád nieder, während Schreiende an uns vorüberstürmten. Ich wollte wissen, ob Árpád noch lebte. Doch da war nichts mehr – nichts, was er sah oder spürte oder hörte. Schon packte mich Tibor, zog mich hoch, denn nun konnten wir die restlichen Minuten unseres Lebens an den Fingern abzählen. Demonstranten hatten gesehen, wie der Offizier fiel, und stürmten davon. Die Soldaten aber drängten schrittweise vor, bildeten einen Kreis, der sich langsam und unerbittlich um uns zu schließen begann. Alle flüchteten, Alte und Junge, Frauen und Männer. Weit kamen wir nicht: Vor uns, mitten auf der Straße, brannte ein russisches Fahrzeug. Aus dem durchlöcherten Tank lief Benzin. Ich merkte kaum, wie mich Tibor an die Wand presste, mich mit seinem Körper schützte. Schon explodierte der Tank und in wenigen Sekunden war der Wagen eine riesige Glutstelle, die meterhohe schwarze Rauchwolken spie. Wir wichen, auf allen vieren kriechend, zurück. Sobald wir konnten, erhoben wir uns, rannten weiter, doch nur ein paar Schritte: Die Soldaten, die uns den Weg versperrten, bauten ihre Linie wieder auf. Wir waren umzingelt. Und auf einmal stand der alte Mann, der uns überallhin zu folgen schien, wieder neben uns. Seine wässrigen Augen tränten im Rauch. So mager war er, dass der schmutzige Pullover um seine Knochen zu schlottern schien. Plötzlich packte er die Pistole, die Tibor noch immer in der Hand hielt, mit erstaunlicher Kraft, riss sie ihm weg und schleuderte sie in hohem Bogen in die Menge. Ich sah aus den Augenwinkeln, wie ein Halbwüchsiger mit zwei Sprüngen die Pistole erreichte, sie griff und im Gedränge verschwand. Der alte Mann zischte Tibor ein paar Worte zu, hob unmissverständlich beide Hände über den Kopf. Tibor starrte ihn fassungslos an, bevor er unwillkürlich die Geste nachahmte. Schon stand, nur zwei Schritte vor uns entfernt, ein Russe, sein Gewehr im Anschlag. Er trug Sergeantenlitzen auf der Schulter. Ungarisch gilt als eine der schwersten Sprachen der Welt – aber ich hatte eine rasche Auffassungsgabe und verstand mittlerweile ein paar Brocken. Der Russe zeigte auf Tibor. »Sie hatten eine Waffe bei sich. Sie haben auf Leutnant Voronej geschossen.«

Tibor öffnete den Mund, doch der Alte kam ihm mit seiner zischenden Aussprache zuvor. Tibor habe nie auf den Offizier gefeuert. Ein junger Kerl mit einer Pistole sei es gewesen. Wo er denn sei, fragte der Russe. Der Alte zog die Schultern hoch, spuckte gelben Schleim auf den Boden.

Sein Atem rasselte. Er sah aus wie ein rachitischer, von schwerer Arbeit erschöpfter Feldarbeiter. Der Russe betrachtete ihn und dann wieder Tibor. Heftiges Zittern überfiel mich. Wäre Tibor mit der Waffe in der Hand erwischt worden, hätten sie ihn auf der Stelle erschossen. Ein Offizier war verletzt worden. In so einem Fall gab es keine Gnade.

Inzwischen gab der Sergeant einen Befehl. Vier Soldaten mit Maschinengewehren traten näher. Der Offizier drehte sich wieder uns zu. Sein Blick verweilte etwas länger auf mir, bevor er auf Englisch sagte: »Diese Männer führen Sie jetzt ab. Ich empfehle Ihnen, Ruhe zu bewahren. Beim geringsten Fluchtversuch haben die Soldaten Befehl, Sie niederzuschießen.«

Ich hatte bisher kein Wort gesagt. Woher wusste er, dass ich eine Fremde war?

Doch schon fügte der Offizier, gleichsam als Erklärung, hinzu: »Ich habe Sie in der Oper gesehen. Es tut mir Leid.«

Er hatte gute Umgangsformen. Offenbar brachte man den Offizieren überall bei, sich zu benehmen. Ich schluckte und sagte: »Wohin führen Sie uns?«

Der Mann musterte mich ruhig.

»Das werden Sie sehen.«

Ich muss ein erschrockenes Gesicht gemacht haben. Seine Augen blitzten spöttisch.

»Sie haben nichts zu befürchten. Wir töten keine Gäste aus dem Ausland und misshandeln sie auch nicht.«

Er nickte mir kühl zu und wandte sich ab. Die Soldaten nahmen uns in die Mitte, trieben uns in heiserem Befehlston an. Dann und wann stießen sie Tibor und den alten Mann mit dem Lauf ihrer Maschinengewehre ins Kreuz. Der Alte keuchte, sein Atem ging schwer. Er musste etwas an den Bronchien haben. Ich sah von ihm nur den vorgeneigten Rücken in dem schmutzigen gelben Pullover. Er hob die Füße nicht hoch genug, stolperte mehrmals und hielt sich am Arm der Soldaten fest; die schüttelten ihn ab, brachten ihn mit Kolbenschlägen wieder ins Gleichgewicht. Plötzlich blieb er stehen, das Gesicht schmerzverzerrt, erntete Fußtritte und Hiebe. Tibor stellte sich schützend vor ihn. »Er kann nicht mehr! Lasst ihm Zeit, sich auszuruhen.« Die Männer sprachen verächtlich, zuckten die Achseln. Einer drückte Tibor, der ihm keine Beachtung schenkte, den Lauf seines Maschinengewehrs in den Rücken. Endlich setzte sich der alte Mann wieder in Bewegung. Er humpelte mit gesenktem Kopf und seine Augen waren voller Hass. Tibor stützte ihn, so gut er konnte. An einer Kreuzung wartete ein Wagen. Die Soldaten packten uns an den Armen, stießen uns hinein; Tibor half dem alten Mann, der sich mühsam hochzog. Plötzlich beugte er sich an Tibors Ohr, flüsterte ein paar Worte. Tibor nickte.

Ich drückte seinen Arm. »Was meint er?«

»Er wird dichthalten, sagt er. Und er …«

Weiter kam er nicht. Ein Soldat holte aus, schlug ihm den Kolben ins Gesicht. Tibors Kopf prallte zurück. Seine Lippen platzten auf, bluteten. Ich warf beide Arme um ihn, schrie die Soldaten an. In Augenblicken der Panik fällt der Mensch in seine Muttersprache zurück. Ich wurde zur Furie, überhäufte sie mit italienischen Schimpfwörtern. Die Männer lachten, ich hängte mich an Tibor, kämpfte wild weiter. Der Soldat, der Tibor geschlagen hatte, hatte plötzlich Schuldgefühle.

Er murmelte: »Wir nicht schlecht tun dir …«

Und dann, vielleicht weil er die Worte nicht fand, oder weil es ihm zwecklos erschien, verstummte er kopfschüttelnd. Während ich wieder zu Atem kam, richtete Tibor sich benommen auf, wischte sich mit der Hand über den Mund. Ein Blutfaden floss auf sein Kinn. Ich umfasste seine Schultern, wischte ihm mit meinem Schal das Blut aus dem Gesicht. Inzwischen warf der Fahrer die Tür zu, der

Wagen fuhr los. Die Fahrt dauerte lange. Doch in dem Viertel, in das wir jetzt kamen, hatten die Sowjets die Demonstranten in die Flucht geschlagen – die Rote Armee beherrschte das Straßenbild. Gefangene, von Soldaten bewacht, saßen am Straßenrand. Tibors Lippen waren angeschwollen und bläulich verfärbt. Er lächelte mich verzerrt an, gab mir zu verstehen, dass die Verletzung nicht schlimm sei. Jedes Mal, wenn wir zum Sprechen ansetzten, forderte uns ein Befehl zum Schweigen auf. Plötzlich wendete der Wagen, fuhr durch einen Torbogen in einen Innenhof. Der Wagen hielt. Der Fahrer stieg aus und riss die Tür auf. Die Wächter stießen Tibor und den alten Mann aus dem Wagen. Mich behandelten sie höflich, wollten mir beim Aussteigen helfen. Verächtlich übersah ich ihre Hände.

Der Innenhof war voller Soldaten, ankommende oder abfahrende Lastwagen erzeugten einen betäubenden Lärm, unter meinen Füßen schien das Kopfsteinpflaster zu vibrieren. Aus den Fahrzeugen wurden Gefangene herausgezerrt und zusammengetrieben. Alle hielten die Hände über den Kopf, stolperten und taumelten. Ihre Gesichter waren von Entsetzen gezeichnet. Einige waren verletzt und bluteten. Auch Tibor und der alte Mann mussten die Hände über den Kopf halten. Ich sah mich um. Ich kannte diesen Ort. Hier hatte man uns hergeführt, als wir zum ersten Mal verhaftet wurden. Wir befanden uns im Hauptquartier der AVM. Mein Atem setzte aus. Rostopchin. Und in diesem Augenblick überwältigte mich ungeheure Furcht. Ich fühlte mich schutzlos einem alles verzehrenden Feueratem ausgeliefert, etwas zu Großem, zu Schrecklichem, dem ich mich nicht gewachsen fühlte. Noch nie hatte ich mich vor einem Menschen so gefürchtet. Ja, ich hatte Angst, denn Rostopchin war das Zentrum jener Macht, die all diese Menschen knechtete, und das bedeutete, dass ich keine Gnade von ihm erwarten durfte. Inzwischen packten die Soldaten Tibor und den alten Mann, zerrten beide einen

Gang entlang. Mich hinderten sie daran, ihnen zu folgen. Ich konnte mich drehen und wenden, wie ich wollte, sie bildeten eine Art Wand vor mir, rührten mich nicht an, wiesen mir einfach mit ihren Waffen den Weg. Hier entlang! Dann stießen sie eine Tür auf. Zum zweiten Mal betrat ich das Büro mit den vielen Aktenschränken, dem marmornen Kamin, dem großen, trüben Spiegel. Dem Spiegel, in dem ich jetzt mein Gesicht sah, bleich, rußgeschwärzt, von wirren Haaren umgeben. Mein Mantel war offen, ich hatte den Gürtel verloren, der Kragen war mit Asche und Blut befleckt. Die Tür schlug hinter mir zu.

Für ein paar Augenblicke war ich mir selbst überlassen. Ich bemerkte, dass ich meine Hände knetete – die alte, dumme Gewohnheit. Keiner fühlt sich berufen, den Teufel zu bekämpfen, aber eine Frau mag sich besser dazu eignen als ein Mann; sie hat eine ziemliche Übung darin, eine reine Überlebensstrategie, nachdem man ihr vor zwei Jahrtausenden alle Schuld dieser Welt auf den Rücken lud. Oh ja, es ist eine schwere Last, eine Frau kann schwach dabei werden; ihre Intuition wird getötet, ihre Kräfte verkümmern. Sie weint, sie fleht, sie rauft sich die Haare. Sie ahnt nicht, dass sie damit in die eigene Falle stolpert. Hysterisches Gekreische ist keine zwingende Kraft. Unter den weiblichen Eigenschaften, den guten und den schlechten, ist Unterwürfigkeit die abscheulichste und Gehorsam die gefährlichste. Woraus bist du gemacht, Floria? Aus zitterndem Fleisch? Aus salzigen Tränen? Entscheide dich, ob du kämpfen willst! Entscheide dich jetzt – du hast noch zwei Minuten. Vielleicht nur noch eine.

Und plötzlich atmete ich freier. Ich hatte meine Wahl getroffen. Die Angst fiel von mir ab. Ich glaube, so erleben es viele Frauen; in dem Augenblick, in dem es nicht nur um ihr eigenes Leben geht, sondern um das Leben der Menschen, die sie lieben, da wachsen sie über sich selbst hinaus. Für Árpád kam jede Hilfe zu spät, nicht aber für

Tibor und den Alten. Ihr Leben war bedroht, ich fühlte mich für sie verantwortlich. Warte nur, du Hund, dachte ich, dich kriege ich schon! Meine Rolle würde ich gut spielen; wozu stand ich schließlich seit Jahren auf der Bühne.

40. Kapitel

Im Spiegel sah ich, wie die Tür aufging, wie die Wache salutierte. Der Teufel erschien, hoch gewachsen, elegant, mit berückend schönem Gesicht und melancholischem Lächeln. Ich sah ihn die Offiziersmütze abnehmen, flüchtig mit der Hand über sein lackschwarzes Haar streichen. Mir gefror das Blut. Ich bezwang schaudernd meinen Ekel, zögerte den Augenblick hinaus, in dem ich mich seiner Gegenwart stellen musste. Ich wollte die Schwingungen nicht spüren, die zwischen ihm und mir hin- und her gingen, während er näher kam, meine Hand ergriff, die kalt wie Eis war, und sie an seine Lippen hob.

Seine Stimme drückte Höflichkeit und Fürsorge aus: »Es tut mir Leid, dass Sie warten mussten. Warum stehen Sie? Bitte, nehmen Sie doch Platz. Sie sind ja halb erfroren.«

Er führte mich zu einem Stuhl. Ich setzte mich, hielt den Rücken gerade. Ich fühlte, wie der Stuhl auf dem unebenen Parkett leicht wackelte, und stemmte die Füße fest auf den Boden. Rostopchin legte Mütze und Handschuhe auf den Schreibtisch, öffnete einen Schrank, kam mit einer Flasche und zwei kleinen Gläsern zurück.

»Darf ich Ihnen etwas zu trinken anbieten? Ich persönlich bevorzuge zu dieser Stunde Portwein – obwohl ihn die Engländer nach dem Essen trinken.«

Ich nahm das Glas, das er mir reichte, und hörte meine Stimme; sie klang einen Hauch zu schrill und auf alberne Weise verbindlich.

»Vielen Dank.«

Er hob sein Glas; seine gut geschnittenen Lippen zeigten ein feines Lächeln.

»Auf Ihr Wohl, Floria.«

Ich trank. Der Portwein rieselte warm in meine Kehle. Er setzte sich an seinen Schreibtisch, stellte die Flasche in Reichweite, wobei er einige Papiere auf die Seite schob.

»Verzeihen Sie die Unannehmlichkeiten. Ich hoffe, dass die Soldaten höflich waren. Hier herrscht seit einigen Tagen Unruhe. Wir mussten Maßnahmen ergreifen. Die Leute können nicht einfach auf den Straßen herumlungern.«

Ich hielt mich nicht lange mit Höflichkeiten auf. Je schneller wir aneinander gerieten, umso besser. Ich wollte keine Zeit verlieren und in mir steckte eine Menge Wut, die ich loswerden musste.

»Sie haben Tibor Horváth verhaftet!«

»Der junge, viel versprechende Dirigent.« Rostopchins Worte klangen milde und bekümmert. »Das hätte nicht geschehen sollen.«

»Nein. Und ich will, dass Sie ihn freilassen! Unverzüglich!«

Ich bat nicht: Ich forderte. Der Teufel genoss das sich anbahnende Spiel, antwortete versonnen, wie ein Mensch, der über etwas nachdenkt.

»Ich kann verstehen, dass Sie besorgt um ihn sind. Aber so einfach ist das nicht. Genosse Horváth hat einen meiner Offiziere verwundet. Leutnant Voronej ist ein Mann, den ich schätze. Und jetzt schwebt er in Lebensgefahr.«

Der Kampf hatte begonnen. Wut und Zorn kochten in mir. Ich suchte nach Beleidigungen, meine Worte überstürzten sich.

»Ich war es, die auf ihn geschossen hat! *Porco cane!* Eine

Kugel, und weg mit dem Kerl! In der Hölle soll er braten! Er ist noch nicht tot? Ich hoffe, er verblutet! So, und jetzt können Sie mich auch gleich verhaften. Los, ab in den Knast! Worauf warten Sie noch?«

Ich schüttelte mein verschwitztes Haar aus der Stirn, starrte ihm trotzig ins Gesicht. Er zog die Brauen hoch; ein amüsiertes Mienenspiel, anerkennend und ironisch.

»*Cara mia*, Sie sind wirklich sehr mutig, sehr hochherzig. Ob ich will oder nicht, ich muss Sie bewundern. Aber dürfte ich vielleicht erfahren, was Ihnen der unglückliche Leutnant getan hat, dass Sie ihn so hassen?«

»Der Scheißkerl hat Árpád getötet! Árpád Sardi, den Tenor! Mit einem einzigen Schuss, dieses Mistvieh!«

»Ein Lungenschuss, ich weiß. Höchst bedauerlich.«

Das Gläschen zitterte in meiner Hand. Ich verschüttete ein paar Tropfen und stellte es auf den Tisch, dass es klirrte.

»Ist das alles, was Sie dazu zu sagen haben?«

Sein Gesicht wurde ernst.

»Nein. Ich habe ihn geliebt, wissen Sie das? Ein schöner junger Mann. Haben Sie Übung im Umgang mit Waffen?«

Vor lauter Verwirrung ging ich in die Falle.

»Nein, woher auch?«

Wieder das messerscharfe Lächeln.

»Ich dachte es mir. Mit anderen Worten: Sie haben den Leutnant verfehlt. Aber wer hat ihn getroffen? Genosse Horváth vielleicht?«

Heilige Mutter Gottes, sei vorsichtig, Floria! Er hat Todesspuren an den Fingern.

»Niemals!«

Er breitete die Hände aus, die offenen Handflächen mir zugekehrt.

»Warum verschweigen Sie mir die Wahrheit?«

Mein Herz schlug, dass es schmerzte.

»Tibor war es nicht! Er … er wäre dazu nicht fähig!«

»Aber Sie schon«, erwiderte er mit Nachdruck.

»Ich schon, oh ja!«

»Das hört sich überzeugend an«, meinte er. »Aber was geschah dann?«

»Dann habe ich die Pistole fallen lassen. Weil sie mir weh tat.«

Ich deutete auf meine Handfläche. Er nickte mit gewichtigem Ernst.

»Ja, ja, der Rückstoß ist nicht zu unterschätzen. Und danach?«

»Ein Demonstrant hatte sie mitgenommen. Aber ich habe ihn nicht gesehen. Wir hatten fast Mittag, und ...«

»Und was?«

»... und die Sonne blendete.«

Er zog die Stirn in Falten.

»Die Sonne? Wirklich? Der Himmel ist bedeckt. Und was war mit dem Alten?«

»Der kam später hinzu.«

»Er war also nicht dabei, als Leutnant Voronej verwundet wurde?«

»Er hat mit der Sache nichts zu tun. Lassen Sie ihn gehen!«

»Wem gehörte die Waffe? Árpád?«

»Nein. Einer Freundin.«

»Können Sie sich an ihren Namen erinnern?«

»Nein.«

»Erinnern Sie sich bitte.«

»Tut mir Leid, ungarische Namen sind zu kompliziert für mich!«

Er ließ einen Seufzer hören.

»Ich weiß sehr wohl, dass ich Ihnen volles Vertrauen schenken kann. Aber ich bin verpflichtet, dieser Sache auf den Grund zu gehen. So Leid es mir tut, wir werden den Genossen Horváth und den Alten verhören müssen. Oder hat ausgerechnet dieser Alte auf Leutnant Voronej geschossen? Was meinen Sie, Floria?« Er blickte mich eindringlich an; auch in seinem Ton lag eine bestimmte Absicht. Fast so, als ob er erwartete, dass ich seine Frage bejahen würde. Der Köder blitzte auf, aber ich schnappte nicht danach. Diese Schmach wollte ich mir nicht antun.

»Aber das ist ja lächerlich!«, rief ich.

Er kicherte wie ein Halbwüchsiger.

»Ach, finden Sie?«

Ich zuckte irritiert mit den Schultern. Er sprach weiter. Nachdenklich.

»Sie müssen wissen: Unsere Spitzel sind überall. Spitzel lügen nicht. Sie können es sich nicht leisten, ihren Eid zu brechen. Sie können sich lediglich irren. Wenn es wirklich so war, wie Sie behaupten, werden wir es herausfinden. Noch etwas Portwein?«

Er hob die Flasche, füllte mein Glas. Ich trank; nicht nur mein Gesicht, nein, auch mein Zwerchfell glühte. Er trank ebenfalls, wobei er mich nicht aus den Augen ließ. Asche und Qualm wehten durch Budapest, Panzerketten zermalmten tapfere Menschen. Im Keller wurden Gefangene gefoltert. Und ich trank Portwein mit diesem Sadisten.

Nach einem kurzen Schweigen wechselte er das Thema.

»Offen gestanden, Floria, ich verstehe die Ungarn nicht. Seit den frühen Morgenstunden ist Imre Nagy, dieser Schlappschwanz, wieder Ministerpräsident. Fällt diesem Idioten nichts Besseres ein, als den Austritt aus dem Warschauer Pakt zu verkünden? Das führt doch zu nichts. Wir müssen Ordnung schaffen.«

»Indem Sie Leute umbringen?«

»Querulanten liquidieren sich nicht von selbst.«

Er griff hinter den Papierstoß, brachte die Zigarettendose zum Vorschein, knipste sie auf.

»Stört es Sie, wenn ich rauche? Sie – ich weiß – müssen Ihre Stimme schonen.«

Er nahm eine Zigarette, schob sie in die ruhige Flamme

seines silbernen Feuerzeugs und zündete sie an, bevor er gleichmütig weitersprach.

»Wollen wir ganz offen zueinander sein? Zwischen uns gibt es … eine gewisse Sympathie. Das werden Sie doch wohl nicht abstreiten?«

Ich schwieg.

Er lehnte sich, Rauch ausstoßend, zurück.

»Sie werden nachdenklich, Floria. Habe ich Sie aus der Fassung gebracht?«

Ich hob das Kinn. Ich spürte, wie ich innerlich zitterte.

»Nicht im Geringsten.«

Er räkelte sich, dehnte höhnisch die Worte.

»Hätten wir die Zeit, einander kennen zu lernen, würden wir unzweifelhaft viele Gemeinsamkeiten entdecken. Klarsicht hat gewisse Vorteile. Das Spiel mit der Macht ist für mich ein exquisiter Exzess, wie Erotik oder Alkohol. Andererseits würde ich Sie ungern in Schwierigkeiten wissen.«

»Was liegt Ihnen an mir?«

Er lächelte, wobei er nur leicht die Wangen verzog.

»Vielleicht liegt mir lediglich daran, die Götter der Musik zu besänftigen? Man sagt uns Russen vieles nach. Wahr ist, dass unser Streben nach Gefühlshöhepunkten unser Gehirn bisweilen zu Falschmünzereien verführt. Darüber hinaus ist die Psychologie des Quälens eine exakte Wissenschaft. Man kann die Misshandlung der Leiber berechnen, den Höhepunkt durch Virtuosität erreichen. Ich teile jedem Menschen zu, was ihm entspricht – er wird genau das finden, was er zu finden befürchtet.«

»Sie sind kein Mensch«, sagte ich. »Sie sind ein Tier.«

Er lachte leise, angenehm.

»Sind wir nicht aus dem gleichen Holz geschnitzt? Sind wir nicht anmaßend und eitel und von dem Wunsch getrieben, etwas Besonderes zu sein?«

Er blickte mir gelangweilt in die Augen.

»Tibor Horváth ist ein brillanter Musiker, ein netter Kerl obendrein. Ich verstehe durchaus, dass Sie ihn mögen, obwohl er Ihnen nicht das Wasser reichen kann. Anton war komplizierter, aber Anton ist tot. Reden wir lieber von uns. Sie und ich, wir sind Ergänzung füreinander, untrennbar wie Tag und Nacht. Wir sprechen die gleiche Geheimsprache. Sie verstehen mich?«

»Nicht die Spur.«

»Vielleicht drücke ich mich falsch aus – oh wirklich, es ist dumm von mir. Was ich eigentlich sagen will: Es gibt viele Menschen, die zufrieden mit ihrer eigenen Natur dahinleben. Die nützlichen Idioten, wie Lenin sie nannte. Was kümmern uns diese Kreaturen, Floria, wo Sie und ich doch Geschwister sind?«

Mein Hirn war plötzlich leer. Ich saß da, in schülerhafter Haltung, die Füße ordentlich nebeneinander gestellt, und wünschte, ich könnte mich in Luft auflösen, denn ich wusste mit einem Mal, dass er mein Geheimnis kannte.

Ich fragte, nicht lauter als im Flüsterton: »Worüber reden Sie eigentlich?«

Er vollführte, mit der Zigarette in der Hand, eine ausschweifende Geste.

»Über die Formen, die Ihre Stimme schuf, worüber denn sonst? Die Wirkung war so unglaublich. Es war, als hätten Sie mir einen Spiegel gereicht, der Licht auf mich warf und es hell aufleuchten ließ. Faszinierend, wirklich!«

Die Angst fraß an meiner Seele. Aber irgendwie musste ich Vernunft bewahren.

»Sie machen sich über mich lustig.«

»Sie wissen, dass ich das nie tun würde.«

Ich fuhr mit der Zungenspitze über die Lippen.

»Ich … ich kann mich an nichts erinnern. Sie haben sich das nur ausgedacht.«

Er schüttelte den Kopf.

»Sie kämpfen tapfer – aber Sie kämpfen umsonst. Wir

beide können unserer Natur nicht ausweichen. Aber unsere Schicksale sind verschieden. Sie sind ein Stern am Himmel, ich steige zur Menschheit hinab. Dorthin, wo sie am lautesten blökt. Was ist, Floria? Fühlen Sie sich nicht wohl?«

»Hören Sie auf! Mir wird übel.«

»Oh nein. Sie sind – im Gegenteil – außerordentlich interessiert. Sie erwarten, dass ich mich rechtfertige? Als ob es da etwas zu rechtfertigen gäbe. Luzifer hat zwei Gesichter. Die Teilung ist ein Naturgesetz.«

»Ich habe Ihnen nie gesagt, dass …«

Er glättete sein Haar am Hinterkopf mit einer anmutigen Bewegung.

»Natürlich ist Ihnen das Gespräch peinlich. Natürlich. Sie würden mir jetzt gerne etwas von Lichtreflexen aufschwatzen, von einer Augentäuschung. Es ist zwecklos, Floria. Unsere Begegnung war vorherbestimmt. Sie und ich, wir haben voreinander keine Geheimnisse. Und wie ich es miterlebt habe, scheint mir Ihr Leben voll von solchen – Phänomenen. Das finde ich bemerkenswert.«

»Ich weiß überhaupt nicht, wovon Sie reden!«

»Das Merkmal unserer Dualität ist Intelligenz.«

Ich starrte in die dunkle Ironie seiner Augen.

»Ich … ich kann Ihre Behauptungen nicht hinnehmen.«

Er kicherte leise.

»Oh, ich denke doch.«

In seinen langen, gepflegten Fingern hielt er die Zigarette. Sie duftete gut, nach blondem Tabak. Mir war, als ob mein Leben in einem Zustand des Schreckens verharrte. Und gleichzeitig raste ich vor Wut, vor nahezu mörderischer Wut. Seltsam, wie die Willenskraft plötzlich in mir aufflammte, wie ich in zornigem Schwung den Kopf hochwarf.

»Ich bin eine Sängerin. Und Sie ein Folterknecht. Warum lachen Sie?«

»Ich lache nicht. Ich gebe es zu. Und ich habe großen Respekt vor Ihrer Begabung und große Missachtung vor meiner. Und trotzdem behaupte ich nach wie vor, dass wir etwas unwiderleglich Gemeinsames haben. Wir sind keine gewöhnlichen Menschen, Floria. Wir sind Raubvögel.«

Raubvögel. Es war wie ein Erwachen. Er selbst hatte mir das Stichwort gegeben, mir den Zauber in die Hand gelegt. Ich rief mir das Bild des Adlers in Erinnerung, bis ich Federn, Schnabel und Krallen deutlich sehen konnte. Und ja – ich durfte die Hand nicht vergessen, jene Geisterhand, die sich nach dem Adler ausstreckte, seine Kraft forderte, in Besitz nehmen wollte. Im Geist umklammerte ich diese Hand, presste die Kraft aus ihr heraus – die Kraft, die ihr der Adler schenkte. Ich passte mich ihren Schwingungen an – und da fühlte ich es – wie Rachel es damals auch gefühlt haben musste: Ich fühlte, wie die Kraft des Adlers in mir einzog. Sah Rostopchin in mir einen Raubvogel, dann wollte ich für ihn einer sein.

»Ich frage mich, ob Sie ein Mann von Wort sind.«

Seine Lippen zuckten spöttisch.

»Wie sehr Sie an Wörtern hängen! Wenn ich Ihnen gestehe, dass Sie meine Gedanken und Handlungen unumschränkt beherrschen, sollte es Ihnen doch egal sein, ob ich die Wahrheit sage oder nicht?«

»Sie werden absurd.«

»Durchaus nicht. Sie schulden mir ein Versprechen.«

»Was erwarten Sie eigentlich von mir?«

Er spielte mit der Zigarettendose, schob sie auf dem Tisch hin und her.

»Vielleicht versuche ich nur, Sie an unser Abkommen zu erinnern?«

»Jetzt? In diesem Augenblick? Sie haben hier einen Volksaufstand! Und Sie wollen, dass ich …«

Er nickte, ebenfalls lächelnd.

»Ja. Ich möchte, dass Sie für mich singen. Ich trage viel Verantwortung und arbeite hart. Ich sehne mich nach Zerstreuung.«

Meine Kunst war alles, was ich für Tibors Leben in die Waagschale werfen konnte. Und auf eine weitere Chance konnte ich auch nicht hoffen. Wer von uns würde arglistiger sein?

»Und wo?«, fragte ich. »Wo genau? In welchem Theater?«

Er schüttelte den Kopf.

»Es gäbe zu viele Anordnungen zu treffen. Wir werden in meine Privaträume gehen, hier im Haus.«

Die Beklemmung wuchs, aber ich hielt weiterhin die Schultern straff. Du musst das Wagnis eingehen, dachte ich, als ich plötzlich Geräusche hörte, die ich zuvor nicht beachtet hatte: ein brandungsgleiches Rauschen vieler Stimmen. Wurde es deutlicher, oder bildete ich es mir nur ein? Es gab Augenblicke, in denen weit entferntes Geschrei, vom Wind getragen, näher erschien, als es war.

Ich hörte mich murmeln: »Bei diesem Lärm?«

Er antwortete gleichmütig.

»Aufständische beabsichtigen, die Kommandantur zu stürmen. Wir werden ihnen einen denkwürdigen Empfang bereiten. Das soll uns nicht von unserem Vorhaben abbringen. Nach einer Weile gewöhnt man sich an den Lärm und hört ihn nicht mehr.«

Während mein ganzer Körper in Aufruhr war, war sein Gesicht immer eine höfliche Maske geblieben. Jetzt war es ernst bis zur Schwermut, und daran erkannte ich, dass er wahnsinnig war. Vielleicht hatte er selbst sich in den Wahnsinn getrieben, oder es waren die anderen – die Gefolterten, die ihn in seinen Träumen heimsuchten. Aber er sah die Dinge schon richtig: War er wahnsinnig, dann war ich es auch. Sympathie für den Teufel? Unter den Kleidern spürte ich den Schweiß wie eine klebrige Flüssigkeit. Ich hörte unentwegt die Schreie; mir schien, dass sie näher kamen. Sie würden bald lauter tönen als jeder Gesang dieser Erde.

Er setzte hinzu: »Was Sie hören, ist das Stammeln derer,

die bald tot sein werden. Schenken Sie der Sache keine Beachtung.«

»Ich verachte Sie.«

»Die Mühe können Sie sich sparen. Ich weiß, wer ich bin. Aber wer im Bann des Schattens lebt, verspürt bisweilen den Wunsch nach Ablenkung.«

Hilflos biss ich mir auf die Lippen. Die Liebe zum Gesang als qualvolle Sehnsucht nach dem Licht? Ja, dergleichen war möglich. Vielleicht konnte ich Nutzen daraus ziehen. Nun, da Rostopchin die Karten auf den Tisch gelegt hatte und die Dinge ihren Lauf nehmen würden, war es nicht nur der Zorn, der mir das Herz zuschnürte; in dieser Sekunde brach sich mein Selbsterhaltungstrieb Bahn. Ich erinnerte mich an das Bild einer Frau mit einem Satinband im schwarz gelockten Haar. Und auf einmal fühlte ich sie, wie Wind in den Haaren, hörte sie leise zu mir sprechen. Ihre Stimme knisterte wie zersplissene Seide.

»Sei klug, Floria! Sing für ihn, wenn er das wünscht!«

»Ich … ich brauche ein Beruhigungsmittel!«

»Sei nicht kindisch, Floria.« Die Stimme klang leise und spöttisch. »Beruhigungsmittel, wozu? Selbstbeherrschung wäre angebrachter. Ich habe auch gesungen, gestern oder vorgestern, ich weiß nicht mehr genau, wann es war. Es ist eine alte Geschichte. Für mich, für uns alle, war es zu spät, aber es hat ein bisschen geholfen. Du könntest mehr Glück haben. Vielleicht.«

Die Anspannung in mir wuchs. Ich rieb mir die Stirn, verwirrt, gereizt und aufgeregt. Zu Rostopchin sagte ich: »Wir haben noch nicht über die Bedingungen gesprochen.«

Er deutete eine Verbeugung an.

»Sie müssen nur die Summe nennen, die Sie gern hätten. Sie können sicher sein, dass alles möglich ist.«

Ich antwortete mit trockenen Lippen.

»Geld? Ich brauche kein Geld.«

Er lachte frei heraus.

»Sie sind eine gefährliche Frau, und leider bin ich Wachs in Ihren Händen. Nun, was verlangen Sie?«

»Dass Sie endlich meine Wünsche erfüllen. Tibor und den Alten freilassen. Jetzt sofort, nicht erst in einer Stunde!«

»Der Alte ... immer wieder der Alte!« Aus Rostopchins Stimme klang nachsichtige Ungeduld. »Er weiß Ihren Einsatz sicher zu schätzen. Ich verstehe allerdings nicht den Sinn Ihrer Bemühungen.«

»Was ist denn daran so seltsam?«

»Aha. Er hat Ihnen also geholfen?«

Zornig knipste ich an meinen rot lackierten Nägeln.

»Kommandant Rostopchin, Sie langweilen mich.«

Das Stimmengewirr wurde lauter. Schüsse fielen. Die Aufständischen brüllten, wie sonst nur die Meeresbrandung brüllt. Rostopchin warf einen flüchtigen Blick aus dem Fenster. Dann kehrten seine Augen zu mir zurück; sie waren jetzt von einem so tiefen Schwarz, dass ich erschauderte.

»Sie wickeln mich um den Finger«, sagte er. »Aber ich finde das charmant. Ich werde sehen, ob sich Ihre Wünsche erfüllen lassen.«

»Gefahr!« Die Stimme sprach leise und eindringlich. »Achte auf den Doppelsinn der Worte! Er ist ein Meister auf diesem Gebiet – diese Sorte kenne ich gut. Und je wohlerzogener, desto schlimmer.«

Ich überlegte und bedachte ihre Warnung.

»Danke«, sagte ich zu Rostopchin. »Und noch etwas ...«

Er machte eine einladende Geste, wartete.

Ich sagte: »Ich habe gehört, dass die Grenzen geschlossen sind. Ich brauche einen Passierschein für Tibor und mich. Sein Vater ist gestorben, hier hält ihn nichts mehr.«

»Sie verlangen viel. Es kann Komplikationen geben.«

Die Stimme hatte mich gewarnt: Sein Antlitz, so schön es auch sein mochte, war das Antlitz des Teufels, ich durfte es nicht vergessen. Meine Angst war wie Zunder für das Feuer in mir.

Hasserfüllt erwiderte ich: »Das ist mir egal. Wir haben eine Abmachung.«

Er seufzte.

»Die Verhältnisse liegen eben äußerst unglücklich. Unser junger Dirigent sollte das Land nicht verlassen. Es wäre ein Verlust für Ungarns Musikwelt.«

Wer bist du, Floria? Eine Versagerin? Die Heldin einer Geschichte, die schon zu Ende geht, bevor sie überhaupt begonnen hat?

Ich antwortete schneidend: »Mit Ihren Ausflüchten gehen Sie mir auf die Nerven, Kommandant. Tibor liebt seine Heimat und wird zurückkommen. Solange Sie das nicht begriffen haben, kennen Sie ihn nicht.«

Ganz in der Nähe schlug ein Geschoss ein. Die Explosion ließ die Scheiben klirrten. Wie viel Zeit blieb noch, bevor alle starben? Rostopchin zog unwirsch den Aschenbecher zu sich heran.

»Möge die Menschheit nur einen Kopf haben, auf dass man sie mit einem Schlag enthaupten könne. Das sage nicht ich, sondern Caligula. Aber ich will aus dem Genossen Horváth keinen Märtyrer erster Klasse machen. Ich werde Ihnen also einen Passierschein ausstellen.«

Noch mehr Schüsse. Rostopchin beachtete sie nicht, füllte mit leichter Hand ein Formular aus. Ich saß ganz still, während mein Herz an die Rippen schlug. Ohne das Schreiben noch einmal durchzulesen, versah Rostopchin es mit einem Stempel. Sein Gesicht mit den fein geformten Knochen wirkte auf einmal abstrakt und blicklos – nicht blind, nein; eher, als weilten seine Gedanken anderswo; und er schien so vertieft in diese Betrachtung, dass er meiner Anwesenheit kaum noch Beachtung schenkte.

»Die Flugverbindungen sind leider unterbrochen, aber einige Züge fahren noch. Dieses Schreiben sichert Ihnen zwei Plätze. Die Reise wird unbequem sein, aber Sie werden die österreichische Grenze wohlbehalten erreichen.«

Er reichte mir das Dokument; ich streckte hastig die Hand danach aus und bereute meine nervöse Geste sofort. Der Passierschein, auf blauem, wappengeschmücktem Briefpapier ausgestellt, war in ungarischer Sprache abgefasst. Rostopchin schrieb kleine, nahezu unleserliche Buchstaben, deren Zeilen ein wenig nach links anstiegen. Immerhin, ich erkannte unsere Namen. Der gesunde Menschenverstand sagte mir, dass ich es darauf ankommen lassen musste. Dass Rostopchin nicht unentwegt Mittel und Wege ersinnen würde, um mich zu betrügen. Aber die Geisterstimme warnte mich, und sie war verlässlicher als alle Überlegungen. Ich blickte argwöhnisch auf. Und es war geradeso, als könnte der Kommandant Gedanken lesen, denn ein höhnisches Lächeln kräuselte seine Lippen.

»Haben Sie kein Vertrauen zu mir?«

Auch ich war doppelzüngig; ja, mir blieb nichts anderes übrig, als es zu sein. Und es war seine Sache, ob er meine Antwort für bare Münze nahm.

»Ich weiß, dass ich mich auf Ihre Ehrlichkeit verlassen kann.«

Er erwiderte sachlich: »Sie brauchen einen Umschlag.«

Ich faltete das Schreiben sorgfältig zusammen, verbarg es in dem Umschlag, den er mir reichte, und steckte es in meine Tasche, neben den Reisepass. Ich fühlte nicht die Erleichterung, die ich hätte fühlen sollen. Nein, meine Beklemmung wuchs. Noch war der Kampf nicht entschieden.

»Haben Sie noch einen Wunsch?«, fragte er.

Ich schluckte schwer.

»Ich hätte gern ein Glas Wasser.«

»Man wird es Ihnen bringen. Wenn Sie mir bitte folgen wollen?«

41. Kapitel

Der Kommandant erhob sich; eine schnelle, elastische Bewegung; er griff nach Mütze und Handschuhen, bevor er mich zu Tür geleitete. Draußen kehrten uns die Dienst habenden Offiziere den Rücken zu, blickten in den Innenhof. Jetzt fuhren alle herum und schlugen die Hacken zusammen, passiv und starr, bildeten nahezu einen Wandschirm aus dunklen Uniformen. Rostopchin sprach eine Weile zu ihnen, sie salutierten erneut, als ob sie die Rollen der Zeugen oder der Voyeure übernahmen. Inzwischen ging Rostopchin mir voran, führte mich mit leichten, kräftigen Schritten die Marmortreppe hinauf zu einer Tür, die seine Ordonnanz für ihn öffnete. Mir fiel auf, dass diese Tür von innen dick gepolstert war. Wir betraten ein kleines Vorzimmer, dann einen Salon mit grüner Tapete und großen Bogenfenstern. Die eingefügten Halbsäulen aus vorgetäuschtem Marmor, die Vergoldungen und Stuckaturen stammten aus einer Zeit, als noch kein revolutionäres Gedankengut aristokratische Privilegien anzufechten wagte. Eine Tür führte zu einem niedrigen Balkon. Darunter, zwei Stockwerke tiefer, war der Innenhof.

»Hier wohne ich«, sagte Rostopchin in beiläufigem Ton. »Man stellt mir diese Räume zur Verfügung.«

Mein Blick glitt über die Gemälde, die Porträts oder Jagdszenen zeigten, die Wanduhr, den Kronleuchter aus Kristall und den eleganten Schreibtisch, auf dem weiße und blaue Papiere in Stapeln lagen. Die Polster der Armsessel, alle mit Brokat bezogen, wiesen hässliche braune Verfärbungen auf. Aus einer Lehne quoll die Füllung heraus, als ob jemand heftig daran gezogen hätte. Der aus großen Vierecken zusammengesetzte, fleckige Parkettfußboden knarrte unter Rostopchins blanken Stiefeln. Das Zimmer strömte eine eigenartige Schwüle aus, einen süßlichen, muffigen Geruch, warm und schwer, der die Luft verpestete.

Unterdessen führte Rostopchin mich in einen angrenzenden Raum, in dem ein Flügel stand. Es war ein Neumayer-Flügel, schwarz glühend wie ein Edelstein, und für ein paar Augenblicke verschlug mir seine Vollkommenheit den Atem. Ehrfürchtig trat ich näher, sah mein Spiegelbild im Lack. Behutsam fuhr ich mit der Hand über die Tasten, streichelte Elfenbein und Ebenholz. Die Berührung kam mir auf schamlose Weise intim vor.

»Jemand hat ihn mir ... überlassen«, sagte Rostopchin. »Ein wertvolles Stück, wie Sie sehen.«

Wortlos nickte ich. Der Flügel war heilig, wie Musikinstrumente es sind.

Es klopfte. Die Ordonnanz trat ein, brachte ein Tablett mit einer Karaffe und Gläsern. Er stellte das Tablett auf ein Tischchen, füllte die Gläser und verschwand. Ich nahm mit unsicheren Händen das Glas, das Rostopchin mir reichte. Gierig trank ich. Das frische Wasser klärte meine Gedanken.

Ich fragte: »Darf ich das Klavier testen?«

Er ließ sich, mit zustimmender Geste, in einen Armsessel fallen. Ich nahm auf dem Klavierhocker Platz. Ich war keine gute Pianistin, ich war nicht einmal eine akzeptable, und in dieser Situation klang mein Spiel noch schlechter als sonst.

»Mach dir deswegen keine Sorgen«, sagte die Geisterstimme. »Es gibt Momente, in denen du nicht anders kannst.

Damals, als sie uns holten, war es noch dunkel. Der Wind schnitt wie ein Messer, und der Boden war eisig gefroren. Wir gingen ohne Schuhe und Strümpfe, und sie schlugen uns mit Gewehrkolben. Als ich das Lied anstimmte, hörte es sich abscheulich an. Ich hatte kaum noch Speichel im Mund. Aber alle haben mitgesungen.«

Mein Atem stockte. Jetzt wusste ich, wer sie war; kein Traum im Traum, sondern ein Geschöpf, das an der Welt vorüberwehte, das Zeit und Wind trank. In Gedanken sprach ich ihren Namen aus.

»Rachel!«

Ihre Stimme klang ein wenig spöttisch.

»Du bist nicht sehr pfiffig, weißt du.«

»Was soll ich tun, Rachel? »

»Die Musik hat ihn satt, und zwar gründlich«, sagte sie. »Wer Menschen zu Grabe trägt, versteht nichts von Musik.«

Sie wartete unsichtbar, ihre Augen waren mit Himmel gefüllt, sie vernahm mit scharfem Gehör den tiefen Sinn aller Worte. Sie war so jung gestorben, dass sie unverbraucht war. Ich dachte an die Kraft, die ihr im Augenblick des Todes geschenkt wurde. Rachels fernes Lachen klingelte wie ein Glöckchen.

»Lass dich nicht einschüchtern. Er redet zu viel.«

Im Netz meiner Gedanken konnte sich Rachel verbergen und Wache halten; sie stellte sich zwischen mich und die Gefahr, warf mir Worte zu, die das Übel abwendeten. Sie war mein Schutzengel, ebenso wie ich Tibors Schutzengel sein konnte, später, wenn der Umlauf meiner Uhr vollendet war. Ach, Rachel! Ich wusste, dass ich ihr verwandt war. Ich hätte sie gerne genauer gesehen. Ich widerstand der Versuchung. Wir sollten solche Wesen nicht allzu früh und aus der Nähe betrachten, sonst überwiegt das Bedürfnis, sich dem Wind zu überlassen, um frei zu sein wie sie.

»Ich bin noch nicht so weit. Ich muss das erst üben.«

»Dann üb mal«, sagte Rachel. »Solange du noch Zeit hast.«

Statt mir über die Bemerkung den Kopf zu zerbrechen, wandte ich mich seitwärts auf dem Hocker, dem Teufel zu.

»Was wünschen Sie zu hören?«

Er legte die Fingerspitzen gegeneinander. Er war blass wie zuvor, aber auf seinen Wangen wurden zwei rote Flecke sichtbar.

»Die Wahl überlasse ich Ihnen.«

Mein Geist wanderte mit meinen Fingern über die Tasten. Verstohlen und vorsichtig sah ich ihrem Spiel zu. Es war schwierig, ohne Noten die richtige Tonlage zu finden. Ich hatte nicht geprobt und fühlte mich unsicher. Versunken neigte ich mich über den Flügel, meine Hände waren auf der Suche nach einer Melodie, als lautes Getöse aus dem Innenhof kam, Motoren ansprangen und Stimmen durcheinander schrien. Und plötzlich schien das Knattern von Maschinengewehren von allen Seiten zu kommen. Ich fuhr so heftig zusammen, dass ein Schmerz vom Nacken in den Hinterkopf zuckte und ich an mich halten musste, um nicht aufzustöhnen. Verstört ließ ich die Hände in den Schoß fallen. Schon erhob sich Rostopchin, mit einem Ausdruck von Missfallen im Gesicht. Er ging zum Telefon, nahm den Hörer ab und sprach lange in scharfem, ungeduldigem Tonfall. Dann legte er den Hörer wieder auf, sah zu mir herüber. Aus seinem Blick sprach eisige Kälte.

»Es tut mir Leid, ich musste einige Befehle geben. Sie haben die Kommandantur umzingelt. Höchst unangenehm. Das Töten sollte man am besten gleich auf dem Friedhof erledigen.«

Ich holte tief Luft.

»Jetzt werden Sie obendrein geschmacklos.«

»Du musst jetzt schlau sein«, sagte Rachel. »Sonst führt er dich an der Hand, um morden zu gehen.«

Schon wieder das Telefon. Das Schrillen fuhr mir durch Mark und Bein. Er nahm den Hörer ab und redete lange;

ich merkte, wie sich etwas an ihm veränderte. Es zeigte sich weniger in seiner Haltung als in der Art, wie er sprach, einen Ton höher als üblich und mit einer Andeutung von Ärger. Dabei sah er mit gerunzelten Brauen an meiner Schulter vorbei, und in diesem Moment wusste ich, dass er von mir sprach. Aber mit wem? Und in welchem Zusammenhang?

Rachel bestätigte meine Vermutung.

»Da ist einiges schief gelaufen. Aber das war ja zu erwarten.«

Plötzlich tanzten winzige schwarze Pünktchen vor meinen Augen. Im Raum war ein merkwürdiges Geräusch zu hören: mein eigener Atem, aber ich wusste es nicht.

»Sie brauchen frische Luft.«

Rostopchins Stimme brachte mich in die Wirklichkeit zurück. Die Schwärze vor meinen Augen klärte sich. Ich richtete mich schwankend auf. Rostopchin wollte mich stützen, doch ich beachtete ihn nicht. Jeder Körperkontakt mit ihm wäre absolut unerträglich gewesen. Mein Schutzengel, zwischen uns, breitete seine flimmernden Schwingen aus, die seine Konturen verwischten. Ich ging vorsichtig weiter, mechanisch, in der Befürchtung, das Gleichgewicht zu verlieren. Rostopchin öffnete die Balkontür. Eine kalte Luftwolke drang in den Raum. Ich stolperte auf den schmalen Balkon, legte beide Hände auf das Gitter. Die Luft schmeckte ekelerregend, nach Benzin und Pulver und Tod. Ich sah Wachen auf und ab gehen oder mit Maschinengewehren im Anschlag neben den Wagen stehen. Mit jedem Atemzug rückte das Kampfgetöse näher; ein ununterbrochenes vielstimmiges Geschrei. Und immer wieder, wie Hohngelächter, der mechanische Tanz der Maschinengewehre. Ab und zu erschütterte ein gewaltiger Stoß die fest verriegelten Torflügel. Ich wischte mir den Schweiß aus der Stirn.

»Warum tun sie das?«

»Weil sie Idealisten sind. Idealisten sind Sandkörner im Getriebe.« Ein eigentümliches Lächeln begleitete seine Worte. »Sie wollen die Gefangenen befreien – habe ich Ihnen das nicht gesagt?«

Ich schüttelte stumm den Kopf.

Rostopchin sprach gleichmütig weiter. Unsere Blicke, hier auf dem Balkon, waren sich noch kein einziges Mal begegnet.

»Und wissen Sie was? Ich habe das Pulvermagazin zur Sprengung vorbereiten lassen und die Häftlinge dort untergebracht. Brechen die Narren das Tor auf, jage ich das Magazin in die Luft. Meine Offiziere warten auf den Befehl.«

»Wir sind an einem kritischen Punkt angelangt«, sagte Rachel. »Nimm dich vor ihm in Acht!«

Ich schluckte würgend und sagte: »Sie haben mir ein Versprechen gegeben!«

Er heuchelte Enttäuschung. »Wie schade, dass Sie mir so wenig Vertrauen schenken! Unser junger Dirigent wird als bevorzugter Häftling behandelt. Bleiben Sie lieber nicht in der Kälte«, setzte er besorgt hinzu. »Ihre Stimme könnte Schaden nehmen.«

Wieder übersah ich seine Hand. Doch gerade als ich vom Geländer zurückwich, erhoben sich im Innenhof erregte Stimmen. Soldaten traten zur Seite, um einigen schiebenden, stoßenden Männern Platz zu machen. Von Entsetzen geschüttelt, starrte ich auf den Leichnam, den die Soldaten an den Beinen über das Pflaster schleiften. Kurz erblickte ich einen blutbespritzten gelben Pullover, ein scheußlich verstümmeltes Gesicht, ein zerfetztes Ohr. Der Schädel hüpfte über die Steine, aus tiefen Wunden rann eine ekelerregende Flüssigkeit, Stoffteile, Fetzen blutigen Fleisches. Ein Hand war abgerissen und der offene Mund voller schwärzlicher Blutklumpen. Der Tote wurde zu einem Wagen gezerrt. Als sie die Plane hoben, sah ich einen Haufen weiß verfärbter Körper. Die meisten waren nackt, bereits erstarrt, doch ich sah oder glaubte eine Hand zu sehen, die sich bewegte. Schon packten sie den alten Mann an Armen und Beinen, warfen ihn hinein, wie sie einen Getreidesack hineingeworfen hätten. Dann zogen sie die Plane wieder zu und gingen. Nur zwei Männer blieben zurück, lehnten sich an den Kotflügel des Wagens und tranken abwechselnd aus einer Flasche.

Seit vielen Tagen war ich von Straßenkämpfen umgeben. Ich hatte verstümmelte Verletzte gesehen und miterlebt, wie Panzer Tote zermalmten. Ich hatte Schrecken und Furcht empfunden, aber nie die Nerven verloren. Jetzt aber wandte ich mich ab, lehnte mich an die Balkontür und erbrach mir beinahe die Seele aus dem Leib. Ich keuchte und zitterte in der feuchten Luft, meine Zähne klapperten. Ich presste die Hand vor den Mund und das Wasser tropfte mir aus den Augen.

Schließlich spürte ich eine Hand auf meiner Schulter. Ich schüttelte sie ab, wie Ungeziefer, suchte nach meinem Taschentuch, um mein Gesicht zu trocknen. Taumelnd verließ ich den Balkon, sah durch klebrigen Dunst Rostopchin die Karaffe heben, mein Glas füllen. Er tat es sehr ruhig, ohne einen Tropfen zu verspritzen. Als er auf mich zutrat, riss ich ihm das Glas beinahe aus der Hand und leerte es in einem Zug. Danach war ich endlich wieder bei Sinnen.

»Sie haben … den Alten umgebracht!«

»Es tut mir Leid, dies lag nicht in meiner Absicht.«

Ich streckte beide Hände vor, als wollte ich ihm die Augen auskratzen.

»Sie sind ein Lügner! Ein Betrüger!«

Er schüttelte den Kopf. Vorwurfsvoll.

»Sie tun mir Unrecht. Bitte, hören Sie mir einen Augenblick zu. Der Anruf, jetzt gerade. ich wollte es Ihnen lieber nicht sagen …«

»Was?«, schrie ich. »Was wollten Sie mir nicht sagen?«

»Dass der alte Mann gelogen hat.«

»Alles nur fauler Zauber«, flüsterte Rachel. »Er verspeist dich wie Weißbrot.«

»Das ist nicht wahr!«, rief ich. »Wieso soll er gelogen haben?«

Er zog leicht die Schultern hoch.

»Meine Männer haben ihn verhört. Oh, etwas grob, das schon, die Männer sind nervös und glauben, mehr tun zu müssen, als sie tun dürfen. Er hatte Angst. Aber Angst ist mitunter unvermeidlich …«

»Was, was hat er gesagt?«

»Ich wollte Sie nicht damit belästigen. Manch einer glaubt, er müsse lügen, um am Leben zu bleiben. Jedenfalls hat der Alte ausgesagt, dass Genosse Horváth auf den Leutnant geschossen hat. Ein widerliches Verleumdungsmanöver, um die eigene Haut zu retten! Und Sie waren so besorgt um ihn …«

Ich klammerte mich an den Flügel, als könne er mir Schutz gewähren. »Seien Sie still!«

Er hob die Hand.

»Noch etwas sollten Sie wissen: Genosse Horváth hat alle Schuld auf sich genommen und Sie folglich entlastet.«

Meine Haut überzog sich mit Eis.

»Aber ich habe Ihnen doch gesagt …«

Sein Kopfschütteln hinderte mich am Weitersprechen.

»Versetzen Sie sich in meine Lage, Floria. Wem soll ich nun glauben?«

»Er wartet darauf, dass er Tibor umbringen kann«, sagte Rachel. »Das würde ihm Spaß machen. Aber da ist noch etwas anderes an ihm …«

»Was, Rachel? Bitte, sag es mir!«

»Etwas, woraus ich nicht unbedingt klug werde.«

»Auch du nicht?«

»Nicht ganz, nein.«

Ich sagte zu Rostopchin: »Sie haben uns einen Passierschein ausgestellt.«

»Das war, bevor der Alte seine Lügen ausspuckte. Aber es gibt Leute, die seine Lügen für die Wahrheit halten. Würde ich den Genossen Horváth jetzt freilassen, könnte es missverstanden werden.«

»Wurde er … geschlagen?«

»Aber nein. Wie kommen Sie auf diese Idee? Er hat seine Aussage freiwillig gemacht.«

»Verstehen Sie doch! Er wollte mich schützen!«

»Vielleicht sagen Sie die Wahrheit«, entgegnete er ruhig. »Oder lediglich das, was Sie für die Wahrheit halten? Wie auch immer, Leutnant Voronej wird Horváths Schuld oder Unschuld belegen. Ich verschweige Ihnen jedoch nicht, dass es schlecht um ihn steht.«

»Und was, wenn er stirbt?«

»Dann … ja, dann wäre es fraglos besser, den Genossen Horváth zu den anderen Häftlingen zu überführen. Und sei es nur zu seinem eigenen Schutz. Meine Männer könnten Vergeltung fordern.«

Endlich begegneten sich unsere Blicke, doch ich sah schnell weg. Das war einstweilen besser. Der Teufel hielt mich in seinen Krallen und spielte mit mir.

»Was hast du vorhin über ihn gesagt, Rachel?«

»Warte. Eventuell fällt es mir wieder ein. Da ist doch ein Trick, oder nicht? Die Sache ist schon ziemlich verwirrend …«

Draußen war eine Pause eingetreten. Es war wie die Windstille im Orkan. Rostopchin sprach weiter, als wäre nichts geschehen.

»Darf ich Sie an den Flügel bitten?«

Mit den Bewegungen einer Schlafwandlerin setzte ich mich an den Flügel, suchte Zuflucht bei einer Harmonie, einem heilenden Klang. Das Bedürfnis packte mich mit ungeheurer Heftigkeit. Ich legte die Hände auf die Tasten; für eine Weile noch war mir der Mechanismus des Klangkörpers bewusst, bevor alle Grenzen zerflossen. Es war mein eigenes Herz, das ich dem Flügel schenkte, und er nahm es in seine Obhut, wie eine Opfergabe. Sachte zuerst, dann fester, sicherer, bewegten sich meine Hände, formten die Klänge zu einer Melodie, die zuerst in mein Bewusstsein trat, ehe sie über meine Lippen kam: die Arie *Regnava nel silenzio* – In tiefem Schweigen lag die Nacht – aus Donizettis *Lucia di Lammermoor*. Es ist die Arie, in der Lucia berichtet, wie ein Totengeist sie heimsucht, bevor sie den ihr aufgezwungenen Bräutigam in der Hochzeitsnacht ermordet. Am Anfang hauchte meine Stimme nur, bevor sie murmelte, flüsterte, verzagt erbebend, langsam anschwellend zu einer Klage, als ob sie am Rand der Finsternis seufzte, sich immer wieder emporschwang, wie ein verletzter Schmetterling, in der Dämmerung zwischen Leben und Tod. Am Ende war mir, als ob meine Stimme versagte; doch eine extreme Anstrengung des Willens hob sie ein letztes Mal in die Luft, bevor sie endgültig in die Dunkelheit tauchte. Meine Stimme erlosch mit dem ausströmenden Atem; und während ich von der Stille ganz benommen war, hörte ich auf einmal ein anderes Geräusch, schrill und hartnäckig. Die Stille, die das Klingeln des Telefons umgab, war von einem merkwürdigen Summen erfüllt; mir war, als ob der Ton von allen Seiten kam, ja, er schien sogar aus dem Boden zu wachsen. Ich konnte seinen Ursprung nicht ausmachen. Die Haare in meinem Nacken hoben sich zu einer Gänsehaut. Was ich jetzt vernahm, war nur dieses allgegenwärtige Brummen, und Rostopchins Stimme, die langsam und schleppend sprach. Er hielt den Hörer an sein Ohr. Seine Kleider waren auf merkwürdige Weise in Unordnung geraten, sein wachsbleiches Gesicht trug hektische rote Flecken auf den Wangen. Und erst, als er den Hörer auflegte, merkte ich, dass der anhaltende Summton aus dem Klangkörper des Flügels strömte, dass meine Hände es waren, die unentwegt auf die Tasten drückten. Ich lehnte mich leicht zurück, um dem Geräusch ein Ende zu bereiten. Und in diese Stille hinein sagte Rostopchin, ruhig und scharf jedes Wort betonend: »Man teilt mir soeben mit, dass Leutnant Voronej seinen Verletzungen erlegen ist.«

Rostopchin stand vor seinem Schreibtisch, eine schwarze Gestalt, wie mit Tusche gemalt. Er betrachtete mich nachdenklich.

»Es tut mir Leid, dass wir so rüde unterbrochen wurden. Ihre Stimme weckt Empfindungen, von denen ein Mann wie ich Abstand nehmen sollte.«

Ich erwiderte mit bitterem Hohn: »Meinen Sie wirklich, ich hätte großartig gesungen?«

Seine Augen, wie mit matter Glasur überzogen, sahen mich an und gleichsam durch mich hindurch.

»Nein. Aber in Ihrer Stimme gibt es ein Geheimnis. Ihr kurzes Leben und mein langes haben einen gemeinsamen Ursprung: den Ursprung der Gespenster. Aber meine Zukunft gleicht der Gegenwart. Sie wissen doch: *Es kann die Spur von meinen Erdentagen nicht in Äonen untergehn.* Durchaus entmutigend, wenn man's bedenkt. Ihr Gesang mag der Ort sein, nach dem ich mich sehne. Aber nehmen solche Gefühle persönliche Züge an, werden sic zu Wahnvorstellungen, die ich nicht zulassen dürfte.«

Was war das? Warum tat er mir nicht Gewalt an? Warum erwürgte oder erstach er mich nicht? Ja, warum?

»Ich habe Ihren Leutnant getötet! Warum verhaften Sie mich nicht?«

»Wie könnte ich? Sie sind Gegenstand meiner recht törichten Verehrung.«

»Ich verstehe Sie nicht! Warum ignorieren Sie die Wahrheit?«

Er ordnete sorgfältig die auf dem Tisch liegenden Blätter und lächelte ein wenig ironisch dabei, wie man nachträglich einen Gedanken belächelt, den die Fantasie verdeutlicht.

»Weil Zeugen anders ausgesagt haben. Und weil der alte Mann nicht gelogen hat. Genosse Horváth hat Leutnant Voronej erschossen. Mit einer kleinkalibrigen Jagdpistole, die er anschließend beseitigt hat.«

Das entsetzte Ermessen dessen, was er sagte, schmeckte in meinem Mund wie Erbrochenes. Meine Gedanken wirbelten, ich schrie ihn an wie eine Irre.

»Lügen, nichts als Lügen! Sie haben den alten Mann so lange gequält, bis er nicht mehr wusste, was er sagte!«

»Floria, beruhigen Sie sich.«

Rostopchins Stimme hatte nichts von ihrer Gelassenheit eingebüßt. Seine erneut blassen Züge waren undurchdringlich wie ehedem.

»Nach wie vor bewundere ich Ihre Großmut. Und als Beweis für meine aufrichtige Zuneigung werde ich Sie über drei wesentliche Punkte aufklären.«

Etwas Schreckliches, etwas Undenkbares würde geschehen. Ich unterdrückte ein Schluchzen, legte Sarkasmus in meine Stimme.

»Fangen Sie an. Ich bin ganz Ohr.«

»Erstens: Leutnant Voronejs gewaltsamer Tod beschäftigt mich mehr, als Sie vielleicht annehmen. Er war ein guter Offizier, ein verlässlicher Kamerad. Zweitens: Genosse Horváth wurde bereits ins Pulvermagazin überführt. Und drittens: Der exakte Verlauf der Dinge war mir von Anfang an bekannt. Mich interessierte lediglich, Ihre Reaktionen zu beobachten.«

Ich spürte in mir ein Kribbeln, als ob kleine Bläschen unter meiner Kopfhaut platzten.

»Sie sind ein Monstrum!«

Er lachte leise und erstickt – und wie er lachte!

»Ich danke Ihnen, dass Sie mir die Wahrheit sagen. Sie sind keine verwirrte, sondern eine gesunde Natur. Warum weigern Sie sich um jeden Preis, unser gemeinsames Schicksal anzuerkennen? Was ist daran so verwerflich?«

Mir war, als saugte der Raum alle Kraft aus meinem Körper. Ich hielt mir die Ohren zu, wollte die Worte nicht hören, aber sie holten mich immer wieder ein.

»Was haben Sie mit Tibor vor?«

»Einstweilen nichts ausgesprochen Infernalisches. Die Gefangenen liegen auf dem Boden und dürfen sich nicht bewegen. Einige tragen Eisen – Genosse Horváth noch nicht. Für gewöhnlich treffe ich meine Entscheidungen selbst, hole den Rat meiner Vorgesetzten nur in besonderen Fällen ein. Leutnant Voronejs Tod ist leider so ein Fall.«

Durch den Schleier, der meine Pupillen verklebte, schien Rostopchins Gestalt ihre Form zu verändern, zu schwanken oder sich nach oben zu verlängern. Ich blinzelte. Irgendwo in meiner Erinnerung sah ich einen Schatten über einen Balkon huschen. Und noch weiter, am Rande der Träume, bewegten sich Tänzer, während ein Reiter im Frühlingsglanz lächelte und die Hand eines Mörders den Degen umklammerte. Ich betrachtete diese Bilder sehr aufmerksam, aber sie vervielfachten sich in einer Art Luftspiegelung, bevor sie wie Blasen zerplatzten und im Nichts verschwanden.

»Das Bemerkenswerte ist, dass du dich erinnerst«, sagte Rachel. »Ich habe nur wenige mit einer so eindeutigen Begabung gekannt.«

»Ich habe so entsetzliche Angst, Rachel.«

Ein ersticktes Kichern war die Antwort.

»Ich glaube dir kein Wort. Du bist jetzt viel zu wütend, um noch Angst zu haben.«

»Ich habe Angst um Tibor.«

»Die billige ich dir zu. Er ist schließlich mein Sohn. Ihr seid da in etwas hineingeraten.«

»Gibt es noch Hoffnung?«

»Du kannst ihn retten. Es hängt von dir ab.«

»Von mir?«

»Ich habe überlegt, ob ich es dir sagen kann.«

»Was?«

Lärm und Geschrei nahmen kein Ende. Die Straßenkämpfer brüllten, wie Verzweifelte brüllen. Ich sprach zu Rostopchin mit abgewandtem Gesicht.

»Alle wissen doch, dass hier Menschen gefoltert werden.«

Aus seiner Stimme klang Verachtung.

»Das ist hinreichend bekannt. Sie nennen diesen Ort das Schlachthaus.«

Ich knetete meine Finger – die alte, dumme Gewohnheit.

»Lassen Sie Tibor frei!«

»Es tut mir Leid, ich benötige ihn für meine Zwecke.«

»Sie – Sie können doch nicht …«

»Sein Leben liegt in Ihrer Hand.«

Was hatte Rachel gesagt? Ich versuchte mich zu erinnern.

»Was hast du gesagt, Rachel? Bitte, sag es noch einmal!«

»Zartgefühl ist hier nicht am Platz«, sagte Rachel. »Nimm dich zusammen!«

Ich grub die Zähne in die Unterlippe.

»Was wollen Sie jetzt noch von mir?«

Er ließ einen langen Seufzer hören.

»Ihre Unverblümtheit hat die Energie, das zu tun, was schon lange fällig war. Mein gegenwärtiges Leben ist eine Last. Ich sehne mich zurück in mein düsteres Exil, um dort zu überwintern, bevor ich zu den Kohorten zurückkehre, die mich voller Eifer erwarten.«

Das war seine Masche: Er drosch Phrasen, und für Momente erlag ich der Täuschung. Aber jetzt nicht mehr.

»Sie ekeln mich an.«

»Ich bin eine Mülltonne, aus der die Ratten fressen«.

Ich hatte das Gefühl, ihm nichts mehr entgegenhalten zu können, und Rachel sagte: »Du musst jetzt das Richtige tun. Ich helfe dir, wie ich kann, aber es wird nicht leicht sein.«

Ich versuchte ihren Worten einen Sinn abzugewinnen, aber die Zeit zerrann so wie Körnchen durch die enge Öffnung einer Sanduhr rieseln, unentwegt mit der gleichen Geschwindigkeit. Rostopchin schwieg – das Profil der Fenstertür zugekehrt. Dadurch war mir, als ob die andere Seite seines Gesichtes nicht existierte. Schließlich sprach er – seine Stimme klang merkwürdig dumpf.

»Empathie. Sie wissen, wovon ich rede.«

»Ich kann nicht ganz ...«

»Sehen Sie nicht, was Sie mir gegeben haben?«

»Was denn? Nein. Ich sehe nichts.«

»Mutmaßung: eine Hand voll Asche.«

Die Aufständischen hatten wenig Waffen. Sie setzten Brecheisen ein, attackierten das Tor mit schweren Gegenständen. Noch saßen die Riegel fest, aber der Druck wurde immer heftiger. Die Belagerten verteidigten ihre Stellung; in regelmäßigen Abständen ertönte der Befehl, zu feuern, und ihm folgte in Sekundenschnelle das Knattern der Schüsse. Ich wusste, dass die Kugeln nicht nur Löcher in das Holz rissen, sondern Schädel und Leiber sprengten. In den oberen Stockwerken warfen die Russen Granaten aus den Fenstern, welche die Angreifer in Stücke rissen. Und auf einmal – ein dünnes, zischendes Geräusch. Violettes Licht blitzte auf. Ich spürte so etwas wie einen Messerschnitt quer über mein Gesicht, taumelte zurück, schützte mich mit meinen Armen. Der Kronleuchter erlosch, überließ das Zimmer der roten Glut von draußen. Ich lehnte an der rückwärtigen Wand, hustete und würgte im Pulverdampf. Die Balkontür war zerborsten, Glassplitter hatten meine Haut aufgeschnitten, ich sah Blutspuren an den Händen. Waren meine Trommelfelle geplatzt? Oh Himmel, nur das nicht! Ich richtete mich auf, legte vorsichtig die Hände über die Ohren und drückte, öffnete dann halb den Mund und schluckte. Es gab ein lautes Knacken, das Summen in meinen Ohren platzte wie eine Blase, und dann war die Taubheit vorbei, alle Geräusche erreichten mich wieder. Die Trommelfelle waren intakt.

Aber der Schmerz in meinem Kopf war kaum auszuhalten. Stöhnend richtete ich mich auf. Rauch brodelte an den Hauswänden entlang, zerfloss in der stinkenden Luft. Ich spürte den bitteren Geschmack des Pulvers auf der Zunge. Und auf einmal: ein Bersten und Splittern und Krachen. Die Torflügel brachen auf, die Aufständischen brandeten herein, in selbstmörderischem Angriff. Schüsse und Schreie erfüllten den Innenhof, Schritt für Schritt wichen die Verteidiger zurück. Ich sah Rostopchin vor dem schwarzen Gitter. Es gefiel ihm, so dazustehen, umgeben von Feuer und Rauch. Er breitete leicht die Arme aus, übte eine Geste. Und als er sich mir zuwandte, lag in seinem Blick etwas Herausforderndes.

»Es ist an der Zeit.« Die Worte kamen über seine Lippen, melancholisch und ruhig wie immer. »Leben Sie wohl, *cara mia*.«

Er trat auf den Balkon, beugte sich über das Gitter. Offiziere, die sich auf der anderen Hofseite hinter den Wagen verschanzt hatten, blickten hinauf, warteten auf den Befehl. Ich sah die Bewegung seiner Hand, einen Augenblick bevor er sie hob. Ich schnellte vorwärts, der Zorn trug mich wie auf Schwingen, dorthin, wo er stand, warf mich mit aller Kraft und ausgestreckten Händen gegen seinen Rücken. Er bot mir nicht den geringsten Widerstand, sondern stürzte kopfüber über die niedrige Brüstung. Der schwarze Mantel, aufgebläht wie Flügel, flatterte und fiel auf dem Pflaster zusammen, während Blut auf die regenfeuchten Steine spritzte.

Ich stand da wie erstarrt, wusste nicht mehr, wo ich war und was ich sah. Vielleicht war es nur ein Traum, vielleicht war das alles nie passiert. Meine Hände umklammerten das Gitter, und ich dachte nicht an die Gefahr, in der ich mich in diesem Moment befand. Ich fühlte mich todmüde. Und am Ende war alles so, wie es schon früher gewesen war. Ich hatte mich nur wiederholt. Aber das würde ich nicht noch einmal durchstehen. Nicht in diesem Leben jedenfalls. Meine Lippen murmelten Unverständliches, ich merkte es nicht einmal. Aber da stand plötzlich Rachel neben mir, legte ihre kühle Schläfe an meine, die nass vor Tränen und Schweiß war. In der plötzlich einsetzenden Stille vernahm ich, dicht an meinem Ohr, ihre leise, klare Stimme.

»Luzifer ist gefallen.«

4. BUCH

42. Kapitel

Einige Tage vor der Abschlussfeier in der Reservats-Highschool beschloss Eva, endlich mit Grandpa zu reden. »Such dir einen guten Tag aus«, hatte Gloria gesagt, und Eva hatte die Sache immer wieder auf die lange Bank geschoben. Sie war aufgeregt und ängstlich, obwohl sie die beste Schülerin ihrer Klasse war. Sie hatte Spaß an Dingen, für die sich üblicherweise Jungen interessierten. Alles, was mit Technik zu tun hatte, beschäftigte sie mehr als die vertraulichen Geheimnisse zwischen Freundinnen, die Mode, das Kino oder die Songs aus dem Radio. Für ein Mädchen war das recht ungewöhnlich, noch dazu in einer Klasse, in der einige Schüler als zurückgeblieben eingestuft wurden und lediglich eine Bescheinigung über die Erfüllung der Schulpflicht erhalten würden. Eva hätte gerne gewusst, warum das so war. Klar, viele ihrer Mitschüler waren schüchtern, linkisch und mürrisch. Aber Eva konnte sich nicht vorstellen, dass sie dümmer als andere waren. Spielte es vielleicht eine Rolle, dass ihre Mütter Geld von der Wohlfahrt bezogen und die Väter Gewohnheitstrinker waren? Vielleicht? Möglicherweise sogar ganz sicher.

Der Mutter ihr Geheimnis anzuvertrauen war eine heikle Sache. Laura war viel zu vernünftig. Und Evas Traum war alles andere als vernünftig. Und was Grandma Gloria betraf, sie erzählte zwar wundervolle Geschichten von früher, aber darüber hinaus war viel von ungewaschenen Ohren, fehlenden Knöpfen, unordentlichen Haaren und ähnlichen Dingen die Rede. Grandpa Simon war der Einzige, von dem sie ein klares Urteil erwarten konnte. Dass Grandpa jede Geige, die er anfertigte, in ein Meisterwerk verwandelte, wusste Eva schon als Kind. Der Bau einer Geige faszinierte sie wie alles andere, was man mit den Händen anfertigen konnte. Als kleines Mädchen hatte sich Eva viel lieber mit Spielzeugautos als mit Puppen beschäftigt und Laura zur Verzweiflung getrieben, weil sie jedes Spielzeug gewissenhaft auseinander nahm. »Spielzeuge sind teuer, und du machst alle kaputt.« Wie oft hatte sie das hören müssen! Eva nannte das freilich nicht kaputt machen, sondern untersuchen. Sie wollte wissen, wie die Dinge funktionierten. Wenn es ihr gelang, das Spielzeug in der richtigen Reihenfolge wieder zusammenzusetzen, war sie glücklich und stolz. Irgendwann lernte sie, dass jedes Teil eine Beziehung zum Ganzen hat. Ein Spielzeug nicht auseinander- und wieder zusammenzubauen bedeutete, dass es ihr fremd blieb.

Aus diesen Gründen vielleicht hatte Grandpa irgendwann auch nichts mehr dagegen, wenn Eva ihm bei der Arbeit zusah, was er bei allen anderen nicht duldete. Das Mädchen folgte sehr aufmerksam jeder seiner Bewegungen und wusste, wann sie schweigen musste oder wann sie reden konnte. Sie bestaunte Grandpas Präzision, wie er das Holz für den Geigenkorpus aus dem Baumstamm herausschnitt, wie er für die Decke und für den Boden weiche und harte Hölzer mischte und später die Oberflächen mit einem Hobel, nicht größer als ein Daumennagel, glättete. Und weil Eva so begeistert und lernbegierig war, hatte er ihr vor einigen Jahren erlaubt, unter seiner Anleitung eine Geige zu bauen, die ihrer Größe entsprach. Er sah aufmerksam zu, während sie arbeitete und sich große Mühe gab. Schon die kleinste Abweichung vom vorgeschriebenen Maß konnte den Klang beeinträchtigen. Und als die Geige endlich fertig war, fiel sein Urteil vernichtend aus.

»Du hast ein ganz hübsches Stück Arbeit geleistet, Takoja. Aber für dieses Handwerk bist du nicht gemacht.«

Eva hatte sich Lob und Anerkennung erhofft, und vor Enttäuschung und Zorn vergaß sie fast, dass sie ihrem Großvater Höflichkeit schuldete.

»Wenn ich gewusst hätte, was du sagen würdest, hätte ich mir lieber die Hand abgehackt!«

Er betrachtete sie mit seinem merkwürdig scharfen Blick, in dem der Schalk aufblitzte.

»Das wäre wirklich schade. Deine guten, geschickten Hände solltest du besser behandeln. Die Wahrheit ist, dass du mit dem Holz wie mit jedem anderen Material umgehst. Doch das Holz spricht. Du hörst seine Stimme nicht, Takoja. Das soll kein Vorwurf sein. Ich stelle es lediglich fest.«

Eva war unendlich enttäuscht und wütend.

»Tut mir Leid, ich bin ungeschickt.«

»Nein. Das bist du nicht. Doch du solltest dich mit anderen Dingen befassen.«

»Mit welchen Dingen denn, Grandpa?«

»Das musst du selbst herausfinden«, erwiderte er.

Dieses Gespräch lag drei Jahre zurück. In dieser Zeit hatte Eva eine Entdeckung gemacht, die ihre Aufmerksamkeit voll in Anspruch nahm. In Pine Ridge lagen die Häuser, zu denen meist nur buschbewachsene Pfade führten, weit verstreut. Das eigentliche Dorf wurde von der Hauptstraße schnurgerade in westöstlicher Richtung geteilt. An dieser Straße lagen Kneipen, die Tankstelle, der Drugstore, das Kino und, etwas abseits, neben dem Postamt, das Gebäude der Indianer-Agentur und die katholische Kirche mit ihrem vierkantigen Turm.

Wenn man links an der Kirche vorbeiging, kam man ziemlich schnell zum Flugplatz, der abseits der Ortschaft auf der anderen Seite der Hügel lag. Er war ziemlich klein und wurde von der Regierung subventioniert. Eva brauchte eine halbe Stunde, dann war sie da. Nach dem Unterricht, bei jedem Wetter, krabbelte sie die Böschung hoch. Dort, wo der Drahtzaun verlief, kauerte sie sich ins Gras und beobachtete jedes Flugzeug, das landete oder abflog. Es waren nur kleine Maschinen, Eindecker mit kurzen Flügeln, lauten Motoren und Propellern, die sich zuckend drehten. Ein oder zwei gehörten Privatpersonen, die meisten aber einer kleinen Firma, die Taxi-Flüge vermittelte. Gelegentlich mieteten auch Touristen eine Maschine für einen Rundflug über die Badlands. Stundenlang saß Eva in der Nähe der Landebahn, die Arme um die Knie geschlungen, beobachtete alles, was vor sich ging. Sie hatte Herzklopfen, wenn sie sah, wie die Maschinen aus den Hallen rollten, wie sie bereitgemacht wurden, wie die Propeller sich zu bewegen begannen, tucktucktuck, und sich dann immer schneller in einem Wirbel drehten.

Bald kannte Eva jedes Flugzeug. Ihre technischen Kenntnisse waren gering, aber sie wusste – oder glaubte zu wissen –, warum die Flugzeuge in der Luft blieben. Das Mädchen hatte ein instinktives Verständnis für die unsichtbare Kraft, die sie im Gleichgewicht hielt. Sobald sie höher stiegen, waren es keine Maschinen mehr, sondern silberne Meteoriten, die sich in der Ferne verloren. Das Allerschönste war, wenn sie zu Loopings ansetzen. Der Anblick war atemberaubend. Eva stellte sich vor, dass sie es war, die das Flugzeug steuerte. Sie trug einen Helm, sie war fest angeschnallt, den Fuß am Seitensteuer, die Hand am Steuerknüppel. Der scharfe Geruch des Motorenöls vermischte sich mit dem Geschmack des Windes, der nach Freiheit schmeckte. Sie zog den Steuerknüppel langsam zurück, der Motor dröhnte gleichmäßig, das Flugzeug schwang sich empor, kurvte und drehte sich über leuchtende Abgründe und schwankende Berge. Sie wusste, dass ein Flugzeug beim

Landen mit beiden Rädern gleichzeitig aufsetzen musste. Manchmal, wenn die Landung nicht korrekt ausgeführt wurde, hopste die Maschine ein paar Mal, bevor sie über die Erde rollte. Dann dachte sie jedes Mal: Schlampige Arbeit!, und war bekümmert. Eva wusste auch, warum die Fahnen und Wimpel gehisst wurden, oder warum man sie einholte. Täglich blieben wenigstens ein oder zwei Flugzeuge zur Reparatur am Boden. Der Anblick der Gestalten, die sich an den Maschinen zu schaffen machten, erfüllte sie mit Neid. Wer waren die Glücklichen, die diese Maschinen instand hielten oder mit ihnen fliegen durften?

Zweifellos war sie das einzige Mädchen in Pine Ridge, das solche Dinge im Kopf hatte. Einmal, als sie in der Schule gefragt wurde, für welchen Beruf sie sich interessierte, hatte sie geantwortet, dass sie Pilotin werden wollte. Mister Sanders, der neue Lehrer, der Eva nicht besonders mochte, hatte erwidert, es täte ihm Leid, aber Mädchen könnten nicht Pilot werden. Bei Eva hinterließen diese Worte einen tiefen Eindruck. Und so kam es, dass sie sich beeinflussen ließ und sich ehrlich bemühte, die Idee zu vergessen, die sich in ihrem Kopf geradezu wie ein Propeller drehte. Aber das wollte ihr nicht gelingen. Ich will, ich will, ich will!, dachte sie krampfhaft. Sie brauchte jemanden, der ihr die Wahrheit sagte, auf dessen Urteil sie bauen konnte.

Grandpa hieß sie mit seinem schnellen, warmen Lächeln willkommen, doch er hob nur kurz den Kopf, während er eine Geigendecke mit liebevollen Gesten lackierte. Er tauchte ganz behutsam den Pinsel in den Topf und machte einen zufriedenen Eindruck. Einmal mehr fand Eva sich abseits auf einem Stuhl sitzend, in die Betrachtung seines scharfen, etwas stumpfen Profils versunken. Sie betrachtete die vorgewölbte Stirn, die Augen mit der blau schimmernden Iris. Grandpa war kein Mensch, der viel redete; seine Zuneigung äußerte er für gewöhnlich nur in einem kurzen Wort, einem freundlichen Blick, einem flüchtigen Heben der Mundwinkel. Nichts an seiner Erscheinung war weich, und doch spürte Eva seine Sanftmut, die er sorgsam in der Tiefe seines Wesens verborgen hielt.

Sein langes Schweigen war ihr nicht unbehaglich. Still und aufmerksam beobachtete sie seine gelenkigen Finger, die den Pinsel immer wieder über die gleiche Stelle führten. Sie entdeckte viel Zärtlichkeit in ihnen. Schließlich erstickte sie einen Seufzer. Grandpa hatte schon recht gehabt, damals, als er ihr sagte, dass sie nicht für den Geigenbau tauge.

So lautlos der Seufzer auch war, Grandpa hatte feine Ohren. Er legte den kleinen Pinsel aus der Hand und wandte sich ihr zu.

»Du möchtest mich etwas fragen?«

Eva verzog das Gesicht zu einer kleinen Grimasse, duckte sich dann innerlich in Erwartung des vernichtenden Urteils.

»Grandpa, ich möchte fliegen.«

Sie wartete. Seine Antwort kam ruhig und gelassen.

»Wenn du den Wunsch hast, warum nicht? Du bist eine Adlerfrau.«

Eva dachte zuerst, dass er sie missverstanden hätte. Das Blut stieg ihr in die Wangen. Sie zuckte die Achseln. Etwas trotzig Hilfe Suchendes lag in der Bewegung.

»Ich meine es anders.«

»Anders?«

Eva versuchte krampfhaft, ihre Gedanken zu ordnen. Grandpas Blick war so durchdringend scharf.

»Ich … ich möchte den Flugschein machen. Ein richtiges Flugzeug steuern.«

Simon kramte, bevor er antwortete, ein zerknittertes Taschentuch hervor, um sich geräuschvoll die Nase zu putzen. Dann steckte er das Taschentuch wieder ein und sagte gleichmütig: »Und wo liegt der Unterschied?«

Obwohl Eva es eigentlich gewöhnt war, dass Grandpa selten wie andere Leute reagierte, rang sie jetzt doch um Fassung. Sie hatte befürchtet, dass ihr Wunsch auf ihn wirken würde wie ein faustgroßer Stein, der, durchs Fenster geworfen, polternd auf seinem Werktisch zwischen Töpfen mit Anilinfarbstoff und Klarlack landete. Jetzt gab ihr seine Gelassenheit, so ungewöhnlich sie auch sein mochte, den nötigen Mut. Sie begann zu erzählen, zuerst stockend, aber nach einer Weile wurde ihr Redefluss sicherer. Auf diese Weise erfuhr Grandpa, dass sie sich nach der Schule nicht mit Freunden traf wie andere Mädchen, sondern heimlich zum Flugplatz schlich.

»Täglich?«

»Immer, wenn ich nicht zu viele Schularbeiten habe. Ich krieche unbemerkt bis an den Zaun. Die Piloten können mich nicht sehen, auch aus der Luft nicht, weil ich einen braunen Pullover trage.«

Seine Mundwinkel zuckten.

»Sehr weise.«

Die Sonne schien prall durch das Fenster. Eva wischte sich mit dem Handrücken über die klamme Stirn. Sie war jetzt sehr erleichtert.

»Nur einmal, da hat mich ein Mann erwischt. ›Mach, dass du wegkommst‹, hat er gesagt, ›sonst skalpiert dich ein Propeller!‹«

Grandpa zog die Brauen hoch.

»So, so, ein Propeller. Interessant!«

»Der Mann sagte, das sei schon vorgekommen.«

»Wirklich? Und wieso hat er dich gesehen?«

Eva knipste an ihren Nägeln, die kurz und hart waren.

»Ich … ich wollte die Spuren untersuchen, die die Maschine beim Landen hinterließ. Das interessierte mich. Aber er hat mich entdeckt, weil ich einen roten Pullover trug. Das war dumm von mir.«

»Und jetzt tust du es nicht wieder?«, fragte Grandpa.

»Einen roten Pullover tragen? Nein.«

Sie blickte verstohlen empor, mit gesenktem Kopf. Simon schien tief in Gedanken versunken.

»Um Pilotin zu werden«, sagte er nach einer Weile, »musst du nach der Highschool auf die Technische Universität in Seattle. Daneben musst du dir das Geld für die Pilotenlizenz verdienen. Eine kostspielige Sache, habe ich mir sagen lassen. Erkundige dich, ob es Stipendien gibt. Wie auch immer, du wirst eine Zeit lang hart arbeiten müssen.«

Evas Herz pochte. Ein seltsames, unwirkliches Gefühl überkam sie. Ein Gefühl der Freude. Grandpa ließ ihr Zeit. Sie war ihm unendlich dankbar, dass er diese Ruhe bewahrte, für die sie ihn so oft bewundert hatte. In Gedanken plante sie bereits die Zukunft.

»Okay. Die Tante meiner Freundin Marlene arbeitet in Seattle als Stanzerin in einer Metallfabrik. Das wäre was für mich.«

Grandpa sah sie abwägend an.

»Ich stelle fest, dass du dir die Sache gut überlegt hast.«

Eva warf ihr langes, kräftiges Haar aus der Stirn. Die Bewegung wirkte ungeheuer lebendig; sie selbst merkte es nicht, aber Simon Walking Eagle nahm es mit großer Genugtuung zur Kenntnis.

»Ich will fliegen«, sagte sie.

»Adlerfrauen haben einen starken Willen.«

Eva erwiderte, eine Spur zu heftig, dass ein Flugzeug zu steuern vielleicht doch etwas anderes sei. Sie bereute es sofort. Es war eine schlechte Angewohnheit von ihr, dass sie immer wieder vorlaut wurde. Eigentlich hätte Grandpa ihr ihre Worte übel nehmen können. Aber Simon setzte sie erneut in Erstaunen.

»Warum? Auch Maschinen haben eine menschliche Dimension. Es gibt einen Spruch: ›Und das Fleisch wurde Maschine und der Stahl wurde Geist.‹ Ist der Gedanke dir unbehaglich?«

Es war nicht die Frage, die sie überraschte, sondern die Tatsache, dass er sie stellte. Sie schüttelte den Kopf.

»Eigentlich nicht.«

Er nickte fast unmerklich.

»Vor langer Zeit, in Italien, stieß der Waffenschmied bei der Herstellung eines Säbels die rot glühende Klinge in den Leib eines Gefangenen. Auf diese Weise sollten sich die Kräfte des Opfers auf die Klinge übertragen und den Stahl härten. Es war der organische Stickstoff, der diesen Effekt hervorrief. Heute verwendet man flüssigen Stickstoff. Die Vorgehensweise war unmenschlich, aber wissenschaftlich korrekt. Was ich damit sagen will: Der Geist der Tat ist älter als der Geist des Wissens.«

Er sprach mit Eva, die knapp siebzehn war, als ob sie wirklich klug würde aus seinen komplizierten Gedanken. Und irgendwie glaubte sie auch zu verstehen, was er meinte.

»Grandpa, glaubst du, dass ich es schaffen werde?«

»Wenn du es wirklich willst, gewiss. Aber der Wille ist nichts ohne die Fantasie. Zunächst musst du deinen Träumen Flügel schenken. Das andere kommt von selbst. Charterpilot ist ein Beruf wie jeder andere auch.«

»Mister Sanders sagt, Mädchen könnten nicht Piloten werden.«

Er zog geringschätzig die Schultern hoch.

»Wäre Amelia Earhart ein Mann gewesen, hätte sich das herumgesprochen.«

Ihr Traum konnte also Wirklichkeit werden. Evas Seele stärkte sich mit neuer Kraft. Innerlich lachte sie fast über die eigene Kühnheit.

»Ich werde es Mister Sanders sagen!«

»Ausgezeichnet«, sagte Grandpa. »Und dann soll er sich eine Antwort ausdenken, die sich nicht blödsinnig anhört.«

Eva schenkte ihm jenes rasche, blitzende Lächeln, das gelegentlich auf ihr ernstes Gesicht kam. Sie war ihm dankbar. Aber sie hatte noch ein Problem, das sie Grandpa nicht verheimlichen durfte. Ihr Lächeln erlosch.

»Manchmal habe ich Angst, dass ich mich in der Welt der *wasicun* nicht zurechtfinde.«

»Das Wort Angst gehört nicht in den Mund einer Adlerfrau«, knurrte Grandpa. »Du kannst dich nicht am Wasser festhalten – du musst ihm vertrauen.«

Eva hielt ihren Willen wie einen Schild vor sich. Aber ihre Herkunft, ihre Kindheit, klammerten sich an ihr fest. Sie abzuschütteln kam nicht in Frage. Ihr Leben lang würde sie, was auch immer geschehen würde, ihrem Stamm, ihrem Volk verbunden bleiben. Sie wollte ihr Leben nicht vergiften lassen.

»Juliette kam krank zurück.«

Simon ließ den Kopf schwer zur Seite fallen. Ein Seufzer hob seine magere Brust.

»Unser Lebensweg führt durch Prüfungen. Juliette flog zu nah ans Licht. Ihre Flügel verbrannten.«

Ein Schweigen folgte. Grandpa sah mit schmalen Pupillen in unbestimmte Ferne. Schließlich straffte er sich.

»Ich denke mitunter, dass wir selbst es sind, die mit akkuraten Strichen die Grenzen unseres Reservates ziehen. Wir sitzen hier, zutiefst beleidigt, und vergießen Tränen, weil wir vor einem halben Jahrhundert besiegt wurden. Es gibt höhere und bessere Ziele.«

»Ich glaube nicht«, fuhr er fort, »dass es Feindschaft zwischen Völkern gäbe, wenn sie nicht künstlich erzeugt und dann tüchtig geschürt würde. Deswegen sollten wir endlich Frieden schließen. Aber nicht wie Sieger und Besiegte, sondern wie Ebenbürtige. Und darin liegt unser Problem.«

Endlich wagte Eva die Frage zu stellen, die sie seit Jahren beschäftigte.

»Grandpa, ist es wahr, dass du Dinge tust, die nicht erlaubt sind?«

Simon lachte lautlos vor sich hin und bewegte den Kopf leicht hin und her.

»Ach, wer hat dir das gesagt? Gloria?«

Eva nickte wortlos und bemerkte, dass sich sein Gesichtsausdruck veränderte. Er hatte plötzlich einen stolzen, entrückten Blick, als ob er aus weiter Entfernung von einem Hügel auf sie herabsähe. Und gleichzeitig zog er sie mit diesem Blick in seinen Bann. Sie konnte das Dunkel der Träume in seinen Augen erkennen. Schließlich sprach er, langsam jedes Wort abwägend.

»Da du bereit bist, Verantwortung zu übernehmen, will ich es dir sagen. Ich bin ein Medizinmann, kein Prediger und auch kein Politiker, damit du es weißt. Die *wasicun* würden sagen, dass ich ein Mann der dunklen Künste bin, und ganz Unrecht hätten sie nicht, denn mein Tun wirkt im Dunklen.«

Was er sagte, schien Eva vertraut, doch im ersten Augenblick wusste sie nicht, wo sie seine Worte unterbringen konnte. Sie hatte ein ganz eigentümliches Gefühl. Dann fand sie plötzlich ihre Spur. Sie erinnerte sich an Grandmas Erzählungen von den Geistertanz-Zeremonien und von dem furchtbaren Leid, das danach über das Volk hereingebrochen war. Das Mädchen bekam Angst. Sie hoffte von ganzem Herzen, dass Grandpa nicht sagen würde, was sie nicht hören wollte.

Vielleicht hatte Grandma mit ihm gesprochen, sodass er auf die Frage vorbereitet war. Oder war es lediglich seine Klugheit, die ihn ahnen ließ, was in Eva vorging? Ein kleines Lächeln zog seine Mundwinkel hoch.

»Beruhige dich, Kind. So etwas wird kein zweites Mal geschehen. Der Medizinmann, der damals die Geistertanz-Zeremonie einführte, war gewiss aufrichtig. Am Ende aber benahm er sich nicht anders als diese Missionare, die uns immerzu weismachen wollten, dass ihre Religion die einzig richtige ist. Ich weiß nicht, ob Wovokas Visionen Einbildung waren oder ob er verrückt war. Jedenfalls glaubte er daran. Er sah das Volk nicht, wie es wirklich war, nicht reif nämlich, um eine neue Welt zu ertragen.«

Eva lächelte schwach. Während sie zuhörte, entspannte sie sich allmählich. Bald dachte sie nicht mehr an ihre Furcht und spürte, wie die Worte alles Düstere und Traurige, was noch in ihr steckte, vertrieben.

»Indianer, die darauf warten, dass die Weißen vom Erdboden verschwinden, können sich genauso gut hinlegen und sterben. Was ich damit sagen will, Kind: Traue keiner Heilsbotschaft! Sie schützt uns in unsinniger Weise vor dem wirklichen Leben. Was Wovoka uns lehrte, mündete in einer Katastrophe. Die wirkliche Einsicht, die Ekstase, entsteht aus eigener Anstrengung, auf die harte, uralte Weise. Wir verändern die Welt, indem wir uns selbst verändern. Das bringt nur unsere älteste und gewaltigste Zeremonie fertig. Ich meine den Sonnentanz, der den Menschen in Schmerz verwandelt, ihm die Wiedergeburt schenkt, die ihn zum Erwachsenen macht in einer erwachsenen Welt.«

Er schwieg eine Weile. Eva hatte das Gefühl, dass das Schweigen wie ein Vorhang zwischen ihnen hing.

»Aber …«, begann sie und biss sich auf die Lippen.

Er wartete geduldig. Sie blickte mutig in sein kupferfarbenes Gesicht, in dem die Augen funkelten.

»Aber der Sonnentanz ist doch verboten!«

Er nickte gelassen.

»Seit achtzig Jahren, ja. Es wird Zeit, dass wir ihn wieder einführen. Solange wir uns noch erinnern können.« Grandpas Augen funkelten schalkhaft. »Nun, für die *wasicun* mag es eine furchtbare Sache sein, barbarisch, wild, ein blutiger Aberglaube. Ein Verbrechen sogar. Sie sperren uns dafür ein. Ich sage: Andere Völker bringen ihren Göttern Schafe und Rinder als Opfer, ohne dass sie dafür bestraft werden. Sie nennen es Religionsfreiheit. Wir opfern uns selbst. Was ist daran verwerflich?«

Eva war keine, die auf halbem Weg stehen blieb. Sie erwiderte, ganz sachlich: »Überhaupt nichts, Grandpa.«

Er kniff belustigt die Augen zusammen. Eva mochte kindlich wirken, aber in Wirklichkeit ruhte sie in sich.

»Ich muss schon sagen, Takoja, du gehörst zu den wenigen Menschen, mit denen ich mich richtig unterhalten kann. Es ist wirklich erstaunlich, wie wenige vernünftige Menschen es hier gibt. Die Leute sind doch geradezu versessen darauf, die Dinge als schlecht zu deuten.«

Eva lächelte.

»Aber Grandma Gloria doch sicher nicht!«

Er schüttelte den Kopf.

»Nein. Grandma ist der Felsen, an den ich mich klammere.«

»Grandma ist sehr stark«, stimmte ihm Eva zu.

»Stärker als wir alle, Aber so sind Frauen eben. Sie sind die Felsen dieser Welt.«

Er sprach weiter, die Augen fest auf Eva gerichtet.

»Wir wollen es richtig machen, Kind, auf die geheiligte Weise unserer Vorfahren. Noch sind nicht alle bereit. Die jungen Männer wissen nicht, was von ihnen gefordert wird, die Alten haben Angst. Ihr Herz ist gebrochen, sie haben keinen Willen mehr. Das muss sich ändern.«

Eva nickte. Ja, sie hatte verstanden. Es war eine sehr gefährliche Sache, die Grandpa plante, und sie konnte für ihn schlimme Folgen haben, aber statt Angst empfand sie darüber eine freudige Erregung.

»Und ich, Grandpa?«

Seine dunklen Lippen kräuselten sich zu einem Lächeln.

»Du wirst deine Aufgabe haben. Wir reden noch darüber. Ich bin stolz auf dich, Takoja. Andere geben auf – du handelst. Das ist bemerkenswert.«

Eva war zufrieden. Sie wusste, dass Grandpa ihr die Wahrheit sagte. Er kannte sich aus, denn er war nicht nur ihr Großvater, sondern auch Medizinmann. Für einen Augenblick hatte Eva das Gefühl, als hätte sie ganz rasch viele zukünftige Jahre hinter sich gelassen. Das stimmte natürlich nicht. Das Gespräch jedoch war ein Markstein im Verlauf ihres Erwachsenwerdens. Nach einer Weile griff Grandpa nach seinem Pinsel, tauchte ihn in den Lack und ließ ihn mit leichten Bewegungen über das Holz gleiten.

»Da wir alles geklärt haben, wirst du mich nicht länger bei der Arbeit stören. Eines sollst du wissen: Schaffst du die Lizenz, werde ich mit dir die Heilige Pfeife rauchen. Versuch, dieses Versprechens würdig zu sein!«

Das versprach Eva. Sie hätte ihrem gütigen Großvater alles versprochen. Ihr Weg würde steinig und dornenreich sein, und gelegentlich würde sie sich auch verletzen und bluten. Einen praktischen Rat allerdings, wie sie die Dornen umgehen konnte, hatte ihr Grandpa nicht gegeben. Grandpa vertraute ihr, das genügte. Ein Versagen kam überhaupt nicht in Frage. Ich will, ich will, ich will, wiederholte sie immer wieder, wie eine Beschwörung. Denn Adlerfrauen bleiben nicht lange am Erdboden. Sie haben starke Schwingen und suchen den Wind.

43. Kapitel

Alec war siebzehn und machte die Fahrprüfung. Die Entfernungen in Seattle waren groß, sodass man ein Auto brauchte. Die älteren Internatsschüler hatten alle ihren eigenen Wagen. Alec machte sich zum Gespött, weil er kein Auto besaß. Also hatte er in den Ferien in einer Druckerei gearbeitet und von dem Lohn einen alten, entsetzlich stinkenden Ford erstanden. Eva blickte geringschätzig auf den verbeulten Wagen und den flüchtig überpinselten Rost.

»Weißt du überhaupt, wie ein Auto funktioniert?«

Der Fahrlehrer hatte es Alec beigebracht; aber das meiste hatte er wieder vergessen. Er fuhr für sein Leben gern Auto, aber was drinnen im Motor vorging, war ihm eigentlich egal. Eva schüttelte missbilligend den Kopf, klappte die Haube hoch und erklärte ihm alles genau. Alec hörte sprachlos und leicht zerstreut zu, bis sie abschließend meinte, dass der Motor in einem schlechten Zustand sei. Und dass sie sich nicht wundern würde, wenn er mitten auf dem Highway plötzlich stehen bliebe. Sie ließ die Motorhaube zufallen und sagte mit wegwerfendem Achselzucken: »Wäre ich dabei gewesen, hättest du den Schlitten bestimmt nicht gekauft.«

Alec starrte sie an. Eva war klein von Gestalt, aber ihr Körper war kräftig und ihre aufrechte Haltung ließ sie größer erscheinen. Ihre Bewegungen waren selbstsicher und gelenkig, ihre Schritte geschmeidig. Ihr glattes Haar war straff zurückgekämmt, und ihre Schneidezähne waren – wie Grandma Gloria behauptete – unanständig spitz für ein Mädchen. Sie stand zumeist mit den Händen in den Hosentaschen, wie ein Mann. Und doch fand Alec, dass sie wunderschön aussah.

»Warum interessierst du dich eigentlich dafür?«, fragte er.

»Gefällt mir nun mal«, antwortete sie kühl.

Alec kam nur in den Ferien nach Pine Ridge. Was alle erstaunte, war der plötzliche Ernst seiner Lebensführung: Er trank nicht mehr, rauchte nur selten, und von Mädchen war nie die Rede. In seinem Zimmer stapelten sich die Bücher. Wenn er ein Wort nicht verstand, schlug er es mit größter Sorgfalt in den Wörterbüchern nach. Wann immer man ihm begegnete, hatte er ein Buch bei sich. Wie üppige Ströme tränkten sie den jungen Mann, der gierig aus jeder Quelle trank, wenn sie nur seinen Durst löschte. Dass in seinem Kopf ein großes Durcheinander herrschte, merkte Eva erst, als es fast zu spät war. Alec und Eva hatten sich sehr verschieden entwickelt, und doch hatten sie nie aufgehört, einander zu vertrauen.

Dass Alec im Internat schwere Zeiten durchmachte, wusste nur Eva. Im Internat nämlich war Alec die »Rothaut«. Das erschütterte Alec zutiefst. Was auch dahinter stecken mochte – man behandelte ihn nicht wie die anderen. Alec wusste lange Zeit nicht, wie er sich dazu stellen sollte. Die Schlafräume waren in Nischen aufgeteilt, in denen je ein schmales, hartes Bett stand. Alec teilte das Badezimmer mit zwanzig Schülern und bekam Mahlzeiten vorgesetzt, die so schlecht waren, dass er lieber gehungert hätte. Die Lehrer begegneten ihm mit einem subtilen Zynismus, vernichtend wie Blitze, die Alec zerschmetterten und die anderen Schüler zum Kichern brachten. Und es gab Jungen, die – obwohl sie kleiner und schmächtiger waren als er – das Bedürfnis hatten, ihn zu verhöhnen und zu verprügeln. Anfänglich nahm Alec das nicht ernst. Dann hatte er es satt und begann sich zu wehren. Er war groß für sein Alter und stark. Er knotete seine Beine um den Gegner, riss ihm büschelweise Haar aus und versuchte seinen Kopf auf den Boden zu schlagen. Sofort stürzten sich drei oder vier auf ihn, um ihn festzuhalten. Zum Schluss lag er mit blutender Nase und aufgeplatzten Lippen am Boden, und der Lehrer kam wütend angerannt. »Was in aller Welt soll das Geschrei? Aha, schon wieder unser tapferer Häuptling! Lacht nicht, Jungen! Aufstehen, Alec! Was ist denn in dich gefahren? Du Dickschädel, warte nur ab, jetzt bekommst du Nachhilfe!«

Anfangs dachte Alec, der Fehler läge bei ihm, und eine Zeit lang hatte es ihn tatsächlich aus der Bahn geworfen. Was hatte er getan, dass er ständig zur Zielscheibe wurde? Er weinte im Stillen, bis er nicht mehr konnte und endlich begriff, was mit den Tränen aus ihm herausgeschwemmt wurde. Er beweinte das Ende der Unschuld, die Wahrheit der rassistischen Vorurteile. Und schließlich entdeckte er seinen Stolz und trug ihn vor sich her wie einen Schutzschild aus Büffelhaut. Er lernte, gewisse Dinge sofort zu entscheiden, seine Fäuste nicht grundlos einzusetzen, sich aber auch nicht ihrer Kraft zu schämen.

Natürlich wurde er bestraft. Man sperrte ihn ein. Die Erfahrung hatte gelehrt, dass eingesperrte Indianerschüler eine gegenstandslose, sinnlose Panik entwickelten. Gegenüber der Schule, gleich neben der Wohnung des Hausmeisters, befand sich ein Verlies für die Züchtigung störrischer Indianerjungen. Es gab ein winziges Fenster mit Gittern, dahinter war der Pausenhof. Eine Birne an der Decke gab düsteres Licht. Ein kleiner Stuhl war da, sonst nichts. Alec saß lieber am Boden und fühlte sich ganz wohl. Er saß dort eine Stunde, zwei Stunden, manchmal den ganzen Nachmittag, und ließ seine Gedanken fliegen. Darin hatte er inzwischen Übung. Ein paar tiefe Atemzüge – und schon ging es los. Sein Körper schien den Weg nach oben von allein zu finden. Alec hielt seine Arme gerade von sich weg, ein wenig nach hinten, so wie der Adler die Schwingen ausstreckt. Er neigte sich vor und zurück, die Luft umfing ihn, trug ihn hoch, so wie sie den Adler hochträgt, auch wenn er seine Flügel nicht bewegt, sondern in weiten Kreisen aufwärts schwebt, mitten hinein in das blaue Licht. Sein Wahn oder seine Vorstellung, was es auch sein mochte, bewirkte, dass er dabei jedes Zeitgefühl verlor. Irgendwann drehte sich der Schlüssel, die Tür sprang auf. Der Lehrer schickte einen älteren Schüler, der ihn aus dem Arrest entlassen sollte. Alec fuhr zusammen, fluchte halblaut oder zischte: »Geh weg!« Der Schüler sah ein blitzendes Augenpaar auf sich gerichtet, sagte: »Na komm schon«, und hielt argwöhnisch Abstand. Alec hatte den Griff eines Erwachsenen und sein Ziel längst erreicht: Man hatte Angst vor ihm.

Es kam auch vor, dass er an Kola dachte, und an die verlorene Freiheit. Und er dachte an Basil, der vor dem ersten Schneefall gestorben war. Er hatte den Herbst in seiner Hütte verbracht, hatte viel gedöst und kaum noch gesprochen. Ein Knarren kam aus seiner Brust bei jedem Atemzug, und er spuckte zähen, grünen Schleim. Simon wollte ihn ins Krankenhaus bringen. Basil hatte sich geweigert. Nein, er wollte keinen Arzt, er wollte nicht fort, er wollte auch nicht gestört werden. Gloria oder Laura brachten ihm täglich das Essen. Basil schlürfte die Rinderbrühe, ließ aber Fleisch und Gemüse stehen. Als Alec ihn das letzte Mal sah, war er über Basils Veränderung so entsetzt, dass er seine ganze Selbstbeherrschung aufbieten musste, um es ihn nicht merken zu lassen. Es war dunkel in der Hütte, nur eine Petroleumlampe brannte. Neben dem Bett standen ein Wasserglas und ein Krug; Fliegen summten um einen kalten Rest von Zwiebelsuppe. Basil lag wie ein vertrockneter Ast unter seiner zerschlissenen Decke. Sein Gesicht, sein Hals, seine Arme – alles, was Alec von ihm noch sehen konnte –, war grau und braun. Die klobigen, von Narben entstellten Füße lugten hervor. Er lag mit geschlossenen Augen da – plötzlich aber öffnete er sie und starrte Alec an. Auf den ersten Blick meinte Alec, dass Basil ihn nicht wiedererkannte, dass er Einbildung und Wirklichkeit vermischte. Aber er war sich nicht ganz sicher.

»Onkel Basil?«, flüsterte er. »Du musst doch was essen.«

Basils Augen glitzerten im düsteren Licht wie zwei trübe, bräunlich gefärbte Tropfen. Er sprach kaum lauter als im Flüsterton. Die mühsam hervorgestoßenen Silben raschelten wie trockenes Laub.

»Sie kommen den Fluss rauf. Will vorher nichts essen.«

»Wer denn?«

»Was?«

»Wer kommt den Fluss rauf?«

»*Mitakuye oyasin* – alle meine Verwandten«, sagte Basil.

Das waren die Schlussworte bei jeder Zeremonie zu Ehren der Geister. Offenbar war der Alte nicht mehr ganz bei Verstand.

»Seit wann denn schon?«, fragte Alec verstört.

»Denke, seit heute Morgen.«

Ein Hustenanfall schnitt ihm das Wort ab. Der Kranke spuckte und zerrte sich die Decke von den Schultern.

»Frierst du nicht, Onkel Basil?«

»Nee.«

Die Finger der rechten, unversehrten Hand bewegten sich. Alec folgte der Geste mit den Augen, streckte Basil seine Hand entgegen. Basil ergriff die schmale Jungenhand und hielt sie fest. Seine Haut fühlte sich heiß und trocken an. Er musste hohes Fieber haben.

»Muss gleich los«, sagte er.

»Wohin denn?«

Basil wies mit dem dürren Finger in Richtung Fenster.

Alec sah das Wasser blinken; kleine Blitze huschten hierhin und dorthin. Plötzlich hatte er das Gefühl, als streifte Vogelflaum sein Gesicht, ihm war, als fühlte er auf der Haut die leichte Berührung einer Feder.

»Sind gleich da«, sagte Basil in zufriedenem Ton.

Alec begann zu stammeln. Alle Muskeln in seinem Körper zitterten. Panik stieg in ihm auf. Der Schmerz zerriss ihm fast die Brust. Und jetzt war er es, der Basils Hand presste, als ob er ihn vor dem Ertrinken retten könnte.

»Du musst doch nicht gleich weg, oder? Ich meine … bald geht es dir wieder besser. Wir holen den Arzt, und …«

»Kein Arzt!«

Alec fing zu weinen an. Er weinte ohne Scham, obwohl er bald siebzehn war.

»Und ich, Onkel Basil? Was wird aus mir?«

»Wirst schon zurechtkommen.«

»Ich weiß nicht, es ist alles so schwierig …«

»Habe nie behauptet, dass es leicht wäre«, brummelte Basil.

»Ich kann nicht! Ich …«

»Heul nicht so laut«, knurrte der Alte. »Hörst ja das Herz nicht.«

Alec rieb sich die Nase mit dem Ärmel und starrte ihn an. Das Sprechen regt ihn nur noch auf, dachte er. Und er bringt alles durcheinander.

»Welches Herz?«

»Das Herz in der Erde!«

Eine verschwommene Erinnerung stieg in Alec auf. Er sah die Badlands vor sich, das wehende Gras, die flüsternden Fichten. Und er sah sich selbst: einen kleinen Jungen, der sein Ohr an die braune, lebende Erde presst.

Alec holte tief Luft. Das war es also. Wie konnte er so blöd sein und es vergessen? Auf diese beschämende Art die Nerven verlieren? Onkel Basil war nicht verrückt. Er sah einfach Dinge, die andere nicht sahen, und jetzt, am Scheideweg angelangt, sah er sie so klar wie nie zuvor. Außerdem musste er unendlich genervt von ihm sein, ausgerechnet jetzt, wo er die verbleibenden Kräfte für sich selbst benötigte! Alec schämte sich. Scheiße, verdammte! Er schluckte die Tränen hinunter.

»Okay, Onkel Basil, okay.«

»Herz schlägt. Auch für dich. Freut dich das?«

»Ja, Onkel Basil.«

Er legte sich zurück. Sein Atem ging pfeifend.

»Habe es wirklich eilig, jetzt.«

Alec zog seine Hand zurück. Der Alte war jetzt so schläfrig, dass ihm die Augen immer wieder zufielen. Alec sah abwechselnd auf den nur halb bedeckten Körper und auf den nackten Bretterboden. Nach einer Weile deckte er Basil behutsam zu, verließ die Hütte und brachte Gloria das schmutzige Geschirr.

»Er will nichts essen.«

Gloria schüttelte ärgerlich den Kopf.

»Der alte Querkopf muss doch was im Magen haben.«

»Wozu?«, sagte Alec tonlos.

Gloria sah ihn an, doch er hatte sich schon umgedreht, leise wie ein Damhirsch. So war es damals und auch später oft. Wenn ihn etwas tief berührte, verzog er sich. Und ohne ein Wort auf den Lippen kam er zurück. Manche Leute konnten das verstehen. Andere nicht, niemals.

Später am Abend, als Gloria Basil die Suppe brachte, sah sie zu ihrer Verwunderung den Alten draußen auf einem Stuhl sitzen. Er lehnte mit dem Kopf an der Wand und starrte in den Himmel, an dem die ersten Sterne funkelten. Er trug seinen Overall, die mitgezerrte Bettdecke war von seinen Schultern gerutscht. Die nackten Zehen hatte er in die kalte Erde gekrallt. Gloria rief seinen Namen. Als Basil keine Antwort gab, rüttelte sie ihn an der Schulter, zuerst sachte, dann fester. Die Bettdecke rutschte weg, wobei die Suppe überschwappte. Im gleichen Augenblick kippte Basil zur

Seite; sein Kopf fiel vornüber auf die knochige Brust. Gloria sah, dass er nicht mehr am Leben war.

So starb Basil, und ein Jahr später machte Alec den Führerschein, kratzte den Rest seines Taschengeldes zusammen, um sich eine Lederjacke wie Elvis Presley zu kaufen, und verliebte sich in Carlotta McLane. Eine Episode, die zwangsläufig zur Katastrophe führen musste.

44. Kapitel

Ihre Wege hätten sich eigentlich nie kreuzen sollen. Es war reiner Zufall, dass Carlotta an diesem Nachmittag in Joshua Felds Buchhandlung auftauchte, wo ihr Bruder Frank lediglich eine Straßenkarte kaufen wollte. Alec stand an den beiden Wühltischen vor dem Schaufenster, wo er gelegentlich etwas Interessantes fand. Er sah gerade auf, als Carlotta durch die Schwingtür ging, und ließ das Buch, das er in der Hand hielt, fallen.

Er hob es auf, zögerte, trat schließlich in die Buchhandlung, und die Türglocke machte »Kling«. Carlotta war zwanzig und sehr selbstbewusst. Schönheit funkelte in jedem ihrer Gesichtszüge, in jeder geschmeidigen Biegung ihres Körpers. Sie war rotblond, groß, hellhäutig, schlank und graziös. Sie trug an jenem Tag einen Petticoat unter ihrem schwingenden grünen Rock und eine weiße Bluse. Jede Haarsträhne war akkurat frisiert, toupiert und mit Spray fixiert. Ihr Anblick verschlug Alec den Atem. Wie ein Schlafwandler folgte er den beiden in die Buchhandlung. Joshua Feld saß hinten an der Kasse und begrüßte Alec freundlich. Er war ein kleiner, schmächtiger Mann mit blassem Gesicht und einer dicken Hornbrille auf der Nase. Er mochte Alec, der sich oft stundenlang in der Buchhandlung aufhielt, dann und wann aber auch Geld mitbrachte, um sich ein Buch zu kaufen. Nun sah Alec sich bei den Bildbänden um, die – wie Joshua Feld schien – groß genug waren, um ihn zu verbergen, und spähte zu Carlotta hinüber, welche sich offenbar in einer Buchhandlung langweilte, was absolut der Wahrheit entsprach. Für Carlotta, die Tochter des Anwalts Edward McLane, erfüllten Bücher lediglich dekorative Zwecke. Sie hatte bald heraus, dass der junge Mann in der schwarzen Lederjacke, der zwischen den teuren Bildbänden stöberte und ihr dann und wann einen Blick zuwarf, einen spannenderen Anblick bot als sämtliche Druckerzeugnisse. Also schenkte sie ihm, wie zufällig, ein heimliches Lächeln. Er lächelte zaghaft zurück und beide manövrierten an den Regalen vorbei aufeinander zu. Unausweichlich standen sie dann plötzlich nebeneinander, jeder sehr interessiert einen Bildband betrachtend – sie einen über Australien und er einen über spanische Kathedralen –, bis Alec schließlich, wie man es von ihm erwartete, als Erster etwas sagte. Sie anzusprechen hatte ihn so viel Mut gekostet, dass seine Stimme heiser klang und sein Ton und seine Ausdrucksweise ihn zehn Jahre älter machten.

»Diese Buchhandlung«, dozierte er schulmeisterlich, »führt ein bedeutendes Sortiment interessanter Werke.«

Sie lächelte steif.

»Kommst du öfter hierher?«

Alec schluckte.

»Oh ja, fast jeden Tag. Du auch?«, setzte er hoffnungsvoll hinzu.

»Ab und zu.«

Sie legte den Kopf schräg und betrachtete ihn. Der Junge sah unheimlich gut aus. Alec erwiderte mit krampfhaftem Lächeln: »Vielleicht sehen wir uns mal wieder?«

»Das würde mich freuen«, sagte sie geziert.

»Ich heiße Alec Horváth«, sagte er.

»Und ich Carlotta McLane.«

Inzwischen hatte Frank gefunden, was er suchte. Er stand bereits an der Kasse und gab dem Mädchen ein Zeichen.

Carlotta verdrehte die Augen und zischte: »Er geht mir auf die Nerven!«

Alec räusperte sich.

»Ach so. Ich … ich verstehe. Bist du verlobt?«

Sie prustete wie eine Halbwüchsige.

»Mit dem da wurde ich mich nie verloben. Er ist mein Bruder.«

Alec lächelte schwach.

»Brüder sucht man sich nicht aus.«

»Caro, kommst du jetzt endlich?«, rief Frank von der Tür aus. Sie wandte sich schon um, als Alec ihr zuraunte: »Ich bin morgen wieder hier. Am Nachmittag.«

Sie warf ihm einen schnellen Blick zu. Interessiert, abschätzend, kritisch.

»Vielleicht komme ich auch«, sagte sie.

Für den Rest des Tages und die ganze Nacht schwebte Alec hoch über den Wolken. Gleich nach dem Mittagessen ging er in die Buchhandlung, blätterte in den Bildbänden und guckte immer wieder in Richtung Tür. Er wartete nahezu zwei Stunden, und Joshua Feld warf ihm dann und wann Blicke zu, verkniff sich jedoch jeden Kommentar. Alec hatte schon die Hoffnung aufgegeben, als sie mit einem »Kling!« durch die Schwingtür trat. Carlotta kam aus dem Land der Verhängnisse und Verheerungen. Alec, der nichts davon wissen konnte, starrte sie verzückt an. Ihr Anblick erfüllte all seine Wünsche, schien sämtliche Träume wahr werden zu lassen. Diesmal trug sie ein türkisblaues Kleid und Pumps in der gleichen Farbe. Das Haar hatte sie am Hinterkopf eingerollt und mit einem Kamm befestigt, eine Frisur, die sie älter machte, aber nicht minder begehrenswert. Gleichgültig schaute sie die Bücher an, ließ ihre kleine Handtasche an einem Goldkettchen baumeln. Sie hatte sich die Wimpern getuscht, wodurch das grüne Feuer ihrer Augen umso heller sprühte.

»Ich konnte nicht eher kommen«, sagte sie.

»Das macht nichts«, erwiderte er kehlig.

Sie hatte immer noch diesen nüchternen, abschätzenden Blick, den Alec zwar bemerkte, aber nicht sehen wollte.

»Mir ist zu heiß hier«, murmelte sie.

Er reagierte sofort.

»Wollen wir spazieren fahren? Ich habe einen Wagen. Es ist nicht sehr schön, aber …«

»Macht nichts. Aber nur eine Stunde, ja?«

Er versprach es und sie gingen zu seinem Ford. Carlotta sah den Wagen, trat einen Schritt zurück und brach in Gelächter aus.

»Wer hat dir diese Sardinenbüchse angedreht?«

Alec wurde flammend rot.

»Mister Hofer. In der Werkstatt gleich um die Ecke. Ich … bin im Internat und kann mir im Augenblick keinen besseren leisten.«

Sie zog die Schultern hoch.

»Und dein Vater – warum fragst du ihn nicht?«

»Der ist in Europa«, sagte Alec.

»Was macht er denn?«

»Er ist Dirigent.«

»Ach so.«

Auf solche und andere Fragen hatte Alec sich die ganze Nacht vorbereitet. Doch Carlotta stand zögernd vor dem Wagen und hatte eindeutig anderes im Sinn. Schließlich sagte sie: »Unmöglich, da ruiniere ich mir mein Kleid. Und was sollen die Leute denken? Komm, wir nehmen meinen!«

Carlottas Pontiac stand ganz in der Nähe. Alec stieg zu ihr in den Wagen, mit einem schalen Geschmack im Mund, und sie fuhren los. Carlotta steuerte rasch und zielsicher durch den dichten Verkehr. Der nachtblaue Pontiac hatte ein Armaturenbrett aus Teakholz, Sitze aus blauem Leder und lange, geschwungene Kotflügel. Der Wagen hielt oft vor roten Ampeln, eingeklemmt zwischen Dutzenden anderer

Autos, die alle schöner, glänzender und größer waren als Alecs vergammelter Ford. Carlotta fuhr mit leicht erhobenem Kopf, eine Haltung, die ihren zarten Hals zur Geltung brachte. Ein paar rotblonde Haare hatten sich aus der Frisur gelöst. Der Träger ihres rosa Büstenhalters war leicht über den schlanken, noch so kindlichen Arm gerutscht. Er wagte kaum, sie anzusehen, merkte aber, dass er zitterte. Er konnte jede Linie ihres Körpers unter dem dünnen Kleid erraten.

Nach einer halben Stunde Fahrt erreichten sie einen Strand, unweit des Hafenbeckens. Carlotta fuhr den Wagen auf einen Parkplatz. Es war ein warmer, feuchter Tag. Der Himmel war dunstig und hellblau. Carlotta nahm ihr Kopftuch ab, das sie während der Fahrt getragen hatte, steckte ihre Sonnenbrille in den Ausschnitt und zog die Schuhe aus, die sie am Riemen mit sich trug. Sie hatte zierliche Füße, ihre Beine waren lang und glatt. Ihr leicht staksiger Gang war langsam und graziös, so dass ihre Hüften sanft schaukelten. Nebeneinander stapften sie durch den Sand, der mit Teerkügelchen verkrustet war, und Carlotta sagte plötzlich, das sei doch kaum zu glauben! Da sei lauter Wasser. Die Werft stehe ja im Meer.

Alec kniff die Augen zu.

»Das ist nur eine Spiegelung. Guck, da drüben, das sieht auch so aus, als ob die See über den Strand flutet, oder? Die feuchte Luft spiegelt das Wasser hoch.«

Sie schüttelte den Kopf.

»Ich würde wetten, dass die Werft im Wasser steht!«

»Ist aber nicht der Fall.«

Danach gingen sie stumm ein paar Schritte. Alec überlegte angestrengt, was er ihr noch über Luftspiegelungen erklären könnte.

»Fata Morgana«, murmelte er.

Sie starrte ihn an.

»Wie?«

»Fata Morgana«, wiederholte er lauter, worauf sie verständnislos den Kopf schüttelte und zum Glück mit der nächsten Frage das Thema wechselte. Wie es ihm denn im Internat gefiele, wollte sie wissen.

»Ach, eigentlich besser, als ich gedacht hätte.«

»Besser?«

Sie sah interessiert zu ihm empor. Er hatte etwas Intensives, Erregendes in seinem Gesicht; hätte man es ihm gesagt, wäre er aus allen Wolken gefallen.

»Nun ja, man lernt eine ganze Menge. In zwei Monaten habe ich den Abschluss.«

»Und die Schüler?«

»Es geht.«

Das kam nun schon sehr zögernd.

»Was willst du werden?«, fragte sie. Er starrte auf ihre Zehen und dachte, dass die rosa lackierten Nägel wie kleine Muscheln schimmerten.

»Ich? Nun ja … ich will schreiben.«

»Kann man da was erreichen?«

»Was?«

Alec war verwirrt.

»Ich meine: Verdient man da gut?«

»Ach, ich weiß nicht. Ich will für die Zeitung schreiben. Auch Theaterstücke oder Drehbücher. Solche Sachen eben …«

Dass er bereits damit begonnen hatte, auf einer kleinen Olivetti-Schreibmaschine einen blumigen Roman zu tippen, den er nie zu Ende schreiben würde, sagte er ihr nicht.

Sie verzog das Gesicht.

»Bringt das was?«

»Na ja, es kommt darauf an. Wenn man für den Film schreibt …«

»Und was sagen deine Eltern dazu?«

Er seufzte.

»Ach, das Übliche. Sie verstehen mich nicht ganz, glaube ich.«

Sie schenkte ihm ihr strahlendes Lachen.

»Meine verstehen mich auch nicht.«

Alec betrachtete hingerissen die kleinen Grübchen um ihren Mund. Natürlich war sie eine Puritanerin. Ihre Intelligenz war wenig ausgebildet. Doch sie hatte eine besondere Vorliebe für Unklarheiten, für Geheimnisse, und Alec hatte etwas an sich, was sie fesselte. Während sie über den Strand wanderten, erzählte sie von ihrer Familie. Alec hörte sich aufmerksam eine endlose Geschichte an, war jedoch viel zu verblüfft, um sich irgendeine Meinung bilden zu können. Fäden der Besinnung, die sich über Gedanken weben, brauchen Zeit und Stille.

Auf diese Weise erfuhr er, dass Carlottas Vater, ein gebildeter, alkoholsüchtiger Herr, eine gut gehende Anwaltspraxis führte und daneben eine bedeutende Sammlung pornographischer Bücher besaß. Die Mutter, eine Südstaatlerin, schwamm in Standard-Oil-Geld, war in verschiedenen Komitees tätig und nahm sich dann und wann einen Liebhaber. Ihr Bruder Frank, der ins Börsengeschäft einsteigen wollte, masturbierte gelegentlich in Carlottas Gegenwart. Daneben hatte er eine Vorliebe für Kokain und wäre um Haaresbreite wegen betrügerischer Finanzmanöver eingelocht worden.

»Stell dir vor, mit zweiundzwanzig! Zum Glück ist Dad Anwalt. Frank verkehrt mit komischen Typen, musst du wissen. Solchen, die glauben, dass sie die soziale Leiter hinaufgefallen sind.«

Das alles erzählte sie mit entwaffnender Offenheit, während Alec irritiert zuhörte. Nicht, dass er von solchen Sitten keine Ahnung hatte; sie interessierten ihn nur nicht sonderlich. Englisch war sein bestes Fach, aber er war vermutlich der einzige Junge im Internat, der bei der Lektüre von Romanen und Essays die scharfen Stellen übersprang, um zu den politischen und literarischen Erläuterungen zu gelangen. Bisher hatte ihn die Redlichkeit seiner Erziehung vor Ausschweifungen und Perversitäten bewahrt.

Carlottas Schilderungen stellten seine Fantasie auf eine harte Probe. Sie indessen fand Alec äußerst anziehend. Sie hatte eine Schwäche für Außenseiter, und Alec war auf den ersten Blick für sie einer. Aber diesmal lag sie – wie nicht oft in ihrem jungen Leben – eine Spur falsch.

Während Carlotta von seinem höflichen Auftreten, seiner sanften Stimme und seinem leicht gequälten Blick sehr eingenommen war, kämpfte Alec mit Hemmungen. Er kam sich linkisch, provinziell, um nicht zu sagen gewöhnlich vor. Seine Familie war nicht standesgemäß. Die sich daraus ergebenden Probleme lösten ein beklemmendes Gefühl in ihm aus. Aber es war nicht nur Carlottas rotblondes Haar, das ihn verwirrte, sondern auch ihr Geruch: Sie duftete nach Rosen und Honig. Trotzdem war seine Beziehung zu Carlotta von vornherein zum Scheitern verurteilt. Alec jedoch stürzte sich in das Abenteuer wie ein Fisch ins Wasser: Er war nicht zur Heimtücke erzogen worden.

Nach diesem ersten Spaziergang war Alec froh, dass sie wieder am Steuer saß und er stumm vor sich hin träumen konnte. Sie hatten sich beinahe zwei Stunden unterhalten und er wusste nicht mehr, wer er war und wo er stand. Diesem Treffen folgten weitere. Sie fuhren mit dem Wagen los, gingen am Strand oder im Park spazieren. In Hotelzimmer konnten sie nicht gehen. Für elegante, diskrete Hotels hatte Alec kein Geld, und in billigen Motels wollte Carlotta sich nicht blicken lassen. Man konnte nie wissen.

Sie hatte ihm gezeigt, wo sie wohnte. Die großen Villen mit ihren eindrucksvollen Fassaden standen inmitten hoher Bäume oder gepflegter Rasenflächen. Die einzigen Farbigen – Schwarze zumeist –, die auf der Straße zu sehen waren, waren Dienstboten. Vor jedem Haus parkten mehrere Autos und alle waren blitzblank poliert. Es stimmte schon, dass

Alecs verrosteter Klapperkasten an diesem Ort Missbilligung hervorgerufen hätte, von Argwohn ganz zu schweigen.

Eines Tages kam Carlotta mit einem kleinen Schlüssel, den sie vor Alecs Nase am kleinen Finger hin und her schwenkte. Alec starrte auf den Schlüssel, als ob er nie zuvor einen gesehen hätte.

»Was ist das?«

Carlotta brach in Lachen aus.

»Ein Schlüssel, du Dummerchen! Wir haben ein Zimmer!«

Sie erzählte, dass die exzentrische Mutter einer Cousine mit einem Maler verkehrte und jetzt in Europa war. Sie hatte gerade eine Entziehungskur für Alkoholiker gemacht, acht Kilo abgenommen und gönnte sich mit Phoenix – so hieß der Maler – Ferien in Italien.

»Mabel hat genug Geld, um alle Rechnungen zu bezahlen«, setzte Carlotta achselzuckend hinzu. »Sie sagt, dass Phoenix ein Genie sei. Aber bis die Welt von seiner Einmaligkeit erfährt, ist er arm wie eine Kirchenmaus. Sie kleidet ihn ein, von Kopf bis Fuß, Unterhosen inbegriffen, und er muss tragen, was ihr gefällt.«

Das Apartment befand sich in einem renovierten Backsteinhaus aus dem vorigen Jahrhundert, in einer Gegend, die früher als unfein galt, aber zunehmend von Künstlern bewohnt wurde. Das Atelier verfügte über eine Kochnische und ein verwahrlostes Badezimmer, und war bis unter die Decke mit Büchern, Reproduktionen Ausschnitten aus Illustrierten, alten Fotos und einer Sammlung von Eingeborenenkunst aus Polynesien vollgestopft. Das Dachfenster war in verschiedenen Farben angestrichen. Von irgendwoher kam Klaviermusik – klassisch, wie Alec feststellte, was ihn schmerzhaft an seinen Vater erinnerte. Neben dem großen Bett war ein gewaltiger Spiegel angebracht, in dem Alec sich aus den Augenwinkeln sah, während er Carlotta küsste. Der Spiegel verstärkte sein Wahrnehmungsvermögen, wurde zum Bestandteil ihrer Umarmungen, sodass er diese gleich doppelt erlebte. Im Spiegel umschlang er sie fest mit den Armen, erblickte seine und ihre Schultern, gleich hell, gleich geschmeidig, seine liebkosenden Hände, ihre bebenden Hüften. Er hatte das Bedürfnis, nur zu fühlen, die Augen zu schließen und gleichsam die Gier, alles ganz genau zu beobachten: wie sie ihm entgegenkam, sich zurückzog, sich öffnete. Wie sich ihre Hände auf seinen Schultern in Krallengriffe verwandelten, wie er ihr Stöhnen mit seinem Mund erstickte. Und dazu, unentwegt, die Klaviermusik: Ravel, Debussy, dann und wann auch de Falla.

Sobald sie im Atelier waren, zog Carlotta sich nackt aus und schlüpfte in einen gelben Seidenkimono. Dann sagte sie zu Alec: »Trag mich ins Bett, ich friere.«

Und später sagte sie dann: »Komm, aber pass auf. Ich will nicht, das etwas passiert.«

Sie war Alecs erstes Mädchen, während Alec nicht unbedingt Carlottas erster Junge war, was dieser in seiner Ahnungslosigkeit erst allmählich merkte. Immerhin stellte er sich nicht allzu dumm an, wunderte sich lediglich, wenn sie zu ihm sagte: »Manchmal fühle ich nichts. Es ist sinnlos. Es geht mir immer so.«

Immer – mit wem? Alec war verwirrt. Doch dann warf sie ihre Beine um seine Hüften, umklammerte ihn wie in einer Schere. Er drang in sie ein; kräftig und lernwillig, wie er war, machte er es recht gut. Sie beherrschte ihren Körper, nur der weiche Bauch, die Hüften bewegten sich. Dann stieß sie mit dem Becken nach ihm wie nach einem unsichtbaren Feind, verlor sich in Kreisen, in Stößen, die ihn zur Raserei brachten. Und wenn sie sich wieder an seine Seite gelegt hatte, entspannte sie sich und sagte: »Danke, dass du auf mich gewartet hast.« Und wieder verstand Alec nicht, was sie meinte. Aber gerade, wenn sie so redete, wollte er, dass es ewig dauerte.

»Liebst du mich?«, fragte er.

Sie fuhr mit der Hand durch ihr Haar und er wurde nicht müde, sie anzusehen und zu bewundern. Das Einzige, was er an ihr nicht mochte, war ihre Stimme, dieses merkwürdige hohe und laute Quaken, das gewissen Nordamerikanerinnen eigen ist. Aber sie konnte ja nichts dafür, und er war davon überzeugt, dass er sich daran gewöhnen würde.

»Vielleicht«, seufzte sie.

Auch dieses »vielleicht« begriff Alec nicht ganz. Wie konnte sie mit ihm nackt im Bett liegen, sich im beunruhigenden Geruch der Menschen, die vor ihnen in den zerknitterten Laken gelegen hatten, räkeln und wälzen? Wie konnte sie das, wenn sie ihn nicht liebte?

Sie rang sich eine Erklärung ab: »Vielleicht bin ich in dich verliebt. Aber ich muss verrückt sein.«

»Warum?«

Sie lag auf ihm und pustete die Strähnen aus seiner verschwitzten Stirn.

»Ich weiß es nicht. Es ist alles so schwierig.«

»Was machst du denn hier mit mir?«

»Ficken!«, erwiderte sie fröhlich.

»Ich liebe dich.«

»Lass die Albernheiten!«

Er wollte sie küssen, doch sie stieß ihn zurück.

»Sei vernünftig.«

Sie wollte nie wissen, was er dachte oder tat. Wenn er von seinen Plänen redete, hörte sie nur mit halbem Ohr oder überhaupt nicht zu. Er wurde zum Masochisten, der sich behexen ließ von ihrer Sicherheit, ihrem kühlen Zynismus. Sie war – immerhin – nahezu drei Jahre älter als er und wusste, was sie tat. Alec nicht. Er wurde nie müde, sie anzusehen. Gewiss hatte sie Gewohnheiten an sich, die ihn sprachlos machten. Zum Beispiel, wenn sie einfach aus ihren Kleidern stieg, und sie, egal, wo sie gerade stand, auf dem Boden liegen ließ. Er hob sie selbstverständlich auf und legte sie, ordentlich zusammengefaltet, über einen Stuhl. »Ach, lass die Sachen doch liegen«, sagte Carlotta. »Ich vergesse immer, das ich hier kein Dienstmädchen habe.« Alec stand diesem Gebaren fassungslos gegenüber. Was Alec fehlte, war das Vertrauen. Dass er die Knochen seines Pferdes in einer Kiste aufbewahrte, konnte er ihr nicht erzählen, auch nicht, was in dem Lederamulett steckte, das er um seinen Hals trug.

»Was hast du denn da? Zeig mal her!«

»Nichts!«

»Wieso nichts, du Heimlichtuer? Los, herzeigen!«

Mehrmals versuchte sie, den kleinen Beutel zu öffnen oder an sich zu reißen, doch jedes Mal schob er ihre Hand weg, bis sie es aufgab.

»Du bist wirklich ein sonderbarer Kerl«, meinte sie.

Im Atelier gab es reichlich Alkohol. Carlotta trank ihren Whisky pur und konnte eine Menge vertragen, während Alec nach ein paar Schlucken der Kopf schwirrte. Eigentlich hasste er den Whiskygeschmack, wagte jedoch nicht, ihr das zu sagen. Doch trotz ihrer Intimität, den Gesprächen im Bett, den gelegentlichen Spaziergängen am Strand, mit Carlotta vereint und in Wirklichkeit allein, wurde das Mädchen Alec immer fremder. Bevor Carlotta in ihrem Pontiac nach Hause fuhr, machte sie sich akribisch zurecht. Sie stand in dem düsteren Badezimmer, sagte nichts weiter als »So«, wenn er mit ihr redete, und blickte unentwegt an ihm vorbei auf ihr eigenes Spiegelbild. In der Kloschüssel gurgelte das Wasser, es roch nach Desinfektionsmittel. Alec hatte ein flaues Gefühl im Magen. Inzwischen steckte Carlotta ihr Haar mit ein paar Klammern hoch, legte Rouge und Wimperntusche auf, verwandelte sich vor Alecs Augen in die Tochter aus gutem Hause, genauso, als ob sie eine Filmrolle spielte. Fasziniert sah er zu, wie sie die Knöpfe über ihrer Brust schloss, den Gürtel so straff zog, dass sie kaum noch atmen konnte, den exakten Verlauf ihrer Strumpfnaht kontrollierte. Sie gurgelte mit Menthol, schminkte ihren Mund mit rosa Lippenstift. Dann klappte sie ihre Puderdose zu und sah ihn triumphierend an: »Fertig!«

Der blaue Pontiac stand vor dem Haus. Etwas weiter, in diskreter Entfernung, wartete Alecs vergammelter Ford. Alec übersah beflissen das Monstrum, begleitete Carlotta zu ihrem Luxusschlitten, hielt ihr die Tür auf. Sie glitt auf den Sitz, warf ihre Handtasche und das kleine Feuerzeug neben sich. Dann zog sie ihr Kleid sorgfältig glatt, um Knitterfalten zu vermeiden. Zum Abschied lächelte sie ihn an; die kleinen Zähne schimmerten wie eine Perlenschnur. Sie sah so hell, so frisch, so unschuldig aus. Und wenn sie dann, bevor sie den Schlüssel drehte und Gas gab, in befriedigtem Ton zu ihm sagte: »Was für ein guter Ficker du doch bist!«, war die einzige naive Antwort, die Alec in den Sinn kam, nach wie vor: »Ich liebe dich.«

45. Kapitel

Das Ende kam schnell und brutal. Alec hatte nichts geahnt. Da er ein begabter Schüler war und das Lernen ihm leicht fiel, blieb ihm viel Zeit, an Carlotta zu denken. Wie konnte er sicher sein, dass sie ihn wirklich liebte? Und wenn sich ein Siebzehnjähriger über diese Frage den Kopf zerbricht, steigt die Hitze in der Hölle um einige Grade.

Dann – und für Alec völlig unerwartet – lud ihn Carlotta zu einer Party ein. Und da er diesbezüglich ohne Ehrgeiz war, vermutete er zunächst, dass die Einladung nur eine ihrer Launen war, bevor er sie am Ende als Liebesbeweis deutete. Partys, das wusste er, waren keine unwichtige Angelegenheit. Dann und wann hatte er an Partys, die Schüler veranstalteten, teilgenommen. Hatte sich krampfhaft bemüht, dem unablässigen Plappern lachender und bald angetrunkener Stimmen einen Sinn abzugewinnen. Aber Carlotta verkehrte in anderen Kreisen. Zwar stand man auch dort in Gruppen herum, gab sich mit Albernheiten wie Oliven in Martini ab, führte jedoch Gespräche, die Alec sich gehaltvoll und intellektuell vorstellte. Carlotta hatte ihm erzählt, dass ihre Eltern kluge und berühmte Leute einluden. Sie hatte Namen genannt. Namen, die täglich in den Gesellschaftsspalten der Zeitungen standen. Immerhin war Alec nicht übertrieben schüchtern. Die Erleuchteten interessierten ihn, gleichgültig, was er über sie denken mochte. Möglicherweise waren sie ja verbindlich und nicht so arrogant, wie er sie sich vorstellte. Sein Wunsch, die Welt der Reichen und Gebildeten kennen zu lernen, glich seinem Versuch, dem Whisky Geschmack abzugewinnen. Er trank ihn nicht pur, wie Carlotta, das brachte er nicht fertig, ohne dass ihm dabei übel wurde. Er verlängerte ihn mit viel Soda, aber er trank ihn.

»Eigentlich ist es mehr eine Familienfeier«, sagte Carlotta. »Meine Mutter hat Geburtstag. Ich habe sie überredet, dich auf die Gästeliste zu setzen. Wenn du die Leute erst mal kennst, dann sind sie ganz nett. Wir dürfen nur nicht allzu vertraut miteinander sein. Du bist einfach ein Freund aus meiner ehemaligen Klasse. Das werden sie akzeptieren. Bei uns fragt man nicht viel. Und früher oder später sind sowieso alle betrunken.«

»Was muss ich anziehen?«, fragte er.

Sie streckte die Hand nach dem Glas aus, das neben dem Bett auf dem Fußboden stand. Er kam ihr zuvor, gab ihr das Glas und sie nahm einen Schluck.

»Einen Smoking natürlich. Ich habe mir ein neues Abendkleid gekauft. Meine Mutter findet es grauenhaft, weil es vorne tief ausgeschnitten ist. Sie sagt, dass man meine Titten sieht. In Wirklichkeit ist sie bloß eifersüchtig.«

Es war einer jener grauen Nachmittage in Seattle, an denen es dann doch nicht regnete. Es fielen nur ein paar dicke Tropfen und man hatte das Gefühl, etwas sei zu Ende gegangen oder ungeschehen geblieben, etwas, was einen irgendwie traurig machte.

»Die Lederjacke, geht die nicht?«

Sie lagen mit ineinander verschlungenen Beinen in mit Asche bestreuten Laken. Carlotta rauchte viel. Sie sah im Anzünden einer Zigarette eine besonders elegante Geste, im Genuss des Rauchens eine Selbstbestätigung.

»Die Lederjacke – um Gottes willen!« Sie schüttelte sich

vor Lachen. »Wer bist du? Marlon Brando? Du musst doch einen Smoking haben!«

»Habe ich nicht.«

»Dann kauf dir einen!«

»Ich … ich habe kein Geld.«

»Auch nicht für einen Smoking?«, rief sie.

Er schüttelte finster den Kopf. Sie ließ die Eiswürfel kreisen. Ihr nüchterner Blick musterte ihn.

»Weißt du was? Wir treffen uns hier. Ich hole dich ab und bringe dir einen Smoking von meinem Bruder mit.«

Alec fühlte sich unbehaglich.

»Das kann ich nicht annehmen.«

»Warum nicht?«, erwiderte sie. »Du bist zu bescheiden. Denk doch praktisch. Frank hat mehrere im Schrank und wird nichts merken. Ein Smoking ist doch wie der andere.«

Alec machte ein sonderbares Gesicht. Er war peinlich berührt. Dass er ein fremdes Kleidungsstück tragen sollte, das obendrein noch diesem Frank gehörte, erfüllte ihn mit Abneigung. Gleichwohl wollte Alec die Gelegenheit nicht verstreichen lassen. Es war Zeit, dass er Erfahrungen machte. Ein Schriftsteller musste alle möglichen Leute treffen, und was eignete sich besser dazu als eine Party in nobler Gesellschaft? Und er liebte Carlotta und sie liebte ihn auch, sonst würde sie ihn nicht in ihre Kreise einführen. Dass sie ihn auf andere Art und Weise liebte, war ja klar. Im Grunde, dachte er, ist diese Einladung ein großer Vertrauensbeweis. Sollte er ihr nicht dankbar sein, statt herumzunörgeln?

»Also gut«, sagte er widerstrebend.

»Fein!« Sie hielt ihm ihr Glas an den Mund; er zuckte ein wenig zurück, bevor er gehorsam einen kleinen Schluck nahm.

Alec wischte sich mit dem Handrücken über die Lippen. Whisky, auch »on the rocks«, schmeckte für ihn wie ein Medikament.

Sie sah ihn an, das Glas an die Wange gedrückt, mit gelöstem Haar, anschmiegsam und lieblich. Ihr Atem strich regelmäßig über seinen Arm und roch nach Alkohol.

»Also, man kann auch übertreiben«, sagte sie in sanft tadelndem Tonfall. »Deine Eltern müssen verrückt sein, dass sie dich so knapp halten. Einen Smoking, den brauchst du doch. Ich hoffe, dass Franks Größe dir passt. Wenn er gut sitzt, solltest du ihn behalten. Ist doch dämlich, wenn du für die Abschlussfeier keinen hast.«

In Alec rumorte es; widerstreitende Gefühle fochten in seiner Seele einen beachtlichen Kampf. Er konnte es nicht mehr ertragen, vor Carlotta die Rolle des Narren zu spielen. Und seltsamerweise war er auch nicht mehr Herr seiner Zunge. Irgendwann musste ja die Wahrheit ausgesprochen werden – es war unvermeidlich; sinnlos, sie noch länger zu verheimlichen. Fast ohne es zu wollen, hörte er sich sagen: »Da, wo ich herkomme, trägt man keinen Smoking. Dafür hat niemand Geld.«

Es gab viele Möglichkeiten, diese Sache zu sagen, ihr gegenüber aber fand er nur die gröbste, und natürlich glaubte sie ihm kein Wort.

»Sehr witzig!«

»Es ist kein Witz. Die Schwester meiner Mutter, bei der ich lebte, verdiente nur das Nötigste.«

Sie starrte ihn an und ihre grünen Augen blickten plötzlich scharf.

»Sag mal, wo kommst du eigentlich her?«

»Aus Pine Ridge. Ist doch im Grunde egal«, setzte er wütend hinzu.

»Was ist das für ein Kaff?«, sagte sie. »Nie gehört.«

Alec empfand einen quälenden Groll. Dieses Mädchen mit seinem seidenweichen Haar, das nach Honig und Rosen duftete, schaffte es, dass er sich gedemütigt fühlte. Oder vielleicht war's doch eher Angst? Und Angst war eine miese Sache. Selbstverachtung hatte man ihm nie beigebracht. Hochmut dagegen sehr. Alecs Haut prickelte wie die eines

Hundes vor dem Gewitter. Es gab keinen Grund, warum Carlotta noch länger ignorieren sollte, wer er war.

»Natürlich nicht«, sagte er. »Pine Ridge ist ein Indianer-Reservat.«

Ihr Gesicht hatte sich plötzlich verschlossen.

»Aber da wohnen doch nur Farbige!«

Die Sache musste gesagt werden und rutschte ihm heraus wie eine bissige Bemerkung.

»Meine Mutter war eine Indianerin. Eine Lakota.«

Und damit war es gesagt. Er war beruhigt. Sie lag auf der Seite, und zwischen ihren Brüsten schimmerten rosa Schatten. Jetzt stützte sie sich auf den Ellbogen und betrachtete ihn, als sähe sie ihn zum ersten Mal.

»Aber ich dachte ... ich meine ... Man sieht ja überhaupt nicht, dass du ...«

Sie stockte.

Er sprach den Satz höhnisch für sie zu Ende. »Dass ich ein Halbblut bin?«

Eine Stille folgte, bevor sie sagte, wie von ihrer eigenen Feststellung verwundert: »Aber du siehst doch weiß aus!«

Er drehte den Arm um, legte ihn neben Carlottas Arm. Weil sie viel in der Sonne lag, war ihre Haut mindestens zwei Töne dunkler.

»Nun?«, sagte er.

Sie schüttelte den Kopf, zog ihren Arm zurück.

»Ich hätte nie für möglich gehalten ...«

»Natürlich nicht«, sagte er, mit bitterem Spott.

Sie warf zerstreut ihr Haar aus der Stirn. Ihre Augen hatten jetzt einen verstohlenen Blick, rätselhaft und kalt. Alec verursachte dieser Blick, der überhaupt nicht zu ihr passte, Unbehagen, weil sie ja noch so jung war. Doch plötzlich lachte sie auf, fröhlich und glockenhell.

»Ach, es ist ja auch ganz unwichtig. Behalt es nur für dich, morgen auf der Party, ja?«

»Ich komme nicht.«

»Oh, aber warum nicht?«, rief sie lebhaft. »Das merkt doch kein Mensch, wenn du nicht darüber redest. Es ist doch wirklich schön mit uns. Ich will nur nicht, dass die anderen glauben, dass etwas nicht stimmt …«

»Nicht stimmt?«

Sie biss sich leicht auf die Lippen.

»Ich meine … nicht ganz üblich ist. Sie sollen nichts Derartiges denken. Und sie werden auch nicht danach fragen. Du sagst einfach, dein Vater ist Dirigent und deine Mutter tot. Und vielleicht auch noch, dass du für den Film arbeiten willst, okay? Mehr wollen sie sowieso nicht wissen. Du kommst also, abgemacht?«

»Ich möchte lieber nicht.«

»Ach, tu mir den Gefallen!«

Und als sie den Kopf bewegte, fiel ihr das rotblonde Haar über die nackte Brust, und Alecs Nerven begannen zu flattern. Sie biss ihn spielerisch wie ein Kätzchen; ihr Mund, als täte er es ganz von selbst, bemächtigte sich seines Mundes. Alec konnte sich ihr nicht entziehen. Sie kam ihm entgegen, hob die Knie, öffnete sich ganz, wurde weich, biegsam und nachgiebig wie Wasser. Er lag auf dem Mädchen, das Verlangen floss dunkel in seinen Adern. Sie klammerte sich an ihn, grub ihm ihre langen Nägel in sein Fleisch, dort wo es am empfindlichsten war. Alec war, als würden seine Muskeln und Nerven an einem ganz feinen, sengend heißen Schleifstein gewetzt. Er beugte sich ganz nah zu ihr herab, sah ihr verzücktes Gesicht, hörte ihr Stöhnen. Sie strahlte, von Leidenschaft gerötet, doch Alec konnte nicht fühlen, was sie eigentlich empfand. Er hätte sich gewünscht, dass sie ihn anblickte. Doch ihre Augen starrten an ihm vorbei, mit matt leuchtendem Glanz. Das war es, was er nicht begreifen konnte, dass sie und er, die so eng miteinander verbunden waren, entgegengesetzten Welten angehörten. Und die ganze Zeit, schwankend zwischen Abneigung und Dankbarkeit, sehnte er sich vergeblich nach einem Zeichen der Zärtlichkeit, des Verstehens. Gab es ein schöneres Geschenk, als jemandem sein Selbst zu schenken? Doch nichts davon. Aus den Augenwinkeln sah er ihre Körper im Spiegel: eine Umarmung hinter funkelndem Glas, anscheinend innig und doch nicht. Langsam wachte Alec aus seinem Traum auf, doch wahrhaben wollte er die Wirklichkeit noch lange nicht. Sollte er das Gesagte bedauern? Egal, er hatte getan, was er tun zu müssen glaubte, und auf relativ anständige Weise. Ob er sich richtig entschieden hatte? Eine Frage, die er sich zu spät stellte, und die deshalb ohne Antwort blieb.

Als Alec sich am nächsten Tag auf den Weg machte, war es etwas neblig, und der Himmel zwischen den Hochhäusern schimmerte rosa. Eine Straßenbahn rumpelte. Ein Obdachloser, mit Zeitungen zugedeckt, schlief auf einer Bank. Alec ging ins Atelier hinauf, in dem es nach kalter Asche roch. Er öffnete das Fenster, die Sonne warf einen rosa Widerschein auf den Spiegel über dem Bett. Die Tür schloss er nicht ab, sie musste ja gleich da sein. Eigentlich war er nur gekommen, um ihr zu sagen, dass er nicht mitgehen würde, aber wie alle Zweifelnden wollte er sich überzeugen lassen. Er wartete eine ganze Stunde, voller zorniger Selbstverachtung, und sagte sich immer wieder: »Nur noch fünf Minuten«, und dann: »Nein, jetzt gehe ich nicht mehr. Sie muss jeden Augenblick kommen.«

Aus dem unteren Stockwerk erklang Klaviermusik. Die Klänge schwebten durch die Stille. Schumann, dachte Alec. Irgendwie passte die Musik zu dem, was er empfand. Der Sinn dieser Geschichte? Darauf kam es ihm am wenigsten an. Er hatte immer nur das Bild Carlottas vor Augen.

Die Zeit verging. Sie kam nicht. Die Sonne war von einem düsteren Rot. Alec wühlte in den Schubladen, fand Briefpapier, einen alten Füller. Die Feder kratzte, bewegte sich auf dem Papier in unschönen Schnörkeln. Und bei aller Verwirrung besaß Alecs Sprache bereits, ohne dass er sich dessen bewusst war, eine beachtliche poetische Kraft.

Liebe Carlotta, ich bitte dich, vergiss alles, was zwischen uns vorgefallen ist. Ich hingegen verspreche dir, dass ich nichts davon jemals vergessen werde …

Weiter kam er nicht. Schritte prasselten auf der Steintreppe, die Tür flog auf. Alecs Herz machte vor Schreck einen Sprung. Vor ihm stand Frank im Smoking. Hinter ihm erschienen zwei Männer im gleichen Alter. Ihre Gesichter waren verschieden, aber sie sahen aus wie Zwillinge, denn beide trugen ebenfalls Smoking. Wie man in den widrigsten Momenten die dümmsten Gedanken hat, schwor Alec sich auf der Stelle und definitiv, Zeit seines Lebens auf einen Smoking zu verzichten. Er merkte sofort, dass Frank betrunken war, die zwei anderen aber nicht, was die heikle Situation noch heikler machte. Carlottas Bruder schwankte auf seinen Beinen hin und her, sein Haar hing ihm wirr in die Stirn, sein Gesicht war rot und aufgedunsen. Unsicher stand er da, streckte die Hand aus und stammelte mit schwerer Zunge: »Solange ich lebe, wird kein rothäutiger Sohn einer Squaw mit meiner Schwester schlafen!«

Was Alec dann erlebte, war ein Alptraum. Franks geballte Faust traf Alec mitten ins Gesicht. Er prallte zurück, fiel rücklings gegen den Tisch, auf dem der Briefbogen lag. Sein Kopf brummte, aber immerhin hatte er schon eine Anzahl Schlägereien überstanden. Er kam wieder auf die Beine, drängte den Angreifer mit dem Gewicht seines ganzen Körpers zurück; seine schmale, eisenharte Faust krachte gegen Franks Kinn. Carlottas Bruder ging ächzend in die Knie. Einer der beiden Typen, der muskulös und durchtrainiert war, riss Alec zurück. Alec schaffte es, sich loszumachen, stellte seinem Widersacher ein Bein. Als dieser hinschlug, vibrierte der Parkettboden. Doch Alec machte den Fehler, den dritten Typen zu übersehen, der ihn jetzt von hinten packte. Beide stürzten umklammert zu Boden. Alec versuchte ihn abzuschütteln, aber schon fielen Frank und sein Kumpel gemeinsam über ihn her. Frank setzte sich rittlings auf ihn, die anderen knieten sich auf seine Arme, dann schlugen alle drei systematisch auf ihn ein.

Erbittert kämpfte Alec gegen sie an, versuchte sich hochzustemmen, woran er immer wieder mit Fausthieben gehindert wurde.

»Jetzt siehst du …«, keuchte Frank bei jedem Schlag, »was wir mit einem verdammten Indianer anstellen! Und warte nur … warte nur, wenn wir mit dir fertig sind, wirst du nie mehr eine weiße Frau anrühren!«

Alec hörte ihre Worte wie aus weiter Ferne. Er hatte das Gefühl, dass sein Kopf wie eine Rassel hin und her schlug. Ihm wurde übel und auch die Schmerzen wurden heftiger, bis sie ihm nahezu die Besinnung raubten. Die Sache hätte schlimm für ihn enden können, wenn nicht plötzlich eine weibliche Stimme gerufen hätte: »Aufhören! Sofort aufhören!«

Daraufhin ließen alle drei von ihm ab und blickten zur Tür, wo jetzt eine Frau stand. Merkwürdigerweise konnte Alec sie deutlich erkennen. Sie war nicht mehr jung; ihr Haar war schwarz und in der Mitte gescheitelt. Trotz ihrer seltsamen Aufmachung – sie trug einen langen Rock mit Gehfalten, der auf enge Schuhe aus schwarzem Leder fiel, und eine grob gestrickte Jacke mit einem Blumenmuster – machte sie einen gebieterischen Eindruck. Ihre Stimme klang scharf und sicher.

»Frank McLane, lassen Sie den Jungen in Ruhe! Und wenn Sie nicht sofort verschwinden, hole ich die Polizei!«

Alec spürte, wie die Angreifer sich aufrichteten. Die Welt kreiste, nur die Frau stand kerzengerade da wie ein Regenschirm. Ihre Augen warfen Blitze. Alec krümmte sich stöhnend, und Frank sagte mit hoher, näselnder Stimme: »Der verdammte Scheißkerl hat …«

Sie schnitt ihm das Wort ab.

»Reden Sie gefälligst anständig mit mir!«
Frank räusperte sich.
»Ja, M'am …«
»Also, was hat er getan?«
»Dieser Halunke, er … er hat meine Schwester belästigt.«
Sie hob das Kinn.
»Ihr Fräulein Schwester hat es bekanntlich faustdick hinter den Ohren. Aber Aschenbrödel kehrt täglich vor Mitternacht heim.«
Stille. Sprachlosigkeit. Keiner rührte sich, bis Frank plötzlich den anderen ein Zeichen gab.
»Los! Wir nehmen ihn mit. Wir sind noch nicht fertig mit ihm.«
Die Frau hob ihren knochigen Zeigefinger.
»Der Junge bleibt hier. Und ich zähle bis zehn, und ihr seid verschwunden, ja? Eins … zwei … drei …«
Sie gingen. Sie gingen tatsächlich. Alec hätte es nicht für möglich gehalten. Er konnte sowieso nicht mehr denken. Sie murmelten etwas, quetschten sich kleinlaut an der Frau vorbei, die wartete, bis das Geräusch ihrer Schritte im Treppenhaus verklang. Dann erst kam sie zu Alec herüber und half ihm, sich aufzurichten.
»Liebe Zeit! Hast ganz schön dran glauben müssen. Vorsicht, Junge, ganz langsam. Oje, oje. Kannst du dich aufrecht halten?«
Alec spürte, dass er schrecklich zugerichtet worden war. Sein Kopf hing herunter und aus seiner Nase tropfte Blut auf die Schuhe der Frau, was ihm unendlich peinlich war.
»Kannst du gehen? Nur ein paar Stufen. Schön langsam, ein Schritt nach dem anderen. Herrje. Halt dich ruhig an mir fest.«
Alec tastete sich kraftlos mit Händen und Füßen vorwärts. Die Frau führte ihn vorsichtig die Treppe hinunter und dann durch eine Tür. Verschwommen sah er ein Klavier vor sich, dann ein Sofa, auf dem eine geblümte Strick-

decke lag. Diese Strickdecke war ein Ereignis für sich, weil sie das gleiche Blumenmuster wie die Jacke der Frau hatte. Alec nahm es benommen wahr, bevor Jacke und Decke in einem Wirbel undeutlicher Farben auf ihn zukamen und er endgültig das Bewusstsein verlor.

Er erwachte und glaubte zu träumen. Der Wind heulte und brauste wie auf hoher See, Regen schlug an die Scheiben. Das Licht war schwach und grau. Alec atmete mühsam durch den Mund, hob die Hand und tastete über Verbandstoff. Sein Kopf fühlte sich dumpf und heiß an, die Rippen schmerzten höllisch und durch die Nase konnte er überhaupt nicht atmen. Draußen krachten Donnerschläge, und Blitze entluden sich. Alec versuchte sich aufzurichten. Schmerz explodierte in seinem ganzen Körper. Er fiel stöhnend in die Kissen zurück, als er hinter sich im Zimmer ein Geräusch hörte. Eine Tür ging behutsam auf. Ein Lichtstrahl fiel herein und eine Gestalt schob sich durch die helle Öffnung. Verblüfft starrte Alec auf die schwarzhaarige Frau, die einen Stuhl an sein Bett zog und eine große Schale in der Hand hielt.

»Besser?«, fragte sie.

Er blickte sie angestrengt an und erinnerte sich, die Frau schon irgendwo gesehen zu haben.

»Was ist … was ist mit mir?«

»Eine ganze Menge: Gehirnerschütterung, gebrochene Nase und gebrochene Rippen, eine ausgerenkte Schulter. Was noch? Ach ja, eine innere Blutung. So, jetzt haben wir alles.«

Alec versuchte krampfhaft, sich zu erinnern. Vor Anstrengung brach ihm der Schweiß aus.

»Hatte ich … einen Unfall?«

Sie verzog unfroh die Lippen.

»Frank McLane und Konsorten kannst du getrost als Unfall bezeichnen. Keine Manieren! Und das Schwesterlein war schon mit vierzehn ganz schön durchtrieben. Du willst das nicht gemerkt haben? Auf welchem Planeten lebst du eigentlich? Auf der Venus? Herrjemine! Wie wär's mit etwas Suppe? Damit du wieder zu Kräften kommst.«

Sie schob ihm das Kissen zurecht, tauchte einen Löffel in die Schale und fütterte ihn wie ein Kleinkind. Die warme Suppe schmeckte nach Schnittlauch und Rüben. Ein Genuss. Er lächelte mühsam.

»Danke, dass Sie mir geholfen haben.«

»Keine Ursache. Ich bin Lara Kazanian«, stellte sie sich vor.

Alec nannte stumpfsinnig seinen Namen. Er hörte seine Stimme durch viele Watteschichten. Sie nickte mit kühler Ironie.

»Sehr erfreut. Inzwischen habe ich das Klavier geputzt und den Gips weggefegt. Sogar der Kronleuchter hat gewackelt. Herrje!«

Er fuhr mit der Zunge über die trockenen Lippen.

»Ich habe gehört, wie Sie spielen. Sie … Sie spielen gut.«

»Das will ich schwer hoffen. Ich bin Klavierlehrerin.«

»Mein Vater ist Dirigent. Er …«

»Nicht zu viel reden jetzt!«

Alecs Gedanken wanderten in alle Richtungen.

»Wie lange bin ich schon hier?«

»Seit zwei Tagen.«

Alec setzte sich ruckartig auf. Sofort hatte er Kopfschmerzen, und seine Rippen taten höllisch weh. Er begann zu röcheln.

»Nicht husten!«, mahnte ihn Lara.

Er presste die Hand vor den Mund, bis er sich beruhigt hatte.

»Das … das kann doch nicht wahr sein!«, keuchte er, als er wieder sprechen konnte.

»Woher willst du das wissen? Der Arzt war da und hat

dir eine Beruhigungsspritze gegeben. Du hast den ganzen Tag geschlafen und dazu noch die ganze Nacht. Rund um die Uhr, wie ein Kleinkind. Du wirst wieder ganz gesund. Darfst dich einstweilen nur nicht anstrengen.«

»Ich … ich habe in drei Wochen Abschlussprüfungen.«

»Gott bewahre. Ja, dann leg dich mal wieder hin und schlaf, bevor du anfängst zu denken. Dr. Freeman wird später noch einmal nach dir sehen. Eine Gehirnerschütterung darf man nicht auf die leichte Schulter nehmen.«

Alec schluckte.

»Wenn ich Sie störe, brauchen Sie es bloß zu sagen.«

»Du störst mich nicht, solange dir meine Suppe schmeckt.«

»Und … wo schlafen Sie denn?«

»Im Wohnzimmer. Auf dem Sofa. Da liege ich schön weich und bequem.«

»Ich … ich muss ins Internat zurück. Man wird sich fragen, wo ich stecke …«

»Hast du noch die Telefonnummer im Kopf?«

Alec versuchte sich zu konzentrieren. Die Ziffern kamen langsam, und er irrte sich dreimal, aber am Ende hatte Lara die Nummer und nickte zufrieden.

»Sieht gar nicht so schlecht mit dir aus.«

Sie rief beim Schuldirektor an und sagte, dass Alec einen Unfall hatte und für ein paar Tage in ärztliche Behandlung musste. Damit war die Sache erledigt.

Am nächsten Tag ging es Alec schon so gut, dass er sprechen konnte, ohne gleich in Ohnmacht zu fallen. Und als Lara ihn fragte, warum er zusammengeschlagen wurde, erzählte er ihr die Wahrheit. Eine Wahrheit, die sie nicht im Geringsten beeindruckte.

»Und jetzt fühlst du dich als Märtyrer, ja?«

Alec sagte das Dümmste, was er sagen konnte.

»Sie sind eine Weiße. Sie können das nicht verstehen.«

Sie lachte kurz und höhnisch auf.

»So, und du glaubst wirklich, dass uns die Hautfarbe vor dem lieben Nächsten schützt?«

Er stammelte beschämt: »War nicht so gemeint …«

»Armer Junge«, sagte sie kopfschüttelnd. »Es ist nicht deine Schuld, dass du nicht weißt, wie es draußen in der weiten Welt aussieht. Ich bin Armenierin, und mein Volk wurde von den Türken ausgerottet. 1915 war das. Über zwei Millionen Armenier lebten in der Türkei. Das Motiv? Die einen waren eine Minderheit, die die anderen nicht dulden wollten. Das Ergebnis: ein Völkermord. Kommt dir das zufällig bekannt vor? Ich lebe seit vierzig Jahren in Amerika, mein Junge, und ich habe mich nie der Illusion hingegeben, dass hier das Paradies auf Erden ist. Das Paradies, das findest du nur bei den Menschen, die du liebst, egal, welche Herkunft und Hautfarbe sie haben.«

Alec blieb zehn Tage bei Lara Kazanian. Dann beendete er die Highschool mit Auszeichnung und erschien auf der Abschlussfeier mit bandagierten Rippen, einem Heftpflaster auf der Nase und ohne Smoking, was sehr missbilligt wurde. Am nächsten Tag fuhr er nach Pine Ridge zurück. Sein Auto blieb auf halber Strecke liegen, und den letzten Teil der Reise legte er per Anhalter zurück. Alecs Verletzungen heilten, nur die gebrochene Nase behielt einen kleinen Höcker, der aus seinem Gesicht, das zuvor nur ebenmäßig gewesen war, ein interessantes machte. Er ließ sein Haar wachsen und entdeckte zu seiner eigenen Verwunderung, dass er eine große Anziehungskraft auf Frauen ausübte. Gleichwohl hatte das Erlebnis in ihm Spuren hinterlassen. Nicht nur sein Gesicht, sondern auch seine Seele war gezeichnet. Auch später, als seine Romane in der ganzen Welt übersetzt wurden, seine Theaterstücke erfolgreich aufgeführt und seine Essays als sprachliche Meisterwerke gelobt wurden, vergaß er niemals Lara Kazanian. Ihre Worte waren Wasser für seinen Durst, Nahrung für seinen Hunger und Schutz für seine Einsamkeit. Ihr hatte er sagen können, was er an der Kette um den Hals trug. Und auch, dass er gelegentlich mit den Knochen seines Pferdes sprach. Lara war ein Mensch, der das begreifen konnte. Das Band des Vertrauens, das beide geknüpft hatten, sollte nie reißen. Postkarten zu Neujahr und zum Geburtstag, Briefe und Anrufe bezeugten ihre gegenseitige Zuneigung bis zu Laras Tod, neun Jahre später, als Alec bereits in Europa lebte.

Aber das stand noch in den Sternen geschrieben, und einstweilen stand er noch unter Schock und besorgte sich einen Revolver.

46. Kapitel

Die Ferien wurden eine trostlose Zeit. Eva jobbte in der Metallfabrik und Alec blickte düster in eine Zukunft, von der er nicht wusste, wie sie aussehen würde. Seine Nase war nachts noch verstopft, und seine Rippen schmerzten, sobald er tief durchatmete. Peinlichen Fragen ging er mit einer Lüge aus dem Weg: Er sei mit seinem Auto im Straßengraben gelandet. Alle glaubten ihm, nur Grandpa Simon nicht, dessen Lippen ein sarkastisches Lächeln andeuteten. Alec war finster und wortkarg, führte einen grimmigen Gesichtsausdruck spazieren und lungerte herum.

Rund zwanzig Jahre bevor Leonard Peltier das American Indian Movement gründete, was in den siebziger Jahren zu Kundgebungen, bewaffneten Scharmützeln mit dem FBI und, was Peltier betraf, zu lebenslanger Haft führen würde, waren Proteste selten. Es wurde viel geredet und wenig gehandelt. Die Älteren, die kaum Englisch konnten, versuchten, den Kindern ein besseres Leben zu ermöglichen. Doch im Reservat war kaum Arbeit zu finden, die Jugendlichen vertrieben sich die Zeit, wie sie konnten, spielten Basketball, betranken sich und fuhren ihre vergammelten Autos zu Schrott. Viele Häuser – oder besser gesagt Behausungen – hatten noch immer keinen Strom oder kein fließendes Wasser. Die Indianer ertrugen ihr Los mit selbstvergessenem Gleichmut. Immerhin hatten sich ein paar junge Leute den Ruf als »Unruhestifter« erworben, weil sie sich gegen Ungerechtigkeiten zur Wehr setzten, allerdings auf ungeschickte Art, wie Alec fand. Sein Ohr war nicht mehr an ihre Sprache gewöhnt, ihre Prahlereien kamen ihm naiv vor, sogar ihr bitterer, zuweilen zynischer Humor erschien ihm wie eine Konstruktion des Geistes, die nichts als Hilflosigkeit ausdrückte. Er beobachtete genau, was vor sich ging, aber aus der Distanz, was den Vorteil hatte, dass er die Dinge in ihrer Gesamtheit wahrnahm, wo andere vielleicht nur Bruchstücke sahen. Zu seinen ehemaligen Mitschülern gehörte Jimmy Yellow Thunder, einer der Ersten im Reservat, der seine Haare lang wachsen ließ. Jimmy hatte wunderschönes Haar, das fast purpurn schimmerte. Er konnte einen schmuddeligen Overall tragen und nach Schmieröl riechen – sein Haar sah immer sauber aus.

Jimmy hatte keinen Schulabschluss und arbeitete als Automechaniker. Sein Zimmer, das er mit Rosie teilte, lag über der Tankstelle. Rosie war über dreißig und sah zehn Jahre jünger aus. Sie hatte ein ovales Gesicht, in dem ihr Mund aussah wie eine rote Frucht. Ihr Haar, mit bunten Wollfäden durchzogen, schien viel zu lang für ihre kleine Gestalt. Rosie arbeitete in der Wäscherei, lachte wenig, hatte einen resoluten Blick und ein loses Mundwerk.

Bei Jimmy traf Alec auch Tom Many Clouds, der mit achtzehn schon einen Bierbauch hatte, und gelegentlich auch Larry Windtalker. Larry hatte früher Kinderlähmung gehabt, zog das Bein nach und hatte die große Begabung, sobald er betrunken war, haarsträubende Geschichten zu erzählen.

Als Alec an diesem Abend kam, war Larry bereits angetrunken. Sein Haar war zerzaust, sein Hemd verschwitzt. Alec setzte sich neben ihn auf das alte Sofa, und Larry nickte ihm düster zu.

»Hallo, kleiner Bruder! Bin schon am Saufen, wie du siehst.«

Alec nahm die Flasche, die Larry ihm reichte.

»Ein bisschen früh, was?«, erwiderte er.

»Nie früh genug«, sagte Larry. »Kommt alles nur davon, weil ich auf dem Friedhof lebe. An jedem Baum hängt ein Toter und in meinem Kopf rasseln die Knochen. Du kannst das nicht nachfühlen, das hast du nie erlebt.«

Alec nahm einen Schluck.

»Vielleicht doch.«

Rosie sagte zu Larry: »Du machst wirklich ein komisches Gesicht. Suchst du nach einem Wort?«

»Nee«, sagte Larry, »Nach einem Lied. Grandpa will, dass ich es singe.«

»Wir sind ganz Ohr.«

»Tut mir Leid, hab's vergessen.«

»Lass es dir wieder einfallen.«

Larry bewegte den Kopf hin und her, als ob er zu schwer zu tragen wäre.

»Geht nicht. Hab mir gerade das Gehirn klein geschlagen. Mit Grandpas Schulterknochen. Glaub mir, das kracht. Dich hab ich übrigens gern, Alec, weil du meinem Grandpa ähnlich siehst.«

»Ach ja?«

»Ja, als Grandpa noch ein junger Krieger war und Skalps erbeutete, sah er aus wie du. Warum hört ihr mir eigentlich nicht zu?«

»Weil wir müde sind«, sagte gähnend Jimmy Yellow Thunder.

»Weil es hier nach Benzin stinkt«, sagte Alec.

»Hört jetzt endlich auf!«, rief Rosie erbost. »Wie soll ich tagsüber lüften? Und außerdem, was macht dieser Typ, der zur Hälfte ein *wasicun* ist, in unserem Reservat?«

Alec fasste den Entschluss, sich an diesen Abend zu betrinken.

»Die *wasicun* haben eben Kinder gezeugt. Hättet ihr sie euch vom Leibe gehalten, wäre das nicht passiert.«

Tom rülpste.

»Tut mir Leid, die *wasicun* waren in der Überzahl.«

»Sag bloß nicht, wir hätten lausig gekämpft«, erwiderte Rosie streng. »Das nehme ich dir nicht ab, Dickerchen. Unsere Großväter, das waren begnadete Reiter mit schlanken Hüften.« Rosie hob jetzt die Stimme. Ihr Gesicht sah plötzlich spitz aus.

»Was seid ihr heute? Fettsäcke, die ihre Frauen schlagen. Früher hätten das unsere Männer nie gewagt, weil wir ihre Sachen sofort vor das Zelt gestellt hätten, bei Schnee und Eis, wenn es sein musste. Und dann hätten die Kerle blaue Lippen bekommen und sich bis auf die Knochen geschämt. Yeah, das waren noch Zeiten! Wir sprangen Sommer wie Winter splitternackt ins Wasser und blieben fit. Jetzt stinken wir nach Schweiß, wie die *wasicun*, und ich drehe mir Lockenwickler ins Haar.«

»Aber ich hab dich nie geschlagen!«, protestierte Jimmy entrüstet.

Rosie schenkte ihm ein Lächeln, das sehr zärtlich war.

»Du bist auch noch kein Fettsack. Du bist meine allergrößte Liebe.«

Larry schnippte mit den Fingern und rief laut: »Ich hab's!«

»Schrei doch nicht so«, sagte Rosie. »Was hast du?«

»Das Lied«, sagte Larry. »Endlich!«

»Ja, dann sing es uns mal vor«, sagte Jimmy.

Larry stellte die Bierflasche bedächtig auf den Boden. Dann quälte er sich aus dem Sofa, richtete sich kerzengerade auf und trug ein Lied in der Lakota-Sprache vor.

Alec hörte völlig gebannt zu.

»Gib mir ein Pferd und einen Pfeil und einen Bogen
Gib mir den Wind, der mich trägt
Gib mir den Adler, der mich zu den Sternen führt
Und die Eule, die mein Herz holt
Wenn ich einen großen Tod gestorben bin

Und meine Knochen
Auf dem Schafott der Ehre bleichen ...«

Trotz der Hitze bekam Alec eine Gänsehaut.

»Woher kennst du dieses Lied?«

Larry plumpste aufs Sofa zurück, dessen Sprungfedern quietschten.

»Von Grandpa eben. War das ein Typ! Aber jetzt ist er tot und spukt mir im Kopf herum. Ich weiß nicht, warum er das macht.«

Alec konnte keinen Alkohol vertragen. Nach der zweiten Flasche zog er seinen Revolver hervor. Er hatte so lange geübt, bis er die Waffe blitzschnell von der linken in die rechte Hand und wieder zurück wechseln und dazu ein grimmiges Gesicht machen konnte. Er führte es ihnen jetzt vor und alle sahen entgeistert zu.

»Mann«, sagte Larry, »mach keine Dummheiten.«

Auf Alecs Stirn glänzte der Schweiß.

»Bruder, du hast ein großes Lied gesungen. Aber in der Sonntagsschule mussten wir die Zehn Gebote aufsagen.«

Rosie nickte feierlich.

»Du sollst nicht töten.«

»Stimmt überhaupt nicht«, sagte Jimmy. »Nur ein toter Indianer ist ein guter Indianer.«

»Und Gott sei mit uns«, lallte Tom.

»Amen«, sagte Alec.

Er untersuchte den Revolver und überprüfte, ob er geladen war. Dann legte er die Mündung an seine Schläfe und spannte den Hahn.

»Peng!«, sagte er.

Rosie nickte ungerührt.

»Nur zu, kleiner Bruder. Aber hast du ein Sterbelied?«

Alec fand, dass es mit dieser Frage etwas auf sich hatte. Er reichte ihr kleinlaut den Revolver. Rosie nahm ihn, entfernte die Patronen und gab ihn Alec zurück. Ihre Angst blieb ihm nicht verborgen. Er hielt die Pistole eine Weile in der Hand, bevor er sie wieder in die Hosentasche steckte. Er vergewisserte sich, dass noch Bier in der Flasche war, und trank den Rest aus.

»Du bist so ein richtiger Mann«, sagte Rosie. »Für immer und ewig in der Pubertät.«

Alec wischte sich die Tränen aus den Augen.

»Warum muss ich wegen des Liedes weinen?«, fragte er.

»Eben darum«, sagte Rosie. »Weil es ein großes Lied ist.«

Alec hatte das Gefühl, dass er reden müsste, sie alle zum Handeln bringen, jetzt sofort, aber wie? Ihm fiel nichts ein. Er fühlte sich hilflos, apathisch, und das Leben lief davon. Wir brauchen mehr Lieder, dachte er, große Lieder. Aber wir haben nur Country-Songs.

»Warum sind wir überhaupt übrig geblieben?«, hörte er Tom sagen. »Damit unsere Kinder Klebstoff schnüffeln?«

»Sie brauchen ein Lied«, stammelte Alec.

»Ein Sterbelied, ja, du Arschloch?«, sagte Tom.

Alec rieb sich die Stirn.

»Gustav Mahler. Die Zweite.«

»Die zweite was?«, fragte Tom.

»Die zweite Symphonie. *Die Auferstehung.*«

Larry nickte.

»Irgendwas in dieser Art.«

»Ich möchte noch ein Bier«, sagte Alec höflich zu Rosie.

Rosie holte eine Flasche, klemmte sie zwischen die Knie und machte sie auf.

»Da hast du dein Bier. Und was nun?«

Alec trank einen großen Schluck, hustete und verzog das Gesicht. Seine Rippen waren noch nicht völlig in Ordnung.

»Ich bin ein Adler«, sagte er, wobei er die Arme auf und ab bewegte.

»Toll!«, meinte Rosie. »Ist das deine Nummer?«

Alec sagte zu Larry: »Wenn du mir noch einmal das Lied vorsingst, dann springe ich aus dem Fenster und fliege.«

»Kleiner Bruder«, sagte Larry, »du wirst mich doch nicht anschwindeln?«

Er stand auf und nahm eine schöne Haltung ein. Weil es kein Lied war, das man mit krummem Rücken auf einem Sofa vortragen konnte.

Nachdem er zum zweiten Mal das Lied gesungen hatte, ging Alec geradewegs zum Fenster, riss es auf und schwang sich auf die Fensterbank. Alle starrten ihn an, abwartend und hingerissen. Alec breitete beide Arme aus. Er sprang aus dem ersten Stockwerk auf den Asphalt, genau vor die Zapfsäulen, und verstauchte sich den Knöchel.

Danach blieb ihm nichts anderes übrig, als für eine Weile zu humpeln. Er balancierte durch das Haus wie ein Zirkuskünstler, zog sich am Treppengeländer hoch, bis die Schwellung abklang. Noch spät in der Nacht saß er über seinen Büchern, die man ihm in großen Kisten nachgeschickt hatte. Die Vormittage verbrachte er im Bett, aber für Laura stand immer, wenn sie von der Arbeit kam, eine warme Mahlzeit auf dem Tisch. Laura war froh darüber und machte sich gleichzeitig Sorgen. Alec sprach nur wenig; die natürliche Unbekümmertheit der Jugend schien ihn verlassen zu haben. Ein frühreifer Ernst machte seinen Blick starr. Nach einer längeren Pause hatte er wieder begonnen zu schreiben. Keinen Roman mehr – den Roman hatte er akribisch zerrissen und in einem Abfallsack zum Müllplatz gebracht. Das Schreiben wurde zu einer Selbstprüfung anderer Art. Er schrieb über die Welt, in der er lebte, und enthüllte zunehmend deren Scheinhaftigkeit. Es war der Versuch, sich eine Existenz aufzubauen, in Wort, Schrift, Fantasie und allmählich auch in der Wirklichkeit. Er schrieb:

Wir sind wie fliehende Kaninchen, wie kleine Präriehunde, die einsam bellen. Ich glaube, es gibt ein schönes Wort für den hässlichen Zustand, in dem wir uns befinden: Resignation. Wir haben uns daran, dass es uns immer schlecht geht, schon so gewöhnt und uns so damit abgefunden, dass wir es oft nicht mehr spüren. Was uns vielleicht rettet, ist der gebrochene Stolz. Das Leben ist uns viel schuldig geblieben. Die amerikanische Geschichte hat uns – die Unschuldigen – schuldig gesprochen. Vielleicht können wir eines Tages unsere eigene Geschichte zurückgewinnen. Aber dazu brauchen wir ein großes Lied. Eine Vision. Die Vision soll uns als Waffe dienen, als Magie, als Angriff auf das Bestehende. Wir müssen sie als mächtige Hoffnung erleben. Und vielleicht auch als politisches Manifest.

Alec war wie ein Gewässer, in dem jeder Lichtstrahl und jeder Schatten zu erkennen war. Er begann sein Leben neu zu ordnen und machte sich viele Gedanken. Es folgte allerdings ein Rückfall, extrem genug, um beinahe ein böses Ende zu nehmen.

Im August kam es in dem Restaurant, wo Larry belegte Brote, Eier mit Schinken und Schweinelende mit Bratkartoffeln zubereitete, zu einem Streit mit zwei Polizisten. Jimmy, Tom und Alec tranken Bier auf der anderen Seite der Theke und verhielten sich – zumindest am Anfang – still. Die Polizisten also lasen die Speisekarte und sagten, sie wollten kein Essen, wenn Larrys Zöpfe darin baumelten. Larry sagte nichts, sondern brachte zwei Platten, die eine mit Eiern und Schinken und die andere mit Eiern und Speck. Die drei Jungen sahen die Polizisten nicht an, sondern guckten in den Spiegel, der hinter der Theke entlang lief. Die Polizisten lachten; einer drehte den Teller um und kippte die Spiegeleier auf den Fußboden. Darauf holte Larry – immer noch wortlos – Handfeger, Schippe und einen Eimer Wasser, kniete nieder und begann den Boden aufzuwischen. Als er einem der Polizisten den Rücken zukehrte, gab ihm dieser einen Tritt in den Hintern, worauf Larry gegen den Eimer stieß, der umfiel. Das war zu viel. Die drei Jungen glitten von ihren Hockern. Jimmy sagte dem Polizisten, er sollte Larry in Ruhe lassen.

Der Polizist hielt die Hand an sein Ohr.

»Ich kann nicht gut hören, was du sagst, Junge. Komm näher!«

Jimmy tat, was er sagte, und der Polizist schlug ihm die Faust ins Gesicht. Daraufhin klirrten Gläser, Teller zerbrachen und der Spiegel über der Theke bekam Sprünge. Ein paar andere Indianer, die den Lärm gehört hatten, kamen von draußen und ein Polizist forderte per Funk Verstärkung an. Drei Minuten später hielt ein zweiter Polizeiwagen mit kreischenden Bremsen, und ein halbes Dutzend Männer stürmte das Lokal. Im Verlauf der Auseinandersetzung wurde ein weißer Polizist verletzt und eine Gruppe junger Lakota verhaftet. Alec gehörte dazu. Augenzeugen hatten gesehen, wie er im Gewühl einen Revolver zog und abdrückte. Alec wurde des versuchten Mordes angeklagt, wobei sich bald herausstellte, dass der Revolver nicht geladen war. Rosie hatte ganze Arbeit geleistet. Immerhin kam er für einen Monat in Untersuchungshaft.

Schließlich legte Simon Widerspruch ein und Alec wurde freigesprochen. Nach der Gerichtsverhandlung war Simon da und wartete auf ihn

»Los, komm. Nimm deine Sachen.«

Simons alter Pick-up stand vor der Polizeistation. Alec schlurfte mit hängendem Kopf hinter ihm her. Er war schlecht rasiert und von Wanzen zerstochen. Der widerliche Geruch der Zelle steckte noch in seinen Kleidern.

»Hast du gegessen?«, fragte Simon.

Alec machte ein verneinendes Zeichen.

»Wir wollen essen«, sagte Simon.

Alec hatte einen bitteren Geschmack im Mund und nicht die geringste Lust auf irgendwas. Er schluckte, begann zu husten, als wollte er seine Wut und Beschämung ausspucken. Simon fuhr gelassen weiter und hielt vor einer mexikanischen Kneipe. Er ließ Alec nicht aussuchen, was er wollte, sondern bestellte Rindfleisch, mit Paprika und Cayenne gewürzt, Gemüse und Nudeln. Alec aß und trank mit verhohlenem Widerwillen. Niemand sprach ein Wort, bis beide ihre Mahlzeit beendet hatten und Simon mit den Worten »So geht es nicht weiter« das Schweigen brach.

Alec antwortete nicht, senkte den Kopf wie jemand, der begreift, dass er fortan mit der Erniedrigung leben muss.

»Du stellst meine Geduld auf eine harte Probe«, fuhr Simon kopfschüttelnd fort. »Zunächst einmal, was fällt dir ein, mit einem Revolver herumzufuchteln?«

Alec starrte auf seinen leeren Teller.

»Ich … ich wurde in Seattle verprügelt.«

»Bewaffnete Indianer machen sich strafbar.«

»Aber Weiße können Indianer töten«, sagte Alec wütend. »Sie nennen das dann ein Kavaliersdelikt.«

Diese Wortwahl belustigte Simon, der mit Mühe ein Lächeln verbarg.

»Ein intelligenter Junge wie du sollte wissen, warum.«

»Ich bin ein Lakota«, sagte Alec. »Ich hasse die Weißen!«

Simon seufzte.

»Ich muss das zurücknehmen – so intelligent bist du auch wieder nicht. Larry ist intelligenter. Er hat gesagt, der Typ war ein Idiot, aber Idioten gibt es in sämtlichen Hautfarben. Sind alles nur Menschen, sagt Larry. Und du hasst alle Weißen, und deinen Vater auch, ja?«

»Ich …«

»Wäge das Für und das Wider gut ab«, sagte Simon streng. »Und wenn du dir nicht sicher bist, halt lieber den Mund.«

Alec dachte an Lara Kazanian, ausgerechnet jetzt. Röte flog über sein Gesicht. Er kam sich wie ein Schuft vor.

»Also gut. Manche sind ganz nett.«

Simon bewegte die Hand, als wollte er eine Fliege verscheuchen.

»Ich will mit dir nicht über Gut und Böse diskutieren. Aber du musst mit der Welt eben fertig werden, wie sie ist.

Die Menschheit steckt in den Kinderschuhen – finde dich damit ab. Beethovens Neunte Symphonie preist, was erst in tausend Jahren Wirklichkeit wird. Vielleicht. Aber Beethoven war ein Visionär. Und auch der italienische Geigenbauer, der mir die Geheimnisse seiner Kunst anvertraute. Du wirst mich fragen, ob denn wirklich alles so einfach ist, dass man es mit ein paar Worten ausdrücken kann. Die Antwort ist natürlich: Nein. Aber die Zusammenhänge werden klarer, ein Vorteil immerhin. Schläfst du?«

Alec hob den Kopf.

»Ich schlafe nicht.«

»Ich glaube, du brauchst jetzt einen Kaffee.«

Simon rief den mexikanischen Kellner. Die Wanzenstiche juckten zum Verrücktwerden. Alec kratzte sich, was auch nicht unbedingt klug war.

»Grandpa …«

»Ja?« Simon sah ihn ruhig an. Alec senkte den Blick.

»Es … es tut mir Leid. Mehr kann ich dazu nicht sagen. Und es ist nicht wahr, dass ich meinen Vater hasse. Aber was hat er bisher für mich getan?«

»Er liebt dich.«

»Ach …«

Alec hätte fast aufgelacht. Mit dieser Masche sollte ihm keiner kommen. Er biss sich gerade noch rechtzeitig auf die Lippen.

Der Kellner brachte den Kaffee. Simon trank. Dabei hielt er seinen schmalen Kopf sehr gerade und unbeweglich. Als hörte er eine Stimme, die nur in seinem Inneren widerhallte.

»Der Kaffee ist gut«, sagte er schließlich.

Alec trank zu hastig, verbrannte sich die Zunge und verschüttete ein paar Tropfen.

»Woher weißt du, dass er mich liebt?«, fragte er, als er wieder sprechen konnte.

Simon sah ihn über den Rand seines Pappbechers an. Sein

Atem war gleichmäßig wie der Herzschlag in seiner Brust, und in seinen Augen regte sich nichts.

»Woher? Weil er es mir geschrieben hat.«

Alec saß da, wie zur Salzsäule erstarrt. Die Überraschung verschlug ihm fast die Sprache. Er sah, wie Simon seine Jacke von der Stuhllehne nahm, seine Brieftasche hervorzog. Ein Luftpostumschlag kam zum Vorschein. Alec starrte auf den Brief, den Simon ihm über den Tisch reichte. Seine Augen waren riesengroß.

»Darf ich?«, flüsterte er rau.

Simon nickte kurz. Alec drehte den Umschlag in den Fingern, bemerkte die fremden Briefmarken. Der Brief war in Wien aufgegeben worden, das Datum des Poststempels war nahezu unleserlich. Der Absender lautete: *A. Horváth, Musikakademie, Budapest, Ungarn.* Mit zitternden Fingern zog Alec den Brief aus dem Umschlag, einen Doppelbogen, der in eleganter, gut leserlicher Handschrift eng beschrieben war. Alec betrachtete den Brief mit ungläubigem Erstaunen, bevor er zu lesen begann.

Mein Bruder,
ein Violinist, dem ich vertraue, wurde für ein Gastspiel nach Wien verpflichtet. Ich gebe ihm diesen Brief mit, in der Hoffnung, dass er dich erreicht. Bei jedem Brief an dich kommt mir der Gedanke an eine Flaschenpost, die ich – ein Schiffbrüchiger – der stürmischen See anvertraue. Im Zweifel, ob meine letzten Briefe dich erreicht haben, wiederhole ich kurz, was ich dir zuvor ausführlicher schrieb: dass mich nach Juliettes Tod ein Engel aus Schmerz und Einsamkeit erlöste. Dass Rachels Liebe Schritt hielt mit meiner Trauer. Dass ich Juliette niemals vergessen würde, wusste sie; weil sie zu lieben verstand, akzeptierte sie es. Die Geburt meines Sohnes Tibor erfüllte mich mit tiefer Freude, verstärkte aber gleichzeitig meine Sehnsucht nach dem Erstgeborenen. Wie du weißt, wollten wir nach dem Krieg nach Amerika auswandern. Alec und Tibor sollten gemeinsam

aufwachsen. Doch Rachel folgte Juliette und ließ mich allein. Mich hält ein Fluch auf dieser Erde fest. Tibor wächst hinter dem Eisernen Vorhang auf; er weiß nichts von meiner Vergangenheit. Er ist wie ich zu impulsiv; ich möchte ihm schlechte Erfahrungen ersparen. Er ist – obwohl ich es ihm nie sage – ein hoch begabter Musiker, was hierzulande ein Nachteil ist, denn solche Leute sind der Partei wichtig. Zweimal war er bereits im Ausland, immer unter Bewachung. Gerade musste er frühzeitig aus Spanien zurückkommen. Er hatte versucht, sich Freiräume zu schaffen. Die Partei hält uns als Geiseln fest – als Geiseln der Musik, wahrhaftig ein Hohn! Simon, ich habe ein Herzleiden und werde nicht mehr lange leben. In den letzten Jahren ist meine Verzweiflung gewachsen. Nur die Musik ist mir noch Erlösung. Jedoch, ich bin am Ende. Der Adler wartet, dunkel wie die Nacht. Bald leiht er mir seine Schwingen. Hoffentlich kann ich in aller Stille gehen. Doch bevor ich sterbe, soll Tibor die Wahrheit erfahren. Er ist in den letzten Monaten ruhiger geworden.

So viele Jahre sind vergangen! Doch nichts hat sich verändert. Ich fühle mich Dir ebenso nahe wie damals, als wir uns trennten. Noch heute höre ich deine Worte: Gräm dich nicht umsonst! Wir sehen uns wieder, wenn nicht in dieser Welt, dann in einer anderen, die klarer und schöner ist.

Auch habe ich dein Versprechen nicht vergessen. Der Augenblick naht, wie dein Traum es voraussagte. In deinem Traum – erinnerst du dich? – blickte ich in die Sonne und tanzte. Es war ein schöner Traum, doch ein anderer wird ihn an meiner Stelle erleben. Einer, der ein Teil von mir ist, Phantom und Spiegelbild, mein eigenes Fleisch und Blut. Denke daran: Wenn du bereit bist, werde ich es auch sein. Ich warte, ich höre, ich bin nicht fern, nur auf der anderen Seite des Weges. Meine Liebe gehört meinen Söhnen, meine Erinnerung den Toten. Meine Träume gehören dir.

Auf ewig,
dein Anton

Alec betrachtete die Schrift, die seiner auf nahezu gespenstische Weise ähnelte. Dann tauchte er wie aus einem tiefen Brunnen empor. Oben war das surrende Geräusch des Ventilators, der laue Wind. Der Briefbogen bewegte sich im Luftzug, fiel Alec aus der Hand und flatterte zum Fußboden hinab. Alec kroch halb unter den Tisch, tastete mit fahrigen Händen nach dem Brief, hob ihn auf und faltete ihn zusammen, bevor er ihn wieder in den Umschlag schob und Simon zurückgab. Der alte Mann nahm den Umschlag und steckte ihn sorgfältig in seine Brieftasche.

»Nun?«, fragte er sanft.

Im Gefängnis hatte sich Alec geschworen, für den Rest seines Lebens keine einzige Träne mehr zu vergießen. Jetzt legte er beide Arme auf den Tisch, verbarg sein Gesicht und weinte. Er spürte das Beben, das seinen ganzen Körper erschütterte, hörte seinen Herzschlag und sein eigenes ersticktes Schluchzen. Nach einer Weile fühlte er eine Bewegung. Simon hatte die Hand auf seinen Kopf gelegt, eine ganz leichte Berührung nur. Erst als Simon die Hand zurückzog, hob Alec sein Gesicht. Er sagte mit erstickter Stimme, wie Leid es ihm täte, dass er ihm und seinem Vater Schande gemacht hatte. Und dass es nie wieder vorkommen würde.

Simon betrachtete ihn sehr ruhig. Über sein dunkles Gesicht kam und ging ein Lächeln, wie eine vorbeiziehende Wolke. Und schließlich wühlte er abermals in seiner Jackentasche, und gab Alec ein frisches, von Grandma sorgfältig gebügeltes Taschentuch.

»Putz dir die Nase. Und trink jetzt endlich deinen Kaffee.«

Alec gehorchte. Er wagte kaum, Simons Augen zu begegnen. Dafür sah er einen Lastwagenfahrer, der mit einem Zahnstocher sein Gebiss reinigte, und den Kellner, der beflissen die Kaffeemaschine bediente. Er hörte den schwachen Verkehrslärm von der Straße, das Surren der Ventilators.

Nachdem er sich etwas beruhigt hatte, sagte er: »Darf ich dich einiges fragen, Grandpa?«

Simon nickte.

»So viel du willst, Takoja.«

»Wann kam dieser Brief?«

»Letztes Jahr.«

»Und seitdem?«

»Nichts. Keine Zeile mehr. Aber das ist nicht ungewöhnlich. Manchmal bin ich jahrelang ohne Nachricht. Anton muss die Briefe aus Ungarn hinausschmuggeln. Das gelingt nicht immer.«

»Hast du noch mehr?«

»Einige.«

»Darf ich sie lesen?«

»Sie sind für dich bestimmt. Hör auf, dich zu kratzen!«

»Warum hast du sie mir nie gezeigt?«

»Weil du keinen Boden unter den Füßen hattest. Jetzt bist du so weit, dass du einige Tatsachen hören kannst. Zum Beispiel, dass Anton sich nach dem Tod deiner Mutter wieder verheiratet hat. Dass du einen Bruder hast, der in Ungarn lebt. Aber Antons Frau Rachel war Jüdin. Und was mit den Juden im Zweiten Weltkrieg geschah, weißt du. Anton versuchte sie zu retten, indem er für die Wehrmacht arbeitete. Doch vergebens. Rachel starb in der Gaskammer. Ich wollte dir keine Bürde aufladen, die du noch nicht tragen konntest.« In Alecs Kopf kreisten die Gedanken in ständigem Wirbel.

»Ich danke dir, dass du es mir gesagt hast«, brach er nach einer Weile das Schweigen. »Glaubst du … dass ich meinen Vater eines Tages sehen werde?«

Ein tiefer Seufzer hob Simons Brust.

»Vielleicht wirst du dich damit abfinden müssen, dass es nicht geht. Er schreibt wie ein Mensch, der seinem Ende entgegenblickt.«

Alec rieb sich die Stirn.

»Und mein Bruder?«

»Er ist Pianist. Er gibt Konzerte. Für euch hat das Leben erst begonnen. Die Zeiten ändern sich. Ihr habt beide eine Aufgabe, ein Ziel. Ihr werdet euch begegnen.«

Alec kämpfte mit einem leichten Schwindelgefühl. Er hatte einen Bruder! Er empfand die gleiche Benommenheit, die ihn schon als kleinen Jungen überfiel, wenn er auf einem hohen Baum geklettert war. Er übersah die Landschaft, wo sich Tibors Gestalt langsam aus dem Nebel löste. Noch lagen zwischen ihnen Entfernungen und Dunkelheit, noch waren sie Fremde, obwohl sie Brüder waren. Jeder trug seine eigene Wahrheit, seine eigene Geschichte, seine Sehnsüchte und Träume. Doch Alec erkannte, dass zwischen ihnen ein unzertrennbares Band bestand. Er konnte nicht genau verstehen, woraus es gemacht war, doch es war eindeutig da, wunderbar und außerordentlich. Alec zögerte nicht lange; Er streckte seinem Bruder die Hand entgegen und spürte durch Raum und Zeit seinen festen, warmen Griff.

»Grandpa«, sagte er »ich versteh nicht alles in dem Brief. Welches Versprechen hast du meinem Vater gegeben?«

47. Kapitel

Alec schrieb:
Welche Bedeutung hat es, ein amerikanischer Ureinwohner zu sein? Wir haben uns nicht nur das Land stehlen lassen, sondern auch unseren Stolz. Wir sind Opfer des Bösen geworden. Wir verharrten in unserem Unglück. Unser Leben bestand nur aus Erinnerungen, irrealen Wunschträumen und stummer Wut. Ich habe nicht gedacht, dass wir die Kraft aufbringen würden, etwas dagegen zu tun. Ich hatte Unrecht. Grandpa hat mich eines Besseren belehrt.

Der Sonnentanz hat stattgefunden. Ich habe die Wirklichkeit gesehen, die Wirklichkeit meines Volkes. Was gestern noch grau schien, ist heute bunt und vielfältig. Und ich weiß jetzt, dass alles möglich ist.

Ich will über den Sonnentanz schreiben, bevor die Erinnerung versiegt und die Einbildungskraft mir Fallen stellt. Ich habe noch Schmerzen in der Brust, aber das macht mir nichts aus. Mein Körper fühlt sich leicht und frisch an, und jeder Schluck Kaffee, den ich trinke, erfüllt mich mit Behagen.

Damals – nach dieser Sache mit dem Revolver – hatte Grandpa mir von seiner Idee erzählt. Die Beschreibung gab mir zu denken. Und kein Zweifel, ich hatte Angst. Ich dachte, ich könnte nicht mitmachen, weil mein Vater ein *wasicun* ist. Doch Grandpa sagte, mein Vater hätte es auch gewollt. Aber damals waren schwere Zeiten, und die Zeremonie konnte nicht stattfinden. Die Tatsache, dass mein Vater, dieser begabte, gebildete, feinfühlige Mensch, sich entschlossen hatte, sich an dieser Sache zu beteiligen, stimmte mich nachdenklich. Vergeblich hatte ich versucht, seine Bereitschaft ins Lächerliche zu ziehen. Tief in mir war eine dunkle, urtümliche Gewissheit, die mich gefangen nahm. Ich sollte mich deshalb nicht fürchten, sagte Grandpa mit großer Zärtlichkeit.

»Dein Vater ist Musiker, aber in bestimmten Momenten wird der Körper selbst zum Instrument. Du musst dieses Gefühl zulassen. Es bringt dir dein Leben zurück.«

Mit den Stammesältesten hatte er sich bereits abgesprochen. »Takoja, ich schwöre dir bei meinen Toten, ich hätte beinahe die Geduld verloren!« Er hatte Jahre gebraucht, um alle zu überzeugen. Sie waren Holzfäller, Mechaniker oder Handlanger, viele konnte weder lesen noch schreiben. Einige waren nicht einmal mehr in der Lage, ihre Muttersprache zu sprechen. Die meisten jedoch schämten sich, hatten Angst vor dem FBI. Sie fürchteten, ihren Job zu verlieren oder im Gefängnis zu landen. Immerhin, Jimmy, Tom, Larry und ein paar andere waren bereit, mitzumachen, und sei es nur, um vor sich selbst nicht als Versager dazustehen. Ein Motiv wie jedes andere auch. Doch Grandpa fand die richtigen Worte.

»Ihr jungen Männer von heute seid mutiger als jene in den längst vergangenen Tagen. Ihr werdet nicht nur die Erschöpfung, den Durst und die Schmerzen, sondern auch die Feinde in euren Herzen bekämpfen. Und davon gibt es nicht wenige, Kinder, das sage ich euch: den Unglauben, die Zweifel, die Versuchung, in die Stadt zu gehen, eure Herkunft zu vergessen und einfach nur zu leben, um Geld zu machen.«

Während er mit ihnen sprach, beobachtete ich sein Gesicht. Sein Blick war leicht verhangen, und seine Augen leuchteten geheimnisvoll. Dieses Gesicht, schien mir, gehörte weder einem Menschen noch einem Geist, aber vielleicht war es das Gesicht eines Heiligen. Dabei sprach er ganz praktische Dinge an: »Denkt daran, dass ihr – egal, wie tief eure Wunden sind – am Montag wieder zur Arbeit müsst. Überlegt euch also gut, ob sich die Sache für euch lohnt.«

Es lohnte sich offenbar. Merkwürdig, wie gehorsam sie plötzlich waren. Alles wurde sorgfältig geplant. Jene, die dabei sein wollten – ein Dutzend Familien –, erzählten überall, sie würden an einem Picknick teilnehmen. Sie bewahrten ihr Geheimnis gut; schließlich machten sie sich strafbar. Die Polizei schöpfte keinen Verdacht. Im demokratischen Amerika waren Picknicks erlaubt.

Der Weg war lang bis zu dem Hochtal, das Grandpa ausgesucht hatte. Die späte Oktobersonne brannte, doch der Wind bewegte das Grasmeer wie Wellen, aus denen Heuschrecken sprudelten. Den ersten Teil des Weges fuhren wir mit den Pick-ups, die den Wald mit Benzingestank erfüllten. Dann wurde die Strecke unbefahrbar. Wir stapften mit Sack und Pack zu Fuß den Pfad hinauf. In der weiten Stille zogen die Höhenzüge der Badlands ihren fächerförmigen Kreis. Und plötzlich war die Welt der Weißen mit ihren Wolkenkratzern und Highways verschwunden. Wir betraten ein Land der reinen Luft, der segelnden Adler. Zu jeder Stunde veränderten sich Schatten und Licht. Die Erlenbüsche glühten wie Flammen, die Luft duftete nach Absinth und die Quellen funkelten wie reiner Kristall. Die Vergangenheit wurde gegenwärtig. Ich sah unsere riesigen Mustangherden von einem Hügel zum anderen galoppieren. Ich sah die donnernden Büffelherden, das Abbild der Sonne in Tiergestalt. Ich sah die geheimnisvolle Schönheit der Ahnen, ihren königlichen Gang, lässig und dennoch beflügelt, ihre stolze Art, das Haupt zu tragen. Diese ruhige, begeisterte Tapferkeit auf ihren Gesichtern! Sie hatten noch nicht vom Gift der Zivilisation gekostet, sie verstanden die Sprache der Tiere und begrüßten jeden Sonnenaufgang mit einem Gebet. Dann kehrte mein Blick in die Wirklichkeit zurück. Ich sah unsere müde Schar, die sich langsam, aber beständig weiterbewegte, ihre Sachen in Rucksäcken schleppte. Zu schwerfällig, zu fett, die Gesichter vom Alkohol entstellt. Die Alten hatten verkrüppelte Gelenke, kaum noch Zähne im Mund und kein Geld für den Zahnarzt. Die jungen Mädchen stolperten über Erdklumpen. Sie trugen Nylonstrümpfe und Stöckelschuhe, ihr Lippenstift war verwischt.

»Beschissen«, sagte ich zu Eva.

Wir saßen im hohen Gras. Die Frauen teilten Dosenfleisch aus, Grandma kochte Kaffee auf einem kleinen Spirituskocher. Im Gegensatz zu den schweigenden Männern waren die Frauen ganz in ihrem Element, lachten und scherzten und sahen merkwürdig glücklich aus. Wir Jungen starrten mürrisch die Essenden an. Die Tradition verlangte, dass wir fasteten. Wir durften nur Wasser trinken. Jimmy und ich vertrauten einander an, dass wir gerne heimlich etwas gegessen hätten – nur ein paar Bissen –, aber keiner von uns wagte, das Verbot zu umgehen. Wir waren felsenfest davon überzeugt, dass Grandpa es bemerkt hätte.

»Was ist beschissen?«, fragte Eva

Sie biss herzhaft in ihr Eier-Sandwich. Laura hatte eine ganze Menge davon zubereitet.

»Dass wir nichts essen dürfen.«

Sie warf ihr langes Haar aus der Stirn und steckte es mit einer Spange fest. »Selbstbeherrschung gehört dazu.«

»Ich habe Lust auf Schinkenbrot.«

Lauras helles, scharfes Lächeln, das Evas so ähnlich sah, blitzte auf.

»Das Schwein muss noch geschlachtet werden.«

Lauras Spottlust nahm im Alter zu und war in der Familie berüchtigt. Aber irgendwie war ich ihr deswegen nicht böse und blickte weiterhin neidisch auf Eva, die zufrieden ihr Sandwich aß.

»Nur einen einzigen Bissen!«

Sie fuhr sich mit dem Handrücken über die Lippen und sah mich streng an.

»Nichts da!«

Ich legte mich flach ins Gras, sah über mir das tiefe Blau des Himmels. Ich dachte an Tom, der aus Seattle gekommen war, wo er als Nachtwächter in einem Motel arbeitete. Vor ein paar Wochen war seine Mutter gestorben.

»Ich bringe das Opfer ihr dar«, hatte Tom in ruhigem, bestimmtem Tonfall verkündet. Jetzt saß er still abseits, und seine Gedanken waren bei der Toten.

»Mann«, hatte Jimmy Yellow Thunder, als wir aufbrachen, zu mir gesagt, »ich bin in der Missionsschule erzogen worden. Und jetzt soll ich mir das Gesicht rot und schwarz anmalen und nackt um einen Baum tanzen. Wenn das meinem Chef zu Ohren kommt, denkt der, ich bin übergeschnappt.«

Doch Larry hatte erzählt, dass sein Großvater plötzlich Ruhe gab.

»Irgendwie ist der Kerl zufrieden. Klopft mir nicht mehr im Kopf herum. Ihr ahnt nicht, wie das ist, wenn man endlich mal wieder schlafen kann.«

Ich habe mich oft nach Grandpas Beweggründen gefragt. Warum ruft er eine Zeremonie ins Leben, die seit achtzig Jahren verboten ist? Ein Verbrechen wurde es von offizieller Seite genannt. Aber mein Vater hatte Simons Vorhaben gekannt. Er war bereit gewesen, sich einem Ritual zu unterziehen, dessen Ursprung sich im Dunkel der Menschheit verlor. Was bewog ihn dazu, ihn, dessen ganzes Leben die Musik erfüllte? Möglicherweise war es die Vision, die ihn anzog, die Berührung mit dem Geheimnisvollen.

Wi wanyang wacipi – der Sonnentanz – war früher unser

größtes Fest, zu dem das ganze Volk zusammenkam. Es war mit der *hanblechia* verbunden, hatte mir Grandpa erklärt, mit der Suche nach der Vision. Nun, das war eine private Sache. Der Sonnentanz jedoch war die *hanblechia* des ganzen Volkes.

»Unser Geist sucht den Himmel«, sagte Grandpa, »während unsere Füße die Erde berühren. Wir sind so lange tränenblind über Knochen und Totenschädel gestolpert, bis wir unser Gedächtnis verloren haben. So dünn, so zerbrechlich ist heute unserer Lebenspfad, als hätte ihn Iktomi, das Spinnenmännchen, durchs hohe Gras gezogen. Aber der Wind der Freiheit kommt auf, unsere Schritte werden sicherer und schneller.

Ursprünglich fand der Tanz im Frühling statt, wenn die Menschen die Leben spendende Sonne begrüßten. Sie benutzten ihren Körper als Gebet, in großem Erstaunen und Entzücken. Und wenn die Gewalt der Schau sie durchströmte, stiegen ihre Seelen empor in die Höhe des Lichtes und der wechselnden Luftzonen. Sie überflogen Jahrtausende, verwandelten sich in Sonnenkinder, und entschlüsselten das Rätsel ihrer Herkunft.«

Ich sehe Grandpa noch vor mir, wie er uns das alles erklärte. Ich sehe auch Larry und Jimmy und Tom, und das Leuchten auf ihren Gesichtern. Sie waren zwischen Hochhäusern und rostigen Wohnmobilen aufgewachsen. Ihr Leben fand in einer kleinen Welt statt. Jetzt öffneten sie sich für eine neue Erfahrung.

Grandpa erklärte, dass der Sonnentanz nicht, wie die Weißen glaubten, eine Mutprobe sei. Der Sonnentanz wurde von Menschen ausgeführt, die bereit waren, ein Opfer für ihr Volk zu bringen.

Daraufhin hatte ich ihn gefragt, warum er eine Frühlingszeremonie in den Herbst verlegt hatte. Er hatte mich bloß angeschaut, mit diesem merkwürdigen Blick, als ob er die Frage überhört hätte.

Komisch war, dass die Frauen als Erste bereit waren, Grandpas Ansichten zu folgen, und ihre zögernden Männer überredeten. Grandma Gloria erinnerte sich an eine Zeremonie, die ihre Mutter miterlebt hatte, und geriet ins Schwärmen, wie das so ihre Art war. Es waren fröhliche Tage, sagte sie, mit gutem Essen und guten Gesprächen. Die Jungen stolzierten herum, ließen sich von den Mädchen bewundern, die mit geschärften Augen ihre Wahl trafen, und alle waren glücklich.

In früheren Zeiten dauerte der Sonnentanz zwölf Tage; vier Tage, um das Lager zu errichten, vier Tage für die Medizinmänner, um den Teilnehmern alle wesentlichen Dinge beizubringen, und vier Tage für den Sonnentanz selbst. Wir hatten nur drei Tage für alles – ein verlängertes Wochenende. Ein Expressverfahren, nannte es Laura, was Grandma respektlos fand.

Diesmal waren knapp fünfzig Leute dabei, und alle waren eingeschüchtert und wussten nicht, ob das, was sie tun wollten, schlimme Konsequenzen haben würde. Aber Grandpa war zuversichtlich. So oder so würde sich die Sache herumsprechen, und im nächsten Jahr wären gewiss mehr dabei. Davon bin ich überzeugt. Denn wenn ich heute jene betrachte, die es miterlebt haben, ist die Veränderung unübersehbar. Als ob sie jemand gewaltsam an den Schultern gepackt und aufgerichtet hätte. Und so glaube ich, dass der Sonnentanz wieder aufleben wird. Weil wir ihn brauchen. So wie jeder Glaube seine Rituale braucht.

Die Zeremonie beginnt mit der Wahl des *can-wakans*, des heiligen Baumes, der immer eine Balsampappel war. Wenn man die oberen Zweige abschneidet, dann findet man im Kern jedes Astes ein Sternenmuster. Das ist von großer Bedeutung, weil der Polarstern in unserer Tradition den Pfeiler des Himmels darstellt. Damit alles richtig ist, muss der Baum in eine große Astgabel münden. Bevor wir den Baum fällten, wurde er mit einem besonderen Gebet versöhnt: »Verzeih uns, dass wir dich fällen! Du bist ein großer, starker Baum, die Wahl ist eine Ehre für dich.«

Der Baum wurde von vier Mädchen gefällt, die noch nie mit einem Mann geschlafen hatten. »Kein Wunder, so wie die aussehen«, flüsterte Larry mir ins Ohr. Ich stieß ihm den Ellbogen in die Rippen. Wenn er so verächtlich tut, dachte ich, wird sein Großvater wiederkommen. Die Mädchen benutzten eine Axt, die neu war und nur dieses eine Mal benutzt wurde. Sie hatten ihre traditionellen Kleider angezogen, und es war Brauch, dass sie den Hieb zuerst nur vortäuschten, um sich von den jungen Männern bewundern zu lassen. Wir klatschten lahm Beifall. Einerlei, der Baum fiel, von einem besonderen Schrei begrüßt. Vier Männer schnitten die unteren Zweige ab und bedeckten die Wunden am Stamm mit Zinnoberfarbe. Früher waren vier Medizinmänner mit dieser Aufgabe betraut, und keiner wusste genau, wie es zu machen war, aber Grandpa gab seine Anweisungen sehr souverän. Die Gabel des heiligen Baumes und die obersten Zweige mit ihren Blättern blieben unberührt. Ein scharlachfarbenes Tuch und das Fell eines Wiesels, das die Reinheit verkörperte, wurden zusammen mit der Figur eines Mannes und eines Büffels aus rohem Leder daran befestigt. Die Geschlechtsteile der kleinen Nachbildungen waren besonders hervorgehoben und symbolisierten die erneuernde Kraft der Natur. Dann wurde der Baum mit nach vorn gerichteter Spitze zum Tanzplatz gebracht, in ein Loch gerammt und aufgerichtet. Früher, hatte Grandpa erzählt, wurde der Baum von berittenen Kriegern begleitet. Doch wir hatten nur ein paar alte Männer und Frauen, die singend einen Kreis bildeten, und verwirrte Jungen – zu denen ich gehörte –, die das Schauspiel betrachteten und nicht wussten, ob sie lachen oder sich an den Kopf fassen sollten. Erst als der Baum stand, wurde er mit großem Jubel begrüßt. Früher wurde Büffelfett in das Loch gestrichen, als Anrufung an den Büffel, der so gebeten wurde, das indianische Volk im kommenden Jahr zu ernähren. Doch die wenigen Büffel, die sich im Nationalpark von Touristen begaffen ließen, waren wohl kaum dieser Aufgabe gewachsen.

Nun wurde ein Kreuzbalken in der Gabelung des Baumes befestigt. Daran wurden Lederriemen gebunden, einer für jeden Freiwilligen, der sich der heiligen Prüfung unterziehen würde. Die Spitze des Pfahls war mit farbigen Schärpen geschmückt. Die Farben, Schwarz, Gelb, Weiß und Rot, bezeichneten die vier Himmelsrichtungen. An den Kreuzbalken schließlich wurde die heilige Büffelpuppe gebunden, eine Art Beutel, aufwändig mit Türkisperlen und Stachelschweinborsten bestickt und mit Zweigen der Wildkirsche umwunden. Ich wusste, dass Grandma Gloria die Büffelpuppe in langer, sorgfältiger Arbeit angefertigt hatte. Sie war sehr geschickt in diesen Dingen. Früher enthielt der Beutel ein Stück frisches Büffelfleisch als Opfergabe. Aber Grandpa hatte gemeint, heutzutage genüge wohl ein alter Büffelknochen, und hatte nach hartnäckigem Suchen dann auch einen aufgetrieben.

Dann richtete der Pfahl eine Botschaft an die Menschen. Und zu meiner großen Verwunderung sprach er durch Gloria. Ich hatte Grandma nie so gesehen und war sprachlos. Sie trug über ihrem Kleid einen ledernen Umhang, der sie groß und gebieterisch machte. Auch an dem Umhang hatte sie monatelang gearbeitet, das Leder nach traditioneller Art gegerbt und mit Perlen das Symbol des Nachtfalters gestickt. Der Nachtfalter gilt als Mittler zwischen Himmel und Erde, zwischen Dunkelheit und Licht. Man sagt, dass beim letzten Atemzug die Seele eines Sterbenden seinen Mund in Gestalt des Nachtfalters verlässt. Und Grandma, obwohl sie selbst keine Medizinfrau war, teilte mit ihrem Mann die Ehre, die Zeremonie zu leiten. Und ihre Stimme, wie ich sie jetzt hörte, war nahezu die einer Unbekannten. Sie war leise und klar:

»Hier stehe ich
Im Mittelpunkt der Welt
Und grüße die Menschen,
Die um mich versammelt sind.«

Dann wurde die Sonnentanz-Hütte errichtet. Man nannte sie auch das Schattenhaus. Eine Anzahl Pfähle, kreisförmig aufgerichtet, trugen ein Dach aus Kiefernzweigen. Es folgte ein wesentlicher Teil der Zeremonie. In Schweigen gehüllt, erschien eine Frau und trug einen schweren Beutel voller Erde auf dem Rücken. Es war eine besondere Erde. Eigentlich verlangte die Tradition, dass eine alte Frau diese Erde holte. Aber Grandpa hatte beschlossen, dass Eva es tun sollte – als Zeichen für die Erneuerung. Alte Leute, die an ihren Erinnerungen hingen, hatten vergeblich Einspruch erhoben. Grandpa war beharrlich: Junges Blut muss den Tanz beleben! Er hatte Eva gezeigt, wo sie die heilige Erde finden konnte, und da kam sie nun, mit einem schweren Beutel auf dem Rücken. Ihr blauschwarzes Haar fiel über die schlanken Hüften. Zwei Adlerfedern waren an ihrem Hinterkopf befestigt und zeigten über die rechte Schulter nach unten. Sie trug das Lederkleid, das Gloria, als Eva zur Frau wurde, liebevoll für sie angefertigt hatte. Ich starrte sie an, staunte über ihr neues Gesicht voller Heiterkeit und Frieden, über ihren versunkenen Blick. Ich hatte Eva in ihrer jungenhaften Art immer hübsch gefunden. Doch jetzt war sie eine der schönsten Frauen, die ich je gesehen hatte. Sie ging sehr langsam, hielt sich trotz ihrer Last gerade und setzte die Füße leicht einwärts. Sie spürte wie wir alle die Heiligkeit dieses Augenblicks. Im Schatten der Hütte streute sie um den Baum herum mit langsamen, sanften Bewegungen die Erde auf den *owanka wakan*, den extra hierfür vorbereiteten viereckigen Platz, den die Füße der Tänzer nie überschreiten durften. Geschickt zog Eva zwei Linien in die Erde, und Grandpa, in seinen rotschwarzen Zeremonienmantel gehüllt, füllte sie mit Zinnoberpulver und flaumigen Adlerfedern. Als dies geschehen war, wandte sich Eva nach Süden, breitete die Hände aus und sang mit leiser Stimme:

»Wir haben die Erde geholt
Und die Zweige für die Hütte.
Bald ist es Zeit zum Tanzen.
Alles ist bereit.«

Der Tag ging zu Ende. Man hatte für uns eine Schwitzhütte gebaut. Die kleine Hütte, der Ruhe und Läuterung vorbehalten, war primitiv, keine echte Schwitzhütte wie in früheren Zeiten. Immerhin schaute die Öffnung, wie die Tradition es will, nach Westen. In einer Vertiefung wurden Steine gehäuft und ein Feuer entfacht. Sobald die Steine heiß waren, setzten sich die Tänzer nackt, nur mit einem Lendentuch bekleidet, in die Hütte. Grandpa, ebenfalls nackt, goss Wasser auf die zischend dampfenden Steine.

Er sagte uns, dass wir diese Nacht wachend verbringen würden. Wir sollten alle bösen Gedanken abschütteln und beten. Ich spürte, wie die Jungen immer schweigsamer wurden, wie ihre Seele sich in einen Zustand der Bereitschaft erhob, wie sie immer deutlicher erkannten, wer sie waren und wozu das alles gut war.

Und nach dem Schwitzbad, während die Männer die sieben Gesänge des Sonnentanzes übten und unten am Bachufer Weidenstäbe für ihre Trommeln schnitten, streifte ich allein durch den Wald. Die sieben Gesänge hatte ich bereits geübt, sie waren nicht schwer zu behalten.

Die Oktobernacht war kühl und klar; ich spürte die Gegenwart unzähliger kleiner Tiere, Vögel und Insekten, hörte sie huschen, pfeifen, rascheln und krabbeln, in der geheimnisvollen Sprache des Waldes. Ein leichtes Rauschen bewegte das Laub, und über den hohen Fichten stand der Vollmond am Himmel. In seinem Licht sah ich Nachtfalter tanzen. Sie erhoben sich aus jedem Busch, aus jedem

Grasbüschel, sie flatterten empor, wie vom Glanz des Himmels magisch angezogen. Ich sah sie huschen und wirbeln; und ab und zu spürte ich, wie meine Haut unter der flüchtigen, samtweichen Berührung leicht erschauerte. Mir war, als ob in dieser Nacht, die wie keine andere war, die Seelen der Toten ihren verzauberten Reigen tanzten. Leicht und wie mit chinesischer Tusche in das Silber der Nacht gezeichnet, zogen sie hintereinander her, schwangen sich empor, wehten höher. In dieser Nacht ließ ich meine Angst los, ich wollte nie mehr mit ihr leben. Der Mondschein schwebte zwischen den Bäumen wie blaues Wasser, und Tränen stiegen mir in die Augen. Umgeben von Nachtfaltern hob ich beide Arme, sprach voller Ehrfurcht den Willkommensgruß aus: »Alle meine Verwandten!«, bevor ich mich traumbefangen ihrem streichelnden Tanz überließ.

Im ersten Licht der Morgensonne begann unsere Reise ins Ungewisse. Aber Jimmy, Tom, Larry und ich hatten den Schwur geleistet und es gab kein Zurück.

Außer einem Lendenschurz waren wir nackt; der Talisman, den wir um den Hals trugen, würde uns Schutz und Kraft geben. Grandpa bemalte unsere Gesichter rot und schwarz und klemmte uns ein Holzstück zwischen die Zähne. Dann sah ich ihn über mir knien. Sein Antlitz war verschlossen und feierlich und golden wie Feuer. Ich hatte den Ehrgeiz, alles, auch den größten Schmerz, zu ertragen. Doch was nun kam, geschah so rasch, dass ich kaum Zeit zum Denken oder zum Fühlen hatte. Grandpa beugte sich dicht über meine Brust, packte das Fleisch über dem Herzen mit seinen Zähnen und biss hart zu, bis das Fleisch weiß und taub wurde. Das Messer in seiner Hand warf einen roten Blitz. Grandpa schnitt die Haut an zwei Stellen ein, schob einen starken Salbeizweig durch die tiefe Wunde. An dem Zweig waren zwei Adlerklauen und ein langer, an den

Baum geknoteter Lederriemen befestigt. Die Heftigkeit des Schocks machte mich in der ersten Sekunde fast unempfindlich, dann explodierte der Schmerz. Fast verlor ich jede Beherrschung und Kontrolle über mich selbst; meine Zähne gruben sich in das Holzstück, und ich schrie, schrie schweigend, während mir der kalte Schweiß aus allen Poren brach. Doch schon verrichtete Grandpa ungerührt die zweite Durchbohrung. Das Ganze hatte kaum eine Minute gedauert. Nun halfen mir Hände hoch, hielten mich fest, legten einen Kranz aus Salbei um meinen Kopf. Halb ohnmächtig sah ich zu, wie Grandpa bei den anderen Jungen den gleichen Eingriff vornahm. Endlich standen wir aufrecht, benommen vor Schmerz, betraten barfuß die heilige Erde. Ein alter Mann, den man seiner Erfahrung wegen als Vortänzer gewählt hatte, stand da, ebenfalls unbekleidet, den Kopf gegen den heiligen Baum gelehnt. Er hielt ihn fest umfasst, ließ sich von seiner Kraft durchströmen. Dann wandte er sich uns zu; sein altes, rot und schwarz bemaltes Gesicht zuckte vor Ergriffenheit. Er zog die Riemen straff, bis die durchbohrte Haut weit abstand, so, dass wir uns zwar bewegen konnten, aber an den Baum gefesselt waren. Dann schlugen die Trommeln den ersten Ton. Das Dröhnen überspülte uns, hüllte uns ein; wir folgten seinem Auf- und Abschwellen, tanzten auf den Baum zu und wieder zurück, wobei wir uns immer wieder mit dem ganzen Gewicht an die Riemen lehnten. Auf diese Weise würde die Haut, immer weiter gedehnt, schließlich nachgeben, aufreißen und den Tänzer befreien. Und so folgten wir dem Rhythmus, das Gesicht der Morgensonne zugewandt, die Augen starr in die flirrende Glut gerichtet. Irgendwann schob man mir eine Knochenflöte in den Mund. Ihre schrillen Töne folgten dem Rhythmus meines Atems. Bald stieg die Sonne über dem Wald empor, und die Trommeln schlugen schneller und stärker. Es war nicht mehr ein einziger Ton, sondern ein ineinander übergehendes gedämpftes Vibrieren; ein mitreißendes, schwingendes Klopfen – mein Herz pochte in seinem Rhythmus. Frauen und Männer sangen dazu. Auch die Frauen hatten ihre Gesichter bemalt; sie trugen ihre Lederkleider und waren barfuß. In alten Zeiten, hatte mir Grandpa erzählt, brachten auch Frauen das Opfer. Doch sie durchbohrten sich nicht, sondern schnitten sich lediglich kleine Hautstreifen von den Armen oder stachen sich Adlerfedern in die Haut. Und auf einmal glaubte ich zu träumen, denn ich sah, dass Grandma Gloria die nackten Arme hochhielt. In jedem Arm, zwischen Ellbogen und Schulter, steckte tief in der Haut eine Adlerfeder. Und während ihr das Blut über die Hände rann, hörte ich ihren Gesang:

»Ich bringe mich selbst dar,
Mein Volk soll leben
Nimm mein Opfer an, Wakan Tanka.«

Und ich sah die anderen Frauen und Männer; ihre Gesichter waren halb benommen von der Furcht und der Herrlichkeit. Einige weinten und schämten sich nicht ihrer Tränen. Andere, die große Angst empfunden hatten, zeigten jetzt Geisteskraft und Stolz. Es war eine Freude zu sehen, wie ihr Ehrgefühl erwachte, eine Freude, die uns für alles entschädigte. Und ich sah Grandpas Antlitz, das Lächeln auf seinen Lippen war liebevoll und kühn. Es war das Lächeln eines Weisen, der Menschen durch ein heiliges Spiel führt, eine Schönheit darin erkennt, von der sie nichts wissen, und eine Absicht, die ihre Aufnahmefähigkeit übersteigt, deren Wirkung jedoch alle spüren.

Der Schmerz wurde unerträglich. Wie konnte ich ihm entgehen? Mir war nur eine einzige Handlung gestattet: mich so weit es ging nach hinten zu lehnen, bis die Haut riss. Doch mir fehlte die Kraft, auf diese Weise meinem Leiden ein rasches Ende zu bereiten. Langsam veränderte sich das Licht vor meinen Augen und ich sah konfuse Bilder. Doch dann gewannen die Bilder an Klarheit und eine

Welt tat sich auf, glasklar wie im Traum. Ich sah Männer und Frauen zu Tausenden, wundervoll gekleidet, auf prachtvollen Pferden Seite an Seite reitend. Das waren Bilder, die mir Grandpa beschrieben hatte; meine Seele jedoch öffnete tiefere Schichten, und mir war, als sähe ich sie im Hier und Jetzt, Menschen und Pferde in unüberschaubarer Zahl. Ein ganzes Volk auf dem Weg zum Sonnentanz, allen voran und alles überragend die Chiefs mit ihren Federkronen, die ihr Gesicht beschatteten, und weit hinab auf ihren geschmeidigen Rücken wogten. Dann die Medizinmänner und -frauen, in ihre kostbaren Elchmäntel gehüllt. Hatte ich je geahnt, wie blitzend und klar unsere urtümlichen Farben waren, wie brennend das Rot, wie strahlend das Blau, wie leuchtend das Gelb? Wie funkelnd und lebendig die Federn, wie blitzend die Perlen? Meine Vorfahren, wer waren sie? Menschen oder Fabelwesen? Geschöpfe aus einer anderen Zeit, aus einer anderen Welt, mit großen Augen, die voller Sehnsucht funkelten. Ihre Körper waren mit Zinnober, Ocker und Kobalt bemalt, zinkweiße Streifen kennzeichneten die siegreichen Krieger. Die Brustplatten der Frauen schimmerten, Türkisketten schmückten ihren Hals, die Fransen ihrer Gewänder flogen und flatterten.

Die Bilder verschwanden, noch während ich sie beobachtete. Ich blinzelte verwirrt; der Traum war zerronnen, hinterließ Sehnsucht und die Qual des Verlustes. Ich hörte eine Stimme neben mir, wandte den Kopf mit großer Anstrengung. Wie durch einen Schleier sah ich ein braunes, ruhiges Gesicht. Laura. Es war Tradition, dass Familienangehörige oder Freunde den Tänzern assistierten, ihnen Mut zusprachen. Sie hielt mir einen Wasserschlauch an die Lippen, kühlte meine Wunden, trocknete mit kalten Salbeiblättern den Schweiß an Stirn und Rücken. Ich sah ihr herbes Antlitz mit diesem goldenen Schimmer, der von innen kam, und wusste, ich hatte sie gerade gesehen, auf einem bemalten Pferd, mit so viel Stolz und Freiheit in den Augen. Doch der Stolz war ungebrochen, und die Freiheit bewahrte sie wie ein Geheimnis in der Tiefe ihres Herzens. Und dann war auch sie weg. Unentwegt schlugen die Trommeln. Stimmen sangen dazu, sanken und stiegen, sanken tiefer, stiegen höher. Es war wie der Wind, wenn er durch die Wälder braust. Und dieser entsetzliche Schmerz, der mich fast wahnsinnig machte. Als er mich immer wieder und wieder überspülte, begann ich wie ein Wahnsinniger zu fühlen: Ich musste diesem Schmerz ein Ende bereiten oder mich töten. Ich begann, fester als die anderen zu stampfen, mich ruckartiger zu bewegen. Das war kein richtiger Tanz mehr, es war eher ein Stoßen, ein Kreisen und Zucken, vorwärts oder rückwärts. In einer wirren Folge von Schwäche und Aufbegehren versuchte der Körper, sich die Haut von der Brust zu reißen. Es war eine ermüdende, bisweilen hysterische und unendlich schmerzhafte Angelegenheit; die Haut spannte sich, riss aber nicht. Mir kam der Gedanke, dass ich es vielleicht nicht schaffen würde, mich aus eigener Kraft zu befreien. Panik begann mich zu erfüllen, als mein schwindendes Bewusstsein mir plötzlich die Vision eines Adlers schenkte. Vielleicht war der Adler wirklich da, kreiste hoch über der Schattenhütte, vielleicht bildete ich mir auch nur ein, dass ich ihn sah. Der Adler drehte sich über mir im flimmernden Blau, zog seinen Kreis; ich sah seinen leuchtenden, dunkel gezeichneten Leib und die offenen Schwingen, während mein Blut in großen roten Tropfen auf die Erde fiel. Verzweifelt dachte ich an meinen Vater und sprach im Geist zu ihm: »Vater, wo bist du? Ich brauche dich jetzt!«

Vor meinen Augen verdunkelte sich das Sonnenlicht. Inmitten kreisender Flecken verlangte etwas Eindringliches und Unerklärliches meine Aufmerksamkeit, so dass ich die Schmerzen vergaß. Ich sah mich selbst, in einem seltsamen Zwielicht. Ich glaubte plötzlich, in einem großen Raum zu sein; Wände, durchscheinend wie Schleier, lösten sich und gaben eine Bühne frei. Zuerst sah ich diese Bühne nur verschwommen, wie ein Fotograf, der die richtige Einstellung sucht, bis, nach einer Weile, das Bild schärfer wurde und ich auf der Bühne eine Frau erblickte. Im Laufe unserer vielen Gespräche hatte mir Grandpa erklärt, dass Visionen zunächst immer logisch erscheinen; daher empfand ich die Gegenwart dieser Frau als etwas völlig Natürliches, obwohl ich schwören konnte, dass ich sie nie zuvor gesehen hatte. Sie war klein von Gestalt und trug ein dunkelrosa Gewand, das vorn tief ausgeschnitten war. Eine Schärpe betonte ihre zierliche Taille. Ein Lichtstrahl fiel auf ihr Gesicht, so dass es scharf umrissen hervortrat. Die Wangenknochen waren breit, die Lippen schön geschwungen. Die Augen, schwarz ummalt und glänzend, standen weit auseinander. Über ihre hohe, weiße Stirn fielen dunkle Locken, die mit Perlenspangen gehalten wurden. Was sie eigentlich tat, begriff ich nicht sofort: Sie verdrehte Mund und Augen auf seltsame Weise. Auf einmal wurde mir klar, dass sie sang. Sie schaute hinab auf einen schwarz gekleideten Mann, der unter der Bühne stand und beide Arme bewegte. Ich fühlte, dass sie einander sehr nahe waren, bis ich bemerkte, dass die außergewöhnlich lebhaften Gesten des Mannes den Takt angaben. Von weither hörte ich Musik, doch vielleicht war es nur das Blut, das in meinen Ohren brauste. Mein Herz unter den schmerzenden Wunden schlug stürmisch. Ich versuchte das Gesicht des Mannes zu erkennen, weil ich wusste, dass es mein Vater war. Doch ich sah nur einen hellen Fleck, wie man ein Gesicht zwischen Regentropfen durch eine Scheibe erblickt. Aber ich musste mit ihm Verbindung aufnehmen, musste ihn wissen lassen, dass ich ihn sah.

»Vater! Sieh nur! Ich leide für dich.«

Hatte ich laut gesprochen? Ich wusste es nicht. Doch er gab Antwort, aus weiter Ferne.

»Ja, ich weiß! Ich bin stolz auf dich, Alec.«

»Siehst du mich?«

Blöde Frage, dachte ich sofort. Natürlich konnte er mich nicht sehen: Ich war es ja, der träumte. Und daher versetzte mich seine Antwort in umso größeres Erstaunen.

»Nein, ich nicht. Sie sieht dich!«

Diese Frau? Wer war sie? Was in ihr bewirkte, dass sie mich sehen konnte? Waren ihre Augen blicklos, wie meine? Was sie sah, mochte ein Spiegelung sein, eine besondere Art von innerer Schau. Doch auf seltsame Weise fand ihr stummer Gesang ein Echo in mir. Ich bemerkte, dass sie mich wirklich sah. Ihre Augen folgten genau meinen Bewegungen. Dabei fuhr ich fort, mit meinem Vater zu sprechen, und es war tatsächlich, als ob er mich hören könnte.

»Vater, ich warte auf dich, schon so lange.«

»Ich war immer bei dir – hast du es nicht gespürt? Ich hatte nicht immer die Kraft, dich zu rufen. Aber ich liebe dich, Alec!«

»Ich liebe dich auch, Vater! Ich habe dich immer geliebt.«

Sein Gesicht schien sich plötzlich rückwärts zu bewegen; ich sah es nur noch in Umrissen, es löste sich auf. Schemenhaft tauchte ein anderes Gesicht aus irgendeiner Traumtiefe auf. Langsam bildeten sich die Stirn, die Linie der Wangenknochen, die Augen. Beide Gesichter kamen aufeinander zu, verschmolzen zu einem einzigen Antlitz. Und jetzt sah ich es deutlich, dieses neue Gesicht, das nicht mehr das meines Vaters war, sondern ein anderes, jugendliches, ernst bis zur Schwermut, und doch voller Kraft und Leben. Und da erkannte ich es endlich, denn es war mein eigenes Gesicht, wie ich es täglich im Spiegel sah. Der Anblick führte mich ruckartig zu den Schmerzen in mir zurück. Sie trafen mich unvorbereitet und mit voller Wucht, als die Haut beider Wunden fast gleichzeitig nachgab, und ich mich schreien hörte.

»Vater, Vater, wo bist du?«

Und da vernahm ich seine Stimme ganz deutlich: »Ich bin da.«

Die Wunden brachen auf: Ich fiel, die Hände ausgestreckt, auf die Knie, schluchzend, blutend, einer Ohnmacht nahe. Doch bevor ich hinschlug, hielten Arme mich fest, legten mich sanft nieder. Grandpas gütiges Antlitz kam nahe an das meine heran und schaute mit dunklen Augen still auf mich herab, wie Medizinmänner das tun. Er führte einen Becher Wasser mit Heilkräutern an meine Lippen. Und als ich gierig getrunken hatte, wusch er den Schweiß von meinem Körper, behandelte meine Wunden mit einer Salbe, welche die Schmerzen linderte. So hatte er alle Tänzer behandelt, die sich einer nach dem anderen losgerissen hatten. Ich war der Letzte gewesen und hatte somit, nach unserer Auffassung, das stärkste Leiden erduldet und die größte Tapferkeit gezeigt. Nun ruhten wir uns aus, und alle, die es mit uns durchgestanden hatten, bildeten um uns herum einen stillen, ehrfürchtigen Kreis. Und als ich, am Rande des Schlafes, Grandpa dankbar zulächelte, erwiderte er mein Lächeln, doch mit einer gewissen Zerstreutheit, als ob sich seine Gedanken in weiter Ferne bewegten. Und da, in diesem Augenblick, glaubte ich sein Geheimnis zu kennen: Das, was Grandpa Simon mit meinem Vater verband, war mehr als nur Freundschaft, es war ein gemeinsames Wissen. Eine Begegnung hatte stattgefunden – und eine Wandlung. Sie waren füreinander Engel gewesen, Lichtgestalten in der Dunkelheit, Erlösung im Schmerz. Und Grandpa schien in meinen Gedanken zu lesen, denn plötzlich blinzelte er mir zu. Ich hörte seine ruhige, sanfte Stimme.

»Nun, hat dir Wamblee einen Traum geschickt?«

Ich versuchte zu sprechen; meine Lippen formten die Worte nur mühsam.

»Mein Vater war hier.«

Er strich über meine fiebrige Stirn. Seine Hand, die so kräftig zupacken konnte, fühlte sich leicht wie eine Feder an.

»Es war ein wahrer Traum, Takoja. Bewahre ihn in deinem Herzen. Auf ewig.«

48. Kapitel

Erst Jahre später verflüchtigten sich die Bilder des Grauens; ganz verschwunden sind sie nie. Ich sehe sie gelegentlich vor mir.

Damals in Budapest hieß es, dass ich vielen Menschen das Leben gerettet hätte. Das traf gewiss zu. Und dennoch konnte ich es kaum glauben. Als die Aufständischen *das Schlachthaus* eroberten, blieb wenig Zeit, denn die Sowjets hatten Verstärkung angefordert. Die Aufrührer drängten in die Kommandozentrale und töteten die Soldaten, die sich ihnen in den Weg stellten. Ein gnadenloses Rudel entfesselter Rächer verfolgte die AVH-Verantwortlichen, die Spitzel und die Denunzianten. Mit Leuten, die sich am Leid anderer ergötzt hatten, wurde kurzer Prozess gemacht. Die Gefangenen wurden in einer Reihe aufgestellt und erschossen. Die Zeit drängte, und niemand bestritt die Legitimität der Rache.

Sie hatten mir zugejubelt, als ich vom Balkon auf sie hinab starrte, und sich dann mit neu entbrannter Kraft in die Schlacht gestürzt. Über dem Pulverdampf fiel der letzte Schein der Sonne in den Innenhof. Ich jedoch verharrte auf dem Balkon, als wäre ich gegen Kugeln gefeit, nicht aus Leichtsinn, sondern aus tiefster Verwirrung. Mein Bauch war kalt und meine Beine waren schwer wie Blei; ich umklammerte das Geländer. Ich sah, wie einige Männer einen schwarzen Mantel zurückrissen, und ich sah auch, was sich darunter verbarg, und erst dann floh ich. Ich riss die Tür auf – das Treppenhaus war jetzt menschenleer. Ich stieg die Stufen hinab, meine Füße schienen mir dabei im Weg zu sein. Gelegentlich presste ich mich an die Wand, um die Aufrührer durchzulassen. Sie strömten in alle Büros, warfen alle Aktenschränke um, schütteten Berge von Dokumenten auf den Boden, schlugen Tische und Stühle kurz und klein, kappten die Telefonleitungen. Ich sah das alles aus den Augenwinkeln, ohne den Kopf auch nur zu wenden. Und plötzlich war ich draußen, im Innenhof, der schwarz von Menschen war. Ich kämpfte mich durch, suchte das Pulvermagazin. Im Gedränge fand ich immer wieder Leute, die mir den Weg zeigten. Bald verengte sich der Gang, und zu beiden Seiten berührte ich raue Steinmauern. In diesem Kellergewölbe gab es keinen Strom, aber einige Aufständische hatten Petroleumlampen angezündet. Im schwankenden Licht stieg ich eine Steintreppe hinunter, wo es nach Blut und Pulver und Erbrochenem stank. Hier, in kleinen, fensterlosen Zellen, wurden die Gefangenen verhört. Und was ich dort sah, das zu beschreiben würde über meine Kräfte gehen. Ich glaubte die Menschen zu kennen. Was ich nicht ahnte oder ahnen konnte, war ihre unermessliche Bosheit.

Diese Bilder kann und werde ich niemals vergessen. Es gab eine Zeit, in der ich mich fürchtete einzuschlafen, denn mein Schlaf konnte sie wiederbeleben. Dann schrie ich laut und Tibor kam und schloss mich in seine Arme, hüllte mich in den warmen Hauch seiner Liebe, bis ich mich beruhigt hatte. Denn er kannte ja die Bilder und wünschte sich wie ich, sie niemals gesehen zu haben.

Genug, ich fand das Pulvermagazin. Mitgefühl zu empfinden wagte ich nicht mehr, weil ich daran zerbrochen wäre. Mir gelang es lediglich, die Beherrschung nicht zu verlieren. Ich hörte die Schreie, roch den widerlichen Geruch, sah das quälende Leid. Manche Gefangenen – Männer und Frauen, und in welchem Zustand! – trug man hinaus. Manche, bereits Krüppel, brüllten noch im Schraubstock der Qualen, andere verharrten in einer Art stiller Agonie, ausgestreckt auf dem Fußboden. Einige konnten gerettet werden, andere flehten um einen schnellen Tod, eine Gnade, die keiner erfüllen konnte, auch die Ärzte nicht, die sich ohne Hoffnung ihrer ohnehin schon zerstörten Körper annahmen. Jene, die sich noch rühren konnten, umarmten ihre Befreier, rauchten eine Zigarette, bevor sie sich den Aufrührern anschlossen. Und in diesem unbeschreiblichen Chaos sah ich einen Mann allein an der Wand stehen, stumm und blutüberströmt, mit verwirrten Augen. Auf ihn lief ich zu, bahnte mir einen Weg durch Verwundete, Weinende und Tobende und jene, die irre lachten. Rostopchin hatte mich nicht angelogen: Man hatte Tibor nicht in Eisen gelegt, ihn aber beinahe bewusstlos geschlagen. Noch war er betäubt, noch sah er alles wie durch einen Schleier. Unwirklich, nahezu überirdisch, erzählte er später, sei mein Erscheinen gewesen, als ich auf ihn zulief, meine Arme um ihn warf, mein Gesicht an seinen Hals presste. Er stammelte, und ich konnte nicht aufhören zu schluchzen. Wir taumelten, wir hielten uns umklammert, ungeschickt und angstvoll. Unser Glück hatte an einem seidenen Faden gehangen! Dies hier war die Hölle, aber manchmal gibt es einen Weg, der zurück in die Welt führt. Die Leute um uns herum riefen einander zu; einige hatten mich erkannt, sie umringten uns, riefen meinen Namen. Sie zogen uns mit sich, bahnten uns einen Weg durch den Gang, dann die Treppe hinauf. In weiten Teilen des Gebäudes wütete bereits das Feuer, und feinkörnige Asche bedeckte den Boden. Die Aufständischen hatten Waffen erbeutet, Fahrzeuge beschlagnahmt. Jetzt setzten sich unter Motorendröhnen eine Anzahl Wagen in Bewegung und fuhren durch das Tor. Die Aufrührer kauerten unter den Verdeckplanen oder standen dicht aneinander gepresst, wobei sie jubelnd ihre Waffen schwenkten. Eine schwarze Limousine bildete den Schluss. Ich kannte dieses Fahrzeug. Die Limousine schleifte eine Art Kleiderbündel an einem Seil hinter sich her, das in widerlichem Tanz über den Boden schleifte. Die Männer ringsherum lachten und zeigten mit ausgestreckten Fingern auf das Bündel, bespuckten oder traten es mit Füßen. Ich hielt mich an Tibor mit dem ganzen Körper fest. Eine Art Trance nahm mir das Sehvermögen, dämpfte die Geräusche der wirklichen Welt. Man sagt, Gefühle könnten vernarben wie Wunden. Doch die Erinnerung lebt. Trotzdem musste es für mich weitergehen, irgendwie.

Die Aufständischen kämpften mit aller Lebenskraft, ohne Ruhmsucht, ohne Bewunderung der eigenen Taten. Sie glaubten zu wissen, warum sie ihr Leben opferten. Sie starben vergebens. Es war ein halbes Jahrhundert zu früh, die Tragödie war unvermeidlich. Die sowjetischen Panzer erstickten das ungarische Volk in einem Blutbad. Tausende kamen um, wurden interniert oder hingerichtet. Aber Todesschreie und Hilferufe stießen in der westlichen Welt auf taube Ohren. Die Sowjetunion war eine Weltmacht. Man lavierte elegant, protestierte pflichtbewusst, ohne die Zähne zu zeigen. Die Welt sah zu und blieb untätig, bis sich das Leichentuch aus Asche und Qualm barmherzig über die Toten senkte.

Agnes mahnte uns zur Eile. Wir sollten um Himmels willen verschwinden, bevor sich herumsprach, dass ich Rostopchin umgebracht hatte. Schnell, schnell weg von hier, nutzt den Passierschein, solange er gültig ist, drängte Agnes, die einen kühlen Kopf bewahrte. Und Peter? Nein, Peter wollte Agnes nicht verlassen. Schonend brachten wir ihnen Árpáds Tod bei. Was aus László geworden war, wusste keiner. Jahre später trafen wir ihn in Berlin wieder, wo er als Opernregisseur der Avantgarde bejubelt wurde. Von Tadeo hörten wir, dass er in sein Amt zurückgekehrt war, als wäre nichts gewesen. Er hatte es immer verstanden, sich über Wasser zu halten.

Tibor wollte unbedingt in Antons Wohnung. Die Sachen, die sein Vater für ihn hinterlassen hatte, wollte er holen und auch Rachels Porträt. Wiederum war es Agnes, die ihn mit großer Entschiedenheit davon abhielt. Nach längerem Zögern vertraute Tibor den Schlüssel Peter an, mit der Bitte, die Sachen an sich zu nehmen, sobald es die Umstände zuließen.

In aller Eile nahmen wir Abschied. »Gott segne euch«, murmelte Agnes, als wir uns ein letztes Mal umarmten. Sie hatte Tränen in den Augen. Das Gepäck ließ ich bei ihr, ich nahm nur das Nötigste mit. Wir erreichten den Westbahnhof zu Fuß. Züge verkehrten nur sporadisch, die Gleise waren von sowjetischen Truppentransportzügen blockiert. Vor dem Bahnhof wimmelte es von Beamten, welche die Eingänge bewachten und die Ausweispapiere kontrollierten. Ich zeigte ihnen den Passierschein, trug eine hochmütige Miene zur Schau, wobei mein Herz sich vor Furcht verkrampfte. Und das Wunder geschah: Sie salutierten und ließen uns durch, während Gewehrkolben die verzweifelten Menschen zurückstießen, die uns zu folgen versuchten. Und obwohl ich uns die Freiheit bitter erkauft hatte, empfand ich Verdruss und Scham, dass uns erlaubt wurde, was anderen versagt blieb. Wir mussten mehrere Stunden in der Kälte warten, ausgelaugt vor Hunger und Erschöpfung. Endlich kam der Zug, und die schiebende und stoßende Menschenmenge riss uns fast zu Boden. Jeder versuchte in den Zug zu kommen, wenn es sein musste, mit Gewalt. Immerhin gelang es uns, unsere Sitzplätze zu ergattern, was nicht ohne Geschrei und Gezeter vor sich ging. Wieder vergingen Stunden. Und als der Zug endlich anfuhr und durch die düsteren Vororte rollte, sank die Sonne ganz plötzlich hinter den zerstörten Häuserfronten. Tibor hatte Tränen in den Augen. »Ich bin tot …«, hörte ich ihn sagen. »Oder zumindest empfinde ich es so.«

Sein Verstand zwang ihn zur Flucht, aber in seinem Herzen wohnte die Verzweiflung. Ich drückte seine Hand im überfüllten Abteil. Ein Sturm von Stimmen und Getöse umgab uns. Es wurde schwer, miteinander zu sprechen, man musste beinahe schreien. Ein starker Geruch nach Kleidern und ungewaschenen Körpern, nach Ruß, Urin und Exkrementen verbreitete sich. Wir betäubten uns mit Worten, weil uns die Angst im Nacken saß. Wir fürchteten uns vor einer telegrafischen Meldung, welche die Grenze vor uns ereichen könnte. Doch Tibor betrachtete die vorbeiziehende Landschaft mit einer solchen Aufmerksamkeit und Zärtlichkeit, als wäre es ein Abschiednehmen für immer. Seine blau geschlagene Stirn war stets schweißbedeckt, ich hatte solches Mitleid mit ihm. Selbst sein Lidschlag ging mir zu Herzen.

Ich redete die ganze Zeit, ich wollte ihn herausholen aus diesem Loch. »Warte nur ab, wie schnell du berühmt wirst! Bald wirst du dich vor Angeboten kaum noch retten können.«

»Ich habe alle Partituren vergessen. Ich kann nicht mehr dirigieren.«

»Du wirst mich schwerlich davon überzeugen, dass du auf Musik verzichten wirst. Du wirst die besten Orchester der Welt leiten.«

Er schaute in mein Gesicht; so mag einer blicken, der auf offener See schwimmt und den Kopf hebt, auf der Suche nach Rettung. Er verließ sein Land, weil sein Leben hier nicht mehr sicher war. Seinen Schmerz wollte er unterdrücken; es gelang ihm nur mit allergrößter Mühe. Wochen und Monate würde er in diesem Schmerz verharren, bis er endlich begriff, dass jedes Land dieser Welt für ihn lediglich der Ort war, an dem er Musik machen konnte.

Er sagte: »Wenn wir hier herauskommen, will ich immer bei dir sein, dich niemals allein lassen.«

»Du musst Rücksicht auf deine Karriere nehmen.«

»Ich will dich heiraten«, sagte er. »Willst du meine Frau werden? Sag bitte ja! Ich habe nur noch dich.«

Das stimmte nicht ganz; da war noch sein amerikanischer Halbbruder. Aber von diesem Unbekannten sprach ich nicht, sondern verbarg meine Erschütterung hinter einem halben Lächeln. War dies der richtige Augenblick für einen Antrag? Warum ausgerechnet hier und jetzt? Er schüttelte den Kopf. Warum, das wusste er nicht. Nur, dass es unbedingt sein müsste.

»Ich kann nicht mehr warten. Ich habe schon zu lange daran gedacht, eigentlich seit dem Tag in Alicante. Aber ich sah keine Hoffnung. Wie konnte ich dich heiraten und gleichzeitig in Ungarn leben? Aber jetzt geht es vielleicht doch. Wenn ich die Papiere bekomme.«

Ich sah ihn lange und tief bewegt an.

»Ich glaube eigentlich nicht, dass es allzu schwer sein wird.«

Laut dröhnend kämpfte sich der Zug durch die Nacht wie durch eine Mauer aus Schwärze und Trauer. Ich hatte einen metallischen Geschmack im Mund, und Schmerzen überall, in der Brust, im Unterleib, im Rücken, in den Beinen. Alles nur Einbildung, dachte ich. Oder auch nicht? Zuletzt sahen meine Augen nichts mehr, und alle Geräusche verschwanden in weiter Ferne. Ich schlief ein paar Stunden, und als ich mit einem Mal aufschreckte, wurde es Tag. Der Zug glitt durch unendliche Felder, auf denen Sonnenblumen zu Abertausenden im Herbstregen verfaulten.

Und dann trafen wir in Österreich ein. Die Bahnstrecken waren blockiert, die Stationsvorsteher machtlos. Die Menschen kletterten stolpernd, ihr Gepäck zerrend, aus dem Wagen. Der Name der Grenzstadt ist mir entfallen; was mir lange in Erinnerung blieb, war der aus Tränen und Schluchzen aufbrechende Jubel der Menge, der Geschmack des warmen Kaffees, der frischen Brote, die uns Helfer des Roten Kreuzes reichten. Unsere Angst erwies sich als unbegründet. Allem Anschein nach war die Nachricht von Rostopchins Tod noch nicht bis hierher gedrungen. Die sowjetischen Grenzwächter ließen alle durch: Man wollte die Querulanten loswerden.

Europa hatte ein schlechtes Gewissen; ungarische Flüchtlinge waren überall anzutreffen: in Österreich, in Deutschland, in Frankreich, in Belgien. Wir fuhren in die Schweiz. Maestro Florian Szabo, der zu jener Zeit das Orchestre de la Suisse Romande in Lausanne leitete, hatte mit Anton seine Ausbildung an der Musikakademie absolviert. Beide Männer standen schon jahrelang nicht mehr in Verbindung. Umso mehr rührte uns Szabos großzügiges Angebot, für Tibor zu bürgen. Florian Szabo hatte in der Schweiz – wie er sagte – die »Berufsheimat« gefunden, während Ungarn die »Heimat seiner Seele« blieb, eine mythische Heimat, von der nichts übrig blieb als ein paar vergilbte Fotos von Menschen, die gestorben waren. Auch er war ein Emigrant, der die Entfremdung nur schwer ertrug. Unter dem humorvollen Lächeln und dem Schalk in den Augen lag Traurigkeit. Eine Traurigkeit, die ich – Jahre später – immer wieder in den umwölkten Augen Tibors erblicken würde, wenn er still vor sich hin grübelte, den Blick auf die weiß schimmernden Segelboote und die leuchtenden, so prosaischen Schweizer Alpen gerichtet. Irgendwie verband er den Anblick dieser friedlichen Landschaft mit der melancholischen Erinnerung an die unerreichbare Heimat. Florian besorgte uns eine kleine Wohnung in Lausanne. Dass wir unverheiratet waren, schien ihn nicht zu stören. Inzwischen hatte ich mit meinen Eltern Verbindung aufgenommen. Ihre Erleichterung war groß. Meine Mutter verlangte, mich unverzüglich zu sehen, wie um sich zu vergewissern, dass ich unverletzt war und meine Stimme nicht verloren hatte. Tibor war bei Florian gut aufgehoben. Im Januar verließ ich ihn ruhigen Herzens und fuhr zu meinen Eltern nach Venedig. Doch nur, um ihnen mitzuteilen, dass ich bald heiraten und in der Schweiz leben würde.

Mein Vater wartete am Bahnhof. Er schwenkte den Hut, als er mich sah, in seiner Rührung und Verlegenheit den Draufgänger mimend. Wir umarmten uns. Nur wenige Monate waren vergangen, doch Umberto sah um Jahre gealtert aus. Sein Haar war beinahe weiß.

Wir bestiegen den Motoscaffo; Venedig zog vorbei, eine Stadt wie aus dem Märchenbuch, von Azur- und Goldtönen beglänzt, umgeben von dem Spitzengewebe der Wellen. Schon Vorfrühling?

Umberto schüttelte den Kopf.

»Der Wetterbericht hat Schnee angesagt.«

Ich erzählte wenig. Das meiste musste ich ihm verschweigen. Wir liebten uns zärtlich, aber ich war bereits aufgebrochen in eine andere Welt und entfernte mich mit jedem Augenblick weiter.

Meine Mutter humpelte mir entgegen, auf ihre Krücke gestützt. Sie hatte eine schlechte Haltung; die Wirbelsäule war verkrümmt, so dass sie kleiner wirkte. Sie umarmte mich anders als Umberto: besitzergreifend. Dass sie zitterte, merkte ich erst, als sie mich eng an ihre flache Brust drückte. Danach stieß sie mich fast brutal zurück und betrachtete mich mit zusammengekniffenen Augen.

»Du bist alt geworden. Entsetzlich.«

Das verschlug mir allerdings die Sprache. Ich biss mir auf die Lippen.

»Ich habe ziemlich viel erlebt, das schon.«

»Ich konnte keine Zeitung mehr lesen. Täglich nur diese Horrorgeschichten! Musstest du ausgerechnet in Budapest auftreten? Aber du wolltest ja nicht auf mich hören! Und wo ist Peter?«

»Ich weiß es nicht«, antwortete ich wahrheitsgemäß. »Er wollte bei seiner Schwester bleiben. Der alten Dame geht es nicht gut.«

Ich riss mich zusammen. Sie verstand erst allmählich, was sie bis dahin zu verstehen versäumt hatte, und verhärtete sich unter dem Eindruck dieser Entdeckung. Die Erkenntnis, dass ich ihr entglitten war, wühlte ihr Herz auf. Und später, beim Kaffee, erzählte ich, dass ich heiraten würde. Ich war plötzlich schüchtern, ich konnte nicht sagen warum. Eltern haben eine Macht, die ihnen Stärke verleiht. Auch Tibor war Anton gegenüber schüchtern gewesen. Doch er hatte ihm stets vertraut, während ich vor Anna wie vor einer unberechenbaren Katze stand, nicht wissend, was ich zu erwarten hatte, ob Sanftmut oder Ablehnung. Umberto jedoch lächelte auf seine bezaubernde Art, machte eine weiche, hoffnungsvolle Geste in der Luft, die mir Mut gab. »Erzähl von ihm!«

Ich hielt es für das Beste, wenn ich die Wahrheit sagte – zumindest teilweise. »Sein Name ist Tibor Horváth. Ich habe ihn schon damals in Alicante getroffen. Er ist ein Neffe von Peter und ein großartiger Pianist. Dirigieren hat er nie gelernt, er kann es einfach. Er dirigiert aus der Intuition. Er weiß gar nicht, wieso es eine so große Kunst ist. Er ist … voller Liebe. Und diese Liebe zeigt sich auch in seiner Musik.«

Eine kurze Stille folgte, die Anna schließlich brach.

»Idealisierst du ihn nicht?«, fragte sie spröde.

»Nein. Ich weiß genau, was er kann und was nicht.«

»Ja, das stimmt«, meinte Umberto. »Du hattest immer einen guten Blick für Menschen.«

Doch meine Mutter wollte sich nicht kampflos ergeben.

»Ich kann mir schon denken, was kommt. Du wirst heiraten, Kinder in die Welt setzen und deine Karriere beenden müssen. Wie kannst du ein solches Geschenk, das dir gegeben wurde, einfach von dir weisen?«

Sie dachte natürlich an sich selbst, an den Verlust ihres eigenen Erfolgs. Doch eine plötzliche Eingebung ließ mich etwas sehr Merkwürdiges und Beunruhigendes sagen: »Wir werden niemals ein Kind haben.«

Und während ich das sagte, spürte ich wieder den vertrauten, scharfen Schmerz im Rücken. Irgendwann musste ich doch mal einen Arzt aufsuchen.

»Das sagst du jetzt«, erwiderte meine Mutter, »aber später … Du wirst schon sehen …«

Ich schüttelte den Kopf.

»Nein. Es hört sich zwar albern an, aber ich weiß es einfach.«

Meine Mutter resignierte.

»Warum soll ich mich wiederholen?«, murmelte sie. »Wir können dich nicht hindern, das zu tun, was du für richtig hältst. Du warst mir schon immer ein Rätsel.«

Ich lächelte, eine Spur selbstgefällig.

»Für Tibor nicht.«

Mein Vater hingegen war gerührt.

»Wann werden wir ihn kennen lernen?«

»Ich möchte, dass er für eine Weile herkommt. Er ist sanft und gut, er wird euch gefallen. Das Einzige, worunter ich leide, ist, dass er sich quält, weil er nicht weiß, ob er Ungarn je wieder sehen wird. Aber wir wollen versuchen, auf die eine oder andere Art glücklich zu sein.«

Ich lag im Dunkeln und hörte die Schatten atmen, bevor ich in einen tiefen Schlaf fiel, aus dem mich kurz vor Morgengrauen ein lautes Geräusch weckte. Ich schreckte hoch, mein Herz hämmerte schmerzvoll an die Rippen. Die Vorhänge flatterten, die Tür schlug hin und her. Ein Windstoß musste sie geöffnet haben. Ich stand auf, schlüpfte in meinen Morgenmantel. Als ich zähneklappernd auf den Balkon trat, sah ich in der eiskalten Dämmerung einen schwarzen Mantel flattern, bis ich – einen Atemzug später – im Hof eine Anzahl Gegenstände entdeckte, zum

Schutz gegen den Schnee mit einer schwarzen Plane bedeckt. Der Wind zerrte an dieser Plane, die sich mit klatschenden Geräuschen hob und senkte, während der Schnee auf meinem Gesicht wie glühende Nadelstiche brannte.

49. Kapitel

Das Erste, was wir sahen, wenn wir morgens die Läden aufstießen, war der blaue Spiegel des Sees, der in der Ferne mit dem Horizont zusammenfloss. Acht Jahre lang erlebten wir den Zauber seines blendenden Lichtes, den Zauber der Berge, die an Föhntagen wie edles Gewebe flimmerten. Auch den Zauber der »drei Sonnen«, welche die Trauben zum Reifen brachten: das Tagesgestirn selbst, sein Widerschein auf dem See und die in den Trockenmauern gespeicherte Hitze. Nach jeder Konzerttournee erlebten wir dieses Glück.

Wir lebten in Chardonne, einem Winzerdorf am Berghang. Orte haben ihre eigene Sprache. Etwas in Chardonne sprach zu uns. Wir liebten die gewundenen Gässchen und Treppen zwischen den Häusern aus Bruchstein mit ihren Weinkellern, ihren alten Dachböden. Wir liebten die Blumentöpfe an den Fenstern, die Obstgärten, das Schloss mit seinen Türmchen. An den verwitterten Mauern kletterten Efeu, Geißblatt und wilder Wein hoch, ein purpurnes Glühen im Herbst. Abends beleuchteten Laternen aus Schmiedeeisen die alten Steinbrunnen, in denen die Winzer im Frühling ihre Stecklinge zu Bündeln schnürten.

Bald nach unserer Ankunft hatten wir ein kleines Haus gemietet. Wir lebten zuerst sehr sparsam; später, als wir Geld verdienten, kauften wir das Haus und richteten es nach unserem Geschmack ein. Die Dorfbewohner schenkten uns erst im Laufe vieler Monate ihr Vertrauen. So wohlhabend und jovial sie waren – die Armut der Vorfahren hatten sie nicht vergessen. Sie geizten mit ihrem Besitz, nicht aber mit der Güte ihres Herzens.

Wir heirateten im Mai.

Am Hochzeitstag blühten die Schwertlilien, die Vögel sangen aus voller Kehle, und der See, grünblau wie das Meer, trug tiefe Spiegelungen von fernen Schneebergen. Felsen hingen über dem Wasser, und die Häuser duckten sich wie braune Schafe um die weiße Dorfkirche. Der Duft des Geißblattes strömte über die Schlossmauer, hauchte eine klebrige, stark duftende Flüssigkeit aus. Die Weinberge waren noch kahl, aber die Apfel- und Pflaumenbäume trugen frische hellgrüne Blätter. Zwischen den Wiesen lagen Rapsfelder, goldgelben Teppichen gleich. Die Kirche war geschmückt mit Blumenranken, die Dorfbewohner standen dicht gedrängt und die Glocken läuteten mit weitem Schall. Eine schlichte Hochzeit wäre mehr nach unserem Geschmack gewesen, aber unseren Verpflichtungen konnten wir nicht entgehen. Persönlichkeiten aus der Musikwelt, Kritiker, Presse und Rundfunk waren ebenso anwesend wie die Vertreter der Gemeinde, die befreundeten Winzerfamilien, die Apothekerin und der Bäcker. Mein Vater sah müde und bewegt aus. Meine Mutter, in glitzerndem Dunkelblau, die Lippen kirschrot geschminkt, schön und theatralisch, zog alle Blicke auf sich. Ich trug ein Brautkleid aus Seidentaft, kniekurz, wie die Mode es vorschrieb, mit einem Kranz aus Maiglöckchen, der nach der Trauung bald welkte und den ich durch eine Perlenschnur ersetzte, die meine Mutter vor langer Zeit getragen hatte. Tibor war ruhig und glücklich. Sein dichtes braunes Haar wehte im Wind; er fuhr mit der Hand hindurch und warf es zurück, ganz unbewusst. Er merkte nicht, wie ich ihn beobachtete, wie er Liebe und Zärtlichkeit in mir weckte.

Die Kirche war voller Menschen und Licht. Die Orgel spielte Saint-Saëns, Kaskaden des Jubels, aufsteigend wie weiße Flammen und von großer Kraft, vermischt mit Glockenklang und Vogelstimmen. Und als Tibor und ich, Arm in Arm, aus der Kirche traten, als die Dorfkinder vor uns Blumen streuten und die Zuschauer in Beifall ausbrachen, da geleitete uns die Musik, als griffen ihre leuchtenden Arme nach uns, als wollte sie nicht von uns lassen. Lebendig oder tot, ich würde sie niemals vergessen; selbst meine Asche würde die Klänge noch hören.

Das Hochzeitsessen fand im Waldhotel statt, einem imposanten Gebäude im Stil der Jahrhundertwende, oberhalb der Weinberge auf dem Mont Pèlerin. Franco Martelli, der Hotelmanager, war ein freundlicher Toskaner, ein gutmütiger Schwätzer und leutseliger Gastgeber; eine komplizierte berufliche Laufbahn hatte ihn an diesen Ort verschlagen, den nie mehr zu verlassen er sich geschworen hatte. Seine Frau Nathalie war Schweizerin, mit ebenmäßigem Profil, üppigem Busen und spröder Warmherzigkeit. Als Jahre später das Hotel zum Verkauf stand, erwarben Franco und Nathalie die Mehrheit der Aktien und wurden Besitzer.

Unsere Hochzeit! Ich möchte alle Bilder sehen, ehe die Erinnerung verschwindet. Der große Raum mit der polierten Holztäfelung, die vielen Blumen, die mit edlem Porzellan und Silber gedeckte Tafel. Ich erinnere mich auch, dass eine Wanduhr meine Blicke anzog. Sie war groß, verschnörkelt, auf sonderbare Art verwunschen, mit einem Pendel, das überlaut tickte. Die Uhr schlug jede Viertelstunde. Und jedes Mal verursachte das Geräusch einen kleinen Tumult in mir. Es gab eine Verbindung mit dieser Uhr und Erinnerungen, die ich vergeblich suchte. Wo und unter welchen Umständen hatte ich eine Wanduhr gesehen? Ich überlegte, doch es wollte mir nicht einfallen.

Dies war unsere Hochzeit; ich wollte mich nicht ablenken lassen. Wir aßen und tranken und scherzten und tanzten. Die Musik spielte laut, und die Wanduhr zählte die Stunden, ohne dass ich es hörte. Die Abendsonne glitt hinter die Berge; ihr letztes Licht schillerte glutrot auf meinem Kleid. An diesem Abend wurde viel fotografiert, und als die Filme entwickelt waren, schien ich auf einigen Bildern von Flammenblüten umgeben. Wir klebten die Fotos gemeinsam in unser Hochzeitsalbum. Später gestand Tibor mir, dass er angesichts dieser Bilder den Schmerz geahnt hatte, der noch kommen würde. Doch das sagte er mir damals nicht; spricht man solche Gedanken aus, verleiht man ihnen Kraft, und sie werden lebendig.

Die Zeit verging wie ein Traum; sogar unsere Gastspiele hatten das Wesen eines Traumes. Es war eine Lust zu beobachten, wie Tibor seine Schwermut überwand, wie er lernte, das Heimweh als einen Teil seines Schicksals zu akzeptieren. Berufliche Erfolge blieben nicht aus, seine Beliebtheit als Dirigent überbot bald seinen Ruf als Pianist. Er gab sich ganz der Musik hin. Und weil er ohne praktische Vorkenntnisse das Dirigentenpult betreten hatte, blieb ihm die Frische und Unmittelbarkeit seiner Kunst erhalten. Wer verstand das besser als ich? Mögen Musik und Gesang auch Kinder von Emotionen sein, wurzeln sie dennoch in Willen und Energie. Der Dialog mit den Noten verlangt Sachlichkeit, und das Einstudieren der Partituren nahm auch bei uns viel Zeit in Anspruch. Daneben beschäftigten wir uns mit dem Garten. Bäume und Sträucher wuchsen ungezwungen und verschlungen, ein kräftiges Gewirr voll urtümlicher Kraft. An der Hauswand rankte Geißblatt empor, im Schatten träumten azurblau die Hortensien. Wir pflückten die kleinen würzigen Erdbeeren, kochten Himbeeren ein, machten Marmelade aus Pflaumen und Pfirsichen. Doch oft, im hellen Sonnenschein oder in lauer Abendkühle, griff mich die Angst hinterrücks und heimtückisch an. Ich konnte dafür keine Erklärung finden. Ich schob die Beklemmung weit von mir, redete auch mit Tibor kaum darüber. Ich wollte ihn nicht beunruhigen. Die Schmerzen, die ich gelegentlich spürte, verschwanden oft monatelang, sodass ich sie völlig vergessen konnte. Gleichwohl, sie kehrten wieder, und jedes Mal stärker. Die Besorgnis war schon jahrelang in mir, aber ich weigerte mich, ihr einen Namen zu geben.

Ich hatte einen Arzt aufgesucht, der lediglich eine Verkrümmung der Eierstöcke feststellte. Ob wir Kinder wollten? Wenn ja, hätte ich mich einem leichten operativen Eingriff unterziehen müssen. Tibor und ich sprachen darüber und kamen zu dem Schluss, dass unser jetziges Leben uns vollkommen ausfüllte; später würden wir sehen.

Seit Tibor sich wohler und befreiter fühlte, sprach er immer häufiger von seinem Halbbruder.

»Früher, in Ungarn, da ging es mir wie Anton: Ich konnte nicht fort. Jetzt bin ich frei. Aber wo soll ich ihn suchen?

»Du könntest Nachforschungen anstellen. Aber das wird lange dauern … sehr lange.«

»Ich fühle mich so einsam. Wenn ich dich nicht an meiner Seite hätte …«

»Du wirst mich nicht immer haben.«

Er starrte mich an.

»Warum sagst du das?«

Ich erwiderte seinen Blick. Das Sonnenlicht verdunkelte sich. Einbildung? Nicht ganz: eine Wolke, schwebend und grau, zog ihre Bahn über das Wasser. Ich war hier glücklich – glücklich wie ein Mensch es nur sein kann. Aber etwas verfolgte mich. Ich versuchte es hinter mir zu lassen, aber es holte mich stets ein.

»Ach, das ist nur so ein Gedanke.«

»Wie irgendein anderer auch?«

»Ja.«

Das war im Juli gewesen. Und dann plötzlich, im September, ein Anruf von Peter. Agnes war gestorben, und er war in Zürich. Er hatte sich in Budapest eine Lungenentzündung zugezogen, die in chronischen Husten ausgeartet war. In Zürich hatte er einen Arzt aufgesucht, einen alten Bekannten, der ihm schon früher geholfen hatte. Er hatte einen Monat in einem Sanatorium verbracht. Bald würde er wieder in Alicante sein, auf seinem meerumspülten Felsen. Er wollte den Rest seines Lebens dort verbringen. Reisen? In alten Partituren stöbern? Vorbei, vorbei! Auch keine Interviews mehr. Seine Memoiren schreiben, ja, das wollte er noch.

Er logierte im Dolder und hatte Tibors Sachen mitgebracht. Wann wir kommen könnten?

Wir fuhren am nächsten Tag. Peter erwartete uns in der Bar. Er hatte Budapest als kranker Mann verlassen, sah aber immer noch imposant aus. Sein erster Besuch in Zürich hatte nicht seinem Arzt, sondern seinem Schneider gegolten. Und er kannte für seine Kleider nur eine Adresse: die beste in der Bahnhofstraße.

Peter sprach schwerfällig, mit leicht rasselndem Atem. Nach unserer Flucht war neben dem Haus eine Bombe explodiert. Ein Teil der Fassade war eingestürzt. Peter und Agnes waren, zusammen mit dem alten Professor und seiner Frau, in den hinteren Teil des Hauses gezogen. Aus Angst vor Plünderern hatte Peter eine Pistole in seinem Nachttisch versteckt. Die Bombe hatte die Leitungen zerschlagen, neben Kleinholz und Kohle musste nun auch das Wasser hinaufgeschleppt werden. Agnes lag im Bett, sie hatte sich die Hüfte gebrochen. Der Professor hatte epileptische Anfälle. Peter fand schließlich eine Anstalt, die ihn und seine Frau aufnahm. Danach wurde das Zusammenwohnen leichter, aber Agnes erholte sich nie von ihrem Sturz. Sie verweigerte jede Nahrung. Und als sie starb, wog sie nicht viel mehr als ein Kind.

Er hatte Agnes beerdigt und alle Formalitäten erledigt. Dann hatte er sich auf den Weg nach Westeuropa gemacht. Er war ja französischer Staatsbürger.

Die Gegenstände aus Antons Wohnung trug Peter in einer Reisetasche bei sich. Er zog den Reißverschluss auf, um uns die Sachen zu zeigen.

»Das Bild war zu lange eingerollt. Die Ecken sind beschädigt. Vielleicht kannst du es restaurieren lassen? Der Trauring liegt in dem Brief. Die Feder auch. Hübsch, dieses Perlenornament! Und hier ist das Porträt deiner Mutter.«

»Danke, Onkel Peter.«

»Keine Ursache.«

Peter unterdrückte ein Husten.

»In der Wohnung lebt jetzt eine Familie. Die älteste Tochter spielt Klavier. Ziemlich gut sogar.«

»Das freut mich.«

»Ich habe ihnen den Schlüssel gegeben.«

»Das war richtig so, Onkel Peter.«

»Ich habe mir gedacht, dass du wohl nichts dagegen haben würdest.«

Peter trank Mineralwasser in langsamen Schlucken. Nach dem Husten war sein Gesicht hochrot, die Adern auf seiner Stirn waren angeschwollen.

Tibor wartete, bis er sich beruhigt hatte. Dann sagte er: »Siehst du, Onkel Peter … ich habe keine Erinnerungen. Die Zwangserziehung, die wir über uns ergehen lassen mussten. Es ging immer um Dinge, die verboten waren. Sogar alte Bücher waren gefährlich. Und mein Vater, der nie etwas erzählte. Ich hatte nur mein Klavier …«

»Ganz gewiss hat die Musik dich geweckt.«

»Jetzt bin ich wach – so wach, dass ich endlich leben kann. Und ich werde meine Erinnerungen suchen.«

Über Peters dünne Lippen zog ein sonderbares Lächeln.

»Du wirst sie finden. Ich – ich will die meinen vergessen, das ist gesünder.«

Ich schluckte und sagte: »Wollen Sie uns nicht besuchen, Peter? Wir wohnen mit Blick auf den Genfer See und haben ein Gästezimmer.«

Er legte kurz die Hand auf meine Schulter. Die Hand war völlig abgezehrt, mit großen Altersflecken, und zitterte leicht.

»Meine Teure, ich kehre nach Spanien zurück. Übermorgen. Der Flug ist schon gebucht. Die Dame von Elche wartet auf mich. Man lässt eine Dame nicht warten.«

Wir ließen das Gemälde restaurieren und rahmen; es war ein guter, schwerer Rahmen, den wir wählten. Tibor wollte, dass das Bild über seinem Klavier hing. Im klaren Licht entfalteten die urtümlichen Farben ihre volle Leuchtkraft. Manchmal, wenn Tibor übte, war mir, als ob das Bild lebendig würde. Von den Klängen angelockt und verzaubert, schwebte der Adler aus dem Rahmen hervor, warf seine weiß gezeichneten Schwingen dem Licht entgegen. In göttlicher Freiheit drehte er seine Kreise, entführte Tibors Geist und trug ihn in endlose Weiten.

50. Kapitel

Seit unserer Flucht aus Budapest waren fast zehn Jahre vergangen. Eine lange Zeit, doch rückblickend erschien sie mir kurz. Wir waren viel unterwegs: Ganz Europa war unsere Heimat. Inzwischen war auch mein Vater gestorben; sein Asthma hatte sich verschlimmert, und im Herbst vor zwei Jahren hatte er im Theater einen besonders heftigen Anfall erlitten. Den Inhalator hatte er, wie so oft, vergessen. Der Arzt kam zu spät. Umberto hatte still gelebt, und sein Ende kam plötzlich. Meine Mutter schickte ein Telegramm. Wir waren in Amsterdam, wo Tibor mit dem Concertgebouw-Orchester *Les Préludes* von Liszt einstudiert hatte. Wir kamen gerade noch rechtzeitig zur Beerdigung. Eine Weile wohnte Anna allein in dem großen Haus, dann verkaufte sie es einem reichen Engländer, der im Erdgeschoss eine Kunstgalerie eröffnen wollte. Seitdem lebte sie in Como, in einer Seniorenresidenz. Seit einigen Monaten brauchte sie einen Rollstuhl. Zäh wie sie war, würde sie mich wahrscheinlich überleben, denn für das, was ich hatte, gab es damals keine Heilung. Der Befund war eindeutig: Lymphom. Noch war mir die Krankheit nicht anzusehen; und doch, nachdem ich es erfahren hatte, war mein größter Wunsch, auf einer Bühne zu sterben, wie Anton damals in Budapest. Man sagt, wer auf diese Weise stirbt, geht ohne Schmerzen dahin. Mein Wunsch sollte nicht in

Erfüllung gehen. Die Schmerzen waren ohnehin nicht heftig; ich nahm Medikamente, die langsam, ganz allmählich, mein Gedächtnis zerstörten. Die Krankheit erfüllte mich mit Unruhe. Ich arbeitete im Garten, wanderte in den Bergen, am Seeufer, bis meine Beine versagten. Ich war es nicht gewohnt, stillzusitzen, doch die Müdigkeit zwang mich dazu. Tagsüber hatte ich Schweißausbrüche. Und jede Nacht hohes Fieber. Stundenlang lag ich wach und wartete auf den Morgen. Tibor und ich schliefen getrennt; er sollte in Frieden schlafen, während ich mich ruhelos wälzte. Doch nachts kam er zu mir, setzte sich an mein Bett und hielt meine Hand. In dieser Zeit sagte er viele Gastspiele ab; er hatte Angst, unsere verbleibende Zeit zu vergeuden. Immer wieder staunte ich darüber, wie gut er mich kannte, wie er meine Gedanken und Gefühle teilte. Es gab tatsächlich Augenblicke, in denen er mich vergessen ließ, wie krank ich eigentlich war. Stunden, in denen wir zusammen lachten, in denen er mir amüsanten Klatsch aus der Musikwelt erzählte. Wir sprachen auch viel über unser gemeinsames Leben, erinnerten uns an Gelächter und Tränen, an Reisen und an Musik. Hielten wir uns in den Armen, spürten wir die Schwingungen, die zwischen uns hin und her gingen, wir wurden nicht müde, Worte und Gedanken zu tauschen. Die körperliche Liebe, die wir hinter uns ließen, blieb Erinnerung an eine unvergessliche Zeit, unendlich kostbar jetzt, da sie unwiederbringlich war. Wenn Tibor übte, saß ich auf der Terrasse, blickte über See und Berge. Weil mir das Leben entrissen wurde, begann ich, weite, vage Horizonte zu umkreisen. Oft hatte ich die Empfindung, auf einer Bühne zu sein, vernahm von irgendwoher die Klänge einer Totenmesse, die mir galten. Es war ein im Himmel und auf der Erde widerhallender Gesang. Geburt, Leben, Tod, Liebe und Leid, alles war in diesem großen Gefühl vereint. Und oft sah ich, in großer Höhe, die Adler schweben. Sie kamen fast täglich gegen Abend, segelten und kreisten über dem See. Nach einer Weile beobachtete ich, wie sie immer kleiner wurden und schließlich nur noch Punkte am Horizont waren.

Inzwischen hatte Tibor nach seinem verschollenen Bruder gesucht. Die amerikanische Botschaft in Bern hatte bisher kein Resultat erzielt. Unter den gegebenen Umständen, wurde uns gesagt, könnten die Nachforschungen viel Zeit in Anspruch nehmen, doch wir sollten die Hoffnung nicht aufgeben. Zeit? Das war es ja eben, was mir fehlte. Ich konnte nicht warten, ich hatte etwas zu tun, etwas Dringendes. Doch was es war, das konnte ich nicht herausfinden. Diese Hilflosigkeit erfüllte mich mit Kummer.

Im Herbst 1966 wurde Tibor als Gastdirigent für eine Tournee durch die Vereinigten Staaten verpflichtet: New York, Philadelphia, Cleveland und Chicago. Tibor dachte sofort an seinen Bruder; neue Zuversicht erwachte in ihm. Doch Amerika war ein Kontinent. Woher sollte Alec wissen, dass er da war? Vielleicht würde er es aus der Presse erfahren oder auf einem Konzertplakat seinen Namen entdecken? Aber vielleicht lag Alec gar nichts daran, ihm zu begegnen? Den ganzen Sommer über, während es mir schlechter ging, plagten Tibor Hoffnungen und Ängste. Es gab keinen sanften Rhythmus in seinem Leben: Das Licht war für ihn so langsam aufgegangen, dass ihn die Schatten schon wieder von allen Seiten umschlossen. Er wusste, dass er mich verlieren würde.

Der Mensch stirbt jeden Augenblick ein wenig; er wird jedoch, wie auch das Leben selbst, jeden Augenblick wiedergeboren. Dann und wann erlag ich der Illusion, dass ich die Krankheit besiegen könnte. Doch unvorhergesehene Schmerzen verstärkten unentwegt die Schatten. Meine Träume wurden immer verwirrter. Ich fragte den Arzt, ob ich mir eine Reise in die Vereinigten Staaten noch zumuten könnte. Er sah mich lange an.

»Es kommt darauf an, wie Sie sich fühlen.«

Ich lachte ein wenig und hustete gleichzeitig. Meine Stimme kam mir seltsam brüchig vor.

»Ich fühle mich scheußlich.«

»Vielleicht tut Ihnen die Abwechslung gut? Ich halte das sogar für wahrscheinlich.«

»Vielen Dank.«

Ich war in dieser Zeit sehr müde. Doch man sagt, dass die Nähe des Todes das Bewusstsein stärkt. Für mich bedeutete dieses verlangsamte Leben nichts anderes, als dass ich meine Vorbereitungen traf für das, was mir noch zu tun blieb.

»Ich bin froh, dass du dich entschieden hast, mich zu begleiten«, sagte Tibor. »Ich kann mich nicht daran gewöhnen, von dir getrennt zu sein.«

»Du musst dich daran gewöhnen, Tibor.«

Er antwortete mit großer Bitterkeit. »Wenn du eines Tages nicht mehr da bist, werde ich zu nichts mehr taugen.«

Nicht nur du brauchst mich, dachte ich, ich brauche dich auch. Die anderen sind es, durch die wir leben, für die wir leben. Unentwegt zerbrach ich mir den Kopf über die Sache, die ich noch zu erledigen hatte. Aber mitunter muss man sehr geduldig sein. Irgendwann im Traum würde es mir vielleicht einfallen.

Wir saßen spätabends auf der Terrasse. Im Garten duftete der Sommer. Ich erkannte den weichen Duft der Akazienblüten, den herben der Lavendelbüsche, den schweren, etwas öligen der Rosen. Am Himmel funkelten die Sterne; der See glänzte in der Ferne wie ein Silberschleier, und in der Stille klangen unsere Stimmen dünn und eindringlich.

»Es ist möglich«, sagte ich, »dass du daran wachsen wirst.«

»Wozu nur, wozu?«

»Weil ich es will. Und weil dein Leben weitergeht.«

»Mein Leben?«

Er lachte kurz auf, so dass es wie ein Schluchzen klang. »Ich habe leben gelernt, mit dir.«

»Es gibt etwas, was du noch lernen musst: zu leben ohne mich.«

Er widersprach leise und heftig.

»Hör auf, ich kann es mir nicht vorstellen! Vielleicht hat der Arzt nicht mit allem, was er sagt, Recht.«

»Vielleicht, ja«, erwiderte ich freundlich, um ihn zu beruhigen.

Doch vor dem Zubettgehen sah ich mein Gesicht im Spiegel: Wangenknochen wie weiße, runde Kiesel, dunkle Ringe unter den Augen, ausgetrocknete Lippen mit einer Spur von Speichel. Auch mein Haar war dünner geworden. Oder bildete ich mir das nur ein? Keine Veränderungen sonst? Doch, ich ging leicht gekrümmt und wurde immer dünner. Ich hatte das Gefühl, dass ich zusammenschrumpfte, von innen austrocknete. Ich hielt mich am Waschbecken fest. Warum konnte ich die Krankheit nicht zurücklassen, wie ein Kleid, das ich auszog? Warum konnte ich nicht mit einem neuen Körper reisen, beweglich, elastisch, und mit einer neuen Stimme, die herrlich auf den Bühnen der Welt erklang? Ich schüttelte leicht den Kopf. Aus, vorbei. Finde dich damit ab, Floria. Mit einem Seufzer begann ich mich abzuschminken.

Zwei Wochen vor unserer Abreise erhielten wir Post aus New York. Der Brief war von Ferenc Arany, einem Jugendfreund von Tibor, der mit ihm die Musikakademie besucht hatte und nach seiner Flucht aus Budapest nach Amerika emigriert war, wo er als Musiklehrer und Violinist sehr erfolgreich arbeitete.

Lieber Tibor,

Vor einiger Zeit erwarb ich auf einer Auktion eine Geige, ein wundervolles Stück, für das ich bereit war, eine ziemlich hohe Summe hinzublättern. Der Auktionator erzählte, der ursprüngliche Besitzer, in Geldschwierigkeiten, habe sich nur ungern von dem Instrument getrennt. Der außerordentlich feinfühlige Gei-

genbauer, Simon Walking Eagle, sei für seine kostbaren Instrumente bekannt. Als ich mich über den seltsamen Namen wunderte, sagte der Mann, es handele sich um einen Lakota, einen Ureinwohner Amerikas, der in einem Reservat in der Nähe von Seattle lebe und seit Jahrzehnten als einer der besten Instrumentenmacher der Welt gelte. Ein Sonderling, wie mir gesagt wurde, der sein Handwerk in Italien gelernt hatte und als so genannter Medizinmann (was immer das bedeuten mag) aktiv war. Obendrein wurde er als politischer Agitator vom FBI beobachtet. Bei alldem, was ich über ihn erfuhr, kam mir plötzlich der Gedanke, dass es sich vielleicht um den Mann handeln könnte, mit dem dein Vater in Verbindung stand. Leider wusste auch der Auktionator seine Adresse nicht, aber ich werde versuchen, Näheres zu erfahren. Ich hoffe, dir bei deiner Ankunft mehr sagen zu können.

Ferenc

Es war so weit. Für jeden hält das Schicksal etwas bereit, und ich spürte, dass jetzt Tibor an der Reihe war. Er starrte mich an, fassungslos wie ein Kind, das auf Ermunterung wartet.

»Denkst du, dass er es ist, den wir suchen?«

Die Worte blieben ihm fast in der Kehle stecken. Ich sah ihn an, mit aller Zärtlichkeit, die ich hatte.

»Er wird es sein, davon bin ich überzeugt.«

Tibor las den Brief, mit einem gierigen Ausdruck im Gesicht, wieder und immer wieder. Schließlich sagte er: »Es ist wirklich seltsam. Dieser Mann, Simon, zwingt mich, an ihn zu denken. Ich habe lange geglaubt, wir hätten keinerlei Chance, einander zu begegnen. Aber jetzt …«

»Zum Glück«, sagte ich, »hast du nie die Hoffnung verloren.«

Er nickte.

»So habe ich es überstanden. Mein Bruder ist mir fremd, und doch habe ich oft das Gefühl, dass er bei mir ist, dass er mir die Hand auf die Schulter legt. Es hört sich verrückt an, ich weiß. Ich glaube, du bist die Einzige, die das verstehen kann.«

»Nicht nur ich«, sagte ich lächelnd, »du hast vielen Leuten von Alec erzählt; überall hast du von ihm gesprochen.«

»Und sie mit meinen Seelenzuständen belästigt. Ja, ich weiß und manchmal schämte ich mich sehr.« Tibor versuchte zu lachen. »Ich schäme mich jetzt noch.«

Ich streichelte sein Haar, das dicht und weich war, so ganz anders als meines.

»Was hast du in deinem Leben ertragen, wenn ich bedenke …«

Sein Lächeln verschwand, er verneinte entschieden.

»Ach, viel weniger als du! Manchmal kommt es mir vor, als ob ich von allem nur die Hälfte verstände.«

»Das wird sich ändern. Und was das andere betrifft, schenkt uns die Musik eine sichere Zuflucht vor den Dramen des Lebens.«

Er schüttelte heftig den Kopf.

»Nicht für mich.«

»Auch für dich«, sagte ich ernst. »Du wirst schon sehen.«

Er nahm mich in die Arme; nicht zu fest, weil er wusste, dass mir jede ungestüme Bewegungen Schmerzen bereitete. Ich schloss die Augen, denn ich wollte sein Gesicht nicht sehen, das zu zittern begann. Als er mit erstickter Stimme weitersprach, spürte ich, wie er mit Mühe die Tränen zurückhielt.

»Ich will dich nicht verlieren, Floria!«

Selbstmitleid? Das war vorbei. Ich war lediglich müde. Ich streichelte ihn sanft. Gewisse Dinge, dachte ich, können nicht ausgelöscht werden. Es gab einen geschlossenen Kreis, der Vergangenheit, Gegenwart und Zukunft vereinigte. Es war der Atem der Jahrhunderte, der durch alle Zeiten wehte. Ich öffnete die Augen, blickte zärtlich in Tibors

Gesicht. Das so schnell vergehende Leben bietet uns Chancen – und dann und wann auch ein Wunder.

»Sei ruhig. Du wirst deinen Bruder finden. Aber mich verlierst du nicht. Dass ich krank bin, ändert nichts. Ich will doch wissen, wie die Geschichte weitergeht …«

»Und wenn wir uns treffen – was sollen wir uns sagen?«

»Während der ersten halben Stunde wohl nicht viel. Ich kann mich ja irren, aber ich glaube nicht, dass ihr einander auf den ersten Blick vertraut.«

»Und dann?«, fragte er.

»Dann werdet ihr von früher reden. Es ist doch etwas zwischen euch … etwas, was ihr verloren habt.«

»Ja«, sagte er dumpf. »Bisher sah ich nur den Verlust. Immerhin wäre es wirklich seltsam, wenn wir uns am Ende nicht verstehen würden.«

»Oh ja«, sagte ich.

»Wir haben ja Zeit, du wirst schon sehen …«

Er stockte, biss sich leicht auf die Lippen. Ich lehnte den Kopf an Tibors Schulter, küsste sein Hemd, das nach sauberer Haut roch und nach der Minze, die er im Garten gepflückt hatte. Ich liebte ihn so sehr, dass ich es nicht mehr auszudrücken vermochte.

»Ich gebe mir Mühe«, sagte ich, »dass ich noch so lange bleiben kann.«

Er antwortete sehr leise: »Hast du Schmerzen heute Abend?«

»Nein, heute Abend nicht.«

51. Kapitel

Das Flugzeug war in Genf mit einer halben Stunde Verspätung gestartet. Tibor machte sich Sorgen um mich. Doch zwischen Kontinenten und Wolken fühlte ich mich am wohlsten. Der Moment des Abflugs erfüllte mich mit einem heimlichen Vergnügen. Diese Sekunde der Trennung, was war sie denn, wenn nicht ein Vorgeschmack auf das, wonach ich mich sehnte? Als ob mich gewaltige Flügel einem anderen, ferneren Ziel entgegentragen würden. Doch davon sagte ich Tibor nichts; ich wollte ihn nicht beunruhigen. Er schlummerte; ich sah Schatten auf seinem Gesicht, die ihn älter machten. Jede Falte, jede Linie, so schien mir, drückte etwas Tragisches aus. Es war das Gesicht eines Mannes, der Schweres erlebt hatte und dem man unter keinen Umständen noch etwas zumuten durfte, weil er sonst an den Schmerzen zerbrechen würde. Ab und zu atmete er tief, mit der ganzen Kraft seiner Lungen; es war, als ob er im Halbschlaf seufzte.

Wir landeten in New York im Schneegestöber. Mir war, als ob die Hochhäuser sich im Nebel auflösten, als ob die Straßenschluchten sich hinter Vorhängen verbargen. Die Stadt, bevölkert mit Millionen von Menschen, schien weder Himmel noch Erde zu kennen. Ich sah nur Stein, Asphalt und wirbelnden Schnee. Der Verkehr glitt geisterhaft vorbei, und die Scheinwerfer tasteten wie gelbe Pinsel aus

Licht. Irgendwann fuhren wir an einem Fluss vorbei. Die Wasser waren dunkel, und jenseits der Docks staute sich der Rauch aus den Maschinen der Schlepper in der kalten Luft. Das Hotel war eines dieser Backsteinhäuser aus den zwanziger Jahren, prachtvoll renoviert, von einem nahezu herausfordernden Luxus. Ein lautloser Aufzug brachte uns in die fünfzehnte Etage. Von irgendwoher klang ein Hauch von Musik. Ich trat ans Fenster, sah die Lichter der Wolkenkratzer schimmern wie Sterne. Ich hörte ein Klopfen an der Tür, Schritte, einen kurzen Wortwechsel. Unser Gepäck wurde gebracht. Ohne mich zu rühren, blickte ich auf meine Gestalt in der Fensterscheibe, unklar umrissen, die sich kaum von der Dunkelheit abhob, mit den Falten der Vorhänge beinahe verschmolz. Dann wurde die Tür leise geschlossen. Ich sah Tibors Spiegelbild im Glas, und wie er zu mir trat. Lächelnd wandte ich ihm mein Gesicht zu. Er legte seine Hand auf meine Stirn, so, dass er meinen Kopf leicht zurückbog.

»Wie fühlst du dich?«

»Gut, eigentlich.«

Er berührte mein Gesicht, streichelte es zärtlich.

»Ein bisschen müde?«

»Ich habe im Flugzeug genug geschlafen.«

»Möchtest du etwas essen?«

Ich lachte; jetzt plötzlich war ich glücklich, auf eine heftige und leidenschaftliche Art.

»Ich komme um vor Hunger!«

Er lachte mit mir, wie er früher gelacht hatte. Er freute sich immer, wenn ich lustig war.

»Soll ich uns etwas aufs Zimmer kommen lassen?«

Er holte die Speisekarte, die wir gemeinsam durchsahen. Es ist im Grunde so, dachte ich, dass die Sache für mich längst gelaufen ist. Kindische, klischeehafte Vorstellungen kamen mir in den Sinn angesichts der nicht wieder gutzumachenden Ungerechtigkeit des Lebens; angesichts des

Todes, der immer bei mir war. Ich warf mein Haar aus dem Gesicht.

»Nein. Ich ziehe mich um. Wir gehen nach unten, ins Restaurant. Hummer aus Maine. Wie wär's damit? Und dazu Champagner, was meinst du?«

»Großartig!«, sagte er.

Nachts konnte ich nicht schlafen. Das Fieber durchlief mich in glühenden Wellen, und wenn ich auch nicht das Bewusstsein verlor, so fühlte ich mich doch wie außerhalb meiner selbst. Mein Körper war schwer krank, aber meine Seele strotzte vor Kraft und Gesundheit. Meine Aufgabe war, einen Faden aufzunehmen, ihn weiterzuspinnen, durch alle Jahrhunderte. Mir blieb nur wenig Zeit, aber ich war der Aufgabe schon näher gekommen. Dem Ruf der Toten zu folgen hieß nichts anderes, als alle, die vor uns waren und nach uns kommen würden, in einem großen Kreis zu vereinen.

Die Proben begannen. Tibor konnte es nicht leiden, wenn die Werke aus Zeitmangel verschlampt wurden. Dazu kam, dass das Orchester im Laufe seiner über hundertjährigen Geschichte unter Dirigenten wie Toscanini, Walter, Beecham, Mitropoulos und anderen stürmische Zeiten, Skandale und Kontroversen erlebt hatte. Die Musiker galten als schwierig und sprangen mit ihren Dirigenten schlimm um.

Die beiden geplanten Konzerte sollten in der Philharmonia Hall des neuen Lincoln Center stattfinden. Tibor merkte schnell, wie schlecht die Akustik war. Die Streicher wirkten zu dünn, die Blechinstrumente schrill, und es kostete ihn viel Arbeit, die akustischen Mängel durch eine besondere Flexibilität der Takteinteilung, der Geschwindigkeit und Klangfarbe auszugleichen. Die Musiker entdeckten recht bald, dass es wirklich keinen Zweck hatte, sich von ihrer unangenehmen Seite zu zeigen. Tibor verlor nie die Nerven, blieb immer höflich und humorvoll. So nahmen sie schließlich in Kauf, dass er sie gelegentlich auf höchst unübliche Weise korrigierte.

Während der Proben war ich stets anwesend. Ich war glücklich, wenn Tibor mir dann und wann zulächelte oder sich kurz zu mir setzte, um meine Hand zu nehmen. Ich schluckte besondere Tabletten, um nicht zu husten. In den Pausen wurde Tibor von Journalisten bestürmt. Die Musikkritiker erinnerten sich noch an seinen Vater. Anton Horváth war für sie eine Art Idol geblieben; sie sprachen von ihm mit großer Begeisterung. All diese Leute beachteten mich nicht. In Amerika gilt nur, wer berühmt ist oder es bald sein wird. Wo Gewinn und Erfolg zählen, war für mich kein Platz mehr. Meine Karriere hatte ich hinter mir, und wer interessierte sich für eine kranke Frau? War ich eifersüchtig auf Tibor, dass er gesund war und Musik machte? Selbstverständlich war ich das. Aber trotzdem blieb ich heiter und friedlich.

Zwei Tage vor der Aufführung ließ das Schneegestöber nach. Der Himmel schimmerte in einem harten, fast grünlichen Blau. Auf den Straßen herrschte Glatteis, und die Wolkenkratzer funkelten wie Riesendiamanten. Ein Großteil der nahezu dreitausend Plätze war bereits ausverkauft. Das Konzert versprach ein Erfolg zu werden. Auf dem Programm, das für ein breites Publikum zugeschnitten war, standen die Ouvertüre zu Verdis *Forza del Destino*, Smetanas *Moldau* und Dvoráks *Aus der Neuen Welt*.

Am Tag vor der Aufführung saßen wir mittags im Foyer, das voller Rauchschwaden war und so absurd dunkel, dass mir die roten Plüschsessel wie das einzig Reale im ganzen Raum vorkamen. Plötzlich trat Ferenc Arany an unseren Tisch. Ferenc war groß, aber schmal, hatte ein längliches, sensibles Gesicht und war übertrieben gut angezogen. Das war er, erzählte mir Tibor später, schon als Schüler gewesen. Er packte Tibors Hände mit festem Griff, als ob er ihn nicht wieder loslassen wollte. Ihre ineinander gepressten Hände schienen auszudrücken, was sie empfanden: zwei Ungarn, fern von der Heimat, wie Kinder, die aus eigener Kraft gehen konnten, sich jedoch in ein Paradies zurücksehnten, das es nie gegeben hatte.

Ferenc hatte nur wenig Zeit und kam ziemlich schnell zur Sache.

»Tibor, hör zu. Einerseits habe ich keine guten Nachrichten für dich. Andererseits, was deinen Bruder betrifft, vielleicht. Um es kurz zu machen: Der Geigenbauer lebt nicht mehr.«

Eine kurze Stille folgte. Ich sah Tibors Gesichts erstarren. Ferenc griff nach einer Zigarette, zündete sie an.

»Tot?«, brach Tibor endlich das Schweigen.

Ferenc stieß langsam den Rauch aus.

»Seit zwei Jahren schon.«

Tibor tastete Halt suchend nach meiner Hand.

»Wie hast du es in Erfahrung gebracht?«

»Ich rief in Pine Ridge im Postamt an. Und sprach mit seiner Tochter Laura. Sie ist dort angestellt. Anfangs war sie – gelinde ausgedrückt – kalt wie ein Fisch. Wer ich denn sei? Und wozu die Fragerei? Eine schreckliche Frau, dachte ich. Erst, als sie hörte, dass ich diese Erkundigungen für dich anstellte, taute sie auf und zeigte sich sogar recht umgänglich. Der alte Herr hatte irgendeine verbotene indianische Zeremonie wieder eingeführt. Das FBI bekam Wind von der Sache, weil die jungen Indianer sich plötzlich sehr aufsässig benahmen. Es gab schwere Auseinandersetzungen mit der Polizei; man beschuldigte den Alten, die Stimmung zusätzlich anzuheizen. Jedenfalls wurde er angeklagt und kam trotz fragwürdiger Indizien für fünf Jahre hinter Gitter. Im Gefängnis hatte er sich mit Tuberkulose angesteckt. Wieder auf freiem Fuß, wurde er die Krankheit nicht los und starb ein paar Jahre später.«

Tibor, dessen Gesicht einer düsteren Maske glich, holte gepresst Luft.

»Wie alt war er denn?«

»Ich weiß es nicht. Ich habe nicht gefragt.«

Eine Stimme sprach zu mir, von irgendwoher. Ich erkannte sie sofort, obwohl ich sie zuvor nie gehört hatte.

»Der Atem vieler Winter ist über mich hinweggestrichen, bis ich endlich merkte, dass sie hier auch ohne mich zurechtkommen. Außerdem fehlte mir Anton.«

»Hast du gewusst«, fragte ich Simon, »dass er in Budapest gestorben ist?«

»Aber natürlich, Floria. Er kam im Traum zu mir und sagte: ›Mach schnell, ich warte auf dich.‹«

»Warum hast du das getan? Ich meine, warum bist du verhaftet worden?«

Ich hörte sein ersticktes Lachen.

»Ich hatte die Schlafmützen satt. Jetzt sehe ich Krieger, das gefällt mir schon besser. Die Sache hat sich gelohnt. Aber es ist nicht gut, wenn rund um ein Pulverfass zu viele Funken sprühen. Larry hat ihnen schon gesagt, dass planlose Krawalle nichts bringen.«

»Larry?«

»Mein Nachfolger. Ich hatte noch Zeit, ihm einiges beizubringen. Jetzt besucht er Abendkurse und wird Jurist. Der Weg des Kriegers ist ein politischer. Wir waren nie Dummköpfe – warum sollten wir es plötzlich geworden sein? Uns fehlten lediglich Vorbilder. Schließlich sind wir keine Störenfriede, sondern die rechtmäßigen Ureinwohner Amerikas. Was wir heute verteidigen müssen, sind Werte wie die Freiheit des Denkens und der Kritik. Larry sagt: ›Wer nicht immer menschlich zu allen ist, der hat kein Recht, es zu sich selber zu sein.‹ Ich weiß allerdings nicht, ob der Spruch von ihm selbst oder seinem Großvater stammt. Na, egal.«

Inzwischen sprach Tibor mit Ferenc, und das interessierte mich auch. Ich war gezwungen, meine Wahrnehmung gleichzeitig auf zwei Ebenen zu richten. Ich war etwas überfordert.

»Mein Vater und Simon waren eng befreundet«, hörte ich Tibor sagen. »Sie haben sich nie wiedergesehen.«

»Was erzählt dein Mann eigentlich?«, knurrte Simon. »Anton und ich, wir sehen uns doch andauernd. Und deinen Vater Umberto, den sehe ich auch. Wir sprechen Italienisch miteinander. Umberto ist etwas zurückhaltend. War er das früher schon?«

»Immer«, sagte ich. »O ja, immer.«

»Eventuell ändert sich das bald. Wir kriegen das schon hin.«

»Was machst du eigentlich, da, wo du bist?«

»Sicher nicht im Nachthemd auf einer Wolke Harfe spielen!«

Ich lachte innerlich auf. Dabei stand mir nicht im Geringsten der Sinn danach.

»Ich lache, Simon. Aber eigentlich bin ich sehr traurig.«

»Aber gewiss, Floria. Das gehört dazu. Und jetzt will ich dir etwas verraten. Ein zu langes Leben ist am Ende nicht schön. Besser, du gehst vorher. Das vollkommene Glück hast du erfahren – lass es dabei bewenden und mach kein Drama daraus.«

»Das habe ich nicht vor. Aber ich bin auch sehr neugierig, wie es hier unten wohl weitergehen mag.«

»So wie ich dich einschätze, wirst du alles rechtzeitig in Ordnung bringen.«

»Was willst du damit sagen, Simon Walking Eagle?«

Sein leises, raues Lachen erklang dicht an mein Ohr.

»Das Dumme ist, Floria, dass dir keiner widerstehen kann.«

Ich fuhr leicht zusammen – und verlor ihn. Vielleicht hatte ich nicht länger als eine halbe Minute mit ihm geredet. Denn Ferenc, der mir den Rauch ins Gesicht blies, ohne zu wissen, dass mir schlecht davon wurde, Ferenc sprach weiter, und sagte etwas, was meine ganze Aufmerksamkeit in Anspruch nahm.

»Das ist also das eine. Das andere … die gute Nachricht, meine ich, betrifft deinen Bruder Alec.«

Tibor zog kurz und scharf die Luft ein.

»Hast du mit ihm gesprochen?«

»Nein. Aber einiges über ihn erfahren. Er hat Geschichte und Literatur studiert und schreibt an seiner Dissertation. Daneben ist er Schriftsteller und Journalist. Eine vor zwei Jahren veröffentliche Erzählung hat ihm den O.-Henry-Preis für die beste Kurzgeschichte eingebracht. Eine begehrte Auszeichnung hierzulande. Und sein erster Roman ›Red Snow Wounded Knee‹ stand zwei Monate auf der Bestsellerliste.«

Tibor konnte seine Aufregung nur mühsam verbergen.

»Hast du seine Adresse erfahren?«

»Nein. Aber Laura wird ihn wissen lassen, dass du in New York bist. Sie fragte nach deinem Hotel und sagte, dass Alec sich melden würde. Und was dich besonders interessieren dürfte: Er wollte im nächsten Sommer nach Europa gehen und dich suchen. Jetzt, wo er Geld hat, kann er sich das leisten, hat Laura gesagt.«

Tibor presste meine Hand, so fest, dass ich fast aufschrie. Er hatte in seiner Erregung vergessen, wie empfindlich ich geworden war.

»Endlich!«, sagte er. Es klang wie ein Seufzer aus tiefster Seele, bevor er sich lebhaft Ferenc zuwandte.

»Wie hätte ich je davon erfahren, ohne dich?«

Ferenc begann zu lachen und drückte seine Zigarette aus.

»Es ist die Geige«, sagte er. »Die Geige, die zu mir gesprochen hat. Aber vielleicht ist hier eine gewisse Sentimentalität im Spiel?«

Tibor schüttelte leicht den Kopf. Sein Lächeln war dankbar und traumbefangen.

»Sagt man nicht bei uns, dass der Geigenbauer dem Instrument seine Seele schenkt?«

»Oh ja, das sagt man«, bestätigte Ferenc, mit einem Blick auf die Uhr.

»Ein fallendes Blatt ist für den Baum nicht verloren«, hörte ich Simon sagen. Er war wieder da und sprach amüsiert weiter.

»Ob ich der Geige meine Seele schenkte? Hm, wenn man so will. Offen gesagt, der Begriff Seele ist nicht ganz meine Sache. Ich sage, dass ich ihr meinen Atem gab. Das genügt vollauf.«

Ferenc trank seinen Kaffee aus und erhob sich.

»Ich muss gehen. Ich bin froh, dass meine Nachforschungen etwas gebracht haben. Meinen Job werde ich jetzt an den Nagel hängen und Detektiv werden. Und ich wünsche dir von ganzem Herzen, dass du deinen Bruder triffst. Ich meine sogar, es ist deine Bestimmung, ihn zu treffen.«

»Wir haben hier einen klarsichtigen jungen Mann«, sagte Simon zufrieden. »Und ich bin ihm zu großem Dank verpflichtet. Er sollte allerdings weniger rauchen, das ist schlecht für die Lungen.«

»Mir macht es nichts mehr aus, Simon.«

»Dir nicht mehr, nein. Du hast es bald hinter dir.«

»Ja, Simon.«

»Du bist schon auf dem Weg«, sagte Simon. »Wir warten auf dich.«

52. Kapitel

Das Konzert, das in die ganze Welt übertragen wurde, fand an einem glasklaren Winterabend statt. Die Erwartungen waren groß. Man wusste, dass das New York Philharmonic Orchestra einzigartig war. Dass die Musiker dem jungen ungarischen Dirigenten besonders zugetan waren, hatte sich bereits herumgesprochen. Außerdem hatten die Immigrationswellen der letzten Jahre zahlreiche Ungarn nach Amerika gebracht. In den letzten Stunden vor der Aufführung sprach ich wenig, überließ Tibor seiner Konzentration.

Noch zwanzig Minuten. Bei jedem Konzert beobachtete ich, wie das Publikum in den Saal strömte. Viele Berühmtheiten waren gekommen. Ich sah, dass die Damen sich jung schminkten, auch wenn sie es nicht mehr waren, dass sie Abendkleider in zu grellen Farben trugen, dazu Pelze und viel Schmuck, dass die Herren in Smokings oder schwarzen Gesellschaftsanzügen steif und ungeheuer selbstbewusst wirkten. In Amerika ging man in großer Garderobe ins Konzert, man wollte sehen und gesehen werden. Die Menschen hier sprachen laut und ungehemmt; ihr Lachen klang immer etwas überdreht, als ob sie weniger für sich selbst als für die anderen lachten, um zu zeigen, wie erfolgreich und sorglos sie waren. Es war, als existierten sie nur für den Eindruck, den sie auf ihre Mitmenschen machten. Wie sonderbar! Mir war, als hielte ich Ausschau nach ihnen aus einem anderen Land, von dessen Existenz sie nicht die geringste Ahnung hatten. Ich trug ein schwarzes Spitzenkleid; ob ich fror, war mir egal. Kamen die Schweißausbrüche, war ich in Sekundenschnelle heiß und klatschnass. In unserer Suite hatte ich mich im Spiegel betrachtet, abgemagert, zusammengeschrumpft irgendwie; nur mit meinem Haar war ich diesmal zufrieden. Wenn ich mich ordentlich schminkte, sah ich nicht übel aus, bloß durfte ich keinen Puder verwenden: Puder klebte an der verschwitzten Haut. Auf Wimperntusche musste ich ebenfalls verzichten, aber ich zog die Brauen sorgfältig nach und legte purpurroten Lippenstift auf. Jetzt noch etwas Parfüm: Jicky, von Guerlain. Nicht übel. Wer mich nicht aus der Nähe betrachtete, mochte denken, dass ich eine schöne Frau war.

Noch drei Minuten. Das Publikum raunte, setzte sich zurecht. Die Musiker, mit Beifall begrüßt, nahmen ihre Plätze ein, stimmten ihre Instrumente. Neun Uhr. Mein Herz pochte schwer, ich holte tief Atem. Und dann, auf die Minute genau, brausender Beifall: Tibor erschien. Und von diesem Augenblick an sah ich nur noch ihn. Die Lichter im Saal erloschen. Die Konturen des Raumes, die Gesichter der Zuhörer verschwammen wie Rauch. Mir war, als bekäme ich nicht genügend Luft. Ich erkannte daran, dass sich ein Schweißausbruch anbahnte, und beschloss, ihn zu ignorieren. Kurz vor Beginn des Konzerts hatte ich meinen Platz eingenommen, in der zweiten Reihe, etwas seitlich, sodass ich Tibors Gesicht gut sehen konnte. Meine Augen waren auf ihn geheftet, auf sein Gesicht, das nun eine tranceartige Ruhe zeigte. Das Licht der Scheinwerfer brannte in seinen Augen, die plötzlich aufglühten wie Bernstein, auf seiner Haut, auf den hervorstehenden Wangenknochen. In dem gewaltigen Raum wirkte er eher schmächtig, und dennoch kam er mir imposant vor. Die Musiker saßen vor ihren Notenständern, blickten auf ihn, jeder einzelne gleichzeitig aufmerksam und in sich gekehrt. Sie warteten darauf, in vollkommener Unterwerfung seinen Handbewegungen zu gehorchen. Einige Sekunden völliger Stille folgten. Dann hob er beide Arme: eine weiche, schwingende Geste, und doch eine Geste größter Macht. Verdis Ouvertüre brach los, in ihrer Klangpoesie und schillernden Kraft. Schon bei den ersten Noten war die Verzauberung zu spüren. Es war eine Art magnetischer Strom, der zwischen Dirigent und Publikum hin und her schwang. Tibor war völlig im Einklang mit sich selbst, mit den Musikern. Ich starrte ihn an, verliebt wie damals, in Spanien, als mein Körper jung und gesund war. Ich war wieder auf dem Campingplatz; wir aßen Paella mit fettigen Lippen, tranken Rotwein, bis wir einen Schwips hatten. Wir schwammen mit kräftigen Stößen, umarmten und küssten uns im warmen Sand. Die Bilder zogen an mir vorbei, während ich keine Sekunde den Blick von ihm wandte.

Die Ouvertüre verklang. Beifall ertönte, und Tibor verneigte sich, doch sein Ausdruck blieb fern. Er schonte seine Kräfte. Er wusste, was das zweite Stück, *Die Moldau,* von ihm verlangte. Ja, es war höchste Kunst, eine Klangwelt in lebendige Bilder zu verwandeln. Die Quellen sprudelten, *Die Moldau* wurde geboren und spielte mit der Luft. Über Schwemmsand und Kiesgeröll schoben sich silbern die Wasser heran. Lichtgetränkte Visionen machten die Zuhörer zu einem Teil der Musik; sie schwebten, gleich Glasfiguren, in unsichtbaren Traumgewässern.

Und dann Jubel und stürmischer Applaus. Dazu der Abgang und die Rückkehr des Dirigenten, ein gewohntes, unentbehrliches Ritual. Und kurz darauf die erste Pause, die lauten Stimmen, das abrupt aufstehende Publikum, das lachend und plaudernd ins Foyer strömte, wo Kellner Sekt, verschiedene Snacks und Getränke anboten. Die stickige Luft, den Rauch, den Lärm, die mich früher nie gestört hatten, empfand ich heute als nahezu unerträglich. Tibor war von Journalisten und Berühmtheiten umringt. Auch Frauen waren da, perfekt zurechtgemacht, in Abendkleid und Nerz. Ihre Röcke raschelten in genau der richtigen, von der Mode vorgeschriebenen Länge, Schmuck glitzerte unter elegant frisierten Locken. Alle waren voller Entgegenkommen und Liebenswürdigkeit. Dieser Mann, der allen Frauen die Hand küsste, mit der alten ungarischen Höflichkeit, die hier nicht verstanden oder missverstanden wurde, aber alle entzückte – dieser Mann, der leise und zuvorkommend antwortete, war mein Mann. Ich betrachtete die Frauen und beschloss sie zu ignorieren; jeder Gedanke an sie war überflüssig. Da entdeckte Tibor mich plötzlich, trat mir ein paar Schritte entgegen, rief mich mit einem Lächeln, mit einer Handbewegung, während die Frauen abschätzend und neugierig die Unbekannte in schwarzer Spitze betrachteten, die freundlich den Kopf schüttelte. Diese Frauen wussten, wie blendend sie aussahen. Ihr Lächeln war charmant und leer. Nichts war für sie reizvoller als ein gut aussehender Mann, der verheiratet war, dessen Frau sich im Hintergrund hielt.

Gleichwohl las ich in ihren Blicken, dass ich optisch immerhin noch vorhanden war. Doch vielleicht überlief sie bei meinem Anblick ein Schauer, eine flüchtige Kälte, die tief in ihr Herz drang. Ich war ihnen ein Rätsel, sie konnten mich in kein Schema pressen. Das war immerhin etwas. Mehr brachte ich nicht zustande.

Ich ging in die Garderobe und schloss die Tür hinter mir. Im Spiegel prüfte ich Lippenstift und Frisur. Noch vorzeigbar, das Ganze. Ich setzte mich auf das harte Ledersofa, warf einen Blick auf den üblichen Krimskrams, atmete tief ein und aus. Einsamkeit. Für ein paar Augenblicke brauchte ich das, bis die Hitzewallung nachließ. Ich hoffte, dass man Tibor ein paar ruhige Augenblicke gönnen würde, damit er sich entspannen konnte. Man gönnte sie ihm nicht. Als es klingelte, verließ ich die Garderobe, ohne ihn gesehen zu haben. Unbeachtet ging ich durch den Bühnengang zurück an meinen Platz. Die Musiker kamen bereits, setzten sich vor ihre Noten. Das Publikum strömte herein. Es klingelte ein zweites, dann ein drittes Mal. Und plötzlich begann mein Herz schneller zu schlagen. Ich spürte, dass sich etwas ereignen würde; ich hatte das Gefühl, dass sich die Welt ganz langsam in Bewegung setzte. Ein leichtes Schwindelgefühl erfasste mich. Um die schwebende, kreisende Welt zum Stehen zu bringen, wartete ich angespannt auf Tibor, konzentrierte mich ganz auf sein Erscheinen. Da kam er, von Beifall empfangen. Während die Lichter im Saal ausgingen, beugte er sich rasch zu einem schnellen vertraulichen Wortwechsel mit dem ersten Violinisten hinab, um den Ton genau zu stimmen. Dann aber wandte er sich dem Publikum zu; ich merkte, dass er kurz seine Schüchternheit bekämpfte, bevor er in ruhigem und klarem Englisch sagte: »Meine Damen und Herren, ich werde *Aus der Neuen Welt* von Antonin Dvorák zum Gedenken an meinen Vater, Anton Horváth, und an seinen Freund Simon Walking Eagle dirigieren.«

Das Publikum applaudierte, setzte sich zurecht. Sekunden vollkommener Stille vergingen, bevor Tibor die Arme hob und die ersten kraftvollen Akkorde von *Aus der Neuen Welt* den Saal erfüllten. Seine Musik, beschwörend und strahlend, lockte die Geister an. Sie kamen auf Klangwolken herbei, aus den Tiefen und aus den Höhen, nahmen von ihm Besitz und erweckten in ihm gleichzeitig den unwiderstehlichen Drang, sie freizusetzen. Die Erfahrung hatte ihm ein großes Selbstvertrauen geschenkt. Die Musik schwoll an, erhob sich wie Rauch und wurde zur Opfergabe, zum Gebet. Sie brauste wie der Sturmwind und berührte gleichzeitig die Seelen der Zuhörer so leise, dass sie ihre Augen schlossen. Und als das Largo in schmerzlicher Fülle erklang, erschauerten die Millionen, die gestorben waren, damit sich auf ihren Gräbern Autobahnen und

Wolkenkratzer erheben konnten, Waffenlager, Atomkraftwerke und Müllberge. Das Volk, das tapfer und ehrenvoll gekämpft hatte wie kaum ein anderes, war lebendig, und würde es auch immer sein, solange die Sterne kreisten. Das Volk, das nie die Hände im Gebet faltete, weil jeder Tag seines Lebens ein Gebet war, hörte die wahre Stimme Gottes, sah alles auf der Welt als Geschenk seines Schöpfers, auch jeden Schluck Wasser und jeden Atemzug frischer Luft. Ihre Herzen, erschöpft von der Niederlage, erwachten voller Kraft und schlugen wie die Trommeln. In den Erinnerungen ihrer Kinder wandelte sich das dunkle Geschick. Sie würden es neu erfinden, das Magische und das Herrliche, den Stolz und die Ehre, und die Ehrfurcht vor allen Lebewesen. Und manchmal – wenn sie großes Glück hatten oder große Einsicht zeigten – würden sie mit den Adlern kreisen, in immer größere Höhen und Weiten, bis in die Sphäre, wo die Zeit stillzustehen scheint und alles von neuem beginnt.

Dann plötzlich – nichts mehr. Die Musik, die mich getragen hatte, war zu Ende. Mein Geist war gefangen in einem dunklen Raum, und um mich herum waren Tausende. Dieselben Menschen wie vorher, nur regungslos und stumm, wie benommen. Die Stille schien endlos.

Der Applaus kam, verhalten zuerst, dann stärker, gewaltiger, wuchs zu einem Rauschen empor, zu einem Getöse. Ich hörte die Begeisterungsrufe, den frenetischen Jubel. Die Zuhörer erhoben sich reihenweise, schrien und trampelten mit den Füßen. Tibor rührte sich nicht, eine ganze Weile lang; er stand einfach da und blickte wie versteinert ins Publikum. Als ob er nicht genau wüsste, wem der Beifall galt. Endlich erwachte er wie aus einer Trance, lächelte schwach, verneigte sich, verließ die Bühne und kam zurück, bezog seine Musiker in den Beifall mit ein, verneigte sich wieder und wieder, mit einem etwas steifen Ausdruck im Gesicht.

Und danach die Windstille. Tibor war erschöpft, sein Frackhemd schweißnass. Er nahm eine Dusche, ich half ihm, die Kleider zu wechseln. Ein Dinner war vorgesehen. Alles, was in der New Yorker Musikwelt Rang und Namen hatte, war im Foyer versammelt. Man trank Cocktails, man wartete auf den jungen, gefeierten Stardirigenten, der dem ungarischen Aufstand entkommen war. Eine Erfolgsstory, wie die Amerikaner sie liebten. Aber Tibor war zur Selbstkritik fähig, ein Charakterzug, der ihn unempfänglich für stundenlange Loblieder machte. Für gewöhnlich las er die Berichte in der Presse kurz durch, weil ich ihn dazu anhielt – und vergaß sie sofort.

»Ich möchte eigentlich lieber mit dir allein sein«, sagte er. »Diese Ansage, zu Beginn, die war nicht geplant«, setzte er etwas kleinlaut hinzu. »Und ich weiß auch jetzt nicht, wie ich darauf gekommen bin.«

»Intuition?«

»Vielleicht ein zu großes Wort.« Er erwiderte mein Lächeln. »Aber ich musste es einfach sagen.«

»Wollen wir gehen?«, sagte ich voller Zärtlichkeit. »Sie warten auf dich.«

»Auch auf dich.«

»Nein, Tibor. Du darfst nie etwas sagen, um mich zu schonen.«

Er sah mich lange an.

»Kannst du ihn denn nicht fühlen, diesen Kummer, den ich habe?«

Ich legte rasch die Hand auf seinen Mund.

»Sag nichts, Tibor.«

Wir hörten ein Klopfen an der Tür. Wir hatten darum gebeten, niemanden in die Garderobe zu lassen. Doch wir waren spät dran. Unser Lächeln wurde ausgesprochen spöttisch: Die Amerikaner verabscheuten die Unpünktlichkeit der Europäer. In diesem allzeit gierigen, erschreckend lebensstarken Land machte sich Pünktlichkeit durch Erfolg bezahlt. Alle hatten es immer eilig, jeder wollte dem anderen zuvorkommen. Nun, ich spielte das Spiel nicht mit. Ich nahm mir Zeit, zog eine rote Nelke aus einem der vielen Blumensträuße, brach den Stiel ab und befestigte die Blume hinter meinem Ohr, wie die Spanierinnen es tun. Tibor sah zu, lächelte zögernd und ernst.

»Umwerfend, wie du aussiehst!«

Ich zog, heiter und etwas herausfordernd, die Schultern hoch.

»Nur so als Erinnerung!«

Wir tauschten einen langen Blick; Verwirrung und Trauer durchfluteten uns, bevor er meine kalte Hand nahm, sie kurz an seine Wange drückte. Dann gingen wir zur Tür, und Tibor öffnete. Überrascht blieben wir stehen, brachten kein Wort über die Lippen. Fassungslos starrten wir auf die Frau und den Mann, die uns beide zögernd anlächelten.

Die Frau war schmalhüftig wie ein Junge und nicht sehr groß, aber in ihrer Haltung lag etwas, was sie größer erscheinen ließ. Ihr glattes Haar war so schwarz, dass es fast quecksilbern leuchtete. Sie trug es zu einem dicken Zopf geflochten, der zwischen ihren Schultern lag. Das Gesicht war schmal, aber wunderschön geformt, die Haut war golden und makellos, das Weiße der mandelförmigen Augen schimmerte bläulich wie edles Porzellan. Ihr Blick war scharf und durchdringend, und doch sanft. Sie trug, abgesehen von einer schwarzen Linie um die Augen, keine Schminke – und brauchte auch keine. Ihre natürlich roten Lippen traten leicht vor, mit einem Zug von Schwermut. Ihre Brauen schienen mir die schönsten, die ich je bei einer Frau gesehen hatte: wie Vogelfedern, bläulich schimmernd, und an den unteren Enden flaumig. Sie trug ein schlichtes, cremefarbenes Kleid und darüber eine olivgrüne Jacke von maskulinem Schnitt mit Silberknöpfen und zu langen Ärmeln – eine unpassende Aufmachung für ein Galakonzert. Und doch hatte ich an diesem Abend keine geschmackvoller angezogene Frau gesehen. Sie war nicht nur wunderschön, sondern in ihrer Würde und Anmut ergreifend.

Der Mann neben ihr hätte Tibor sein können. Ich erkannte ihn sofort – es war unwiderlegbar. Doch er war größer und breitschultriger. Seine langen Arme, sehnig und gelenkig, zeichneten sich unter seinem weißen Hemd ab, das er am Hals offen trug. Sein Haar, nicht schwarz, sondern kastanienbraun, war lang und dick, er trug es aus der Stirn gekämmt. Die untere Hälfte seines Gesichtes, zart mit den geschwungenen Lippen, dem klar gemeißelten Kinn, stand im Gegensatz zu der kräftigen Nase, der breiten Stirn. Der Schnitt seiner Augen war außerordentlich klar, der Ausdruck gleichzeitig selbstsicher und scheu; von ihnen ging ein Leuchten aus, daran war kein Zweifel: ein sanftes Feuer, das nach innen brannte.

Zeit und Raum standen still; wir starrten uns an, im Bewusstsein des Glücks, uns sehen zu dürfen, und diesen Augenblick unvergesslich werden zu lassen. Und dann schnellte die Welt zurück an ihren Platz. Der junge Mann sprach als Erster. Seine Stimme war leise und klar.

»Guten Abend, es tut mir Leid, dass wir stören. Ich bin Alec. Sind Sie ... sind Sie vielleicht Tibor?«

Ihre Augen fanden sich. Tibor war sehr blass geworden. Er presste die Kiefer zusammen, doch seine plötzlich hohl erscheinenden Wangen durchlief ein leichtes Beben, und das Zittern seiner Lippen vermochte er nicht zu beherrschen. Als er sprach, war seine Stimme nur ein heiseres Flüstern.

»Ja ... mein Bruder!«

Dabei blickten sie sich unentwegt an. Einen Atemzug lang rührte sich keiner von beiden; und dann, plötzlich, machten sie zwei Schritte aufeinander zu, und es waren Schritte durch die Jahrzehnte. Eine Sekunde genügte, um den Austausch zu vollziehen. Sie umarmten sich, bebend und stumm, leicht keuchend wie Ertrinkende, die unverhofft an die Wasseroberfläche gelangen. In diesem Moment war ich unendlich glücklich. Sie hatten den Strom des Blutes und den Strom der Tränen überschritten, und die Zeit war an ihnen vorübergegangen wie ein Tag. Sie kannten sich nicht, sie hatten sich nie gesehen, und doch sprachen ihre Herzen zueinander eine deutliche Sprache. Und als ich die volle Tragweite ihrer Umarmung begriff, da endlich löste sich ein Seufzer aus meinen Lungen; ich blickte zur Seite und sah die junge Frau, die sich ganz ruhig verhalten hatte. Ich starrte sie gedankenverloren an. Ihre Gegenwart reichte aus, um mich zu beeindrucken und zu fesseln.

»Ich bin Floria«, brach ich die Stille. »Tibor und ich sind seit neun Jahren verheiratet.«

Sie sah mir sehr ernsthaft ins Gesicht, bevor ihre Lippen ein Lächeln zeigten. Sie sprach, und ihre Stimme war dunkel und volltönend. Die Art, wie sie die Worte betonte, verlieh dieser Stimme einen eigentümlichen Reiz, etwas Intensives.

»Ich bin Alecs Cousine. Wir sind zusammen aufgewachsen. Ich heiße Eva«, setzte sie hinzu, »aber mein indianischer Name lautet Winyan Wamblee. Ins Englische übersetzt bedeutet es Adlerfrau. Es gab stets Frauen in unserer Familie, die so hießen. Meine Tante Juliette – Alecs Mutter – trug den selben Geheimnamen.«

Mein Herz pochte. Ich hätte gerne mehr gesprochen, aber mein Kopf war leer.

Ich sagte: »Ich mag diesen Namen sehr.«

In den dunklen Augen blitzte der Schalk.

»Wörtlich genommen, trifft er sogar zu. Ich bin nämlich Pilotin.«

War ich es oder sie, die die Hand ausstreckte? Was soll's, unsere Finger fanden sich, verschränkten sich zu einem festen, warmen Griff. Und gleichzeitig hatte ich das Gefühl, dass mein ganzer Körper sich verkrampfte. Nach einigen Augenblicken löste ich behutsam meine Hand, wandte mich Alec und Tibor zu. Sie streckten beide die Arme aus, zogen Eva und mich in ihre Mitte. Eine Weile hielten wir uns umschlungen. Die Entfernung schmolz dahin, die Zeit hüllte uns ein. Endlich ein vollendeter Kreis. Und die Vorfahren standen um uns herum. Ich konnte sie kaum unterscheiden.

Als sich unsere Arme lösten, trat Eva einen Schritt zurück. Sie blickte Tibor an, mit glänzenden Augen.

»Heute vor genau fünfunddreißig Jahren trafen sich mein Großvater und dein Vater. Es war hier in New York. Und Anton hatte die gleiche Musik dirigiert.«

Ihre Stimme und das, was sie sagte, gaben ihm das Gefühl für die Realität zurück.

»*Aus der Neuen Welt*?«, fragte er verwundert.

Sie nickte.

»Hast du das gewusst?«

Er starrte sie an, zutiefst aufgewühlt. Mein Gott, wie schön sie war, mit ihrem schwarzen Haar, so lang und dicht und seidig, ihrem scharfen Profil, ihrer matt polierten Haut. Ein Gesicht so voller Licht und Leben. Sie hatte etwas Geheimnisvolles an sich, etwas, was man nicht sehen, aber fühlen konnte. Er fuhr fort, sie anzublicken, in seinen Augen lagen Ergriffenheit und Verwirrung. Eine Spur von Eifersucht flackerte in mir auf. Doch ich beachtete sie nicht; ich musste jetzt lernen, großzügig zu sein. Er indessen schüttelte langsam den Kopf.

»Nein. Ich wusste nichts.«

Sie lachte ein lautloses Lachen, das die schräg stehenden Augen verengte.

»Einmal müssen wir ja anfangen, dieses und jenes zu erzählen.«

»Die Dinge lassen sich auf hunderterlei Weise sagen.« Alec lächelte Tibor an und dieser, noch etwas geistesabwesend, erwiderte sein Lächeln. Es war nahezu gespenstisch, wie ähnlich sie sich in diesem Moment sahen.

»Ja«, sagte er, »wir werden uns viel Zeit nehmen.«

Sie werden reden, dachte ich, viel reden und sich freuen. Und manchmal auch weinen, aber das gehört dazu. Sie werden die verglühte Vergangenheit unter der Asche suchen. Es waren nicht nur Worte, die sie verbanden, sondern das, was aus ferner Erinnerung kam, aus dem gemeinsamen Strom ihres Blutes.

»Alec«, sagte ich leise. »Ich bin so froh. Ich hoffe, ich werde es noch miterleben …«

Er legte mir beide Hände auf die Schultern und betrachtete mich lange. Eine Hitzewelle stieg mir von der Brust in den Kopf. Was sah er an mir? Die gespannte Haut über meinen Knochen? Die Lippen, fein gekräuselt wie Seidenpapier? Spürte er die klamme Hitze meiner Haut, das rasche, ungleichmäßige Pochen meiner Schlagader? Ich musste den Kopf heben, um ihn anzusehen; einmal mehr in meinem Leben hatte ich es mit einem hoch gewachsenen Mann zu tun.

Doch nun sagte er etwas sehr Merkwürdiges. »Ich glaube, dass ich dich schon irgendwo gesehen habe.«

»Das kann nicht sein«, erwiderte ich. »Ich bin zum ersten Mal hier.«

Er legte kurz den Finger an seinen Mund, eine nachdenkliche, etwas kindliche Geste.

»Dein Gesicht kommt mir bekannt vor. Hast du …«, er zögerte, »hast du gesungen, als mein Vater starb?«

Ein Frösteln überlief mich.

»Ja, das war in einer Aufführung von *Rigoletto*. Ich sang die Gilda.«

»Hattest du ein blaues Kleid an?«

Ich nickte fassungslos.

»Du weißt nicht, wie man sich unsichtbar macht – oder doch?«

Er zeigte ein ganz kleines Lächeln. Er hatte so viel Ruhe in seinem Gesicht, und so viel Weisheit.

»Manchmal trifft einiges zufällig zusammen.«

Ich ließ ihn nicht aus den Augen.

»Nein, ein Zufall war es nicht. Aber es war etwas, was ich nie verstanden habe.«

Seine Lippen deuteten ein etwas schmerzliches Lächeln an. Waren es Tränen, die seine Augen röteten? Er hatte, glaube ich, schon begriffen, dass ich sterben würde.

»Ich denke, dass du es bald verstehen wirst«, sagte er.

53. *Kapitel*

Tibor dirigierte danach in Philadelphia, in Chicago und in Cleveland. Und überall mit großem Erfolg. Musik, so wie Tibor sie verstand, war vollkommene Hingabe, vollkommene Ehrlichkeit. Die Scheinheiligen und die Aufgeblasenen kamen einfach nicht an ihn heran.

Nach dem Ende der Tournee fuhren wir mit der Bahn nach Seattle, wo Alec und Eva uns erwarteten. Evas schlammbespritzter Pick-up brachte uns nach Pine Ridge. Die Straße wurde von Äckern, Motels, Supermärkten, Tankstellen, Autofriedhöfen, niedrigen Vorstadthäusern mit Ziegeldächern und dann und wann einem Schwimmbecken gesäumt. Gras, Buschwerk, Weideland auch, auf dem Pferde oder Rinder grasten. Die Ortschaften selbst schienen merkwürdig leer, auf den Straßen herrschte, abgesehen von einigen Trucks, kaum Verkehr. Doch es lag etwas Hochmütiges in der Landschaft, ein stilles, uraltes Geheimnis. Aus der Ferne ragten blassblaue Bergspitzen in den Horizont, als schauten sie aus einer anderen Welt herüber. Ich empfand die aufpeitschende Wirkung dieser Landschaft. Sie stärkte meine Kräfte und erfüllte mich mit einer merkwürdigen, leidenschaftlichen Energie.

»Ich bin froh, dass Eva fährt«, sagte Alec. »Und auch, dass sie den Motor reparieren kann, falls der Wagen streikt. Ich wäre dazu nicht fähig. Du etwa?«, sagte er zu Tibor, der lachend den Kopf schüttelte.

Und Eva sagte: »Ach, einen Wagen zu fahren ist viel weniger interessant, als ein Flugzeug zu steuern. Ich finde es sogar ausgesprochen langweilig.«

Seit zwei Jahren hatte sie die Pilotenlizenz. Der Lufttaxibetrieb erfreute sich wachsender Beliebtheit in den Staaten, weil die Haupteisenbahnlinien mehr oder weniger direkt von einem Ort zum anderen verliefen. Für gut betuchte Leute waren Flugzeuge ein großer Zeitgewinn. Aber Eva sah die Dinge sehr nüchtern.

»Die Vorstellungen, die du mit diesem Job verbindest, kannst du getrost vergessen. Dass ich eine Frau bin, eine Indianerin obendrein, macht die Sache auch nicht besser. Aber inzwischen fliege ich für eine Firma, die einen großen Kundenkreis hat.«

»Macht das Spaß?«, fragte Tibor.

»Reiche Leute sind nicht lustig. Aber mein Sicherheitsinstinkt ist gut ausgeprägt.«

Wir lachten. Sie zog auf komische Art die Nase kraus.

»Am liebsten fliege ich allein, wenn ich Passagiere abgeliefert habe oder neue hole. Das entschädigt für den Verdruss.«

»Wirst du das noch lange machen?«, fragte ich.

»Mein Leben lang sicher nicht. Für andere Leute, meine ich. Ich lege Geld auf die Seite, damit ich eines Tages meine eigene Maschine habe. Ich habe mir ausgerechnet, dass ich wohl dreißig Jahre dazu brauchen werde.«

Wir lachten abermals, doch Alec sagte: »Wenn Eva etwas wirklich will, erreicht sie es immer.«

Sie warf ihm einen Blick im Rückspiegel zu und sagte leichthin: »Vorausgesetzt, ich bin bereit, die nötigen Opfer zu bringen.«

Ich wusste nicht, wie ich diese wohltuende Schwere bezeichnen sollte, die auf meinen Gliedern lastete und in meinem Geist wuchs. Vom ersten Augenblick an hatte ich sie gespürt, diese Mattigkeit, diese Ruhe. Dieses ganz besondere Gefühl, dicht vor dem Ziel zu stehen. Hier, bei diesen Menschen, die einst dem Paradies so nahe standen, dass der Schimmer hundert Jahre später noch nicht in ihren Augen erloschen war.

Gloria. In meiner Erinnerung sehe ich sie im Schatten der Veranda stehen: schmal, aber kräftig, von kleinem, geradem Wuchs. Als der Pick-up vor dem Haus hielt, trat sie uns langsam entgegen. Die Veranda war weiß gestrichen und in einer Ecke stand ein Schaukelstuhl. Gloria trug Jeans und eine derbe Holzfällerjacke. Ihr weißes Haar war kurz geschnitten; sie sah gut aus, mit ihren klaren Zügen, ihrer bronzefarbenen Haut und ihren Augen, dunkel wie Rauch. Wir gingen auf sie zu; ihr Blick, auf Tibor gerichtet, zeigte Erstaunen, während ein leichtes Lächeln um ihre Mundwinkel flog.

»Du siehst Alec wirklich sehr ähnlich.«

Tibor nahm seinen Schlapphut ab, den er immer noch trug.

»Mein Haar ist heller. Da, sehen Sie?«

»Alecs Haar ist dunkler geworden, als Kind hatte er hellere Haare.« Ihr Lächeln verschwand, ein Seufzer hob ihre Brust. »Es ist eine traurige Sache, wenn Brüder getrennt aufwachsen.« Dann kehrte ihr Lächeln wieder, offen und warm wie zuvor. Sie führte uns an der Hand die Stufen hinauf. »Jetzt endlich ist alles gut.«

Abends kam Laura; ihr Gesicht, von Pockennarben entstellt, war hochmütig wie das einer Fürstin. Sie war weder hässlich noch schön. Ihr Körper war untersetzt und wenig elegant, das graue Haar zu einem ungepflegten Zopf geknotet. Sie redete leise und ruhig; ihre Hände waren braun und kraftvoll, sie trug an drei Fingern silberne Ringe mit großen, polierten Türkisen. Sie hatte zwar ein weiches Herz, aber auch einen starken Charakter, und deshalb fiel es ihr schwer, Gefühle zuzulassen. Doch bald zeigte sie uns ihre Bilder; und jedes war ein machtvolles, ursprüngliches Werk.

Sie hatte, nach anfänglichem Zögern, einen Agenten gefunden. Für ihre Gemälde wurden hohe Preise geboten. Dann und wann erschien sie auf einer Vernissage, wo sie, provozierend altmodisch gekleidet, mit finsterer Miene rauchte und gelegentlich eine sarkastische Bemerkung fallen ließ. Sie machte sich unbeliebt, aber sie wurde beachtet. Zuerst wusste ich nicht, wie ich mich ihr gegenüber verhalten sollte, und entdeckte bald, dass es ihr genauso ging. Doch Eva war eine gute Vermittlerin. Und da ich mich nicht hinter einer Maske verbarg und ihr nichts vormachte, ergab es sich nach einigen Tagen ganz von selbst. Mit Laura konnte ich nach Belieben zynisch sein und sagen, was mir auf dem Herzen lag. Der freundschaftliche, leicht spöttische und kalte Ton, den sie zumeist anschlug, gefiel mir. Ich bewunderte ihre Selbstironie. Sie hatte viel gelitten, und ihr Lächeln konnte bisweilen grausam sein. Mit Gloria war es viel einfacher, sie war sanft und mütterlich und unbefangen, wie alte Menschen es oft sind. Sie mochte mich auf Anhieb.

»Weißt du«, sagte ich zu Tibor, »dass mich Gloria stark an eine italienische Mamma erinnert? Nur ihre Küche ist nicht das Größte …«

Daraufhin stand ich dann und wann am Herd, kochte auf italienische Art Spaghetti mit Tomatensauce, oder Kalbsrolle mit geschmortem Gemüse, und gewann endgültig Glorias Herz.

Wir saßen stundenlang zusammen, sprachen von Simon und von Anton, von ihrer Zuneigung und darüber, wie jeder das Andenken des anderen bewahrt hatte. Wir sprachen von ihrem Mut, ihrer Noblesse und ihrer Trauer. Von Simon gab es keine Bilder: Er hatte sich stets geweigert, sich fotografieren zu lassen. »Wie Tashunka Witko«, sagte Gloria und lächelte ein wenig dabei. Sie hatte uns erklärt, wer der Chief gewesen war, der diesen Namen trug. Ich war sehr beeindruckt. Für schöne, tapfere Männer hatte ich stets viel übrig gehabt.

Eines Morgens zeigte uns Eva Simons Atelier. Der Raum

war klein und voll gestopft mit Dingen, die Simon für seine Arbeit gebraucht hatte. Auf der Fensterbank lagen tote Insekten. Als ich mit den Fingerspitzen über den Werktisch strich, hinterließen sie im Staub kleine Sichelmonde. Ich ging langsam, geräuschlos, umher, aufmerksam wie ein Tier, das eine Fährte wittert. Tibor beobachtete, wie ich den Ort erforschte, und er verstand auch, warum. Der Geruch der Hölzer und Lacke schwebte wie eine Aura, die langsam verblasste. Von irgendwoher kam Musik; ganz leise nur, wie in einem Traum versponnen. Ich setzte mich auf den Stuhl, um besser zu lauschen; die anderen blieben stehen. Ich war leicht verwirrt, aber mein geschultes Ohr erkannte die Melodie.

Ich murmelte: »*Missa solemnis.*«

Eva fuhr leicht zusammen.

»Was hast du gesagt?«

Ich sah sie nachdenklich an.

»Läuft irgendwo ein Radio?«

»Grandpas Radio ging schon lange nicht mehr«, sagte Alec. »Wir haben es nicht behalten.«

Kaum hatte ich die Klänge wahrgenommen, waren sie schon wieder verschwunden, hinterließen nur eine zitternde Erinnerung. Danach war alles wieder ganz still. Und in dieser Stille begann Eva plötzlich zu sprechen.

»Ich hatte gerade die Pilotenlizenz gemacht, als Grandpa aus dem Gefängnis kam. Er sah dünn und blass aus, seine Gelenke waren verkrümmt. Wir wussten, dass er krank war, aber im Frühling schien es ihm wieder besser zu gehen. Er hatte eine Geige in Arbeit, die er fertig stellen wollte. Der Auftraggeber, erster Violinist am Philadelphia Orchestra, wartete seit Jahren auf sein Instrument. Grandpa beendete die Herstellung, obwohl er starke Schmerzen dabei litt. Als er mit seiner Arbeit fertig war, sagte er, ich sollte am nächsten Tag, bei Sonnenaufgang, in sein Atelier kommen.

Nachts konnte ich kaum schlafen. Ich hatte auch nicht gefrühstückt, nur einen Schluck Wasser getrunken, so aufgeregt war ich. Als ich kam, saß Grandpa in der Mitte des Raumes auf dem Boden. Ich hatte das Gefühl, dass er die ganze Nacht dort verbracht hatte. Im frühen Morgenlicht sah er alt und gebrechlich aus, doch sein Gesicht war friedlich. Das Fenster war weit geöffnet; es war eine merkwürdige Stunde, noch neblig; aber schon stieg die Sonne wie eine Feuerkugel auf. Grandpa hatte den Boden mit Salbei ausgelegt, die Wände mit Zedernzweigen und Süßgras geschmückt. In einem Kohlenbecken schwelte ein kleines Feuer, und ein starker, aromatischer Duft lag in der Luft.

›Setz dich, Eva‹, sagte Grandpa, ›ich habe dir etwas versprochen.‹

Seit er aus dem Gefängnis zurück war, klang sogar seine Stimme anders, als ob er jahrelang nicht gesprochen hätte. Ich setzte mich auf die Westseite – wie es sich gehörte. Da bemerkte ich das große Bündel aus Büffelhaut, das vor ihm lag. Mein Herz klopfte stürmisch, ich war zutiefst aufgewühlt. Ich wusste, dass das Bündel die heilige Pfeife enthielt. Langsam und feierlich begann Grandpa, die Verpackung zu lösen. Die Pfeife war siebenmal eingewickelt, in verschiedene Tierhäute und in rote, blaue und schwarze Flanellstoffe. Das Ganze strömte einen scharfen Geruch aus, nach Holzkohle, altem Leder und Staub. Nun zog Grandpa langsam und ehrfürchtig die Pfeife aus einer letzten Elchhauthülle. Ich saß still und erschauerte. Ich wusste, dass die Pfeife alle Kräfte der Natur bewahrte, den Atem Gottes selbst. Und als die Pfeife zum Vorschein kam, schwärmten die Geister in den Raum. Ich wusste es, aber nicht mit dem Herzen oder dem Blut, denn ich habe nicht die Gabe, sie zu sehen oder zu fühlen. Aber Grandpa sagte mir, das sei unbedeutend; die Gabe bleibe in der Familie, so viel sei gewiss, auch wenn sie ab und zu eine Generation überspringen würde. Inzwischen beobachtete ich schweigend, wie Grandpa das lange, polierte Rohr mit der Verzierung aus Perlen und rot gefärbten Adlerfedern an sich nahm. Das Rohr war aus dem unteren Beinknochen eines Büffelkalbs gemacht. In den Pfeifenkopf waren uralte Zeichen geschnitzt, und jedes Zeichen war ein Gebet. Eine besonders große Adlerfeder hing, als Symbol der Weisheit, genau an der Stelle, an der sich Kopf und Rohr berührten. Zu der Pfeife gehörte auch ein wundervoll bestickter Tabaksbeutel. Grandpa füllte die Pfeife sorgfältig und zündete sie an. Ich sah, wie seine abgemagerten Hände leicht zitterten, als er die Pfeife zum Mund führte und einige Minuten schweigend rauchte. Er saß mit geschlossenen Augen da, sog langsam den Rauch ein, blies ihn ebenso langsam wieder aus. Dann öffnete er die Augen und starrte dem Rauch nach, der nach oben entwich, durch das Fenster, der Morgensonne entgegen. Nach einer Weile reichte er mir die Pfeife; er gab sie von links, von seinem Herzen aus. Ich nahm sie von rechts, hielt den Pfeifenkopf nahe an mein Herz. Nur mühsam bekam ich stures Geschöpf einen Schimmer davon, was diese Pfeife bedeutete: so viel Weisheit, so viel Macht. Ich hob sie an meine Lippen und rauchte wie er, ohne ihm einen Blick zuzuwerfen, nur mit dem Gerät und dem Beobachten des Rauches beschäftigt. Zu Beginn hatte ich große Angst vor irgendeiner Dummheit, aber irgendwie brachte ich es wohl fertig, die Sache richtig zu machen. Und nach einigen Zügen gab ich ihm die Pfeife zurück, und das Ganze wiederholte sich, bis sie leer war. Und als Grandpa die Pfeife behutsam in die Elchhauthülle zurückgelegt hatte, sagte er mit einer Stimme, die plötzlich sehr schwach klang: ›Nun, Takoja, dein alter Großvater hat sein Versprechen eingelöst. Bist du jetzt glücklich?‹

Etwas in seiner Stimme klang so fremd, dass ich, statt mich zu freuen, von Angst erfüllt war.

Ich sagte: ›Ich kann nicht ganz glücklich sein, Grandpa, wenn du nicht gesund bist.‹

Er schüttelte sanft den Kopf.

›Ich habe einen Freund, von dem ich seit Jahren getrennt bin. Und eine Tochter, die mit den Adlern kreist und eine Welt sieht, die wir nicht sehen. Die Welt hier unten, die kenne ich inzwischen. Was ich brauche, sind Flügel. Du, Takoja, hast deine Flügel auf andere Weise erworben. Eine beachtliche Leistung, junge Lady, auch wenn diese Flügel – nimm es mir nicht übel – bloß ein Ersatz sind.‹

Er blinzelte mir zu, doch ich konnte sein Lächeln nicht erwidern. Jedes Mal, wenn seine Augen meinem Blick begegneten, gab es mir einen Stich ins Herz. Der Gedanke, meinen geliebten Großvater zu verlieren, war ganz unerträglich. Aber wie es nun mal meine Art ist, konnte ich eine vorlaute Frage nicht zurückhalten.

›Grandpa, der Sonnentanz – glaubst du, dass es sich gelohnt hat?‹

Seine Mundwinkel zuckten. Ich starrte in sein Gesicht, über das das Sonnenlicht flimmerte wie Wasser.

›Du weißt doch, der Sonnentanz verbreitet sich von Jahr zu Jahr. Eine Anzahl Medizinmänner wurde verhaftet, aber das FBI ist allmählich überfordert. Man kann ja nicht ganze Stämme in den Knast stecken. Ich habe der Zeremonie fünf Jahre meines Lebens geopfert, und keine Sekunde davon bereue ich. Ja, Takoja, es hat sich gelohnt. Wir fürchten die Wirklichkeit nicht mehr. Wir stehen wieder aufrecht. Nicht, weil wir auf irgendein Wunder hoffen, sondern aus eigener Kraft. Und wenn ich noch könnte, würde ich ganz gerne damit prahlen.‹

Er beugte sich vor, wickelte mit geschickten Gesten die Pfeife in alle sieben Verpackungen ein, bis das ganze Bündel verschnürt war. Dann nahm er es hoch und reichte es mir.

›Die heilige Pfeife geht jetzt in deine Obhut. Sie kam

durch die Frauen in unsere Familie und soll auch von den Frauen weitergegeben werden. Später wirst du sie deinem Erstgeborenen anvertrauen. Mit dieser Pfeife, die ein lebender Teil von uns selbst ist, beten wir für unsere Erde, für die Menschen und für den Frieden. Mit dem Rauch formen wir einen Kreis, einen Kreis, der alle Geschöpfe vereint.‹

Schweigend nahm ich das Bündel und hob es an meine Stirn. Meine Tränen hielt ich bloß deswegen zurück, weil ich ihm bis zuletzt Ehre machen wollte.

Das Jahr verging und Grandpa schien sich zu erholen. Ich wohnte in Seattle mit einem Piloten zusammen, von dem ich mich später getrennt habe. Plötzlich, an einem Wintermorgen voller Eis und glitzernder Helligkeit, ein Anruf von Laura: Grandpa war tot. Laura sagte, dass er abends zur gewohnten Zeit zu Bett gegangen war. Gloria fand ihn am Morgen; er lag friedlich da, mit einem Lächeln auf den Lippen. Er starb, wie wir alle sterben möchten: ohne Schmerzen, in einem schönen Traum.«

Evas Stimme brach; in ihren Augen schimmerten Tränen. Doch sie lächelte mich an, wie eine Verbündete, und ich nahm ihre Hand und hielt sie fest.

Noch war ich auf der Welt, noch lebte ich, atmete die goldene Abendluft ein, die frostige Luft in der Frühe. Noch spürte ich Tibors fürsorgliche Hand, seine warmen Lippen. Ich erlebte die Schönheit der Erde, die flammenden Farben der Hügel, die kalte Pracht des Herbstmondes, der die Sterne zersprühte. Ich genoss die Spaziergänge im ersten Raureif, den Duft von frischem Kaffee, den Geschmack von Holundermarmelade und Apfelkuchen. Das Leben war so wundervoll, und die Menschen, die ich liebte, liebten mich auch. Und doch empfand ich, während ich beobachtete und zuhörte, mein Leben wie in der Schwebe; es gab keine Zukunft mehr und die Gegenwart wurde immer undeutlicher, die Vergangenheit aber wurde immer deutlicher.

Wir waren Menschen, die zusammenkamen, um sich zu erinnern und erinnert zu werden. Wir nahmen uns Zeit, viel Zeit. Alec war gelassen, etwas zurückhaltend, mit einem ganz besonderen Humor, der ein wenig Lauras Art entsprach. Seine Hände gingen entspannt mit allem um, und alles, was er anrührte, wurde mit stillem Leben erfüllt. Und jedes Mal, wenn ich sein ruhiges Gesicht betrachtete, sein Lächeln, das Tibors Lächeln so ähnlich war, war ich dankbar für die große, überströmende Freude, die er uns – allein durch seine Anwesenheit – zum Geschenk machte. Und inzwischen wusste ich auch, was damals geschehen war und was wir beide gesehen hatten. Endlich brachte ich die Dinge miteinander in Verbindung. Es war, als ob unsere beiden Welten einen Bogen gemacht hätten, wie zwei glitzernde Mondsicheln, und sich getroffen hätten, an einem besonderen Punkt in Raum und Zeit. Wir waren uns beide ein Stück Weg entgegengekommen, »den Weg der Geister« nannte ihn Alec. Und die Geister waren immer da; beide Wege verliefen nebeneinander. Es kam jetzt immer öfter vor, dass ich diesen Weg sah. Ich erkannte Anton und Simon, und gelegentlich auch Umberto, wie sie uns über die Schulter blickten. Sie waren jetzt so nahe, dass ich ihre Stimmen gut vernahm.

Und sie gingen mir wirklich auf die Nerven.

»Du hast etwas zu erledigen, Floria«, sagte Anton. »Beeil dich!«

Ich wusste genau, worauf er anspielte. Mein Herz zuckte qualvoll davor zurück.

»Nein. Ich habe nichts zu erledigen.«

Doch keiner von ihnen ließ sich in die Irre führen.

»Oh doch, und du weißt es genau«, sagte Umberto.

Ich widersprach: »Es ist schwer, alles loszulassen. Ich glaube nicht, dass ich es schaffe.«

»Brauchst du Hilfe?«, fragte Agnes, leise und sarkastisch.

»Wir werden näher rangehen«, entschied Simon. »Wir sind nicht nah genug.«

Ich verlor allmählich die Geduld.

»Oh doch, ihr seid nah genug! Jetzt hört endlich auf, hinter mir her zu glucken. Und – verdammt – mischt euch nicht ständig in meine Angelegenheiten!«

Abends sprachen wir über Juliettes Tod.

»Es war eine schwere Geburt gewesen«, sagte Gloria. »In den letzten Wochen, ich weiß es noch genau, schien Juliette in einem eigenartigen Traum gefangen. Ihr ganzes Wesen bebte vor Ungeduld. Sie betrachtete die Welt aus leuchtend aufgerissenen Augen, ihre Finger bewegten sich ruhelos, wie auf den Tasten eines Klaviers. Das Kind wuchs in ihr, ihr Bauch wölbte sich vor, dass es fast erschreckend war. Ich machte mir Sorgen. Doch sie trug den Kopf hoch; mir war, als ob alle Kräfte der Welt ihr zuwuchsen. Damals war es bei uns noch üblich, zu Hause zu entbinden. Wir hatten gute Hebammen, die ihr Handwerk verstanden. Aber Simon, von einer Eingebung getrieben, drängte darauf, dass Juliette am Tag der Entbindung von Ärzten geholfen würde. Doch es kam ganz anders. Einige Wochen vor dem Termin der Niederkunft, frühmorgens, spürte Juliette die ersten Wehen. Simon war mit dem Pick-up unterwegs, ich war allein zu Hause, um ihr beizustehen. Als Simon kam, war die Geburt bereits im Gang, ein Transport ins Krankenhaus kam nicht mehr in Frage. Juliette plagte sich die ganze Nacht und die Schmerzen waren sehr schlimm, bis das Baby in den frühen Morgenstunden von meinen Händen und von seiner Mutter mit angstvoller Besorgnis hervorgepresst wurde; obwohl es mehrere Wochen zu früh gekommen war, war es schon groß und schwer wie die anderen Babys; seine Augen waren von einem dunstigen Blau, das man bei Neugeborenen immer sieht. Ich sagte zu Simon: ›Warum bist du mürrisch, Alter? Sieh nur, wie schön und stark dein Enkel ist!‹ Er ging zu Juliette, nahm ihre Hand, und sie lächelte ihn an.

›Er ist ein Krieger, mein Sohn. Aber ich habe gesiegt.‹

Er lächelte zurück. Es war ein langes, trauriges Lächeln.

›Ja, du bist eine Adlerfrau.‹

In der Nacht bekam Juliette starke Schmerzen im Bauch. Simon brach sofort auf, um einen Arzt zu holen. Ich war allein bei Juliette und tat, was ich konnte, aber sie verblutete. Wenn sie einen klaren Moment hatte, sprach ich ihr Mut zu, doch ich sah, wie sie die Zähne vor Schmerz zusammenbiss. Ich befeuchtete ihren trockenen Mund, ihre Hand berührte meinen Arm, und sie flüsterte:

›Mutter … der Talisman … er soll ihn tragen.‹

Sie streckte mir die linke Faust entgegen. Ich nickte, wusste ich doch, was sie darin hatte. Doch ich weigerte mich, den Mut zu verlieren.

›Sei ruhig‹, sagte ich, ›dein Vater holt Hilfe. Er wird jeden Augenblick hier ein.‹

›Es hat keinen Sinn, Mutter. Ich bin am Ende. Aber das ist mir gleich, denn mein Sohn ist am Leben. Er lebt, und er ist so schön …‹

Endlich kam der Arzt und versuchte, Juliette zu retten. Aber es war zu spät. Sie schwand dahin und starb ohne Schmerzen und ohne Bewusstsein; sie hatte all ihr Blut verströmt. Nun lag sie da, still, wie geläutert, mit ihrem wunderbaren halben Lächeln auf den blutleeren Lippen – dem Lächeln, das sie für immer behalten sollten. Ich drückte ihr die Augen zu, wusch ihre leblose Gestalt, kämmte ihr Haar, bis es schön ordentlich ihr Gesicht umrahmte, und öffnete ihre kleine Faust. Ein dunkles, zerknäultes Band lag darin, der Talisman, den jede Mutter ihrem erstgeborenen Sohn gibt: seine blutige Nabelschnur. Ich hatte mir nie Gedanken gemacht, warum das so war, aber später erklärte mir Simon, dass der Nabel das Zentrum der Welt sei, der Ursprung allen Lebens. ›Denke daran‹, sagte er, ›dass wir den Polarstern den Himmelsnabel nennen, und dass er als Quelle der Lebenskraft gilt.‹ Und später fertigte ich für die

Nabelschnur einen kleinen Lederbeutel an, den Alec – wie ihr sehen könnt – noch heute an einem Band um den Hals trägt.«

»Bis ans Ende meiner Tage«, sagte Alec dumpf.

Gloria sagte abschließend nur noch wenig:

»Wir brauchten Milch für das Baby. Laura kannte viele Leute und fand eine Frau, die einen Jungen geboren hatte und bereit war, auch Alec zu stillen.

Juliettes Leib brachten wir nicht zum Friedhof, sondern bestatteten ihn draußen, in den Bergen, in einem besonderen Zelt, obgleich auch dieser Brauch strafbar war. Dr. Andersen, der den Totenschein ausstellte, versprach zu schweigen, und nach einigen Jahren war von dem Zelt nichts mehr übrig. Nur ein weißer Stein markiert ihre Ruhestätte, zu der Simon, eines Tages, Anton führen wollte.«

Sie schwieg; es war kühl geworden, und Laura füllte eine Tasse mit Tee für sie. Dann warf sie ihren langen Zopf über die Schulter, wandte Tibor und mir ihr Gesicht zu, das so herb und gleichzeitig so mitfühlend war.

»Und bevor Anton nach Ungarn zurückkehrte, ließ Juliette mich ein Bild für ihn malen. Sie bediente sich meiner und ihrer Kraft; sie dachte dabei nicht nur an ihren Sohn, sondern auch an ihren Mann, den sie nie wiedersehen würde, und an seine Nachkommen. Es war ein Vermächtnis, versteht ihr? Das Vermächtnis des Adlers.«

54. Kapitel

Die Toten riefen immer lauter nach mir. Sie kamen jede Nacht. Warum belagerten sie mich? Dass sie mich ins Chaos stürzten, war ihnen offenbar egal. Ich wolle nichts anderes als Geborgenheit, wie jede andere Frau, aber die Sache duldete keinen Aufschub. Ich gewann lediglich ein paar Augenblicke der Ruhe, in denen ich beobachten konnte, dass ihre aufdringliche Bestimmtheit ihnen Recht gab. Ich sah genau – und wollte es nicht sehen –, wie Eva und Tibor einander begehrten, es nicht zulassen wollten und sich dagegen auflehnten, aus Redlichkeit und aus Stolz. Ich beobachtete ihre Gesichtzüge, ihre Blicke, die sich mieden, und ihr bitteres Lächeln. Ich sah, wie sie ihre Empfindungen verleugneten. Ich versuchte sie zu ignorieren, das war bequemer. Doch jedes vertrauliche Wort, das sie wechselten, war für mich wie ein Schlag ins Gesicht, und jedes Lachen schmerzte. Ich wollte ihre Liebe zu Fantasie werden lassen, ich war ihnen dankbar, dass sie ihre Gefühle unterdrückten, um mir nicht zu schaden. Sie waren voller Zartgefühl und Fürsorge, sie wussten ja, dass ich todkrank war. Ich versuchte mich in Tibors Lage zu versetzen. Da lebte er seit Jahren mit einer kranken, leicht hysterischen Frau; und jetzt war Eva da, mit ihrem straffen Körper, ihrem gefährlich reizvollen Gesicht, ihrem glänzenden Haar.

Gegen Eva konnte ich nichts ausrichten. Und wozu auch?

Sie spielte ein ehrliches Spiel, versuchte niemals, Tibor von mir wegzulocken. Eva hatte viel Selbstbeherrschung, Tibor weniger. Seine Augen trübten sich, wenn er mich anblickte. Er wurde ernster und sah verwirrt aus. Gloria hatte Tibor und mir das große Bett überlassen, das sie einst mit Simon geteilt hatte. Tibor schlief an meiner Seite, tief und vertrauensvoll. In der Stille versuchte ich, meinen Atem dem seinen anzupassen, den Schlaf zu finden, der mir Vergessen schenken sollte. Doch jede Nacht lag ich wach. Manchmal bewegte sich Tibor, seine Hand tastete auf dem Kopfkissen nach meiner Schulter, nach meinem Arm. Ich entzog mich ihm; ich wollte ihm die Berührung mit meinem heißen Körper ersparen. Nachts waren die Schweißausbrüche am stärksten, und sie dauerten lange. Auch die Knochenschmerzen nahmen zu. Meine Wangen bekamen Falten, und meine Stimme wurde die einer alten Frau. Doch ich lief vor mir selbst davon, schob die Entscheidung hinaus, bis – eines Nachts – Evas Name über Tibors Lippen kam. Ich streckte den Arm aus dem Bett und machte Licht. Die kleine Birne war trübe und flackerte, aber Tibor erwachte, richtete sich beunruhigt auf. Er warf sein zerzaustes Haar aus dem Gesicht, blickte mich an, verwirrt und voller Besorgnis.

»Was hast du? Fühlst du dich schlecht?«

Ich schüttelte wortlos den Kopf. Tibors Stimme verriet seine Unruhe.

»Kann ich etwas für dich tun?«

Ich lachte kurz auf, ein heiseres Lachen, das mir fremd war.

»Du hast im Schlaf gesprochen.«

»Es tut mir Leid«, murmelte er. »Habe ich dich geweckt?«

»Nein, ich lag wach.«

»Was habe ich gesagt?«

»Ich weiß es nicht mehr.«

Log ich aus Mitleid, oder aus Feigheit? Es spielte keine Rolle mehr. Wichtig war nur, dass ich den Schlaf, die Träume des Mannes, den ich liebte, nicht störte. Ich musste das Wort Eifersucht endgültig aus meinem Vokabular streichen. Er suchte meine Hand, drückte sie und erschrak.

»Du hast hohes Fieber!«

»Das macht nichts«, sagte ich, wobei ich sanft seine Finger streichelte.

»Schlaf!«, flüsterte ich. »Schlaf!«

Die Brutalität, mit der ich mich selbst geißelte, tat mir wohl. Ich löschte das Licht, hielt eine Weile seine Hand, bis ich ihn wieder regelmäßig atmen hörte. Ich jedoch lag wach, fühlte das Fieber in meinen Schläfen klopfen. Ich überließ mich ungern dem Schlaf. Die Zeit war zu kostbar. Tibor jedoch – in den frühen Morgenstunden – packte die Angst, ich sei tot, und er schloss mich fest in seine Arme. Da erst schlief ich ein, an seinem Körper geborgen, bis die Sonne durch das Fenster schien und das Zwitschern unzähliger Vögel mich weckte.

Am Nachmittag, als Eva vom Flughafen kam, sagte ich zu ihr: »Ich muss mit dir reden.«

Ihr wundervoll klares Gesicht blieb unbewegt; doch ich fühlte, dass sie beunruhigt war.

»Wann?«, fragte sie.

»Wann es dir passt.«

Sie sah mich lange nachdenklich an. Nach ein paar Atemzügen sagte sie: »Fliegst du gern?«

Ich lächelte unwillkürlich.

»Mit Leidenschaft. Früher wollte ich Stewardess werden, aber daraus wurde nichts.«

Das Lächeln, das so offen und voller Charme war, kam plötzlich über ihre Lippen.

»Ich – ich wurde Pilotin.«

Ich nickte.

»Weil du es wirklich wolltest.«

Ihre Augen funkelten belustigt.

»Ja, das ist der Unterschied.«

Wir lächelten beide gleichzeitig – und wurden im selben Augenblick wieder ernst. Sie stand kerzengerade in ihrem Fliegeroverall vor mir. Sie schien zu überlegen und sagte dann: »Morgen habe ich vier Stunden Zeit. Ich leihe mir eine Maschine aus.«

55. *Kapitel*

Als wir in Evas Pick-up zum Flugplatz fuhren, ging die Sonne auf. Das helle, starke Licht funkelte und strahlte. Um diese Zeit war noch alles ruhig; die Morgennebel auf den Luzernefeldern wurden vom Glanz des Sonnenfeuers durchbrochen, aufgelöst und fortgedrängt. Das Herbstgras, für gewöhnlich trocken, herb und welk, schimmerte weich und frisch. Schuppige Kiefern flammten orangerot auf; ihre dunklen Nadelbüschel glänzten wie lackiert. Und über allem wölbte sich der Himmel, blank und von lockender Leichtigkeit.

Die Fahrt war kurz; bald kamen die niedrigen Gebäude des Flugplatzes in Sicht. Einige kleine Maschinen warteten, schimmernden Insektenkörpern gleich. Ich sah winzige Gestalten, die sich, von langen Schatten begleitet, bewegten. Eva hielt auf dem Parkplatz an, wir passierten die Kontrollschranke, bevor wir die Teerpiste betraten. Eva ging mit erhobener Stirn, aufrechtem Nacken; doch sie verlangsamte ihren schnellen, leichten Schritt, damit ich an ihrer Seite bleiben konnte. Meine Füße waren unsicher, und mit meinem Rücken war auch nicht mehr viel los. Wirklich lächerlich, dass ich kaum noch gehen konnte! Ich keuchte leicht, versuchte mitzukommen, ohne zu stolpern. Eva ging auf die Maschine zu, einen kleinen Sechssitzer mit scharfer Nase, in hellem Braunton gehalten. Sie machte einen Kontrollgang, was einige

Minuten in Anspruch nahm, dann zwängten wir uns in geduckter Haltung durch die Kabinentür ins Cockpit. Eva half mir auf den Nebensitz, befestigte meinen Sicherheitsgurt. Ihre routinierten Bewegungen waren von großer Fürsorge und Geschicklichkeit. Sie machte das Flugzeug bereit, startete den Motor, die Propeller drehten sich. Das Flugzeug zitterte und dröhnte, und meine Gedanken schienen mit der Maschine zu vibrieren. Wir bekamen Starterlaubnis vom Tower. Das Flugzeug setzte sich zuerst langsam, dann immer schneller in Bewegung; mir war, als ob es den Teerstreifen mit dem weißen Strich darauf verschlinge, bevor Eva die Maschine plötzlich hochzog. Wir schwangen uns in den Himmel, schossen hinein in gleißendes Licht. Die Maschine zog eine leichte Kurve und Eva, nach unten deutend, rief: »Da ist Pine Ridge!«

Die Blechdächer schimmerten in der herbstlichen Landschaft. Die dunkle Straße wirkte aus der Höhe wie eine Narbe. Wir schwebten über rote Hügel, auf denen der Schatten des Flugzeugs sichtbar wurde. Das Azurblau des Himmels war gläsern und kühl. Granitfelsen glitzerten im Morgenlicht, und die Büsche in den Felssenken züngelten wie Flammen. Mir war, als ob ich selbst auf der Luft ruhte, wie die segelnden Adler es tun, wenn sie die Aufwärtsströmungen finden und ihre Bahnen über Hügel und Bergspitzen drehen. Ja, hier war Freiheit, absolute, fundamentale Freiheit! Und wie die Adler umkreiste meine Seele die Berghänge in heiterer Gelassenheit, frei von Furcht, nur ihre Schönheit erkennend. Ich spürte, wie in mir eine Kraft wuchs. Ich musste sie herauslocken, sie mir gefügig machen. Ich konnte mich nur auf mich selbst verlassen, auf mein eigenes Urteil. Und auf meine Vision.

Es war heiß im Cockpit; der Motor brummte gleichmäßig, die Propeller wirbelten wie Flügel. Im widerhallenden Lärm klangen unsere Stimmen seltsam erstickt. Aber das machte nichts.

»Eva. Ich bin krank.«

Sie nickte schweigend.

Ich setzte hinzu: »Ich werde bald sterben.«

Sie sagte nicht: »Ach Unsinn, das bildest du dir nur ein«, sondern wandte mir ihr feines Profil zu und sagte: »Ja, Floria. Ich weiß.«

Ich holte tief Luft. Der Anfang war gemacht. In mir war eine Stimme, die mir jedes Wort genau diktierte.

»Eva, ich muss mit dir über Tibor sprechen.«

Ihr Augen richteten sich kurz auf mich. Sie presste die Kiefer zusammen.

Ich sprach weiter. Es war eigentlich ganz leicht. Ich musste nur auf das hören, was mir die innere Stimme sagte. »Ach, ich weiß schon. Ihr habt Angst, dass ich es merke.«

Sie schluckte.

»Warum sprichst du mich darauf an?«

»Weil ich den Eindruck habe, dass es gesagt werden muss.«

Sie schüttelte leicht den Kopf, forderte mich nicht auf, weiterzusprechen. Aber sie wartete.

»Ihr werdet euch lieben«, sagte ich. »Und du wirst seine Frau werden.«

»Können wir nicht ein andermal darüber reden?«

»Nein. Jetzt bin ich noch bei klarem Verstand. Bald werden sie mir Spritzen geben, und dann geht es nicht mehr.«

»Also gut.«

Ich sprach weiter, während mein Blick in den Himmel schweifte.

»Er liebt dich und du liebst ihn. Du musst nicht glauben, dass ich nichts gemerkt habe. Noch bin ich seine Frau. Aber das ist nicht mehr die Frage jetzt. Nimm die Fantasie zu Hilfe.«

»Es tut mir Leid«, sagte Eva.

»Es braucht dir nicht Leid zu tun.«

»Es ist sehr schwierig für mich, darüber zu sprechen«, entgegnete sie.

»Aber nicht unmöglich, ja?«

Sie schüttelte stumm den Kopf. Ich fühlte mich seltsam euphorisch. Ich würde die Dinge jetzt in die Hand nehmen. Dinge, die, einmal arrangiert, bestehen würden. Ein Vermächtnis? Warum nicht? Juliette war es ja auch gelungen.

Ich sagte: »Nächste Woche um diese Stunde sind wir in der Schweiz. Tibor dirigiert in Genf. Debussy und Ravel. Ich werde ein letztes Mal dabei sein. Und dann nie mehr. Mein Bett werde ich kaum noch verlassen. Keine Kraft mehr. Knochen wie Glas. Innere Blutungen, und keine Haare mehr. Den Rest erspare ich dir. Ins Krankenhaus? Wozu? In den letzten Wochen, vielleicht. Ich will Tibor nicht zur Last fallen. Den Frühling werde ich vielleicht noch erleben. Aber ich will kein bühnenreifes Wehklagen. Das macht die Sache für Tibor nur noch schlimmer.« Ich stockte kurz und fügte hinzu: »Zum Glück hast du starke Nerven.«

»Immer schon gehabt.«

»So ruhig wie du möchte ich sein.«

Sie schluckte. »Ich habe großen Kummer.«

»Da ist nichts mehr zu machen.«

Sie stieß einen Seufzer aus. Ich sah, wie ihre kleinen Brüste sich hoben.

»Wie traurig und verlassen er sich fühlen muss!«

»Du wirst ihm ein Telegramm schicken. Ihn einladen. Du wirst ihn in New York abholen. Ihn trösten.«

»Ich weiß nicht, was du meinst. Ich …«

»Tu nicht so einfältig. Du wirst ihn trösten, wie ihn nur eine Frau trösten kann. Sorge dafür, dass er nicht traurig bleibt. Du kannst nichts Schlimmeres tun, als ihn zu vernachlässigen. Das könnte ich nämlich nicht ertragen. Heirate ihn, Eva. Und dann, das weiß ich genau, kann er wieder essen und schlafen.«

»Du willst, dass ich …«

»Ja, ja! Er kann eine Zeit lang in Amerika bleiben. Man hat ihm schon Angebote gemacht. Er wird nicht mit dem

Herzen dabei sein, aber das wird sich bessern. Ihr werdet glücklich sein. Und seine Familie ist hier.«

Sie nickte.

»Ja, wir sind hier.«

»Unser Haus in der Schweiz, das wird er verkaufen. Er hat jetzt schon gesagt, dass er den Ort nie wieder sehen will. Den Ort, an dem wir glücklich waren. Aber das stimmt nicht ganz. Nach vier oder fünf Jahren, da wird er das Bedürfnis haben, nach Chardonne zurückzukehren.«

»Nach Chardonne?« Sie sprach den Namen ganz leise aus, mit einem schönen Klang in der Stimme.

»So heißt das Dorf. Es ist ein wunderbarer Ort. Vom Friedhof aus überblickt man den See. Das blaue Licht ist so schön, du kannst es dir kaum vorstellen!«

Sie flüsterte: »Doch, ich denke schon. Blau wie der Himmel.«

»Wie der Himmel, ja.«

Ich sprach deutlich und klar, als wäre jedes Wort eine Münze, die ich ihr vorzählte.

»Er kann nicht allein fahren, die Kraft dazu wird er nicht aufbringen. Du und Alec, ihr müsst ihn begleiten. An meinem Todestag werdet ihr in Chardonne eintreffen. Es wird der 15. Mai sein.«

»Woher weißt du das?«

»Wir sind nicht allein, hier oben. Da ist jemand, der es mir sagt.«

Sie blickte mich kurz an; ich sah, dass sie verstanden hatte.

Ich sprach weiter: »Hör mir gut zu, Eva. Ich werde morgens um zehn vor elf sterben. Ich kann mich nicht täuschen. Man hat es mir gesagt. Zehn vor elf. Du darfst diese Uhrzeit nicht vergessen.«

»Nein.«

»Du musst ein Ritual einhalten. Tibor soll gereinigt werden. Von dem Schmerz, meine ich. Er hat einen so großen

Verlust erlitten. Er braucht eine starke Medizin, verstehst du?«

Ich gebrauchte das Wort Medizin so, wie es die Indianer verstanden. Sie nickte ruhig. Die Verantwortung erfüllte sie mit Befriedigung und Feierlichkeit.

»Sag mir, was ich tun muss.«

»Ihr werdet zuerst zum Friedhof gehen. Er wird dir mein Grab zeigen. Er muss einen Akt der Entsagung leisten, und du wirst ihm dabei helfen. Die weiße Feder, die Juliette Anton vermacht tat, die wirst du auf mein Grab legen. Die Erde soll sie haben.«

Sie nickte.

»Ich bin eine Adlerfrau, ich kann das tun.«

»Nicht wahr? Und dann wirst du ihm helfen.«

»Okay«, sagte Eva. »Kein Problem.«

»Du sagst ihm, er soll dir das Dorf zeigen. Zuerst die Kirche, in der wir getraut wurden. Es ist zehn Uhr. Er wird sagen, die Kirche sei geschlossen. Aber jetzt läuten die Glocken und die Kirche ist offen. Frau Warkowsy, die Organistin, spielt. Sie ist gekommen, um zu üben. Das tut sie manchmal. Sie wird Saint-Saëns spielen. Das Orgelkonzert, das sie bei unserer Trauung gespielt hat. Ein Zufall wird es nicht sein.«

Sie nickte abermals.

»Okay«, wiederholte sie. »Und dann?«

»Dann geht ihr weiter. Ihr geht an einem Schloss vorbei. An der Mauer ist eine Laterne angebracht. Etwas weiter seht ihr Einfamilienhäuser; jedes hat einen Garten, und am Ende der Straße steht unser ehemaliges Haus. Tibor wird es euch zeigen. Und dann werdet ihr den Adler sehen.«

Sie warf mir einen Seitenblick zu.

»Ach, es gibt Adler in Chardonne?«

Sie hatte wieder diesen schönen Klang in der Stimme. Ich lächelte sie an.

»Nicht so große wie hier. Aber ja, es gibt sie. Sie kommen aus den Alpentälern und fliegen manchmal über den See. Und dieser Adler scheint verletzt zu sein.«

»Und dann?«

Dann geht ihr den Weg wieder zurück, die Dorfstraße hinab. Jetzt liegt das Haus etwas höher am Hang. Ihr müsst ein paar Stufen steigen. Alec wird auf der Straße warten, aus Taktgefühl, Er drängt sich nie auf, das weißt du ja. Du und Tibor, ihr geht inzwischen durch den Vorgarten und schellt an der Haustür. Eine Frau wird öffnen. Eine Frau, die das Haus vor drei Jahren gekauft hat.«

»Wer ist diese Frau?«

»Sie ist eine Schriftstellerin. Sie ist unbedeutend in dieser Geschichte. Sie weiß von nichts. Aber Tibor wird von dem Adler sprechen. Die Frau wird überrascht sein und ihren Mann rufen. Er wird wie ein Lakota aussehen, das Haar lang tragen.«

»Ein Indianer?«, rief Eva lebhaft.

»Nein, er ist Japaner. Ein Künstler. Und dann werden beide durch die Büsche blicken, und den Adler sehen, der schläfrig im Gras ruht. Die Frau wird sagen: ›Mein Mann kann gut mit Tieren umgehen.‹ Jetzt nähert sich der Japaner dem Adler. Er geht langsam und ungezwungen, er möchte dem Tier doch helfen.

Da hebt der Adler den Kopf, spannt seine Flügel. Er schwebt empor, im gleißenden Licht. Und plötzlich ein kalter, weißer Blitz. Der Adler ist verschwunden. Und auf deiner Armbanduhr wird es zehn vor elf sein. Wirst du dich erinnern?«

Sie nickte mit starrem Gesicht, um ihr Zittern zu verbergen.

»Wie wirst du das machen? Ist ein Trick dabei?«

»Kein Trick, Eva. Ich werde die Zeit bearbeiten. Hast du dir alles gemerkt?«

»Wie kannst du da so sicher sein?«

»Weil – und das sind Vermutungen – Tote so etwas fertig bringen. Tote haben Aufgaben zu erfüllen. Sie sind da, um zu führen und zu trösten. Sie können Dinge verändern. Hat dir Simon nie beigebracht, wie sie das machen?«

»Er hat es versucht, und hat es aufgegeben. Ich bin darin nicht gut. Er sagte oft, mir sei mein eigener Kopf im Weg.«

»Du kannst es.«

»Ach, ich weiß nicht.« Sie lachte verlegen auf. »Vielleicht eines Tages …«

»Eines Tages, ja.«

Ich wischte mir den klebrigen Schweiß von der Stirn.

»Warte noch. Die Zeichen werden vor eurer Nase sein. Der Adler also – der ist weg. Die Frau und der Mann glauben, er habe sich im Gebüsch verkrochen. Sie suchen ihn, auf allen vieren. Das sieht sogar lustig aus. Dann gehen sie die Stufen hinunter. Alec wartet unten und sieht sie kommen. Alec wundert sich sehr, als er sieht, dass der Japaner sein Haar im Nacken mit einer Spange zusammenhält: ein indianischer Schmuck, der zwei Adlerflügel darstellt. Der Mann lacht: Seine Frau schenkte ihm die Spange und er trägt sie gelegentlich. Warum ausgerechnet an diesem Morgen? Er kann es nicht erklären. Ich bin sehr schlau, siehst du?«

»Wovon sprichst du eigentlich, Floria?«

»Von den Zeichen. Ich muss auch etwas Spaß dabei haben, ja?«

»Ja«, sagte sie rau. »Und dann?«

»Dann ist es ein Uhr geworden. Ihr habt Hunger. Oben am Berghang steht das Waldhotel. Die Besitzer, Franco und Nathalie Martelli, werden Tibor herzlich begrüßen. Sie sind gerührt, ihn zu sehen. Tibor stellt dich und Alec vor. Im Restaurant sind viele Leute: Weinbauern, Touristen, Hotelgäste. Nathalie sagt: ›Hier ist kein Platz mehr!‹ Sie öffnet für euch den eleganten getäfelten Saal, wo schon für den Abend gedeckt ist. In diesem Saal waren wir häufig zu Gast. Hier hat mir Tibor zur Verlobung diesen Ring geschenkt:

einen Aquamarin, den seine Mutter trug. Hier fand auch unser Hochzeitsessen statt. Nathalie wird die Läden öffnen, das Licht wird auf die große Wanduhr fallen. Und die Zeiger, die bei eurem Eintritt auf zehn vor elf standen, obgleich es ja eigentlich zwei Stunden später ist, diese Zeiger werden sich in Bewegung setzen. Und Tibor wird verstehen, dass ich da bin, dass ich niemals sterben kann, ebenso wenig sterbe wie Juliette und Rachel, wie Simon und Anton und Umberto und alle, die wir lieben. Wir sind gar nicht weit – wir Toten. Nur auf der anderen Seite des Weges. Und wir warten auf euch.«

Dass sie weinte, merkte ich erst, als sie mir das Gesicht zuwandte. Ihre Augen waren feucht; eine Träne hinterließ auf ihrer Wange eine glitzernde Spur.

Sie sagte: »Du kannst dich auf mich verlassen.«

»Danke, Eva.«

Sie zögerte, holte tief Luft.

»Ich möchte gerne ein Kind haben.«

»Es wird ein Mädchen sein.«

Sie lächelte unter Tränen.

»Ach, das weißt du also auch schon?«

»Tibor wünscht sich schon lange eine Tochter. Und ihr werdet sie Ildikó nennen.«

»Ildikó? Wie kommst du auf diesen Namen?«

»Es gab ein kleines Mädchen, das so hieß. Sie mochte ihren Namen sehr. Ich glaube, es würde ihr Freude machen.«

»Und Tibor, wird er einverstanden sein?«

»Er sagt, es gibt kaum einen schöneren Namen.«

Evas Lächeln wurde deutlicher.

»Ja, das finde ich auch.«

Das Flugzeug fiel plötzlich in ein Luftloch, taumelte leicht, der Motor verstummte, doch das Dröhnen setzte sofort wieder ein, als Eva die Maschine aufgefangen hatte. Vor uns türmte sich eine Nebelwand auf. Eva gab mir ein Zeichen, dass wir umkehren sollten. Sie zog eine scharfe

Kurve, und wir flogen parallel zu den wehenden Nebeln. Ich sah die Umrisse der Maschine wie den Schatten eines Adlers neben uns gleiten. Und ich flog mit dem Adler durch Raum und Zeit, erlangte ein neues Ohr zum Hören, ein neues Auge zum Sehen, da ich nicht mehr erdgebunden war, empfing ich die Zeichen der Erneuerung. Und alle Bilder, die nur vor Augen standen, waren Wirklichkeit: ein Vorspiel der Zukunft.

Epilog

Budapest 1978. Die dunklen Mauern der Musikakademie, von den Jahren geglättet, bedeckte eine düstere Schmutzschicht; doch hinter den Türen schimmerte goldenes Licht, das Ildikós Blick sofort gefesselt hatte. Und kaum war sie eingetreten, verdichtete sich das Licht wie Honig, und das kleine Mädchen betrat das Land der Fabeln und Wunder. Mosaiksteinchen leuchteten in tiefem, irisierendem Blau, in Grün- und Goldfärbungen. Riesige Wandbilder traten aus ihren geschnitzten Rahmen hervor. Sie erzählten von Königen und Göttern, von Feen und Pharaonen. Die in die Wände eingefügten vergoldeten und wundervoll geschnitzten Halbsäulen spiegelten sich in dem polierten Fußboden. Diese Märchenwelt betrat Ildikó nie ohne eine Art glücklicher Erwartung, wobei ihr verschmitztes Gesicht eine anerkennende Bewunderung ausdrückte, die ihre Eltern sehr belustigte. Ildikó betrachtete alles sehr genau, während sie die Hände auf dem Rücken hielt – eine Gewohnheit, die ihr schon seit frühester Kindheit eigen war. »Schön«, flüsterte Ildikó immer wieder, im Ton einer ernsten Befriedigung. »Wirklich sehr schön.« Doch ihre Worte sagten nicht viel aus. Sie tauchte in die Bilderwelt ein, wusste aber nicht, welche Empfindungen sie hatte, ob sie flog oder träumte. Sie war schlichtweg verzaubert. Und in ihrem Kopf hörte sie unentwegt Musik.

In diesem Jahr war die Rückgabe der Stephanskrone und der Krönungsinsignien durch die USA erfolgt. Zahlreiche Veranstaltungen und Konzerte fanden statt. Und aus diesem Anlass würde Tibor Horváth, der amerikanische Dirigent ungarischer Abstammung, zum ersten Mal seit zweiundzwanzig Jahren in seiner Heimatstadt das Orchester des ungarischen Rundfunks leiten. Auf dem Programm standen Stücke von Liszt und Gustav Mahlers Zweite Symphonie, *Die Auferstehung*. Das Publikum war gespannt und neugierig: Man hatte den Namen seines berühmten Vaters, Anton Horváth, nicht vergessen. Manche erinnerten sich noch an jene dramatische Aufführung von *Rigoletto* im Oktober 1956, als Anton Horváth im Orchestergraben einen Herzanfall erlitt und sein Sohn ohne jede Vorbereitung das Orchester übernahm. Man erinnerte sich auch an Tibor Horváths verstorbene erste Frau, die berühmte und bewunderte Floria Di Savegna, die damals die Gilda gesungen hatte.

Doch die achtjährige Ildikó wusste von alldem wenig. Sie lebte in ihrer eigenen Welt. Weil ein Internat für sie noch nicht in Frage kam, belegte sie die Fernkurse eines renommierten Instituts in New York, das Lernprogramme für die Kinder von Künstlern und Diplomaten entwickelt hatte. Ildikó machte ihre Aufgaben mit der Mutter und lernte gut und schnell. Dieser Unterricht war ihrem Alter noch angemessen, später würde man weitersehen.

Ildikó kannte bereits die halbe Welt: Paris, London, Tokio, Sydney, Amsterdam, Brüssel. Sie war schelmisch und unbefangen, beweglich und voller sprühender Einfälle. Doch in einem Konzertsaal wurde sie nachdenklich. Still und versunken verfolgte sie jede Aufführung – ein für ihr Alter erstaunliches Betragen, das ihr viel Lob einbrachte. Sie liebte die Musik, die sich in ihr am wahrhaftesten in Bildern der Wunder und der Freude zeigte. Vor allem aber erweckte die Musik in ihr den tiefen, fast körperlichen Eindruck eines Geheimnisses. Sie beobachtete ihren Vater, der das Orchester leitete, die Klänge herbeilockte, die sich wie seidene Fäden über die Zuhörer spannten und Ildikós Seele auf seltsame Weise berührten. Während das Orchester probte, irrte sie durch Säle und Gänge, durch Logen und Kulissen, wie durch eine magische Welt. Doch hier, in der Musikakademie, war es nicht ganz wie sonst. Sie spürte ein unsichtbares Auge, das sie verfolgte. Ildikó geriet darüber nicht in Verwirrung. Es gab nicht viel, was sie in Erstaunen versetzte. Doch sie war ein wissbegieriges Kind und wollte mehr erfahren. Jetzt war sie allein in dem Saal mit den wundervollen Holztäfelungen. Die Probe war zu Ende; noch brannten die großen Kronleuchter, aber die Bühne war leer. Musiker, Chormitglieder und Solisten hatten sich zurückgezogen. Sie würden jetzt einen Imbiss nehmen und sich dann für die Vorstellung umziehen. Ildikós Eltern waren in ihrer Garderobe. Dem kleinen Mädchen war es, als gehöre der Saal ihr allein. Sie war schon für den Abend zurechtgemacht. Sie trug ein dunkelblaues Kleid, das über die Knie reichte. Ihre Söckchen waren weiß. An den Füßen trug sie zierliche Lackschuhe. Ihr langer Hals ragte aus dem ebenfalls weißen Kragen, die Fransen ihres Haars, glänzend wie frische Kastanien, lagen fein und gerade über den großen, dunklen Augen. Leichtfüßig ging sie die Holztreppe zur Bühne empor, wobei sie die Stufen zählte. Der kleinen Träumerin kam der Gedanke, dass sie auf dem Dirigentenpult das spähende Auge vielleicht sehen könnte. Sie zögerte – doch kaum einen Atemzug lang. Schon stand sie auf dem Pult, überblickte den leeren Orchestergraben. Ihr Kopf war gedankenverloren zur Seite geneigt. Sie betrachtete die Leere, die keine Leere war, sie horchte auf die Stille, die keine Stille war. Sie wartete.

In ihrer Versunkenheit merkte sie nicht, dass leise eine Seitentür aufging, dass Tibor und Eva Horváth den Raum betraten. Tibor war schon im Frack, seine Frau, im gletscherblauen Abendkleid, hatte sich einen dunkelblauen Kaschmirschal um die nackten Schultern geschlungen. Das Licht der Kronleuchter schimmerte auf ihrem tiefschwarzen Haar, das quecksilbern leuchtete. Beide sahen das kleine Mädchen und hielten den Atem an. Ildikó stand auf dem Dirigentenpult. Ein leichtes Lächeln umspielte ihre Lippen. Sie sprach vor sich hin, halblaut und unbefangen, wie spielende Kinder es tun.

»Wenn ich groß bin, will ich das Gleiche machen wie mein Vater!«

Stille, sie schien zu lauschen. War jemand da, der ihr Antwort gab?

»Doch, ich will es ganz fest«, hörten sie Ildikó sagen.

Schweigen. Dann, etwas zögernd: »Viel lernen? Auch in den Ferien?«

Die Anwesenheit der Eltern hatte das Kind nicht bemerkt. Beide wechselten einen Blick. Tibor biss sich leicht auf die Lippen.

»Also, in den Ferien nicht. Das ist besser«, sagte Ildikó in zufriedenem Ton. »Wie heißt du?« setzte sie neugierig hinzu. Immer noch Stille. Die Stimme des kleinen Mädchens erklang jetzt sehr deutlich.

»Floria? Ach, jetzt weiß ich, wer du bist! Du hattest mal früher meinen Vater geheiratet!«

Tibors empfindsames Gesicht zuckte. Rasch legte Eva die Hand auf seinen Arm.

»Warum sagst du, dass du tot bist?«, fragte Ildikó. »Ich glaube das nicht. Wo bist du eigentlich? Kann ich dich mal sehen?«

Ein längeres Schweigen folgte, bevor das Kind zufrieden nickte.

»Wenn ich das Orchester leite? Wie mein Vater? Versprichst du mir, dass du dann kommen wirst? Und alle anderen auch, sagst du? Alle, die ich sehen will?« Wieder ein Schweigen, kürzer diesmal. »Ob ich Angst habe?« Sie schüttelte den Kopf, die Haarfransen hoben sich etwas, deckten die zartere, hellere obere Stirnhälfte auf. »Nein. Wie kommst du darauf? Da, sieh nur, Floria! Ich kann es schon jetzt!«

Sie hob beide Arme; die kleinen Hände kannten bereits die richtigen Gesten, die schmalen Finger bewegten sich emsig und geschickt, als ob sie Luftblumen pflückten, die sie behutsam und liebevoll an sich zog. Und sie sang dabei einige Noten der Zweiten Symphonie: »Lalalala …« Ihre dünne, kindliche Stimme erhob sich frei und jubelnd. Sie beschwor die Totengeister, die immer wach und ewig lebendig waren, unerreichbar für den Zugriff der Zeit.

Und die Geister kamen.